JN128745

京都大学蔵

潁原文庫選集

第二巻

京都大学文学部
国語学国文学研究室 編

臨川書店

監修責任　＊本巻担当
川上陽介
＊藤原英城
母利司朗
山本秀樹

本巻執筆
野澤真樹
藤原英城
山本秀樹

第二巻　目次

凡例
子孫大黒柱 …… 1
寛闊鎧引 …… 85
庭訓染匂車 …… 177
謡曲百万車 …… 249
加古川本艸綱目 …… 319
当世銀持気質 …… 425
世間姑気質 …… 513
解題 …… 575

凡　例

1　句読点は、底本にあるかないかにかかわらず、翻刻者の判断により適宜付し、解題にその方針を記した。

2　平仮名・片仮名の別は底本のままとした。ただし、平仮名文中の助詞の「ニ」「ハ」など、あるいは慣用的に用いられる「ミ」などは平仮名に改めた。また、捨て仮名など小字で書かれた片仮名は小さく組んだ。

3　仮名の清濁は底本のままとした。ただし、濁点の打ち違いなど、明瞭な誤りは正した場合がある。

4　漢字は、原則として現在通行の字体に改め、常用漢字表に新字体がある漢字は、その字体を用いた。ただし、近世常用の異体字については、底本の字体を残したものもある。

5　一字の反復符は、底本の表記の如何にかかわらず、漢字は「々」、平仮名は「ゝ」あるいは「ゞ」、片仮名は「ヽ」あるいは「ヾ」に統一した。また「時〴〵」のような場合は、「時々†」として「†」を付した。

6　「ヿ」「〆」「𬼂」「𪜈」「まゐらせ候」などの近世慣用の合字は、それぞれ「こと」「シテ」「トキ」「トモ」「まゐらせ候」のごとくに改めた。

7　漢文部分の返り点は、底本にある場合にはそれに従い、明瞭な誤記は正した。底本にない場合には新たに補い、解題にその旨を記した。

8　漢文部分の連字符は、省略した。

9　丁移りの表記における丁付は、底本の表記のままとした。底本に丁付のない場合には、通しの丁付で示した。部分的に丁付のない場合には、その丁のみ（丁付なしオ）（丁付なしウ）の形で示した。

10　誤字・宛字は、原則として底本のままとしたが、以下のようにした場合もある。

（イ）読解に困難を生ずると思われる場合、該当する字の右傍に（双行の部分は右傍あるいは下に）、（　）に入れて正しい字を示した。

（ロ）漢字の字形の類似などの単純な理由による誤記や、同一の誤記が頻出して（イ）の措置が煩雑になる場合など、断らずに正しい字に改めた。

11　脱字は、本文中に（　）に入れて補った。ただし、振り仮名・送り仮名については底本のままとした。

12　衍字や意味不通の個所は、右傍に（ママ）と注記した。

13　底本の破損・虫損・書き改めなどで判読不明の個所は、可能な限り別本をもって補ったが、なお不明の場合には、字数分の□を置き、右傍に（ヤブレ）（ムシ）（ヨゴレ）などと注記した。推定できる場合には、（「……」カ）として注記した。難読個所も同様に□をもって代えた。

14　上欄注、写本の書入れや付箋などは、簡単な場合には、本文の該当個所のあとに、〔上欄注〕〔上側書入〕〔行間書入〕〔付箋〕などと注記して、双行で掲げた。長文にわたる場合には、本文の該当個所に、＊印、あるいは一・二・三……の通し番号を付し、段落末、章末、巻末などに掲げた。

15　写本における書き改めの個所は、原則として改められた通りを本文としたが、必要に応じて、書き改め前の形を本文として採り、下に（「……」と改）と注記した。

本巻収録の作品には、今日の人権意識に鑑みて不適切な表現が用いられている場合がある。しかし、作品の資料的価値を重んじて底本のまま翻刻した。

本巻の翻刻・解題は、『子孫大黒柱』、『寛闊鎧引』、『庭訓染匂車』を藤原英城、『謡曲百万車』を山本秀樹、『加古川本艸綱目』、『当世銀持気質』、『世間姑気質』を野澤真樹が担当した。

なお、本巻所収の作品には発話部分（心内語は除く）にカギカッコを補った。

蔵本の使用を許可された、京都大学大学院文学研究科図書館、国立国会図書館、東京大学総合図書館に謝意を表する。

子孫大黒柱

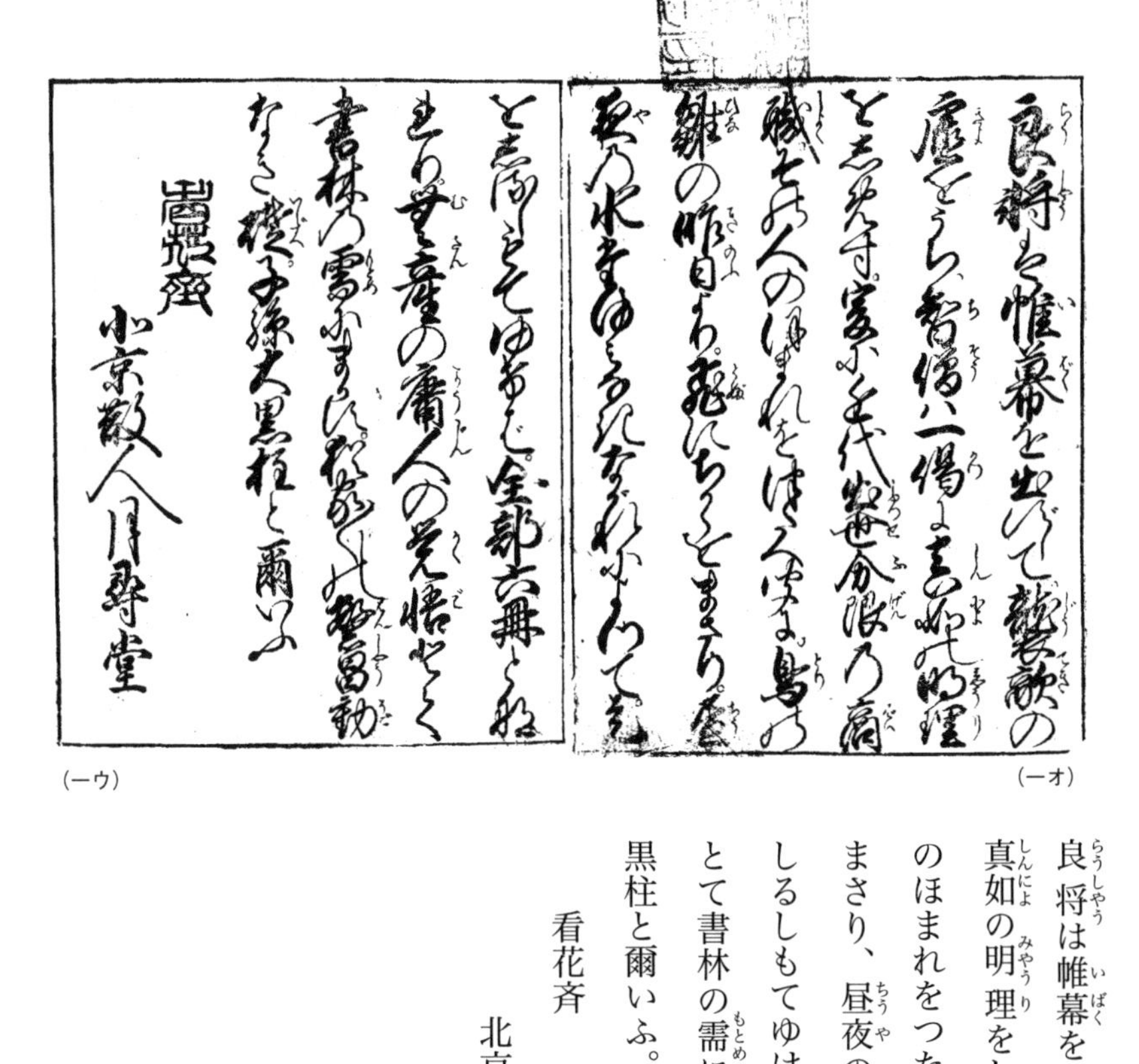

（一ウ）　（一オ）

良将は帷幕を出ずして、襲敵の虚をうち、智僧は一偈に真如の明理をしめす。爰に近代出世分限の商職、その人のほまれをつたへ聞に、鳥の雛の昨日より、飛にちからをまさり、昼夜の水たゆみなきながれによつて、是（一オ）をしるしもてゆけば、全部六冊となれり。無産の庸人の覚悟とて書林の需にまかす。猶家々の繁昌（ママ）動なき礎、子孫大黒柱と爾いふ。

看花斉

北京散人月尋堂（一ウ）

子孫大黒柱巻之一目録

㈠乗すました船頭の智恵
　我物を質に覚へちがへた男
　七ころび八起の翁屋

㈡根本経帷子所
　善の綱引息の強い親仁
　朱印紛なき奈良の曝屋（二ウ）

㈢八十年の請負手形
　叺の内に分別の百両
　石塔はかたい武士の付合

㈣爪かくす猫の食器
　降こめられた雨宿の幸
　土から建出した四条通の蔵

㈤光ものは白人の姿
　三味線は加茂川の筏
　帳面は消てしまふた土手町の春（二ウ）

㈠乗すました舟頭の智恵

梅のかほり桜の色、柳は花なきえだを愛せられて、玉しげる露をつなげるいとによる、心のなさけも秋たつあした、嵐のさそふ一葉水にうかひしを船に見たて、もろこし人の思ひつきは、扨もかしこき聖の代にはじまりしとかや。日本にては人王十代崇神天皇の御宇、庚子十七年七月朔日に、舟をはじめてつくらしめ給ふ。爰に播州塩飽翁屋松大夫は、若年より北国・西国にかよひ、買積の手船住吉丸仕合を打出し、大黒丸・戎丸・毘沙門丸・布袋丸と（三オ）段〱造り添て、当所一番の船持。上の掟を守り、いづれも千石積の帆柱ふときは舟頭の心、沖をはるかに万里の雲に羽をのす一飛の商売。いつのとしか九月八日の大風、しかも其時はもろこしぶねの紛わたり、和哥のうらに寄しを、大守より長崎へをくらせられ給ふ折からなれば、商船の湊入憚りあつて、澳に碇を懸とめ、風の凪まつ夕ぐれ猶はげしき大波天をくらふして、方角の山目当を失ひ、数千艘波底に沈み、水主・楫取の命ともに、あへなき軽荷・重荷つもりもしれぬ銀高なり。此時松大夫手船・借船都合十三艘、買積の（三ウ）荷物むなしく、数年の積富を一時の風に落花枝にかへらずと、憂無常を身に観ずる、哀は人の墜ぞかし。され共一子咲十良、父をいさめて、「是くやむ事にあらず。もと此家海上にて利徳を得しゆへ、海上にて損あり。又利運をひらかん事も船より外に有まじ。何とぞ小ぶねにても造り、二度世の面目に身上しかへし申さんあいだ、いさゝか気づかいなさるまじ。扨私義存じよ

（四ウ）

（五オ）

りもあれば、半年ばかり他国致し申すなり。其あいだ少〳〵残りたる雑物を代なし、ずいぶん身楽に御暮しなさるべし」。女共義留主中身をかため、孝行いふに及ぬ事、火の用心其外万（四オ）事申付て、其身はやう〳〵金子弐両、命金とて懐中し、まづ大坂へ登り、下博労の小問屋に着て、近所の船大工にちかづき、五百石・八百石・千石以上三艘の新造を目録にてあつらへ、大工が得意江戸堀財木屋方にて木財を買がゝり、代銀は船半出来の時分相わたす約束。勿論此財木、船大工が浜にてこしらゆる事、烏乱なき段々のみこませてのうへ、同町の碇屋にて鉄道具誂へけるに、是も新造の目当にて売わたしける。ひそかに咲十良売はらひて、此代銀三貫弐百匁、財木屋へわたし、残銀は追而皆済の約束にて、又八百石船の木財を取よせ、同じく大工が浜にて造らせける。最（五ウ）初の五百石積は出来立、後の舟半出来の時分、又碇道具をとゝのへけるに、現在見えたる有物ゆへ否にも及ず指越ける。咲十良大工にいふやう、「五百石の新造、塩飽へ乗初したき」よし、「何が扨」と諾ぬ。咲十良手ばやく問屋の飯代仕払して乗出すに、をの〳〵祝義迄つかはして、川口の追風をいさめけるも尤也。其子細は財木屋はじめの残銀に碇道具を心当にし、又後の財木はまさしく造り懸の船、是歴々の有もの也。又碇屋は新造一艘は乗行共、跡八百石の船、是にては弐艘分の碇代は有過る程の目あて。船大工は碇道具といひ、跡船といひ、何に気づかふべき所なし。（六オ）しかれ共三十日過四十日に及べと、二十里にたらぬ塩飽よりの便りなき事不審はれず、三人談合のうへ飛脚を立しに、翁屋咲十良事は去年の難風に身躰有切打こみ、手と身とに成て、今は田舎を小商してかせぎあるくといふ噂ばかりにて、其人は当所に居ぬよし。「扨はてれん者よ」とおとしつけて、有物勘定してふ足銀九貫八拾匁、ぜひなく銀高相応に割かけ損をしてしりぞきぬ。咲十良は大坂よりすぐに羽州野代へ舟を乗込しに、新造ゆへ荷主前後を論ひ、下積・上荷思ふまゝ積で、幸の天気に長門の下関に着て、爰より上荷をとりて荷物大坂へ送り、又野代にくだるに、此度は猶荷（六ウ）物心にまかせて見居し日和に乗うけて、今は大坂へ直乗して諸問屋へ荷物相届て、二立の舟賃勘定十貫百匁、是我物にあらずと船大工方へ持参して、過し比の方便一々我方よりあやまつて、三人の衆中の損銀へ右の銀子を投出しければ、早速財木屋・碇や呼よせ相談のうへ、「我々不足銀は九貫八拾匁にて、壱貫弐拾匁の過上、是迄を取べきにあらず。扨いたされかた神妙なれば九貫八拾匁の銀子其まゝ預け申べし。それにて買積して、猶仕合いたされよ。其上にては返弁申さるべし」といふ。咲十良、「是忝し。しかし此以後の仕合心もとなし。一たんの事はしあふせるが世のならひ。万一破損仕りし時は御（七オ）恩の銀子返弁いかほどに存じても心にまかせず。借用申たるも同前」との一礼。三人もいひ出してのうへなれば、「貴殿のぶ仕合は我々が不仕合。とかくに銀子はあづけ申」とたつてのことばもだしがたく、咲十良をしいただき、「此恩未来迄も忘れ申さず」と借用して、元手づき、北国を買積、高直をうけて売払ひ、買まんにも仕合つゞき、三人の借銀利息を相添へ、急度返弁して、其後はもとの翁屋とぞよばれし。是咲十良が大きなるてれん、三人の者共は我ものを質に取ける、のみこみちがへは有事ぞかし。家持たる商人を見こみ、いかほども売がける、それをみて人の売がけるからは慥（七ウ）なる人と又のみこみて、銀借が世のならひ。人は少の事にて人のおもはくちがふもの也。是も船三艘造らんといひかけし所にて、まんまと三人をのせすましける。

㈡根本経帷子所

飯盛町曝屋白兵衛、年つもつて六十七かぞへて、愁近年打つゞき、ことに惣領孫、瘡まじりの疱瘡やまをあげかね、「是は独参湯との医者の見たてちがひし」とて、買ぐすりの正気散にてころりと一ふくさせ、いたいけざかりの俤を二親のまぼろしになげきを残しぬ。今は（八オ）外聞・世間のおもはくに禅門して道休とは付ながら、家業にせつろしく、織手をせたげ、苧綛みだせし心のいそがしさに後生の道には足もむけざりしが、其としは大仏殿の千僧供養、聞つたへし遠国・近郷の参詣春日野にあまり、三笠山もくづるゝばかり群集をなしける。道休さきだつて勧進所へ願をたて、このたび善の綱の曝十疋毎日かけかへ申べき施主の一筆に名をあらはしぬ。役司の僧達、「扨々大儀成事ながら、ふぎにかゝる仏法の世に生れあひて大会の結縁に引御手の綱、功徳すくなからじ」と、信心を讃給ひける。最初一日過て二日めに、道休が我店前に大看板を出（ハウ）しける。根本経帷子所　大仏殿善綱　一人前代金壱匁　是を見る諸国よりの参詣人、「希なる結縁後生のよき土産」とて、我も〳〵と買ける。さりとは仏法の昼中にふしぎのてれん商ぞかし。善のつなにかけたる曝は七日があいだに僅七十疋、経かたびらに売けるは凡三万六千七百余とかや。朱印なしの木津川布、来世で鬼があらたむべきものなり。

㊂八十年の請負手形

埋火を友と冬籠せし宿もいつしか鶯にさそはれ、春めく軒の篠竹もわかばの匂ひふかく、うつとしき此ころは窓の障子をこしらへ、油紙にて張たて、大（九オ）小人々の勝手に合せ買もとめて、すこしの内に壁を穿てはれやかなる窓の月見る。夏は帷子竿を売、七夕には篠竹を売。師走は竈の上ぬり煤はきの請取、宿がへの荷物をわたしにてはこぶ。一切下直に商人つもり出して世界皆友ぜり合の中にも、傘ばかりは下直が損に極りぬ。むかし西国方の大守御逝去の後、御遺骨高野におさまり、御墓所の石塔高さ壱丈三尺、土台の石

（九ウ）

幅壱丈壱尺、くはしくは御目録を写取て、大勢の石や共札を入けるに、白川屋黒兵衛飛札にて落札に極りぬ。然共あまりに下直なれば何共心得がたし。二番札に仰付らるべき御評定の時、（十廿オ）黒兵衛、「御極の外に捨金百両指上べし。勿論添請人も相立申べくあいだ、私に仰付られ下さるべき願」、慥に相違なき趣御聞届のうへ黒兵衛に仰付られける。当山は紙屋口順道にて、爰不動坂とてべつして峡しき細谷、所々に大石道をさしふさぎ、牛馬のかよひも自由ならず。まして大石を山に登す事、まづ道ごしらへに大分金銀入事ゆへ、外の石屋共は右の人夫雑用をつもりける。黒兵衛は日用大勢に叺を負せて登山させ、何をするぞと思ふに、叺より石の粉にしたるを出させて、石うるしといふ物にて形のごとく練あげて、五日が内に目録のとをりに仕立、御見分を（十廿ウ）請ける。いづれも「うるし練の石塔風雨の為にくづるゝ事遅かるまじ。扨々不届成致し方」とて、御腹立大方ならず。黒兵衛、「練石塔の義、いまだ人の存ぜぬ事に御座候。此後はいづれも仕るべし。五十年や七十年にくづるゝ物にて御座なく候。其段請負奉り、八十年より内に少にてもくつろぎ候はゝ、急度仕立直し指上申べし」と証文仕りしうへは、代銀下されける。何うるしといふかしらず、石を練合て少も疵も見えず、いかほどの風雨にもくだけぬとや。しかし八十年の請合、互に長寿するがてんにや、おぼつかなし。（廿一オ）

㈣爪かくす猫の食器

烏丸大納言光広卿の殺生戒の題にて、我うへにおもへ生としいける物いづれをしまぬ命やはある。其比京童一文不通の田夫迄、此詠哥を聞伝えて、其心を感じける。常陸順礼の六角通骨屋町の旅宿にて此哥を聞て、「是我国の能土産成」とて、扇の端に書付帰りて、猟漁しける者にかたり聞せ、「身過は広く世にある事、わづか五十年の身をくらさん為に多くの命をとる事、未来の罪恐ろし」と教化しければ、数多の殺生人其道を止て、心々に外の（廿一ウ）身過をしける。和国の道いたつてふかき哥の徳にて、勧善徹悪のをしるゐ有がたきためし。誠に冬のはじめのさだめなき空に時雨して入ぬ物買ふ宿り、をのづから知己になるあるじは後家なり。夫の以前は侘数寄る風流、宗旦流の飛石、せばき掃庭につくばひの手水鉢、ゆかしき住ゐの残るにつけてあたりをみれば、熊川にまぎるゝふるき唐津の茶碗、焼加減やはらかにうわぐすり高くからげたるを、猫の食入となし置ける。さすが物の果ながら、女の性躰なきさま。是より欲心おこりし法師は遠水といへる、京の目利構に上座する南都古物屋の目にかゝるも幸のこぼれ時ぞかし。（廿二オ）相応の価を遣して貰ふべきとおもひ、すでにいひ出すべき折から、飼猫の廿日鼠をくわへ来り、見る内にものゝ命を取事、生得嫌ひと見えて、後家かなしがる風情。気のよはきを見てとつて、此猫を望みしに、「早速遣すべし」といふ。やがて懐に入、「最前より雨宿りのうへに御秘蔵の三毛迄申請、かたじけなし」と一礼いひさまに、「此猫の食入も」と次手に取て行に、何の気も付ず、猫の事ばかり御ふびんたのむのよし、心得て立帰り、猫は隣の生津屋の夫婦、兼てほしがるに遣しける。扨食入を洗ひ、灰汁湯にて煮出し改めける。是三写にて元となる道理。金銀何によらず世に通用して、穢多の（廿二ウ）手にふれても其穢なく、此茶碗なれば其はじめにかへる。しばらくの穢を洗ひすてゝ後は、世の重宝也。殊に当時の茶人、唐津を愛するまつたゞ中にて、遠水ながれ行て難波の福者鴻池屋といへるに金子五拾両に所望しられて遣しぬ。此内金子三両、日外の猫代とて、後家方へ送りけるはよき仕やう也。此仕合より遠水心うれしく成て、南都にて宗峰の三字物、金壱歩に堀（ママ）出し三百両に売払、大津にて東山殿時代の千鳥の香合十八匁に買ふて弐百貫に成、弥〳〵仕合打つゞきて、都四条の角に八棟蔵の白壁、人の見かへるぞや。（廿三オ）

㊄光りものは白人の姿

人は無事なる時をよろこぶべき事なり。一生の浮沈変にしたがひ、いつをしらず難儀に及ぶ。是世界の常なり。奉禄を得し武士の浪人覚悟はやく極めて、世ざかりの栄耀道具残らず一度に売たて、其身相応の金子にかためて、たとへば弐百両是を二十年居喰にして一年十両づゝの世帯をもくろみ、発端に宅借せし町 所をうごかず。さのみ人をへつらはねど、此人は世間よりあなどる事なし。却て奥ゆかしく見なし、何の家業もせず、価有ながら奢の様子もなし。心立も（廿三ウ）長敷人なれば、「借屋の作配頼たし」、又は医心あれば調法成仁、「倅手習の御せわ」、「四書の素読」などたのまれて、四五年が内には二三人の渡世、人より持かけて後は其町の家持ともなるぞかし。とかく四五年浪風もたてず同じ居住を持かたむる事、浪人の身の工面爰にきわまりぬ。昔松風須摩守殿呉服所、京室町通に虎田屋平兵衛といへるあり。しかるに須摩守殿様子あつて御家潰れて一家中浪人し、其妻子・家来迄大勢の難義。さしあたつて刀も売れず、食銀の貯なく思ひ〳〵に立のき、寝もせぬ夢にあはれ栄花を見はたしける。武士は表に綺羅をみがき、内証に金銀ためる事町人に（廿四オ）ひとしく、まさかの時は命すてかたしとはいへど、軍陣の用金、是武のひとつにあらずや。年々貢の内よりのけ置べしと青砥左衛門は藤柄の大小、柿染の上下、是をさへ麁末にせず子孫に伝へし。又孫子が藁一束を夜の衾と成、夕べに出してあしたに納むと、兼好が爰を讃て書し也。物をむさぼらず、事に執着せさる事、是賢人。いかに賢人なればとて、一束のわらを夕べに取出してあしたに納めずば、又のゆうべ忽事闕べし。天地のあいだの宝を愛する所、賢人の目付所ぞかし。此家中、家老・用人をはじめ末々の小役人迄、常々過分の侈に内証すりきり、今といふ今、金銀の乏しき事をおぼえける。虎田屋手（廿四ウ）びろく一家中年々の懸銀、此たび一度に請とらぬ帳面をさらりと消て、身躰分散して、やう〳〵負せ方のなさけにふたりの娘に金子五両づゝもらひ、室町を立のき、二条河原町に住ぬ。此東に土手町といへる

（廿五オ）

隠里、同し京の内ながら知人希なる白人とて、浪人の娘、神主の妹、極めて売者といふにはあらず。其美形は有ながら、縁付べき仕覚なく、あたら花の春にもあはぬをかこち、父親は知ぬ分、母親の才覚に物知べき為にもと、しのび〳〵に酒の給仕に雇かし、それよりはぬしとく〳〵のがてんにて、漸わけたてはじめけるは虎田屋が娘也。後は音にて白人と呼んで諸人の猶色にめでゝ、此里おもしろきと（廿五ウ）西島をうしろになし、紋日をこしらへ、やくそくのつゞき、昼夜の切売、同道のさし合をくりて、誠の遊女といつしか二あがりも此里の引出しおほく、各別の表つき呉服所・銀借屋のごとくに見せて、内に入と大座敷をいくつにも仕切て、つかえぬ遊所。繁昌の抑は、東の野中に夜ごとに光りもの出るといひふらしぬ。其夏は廿年にも覚えぬ暑、日ざかりを暮しかね、納涼の泉をたづね、木陰の風をまねくに、塵さへうごかぬ空の気色入ぬさきの土用をあんじ過されて、求るに得たる涼みがてら、光りもの見物にとて土手町にうちこみける。五夜に二夜は成ほど聖護院の森陰より半空にたゝ（廿六終オ）よふ。「其形釣針のごとく扇になり、編笠にもかはつた事よ」と群集すれども、出る時分も定らず、慥に出るにもあらず、出ぬとも極めず。とかく物ゆかしくこしらへて人の心をうごかせ、一度は華清宮の隣を見せ、肉陣の初物爰にて人の口を楽しみ、鼻を伽羅にくすべしも、一とせの春にうつり行も又むかしぞかし。されども虎田屋爰にて金銀を溜て、後は常のしろうとやに子孫さかへけり。かの光り物は土手町繁昌の為に青鷺にいろ〳〵作り物を付て飛しける。是もつゞけてすればその品あらはれん事をこんたんして、折ふしごとに諸人の気を取けると、はるか後にしれぬ。

子孫大黒柱巻之一終（廿六終ウ）

子孫大黒柱 巻之二目録

㈠三人ながら同じ和泉屋
昔の甲は当世のかづきもの
日の下開山ごんさいがねんぶつ

㈡小判の光は大名けんどん
させ干せ茅場町の傘
びいどろの乗物持直しのならぬ男（一オ）

㈢引臼まはりのはやき分限
耳でおぼゆる唐織の模様
福の神は御合点の誓文

㈣百三十里の工夫
野郎に仕送付初し田中屋
しつた呉服屋の十露盤

㈤心と書おぼへたる富貴草
後家は十人並のきりやう
手形の通彩色でくろめたる身躰（一ウ）

（一）三人ながら同じ和泉屋

労あつて功なしとは水に絵を書にたとへたり。人生れて十歳以上、銘〳〵数寄る諸芸を学ぶ。是に得失あり。谷中無庵道心、すつへり盲目、那智熊野に三度参り、又ごんさいといへる盲目、声よくして念仏の殊勝さ、広き江戸に又とまねする者もなき上手なり。同じくは余の芸に是程名をとらば、自然はお大名のもてあそびものとも成べし。いかに音声がよければとて、祝言・佳儀の座敷へは呼出されず。三百六十余ケ日（二オ）夜念仏を申あるき、手のうちの八木ふくろにあまり、元手なしの身過。げには是も下手より上手といはるゝ徳ぞかし。爰に和泉なる信田の森の脇在郷、同じやうなる下百姓の子共三人大坂へ出て奉公しける。一人は医者の内へゆきつきのきわめにて、はじめは草履を取、やう〳〵男に成て、空乗物をけいこのはじめとして、さしあげのしゆく入昇、下馬先の居乗もの、ずいぶんはげみて上手といわれ、後は歴々の駕籠廻し、畠の作兵衛とて道頓堀に住ぬ。又壱人は大和橋の床髪結、額ぬきの銘人勘兵衛が弟子に二（ママ）枚手形にて十八年きつて奉公（二ウ）し、年の明時、郡山染の袷羽織、研屋こしらへの脇指、鬢水入に三つ櫛、はさみまでもらいても高のしれた事。それより身を自由に日手間の髪結床持ほどは得ならず、内両がへ町へ有付けるは、当世の椎粒わげ、江戸風の合せ鬢も手ぎわよきゆへなり。今一人は壱丁目筋の古かね屋へ十年きつて奉公し、親方の商売、ぞめきといふ物を撰ならひ、真鍮・鉛・錫・白目・鉄・からかね、それ〳〵に見わくるは十

（三ウ）

（四オ）

年の功ぞかし。年あきて主人一銭くれねども少もふそくをいはず、わけよく出入して、仕着せの布子を売て銭五百こまがね七匁とゝのへて、袋壱つ（三オ）秤斤一本、商の杖はしら大坂中をかけあるき、古かねを買、其晩々に親かたの見せに持きたり、銭にかへて帰る。折ふしは内儀のなじみとて夕食をふるまはれ、居風呂に迄入て温り、宿のさむさをわすれてかたふくる枕に、けふそこ〳〵にて見てをきし古かね、翌は人よりさきに行、何ほど付て買ばいくらがもうけ、是を夢にもわすれず、寝言にも余の事はいはず。たゞ商の事骨身にしみこんで、元手に今三貫銭かあらばよい買出しのあるを、のがすは世に口おしき事と歯がみをなしける。ある時小谷町といへる裏がし屋おほき所を音づれて行に、よびこむ家の（四ウ）やねは雨の時は外がましなるべし、縄にてへたての壁の落るをかゝゆる。相合の土釜の下、火の用心よく、食五器を枕として四十五六の女、瘡の花顔にもみぢして、手足も不自由に見えける、売べきとて出したる。まづふくろ昔緞子のやぶれてもしほらしく、弐尺壱寸の刀さやばかりにて銘もなく、あげものと見えて目釘穴ふたつ有ける。中心檜木やすり、卒土婆がしらは聞た事もあり。奈良ものにしても三百五十文より七百三十迄つけて、終に八百文に買ける。けふは外の商をやめてはやく仕廻、まづ近所なれば太刀屋庄兵衛といへる方へ持参して刀を見せけるに、是正宗と大方見へけれども、(五オ)ぬり砥して買たきよし。とかくに盲売に「何ほどにても買くだされ」といふ。爰が商人の大事なり。世にわづか成商人、銘作の刀、銘物の茶碗・茶入などたま〱堀出して小目利に見せて、是よいものといふを聞より、大分の金銀にせんと頓欲におかされ、極まつたる家業をうちすてゝ日をついやし、修覆にものゝ入事をいとはず、後には出所あしきゆへ正真ながらにせもの・疵物になつて、ほう〱の仕合せ、元直に成かぬるものなり。去人八幡太郎義家の龍頭の甲を堀出して金子千両に付しを、欲にかぎりなく是を売す。さま〲の袋、二重三重の箱、外家をこしらへ、江戸へ持参して大(五ウ)国のお大名へ指上けるに、金子三千両下さるべきに大方首尾能極りし時、一人の家老申されけるは、「源家嫡武八幡殿の甲、是世にたぐひなき重宝。しかしまさかの時は大将の謀計、士卒の勇気なくては軍利さらにあるまじ。よしなき名将の甲をたのんで軍法の不覚ある時は、忽敗軍うたがひなし。其時は世に仰ぎ奉る八幡殿を愚にうらみ、ないがしろにいひなさん事、ちかごろ勿躰なし。今劘の甲にても心を八幡太郎義家殿になさば、いかで軍に負べく、其うへ当代なされいで叶ぬ寺社の普請かさなり、新田・古橋の願ひ日々に絶ず。此三千両の金子（六オ）にては世の人のたすけと成事あまた有べし。みだれたる世には甲が入、おさまれる御代には金子が入。是古人の言葉にかはらず。まつ御無用に存じ奉る」むね申あげられける。此趣いづれも御尤の御沙汰極り、甲は売主方へもどりける。其後是を外へ売べきとてさま〳〵手引をこしらへ、吹挙をたのみ、お大名方へ指出すに、「誠に古物とは見えながら、何守殿へ召れぬは烏乱なる事有ゆへ」とて、いづかたよりももどされ、只見物の為にあなたこなたより申きたるを、自然は物に成事もやと取つくろひてつかはし、五七年が間是にかゝつて日を暮す内に、誰いふともなく「八幡太郎（六ウ）義家の甲、扨もよふ似せたもの。世には銘人もあるものかな。あれほどのふるびは何でつけたもの」と、終には似せものにしてのけぬ。いくらに売ふにも何守殿より慥にもどりしやうす正真に極まれば、三千両がものを十両にも否と、金に成事はをいて其人品までわるふいはれ、よろしい身躰を終に甲にかゝつてつぶして仕廻ぬ。かづきものといふは此事なるべし。此古かね買、人の調子にのらず、いかほどにも売て仕廻はんとの事、第一正直の心なり。どかもうけする商人の終に大身袋に成たるためしなし。太刀屋も盲商の海上おもしろしとて金子十両に買ける。是大分の（七オ）利、我一人取べきにあらずとて、かさねて小谷町へわざ〳〵行てかの女にやうすかたりて、金子五両つかはしける。さりとはならぬ金のやりやうなり。人は物のあはれをしつて理非をわきまへ正直をわすれず、頓欲をはなれてこそ長者にも成、幸きたるべし。其後此刀正宗の正真ながらあげもののおもひど、疵も少しあれば、高代を引ず。されども指料にはいづれ望人おほく、金子三枚に太刀屋売はらひ、又古かね買へ三両つかはしける。弥此古かね買、元手に取付て買廻しの仕合せ打続くうちに、江戸へ下る商人の供がてらに下りて江戸の商を思ひ込ける折ふし、いづれの（七ウ）御屋敷にも御用の鉄砲玉、昔は白目にて是を鉛玉に御仕かへなさるゝを買込、替りの竿鉛を売上相応の徳用戴頂仕りしに、思ひがけなく江戸にて銭を鋳願ひ叶ひ、地銅を集る時を得て、つぶしの古かねに買取たる白目玉を銭座へ売ける。此白目玉は銭の下地銅にこしらへたるごとくにて、左右方の勝手能、大分の金銀をもうけて大坂へかへり、今瓦町一丁目にて和泉屋信四郎とてかくれなき古かね問屋。内証の慥さは源六の四郎兵衛にもさのみ劣るまじ。仕出来かしの商人ゆへ栄耀事をしらねば、おのづから失墜成物入なく、世帯をわづかにて仕廻、年々に延る（八オ）店おろし、是を月花とたのしむ宿の松風ぞめでたし。駕籠舁の作兵衛も髪結の平兵衛も今は似合の世帯して、出所なれば三人ともに和泉屋と名のりける。さりとはちがふたる身躰の同じ和泉屋。惣じて大坂へは河内・和泉より入こみけるゆへ、此家名多し。京に近江屋の多き事も、同じく江戸に大坂屋、是も千貫目の身躰より金弐歩迄の商人ありて、同し家名に住つく所の繁昌、稼がばお江戸ぞかし。

㈡小判の光は大名けんどん

近年三徳といふものを仕出せり。燭台ひとつにて（八ウ）懸灯蓋にも成、手燭にもなる。是積りよき人の細工、べつして旅に持て調法也。爰に大坂三津寺町八幡の前に、よごれ豆腐屋といへるあり。其異名は夫婦友稼に油断せず、髪頭にもかまはずはたらきけるゆへ也。同じ商や軒をならべける中に、半分の切売豆腐をはじめて仕出し、鏡豆腐とて平皿形の丸豆腐、是斎非時のある家々に前日より腰をかゞめ、ざうりをぬぎ、箱切の商ひして、今天王寺屋と家名を改め、娘に三拾貫目付て北浜の質屋へ縁に付ける。少分の商ひより大身躰に成事、世にためしおほし。此津は江戸に似て人心の活なる所、何ぞ一仕出し工夫のうへにては儲て（九オ）取事疑ひなし。本町橋のまんぢう、わたなべの目薬、牢のまへのあんやき、天満の大仏餅、順慶町の鬼味噌屋、香の庄の革足袋、河内屋が醤油、いづれも近年のもうけ商、外に少もかはる事なけれど、広き所にて名を取事は通例の働きにはあらず。今江戸におゐても糀町彦惣が麩焼、御霊膏の目薬、芝の升屋が火打、茅場町の傘、紺屋町の煎茶、吉川町のいくよ餅、皆所見たてゝしにせ商の見せつきよく、人より軒あつき浅田屋の何がし、はじめてけんどんそば切の器ものを停偨にずいぶん結構にこしらへ、五分がそば切に四分ぶん入、壱分は此うつはもの代（九ウ）に引て、外よりは高けれ共停偨成仕出しゆへ、皆人そば切のすくなき事をかまわず、大名けんどんと世間よりをのづから名を付て、買はやらかしぬ。江戸のいそがしい所にて、にわかのきやくにへたくろしい出来合食をふるまふよりは、此大名けんどんを取よせて、さつともてなしてしまふ。客も器ものにめでゝ一しほそば切をほめて、あとのきさんじ。つかへぬ江戸ごゝろにもつてまいりし商。人のせぬさきにもうけて取し金銀、まきちらかして両がへ見せを出し、これにも人をまねく

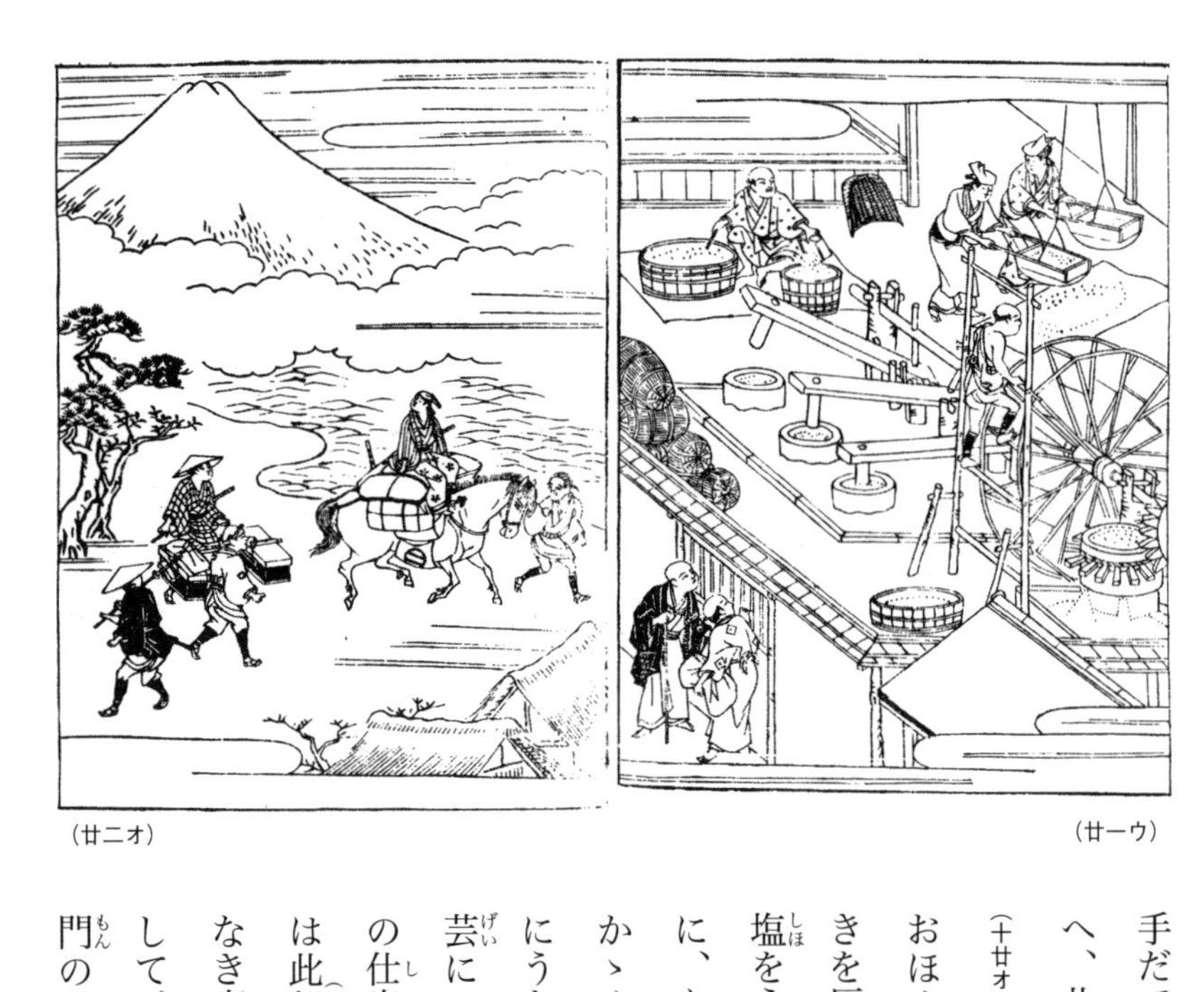

（廿二オ）　（廿一ウ）

手だて油断せぬ心から、其比金子の色あげ仰付らるゝゆへ、此手がゝりの商職高下を諍ふ所に、浅田屋工夫し（十廿オ）て、下直に請負ける。まづ世界通用の小判ゆへ、おほく人の手のあぶらしみ付て、上金ながら色のあしきを灰汁湯にてざら〴〵と洗ひ、あぶら気をさつて後、塩をうらおもてにすつべりとぬり、炭火にて其塩を焦すに、もと正真の小判ゆへ黄金の光まさりて、あたりもかゝやくばかりなり。是知人世に多しといへ共、家業にうとく、心のはたらかぬゆへ、よい事覚えながら石臼芸にて廻らず。此両がへ屋一生気転才覚を以て五万両の仕出来し分限、世間の指図ちがはず。立身ねがふ商人は此朝（ママ）田屋の親仁の影もふむまじき七尺堀ても一銭もなき事、人々合点のうへなれど、（十廿ウ）今日家業に油断して、譲り分限の家を潰し、代々の住宅を余所に見て一門の敷居高く、他人への不届、死んだ跡迄もわるふいはるゝは口惜き次第なり。同じ江戸に住町人の分として、石六といへる男、過分の侈を極め、我ものをついやすとはいひながら、御簡略の御触にも恐れず、妻女上野の花見にびゞしき出立、緋縮緬に秋野の草づくしを金糸にて縫にさせ、着せたる残切の禿十八人、唐織の小袖着たる腰もとの女卅七人、其外大勢美服を着し、びいどろの乗物、黒たんの棒のさきまで金銀のかなものずくめ。御大名の御簾中がたにても是ほどのふるまい有べきにあらず。勿（廿一オ）論長刀のなき事、御不審のはじめにて、御横目衆にとがめられ、いづれも美服をはがれて御追放仰付られぬ。是べつして有がたき御代の御まつりごと、是を其まゝ御ゆるしおかれなば、今の町人見るを見まねに身をわすれていかやうなる奢をきわめんもしれず。何程美服を身にまとひ、金銀にだみても、何屋の何右衛門なるに、天道の恐れをわきまへず、愚痴なる人の目をよろこばしめて、金銀をついやす。いかで久しかるへきぞ。恐るべし、慎むべし。

㊂引臼まわりのはやき分限（廿二ウ）

もろこし人は心のどかにして、万事の細工、こまかなる彫物、手ぎわあしく見えてしかも見あかぬもてあそびなり。今都西陣にて、いかやうの唐絹をも似せて織出さぬはなし。殊に天鵝毛とちりめんは日本がよきに極りぬ。されば軒をならべける織殿屋にめづらしき模様をはじめて織いだす其機音を聞て、はや隣からそれをすいりやうして織出すにちがはず。是性は道によつてかしこき当代ぞかし。爰に大坂四つ橋に大もんじ屋八兵衛といへる引粉屋あり。此仕事場をふかくかこいて親類かぎつて他人にこれを見せず。何さまゆかしき事なり。臼引人手大勢かけずして、大分の粉を引出して、(廿三オ)次第分限になりて世にかくれなし。ある年地震して世間並に人々さはぎ逃出けるが、程なくしづまりて世なをしの万歳をうたひける。其折からに常々心がけし男、見出して大もんじ屋が粉を引臼のしかけをまなびける。六人がゝりの引臼をみつならべて是に水車をしかけ、水の代に一人して此車の羽を碓踏やうにひたとふみをとしふみおとしけるに、其くるまのまわるにしたがひおのづから粉を引事、六人かかるよりははやし。しかも引粉こまかにして、ふるふに糟すくなし。十八人してする事を一人しての仕事。是をみくるましかけて、三人して五十四人のはたらきを(廿三ウ)する事、まうけいでかなはぬ算用なり。秘事はまつ毛のごとし。商職ともに銘々家業にすこしづゝの伝授あり。材木屋は牛引物、連地平物にて直段を負て買人の気をとつて、貫三寸の小割ものにて少づゝ直段をしかけて、大物の損を入合せ、世間寺の住持は仲人をしならい、寄旦那を云目、医者は太皷口を唐音になをして福者をへつらい、道具やは茶心をたしなみて人に物数寄を請とらせ、傾城は術ない身あがりをかくして物になりそふな大臣に横をきらす。直にばかり気を持ては今の世に相手がなし。よいくらいにいつはり有べし。毎年十月廿日に(廿四オ)指引のこらぬほどの空誓文は何所の戎殿も御合点也。

㊃百三十里の工夫

質屋の無常心、両がへ屋の中ぐゝり、是身躰破滅の瑞相なり。其商売柄によりて大気に持べきは芝ゐの座本成べし。木戸をゆるかせにして無札を吟味せず、只大様にして諸人の贔屓をうくべき事といへり。大坂の座本、親岩井半四郎死して後、今の半四郎かわらず芝ゐを取立ける。後見の手代補天といへるあり。是好色一代男に書しノ平が事なり。内木戸を守りてゐけるが、知たきやくにも（廿四ウ）知ぬにも桟敷の明さへあれば、「おあがりなされませ」とて只やりける。一度はもらへども二度ともらふ人なし。銘々得意の茶屋へいひつけ、桟敷代を急度払ひける。万一二三度ももらいし人はおのづから大夫本半四郎にちかづきに成、かほみせの時分には桟敷代にまされる付届、見事な祝義をいたゞく事、其外狂言がよふてもわるふても、半四郎〳〵と大坂中の贔屓つよきは此芝ゐなり。江戸にては中村勘三、是ねづよき座本とて京でもこのもしがりぬ。昔おぼえぬ近年、京よりの高役者荻野沢之丞・椹辰之助・松本兵蔵をはじめ、いづれも一日小判弐両（廿五オ）余にあたる給分。是にてさかい町・木挽町の繁昌はしれたり。江戸へゆく程の役者立身して、かへり新参の都にても又銘人のほまれを取しなり。ちかき比小島平七といへる若女形五百両にて江戸へくだる筈にきわまりし時、此親かた田中屋治右衛門といへるしあん者、京にて五百両の金子請とつてゆく事は結構なれ共、はる〴〵江戸へ一家を引こす造用大ぶん也。又役者のならひにて一年にて江戸衆に飽れ、来暮に登る事も有べし。すれば下りと登りの引こし、此五百両にてしまはねばならず、爰に智恵を出し、江戸の呉服屋と相談して、「平七に四百両そへ其方へ（廿五ウ）つかはすべし。来年中の舞台衣装・地衣装、勿論世帯方・諸色ふ自由になきやうにあてがい給はれ」といふ。此呉服屋のみこんで請取、万事賄ひて金子百両の利徳をとりぬ。京の親方ものこしたる百両、せわやかずに只取なり。京よりしらぬ江戸にくだり、世帯をまかなひては同じ買物に損おほく、中々五百両にては足まじ。所の呉服屋なれば、よろづわけをしつてゐるゆへ下直に買まわし、随分平七が心にたんなふさせて、ゆるやかなる世帯にて三百両にて仕廻、其身も百両のもうけ、互の勝手づく。此後どれも此通りにて下りぬ。野郎の仕送りをつけ（廿六オ）はじめしは田中屋治右衛門ぞかし。人みな才覚の今の世や。

㊄心と書おほえたる富貴草

商人と屏風とはまがらねばたゝづといへり。それも一旦の方便にて、其身相応に下なるものには慈悲を施すべし。世界はおし合て人はたてるものなり。昔みやこ大宮通の末に絵師半兵衛といへるあり。以前は新在家の絵所に季をかさねて末の奉公人ながら、律義に勤めて銀子三百目、十五年此かたに溜ける。今は宿這入すべき分別よく〱思ふに、此三百目の内にて世帯道具をとゝのへて、（廿六ウ）残銀を元手にして身を過ん事、いかにしてもおぼつかなし。今二三年の奉公と此分別に定まりし所に、仲人にかたられ、此大宮通の絵書の死跡、後家の方へ入聟しける。はじめ聞しは、先夫覚悟能年々に延し置たる弐貫目の有銀、後家親元近江の在所より弐人扶持の合力、皆あとかたもなきいつはり。けつく先夫病中より今迄の買がゝり弐百三拾匁の借銭をいたゞきける。されども後家のきりやう十人並といひしが、是ばかりは卑下成べし。「三つに成継娘ふしぎに似たは縁成べし」と、人にいはるゝもよしなし。今となつてかたられたるとて、いひやぶつて（廿七オ）此家を出てば、互のぐわいぶんよろしからず。其うへ女の心底ずいぶんたまか成事見とゞけしは、鍋釜の尻に炭をつけず、継子もいつしかふびんに成て、それなりけりに爰に暮しぬ。三百目の内、仲人に三拾匁と銭弐百ととられ、其外何角引のこつて弐百六十弐匁を元手にして、前の買がゝりは時々にすますべきことはりたてゝ、三人口の渡世、中々筆一本のこなしにて過られず。爰にて半兵へふんべつしてうつら〱とする内には、手と身とに成て三人袖乞する事遠かるまじ。此身はいかやうにもかたづかんが、女路途にたちて、先夫ながらへてそはゞかうは有まじ（廿七ウ）と愚痴のなげきも、ふびんは幼き者也。是を何とぞそだてあげてとらせなば、堂塔建立にもまさるべし。我子ならぬ継子を見はなせしと人のそしり、天のとがめも恐ろし。何とぞ一思案にて世をわたらんと工夫して、屏風の押絵図の極りたる草花尽・鳥づくし・仙人唐子など板下の絵に書、ひそかに板行にほらせて唐紙に摺、其うわ絵をそれ〱の絵の具にて彩色けるに、十日の仕事を一日に仕廻ひて、しかも手ぎわ一段見事なり。是を田舎問屋へおろすに、殊外下直なれば、出来次第に買人先をあらそふ。六枚屏風壱双分の押絵十二枚にて六匁とは此細工なり。丸（廿八終オ）一年が内に三貫八百匁の儲銀。其後又南京模様とて扇の絵に藍摺をし出し、一夏ふた夏世間めづらしがりて、此扇を持ぬ人なし。又五拾両しこだめける。後々は類商売、何事も三年はさせず、我一にと仕出来けるゆへ、友ぜり合にて誠の絵を書ほどの手間賃にあたれり。半兵衛は三年めに寺町通へ出て、弟子あまたかゝへ、金銀の屛風襖の下張をさせて、絵は其身次第に功者になつて、うちつけ書の菊・ぼたん、まことの富貴草を書得たるぞめでたし。

子孫大黒柱巻之二（廿八終ウ）

子孫大黒柱 巻之三目録

㈠商人の心は千里の馬

腹薬は訴詔のたね

ながれ木に千貫めの思ひ入

㈡金銀の湯釜はふだん松風

鍋町のみがき砂は鴨川の白波

難波漬ぐきは名月の花鰹（一オ）

㈢敷金はうぶきの鶴亀

堺の山帰来は下田の干鰯

反古くだされいといふてあるく賢人

㈣先陣の香のもの

毎日見てあるく目の正月

棟上の雨は天からふつた元手

㈤灸は後迄またぬ当座の仕合

今の世の蟻通 明神

石菖は目のくすり持なをした身躰（一ウ）

(一) 商人の心は千里の馬

虎の御門の春日影、五段長屋の秋の月、くもらぬ御代の時津風、扶桑国花のめぐみふかきふゆ木弥平次・きいの国屋文左衛門・三もんじ屋与右衛門、是当代町人のかゞみ、銘々の利発ゆへ大身躰と成、此下にて身を過る者幾万人ぞや。まことにその身におぼえぬ功徳莫太なり。世にはわづかの金子をたくはへ、しかも年わかにて無病にして世外の身となり、其金子の利足にて一生を楽にくらす者あり。これらはをのれ一身を愛して人のたすけとならず、誠に云甲斐（二オ）なき所存、をのづから天理にそむくべし。妻子・眷属のために粉骨をつくし、次第に大勢の人をめしつかひ、分限の名を世に顕はすこそこの太平成御代に生れあいたる徳ぞかし。昔村川屋敏（ママ）右衛門といへる普請がた功者の人あり。有とし禁裏・仙洞の御造営御さた極り、是を請取べく思ひぬ。木曽山より材木を切出し、参州岡崎の川をながし下せば、大きに勝手よき事なれども、往古よりこの橋株にながれ木あたりては橋のためよろしからざる御さたにて、この願ひを申す人もなかりき。その折の大守は日本一の御馬好のよし、しげ右衛門（二ウ）つたへ聞て是を工夫のたねとしける。商人才覚は袋のごとし。すこしの口より風をいるればひろがる事大きなり。しげ右衛門京都へ何の用もなきにあまたの荷馬をこしらへて、其うちに上馬の駿足を一疋まぜてのぼり、岡崎の宿につきけるその夜、にはかに腹痛もつての外難儀のよしにて、殿の御医者しゆに御療治をねがひ、本陣のていしゆ取次にて、さつそく御出

（四オ）

かたじけなき仕合せ。御くすり二三貼下されて快気仕り、一礼として黄金一牧。さりとはぎつとしたる付届。医者も祝着の機嫌を見すまし、しげ右衛門いへるは、「私儀京都御普請につき（三オ）罷のぼり申すに、存じちがへにて馬一疋余り、ことの外道ちう面当に御座候。飼料を相そへ置申べきあいだ、何とぞ拙者罷下り候まで御あづかり下され」の無心。医者こゝろゑてあづかり置ぬ。しげ右衛門は何角御せわの一礼停侫に申つくして、岡崎をたつて京都へのぼり、五六ケ月過よい時分をかんがへ、くだりにまた岡崎に着て、この度も医者のかたへ京みやげ立派なる付届して、「さておあづけ申たる馬を請取くだり申べし。久々御面当かたじけなし」と申す時、医者申されけるは、「さればその事よ。御自分へ大ぶんの無心あり。あづけをかれし馬を（三ウ）我ら馬屋をもたざれば、殿の御馬あづかりの別当かたへつかはしけるに、別当ことのほか見どころありとて毛をおさせて鬣を焼せ、爪をうちなどしけるに、れき〳〵の上馬これ荷馬にはおしき事とて一馬場乗けるに、さて〳〵驥逸物、足どりのがんじやう言語同断の名馬。一家中の取さた自然と旦那の耳に入、篠の馬場を乗られしに、鞍味心よく、今まであまたの馬をもとめしに是ほどの手にあふたる馬なしとて、機嫌大かたならず。それより毎日乗れて今は旦那が秘蔵馬となれり。家老衆よりぜひ貴殿へ所望いたせの内意たび〳〵（四ウ）にて、拙しや大かた請負たり。ちかごろの無心何とぞ旦那へつかはされ下さるべし。ひとつは拙しや奉公ぶりにも罷なる事、ひとへにたのむ」と余義なく申されける。しげ右衛門扨こそとゐつぼに入ながら、しばらく否の返事なきしを、「再三所望の御意もだしがたし。大守へさしあげ申すべし。此ついでに何とぞ御目見への儀」をねがひたてまつるに、「何がさて」とこのむね披露あり。さつそく旦那あい申べくのよし、医者の取もちにて、しげ右衛門前しゆびよく御目見へ仕り、「有がたし」とて家老中・用人中、その外しよ役人へ一廉の献上、これもしゆび（五オ）よくおさまり、おのづから御名じみをかうふりて江戸へかへりて、その翌ねん御願ひ申上ける。「ざいもくながし下しのぎ、卒忽に仕りては御橋株にかゝり、御橋のためよろしからず。此たび御ゆるされなば、遠いよりよけ株の柵をふり、其うちをながしとほし、すこしも橋株に材木のあたらざるやうに仕るべし」との事、御吟味のうへ、「とかく橋株にあたらざるやうにさへながしとほさば、別ぎあらじ。これまでのねがひ人いづれもさやうのもくろみもせず申出しゆへ、御聞とゞけなされず。此たびしげ右衛門ねがひのおもむきはもつともなる致し（五オ）かた」とて御ゆるされて、しけ右衛門有がたく存じたてまつり、思ふやうにざいもくを切ながして、手廻しよく大きにもうけてとりし昔ばなし、今の世の人猶工夫すべき事なり。人にはなじみちかよらねば、大望はとげかたし。衆人愛敬なくては諸道成就しがたしと古人もいへり。一年かゝつて伝なき家中に名じみをもうけ、そのうへにて訴詔を申す事、これまはり遠くしてかへつてちかみちなる思案ぞかし。人みないそぐゆへにしぞこなふなり。それも物によるべし。大火事と聞て苫・引板を買込事、半時でもはやい人はもうける。お悦び事のつゞく（六オ）年は、餅米をあとに売人かならず徳をとるといへり。

㈡金銀の湯釜はふだん松風

人の智恵は九ぶん十ぶんなる物かな。しろきをいはんとて源氏つやおしろいといへば、そのとなりにはあかきをしらせんとて平家ひかり紅と書り。惣じてかんばんは事々しくあるべし。何のかんばんにても十二年人に見しられては、三人扶持はたしかにあるものといへり。当分売ぬとて、気みじかく引べからず。お江戸本町弐丁目、万病薬王丸といへるかんばん、はじめは見かくる人もなかりしが、いつのころか法華宗、日（六ウ）蓮大菩薩の幼名を薬王丸といへり。いかさま祈禱にも成べき売ぐすりとて買はやらかし、もとより直なる人ごゝろに奇妙あらはれ、それもこれも病をたすかり、今はお大名のおこしかけられてもくるしからぬ見せつき、金銀の湯釜をたぎらせて絶ずこの門に人だちおほし。売薬にはめづらしき仕にせぞかし。又神田鍋町、兼安ゆうげんがみがき砂、是有馬の湯の花を京の加茂川に七へんさらし、元日禁中の御歯固にさしあぐる事ちがひなしとて、江戸中へ売ひろめ、いづれも近年に金銀を仕出来ける。是めでたき所はんじやうの場びろきゆへなり。京にても祇園町の源氏（七オ）たばこ、御旅町の独脚枕、是ちいさき思ひ付にて大銀にならず。大坂には難波漬ぐきとて名月から売出し、さてもめづらしきといわれて、やう〳〵夫婦の口過。銅の手ぢやうちんはあたゝまりにてらうそくはやくもゆるとて、ついにはすたりぬ。ちやんぬりの梅花うるしもたばこ盆と行灯とより外の道ぐには匂ひうるさし。たゝき納豆も春夏は手があがり、いろ〳〵工夫して花鰹かきの仕出し、是も家ごとには入ず。何をせふにも元手がなし。芸のない人は富のあるきより外に、急に思ひ付はない世ぞかし。

㊂敷がねはうぶきの鶴亀（七ウ）

泉州堺天神の前に、糸屋長右衛門といへる大分限しやあり。そも〳〵此人の成たてを聞に、同じ堺のうち、長崎へ下る商人の僕にて、十三にてはじめて供して長崎へくだり、私銭にて山帰来三斤を三匁弐分に買、是を堺へもちてのぼり、爰にて売ずして、親方の手船江戸へ下る其舟頭にたのみつかはし、「江戸にて売はらひ、其銀いくらにても有ぎりに下田にて干鰯を買もどり給はれ」との事。舟頭心得て江戸にて山帰来三斤を四匁八分に売、さてあつらへのとほりに下田にて干鰯十俵買もどりて、堺にて是をわたせば、和泉の百姓へ七匁に売ける。爰にて三匁八分の利を得て、商はじぬ（ママ）（八オ）として、次第に大商人の羽がい下に付て才覚をめぐらし、親方に廿年旧功して、自分の商売見せを出せし時は現金千八百両。それよりの仕合せはいふに及ず、今長崎にて堺衆の入札の時は、此糸屋遅ければ待合して札をひらかず。是ほどに人に思はるゝ

(九オ)

は商人の面目ぞかし。昔紀伊国に樽屋あり。此一子明くれ砂手ならひにて能書となり、後には医学をこのんで良医の弟子となり、家伝の書物をうつしとるに料紙なく、家々に反古を乞て其うらに書しるし、終に名医の名を天下にあげて、桶屋養安とてかくれなし。誠に弱は学者の大患とかや。これ上根にて仕通し、世(八ウ)のたからとなり、身の幸となれり。黄金の手つだはいではならぬといふは、皆その人のぶきりやうゆへなり。いでとおもはゞものにならいでは、皆目ふたつ口ひとつを過かねて人のしりにつくは無念成事なり。金銀の減よりもうけるかたははやきものといへり。いかさま百目より壱貫目迄は溜にくきものなれど、壱貫目より拾貫目に成事は間のなきもの也。娘の生れたる年銀子壱貫匁のけをけば、その娘十六にて嫁入する時は、此壱貫匁十六貫目に成事慥なり。四年一倍の利ざん用は誰もしつた事で、それをわするゝは人の常なり。(九ウ)

㈣ 先陣のかうのもの

鳥つかれて枝をえらはず。人は身過の為なれば何をしても恥にあらず。ぬすみこそ恥なれ。爰に大坂大宝寺町に古糟買の権作といへるあり。銭壱貫を元手にして妻子をはごくみける。是も久しくこの道をおぼえけるしるしぞかし。大坂中をあけてもくれてもふご俵をかたげて、古糟を買あるく。奈良漬のかうのもの喰その家々は、いづれもあだなる居形はなし。今橋天五といへる両がへ屋へ西国大名の蔵納銀七百貫目持きたり、「これを包で」といふ（十廿オ）に、其銀子は其まゝ置て蔵より七百貫目手前懸の包を出して、引かへてつかはす。「扨も銀は有所にはあるものかな」と目をよろこばしてゆく。肥前屋には千石の蔵手形十八牧質に取て銀を借。川崎屋には当月中ののぼり鉄、代銀弐千貫目の帳〆。北国屋には弐千両の保太木を日用にさばかす。平野町の小松屋には江戸へ下す干瓢の箱詰代金五千両といへり。長堀の和泉屋には伊予銅の入札三千七百丸のさし銀売。ひがしぼりのかいふ屋には朝鮮人参の一斤箱卅五土用干してせうのふをしかゆる。鴻池には井戸茶碗弐百三十両に付しを、十両のちがひに（十廿ウ）て京の玉忠に買れてのこりおほきといへり。それよりくるわにゆけば、槌屋の高田といへる太夫を千三百両にて請出した跡にぎやかしあり。道頓堀には木津の何がし、山下宇源太に十五間口の家を買てやりて玄関がまへの普請、けふ棟上にて雨が三粒でも降がしとねがふ。さりとは人に幾段もあるものかなと毎日行さきにて見る事うら山しく、ある時は頓欲おこり、又ある時は無常心に成ぬ。されば三千両よりうへの分限は其身の才覚ばかりにて成がたし。第一人々運によるといへり。此糟屋権作姉、四国がたの武家につとめゐけるが、奉公しゆびよく御いとまを給（廿一オ）はり、大坂へかへる時分、金子三十両下されける。是を弟権作へあてがい、「元手にして何成共思ひ付の商売せよ」との事。さすが兄弟なればこそとよろこびける。しかれども此年迄古糟を買あるく事より外の商売のすべをしらず。なまなかしつけぬ商して、天からふつたやうな元手をうしなひては、一生このまゝにくらさんも無念なり。何とぞ糟を買あるくうちによろしき商の見たてを心がけしに、其夏江戸へ積し酒の糟のこらず売ずして大坂へもどり、新糟のつかへにてをのづから古糟さばけずして、数年の身過此時取うしないけるこそうたてけれ。ある日（廿一ウ）今橋の江戸問屋にて手代共のはなしするをよそながら聞に、「当年は関東筋大日でりにて、瓜・茄子の切もの」といふ。扨は江戸より糟の売あまりて登たるは尤なりと爰にてふんべつして、三十両を元にして天満の市にて瓜・なすびをすいぶん下直に買まはし、江戸より積もどりの糟を買込、ならづけのかうのものをしこみ、六十樽江戸問屋をたのみ、積くだしける。此思ひ付、歴々数年の江戸問屋も気がつかず、先をこされけるこそ残念なれ。此かうのもの江戸につきて切ものゝあがりをうけて、金子弐百六十三両弐歩仕切状の表たしかにうけとり、それより（廿二オ）古糟買をやめて、ぬりもの見世を堺筋に出し、段々打つゞく仕合。亀屋と家名をあらため、数十人の手代をつかい、旦那様とうやまはれ、子共に皷迄拍する身袋となりぬ。此時にいたり、誰か古糟買といふ人なし。只心がくべきは身過そかし。

㊄灸は後迄またぬ当座の仕合

蟻通大明神のいはれは、むかしもろこしより七曲の玉の穴にいとを通してかへせとてわたしける。諸卿おぼしめしわづらはせ給ひけるに、そのころの中将なりし人の親蟄居しおはしけるに、ゆきてたづ（廿二ウ）ね給ふに、「是やすき事なり。こと〴〵く穴の口に密（ママ）をぬりて蟻の尻にいとをつけて嗅せよ。みつの香にひかれて蟻のこらず穴を行めぐり、おのづからいととほるべし」と、をしゑ給ひしまゝにせしかば、たやすくいとをつらぬきてもろこしにかへしたまへば、舌をふるはし日本の人をほめけるとなり。其をしゑし人こそ蟻通明神とあらはれ給ふ。爰に江戸青山のほとりに瀬戸物屋三右衛門といへるあり。ひとりある母に孝をつくし、たまかなる心より万事細工をこのみ、水打の作り花も祇園町の髭にをとらず、絵も養朴が又弟子に成て我流にあらず。一ころ江戸（廿三ウ）中にて同し詠めものには、石菖は目のくすりとてはやりける。お大名のお寄合ごとに此石菖弐百三百入けるゆへ、瀬戸物店の石菖ばちのこらず売きりける。ある時去お屋敷の御ふるまひ来月十日に極り、是に石菖鉢弐百五十御用にて唐津へ仰せつかはされんにも、舟日和のほどおぼつかなし。何とぞこれをとゝのへんとて、御買物役人江戸中の瀬戸物店をたづね給ふに、やう〳〵三十ならではなし。のこつて弐百弐十を毎日御吟味なさるれども、とかくにはやりものゆへ自由にとゝのはず、御饗応の日限はのばされず、何とも

（廿三オ）

倒惑の所に、（廿四オ）瀬戸物屋三右衛門これを聞つけ推参仕り、「中五日が内に弐百弐十の石菖鉢急度指あぐべし。たゞし壱つに付代金は三拾両」と申す。是高直成ものなれど、時の用にさへ相たてなば金子下さるべきむね、かしこまつてのち、つねの鉢の底に水抜の穴の形を墨にて所々†にしるしをつけ、其うへにもぐさを置、火をつけてやいとを居て錐にて穴をもむに、何のぞうさもなく水ぬけの穴出来して御注文にあわせさし上、代金頂戴仕り、急御用相たつしたる御褒美とて、外に黄金三枚・御時服まで下され、有がたき仕合せ。かゝる一時せうぶの商は余国に（廿四ウ）はさたもなき事。さすが江戸の金もうけ、立よらば大樹の影、あをぐもおろかなり。そのゝち此三右衛門たとうがみの水呑を仕出し、道中・火事場・供先の調法。すたる紙くずを金にするは小細工の利たる徳ぞかし。又それより、こんはつすといふものをおもひ付ぬ。これ径を引にゆがまず、引うちにこんはつすのうちより墨よいかげんにながれいでゝ、くらがりにて引てもゆがむ事なし。この工夫にかゝりて大事の家業疎末になり、いつとなく身躰くつろぎそめけるこそうたてけれ。それよりひだり相撲とるごとく、するほどの事もんちになりて、ついには有金をなくしける。（廿五オ）惣じて人間覚悟あるべき事なり。身ぶんの産を外にして余の事にかゝるもの、いづれかその身をもちかためしためしなし。これ侍・農・工・商にかきらず、出家の身として金銀を利足、武士の刀・脇指の売買、百性の鞠・楊弓・茶・香のあそび、町人の馬の稽古、医しやの料理ごのみ、座頭の兵法、女の相僕（ママ）見物、社人の仏学、いづれも身の常を忘れ、たとひ仕おふせたればとて、すこしも手がらにならず。おのづから先祖の霊魂ににくまれ、天道の理にそむく。傾城はいつはりをいふはづのものにて、まことをいふはそのみのいつはりなり。きつねつりはきつねをつるが家業ゆへ、ついにきつねにつかれたるた（廿五ウ）めしなし。野郎は四十迄もふり袖着るが商売なり。すでに観世左近七十にて楊貴妃のかづら事、これ役者の六十一にて、女郎買の狂言するに同じ。我人そなはりたる外の事に精出すは不覚悟のいたり、臍を噛にちかし。此三右衛門、家業の外の事に工夫をついやし、むかふばかり見て手まへの損をわきまへず。是より我と夢さめて、諸事ふりすてゝ代々の瀬戸物商を一心不乱に精を出しける。是より天の憐みあつて、ある時思ひ付てしおぼへける。惣じての焼もの、焼ぎれにて疵も見えずして底の洩事ありて用だゝづしてすたるなり。是に餬のねば湯を入て火（廿六終オ）にかけてかわかせば、その見えぬほどの疵へみな引こみて、そのゝちは火にかけてもすこしももる事なし。これ瀬戸物屋にて瀬戸物の工夫、脇道にあらず。同じ店より疵ものを下直に買あつめ、この伝にて上ものに仕なし売けるゆへ、又もとの身躰に取なをして、いよ〳〵一向の商ごゝろゆだんなくつとめ、末はんじやうの青山、わらふ春の門松に、かへり新参の福の神をむかえおさめける。

子孫大黒柱巻之三終（廿六終ウ）

子孫大黒柱 巻之四目録

㈠照降なしの雨合羽　紀州にかくれなき銅山士
大晦日を元日の酒宴

㈡払ふても戻る代々の宝銀　首にかけたる袋はふしの粉
おぼへちがへの壱くわんの銭（一オ）

㈢松諸白は身躰の継木　日本奉公人の手本
善悪ちまたのわたしぶね

㈣甍をみがく墨塗の瓦釘　夫婦の心はやはらかなたばこ問屋
長者の綱に取ついたむかし

㈤商繁昌末広扇子　親仁の異見に傾城買なとはいわず
にせられぬものは江戸むらさき（一ウ）

（一）照降なしの雨合羽

博物志に白沢図といふ書を引て、黄金の精を石嘯といへり。そのかたち豚のごとし。これ人家にありてしろねずみを妻とす。又上に丹砂あるその下にはかならず黄金あり、上に磁石のある下には銅あり、上に陵石ある下には鉛・錫あり、上に赭石ある下には鉄ありと管子に書り。これもろこしにて見おぼえたるしるしなり。されば日本は蓬萊国といへるも宜なり。いづくの土砂を堀ても大なり小なり金・銀・銅・鉄のなき所なし。されどもその仕当にあわざるゆへ、ず（二オ）いぶん造用にあまりて、金銀を儲べき山を見たててこれを稼事なり。世に人のすまじきものは銅山といへり。むかしはしらず、近代銅山にて金銀をもうけたる町人は安部小平次・北こく屋吉右衛門・いつみや吉左衛門・大坂屋久左衛門・前島彦太郎、此外にはさのみ世にしらるゝ程の人なし。又山にかゝりて身躰をつぶせし人は幾万人かぞへつくしがたし。皆強欲にてどかもうけをねがひ、曽て不案内なる山にかゝるゆへ、仕込の外に人に謀計るゝ損おほし。銅山にても、さながら金銀をかためてもうくるものにもあらず。それを下下まであかうらの小袖を着かけ、座頭をよびよせ、（三ウ）遊女を入こまし、仕末は山の神のおきらいとて大気にまかなひ、始終の勘定をわきまへず、後にはその身の身躰を粉にはたきて、そろ〱又人を謀計こむ思案、さま〲のいつはり。昼ぬす人とこれをいふべし。いづれも立身しられたる町人の咄を聞に、一切さにはあらず。まづこの道鍛練といひ、殊に土中のさたな

（三ウ）

（四オ）

れば中々当分別して無用の物入をせず、山のみたて心にちがへば少分の損のうちに見きつて仕廻、又一だん存じよりにちがはねばそろ〳〵とあとたのみに普請をしかけ、しこまるゝ水をぬく事、第一のかんべんといへり。多田のかなやま大さがりはむかしのさた、今にた（三ウ）えず堀出して国土の宝となれり。これ功者なる山士代々の渡世にして、きほひをくれ更になし。爰に岸うつ波みくまのゝほとりに、新庄屋清左衛門といへる銅山士あり。此人の身もち世間にいふとはかくべつなり。大ぶんの山士の身として一代きぬものを身にあてず、花いろのもめんぬのこにわた三百目入て、肌にもめんのひとへじゆばん、小倉島の袷羽織、うらにさらしの古かたびらをつけて、是より外に衣類をこのまず。奉行しゆのまへ出る時も、相かはらず鬼綟の肩ぎぬ、高宮の下ばかま、幾年か折めをきらさずたゝみをかれぬ。一子清右衛門・手代にいたるまで、いつれも降照

(四ウ)なしにもめん合羽を上ばりにさせ、問符口の小屋にて帳あいの隙にはたばこをきざませて下財共に商ひ、堀子の妻子の外、一切の女すこしにても遊女がましきものを山内へ入ず。正・五・九月の日待にも一銭勝負もさせず、上下の台所をかくべつにせず。その身菜ごのみせねば、下々年中魚鳥の骨も見ざれど、これをうらみず。手形帳の外は諸方よりの書状を先ぐりに帳にくゝらし置、新しい紙をつかはず、手代紀州より大坂へ毎度用事につきのぼりくだりする二日路の道中に、茶の銭の勘定いさゝかこれを聞ず。子細は、「咽がかはかば餅を買ふべし。又はわらんじを買べ(五オ)し。茶をそこにてのむべし。茶の銭とて外に入ず。一切この心がけなきものは商人に成かたし」。此おやぢ、あるとしはじめてかゞはぶたへの浅黄白むく一かさね、ちりめんのわた入羽織をこしらへられしこそふしぎなれ。ずいぶん念を入ておさめをき、そのとしの大晦日に朝疾小袖に着かへ、家来のこらずよびあつめて酒もりをはじめ、終におぼえぬよい機嫌にて年をかさね、元日には又いつもの花色ぬのこに着かへて、いづれもへいひわたさるゝは、「仕末は元日より油断有まじく年中苦労を仕続けて、大晦日一日に栄耀をきわむべし。世に不覚悟なる商人、正月・節供といふには着かざりて節(五ウ)季・師走に取みたず(ママ)。これ年中の日をおぼへちがへし身もちなり。かならず一年はたらきて、一日の大晦日、年の名ごりといひ春をむかふる日といひ、此一日は三百六十日にかへがたく大せつなり。くれ〴〵大晦日に酒宴してあそぶ覚悟わするべからず」との金言。行年めでたく七十三にて往生し、猶後の清右衛門も親の各式にそむかず、世にはすわ成山士ごゝろをもたず、実躰に身を持けるゆへ、いよく山もはんじやうして、たえず永野の山のかねの鉉はひかりぞまさりける。いかで仕末をきらふ山の神の有べき。浮世山士の謀計子どものいふ事、かならず誠にすべからず。大やう欲の（六オ）ふかき人が山にかたらるゝなり。人並の智恵有ながら欲に目が見えず。新庄屋のおやぢの事を知人にたつねて眠をさまし給へかし。

㈡払ふても戻る代々の宝銀

いにしへのならのみやこの八重ざくらはいまの祇園・清水・高台寺。爰の花過て御室・北山のさかりに又群集する事、これひとへに世のはんじやうのしるしぞかし。唐舟の泉州堺まで入し事もさのみ久しき事にあらず。平戸へ着し事は五十年にをよべり。長崎はちかき事なれど、秋舟阿蘭陀一時にて、（六ウ）爰のはんじやうふに及ず。唐と日本の大商、五ケ所の商人金銀をつみかさねて指出しの思ひ入、前後をあらそふ。いかにもろこしよりも、この国にわたらずしては大ぶんの売物さばけずといへり。就中堺は唐物の商人おほし。風俗京に似てすこしかたづまりたり。大坂は江戸につゞいて人ごゝろつかへず。ちやせん髪にまへ帯しても、百貫目の商もいびふたつにて埒明、大かたの商人相応の両がへと取くみ、振手形にて取やりして天秤をたゝかず。されば弐十貫目・三十貫目の丁銀を中々正銀にては、人隙大ぶんかゝりてさばけがたし。京は第一職商（七オ）人にて、万事念を入て麁相をせず。それゆへ身躰つぶれる者もなく、又仕出来商人も希なり。近年にては、富山・三井が現銀懸直なしのしにせより外に、模様のかはりたる商人なし。家原・玉屋・三木・久須見・那波屋・辻・伊豆蔵・松葉屋・吉野屋・井筒屋・菊屋、いづれも代々の分限者にて、金で金をもうける友呼長者ぞかし。こゝに下京のすゑ、壱貫町といへるにひとりの後家あり。ずいぶんまづしく、その身・かたちのふつゝかなれば、後夫に嫁すべきにもあらず。悴を養育して住侘ける。いとなみ何のしおぼへなく、古釘をあつめ、これをおはぐろに（七ウ）こしらへ、島原の傾城に二銭三銭のちよくをきわめて計売、悴か首に紙ぶくろをかけさせ、これにふしの粉を売せ、世をわたりけるに、いつしか仕末能、大晦日に銭壱貫喰のばしける。これよりつぼね女郎に日銭をかしそめて、わづかの利ながら、つもれば大分に成ものかな、十年があいだに金子百両になりて、これより小銭見せを出し、島原へ行人のこまがねをつりかへ、小判を一歩に切かへ、次第に金をのばし、後には五条通に池田屋市右衛門とて歴〳〵の両がへ屋と成ける。この母六十にて病死しけるに、悴市右衛門性得質朴にて物事利勘を廻し、葬礼の諸色をず（八オ）いぶんかるふこのみ、万事壱貫三百文にて寺へあつらへける。この心入なればよろづに一銭をおしみ、百の銭に壱文のふ足をつきまぜて売わたし、壱貫文にて一文、拾貫文にて拾文、百貫にて有百。これもつもれば大ぶんの事なり。今節季の銭に突倒しとて一段相場の下直なは、此家の仕出しとかや。一生女房をもたず、金のつく養子なればその親もとの筋目にかまはず幾人にてももらい、のちはその子共を方々へ仕わけ、同じ銭見せを出させ、売んと思ふ時は脇の見せより買手を出し、相場のけい気をつよく見せかけ、よいはづ

（十廿オ）

みに売て仕廻、をのづから京（八ウ）中の銭相場は此見せにしたがひぬ。又この家にむかしより丁銀壱丁にて六拾匁ありて、つきのよき白似せ有。これいぜんにていしゆふ目利の時、かづき置ける。これを重宝するいはれをきけば、いづかたへもつきまぜてつかはすに、うけとる人、「これはつきのあしき丁銀、かへ」といふに、「成ほどこの丁銀手まへの極印うち置、おぼへある銀なり。いつにても先へまいらざる時はかへしんずべし。まづつかふて見て」といふに、請とりてかへり、又三日過て「いよ〳〵つかはれず」とて持参するに、「成程こゝろゐたり」とてかへてつかはす。そのかへ銀に五リン壱分づゝかるめをつかはし、いづかたへもこの通にて四十年にをよべ（九オ）ば、此丁銀かづきながら、そのかる目にてこの元ははるかいぜんにとつてしまいぬ。のちは池田屋の六十匁丁銀とて世間おしわたりに通用して、行とまりの所よりかへにきたるゆへ、あるひは五ケ月・七ケ月にてもどり、そのあいだ正真のかはりにはたらく、この利足はさん用の外なり。ものはしにせの有べき事なり。あまり此親仁世智がしこく商するゆへ、せけんより「池だやは茶わんの破を買こみ銭座へ売ゆへ、新銭のはしかく、われるはもつとも」といへり。これは何もしらぬ人のわるくち成べし。何とて茶わんの破が銭に鋳らるべきぞ。銭の鋳形に、さやしとて入事成べし。そのゝちは此おやぢ商（九ウ）の仕かたをかへて、ずいぶん律儀に成ぬ。銭を買にきたる人、銀の目をあらそふに、みすく〳〵かるき銀にても買人のいふほどにして銭を売せ、何十匁といふてもてくる銀なれば、見分して十ちがいさへなければ、これを懸あらたむるにもをよはず、すぐにをしはなして銭をうりけるゆへ、人さのみいつわりもいはず、「何十匁はあれども、銭の代なれば壱分つよふとらしやれ」と買手からあてがいて利を取する。これこゝろなくして人をよぶ商人の利発、わかい者のよい手本ぞかし。とかく年よつても商に心はたらくゆへ、次第に出見せ・本家ともにもうけつよく、大商人の数に入て、さかへ久しき松原通に隠居家（十廿ウ）敷をもとめける。

㊂松諸白は身躰の継木

日月の恩、父母の恩、主君の恩をべつしてわすれまじき事なり。下々町人の小者、赤髪にてきたり、はじめはたばこ盆のそうぢ、次第をくりに手代の給仕、小買もの使あるきして、角いるゝより半わかい者とてそれ〳〵の用につかはれ、前髪おろして親方の足手の代となり、仕切状・相場状・懸取・元〆、そのきりやうく〳〵によつて家の商のすべをおぼえ、後々は主人の威光をかりて百貫目の商も人の相手に成かねず。これおの（廿一オ）れらが性念次第なり。主人つかいざかりとたのみしに、おもひの外自分商に肝ふとく、主人もしらぬ揚屋にちかづき、太夫本にまでねんごろありて大きに引負して、親請人の難儀をかへり見ず、取逃・欠落、これ科人のうへの科人なり。妻子のためにぜひなくぬすみする者世にあり。これはわるきうちにも道理も有ぞかし。此まへかうのいけ屋へ押込のぬす人十三人の内に、森田屋が手代一人ありし。さりとは奉公人の身としてよく〳〵のふてき者。ようはこのぬす人の仲間へは入けるぞ。つね〴〵すべき奉公は勤めず、小やど這入してあほう酒をくらい、酔まぎれに一味せしものと見えたり。嘸後悔(廿一ウ)に有べし。恥を梟木にさらし、名を親かたまで笑はすは言悟同断の曲者なり。奉公人の慎むべきは酒也。問屋の手代などはきやくの機嫌を取ために酒あいの上手なもよけれども、それはまれ〳〵のさた。下戸のかたにはふかき仕損じなきものなり。こゝにむかし播州姫路の脇に落窪屋次郎兵衛といへる町人、代々分限にして、質と酒との両商売、をちつきたるしにせなり。又同じ所に玉屋三右衛門といへる呉服屋ありけるが、室津の小野町へゆき、傾城の買論にてしかまづの町人をこゝのわたし場に待ぶせしてしゆびよく切ころし、立のく折から、落窪屋次郎兵衛しかまづへ酒(廿二オ)米を買にゆきてもどりけるに、見付られける。三右衛門、次郎兵衛と日比懇意ゆへ有のまゝにかたり、「かならずさたし給ふな」とたのみける。次郎兵へ、「何がさて」とかたくけいやくして姫路にかへりてのち、きられ人の親類共、相手の吟味を御代官所へねがひける。即時に相手立のきたるうへ御吟味むつかしく、いろ〳〵御僉儀のうへ、しかまづのわたしの舟頭を御吟味なされ、「其日夜に入て、何所〳〵の在の者幾人わたしけるぞ」との御たづねに、舟頭「その夜にかぎり旅人壱人もわたさず。姫路者弐人わたしける」と有のまゝを申につき、「姫路より弐人、しかまづのわたしをこしけるものは何者ぞ」(廿二ウ)ときびしく御吟味なされ、落窪屋次郎兵へ・玉や三右衛門両人に極りける。すぐに牢舎、両人共に家財欠所仰せ付られ、きびしく哮問なさるれども、いつ迄もそんぜざるむね。何ほどあらそひてもこれ科人に相極りける時、玉屋三右衛門白状しけるは、「たとへ責ころさるゝとも、人ごろしの科には落まじきかくご。そのうへしかまづのわたし守に金銀大ぶんつかはし、この事かくしくれとたのみしに、金銀取ながらその夜わたしとほせし訴人、ちかごろきやつが心底憎ければ、のがれふものならば命をたすかり、舟頭めにおもひしらせんとおもふばかりにてこれまで陳し候へとも、科なき次郎兵衛を我ゆへに同じ(廿三オ)罪に墜さん事、ちかころふびんなり。次郎兵衛は男にて、一たんたのみしけいやくをちがへず、これまで同じ困人と成りけるこそくわぶんなれ。次郎兵衛が命をたすけんばかりに申すなり」とて、切ころしたる一々を我と白状し、「このうへの御慈悲に次郎兵衛を御たすけ下さるべし」とのねがひ神妙なり。三右衛門一人のしわざに極り、死罪におこなはれ、しかまづのわたし守はだん〴〵の不とゞき、同罪たるべけれども、御慈悲のうへ追放仰せ付られぬ。「さて次郎兵衛事、もつともたのまれしゆへ訴人仕らざる所はことはりなれども、御代官所へ対しては不とゞき千万なり。これほどの御吟味、諸人の難儀をかへり見ず、上をかろしめふかく(廿三ウ)隠しける事、御赦免なさるべきおもむきにあらず。かさねて何やうの御吟味有まじきものにあらず。その時はいづれもよき事におぼへ、互に科をかくし合べし。これ国賊といふものにて、たすけがたき掟なり」とて、そのまゝ牢舎仕りけるこそうたてけれ。こゝに次郎兵衛が下人に市兵衛といふ者あり。

主人牢舎の後、外の下人共は墜を見すて銘々に身がまへし、所を立のきけるに、市兵衛一人主の妻子を介抱し、福田といへる在所へ引込、いろ〳〵はたらきてはごくみける。このたび科人相知て死罪におこなはれ、次郎兵衛は上を犯たる曲事にて牢舎のよしつたへ聞て、三里ある在郷より月に六日の訴詔日にかゝさず御（廿四オ）代官所の白洲にかしこまり、「次郎兵衛命御たすけ下さるべし」とのねがひ、御取あげなきに、三年があいだ一度の訴詔日にもおこたりなく相詰ける。上にも次郎兵衛義は同類にもあらざれば、これまで牢ぐだしにてたすけをかせられける。ある時、訴状御取あげなされ、「宿は」との御たづねに、「野じゆく仕りて罷出る」と申す。これこゝろゑたる御返事なり。とかく御評定のうへ、御慈悲の御代なれば、市兵衛か下々として主を大せつに存ずる心底御褒美あつて、次郎兵衛を出牢仰せ付られ、そのうへ御闕所の金銀・家財のこらず下されけるこそ有がたけれ。ふしきに親子・主従の対面めでたく、次郎兵衛は我子をさしのけてこの（廿四ウ）市兵衛にすぐに家督を譲り、その身は法躰しける。市兵へ辞退のうへ達而主人の了簡もだしがたく、次郎兵衛子どものうしろ見として身躰一式をさばきけるに、すこしもよこしまなく商売に精を出し、毎年のびる店おろしを次郎兵衛入道に聞してよろこばせける。これ町人の下人にはめづらしき心底。なをゆくすゑさかへて高砂の松諸白といへるを造出して、お江戸までもかくれなし。

㈣ 甍をみがく墨ぬりの瓦釘

生あれば食あり。さのみあんずるは損なり。大坂の川口にて、元舟の古綱をひろひてこれを夜々すさに切（廿五オ）たゝきて、へつい屋へ売て夫婦身を過る人あり。すいぶんかつぐ〳〵に朝夕のけふりもほそきうちより、すこしづゝ喰のばして銭を溜て、古油樽を買、これを瓦釘にけづり、普請のある家々に売ける。鉄釘よりはことのほかつよく、雨にくさらず、大坂中の調法といへり。油樽一つを四匁五分に買、瓦釘七百本にけづりたてゝ、百本弐匁七分づゝに売て大ぶんの利なり。そのうへけづり屑はさん用のほかのもうけにて、次第分限と成、葉たばこ問屋に取つき、和泉・河内を引請て歴々の商人、松屋町筋にかくれなきとんだや九右衛門、居ながらの屋敷をもとめられし町ぶるまいの、酒に酔てもどりし人のくだばなし、何べん（廿五ウ）も同じ事をきゝぬ。

（廿六オ）

㈤ 商はんじやう末広のあふぎ

世に名物おほしといへども、江戸むらさき・加賀けんぼう、これ余国に真似る事ならず。外の事は、当世かしこき人いかなやる事にあらず。みやこ二口屋能登がまんぢうも亀屋和泉にしをとされ、川の端道喜が粽も道和とて外に出来、鼠屋が柄糸も栗鼠屋にまぎらかされ、梅木和中散も栂木とて似せがあり、めうちんとみやうちんの目ぐすり、いづれぬからぬ世ぞかし。辰松八郎兵衛も追つかれふかとてこゝろぐるしといへり。惣じて今の商人（廿六ウ）利をあとにとつて、あはぬ人奉公をいくたびもする事なり。難波さどじまに扇風といへるあり。外の揚屋にては客を見かけ、女郎を買々とすゝむるなり。これ茶屋の餅もしゐねば喰にくきといへるむかしふうなり。扇風かたにてはずいぶん酒・肴のうつわものまで向上にしてのこらぬていしゆぶり、女郎を買といふ事なし。かへらんといへば大門口まで送りてこしをかゞむる事、ゐひのごとし。是ゆへをのづから素戻りに成がたく、道までかへりても五人の内に三人、三人の内にふたり、ぜひ無分別をいひ出して、「いかにしてもよいいきかた。あのていしゆぶりのあげ屋にてあそばいでは」と、とつてかへして朝こみのやくそく。それよりつゞ（廿七オ）きになり、ゐびたしになりて、こゝにて金銀をおしまずさま〴〵思案の外の事をするそかし。これ扇風がちゐなり。いづれか女郎買にあたまから金つかをふと思ふ者一人もなし。時のひやうしにのり、そのしゆびづくにて、女房に三年も小袖して着せぬ宿のせつなさを、爰にて夢になつて小判を蒔事、みな人のならひなり。惣じて傾城ぐるひによいかげんといふ程のなきものなり。しぜんと福の神の御ひかへにて、居宅の一軒ものこるはめづらしき事なり。なまなか揚屋にてさん用づくをいはんより、根からゆかぬかたがましなり。伊丹の源といへる男、女郎に無心いわれ、のがれがたく、「金子十両取かへ申すあいだ、手がたをこさるべし」(廿七ウ)とて書せてとりぬ。此事かくれなき事なり。此気にては揚屋酒にはやくいきつくべき事なり。有人子共に異見しらるゝを聞しに、「かならず遊女町へゆくべからず。ゆくとことの外儀理出来るものなり。その義理をかきて親のまへをつとむるは不どゝきなり。又遊女に儀理をたてゝ親に虚言をつくは大き成不孝なり。かならず足をふみこむ所にあらず。かしこい者ほどよろづに気がつきて金銀をしうしなふ事、人よりはやし。さておもしろき所にはきわまつたり。人はそのおもしろい所へゆかずして否な所へゆくべし。我すいた事を一代せまいとおもへば、をのづから分限になるものなり。金銀の大せつ成事、三つ子もしつた事なれど、(廿八オ)おもしろさにこれをわするゝなり。これさのみ科にあらず。ずいふんきらいな事をしてあそべ」と、をしゑられしはもつともぞかし。色欲はその身をほろぼす事火のごとしと、古人もいへり。其うちにもけいせいは雲上ぜんさくばかりにて、味噌・塩の事かりにもいはず、儀理あつてなさけふかく、親のよびむかへくれししろうと女とはかくべつのものなり。され共大ぬさの引手おほく、心底はかりがたし。これけいせいの科にもあらず。その身の勤なり。商人の勤めはそれ〳〵に似合の帳面をなぐさみにくり出して、付おとしなきやうにすべき事。此扇風がやうにいづれの揚屋もすべき事なれど、まねのならぬ事は、元手のなき商人みす〳〵のあがりを見かけながら買置を得せぬにをなじ。たゞ人の家にありたきものは松・楓とはいへど、ちかみちに金の生木ぞかし。

四之巻終(廿八ウ)

子孫大黒柱 巻之五目録

㈠六千貫目の晴簾
　からかさ一本に主をかくまふ忠臣男
　臨終の仕末を一首の狂哥

㈡二度かゝやく丁子灯
　夜め遠めのすりこみゆかた
　傾城ぐるひの外の勘当帳点をかけたる百貫目（一オ）

㈢反古染はからにしき
　さねかづら売は人に知れし江戸の金持
　砂糖に喰付世帯の取つき

㈣贔屓は江戸に有樽には大の字
　商ひは三ねんめに大麦醤油
　かんにんづよき亭主の仕合

㈤商人は心のはや鐘
　楊枝にさいて取金もうけ
　鋤鍬は在郷の長刀（一ウ）

(一)六千貫目の晴簾

堯・舜の子に聖人なし。きんひらに子のありたりとも弱かるべし。人は畢竟一代ものとのりやうけん、至極の理はしかなりとはいへども、子孫のために武士はふたつなき命を戦場のゆふべにうしなひ、あしたにほまれをのこし、町人は商のかけひきに昼夜心を労し、身をくるしめて金銀をもうけため、家のしにせをゆづる事を第一とせり。いづれか子をおもはざる親なしといへども、位牌知行のさふらひ、腹からの分限者、先祖の恩を取わけふかくおもひしるべき事なり。こゝに泉州堺中浜に銭屋宗安といへる人、一生(二オ)ものゝついへをかなしみ、明くれ商にゆだんなく、大ぶんの金銀を仕出来し、堺長者のいび折にも三ばんとはさがらず。天下一ばんの簡略者樋口屋かたより、ある時柿の葉に手がみを書てこしたりしさへさのみよいとはいはず。その返事を使のものゝ背に書てもどし、「これ柿の葉などの事にても、人は徳を取ふんべつ朝夕わすれまじき」と手代どもにいわれし、その身持つど〳〵いふに及ず。行年七十二才臨終の時、現銀六千貫目、家屋しき京・大坂・長崎かけて都合三十二ケ所、田地三百十八丁、一子作左衛門への譲状。十日まへに死覚悟きわめ、葬礼の事まで遺言し、さて絹夜着・絹ぶとんのこらずとりをかせて、古ござ一枚に木まくら、これをい(二ウ)づれもなげき、「かゝる御病人、けふか翌かと家内手に汗をにぎつて案じ申すに、興がる御しわざ」といへば、そうあん、「我なんぢらがいふごとくこの身躰にて、この世のおもひ出にいか

（三ウ）

（四オ）

ほどの栄耀をもこのむべき事なれど、まつたくさにあらず。世の義理・順義をかきて人のものをついやし、我物をおしむ、これを仕末とも覚悟ともいはず。してもせいでもの事をかんにんするを人のおこなひといふなり。さればかんにんとはたへしのぶ事なり。もんじも心の刃と書てふだんむねにやいばをあてたるごとく、万事に気をゆるさぬ事なり。我このたびの病気、たしかにほんぶくのすぢあらば、いかほど金銀の入事にても命のためにいかでをしむべきにあ（三オ）らず。されども死病にきはまり、りんじうをまつ身として、結構なる夜着ふとんを着よごさん事、さりとは勿躰なし。万一ほんぶくすべきかとてこのごろ中このきぬものを着よごせし事、一生のふ覚、後悔千万なり。かならずついへなり」といひきつて、ついにふるござ一枚のうへにて往生をとげられける。このそうあんの作にて、商人の覚悟を書し一巻、堺文とて世にのこりぬ。末期の狂哥あれどもこゝにはしるすに及ず。子息作左衛門世となりて、さりとは親にちがひ、小便桶まで奥島にて張まわし、雪隠に笑ひ絵を書し、美麗風りう、分にすぎし奢を古き手代共の異見ひとつも用ひず、四年がうちにものゝ見事に長者のあとかたな（四ウ）く、ちり灰までのこらぬ分散して、堺を立のきけるぞうたてけれ。この節になつて日ごろ諫言せし手代どもかたへは㒵出しならず、住よし新家に以前ざうりとらせたる久三郎といへる者をたづねてだん〳〵のしゆびをかたり、「ひとへにたのむと旦那のおことば、勿躰なし」と、むかしをわすれずかい〴〵しく育けれども、ふうふ友稼の一日ぐらし、このふ自由さ御目にかけてはといろ〳〵こゝろづかひのなさけのほど、世に出なば一廉の恩をおくらんといかばかり作左衛門も心底に歯がみをなし、つれなき月日をおくりける。久三郎思案をめぐらし、殿下茶屋の野はづれへいでゝ、上からかさ一本を廿文つゞ（ママ）の天狗だのもしをはじめける。人は欲の入ものかな、廿文にてからかさ（五オ）一本とる事をよろこび、大勢あつまり、たのもしの札を入ける。この所は和哥山・岸和田・高野、その外南海道の往還たえず、まい日この勝負商にて利徳を得て主人のはごくみ、そのゝち住よし新家にて餅屋に取つき、これにもふうふこゝろよくしかけて道者を引こみ、生といふ餅米をつかいおぼえ、人よりさきに金もうけして、今は安立町に小質と銭見せを出し、作左衛門を法躰させ、世を楽坊主となしける。これひとへに世にをちたる主人に忠をつくせし天道のめぐみによつて何事にも仕合せうちつゞきぬ。作左衛門法躰せしみぎり、「我おやの家名をつぶせしこのふ孝おもへば、おそろしくかなしけれ。その方これまでに立身せしうへは我家の晴

（五ウ）簾をゆづりたき」との事。久三郎、「ちかごろ有がたし。しかしわたくしが身躰にて六千貫目ののうれんをかけん事、さるにてもはゞかりおほし。せめて六十貫目の身躰に成たる時、御免かうふりたき」とて辞退しけるが、程なく現銀百貫目になりぬ。この時〼の晴簾をかけて、なをゆくすゑめでたき軒のかざり、かくれもなき分限者ぞかし。

（二）二度かゝやく丁子がしら

本朝にむかしより大活の隠士あまた有といへども、西行上人ばかりいま四百七十年ののちまで絵に書、土につくりてそのすがたをわらべまでおぼゆるは、扨々大手がらなり。（六オ）花をまたでよしの山を出、ある時は笠島のぬかりみちをたどり、ふた見の月・明石のちどり、その外諸国をめぐり給ふ。されば大和のくにゝ有し時は哥林苑より俊恵のよろづをめぐみ給ひ、陸奥の時は秀平入道が万事をまかなひける。当世都の岡崎、江戸の深川の隠者も、相応の賄人なくてはこゝろやすく住れず。誰かあしたの鶯、ねざめの鹿のね、これを否にあらず。今日の糧のために市中の辻に袖をひろげぬばかりに茶の湯を商ひ、哥学を売。かならずこれを本意に思はず。ぜひもなき世中、ひとりもたてらず、妻子の為にいつわりがちのたくみをもうく。いづくにいかなる人のなれのはての住つらん（六ウ）もしれず。こゝに大坂にかうのいけ屋といへる大金持あり。何の商売もせず金銀を利足て、世の商人の蔵となれり。この家へちかきころより出入しけるあんま取の久兵衛といふ者、ある夜きたりしが、提きたりし手ぢやうちんを消すふるまひ、いかにしても無調法なり。これをあるじ見て、「いかさまあしうそだゝぬものとみえしが、あれほどにちやうちんの取さはい無調法成は、身躰はたきしものに極りし」とて、いろ〳〵久兵衛がむかしがたりをとふに、はじめはとかくかくせしが、「あるじ人の身のうへを聞からは、やうすによつて為にも成べき心底なり」とせいごんのうへ、なみだをながし、「よしみもなきにまづもつてかたじけなし。御すいりやうのとほり、いぜんはともかく（七オ）もいたせし身なれども、かやうに成はて申ぬ。生国は阿州徳しまにて桜屋と申せし者の世忰。田舎ながら代々の大商人にて、せぬ商ひもなく、第一借金・古手・酒・醤油・両がへのしにせ、一国にかくれなし。しかるに私十三才のとし、のべのはながみを入けるを親どもちらと見て、今からだんにのべがみをつかふ質にては、のちは次第にこゝろ侈て、この身躰を得持まじ。播州龍野なばやといへる仕出来分限者の身持を見ならへとて、十三より播磨へつかはし、廿五の年やう〳〵国もとへよび取、手代並に万事商ひ事にゆだんなく召つかひ、見せにて上方へのぼす古手の直打を手代どもとむかひ合て吟味せし。時は極月廿七日、ことの外雪ふりて（七ウ）さむさたえがたく、そばにつみかさねてありし古手をひとつ尻のしたにしきけるを、親ども又見付て大きに気色を変じ、おのれはながく勘当なり。たとへ何ほど寒ればとて、勿躰なくも商売の古手を尻にしきける事、言語道断のくせもの。その古手にておのれ今日を安楽にくらすにてはなきか。もの冥加を知らぬ人間、役にたゝずめとて、そのざより着のまゝにて追いだされぬ。一子なればやがて機嫌なをるべきとおもひしに、案にちがひ、わたくしがためには従弟、親仁為に甥を養子にして家督を譲り給ひぬ。此ものわたくしが身のうへをだん〱見懲せしゆへ、ずいぶん商売に精を出し、しまつを第一としてその悋き事、凡四（八オ）国にかくれなく、おやどもの腰をうちぬいて女房をむかへもらいて、いよ〱をちつき、金銀を仕出来しけるが、おやぢあいはてゝのちはおのづからこゝろゆるみ、誰強いものなく我まゝをふるまひ、妾ぐるひして京より舞子をよびよせ、のちにはわざ〱京へのぼつてきやう屋の花崎を玉中とはり合、芝ゐに銀を借、色友だちの出来、類にしたがひ無性に向上になつて、茶・香にあそび、終に身袋をつぶし、その身まで逐雷（ママ）して行衛しれず。これこの者の科にあらず。拙者二度のあやまりゆへ、真実のおやにうとまれ勘当をうけ、方々流浪のうちに長病をわづらひ、そのうへ一立身成べき主取は中々（八ウ）大躰の事にてはならず。今の世ほど奉公かせぐものゝ術なきはなし。子飼の下人はかくべつ、新参といへばまづ人品よふて長口上に片言をいはず、礫文字おぼえて能書にて、料理をしてしつけがたしつて、そろばんはやく銀を見てつもりがよふて、こふんべつがあつて目安口上をも諸法度をおぼへて書こなし、朝起して夜詰をいとはず、商の事は勿論、普請かた・田地がたまで功者にて、医ごゝろがあつて色ごとがきらいで、下戸で短気になふて、無病で小細工がきいて、帳合に上根で、着がへはのしめまでもたねばかゝえふといはず。それさへ家持の請人たしか成口入、給銀は三枚より高ふはくれず。さるにても後（九オ）悔千万、今といふ今世のわたりにくき事を身におぼえぬ。あはれ元手があればふんべつもあれど、何をいふても一銭なし」となげきぬ。

あるじもつく〲聞て、「此うへは銀百匁は借べきあいだ、存じよりもあらばしてみよ」との事。正真の地ごくの仏と有がたく、百目かりて本町古手屋にて古被を有切に買、ふしかねに染て其うへに紙にて切付の紋をいろ〱細工して、七月の踊子共にやつこ出立とて売けるに、大ぶん利を得て百匁はさつそく返弁して、残銀にて小銭を売て舟着をかけあるき、次第にもうけためて、西こく大名のお着をかんがへ中のしまをまはり、いよ〱銀をもうけ、丸三年の内に（九ウ）銀子三貫目かうのいけ屋かたへあづけ置、やはり細元手にて銭を売あるくうちに、一とせ木綿に水つきて五幾内（ママ）ともにあしきときくより、三拾貫目の灯油を買、すぐにかうのいけ屋の蔵へ質に入、右の三貫匁をさがり銀に相そへ置ける。木わたふ作ゆへ油のしぼり種なく、そのふゆより油の相場めき〱とあがりて、明る二月に売けるに、八貫目の利あり。又そのとし長崎より丁子大ぶんにのぼりて下直成所を八拾貫目がものを買こみ、これもかうのいけ屋の蔵へ質入にして八貫目の捨銀、明る年の唐船に丁子すこしも持きたらず。その子細は、去年持わたりし丁子にて唐人（十廿オ）大ぶん損をせしゆへに当年は持わたらずといふ。さては来年まで丁子一両も来ぬにきはまりたり。しかも来年も唐人のこゝろなれば日本の相場を下直にかんがへ、次第に相場あがり、もとより唐物の事なればたしかにわたるつもりしれがたく、のちには一倍のあがりをうけて売はらい、八拾八貫目の銀をにぎつてかうのいけ屋へも「一生の御恩わすれず」とて、親子のけいやくして阿波へくだりける。この仕合せゆへ国もとにてだん〱さいわゐ打つゞき、たえてひさしき桜屋の家を買もどし、二たび商の花をかざりし。糀も手まへでこしらへて大酒屋と成ぬ。これ親の恩をよく〳〵おもひしゆへなり。(十廿ウ)さぞや亡父もうれしかるべし。

㊂反古染はからにしき

今の世の自由さ、いさゝかつかえぬ人ごゝろ。いせの御麻、篁の笛も京・大坂にあり。永々の道中、買もつに及ず。又奈良に着ば旅籠屋へ曙・生平・島の模様いろ〳〵持参して、直段埒明てのちは、あづまのはて筑紫のするまでも並飛脚にてたしかに宿もとへ相とゞけ、そのうへにて代銀を請取、駄賃も大ぶんにかゝらず。高野にとまればどの院にても夜旦壱匁六分の旅籠。万年草・石楠花・千本槙、これものぞめば銘々(廿一オ)の国もとへ下向よりさきにをくりとゞくる。これ君が代のゆたかなるしるしぞかし。その国々゛(ママ)にて人の心もいさゝかかはれり。京は万事高直成ゆへ、他国より入こみては暮しかぬる所なり。何とぞ四五年住なるれば、のちははじめほとにはなし。身躰の出世はなき所にきはまりぬ。金銀をたくはへて楽に暮さんとおもふ人は又京にしくはなし。大坂ははじめより人の贔屓つよき所にて立身仕安けれ共、所の人気、前後のわきまへなく物事を大やうにさばくゆへ、仕末のならぬ所なり。江戸は大場ゆへ、四五年のうちにぜひ立身する所也。それもこゝろがけ第一なり。油断をしてはいづくにても分(廿二ウ)限の名を得とらず。こゝにみやこひがしのとう院に七兵衛といへるあり。生国は備前岡山の人にて、京を心がけてかせぎにのぼり、いまだ妻をもぐせず、一向身過に油断なく、夏より秋まではそうめんを売、冬より春かけて打わたを商、朝夕一

（廿一ウ）

（廿二オ）

銭のあだづかいをせず。月日をかさねて十年此かた国もとより持参せし拾三両弐歩の金、壱分ものびちゞみなし。畢竟口ひとつをやしなふたるばかりなり。つら〳〵この金子の利足、十年このかたには七百八拾匁余なり。これ商にてその身はたらかねども取はづの利銀也。又十年このかた一人の入目三貫七百目、この内にて利銀を引ば弐貫九百目のもうけ。これわづかの事にて、世の（廿三オ）おもひ出にあらず。京に飽はてゝ江戸を心ざしける。折から伝奏衆の御下向、その御荷物の宰領にやとはれ、支度の内に一夜がけに大坂へ下り、大白の砂糖一丸とゝのへてこれを荷につけてくだり、江戸にてしゆびよく御いとまを申請、小網町にすこしのしるべあるにたよりて砂糖の櫃をほどき、四匁づゝかけて紙につゝみ、白砂糖一両四文とて売あるきける。その日八つ時分までに三斤売ける。この利を算用するに大ぶんなり。砂糖壱斤、本目にて弐百三十匁、代銀壱匁三分なり。これをかけわくるに五十七両半になれり。此代銭弐百三拾八文にて、砂糖壱斤にて百三十八もんづゝの利なり。一丸の砂糖にて一廉のもうけ。これより（廿三ウ）店がりして京へ通路し、小間ものみせを出し、反古染の手ぬぐひを一ばんに売出し、ある時は玄及藤を取よせてやしきがたへ商ひ、江戸にない事ばかりひたとおもひつきて金銀を仕出来し、間もなく家もちになり、かくれもなき備前屋とて大き成小間ものみせなり。京にてあたら十年を暮しけるこそ後悔なれ。しかし京の簡略所に十年住しゆへ、商事のある江戸に住んでもむさと一銭もつかはず、仕末を第一として、金もうけは所がらなれば、分限者に成まじきはづなし。「たゞ人はむだ事ものちには用にたつもの」と、此商人の金言ぞかし。（廿四オ）

㊃大の字の醤油屋

さる長者のこと葉に、「惣じて商売に善悪なし」といへり。今はじめて商に取付人は、おなじくは人のあわぬとてすてたる商売をひろふべし。その子細は、今よい商といふは取つきてしにせるうちには、又年のまはりあわせにてふ勝手になるものなり。今あはぬといふ商売はあはぬうちにしにせて、二三年のうちにはぜひあふもの也。その時に利をゑるなり。第一取つきから商に利があるとおもへば、おのづから油断の出来るものなり。こゝに大坂久宝寺町に大塚屋六右衛門といへる醤油屋あり。（廿四ウ）一ころ四五年も打つゞき小麦ふ作にて高直ゆへ、大かたの醤油屋商売をかへける。大塚屋は大麦にて醤油をつくりて、絶ず京・江戸へ積をくりける。二三年過て小麦上作にてことの外しやうゆふ下直につくりこなされて、いづれももとの醤油屋に成けるに、京・江戸にこれをうけこまず。大つかやが醤油風味各別よくいひふらして、積次第に仕切ける。外の醤油屋手づかへ難儀する所を、大つか屋下直に買とり、我手作にしてをくりけるに、同じ醤油を大つかやといふ名にて風味をよくおぼへ、直段も各別に仕切ける。商人のしにせは大事のものなり。人のせぬうちに大麦にて作りし醤油、元直高直にあたれども(廿五オ)世間に類なくして、京・江戸の仕切状も高直に算用せしゆへ、あまり損にもあらず。そのゝちは大つかやいよ〳〵分限に成て、世間の指図よりは内証あたゝかなり。この商は酒とちがひ、銀まはりをそきものなり。作りこみて一年一月めならでは銀にならずといへり。らうそく屋と醤油屋とは見かけより元の入商売、借銀にて中々ならぬ事なり。

㈤商人は心のはやがね

但馬の国出石の里に貧者あり。心ずいぶん正直なれど何事もひだりまへにて、来る年も〳〵同じ不仕合せ(廿五ウ)なり。ある時肩のうへより五寸ばかりのもの落たり。取あげみれば人のかたちにて、目・鼻・口・舌もそろひたり。貧者おどろき、「何ものなればわが肩よりをちたる」といへば、「われはその方の身に日ごろ住ゐせし貧乏神なり」といふ。貧者よろこび、「さて〳〵うれしき事かな。此もの我に付まとへばこそかゝるふ仕合せのうちつゞきしなり。向後は手まへを取なをすべき」といへば、貧乏神わらつていふやう、「さのみよろこびたまふな。その方の身の頂きより足のつまさきまで、ひしと諸方の貧乏神あつまりゐて、あまりゐどころがせり合て我はをちたり」とて、すがたはなく成ぬ。貧者これより力をおとし、いよ〳〵貧苦に（廿六オ）せまらん事を心憂、かなしさのあまりふとおもひ出し、「遠州無間寺の鐘をつく人はかならず金銀を持といへり。たとへその罪にてみらいは無間地ごくにしづむとまゝよ。現世にて一たび貧苦をのがれたし」と、にわかにおもひ立て遠州さしてくだりける。京三条大橋まで行し所に、むかふより江戸よりの早飛脚息をきつてはしりきたる。ひとへにはねある人のごとし。往来これを立とまりて見ける中に、「あれほどにはしればこそ百二十里を二日に追つめる。それゆへよい金を取事なり。人は汗水をながさいでは金はもうけられず」といひけるを貧者聞より、「いかさまたいていのはたらきにて金はもう（廿六ウ）けがたし。これにつけても無間の鐘といふもまことの鐘にあらず。胸鐘とて人の心はやかねつくごとく、昼夜ゆだんなく世界に気をくばつて目を見出してかけあるき、うつかりとせぬ事成べし。もはやはる〴〵遠江までゆくに及ず。今こゝにて無間の鐘をつきたり」。これより工夫をつけてとつてかへしける。寺町通にて唐土綿を入てこぶとんを仕たつるを見つけ、そこに立寄ひそかに談合して、在所より芦の穂わたを京へはこび、銭になしける。これたゞ取事を今迄しらず、のがせし事の口おしさよ。又お旅町にて楊枝屋と通口して、柳の下直い但馬よりけづりたてゝ京へおろし、五条の人形屋にて十いろばかりもちあそびものを買、これを手本にして檜（廿七終オ）木の沢山成所より拵ておろすに、京の下細工人よりは大ぶんよい利を得て年々金をもうけ、京にて鋤(すき)・鍬(くわ)を買そろへ、小百性(しやう)に借(かし)て損料(そんりやう)をとつて次第分限者(ぶげんしや)と成ぬ。数町田地(すてうでんぢ)をもとめ、新田(しんでん)を申うけて打ひらき、年貢(ねんぐ)なしの作徳(さくとく)をとつて、出石(いづし)にふとき門柱(かどばしら)、二階(かい)づくりの家(いへ)をたて、三階(がい)の土蔵(どぞう)四方(はう)にならべ、龍野(たつの)屋六郎右衛門とてかくれなし。手辺(へん)といへる所の下やしきは歴(れき)々京の長者もまね成まじ。「此人無間(むけん)のかねをつきしゆへ」と世にいふは、心のはや鐘(がね)の事なり。人は四十からも長者に成ぞかし。

子孫大黒柱巻之五終（廿七終ウ）

子孫大黒柱 巻之六目録

㈠元手は万年紙

高瀬川を鬢水の髪結

四十二のふたつ子の名を他人と付べし

㈡九年めの門松

二文を大仏の奉加かくれなき両がへや

未来の借銭帳を消た正直男（一オ）

㈢身躰の岩おこし

湯島に祇園豆腐でんがく串の供養

桔梗屋山城が菓子の雛形

㈣薬は懐の宝

元日に聞松虫の声は養生の手本

三ケの津にかくれなき大晴簾

㈤薦かぶりとは伊丹の酒の名

正直のかうべをかたふけて百韵のはいかい

子孫大黒柱君が代の春（一ウ）

(一)元手は万年紙

世に成あがりものとて、人によりてあしくこゝろゆるあり。これ大き成僻事なり。その人は参会の中にも上座になをすべきはづなり。親の譲りたる金銀、しにせの商株を、其身ふ覚悟にて身躰持くづすもの世におほし。これに引くらべては、なりあがりの仕出来し商人はうやまい、一礼をもなすべき物なり。畢竟万人の氏素性はみなおなじ。いづれか天照大神の御すゐならぬ者なし。そのうち堂上がたのごとくそのかばねの御相続と、代々卑夫に墜たるとの差別なり。(二オ)取わけ商人は手がらにも感状にも金銀をもつて氏景図とするなり。こゝにみやこ四条木や町に髪結の喜六といへる大正直のあたま上手あり。いづれの人にもよくおもはれて仕事にゆだんせざる。ふうふの中に一子をもうけけるが、その年の時雨ふる月に、あはれうきめを見せてうしなひける。そのころ又髪結旦那の中に四十一にて男子をもうけし人あり。世に四十二のふたつ子は一家一門にたゝるとの諺、その身になりては気にかゝる折ふし、不仕合せ打つゞき、「男子もまたあればぜひにこの忰は養子につかはすべき」とて、一門中の相談きわまり、方々聞(二ウ)たてけるに、おもはしきかたなく、すでにことしも余日なく、「年あけては親は四十二、子はふたつになれば、いよ〳〵いかなる凶事もや出来ん」とて、心いそがしき極月廿九日の夜、喜六に内証をのみこませて、喜六が軒の下へ子を樒柑籠に入、金子をそへて捨ける。喜六ふうふ子の泣声を聞より、やがてひろひとりてわが子と成

（三ウ）

（四オ）

ける。もとより女房に乳あれば、次第にこの子すくだちて養育のかい見えける。三つのとし母の添乳をはなし、心よく昼ねせしまくらちかく、高瀬舟より材木を引あぐるおと、これにおびへ入て驚風に成、いろ〳〵療治をたのむに、かつて験なし。のち（三オ）〳〵この病は顚癇になるといへば、「子共のうちに平愈では」と、ふうふのこゝろづかひ大かたならず。さる人の手引にて、歩医者ながらことの外小児に功者のよし。さつそくこの医者のくすりをもちひしに、次第に快気してついに驚風の気を病うしなひ、ふうふよろこびのあまりに「金子拾両薬代としてしんじ申すべし」とて、手引せし人までをくりければ、「これその方の身袋に似合ざる付とゞけ。あまり義派すぎたり。もつとも平生かくごよき人なれば、少々のたくはへも有べし。さあればとて小判拾両出さるゝは、ちかごろ一徹なるしかた。さきさまにもかへつてめいわくいたされん」と（四ウ）誠々心底を聞に、「この世悴まことはひろひ子にて実子にあらず。ひろひし時金子拾両そへありて、この金我身の油金にあらず。この子がものにて此子が薬代にしんじ申す事、いさゝか大儀にあらず」とかたりけるを、医者へもやうすを通じけるに、「さりとはきどくなる人」とかんじいつて、一まづ拾両をいしや納てのち、「丁銀壱貫目あづけ申たし。これにてその職をやめて商いたされよ」とすゝめける。喜六も内々この職をきらひしうへなれば、がてんしてさつそく小間物見せを出し、商に油断なく万年紙を仕出して世間へ売ひろめ、懐中の調法とて買はやらかし、金（五オ）銀をもうけ、間もなく壱貫目の銀子を医者かたへ返弁しける。そのゝちかの世悴、商ものゝ鬢かゞみをもちあそびけるが、つい庭へ取おとし、小石にあたりて鏡ひづみて、皃をうつすにけしからず大きに見えける。これより喜六工夫して両面鏡にして、一方は中くぼに鋳させて、鬚ぬきかゞみとて売出しけるに、これも又諸人の調法と成、大ぶん金銀を仕出来し、寺町通にて歴々の商人となりける。むかし仕て出の家をわすれず、同じやうなる小見せをいまも高瀬川の端に出し置ぬ。これにてこの商人の心底、よろづをおしはかるべし。かゝる慎にてこそ猶天道のめぐみもふ（五ウ）かく、子孫はんじやうすべし。世にはすこしの金をもうけてのちはその家を作りかへ、場所へ店をうつし、いぜんの事をはやくわするゝ商人おほし。それゆへ程なく手まへ仕縺て分限に成がたし。「人はたゞ立身の場をのかぬ事」と、福の神の御託宣にいつはりなし。

(二)九年めの門松

洛中・洛外の神社・仏閣に、大坂北ばまくわ名屋仁兵衛・京かまの座ききやう屋甚三郎が常夜灯を寄進せざる所なし。幾万年の星霜をふるとも、この石かねの灯籠はくつる事なき善根ぞかし。人は（六オ）成べき事ならば誰もしたきものなり。世にあまたの長者あれども、たゞこの両人のみなり。その功徳みらいをまたずして現世にむくひ、子孫はんじやうして分限の名を遠国のするゝ〳〵までもかくれなし。一とゝせ南都大仏殿の奉加に龍松院国々を順行し給ふ。大坂堺筋を進め通り給ふ時、行とほりがけに五十ばかりの男、うへした紬の茶の小袖のたもとより金子百両づゝみをふたつ勧進びしやくに投入て行衛しれず成ぬ。金子のつゝみがみにも書つけなし。「これほどの金子を奉加してその名をしるさぬ事、まことに無漏の善根とはこれ成べし。いかにひろき大坂なればとて、（六ウ）金子弐百両出してことともせざる町人は、いび折の誰々にて有べし。しかしその風躰かるぐ〳〵しく無僕にて有けるこそふしぎなれ。ことさら住宅の町所へもすゝめ通り給ふはしれたる事に、外へ持参しけるは、もしは穢多の吉兵衛か」ととりぐ〳〵の評儀に、終にその施主しれざるこそほいなけれ。そのゝち龍松院過書町すぢをすゝめ通り給ふに、ふるき家ながら二十間口を一棟に居成、しかも見せつき外よりにぎはしき両がへ屋、商売なれば小判・壱歩・丁銀・小玉、山のごとく取みだしたる家のあるじふうふ、勝手より見せさきまでいでゝ一銭づゝなげ入て奥に入ける。さりとは

（七オ）似合ざるしかたなり。龍松院の御自身の御すゝめにて諸人その大願の苦労をかんじ奉り、けふをくらしかぬる髪毛買のうばまで帯をしめて一飯をのけをき、それ〳〵の亡者の名をよび出して、菩提のために貫銭をおしまず。たとへ信心はなくとも外聞も有ぞかし。歴々の門柱をかゝへ、ことに大ぶん見へわたりたる金銀に手をかけず、二銭の奉加は能々の無得心もの。世は千差万別の人ごゝろ。龍松院はこの門にて外よりも心中にふかく御廻向まし〳〵、おのづから御落涙の躰を、弟子たち、かゝる悪人の世にはびこる事をなげき給ふものよとおもひしに、上人（七ウ）後に「無漏の善人をおかみけるこそ有がたし」との給ひぬ。「大ぜいの人のうちにもいつぞや堺筋にて金子弐百両奉加をしずてにして影なく行（ママ）し人なれども、その善根の芽諸人にすぐれて、そのおもかげわすれがたくよくおぼへけるが、かさねて過書町にてその人に二たびあいけるこそうれしけれ。はじめの弐百両よりのちの二銭は、なをしがたき真実の奉加なり」とかんじ給ひけるとかや。そも〳〵此両がへ屋と申すは、天王寺屋吉兵衛とて両がへ為替仲間の随一なり。中比おもはざる人の為に損銀おほく、おのづから身躰つぶれける。世に隠金して身躰つぶれる両（八オ）がへ屋の格にあらず。その身正直にすぐれけるゆへ、諸方よりあづけにもちかくる金銀を取こまず、手まへ仕縺ける躰をみせけるゆへ、さてはとてあづけ置し金銀を取たてられ、天然のつぶれなり。負せかたあつまり、勘定して四歩にあたれば、「今の世の倒人にはめづらしきよい分散なり。そのうへ帳面等いさゝかふ審もあらず。十年符にて身躰たつべし」とて、いづれも日ごろのよきしかたにめで、負せかた符印をほどき商をさせ、そのうへ人々跡たつためなればとて当座銀を取かへ、勝手に成べき事を取もちける。負せかたさへあれなればとて、新規の商・得意日々（八ウ）まさり、次第に借金を済し、十年符を八年に皆済しける。これ世間によくおもはれしゆへなり。身躰つぶれたる以後の身もち、世帯がたの仕末、つど〳〵いふに及ず。借金すますまでは門松をたてず、蓬萊をくまず、菱の餅・粽などはさたもなき事。盆にも日くれより門戸さして踊のこゑも聞ず。「仕末にてとゞくものにあらず」とは、ちかごろふりやうけん成人のこと葉也。その仕末する心より万事に油断なく、終に弐千八百貫目の借金に追つき皆済して、有銀千貫目の分限なり。かの八年があいだに借金すます中に、津のくに中島の百性何がしといへる人より借金あり（九オ）て、大かた年々に済しよせてのこつて弐百両に成し時、この人さる子細にて難儀にあい、死失、跡目もゝちろん絶はてける。これゆへすますべきやうなし。さゐはい南都大仏殿の奉加にさしあげ、心中にて中島何がしの菩提のためと廻向しける。又ふうふして二銭を奉加せしは、その時はいまだ借金の年符のうちゆへ、他人のものにて我が菩提の善根なすべきにあらずとて、わづかの二銭を奉加し、これだに借金のうちなれば空恐しく、ふうふひそかにしつけぬわざながら銭ざしを百すぢないて、よこ町の小銭屋へ弐文に売ける。この二銭はまことその身より出せし奉加（九ウ）なり。この無漏の善根にや、終に千貫目の身躰となり、そのゝち年々に延たる店おろしこそゆかしけれ。大かた三千貫目と世間の指図、この人の内証ばかりは違ふまじ。世には見せかけばかりの両がへ屋おほし。朝から晩までをなじ小判を、いくたびもつゝみをほどきかぞへなをし、かけてもかけいでもの丁銀を日がな一日にぐはたひしとてんびんをたゝきたて、ないあきないをあるやうに見せて、人の大事の金銀を取こむしかけ。これも商人の方便とはいひながら、とかくに正直をもつて世をわたるべし。すこしにてもわだかまるべからず。かならずつゞかぬ事なり。川さきやといへる両がへ包（十廿オ）の五百目に鉛板をこしらへ、てしま屋といふ者小判の耳をすりおとせしが、ついに悪事あらはれて憂めにあいける。善悪ともに、たとへその身一代にきたらずいへども、子孫にかならずむくふなり。積善の家にはよろこびきたり、借銭の家には懸乞きたる。さりとはうそのない事ぞかし。

㊂身躰の岩おこし

大通丸とは、からかね屋庄三郎手船四千石積なり。これ北こくより帆柱を買登る船なり。同じくいづみ中坂の何がしといへるあり。隣国の大守御遊行の（十廿ウ）時、御昼やすみに中通りの衆中千八百人に焼物を引けるに、同じやうなる鰤のあたまひとつづゝすゑけるこそ目をおどろかしぬ。折から急雨にて手傘の御用かしこまつて、人数三千七百人にあたらしきからかさ、木履までそへてさし出しける。その外豊後には後藤吉左衛門、長崎のはかた屋、鯨の大村、阿波の松葉屋、敦賀の天屋、野代のいせ屋、白子の大森、但馬の鍋屋、姫路の玉屋、池田の満願寺屋、神戸の楫屋、今づの桑名屋、いづれも代々の分限者、その所々にてかくれなしといへども、京・江戸・大坂の外の金持は世間にしる人すくなし。祇薗の馬場の（廿一オ）豆腐、これらはわづかの商ながら凡日本国にかくれなし。江戸湯島天神のまへに、この名代をもらいて近年にしにせたる人あり。このもとをたづぬるに、田楽串を二度とつかはず、一度にてさらり〳〵とすてける。みな奇麗におもひてこれを買はやらかしぬ。いはゞ下直事なり。田楽串百本にてわづか六銭なり。これほどの事も大底の心がけにては商のしにせ成がたし。歴々田舎の大金持より、諸人にしらるゝはその身の手がら、商冥加にかなひたるゆへなり。ひとつは大場にすむ人の徳なるべし。本町壱丁目桔梗屋山城、この家の製法の菓子千三百廿（廿一ウ）一いろ、雛形をこしらへてその品を見せる。さりとは次第にさま〴〵の仕出し菓子、風味もそれ〳〵にかはつて、ひろいお江戸なれば一いろ売ぬといふ菓子もなし。大坂にやう〳〵岩おこしとて近年堀詰にて仕出し、ずいぶんはやるといへど、さのみ売ぬと見えて片見せに割あらめの袋入、これも調法成ものなり。その隣は精進孩屋、麦にて鮓を作り、焼だうふにて竹輪のかまぼこ、これを出家衆へしんずるはちかごろぶ遠慮な事なり。伊藤源吉は一代四条の河原を通らず、すゞきやのかぢはふだん茶単子に色紙をたやさず。ものは心がけが大事なり。すこしにて（廿二オ）も今時ぬかつた商人は、人に先をとられて分限に得成す。質屋から置主へ五節句の付とゞけする世界、やがて家ぬしから宿代の済借屋へも朔日・十五日に礼にあるくべし。とかく金銀でいひたい事をいふうき世ぞかし。

㊃薬は懐の宝

侍・農・工・商ともに身上を稼者は、第一養生をして長命をもとゝすべし。短命にては何ほどの功もたちがたし。むかし道三といへる名医、養生は有ものとて、松虫を七年飼置て人に見せられしぞ（廿二ウ）かし。又色に溺るべからす。この道ははじめよりのちほどおもしろきものにて、身の害と成事いふに及ず。もろこしにて猩々を取咄を聞に、好物の灑酒を壺にたゝへ、人かくれゐてうかゞふに、猩々大勢つれだちきたり、はじめは中々酒壺のはたによる事にあらず。「かならずあの酒をのむまじ。のむと酔て人にころさるゝなり」と身ぶるひをたてしが、「いやあれをのむにこそ酔べし。のまずに匂ひを嗅ばかりはくるしからじ」とて、そろ〳〵壺にちかづき寄、「のまずに指につけてねぶりなば、酔たをるゝ事はよもあらじ。いざねぶらん」とて、いびにひたしてそろ〳〵ねぶり、好物なれば（廿三オ）次第に味考て、思はず知ずにつぼへかほをさしこみ酒をのみ、酔つぶれたるを、人あつまりて扣き殺して皮を剥取、日本へたえずわたす事といへり。人もこのかくご平生有べき事也。かならずわづかな事より、善悪ともに末にては大きに成ものなり。ちかごろゆだんすべからず。こゝに都下立売に大福屋吉右衛門といへる薬屋あり。はじめはわづかの身躰成しが、近年懐宝急用薬といふもの仕出せり。気つけ・血とめ・腹ぐすり、この三種を薬袋紙に入て、ちいさき匙子をそへて代物わづかに売出し、入でかなはぬものゆへ此薬日本国にはびこり、江戸は石町、大坂は高麗橋

（廿四ウ）

（〔廿五オ〕）

に（廿三ウ）かくれなき出店をかまへ、諸人の急病をたすけ、その身分限に成ぬ。新規にもくろむ事は世界のたすけとさへなれば、おのづからその身の家業に成て、立身する事はやし。いかにその身のかつてなればとて、諸人のいたみに成事は終につゞかす。天道の罰をかうふり、子孫にむくふためしおほし。金銀は世のわたりもの、自他平等にして、そのうちにて何とぞ一はたらきある事を仕出して、長者に成人こそ行すゑたのもしけれ。古筆の似せ物師、刀脇指の疵をなをし、月よどみの薬売、これら終に分限に成たるものなし。おなじくは世をすなほにくらしたき事なり。八百八品（廿四オ）の中に薬屋は人の命をたすけるものなれば、商人の上に置べきぞかし。

㊄薦かぶりとは伊丹の酒の名

摂州猪無郡伊丹は、むかし荒木何がしか戦場なりしかど、今は人家所せく軒をならべ、繁昌の勝地、ひとへにせばい江戸とは爰なるべし。丸屋・油屋・印南寺屋・万願寺屋・酢屋・豊島屋・加島屋、灑酒・美産の大商人、数万樽の薦かぶりを造り出せり。いでそよと哥に読しいなのさゝ原は伊丹と神崎のあいだに今もその形のこりて、まわり四五間の竹藪あり。（廿五ウ）惣じてこゝの人品ずいぶん花車・風りうにして、京もはづかしき所なり。取わけ和哥の一躰とてはいかいを好で、一とゝせみやこより雛屋立圃といへる宗匠を招き、家ごとにて会を成しける。中にも油屋の何がし、いまだその時代は小身躰にて小売酒屋成しが、猶このみちに執心ふかく、宗匠を招き連中をあつめて、ある夜百韵の誹諧を興行しける。三の折になりて夜半に過けり。ていしゆへ宗匠花をゆるされ、一座も所望のうへ辞退しがたく、前句を執筆に吟じかけられて花の句を案じ、句作り出来て付かゝりし時、門戸をたゝき、「酒を（廿六オ）買ん」といふに、ていしゆ一座へことはりをいひて売場に出て、十三文とつて酒小半しづかに計売てのち、案座してこゝろゆたかに花の句をつけゝるこそ、さしも優にやさしくぞきこえし。立圃もふかくこれをかんじ給ひける。惣じてこのていしゆ正直にて、かりそめにもいつはりをいはず、商に油断なく、次第分限と成ける。あるとし元日の礼を仕廻、大晦日の草臥にてよひよりいづれもやすみける。あるじとろ〳〵とかたぶくる枕の夢に、「いなのゝ里にやどりもとめん」といふ句をきゝぬ。二三べん吟してのち、又とろ〳〵とね入し夢想に、「背ひくゝ心は高くお（廿六ウ）もへたゞ」と、かさねて上の句を見けるこそふしぎなれ。あくれば二日、嘉例の蔵びらき、べつしてよろこばしく、戸まへをおしひらきて蔵に入て見るに、大こく柱に茸のごとく成ものあり。よく〳〵見れば目・鼻・口そろひて耳も大きうして、打出の小槌・袋を持給ひし大黒殿なり。さては宿夜の夢の背ひくく心の高きは此御神の事成べし。猪無野（ママ）の里に宿りもとめんとて我蔵に入給ふ事有がたしとて、ひそかに社をこしらへて安置し奉る。此事つたへ聞て近郡より群集して拝み奉（廿七終オ）り、世にかくれなし。いよ〳〵この家次第に仕合せ打つゞき、お江戸へ十万駄の酒を積をくりて、商売はんじやう子孫大黒柱、世に分限者の打出の小槌、それ〳〵の智恵袋大きにひろがりて、めでたき君が代に住身こそ有がたけれ。

宝永六年 巳
林鐘吉日 丑

書林
江戸日本橋南一町目 須原屋茂兵衛
大坂平野町 象牙屋三郎兵衛
京三条大和大路 橘屋次兵衛

子孫大黒柱巻之六終（廿七終ウ）

当流全世男并東土産　全部五冊

来ル七月十六日より本いたし申候

その跡ニ

白闇色ぢやうちん付リ男女百草染　全部六冊

先達而出シ申候

鎌倉比事　全部六冊

是は最明寺殿公事のさばきをしるし申候

又

大平色番匠　全部五冊

是は当世すいな事をしるし板行ニいだし申候

御求なされ御覧可被下候　以上（裏表紙見返）

寛闊鎧引

寛闊(くわんくわつ)よろひ引　巻之一

地獄(ぢごく)太平記目録

第一　四拾七人中有(ちうう)の旅(たび)ね
第二　桜(さくら)に紲(つなぐ)鬼(おに)のいひ分(わけ)
第三　地獄(ぢごく)の魁(さきがけ)血気勇(けつきのゆう)

死(しん)でも忘(わす)れぬ好物(かうぶつ)の酒(さけ)
　一盃(はい)きげんに巻舌(まきじた)の口上
ひねりて見る
　罪人(ざいにん)の免し状(でう)一通(つう)（一オ）
現世(げんぜ)の果(くわ)を見て
　未来(みらい)をしる人のこと
鬼(おに)の眼(め)になみだ
　しほらしきあいさつ
運(うん)はうでさきに
　あり明(あけ)の月びたい
白(しろ)くろまだらの
　馬(むま)に乗(のり)がちなをとこ（一ウ）

寛闊よろひ曳一

第一　四十七人中有の旅寝

無常迅速のならひ、わづかに一朝の露ときへて、益なく名のみ残し。永く白日の下を辞して一堆の塚のあるじとなりし塩谷判官高貞が家来四十七人、隔生則忘とはいへども又一念五百生繋念無量劫の業なれば、奈梨八万の底までも同じ思ひのほのをとなり、たましゐさつと中有のたび。たがひの法名おのづから、釼刃上の縁にひかれ、おの〳〵頭に刃をいたゞき、足に釼の一字をふみ、皆一様の黒小袖。いづくをそことうば玉の闇き事いふはかりなし。手ごとに松明をとぼし、たがひに合詞をさだめてゆく程に、路のあいだは水ながれて足をひたす。蝙蝠いくらといふ限なく、（二オ）火のひかりにおどろきて飛かけり、そのゆくさきにみちふさがる。色くろきものは世の常にあり、白き蝙蝠も又すくなからず。水のながれにしたがひてちいさき蛇の足にあたり、まとひつく事ひまなし。刀をぬきて切ながし〳〵すゝみゆくに、あるひはなまぐさきにほひ鼻に入て、頭痛のする時もあり。あるひはかうばしきかほり来りて、心をすゞやかになす事もあり。行ｸほどさきは路広し。又あゆみゆく足の下、にはかに雷のはためく音して千ン人ばかり一同に鬨をつくるときこへしは、さだめて修羅道のひゞきなるべし。やう〳〵たどりゆけば、眇々たる野原に出、はるかに日輪の光りをうけたり。矢手に沿て一つの大河あり。事とふべき都鳥も見へず。みなぎりおつる水音は其深さ・ふちせも（二ウ）さだかならず。さかまく水に足をひたし入たりければ、水のはやき事矢のごとく、ひやゝかなる事極寒の氷にまされり。ぐれん・大紅蓮の氷は是なるべし。遠近には時々人の啼こゑきこへ、心ぼそき事かぎりなし。とある木の下かげを宿として、草の莚に並居、しばらく息を休る内、春風にさそひくる山桜はめいどなれどもしほらしく、雪ならばいくたびはらはましとよみし袖印の白布に血の付たるもしやばのかたみ。いづら所はわかねども、よし野・立田の花もみぢ、色をあらそふ風情もかくやとすこし心長閑におぼへ、大岩ゆきへの助頼賢、弓杖にすがり、つゝ立て申やう、「およそ人間の命尽てたましゐのさる時は、目に黒闇の幽々たるを見て高き所より渕のそこへ落るがごとく、終にさて死てゆく（三オ）時は、広々たる野原にまよふ。是を中有のたびとなづく。されば路をゆかんとすれども東西をしらず、前にすゝまんとするもかなはず、中にとゞまらんとすれば立よるべき所もなし。前後左右明らかならずといへども、ぜひをとむらふ人もなし。過さりししやばこひしく、妻子にあはんとすれどもたちかへるべき道ならねば、いよ〳〵行さきはるかにしておちつくかたも覚へねば、おもひわけたる事もなし。かれに付これに付、心ぼそきはめいどのたびとかやうけたまはる。そも我ㇾ〳〵死てよりゆびを折てかぞふるに、はや七々日になりぬ。今日ぞ中陰の限り。まことに如夢幻泡影如露亦如電。何をかたのしみ、なにをかかなしまん。むかし後一条院崩御のゝち、ある人の夢に見へ給ひて（三ウ）

（四ウ）

（五オ）

　ふるさとに行人もがなつげやらんしらぬ山路にひとり
まよふとゑいじさせたまふ。又皇極天皇は
　わくらはにとふ人あらばくらき道なく〳〵ひとりゆく
とこたへよとつげさせ給ふ。かやうの御製をおもへば、王位さへ所従一人もなしと見へたり。しかるにいかなれば我〳〵はいまだ武運のさいはい有て、しやはにて死を一所にちぎりしともがら一人もをくれずしてめいどまでかくともなふ事、あゝさて宿因業果の悪縁か、さらにふしぎの事どもなり。よし〳〵一寸さきは闇の夜になりぬ。からすのこゑきけば、生れぬさきと死での今、邪正一如ときく時は、色即是空そのまゝに、ぼんのうあればぼたいあり。敵あればみかたもあり。下戸あれば上戸もあり。たゞ一時の栄花（四オ）こそ現当二世のうさはらし。これ見給へ面々、平生すきの物とてこゝまでも持参いたせり。小盞ながら一つづゝきこしめされ候へ。

所はめいどの限の酒、何かはくるしかるべき」と腰よりひやうたんとり出し、「もろこしのいにしへ越より呉をせめ給ふ時、軍将・士卒のつかれをいたはり、酒をすゝめんとおもひしか共、人は多し酒はすくなし。せんかたなくて一樽を河水へ打入、ながれを汲で軍兵へのましめ給ふ。是将として士をおもふの志し。松の葉につゝむといふやさしき世話もあれば、是々かた〴〵それがしが持参をふいてう有て、一滴七十五粒を独参湯とおもひたまへ」とおどけ事いふ所へ、人間にくらべて見れば年の比六十ばかりにして、白髪の中より一角生出、たとへば阿蘭陀の横飛したるやう（五ウ）な鬼一疋、近年皮類高直なるゆへか犬の皮の毛はげたるを腰まきにして、手に一通の檄文をさゝげ息もつきあへずはしり来り、人々に向て大音上げ、「汝らはさていかにとしておそかりつるぞ。先刻より十王の月番をはじめ、司録冥官御立合にてせんさくなさる。いそいでまゐれ、はやまかり出よ」と似せ珊瑚のごとき眼を見出し、樫木棒をつきならし、「是々此書付を拝見せよ」とて、持来りし檄文大岩に見する。鬼に鉄棒とこそいふに、樫木を持たるはさてこそぢごくも鉄類の直上りしたるゆへかとおかしながら、とりあへずゆきへの介書簡をよむに、

冥官等謹而承　四十七士之輩、怨之相手壱人而已不レ及二殺害一而、無科従類・若年之者、至二卑賤之族一、或切殺又疵付畢。因彼及二（六オ）死亡一者之妻子・親類、昼夜涕泣累々而無二止時一。其歎幾計歟。忝　大悲閻王之奉レ焦二御胸一。嗚呼不当不善之罪障、聊不レ可レ隠。誠業因感果道理、必然矣。今還二於三途之古郷一受二重苦一。豈更誰　怨乎。彼等速可レ令レ堕二在修羅道一者也。穴賢云々

大岩此文をよみおはりもくねんとしてゐたりしが、やゝ有て使の鬼に対していふやう、「事の道理をわきまへぬものを鬼畜・木石にたとへたれば、をのれごとき鬼類に向て理を吐は猫の耳に小哥なれども、少しはわけめを解て聞さん。そも〳〵ゑんま大王とやらんはぢごくの中央に皇居をしめ、十王の中の司としておもてには猛悪忿怒の相をあらはすといへども、内証は菩薩の行にして慈悲にんにくをもとゝし、等活衆合をはじめ八大ぢごくの（六ウ）まつり事をつかさどり、つねに浄頗梨のかゞみをもつて世間の善悪をかんがみ、よろづわたくしなく咎の軽重をたゞし給ふよし、かねてうけたまはりをよびしに、きゝ伝へしとは弓に弦、なんぞやわれ〳〵一列におゐてむたいのとがにおとし、修羅道におくらんなどゝはもつての外のひが事。さすが獄中のお仕置なさるゝ大王の照覧ともおもほへず。あゝ慮外なから、業の秤の目違か、浄頗梨鏡のくもりしゆへかとぞんずる。さればそれがしをはじめ是までともなひしかた〴〵、おそらく孟施舎が義を守り、紀信・預譲が忠を凌ぎ、事を天道にまかせて命は鴻毛よりも猶軽く、佳名を不朽にとゞむる事は泰山のごとし。かたじけなくも磐余彦天皇あめが下しろしめしけるより此かた、股肱同体の忠臣はあつ（七オ）はれわれ〳〵に上こすものあらじと大かた自讃におもふ程なれば、息引とるとそのまゝ観音・勢至の来迎をうけ、上品蓮台にあぐらかいて無上大ぼだいを円満し、無比の快楽にあづからんとたのもしくおもひし所に、存の外なる仰にて、いたみ入たる御使者にあづかる事のうらめしさよ。大勢人を殺すがいやなればとて、もろこしの桀・紂、わが朝にて清盛・高時ごときの悪人が民をくるしめ世をみだす逆政をしづめずして、軍を止にいたすべきや。さもあらば国土に武士といふものなくて有なん。方便の殺生は菩薩の六度にまされりと仏説にも有とかや。惣じてわれ人ものゝふのやたけ心のあづさ弓、義に引れ恩にのぞみ、とがなき人をころす事、それを一つの罪と名づけ、(七ウ)本をすてゝ末をとり、理非決断のわけもなくめつたにぢごくへやらるゝならば、古今の武士一人も極楽へ行事は候まじきか」。

第二　桜につなぐ鬼のいひ分

大岩猶もたまられずたゝみかさねていふやう、「今われ〳〵愚身たりといへども、いやしくも先亡の恩沢一身に余り、是を謝したてまつらん事、更に其所をしらず。よつて命を風前のちりに比し、義を金石に類したる其志しをば称美せずして、わづかなる所をいひかすめ罪にしづめんとの事は、そもぢごくの政法か。牛を搏虻は虱を破るべからずといへり。但し閻魔の心には家々仇を打すてゝ恥を忍び、あるひは山野の田夫にましはり、又は市中に渡世して子孫の後栄を期せば、無罪の(八オ)善人と称じて極楽へおくられんや。かた〴〵もつて此度のおきてのみこみがたく候。いかに鬼殿はる〳〵の御使御太義〳〵。さらば引出物まゐらせん」といひしな飛かゝり、鬼がもちたるかしの木棒をうばひとり、矢庭に三つ四つこしぼねのたなかへする程たゝきふせ、ふところより早縄たぐり出し、高手にかけてそばなる桜の大木にしばり付、「われら袴着の時分、咲た桜になぜ駒つなぐとこそ小哥にもうたひつれ。所かはればしなかはる。めづらしきつなぎ

（九オ）

物」と、一列の衆立寄て大笑ひになるも一興なり。時に大岩鬼に向ひ、「何をがなまゐらせたくは候へど、達磨衆にて一物もなし。身ふしやうなれども本来空のしやばより帯し来る了戒が打物二尺三寸ン、少し寸ンはおくれたれども、（八ウ）わざはこぶしにおぼへたり。二つ胴、三つどう、敷腕、しきもゝ幾度ぞ。鉢割までいたせしに、手の内豆腐をきるがごとし。去ながら、夢にだも鬼をためしたる事なければ心もとなし。今かく死だも物怪てうほう、めづらしき庖丁をいたす。いで三ン牧（ママ）におろしてまゐらせん」と鍔本くつろげてむかへば、使の鬼、牛のほゆるやうなるこゑを出し、「あゝかなしや罪人様。今生の御じひに命をたすけてくだんせ。さもあらばいかなる御用をもうけたまはり、獄中におゐて相応の御たすけともなり申さん」と黄なるなみだをながしわび事しければ、堀植伊兵衛横手を打て、「やれさて鬼の目に泪とはいつはりにてはなかりしぞや。七十にあまりて今が見始じや」とわらひぬ。其時大岩まゆをひそめ、（九ウ）「待々こゝにひとつ聞所あり。たゞ今きやつが獄中におゐてわれ〳〵がたすけにもならんといひしは、おもしろきことばならずや。それにつけてふとしゆかうのうかみし事あり。いづれもとくときかれよ。先ほどよみし十王の檄文をくふうするに、身どもらが義心をいたづらにして罪人と号し、しゆら道の奴にせんとはかへす〴〵不届千万なる仕置、あまりむねんにぞんずる。此事をおもひめぐらせば、一を打て万をしる。むかしより貴賤・老若いくばくか死来らん。其中には善人も多かるべきに、かくよこしまなる政道、さら〳〵理非決断なくおのれらが得手方にて針を棒に取なし、むたいにぢごくへやらるゝ者あまたあるべし。さすれば無道の扱を得、あるひは焦熱の炎に（十ノ十五オ）こがされ、又はぐれんの渕底にしづみ、剱の山頭につらぬかれて、三ン途のくるしみをうくるともがらこそむざんなれ。そも仁なんぞ遠からんや。欲すればこゝにゐるためしなれば、今おの〳〵われら大仁心をおこし、往者をたすけ、来るものをいたはり、未来永劫死人安穏のはかり事をめぐらし、明日は閻浮となるともまゝよ、一たんおもひそめしを幸に、運を腕先にまかせ、ふたゝび一列四十七人方便のほこさきをならべ、ゑんまの城江切リ入リ、宮殿・ろうかくやきはらひ、冥官・ごくそつ・十王・倶生が角首をはねて八大地獄を打やぶり、広原平地となさん事、いかゞあるべき。をの〳〵の異見うけたまはりたし。同心におゐては善はいそげ、時日をうつすべからす」と義をふるひ舌をく（十ノ十五ウ）だひて申せし粧ひ、結句しやばの形気に増り、適仁義の勇者とみへし。

第三　地獄のさきがけ血気の勇

吉川忠右衛門・片山伝五右衛門をはじめ、其外並居し殿原、大岩が一言をきゝ、いづれもこゝろよく打うなづき、「さすが一列の棟梁ほど有て自他平等の御りやうけん、もつともにこそぞんずれ。何がさて〳〵しやはにおゐてさへ妻子をかへり見ず肉身をすてにし我々なれば、骨は舎利になるとても魂魄のうごく所いづれかいなみ申べき。はや〳〵むほんをくはたてたまへ」と口をそろへて返答す。中にも近習小性立武森貞七すゝみ出、「まことにをの〳〵をはじめそれがしなど、抜群の忠義をはげましたる身なれば、死とそのまゝ極楽とやらんへ引接せ（十六オ）られ、なま青くさき蓮台に座して抹香・塗香にふすべられ、常に愁らしき念仏のこゑを聞て精進料理ばかりくふべきかとそれのみうたてしくおもひしに、時なるかな幸有て、魂はめいとにをちこちのたつきもしらぬ炎魔のさばき、理を非にまぐるももつけノ調法。今ぢごくに来ればこそ大岩殿のかゝる御思慮も発し候へ。物其数にはあらねど、又武森も一列してふたゝび刃に血ぬらん事、死てのよろこび何事か是にしかん。折からやよひ末の五日、ぢごくのそらもかすみわたり、花さかりなるゑんまの城を、しうしん無礙の太刀風にてたちまち落花となさん事、案のうち物是にあり」と弁慶もどきの大長刀、刃も四尺有けるを小脇にかいこみ、（十六ウ）「さきかけてかつ色見せよ山桜、あら心よし面々、此度に於てはそれがし先ぢんうけたまはり、軍神のちまつりに牛頭・馬頭が首取て見参に入べし。人々跡より打立たまへ」と脚半の繰しめなをし、はしり出んとする所を、小野十左衛門袖をひかへ、「これさ貞七、いかに若気といへばとてあまりはやり過たり。先ッとくときをしづめ、老人たちの了簡、一つは大岩の方便をも聞定め給へ。此小勢にて大敵に向はん事、累卵をもつて岩石になぐるがごとし。さればこゝは各別のせかい、相手は強敵ゐんま倶生。百千無量の鬼類を引うけ、みかたはわづか四十七人。まことに九牛が一毛よりもかろし。中々もつて此たびのはたらきは肉身の心がけにはにるべからず。とにかく今度の大謀におゐては、ずいぶんはいかんを（十七オ）くだかずんば勝の字を得る事かたかるべし。さきんずるときは人を制するに理ありとうけたまはる。さのみ血気にはやりたまふな。まづ自余の異見をまたれよ」としきりにとゝむ。武森につことうち笑ひ、「いや〳〵智謀計略は時による。運に乗じて仇をくだかんにかたずといふ事有べからず。むかしより数度の軍、多勢ぶせいにはよらず。人毎に御存じなれど、たいけんもんのいくさにつくしの八郎殿の矢一筋にて清盛五百よきのせめ口をやぶられ、よし野山にて佐藤四郎兵衛が太刀さきにまわつて五百人の大衆うき名をながせるにあらずや。こゝをもつてこそ一騎当千とは申せ。此たびわれ〳〵一列、もとより義心鉄石のごとくにして撓まず。たとへば鬼を酢にさしてふるまふ（十七ウ）とも、此中にたれか一人も辞すべき。よしやゐんまのけんぞく多しといふとも、地の下にすんで土龍・土豹のともがら、思ふにさこそあらめ。ごく中におゐて平生有罪無罪の餓鬼原をなやましたるとはばつくんに事かはるべし。ことさら軍といふは夢にだもしらじ。さすれば太刀打チなどは足のうらの目薬、及びともなき事なるべし。きやつらを相手にして合戦するに何の骨折かあらん。楠正成は五百にたらぬ勢をもつて二十万騎のよせ手を退屈させ、佃六郎左衛門時吉は二十七騎にて高巣の城に籠、尾張守高経の三千よきを引請したためしもあれば、大敵なんぞおそるゝにたらん」と猶ふり切てさきがけせんとす。その時大岩ゆきへの介、「しばらくまたれ

（十九オ）

よ」と引とゞめ、「今には（十八オ）じめぬ貞七のきりやう、あつはれけなげなる心ざし、近ごろたのもしく候。さりながらいにしへををしておもふに、御辺いかほど勇気をはげまし鬼をとりひしぐいきほひ有て心はやたけにありとても、申スはをこがましけれど、為朝の弓勢には及べからず。次に剱を取て忠信ほどのはたらきもおぼつかなし。又楠はかねて土地・山川のようがいを見すまし難所に城をかまへしといひ、日本一の正成手だてを変てたゝかひしゆへ、多勢のよせてもせめあぐみぬ。次に時吉が二十七騎にてたかすの城にこもりしは、是又多年の案内者といひ、一つは剱獅子と名付し一物の犬、次に大輔といふめいよの間僧ありしゆへなり。惣じてかれらが一戦は日本の地に生れ、六十余州の方角・縦横・高卑（十八ウ）の様子、山河・幽谷のあんないはやみの夜にもくらからず。ことさら相手は人間なり。人が人をはかる事難きにてやすし。今お手前血気に乗じ、しやばのいくさを手本ゝとし、めいどにおゐてのはたらきは杓子定規、まな板を机なるべし。そも我々死てより四十九日、今日はじめてむみやうの夢さめ、魂さらぬ中有のたびぢ、いまだぢごくの西はどち、ひがしはいづこと方角さへわきまへず。いはんや相手は鬼類なり。もちろんかれらはじんべん不測にして、空をかけり地をくゞり、飛行じざいをえたりときく。かゝる非常のものを敵に請、合戦すべきとおもふには、いかな〱和泉の小次郎・朝比奈か再生しても勇力ばかりにては中々勝事かたかるべし。ことに我ㇾ〱素（十九ウ）はだといひ、かちだちにしてかなふべからず。それに付ては一つの方便あるへし。いかに貞七、あの世にても身ふせうながらそれがしがけいりやくにしたがひ、をの〱本意をたつせしなれば、今更事くどくおもはるゝとも、又ぞや先例にまかせ、ぢごくのさたをも野拙がりやうけんにまかせ給はゞ、いよ〱もつて大慶なるべし」と理を責ての異見を聞て、さしも血気にはやりし武森納得して、「ともかくも仰にもれじ」と打かたげたる長刀をからりとすて、芝原に平伏す。時にゆきへの助、さいぜんからとめをきし使の鬼に向ていふやう、「命おしくはわれ〱にぢごくのあんないをしめせ。そもなんぢは十王の中におゐていづれの王のしはいをうけ、いかなる役義をかつとむるや」。使の鬼聞（二十オ）て、「さん候。それがしは初江王につかへて名を青粋鬼と申ス。物その数にはさふらはねど、先年より武具役をうけ給はり、一家中におゐてはわれらがあたまをおすものも候はず」とこたふ。大岩かさねて「初江王の城は何といふ所に立られしぞ。さだめて要害の地なるべし。くわしくかたれ、聞ん」といふ。せいすい鬼がいはく、「旦那のまします城地は雷電野と申て、衆合地ごくを横ぎり、死出の山をうしろにかゝへ、前には三ッ途の流をうけたり。是めいど第一の大河、実には奈川と申ス。ひろさ十里にあまれり。此川に三つのわたりあり。故に三津瀬川と名づく。上にある渡をば浅水瀬と号す。是は浅くして水膝をこへず。きはめて罪浅き者こゝをわたるなり。中にある（二十ウ）わたりをば橋渡となづく。是は鈍金のきざはし、めなうのはしら、さんごのゆきげた、れい〳〵としていさぎよく、たゞ善人のみこゝをわたる。下にあるわたりをば強深瀬となづく。こゝをば悪人をわたすなり。此ながれはやき事矢をつくがごとく、さかまく波の高き事あたかも畳山さかしまにうつして、みぎりに虎のうそふけば風波天をあらひ、悪龍長くぎんずれば雲黒烟をけふらかす。常に城の出入には、いぬゐにわたせる鉄のはし、にじのごとくにかけたり。大かたしやばより来れるもの、此はしにいたりてはみるに目まひ、ふむにたましゐきへわたるにちからをうしなへり。うしろに死手の山たかく、一片の白雲みねをうづみ、谷深ふして万鈞の青岩路をさへぎる。つゞらをりなるみちをまわつて、上る(廿一オ)事五十町、岩を切て屛とし、石をたゝんでやぐらとす。其ほか石門鉄の楼、荘厳巍々として他にことなり」と申す。大岩とくと地の方角を聞、「いかに鬼どの、たゞ今いましめを解て一命をたすけんが、しからば其ほうをんに初江王の城中へ我々をあんないして引入たまはるへしや」。如々と耳に口をよせてさゝやきければ、粋鬼うちうなづき、「いかにも〳〵命さへすくひ給はらば、それらしきの事はいとやすし。しかしながら、昼はあやしめとがむるもの有て御ためにいかゞなれば、夜に入リ手引申さん」といふ。大岩又申やう、「何とも此上にあこぎなる所望ながら、さきほとちらとうけたまはれば、御自分には初江王の武具役をなさるゝよし。ねがふ所のさいわいなり。あはれ鬼所のはた(廿一ウ)らきをもつて、ちぎれたりともくるしからねば、ぐそく一両づゝさいかくして給はる事はなるまじきや」。粋鬼心へ、「すべて武ぐ一通りは身が計ひにて自由なり。それ此界はしやばと違ひ、九億塵でんごうのむかしより軍といふ事露しらねば、馬・物具とて用にたゝず。されば蘇我・守屋が乱より此かた、源平両家の取合、元弘・建武につゞひていく万をくの軍兵死て、銘々ひさうの甲冑を帯し、銘釼をたづさへ来るといへとも、ぢごくにおゐては昔の釼今ながたなとも存ぜず。さりとて又徒に野山に捨べきにあらねば、古来より名ある物のぐの分ンは漸々一所に取あつめ、穴蔵に入置、実よきよろひの毛切せし打物のさびたるなどをばふき直して、罪人の責道具・鉄棒・舌挟なとに拵申候。よつて其支配をばそれがしが承る馬も中興名にめでゝ、ひがんざくら（廿二終オ）の花あしげ、古はの落ぬは若馬の春のかすみにあをの馬、千里をかけるとらげ馬、重荷大津の追がらし、雲井の月やあふさかの関のしみづに影みへて、引らん駒の月びだい、くもなかくしそいこま山、旗さす馬のぼり坂、道しるべするとじ（ママ）より馬、雪ふみ分るよつ白や、頼朝殿の青海波、木曽どのゝ鬼くりげ、判官殿の太夫ぐろ、能登どのゝ薄ずみ、重ひらのよめなし月毛、仲綱の木下かげ、くまがへが権太くりげ、平山が目かすげ、佐々木か生月、梶原が摺墨、秀平の奥州鹿毛を始、其外くつきやうの逸物、爰かしこにつなぎをくといへども、乗物なければ徒に冬の扇子、夏の火桶、地に絵書し花紅葉、何の用にも立田山、夜半にまぎれてゆうゐんし、馬・物の具をわたすべし。御心やすかれ」といふ。（廿二終ウ）

くわんくわつ鎧引　巻之二

ぢごく太平記目録

第一　闇にも知る物具色

第二　再起す土中の刃

第三　沙蘭波暇の唐人口

二手に分る夜打の
　出立相図やくそく
手ごとに引さぐる
　得物〱のはたらき（一オ）
きるゝと切ぬと
　ふたつひとつ
ためしてみる日取
　吉凶も時にしたがふ
手つゞみ打て拍子木の
　てうし上を下へ
かへさまに子鬼を負て
　にぐる城中（一ウ）

くわんくわつ鎧引二

第一　闇にもしるゝ物具の色

こゝかしこの案内、つまり〴〵の要害、ぬけ道・切所にいたるまで、使の鬼はや手にとるやうにをしへければ、大岩をはじめ一列の衆中大きよろこび、やがて粋鬼がいましめを解ゆるせば、たゞ王質が仙より出て七世の孫にあひ、方士が海に入て貴妃を見奉りし心ちに見へ、手を合せて人々を拝す。吉川忠右衛門申けるは、「中々其鬼かけはなしにしてはおぼつかなし。それをいかにといふに、そも此界のあん内、われ〳〵いさしらぬ事なれば、もし千ンに一つもきやつめ此方をたばかり、甘ふ一はいくわせをき、先立てにげたる時は、蚤もとらず蜂もとらず、いづくをさし(二オ)てをひ行、何を証拠につかまへん。さすれば我々先ッとる物をとり得て、其後ははなちやらん。今目前に小手をばさしゆるすとも、腰縄をばはなすべからず」といふ。大岩「尤なり」とて又たちより、右の綱を取て鬼が腰巻に結そへ、両手は自由にはたらかせ、足軽寺井与左衛門に縄取さすれば、をりからの出立長範頭巾なれば、「猿引のうつり有」とをの〳〵手をたゝいて笑ふ。粋鬼もつけなるかほつきして、「あゝいけつころしつ下手念つかふ人々かな。鬼神に横道なしとはもとよりぢごくの掟なれば、謀計する事ゆめ〳〵なし。其ゆへは妄語・綺語の罪人を呵責するわれ〳〵なれば、正じきけんごなるそこゐをば申さすとてもすいりやう有て、ひらさら要心御無用」といふ。（二ウ）大岩かぶりふつて、「自身のとりなし心もとなし。いや〳〵ぢごくのさたも銭がする。あみだのひかりも金の世に実はすくなし、虚は多し。よつて仏も四十余年未顕真実ととく時は、初頓花厳より乃至、阿含・はんにやまではまんざら虚をもつて渡世とし、漸く法花に入てこそ正直をばのべ給ふ。げに三界の大導師さへさま〴〵の方便つきなれば、まして鬼神にはなをもつて横道あらん。鈴鹿の鬼は美女とばけて男をだまし、大江山の鬼神は童子に変じて女をとらへし。是皆鬼の謀計ならずや。さればこそ娑婆にて人を方便して其事露顕するを、名付て化があらはるゝといふは、原鬼より出たる詞ならずや。とかく油断大敵のもとい。ふしやうながらこよひ一夜かんにんしてたもれ」とことはりを（三オ）とげ、かれこれ評義する内に、西方遠寺の晩鐘はるかに告て、けふもくれぬとゆふやみのしのぶにあかぬほし甲、「いで物の具の用意せん」と粋鬼をさきにをしたてゝ、ひかふる綱のとく〳〵と二行にならんで心しづかにあゆみ出るてい、大岩をはじめてをの〳〵きりやう・こつがらいづれ雄劣ありともみへず。あつはれ希代の猛勇義士、今此界の鬼もかへりみ、感心して角を折。そも人間の盛衰浮沈、古今つねにしてめづらしからず。時を得ては人を制し、運きはまりては身を屈す。なんぞ今さら過さりししやばの事をかへり見ん。とかく時・所・位にしたがつて身をたつるにしく事あらじと、たゞ一すぢにめいどの門出。いで其ころは元獄年中三月廿五日、目さすともしらぬくらき夜に、（三ウ）青粋鬼が手引をもつておもひのまゝに武具をちやくし、ひたかぶとのおゝしめ、老人は馬上、

（四ウ）

（五オ）

若手のともがら歩行立にて、しのびたいまつ手ごとにもち、前後二手に人数をわけ、列をそろへて出立しふぜい、すこぶる項王の力をあざむき、はんくわいが血気をのむかとあやしまれ、いかなるぢごくの強城、何たる紅蓮・大ぐれん、とうくわつ・しゆがう・あびなりとも、おそらくたまりつべうはなかりけり。先一番に大岩父子、いとこ大岩清左衛門、伊羽三右衛門は弓をもつ。二番に間親子は十文字、ほり植伊兵衛・富林助之進此両人はかぎ鑓なり。三ばんに牧山伊平次・小野小右衛門・村林三之丞・神尾与八、かれら四人は半弓たばさみ、すげ谷・中村両人はかけやの大づち引さげ、四番に磯川十兵衛・赤原源（四オ）介・間野久左衛門、是三人はすやりをよこたへ、貝川・潮二人は六貫めのげんのうを一丁づゝふりかたげ、五番に近山源六・矢野善七・ほり植安右衛門・前川十介、をの〱大だちさしもげに、音に聞へし大高新五郎・武森貞七両人は大長刀をかいこんで、いさむ心は春のよの、おぼろに見ゆる大けうくわん・むけんぢごくのせめの火を狼烟と見なして行ながら、大岩ゆきへ下知していはく、「打入ル時は林か森、軍に成ては鶴か鷺、引時には夏か冬、三度に替る合詞。夜打の大事は奇変にあり。敵を明りにおびき出し、みかたはくらみをこだてにとれ。向ふ敵をば打て捨、にぐる鬼を長追し、ふか入してけがするな」とあいづ・やくそく・手くばりを委細にしめして、「とかく強敵をしりぞけん事、たゞ夜うちにしくはなし」(五ウ)とまつさきにすゝんでゆけば、青粋鬼申やう、「これより初江王の居城らいでん野と申までは半道に過ず候。声高に物語したまひて夜まわりの鬼にきゝつけられ、あやしめられ給はゞ、千非万悔臍をかむともかなふまじ」と小賢く気を付て通る。

第二　ふたゝひ起す土中の刃

時に原藤右衛門、跡より大岩が母衣付をたゝいて申やう、「しばらく御まち候へ。何がしつら〳〵暦数をかんがふるに、今日すでに往亡日にあたれり。往亡とはゆきてほろぶとよみて出陣に大不吉なれば、こよひを過して明夜打立給はゞ、みかたの勝利決せり」といふ。ゆきへの介聞て立とゞまり、「もつとも貴殿の申さるゝ旨一理なきにしもあらず。呉子・孫子が秘する所、武備志等(六オ)にくわしく出て、出陣の方角・日取・勝負の吉凶を論ずる事有といへども、其時にのぞみ図に当りてはさら〳〵時日の善悪にかまふべからず。みかたのために悪日なれば、敵のためにも悪日。わうもう日とて打出る軍勢かへす時は、いかなる勇者も心おくれ、明日吉日にても中だるみしてはたらきすくなく、軍に利なし。さればかやうの事、和漢に其例おほし。むかし周の武王、殷の紂王を伐んとて軍卒をもよふし、すでに門出し給ふ時、臼明といへる臣下車の轅に取付て申けるは、今日はわうもう日、ゆきてほろぶとよめば、みかたにかつて利なし。明日打立給ふべしといさめける。をりふし大公望後車よりおりてこたふるやう、されば往亡の二字はとなへに（六ウ）よつて吉凶とならん。今日ゆきてほろぶの往亡をばゆきてほろぼすと点ぜんにおゐては、みかたの勝利うたがひなしと、ことばを変て出陣し給ふに、其日軍に打かち、ゐんの紂をほろぼして、それより此かた周の天下八百よさいの運をたもつ。わがてうにても後鳥羽院、北条義時との合戦に、鎌倉のよせ手一万よき、敵のせいにくらぶれば十が一にも及ばず。東山道よりをしのぼる大将は武田五郎信光なり。武田すでに本国を出る日は九死一生日とて、きはめたるあく日なり。いかゞあるべきとて、らうどうの武藤新五郎しつてとゞめ、明朝打たち給へといさむるに、たけた五郎のいはく、なん条さる事のあるべき。九死一生とは十の物一つ生て九つはしぬる（七オ）日なりといふ事か。そも武門にむまれ士のいくさにむかふほどにては、命いきてふたゝびかへるべしとはおぼへず。吉凶は運によりて日によらず。むかしより吉日に悪をなしてほろぶるものもおほからん。悪日に吉を修してさかふる人もすくなからじ。天赦日なればとて親のくびをきらんにたすかるものあるべからず。惣じて武士の打死はわれ人ねがふ所なり」といさみすゝみてのぼりしが、つゐにみかたのおもふまゝ勝利をえし事あり明の、月もほどなく出なんとする気色なれば、もはやよなかも過の窓、ねふりもおそしうしの時、天地の気坎陥として人気もおこたり、ごくちうひつそとしづまりかへりたるをりから（七ウ）なれば、「時分はよきぞはや入れ」と、なを大岩が下知によつて、さばかりの大河にかけたる鉄橋をやす〳〵とわたり、さし縄の十丈ばかりながきを二筋、一尺あまりをいてはむすび合せ、ゆひ合して、そのはしにくま手をゆひつけて木のえだ、岩のかどに打かけて、城の北にあたりたる石壁の数十丈そびへて鳥もかけりがたき所よりぞのぼりける。一町はかりはとかうしてのぼりけるが、其上に一だんたかき所あり。びやぶを立たるごとくなる岩石かさなりて古木枝をたれ、蒼苔露なめらかなり。こゝにいたつて間野・吉川・矢尾・勝見、いかんともすべきやうなくして、はるかに見あげて立たりける所に、武森貞七、岩の上をさら〳〵とはしりのぼりて、かぎ付のほそ引を木（八オ）のえだに打かけて岩の上よりおろしたれば、跡なる吉川・間野・勝見、これに取付て第一の難所をばやす〳〵とのぼりける。それよりうへにはさまでの嶮岨なかりしかば、あるひはくずのねにとり付、苔のうへをつまだてゝ一時ばかりに辛苦して、屏の際にぞつきにけり。こゝにて一息やすめ、城中の様子をうかゞひゐたり。しばらく有て片山伝五右衛門、間野孫介が肩ぼねをふまへ、「御めんあれ」と飛あがり、屏のうで木に手をかけてのりこへんとせし所に、夜番の鬼拍子木打てとをりけれども、是にもおくせずのりかゝつたる一番のり、やはかもつてこらへん、「ゐいやつ」と打またぎ、なんなくひらりと乗こへければ、夜まわりの鬼おどろき、両角ふり立はがねをな（八ウ）らし、「やれぬす人よ」といはせもはてず、かた山伝五取ておさへ首かきおとす。さておもてより吉川忠右衛門・勝見庄太・大高新五郎、をの〳〵人をはしごにして屏の内へのりこみける。大岩ゆきへは外に居てあん内の鬼に問やう、「何とお手前がさいかくにてあの惣門をおしひらき、心やすく内へ入事はなるまじきや」。粋鬼こたへて、「さん候。宵のほどなれば出入にかまひなし。初夜過よりはかたく戸を閉、公用の外は通事まかりならず。鬼どもの出入をば札をもつてあらたむる事、たとへばしやばの大名屋敷のごとし。われらもこよひ夜をふかし出入の掟をそむく身なれば、二たび城中へ帰り入事なりやせぬ。よつて是よりかけをち仕り、あびようちんのうら棚へなりともかげをかくし、青粋の青を取て（九ウ）青道心なりとも仕らんかくごなり」といへば、大岩聞て、「もはや我々城のあん内はくわしくたづねをきぬ。足下中へいられねば此上に用はなし。さりとも只今までの御辛労、近比忝なし。さらば腰縄ゆるし申さん」とて綱をといて追はなせば、青粋鬼うらめしさうにいふやう、「をの〳〵ゆへによしなき長胴ふつて、をりはのわろきすご〳〵ろくな目にあはず、でつちよりは浅ましくなり侍る事よ」と、ぐし〳〵泣て行がたしらずなりにけり。かくて片山伝五右衛門・ほりへ伊兵衛、内より声をかけ、「われ〳〵夜番にまぎれ拍子木を打ッ間に門のとびらを打はなせ」と

（九オ）

屏の内外しめし合せ、ひやうし木けはしくたゝきたつれば、そとより岡村・小野・三原、かけや・げんのうふり上て、どう〳〵と打音に、門番の鬼（十ノ十五オ）助・鬼蔵きもをけし、「何事やらん」とおき出る所を、勝見・武森ぬきそろへ、首一々打おとし、又拍子木をうつゝなく夢をむすばんうしみつや、鬼のねごとに高いびき、前後しら川夜舟なれば、心やすしとわか殿原、力まかせに打ッひやうしに、くわんぬ木中よりほつきとおれ、とびらみぢんに砕かれておのれと大門開ぬ。

第三　沙蘭波暇の唐人口

かくて大岩がさしづをもつて、宵より物見に入をきたりし岡部金左衛門立帰り、門ンの長押に腰打かけて宮中の様子をはなす。「先ッそれがし初江王の庭中まで忍び入て、座の体をうかゞひみれば、王の前には玉机に鉄札をくりひろげ、罪人の軽重をかんがふるていなり。左右に異形の鬼ども肘をい（十ノ十五ウ）らゝげてつくばひゐたり。耳をすましてきけば、初江王の了簡にいはく、今朝中陰あけて来れる四十七人の奴原をば鎖の綱につなぎ合せて剱の山江追のぼすべし。此山の頂上は雲をつらぬき銀漢をさしはさんで、雺霾の雨朝夕ふり、白霧みねをつゝみ、日月の光りをば夢にだも見る事なし。常夜やみにして一寸ンさきのあかりはやう〳〵星のともし火にたより、稲光の火をもつてたばこすふほどのふ自由千万な所なれば、見よ〳〵しやばにおゐて腕をさすり忠臣がほして鼻の高かりし勇士も、今此山に入ならば、おそらく手も足も出る事でなし。なんぢかつみなんぢをせむ。あゝ不便や、なむあみた仏と、ひげくひそらしてしさいらしき口上をきくにつけ、いよ〳〵むねんにしゆらのほむ（十六オ）らもへたつばかりこらへがたく、所詮それがし一人飛こんで初江王が冠首たゞ一打とぞんぜしかども、やがてむねをさすり、いや〳〵あらぎにはまつて事をしそんじ、かた〳〵の誓約をそむくも不義とぞんじ、とくと心気をしづめ、きつくわいなるひやうでうを聞のがしにして庭場を過、北の方より南へかけわたしたるくわいろうをとをり、勝手の方をさしのぞきみれば、台所口にはよねんもなく鬼女はゐしれぬ鼻哥うたひ、鬼童はつくえにもたれて、鬼奉書に大筆の手ならひ、正真の鬼のきしやうとうち見へ、かたはらには手つゞみ打てあだちか原のくせまひ、三鬼四鬼づゝよりあひ、碁をうち、しやうぎさす所もあり。いまだ乳くさき子鬼のいぼ程つのゝ出たるが、銭（十六ウ）独楽まわして居もあり。こいちや引ける鬼坊主はちやうすの上にあたまをもたせ、いねふりゐるこそゆだんなれ。やり戸のひまより奥をのぞけば、さうし見ちらし、はりしごと、しづがをだまきくりかへしむかしを今の物がたりなどして、何心なくよろづおこたりて見へはんべる」よしかたれば、大岩聞て打よろこび、「これくつきやう一のじせつ。あれ〳〵見給へ人々、一天の星斗さわやかに白雲うしろの山によこをれ、濁気上をおほへり。ひやうし木のてうし金にして数は九つ老陽、金尅木、火尅金、自滅の相をあらはし、破軍はたつみにむかふのやかた、ひがしの門より南へついて打入レやめん〳〵」と玄関より切こめば、泊り番の青鬼ども太刀風におどろき、「こはそも何事ぞ」とうろ（十七オ）たへまどふ。片山伝五右衛門門の内へ馬をのり入、くらかさにつゝ立て申けるは、「今更名のるも事あたらしけれど、そも〳〵是はさきだつて武名獄中までもかくれなき古今のまれ者一列四十七人、今泉下にうらみをふくんでぢごくを破懐（ママ）し、ゑんまを始類王・倶生がいけ首をさらへおとし、むりやうのざいにんをすくはんため、はうべんの利釼を引さげ、ようちにをし寄たる意趣は、惣じて十王たちそのかみの行儀をもうちわすれ、おごりをもつはらにして婬酒にふけり、ざいにんのきやうぢやうをもあらためず、我意をもつておきてをなす。よつて上をまなぶ下なれば、それをはからふ冥官・ごくそつらにいたるまでをのれ〳〵がきげんにまかせ、依怙ひいきをもつてかしやくを（十七ウ）なす。それにつき亡人のうらみはなはだつくる事なし。これすなはち天のとがめ、今此時にいたりぢごくはめつの相となる。われとおもはんごくそつら出あへやつ」とよばゝり、おめきさけんでみだれ入。初江王方にはもとよりおもひかけざる事なれば、ね耳に水の入りくんで上を下へこんらんし、極睡のまなこをすり〳〵起たち、不意の敵におどろきさわぎ、あはてふためき鉄棒一本に二鬼三鬼とり付、こしまきを引あひ、われよ人よとうばひあらそふ事、たゞこれ網裡の魚のとんでいきつぐにことならず。軍になれたる事はなし。雑卒のやつばら十鬼二十鬼むら〳〵にはしりめぐり、たをれふしまろびてにげかくれんとするありさま、さなから秋の木の葉の風にちるごとく、寥々（十八オ）落々としてきもたましゐも身にそわず。しかれども又其中に一鬼当千と見へてよのつねならぬきりやうの鬼、大勢の中よりとんで出、大音あげてのゝしりけるは、「いかに死ぞこなひのやつばら、おのれらが業因をかんぜすして、なんぞやかへつてむほんをおこし、もつたいなくもざいにんのぶんざいにて十王の宮地を駒のひづめにかけ、ごくちうをさはがせ中条、古今未曽有の悪行なり。いで〳〵なんぢらに物みせて此界のいとまをとらせ、今度は又此下の二重底なるぢごくへおとし、未来永劫息のあがらぬやうにしなすべし」とふりみだしたる白髪の中より、日月にひとしき両眼を見ひらき、口より火ゑんをふき出してちかづきよれば、片山がのりたる馬これに(十八ウ)おそれてちかづかず。近山源六よこあひよりはしりかゝり、「えたりやおう」と二尺八寸の太刀をひらめかし、ま一もんじに切てかゝれば、くわうげんにはにざりけり、かいふつてにげゆくを、「いづくまでものがさじ」とあまりにつよく長おひしけるに、もとより源六あんないはしらず、木かげへおひこんでくらさはくらし、あしもとにけつまづき、とある溜池へがばとはまる。なむさん落し穴にやあらんとおもふに、さのみふかくもあらかねの土だらけによごれてため池よりはひあがる。かの鬼はにぐるに勢を入てうしろをかへりみず。「あはれとつてかへしなば、源六はそのまゝうたるべかりしものを。かへす〴〵うんのつよき男、まづ休足し給へ」と片山がことばに付てすこししりぞき、河のながれに望で(十九ウ)物のぐのとろをあらふ。かゝる所に初江王の一の臣下沙蘭婆とい

(十九オ)

ふ冥官あり。そのたけ七尺あまりにして、力むけんのかまをも引ッさぐべきほどのきりやうなれば、世間を茶ともぞんぜぬ肝のふときいたづらものありけるが、人々のようちに入たるていをみて、「城中をのゝしりありきけるは皆何事をさはぐぞ。今夜はつかうしたる運尽は、しやばにて肉身ほろびたる、すきと血性のなき罪人なれば、おそるゝにたらず。何事をか仕出さん。かまへていづれもおのゝく事あるべからず。あつはれそれがし出むかひ、人馬ともにかたはしより打ころし、三ンづ河へけこんで魚のゑじきになさん」とて、一丈はかりのてつぼうをかいこみ、ちから足どう〳〵とふみならし、すゝみ出て申すは、(二十オ)「鬼おほきその中に、わけて一鬼ぬけ出たるまれものは、事もおろかや仏在世のむかし、さしも神通第一のもくれんそんじやに出あひ、赤手の皮をもみ切らしたるだいばだつたと聞へしあばれものゝ大将より三十七代のこうゐん、今初江王の左座に付て常に御近所はなれざる冥官さらんばといふものなり。見ればをのれらは罪人どもなるが、いつの間に武ぐをば才覚したるぞ。さてもゆだんのならぬやつらかな。よし〳〵馬にのり、ものゝぐきたりといふ共、某が棒の先にまはつてはよも一人ものがるべからず。くわんねんせよ、念仏申せ。一度弓箭に懸りしやつばら、きのふ迄は物哀なる体なりつるが、ふしぎに武ぐをかためたれば、どふやら人らしく見へたり。さりなから槿花一(二十ウ)日の栄、かげろふの午時をたのしむににたるべし。はかなの罪人共や」とてから〳〵と打笑ふ。ほりへ安右衛門つか〳〵とはしり寄、「人もなげなる過言、あた見ぐるし。をのれいかめしく棒をつき力自慢したればとて、日ごろの罪人をなふりたる手なみとはばつくんに事かはるべし。そこを引な」といふより早くとびかゝり、さらんが持し棒をかなぐりとらんとするを、とられじと両手を懸てゑい声を出し引あひければ、さしもにかたき鉄の棒、中より二つにねぢ切て双方半をひつさげたり。ほりへ棒をなげ捨、波平行安が百日精進して打たる那波如舟といふ二尺七寸の刀を以てたゝ一打と切立れば、めうくわんも釼をぬき合せ、おもてもふらずたゝかふたり。まことにさらんばばつくんのきりやう、釼（廿一終オ）術の達者と見へて、縦横無尽におめいてかゝる。されども安右衛門は大剛のものにて、肉身のそのむかし、しやばにて大勢に取まかれけれども切ぬけ、ひるいなき手がらせし事度々なり。殊更こよひのよ打魄命かぎりと思ひ極め、其上帯したる刀は九州鍛冶の出来物にて、ばんじやくをもたやすく切リ割程の最上の釼なれば、何かはもつてたまるべき、むざんやさらんば腰のつがい水もたまらず打はなれ、さすが鬼のきどくには、両手は上に働て頭をおつ立はがみしてはひまわる。下は足を動かし、骸を便に立んとす。安右衛門其まゝ胴をばけたをし、首かき切て刀の先につらぬき、「抑しやばにての打合には、さらば暇をとらせんと社いふなるに、爰許は唐人口、さらんば暇をとらせたり」と笑ながら引返す。（廿一終ウ）

寛活よろひ曳　巻之三

地獄太平記目録

第一　落城の跡方便軍談
第二　大岩広言の弓勢
第三　修羅落足の組合

ふるひ気のつく
　十王のおちあし
すがた見の関に
　番を居ての用心 (一オ)
三味を引葬頭河の
　姥御前しはがれた時のこゑ
獄中にひゞく
　太刀をと
むら雲立たる
　敵の引いろ
火おどしのよろひに
　角首そへて進上物 (一ウ)

寛闊よろひ引三

第一　落城の跡方便の軍談

さるほどに夜打の面々前後二手に人数をわけ、ひがしのもんより大岩を大将として二十よ人のりこめば、うしろは死手の山づたひにつゞらをりなる難所を過、吉川忠右衛門をかしらとしてつゞく輩二十三人、塀にかぎ付のほそ引をかけてやす〳〵とのりこへ、鯨波を作つてせめかゝれば、初江王のけんぞくどもぜんごの敵に引つゝまれ、逃るに度をうしなひ、ことさらむねとたのみしさらんばうたれければ、がつくりと角をおとし、たゞかはんとするもの一鬼もなく、或はえんの下にはひ入、物をきすみたわらのかげにかくれていきをころし、あるひはしやうじけやぶりかべ切やぶり、われさきににげんとすれば、(二オ)矢尾五兵衛・大岩清右衛門・岡村弥次右衛門・小野小右衛門・村林三之丞すきまもなくをひかこみ、鑓をつきかけ矢をゐかけ、ゐいや声出してせめかゝれば、ようやく二時ばかりの合戦に、よせ手はわづか二三人かすり手をふるばかりにて、かたきの手をひは数しらず、うたるゝ鬼類およそ二百余卒とぞ聞へし。それよりをの〳〵いきほひもうに一間〳〵に切入て、おもふまゝにふるまひしかども、そのゝちはあへてさへぎる鬼もなかりしかば、「いざまづ心やすし。さらば是から大将しよこうどのをいけどりて、あけなば三途河原へ引出し、首切て獄門にさらし、軍神にたむけん」といふこゝろを、から紙ひとへあちらにて初江王聞付、おこりならねどにわかにふるひけ出ておそれわなゝき、こはそもどふしたものであらんと身をもむ所へ、熊手之介といへる小性（二ウ）の鬼かけ来り、「君は何とて今まで落させ給はぬぞ。もはや敵間近く切入候まゝ、御身にけがなき内早々立のかせ給へ。それがしおとし参らせん。さりながら其御すがたにては、もしよせ手のもの見付候ばゞ（ママ）あやしめ申べきほどに、花車のすがたにさまかへさせ給へ」と玉冠をぬがせて帽子をかづかせ、ゐうらくをといて赤まへだれにしかへ、手を引まゐらせてうらの門よりひそかにしのび出、なごりの大路打過てすがたみの関をこへ、偸盗山にさしかゝり、無量城にまします五官王のやかたをさしてなく〳〵おちゆき給ふ、むじやうのならひぞいたましけれ。かくて大岩ゆきへの助はおもひのまゝに勝利を得、何の手もなく城をのりとり、「さりともしやばの夜打よりはけつく心やすく、さのみはいかんをくだきはかり事をつゐやすまではなかりしものを、先ッ初江王をせめおとす（三オ）事、初江は初功なり。初に功を得し事、同じとなへにしてゐんぎよし。是閻魔王が為に一つの肘を断といふものなり。あら目出たし、手はじめよし」と、おぼへすしらずゆきへの助つゝ立て扇子をひらき、「まことにもつて幸慶の純熟する所、かた〴〵もさぞあらん。大岩が今のけいき、蟠龍が一陽来復の時を得て天上にかけりのぼるよそほひにて、素懐のなみだをうながし、喜悦のたもとをひるがへし、見よ〳〵日をつゐやさずゐんまの城をせめ破り、十王鬼類をとりひしぐ事掌にあり」となゝめならずよろこびける。時に近山源六申スは、「城主初江王事、夜半にまぎれてうら道よりにけ出、鉄丸城のあるじ変成王の方へおち給ふとも申し、又はちうどう山にさしかゝりて五官王の方へともうけ給はる。いづれも何とかおぼしめ（三ウ）す。敏時は速に功ありといへる本文に付て、間に髪を入べからず。いざ此いきほひに乗じてあたゝまりの覚ぬ内、初江が跡を追て明夜直に五官が城へせめかけ、短兵急にもみつぶさん事、くびすをめぐらすべからず」としきりにすゝむ。大岩聞て、「お手前軍術に達し給ふとはいへど、此理猶おもしろからず。およそ夜打にする事は一代に一度か二度の物なり。夜軍は十が九つは勝利有といへども、みかたの諸士心やすく思ひつねにゆだんして、ひるの軍に出て大かたまくるものなり。其うへ軍書に夜打は正兵にあらずといへり。ぬす人の所作ゆへみかたの軍列あしくなるものなり。われよりばつくんつよきをやぶらんとする時ばかり夜打をもちゆ。先もつてこよひのようちにみかた十分の勝見へてあれば、明日の夜打はえんゐんすべし。されは吉凶悔吝は天地（四オ）の理、一の裏は六ぞかし。それがしかつてうけ給はる、いにしへより名将の兵をもちゆる事、一急一緩といへり。よく勝を得るものは智をかゞやかして勇をあげず、よく利を得るものは徳に有て力にあらず。此ゆへに大なる商人はふかくかくして名をあらはさず、大なる富は財をたくはへておごらず。いきほひつよきものはよわきをしめしてはげしからず。是皆古人の遠きおもんばかりにして、見識高きものゝする所なり。はからざるにこよひすみやかに打入て、一勝一利の大功を得て当城を手に入ル事、そも八大ぢごくにおゐてをやたれかしらざらん、いづれの鬼かおそれざらん。これつよきにほこる事をもちひずしておのづからつよく、勇をいはずし

（四ウ）

（五オ）

ておのづから勇なり。なんぞかならずしもかやうにいきほひを張て、今さらすゝむ事をせん。ねがはくは御辺よ(五ウ)くさつし給へ。それ大将には五才十過あり。五才とはいはゆる智・仁・信・勇・忠なり。智は乱るべからず。仁はしづまるべし。信は約をうしなはず。勇はすゝむべからず。忠はあなどるべからず。次に十過とは血気にして死を軽んずるもの。いきほひありて心急なるもの。むさぼりて利をこのむ者。仁有て殺に忍びざるもの。智有ておそれざるもの。信ありてみだりに人を信ずるもの。身をいさぎよふして人をあいせざるもの。はかり事有て心ゆるきもの。剛毅にして我意にまかするもの。にうわにして人にしたがふもの。此十過あれば大将とするにたらず。かるがゆへによく兵をもちゆるものは、五才をぐし十過を去てのち、せむるにやぶらずといふ事なく、たゝかふにかたずといふ事なく、はかるにならずといふ事なし。これ孫子が百戦百勝の功を胸中に秘する所(六オ)なり。それ大将のはかり事をめぐらすは鬼神のごとし。ほろびてよくそんし、しゝてよくいき、よはふしてつよく、あやうくしてよくやすく、機変はかるべからず。勝事を千里に決して天の上より地の下までしらずといふ事なく、内よりして外、そとよりして内、達せずといふ所なし。乃至十万百万の勢といへども、つとめしたがへずといふ事なく、あるひは昼にして夜、よるにしてひる、かねずと云事なし。かくのごとくなる時は元暦のよしつね、元号の楠、甲陽の信玄、駿州の今川、今日の大岩、寸分もかはる所なし。たとへば蘇秦・張儀・便喩、かはる〴〵日をわたるといふとも、それにもさらに心をうつすべからず。たゞ時のよろしきにしたがひて、是をもちゆるに文をもつてし、是をとゝのふるに武をもつてし、これをまもるに勢(六ウ)をもつてし、これをはつするに動をもつてするにはしかず。我々今此城を乗とりたるこそさいはいなれ。一旦こゝをまもり、大敵を引うけて勝事を千ン里の外にうべしとおもふはいかに。かた〴〵なを此外にくわしき道理あらば、ゐんりよなくうけたまはらん」と事理分明に申ければ、さしも小幡のながれをくみし軍者近松源六、是を聞て再言に及ばず、舌をまき口を閉てふかく感歎し、「今にはじめぬ貴所の勘弁、おそれ入て候」と擢手(ママ)をして退ける。

第二　大岩広言の弓勢

今此無仏世界といへども、義をおもひ垢を忍ぶ事は娑婆・黄泉自然の理。喰たや、のみたい、をしゝ、ほしや、うれしさ、かなしやとり〴〵に、身を雲水のさだめなき旅によせ、命を風前のとも火にあらそふ。（七オ）天高しといへどもせくゞまるのうれへをいだき、ぢごくひろしといへどもぬき足するのあやぶみは、十王だにもきのどくの山づたひして、初江王は無量城までをちこちのたつきもしらぬおもひぐさ、夜露に袖はぬれしほたれて、やう〳〵五官王の館にいたり、軍にかけまけたるしだらつど〳〵かたり出し、うろ〳〵なみだの玉の床、足もとから鳥の立たるごとく仰天したるかほつきを見て、五官王肝をつぶし、「まことにぢごくひらけはじまりしより此かた、かゝるためしはあら磯の見るめも笑止千万なり。先々心をおとしつけ、つかれをはらし給へ」とて、かゆなどすゝめ酒を出しもてなし、やゝ有て五官王申さるゝは、「もつともきやつばら五十にたらぬ人数なれば、天をかけり地をくゞるともなにほどの事かあらんとはいひながら、小敵とてあなどる（七ウ）べからず。針ちいさしとてのむ事あたはず。わづか一炬の火咸陽を焼ためしもあれば、片時も猶予すべきにあらず。此事おんびんにしてかなふまじ」とて、やがて天官王玉軸を取て一筆をそめ、ゑん王のまします預弥国まで三十五里の場を、昼夜十二時の注使をもつてあわたゝしく急を告る。をりふし大王は桜の殿に出御あり。牛頭・馬頭がつれぶしにて葬頭河の姥御前に三味ひかせ、花にたわふれ遊興しておはせしが、五官王より告来る書簡をゑいらん有てあざわらひ、「なんでう鼠のともがら今むほんして此界をさわかせんとは、あたかもせいゐい海をうめんとするにひとしからん。さりながらそのまゝすてをくべきにもあらねば、早速打手を下してふみつぶさん」とて、先陣には宗帝王を大将として、八ッ鬼（八オ)・鉄風鬼・火鬼・山鬼・谷鬼・空鬼をはじめとし、都合其勢二千よきをの〱龍虎のいきほひ、獅子のはがみをなし、鉄棒に鼻油引てすゝみ出るてい、まけいしゆらともいひつべし。後陣は平等王を副将軍として、乱鬼・仙鬼、つゞいて万鬼・波嵐・水取・石刻、これらは力りやうもうゐをふるひ、山をもつんざき谷をもくつがへすいきほひ。一鬼当百のらせつどもつがう千五百鬼、りんぼうくわゑんの赤旗をまつさきにをしたて、むみやうぢやうやのさし物にそくしんはんにやの馬じるし春風にひるがへし、いつ習ふとはなけれども、つたへてきゝし軍立、先ンぢんはくわくよく、後陣はぎよりんのそなへとさだめ、規矩準縄毫釐もたがへず律儀に法を守リて、前後左右井々としてみだれず。よみこくよりらいでん野(八ウ)までおよそ三十余里が間山路はなはたけんそにして、岩石天をつらぬき一片の白雲みねをうづみ、谷ふかうして万仭の青岩路をさへぎり、樹木枝をまじへて手をつくべきやうなけれども、通ひなれたるあんないしやどもものゝかずともせず、あたかも四条・五条の平地をあゆむごとく逸足出して進発し、すでにらいでんの初江王の旧城になりしかば、をの〱しはがれ声をあげて、「曳々応」の時のこゑ、めいどには又あたらしや。もとより大岩方にかねてごしたる事なれば、いくさの法とてやさしくも同じくときをあわす。よせ手の三千よきにたいしてわづかに四十七人、たとへば雷わたる春のゝに雉子のなくがごとし。大岩その日のしやうぞくには、なし打ゑぼしに白ねりのはちまきし、ぎよりやう島ずりのひたゝれに(九オ)小ざくらを黄にかへしたるよろひきて、二十四さいたる大中ぐろの矢おひ、笛、重藤の弓のまんなかにぎり、木戸の上へなるやぐらより、さまの板をひらいて申やう、「たゞ今よせ来るしゆらはゑん王よりの打手と見へたり。さればなんゑんふしう大日本国におゐては、むかしより敵のけみやう・じつみやうを聞てゑんまのちやうのうつたへにせんといふ事つねのならひなれども、今此かいに来りてそういふ事はさしあひなれば申さず。さりとて又其名をきかで軍せんもはりやいなし。けみやう・実名うけ給はらん」と高らかによばゝれば、時に先陣の大将宗帝王にんにくじひのかぶとのおゝしめ、ぶつじんしゆごのよろひにめうほうれんげのこ手をさし、一心三観のつなぬきはいて、じやくめつまだらの駒に鉄ふくりんのくらおかせ、(九ウ)しやうごん巍々としてたづなかいくり、しづ〳〵とあゆませよつて、「そも〳〵是はかたじけなくも八大ぢごくの惣王ゑんまの名代としてまかり向ひしものは、業関のあるじ、三七日をつかさどる宗帝王なり。しかるにわが君、むりやうをくごうより此かたくわうせんを治め、まつり事たゞしく、しやばより来る死人のざいくわをきうめいし給ふにごうのはかりのけちりんもちがひなく、みぢんばかりの善根をもすてたまはず、露のつみをももらしたまはず、善人はじやうどにおくり、悪人はぢごくにおとす。是みなをのれ〳〵が身よりおこせるとがのけうぢうなれば、心の鬼が心をせむ。他におゐてまつたくうらむべき事なき所なるを、なんぞやめん〳〵その身のゐんぐわをかへりみず、罪人のぶんざいにてむほんをおこし(十ノ十五オ)獄中をさはがす事こそきくわいなれ。まことにもつて大ぎやく無道、笠上に笠をかさぬる其とがなをばくたいなれば、すこぶる十王をはじめ鬼類皆寄て牙をかむ。今をのれらわづかのいきほひにほこり、一をもつて万にあて、此界をくつがへさんな

（十六オ）

どゝはをろかなるかな。針(はり)のみゝずよりごくらくをのぞき、三津川を手して防(ふせ)がんとするごとくなるべし。ちかごろかたはらいたくこそあれ。しかし此上ながら一念ほつきし、邪(じや)をひるがへし正にかへり、かぶとをぬいでかうさんせば、一たんしやばの忠義(ちうぎ)によそへてそれがしゐんまの前を申なをし、しゆらのくげんをたすけてとらせん。いそぎ先非(せんひ)をくいてゆづるをはづせ。いかに〳〵」とのゝしる。大岩さまの板(いた)をたゝいてから〳〵とうちわらひ、「おがくづもいへばいわるゝとかや。事あたらし（十ノ十五ウ）き口上をうけたまはるものかな。さればゐんまのしをきひたすらわたくしのみにして、つみのけうぢうふせんさくなり。よつてむしつにしづむともがらおほし。はからざるにつみなふしてはいせらるゝぢごくの月あきらかならぬさばきをうけて、くげんをうくる身の上は、よそ事ならずいたましや。まことにせいたう不仁(ふじん)にして善悪分明(せんあくふんめう)ならざれば、天のにくむ所いちじるし。此ゆへに今仁義(じんぎ)のいくさを出してぶたうをうたんとおもふ。是まつたく大岩が打にあらず。われにあたへて天よりうたしめ給ふゆへんなれば、なんぢらはやく首(くび)をあらふて刀(かたな)をうくべき所に、なんぞやなましさいらしく陣頭(ぢんとう)にまかり出て額桁(ほうげた)たゝくこそ推参(すいさん)なれ。さればもうけのために神田(かんだ)かぢのきたうたる矢の手を（十六ウ）少々ようゐつかまつりて候。一筋うけて心み給へ」といふまゝに、三人ばりに十三ぞく三ぶせのかづきのうへまで引かけ、しばらくかためてひやうどはなてば、あやまたずその矢宗帝王のひだりのかたぼねをぐつとゐぬいて、うしろにひかへたる鉄風鬼がよろひのせんだんの板を右の小わきまでのぶかにぐさとゐこむ。いた手なれば宗帝王たまりもあへずどうどおつるを、ごくそつ二鬼かけ来り、たすけおこしてゐばくの内へ入ぬ。鉄風鬼は一矢なりといへ共くつきやうの矢つぼなれば、いぬいにどうどたをるゝやいなや、おきもなをらで死にけり。跡につゞく八鬼楯のはづれよりすゝみ出て、「あゝ大岩どのゝ御ゆんぜい、日ごろうけたまはり候ひしほどはなかりけり。こゝをあそばし候へ。御矢一すぢうけてものゝぐのさね（十七オ）のほどこゝろみ候はん」とあざむいて、つるはしりをたゝいてぞ立たりける。大岩此ことばを聞て、きやつがいひやう、いかさまよろひの下にはらまきかくさりかをかさねてきたればこそさきの矢をみながらこゝをゐよとはたゝくらん。もしよろひのうへをゐば、のくだけ、やじりをれてとをらぬ事もこそあれ、こしのつがひをゐたらんに、などかくたけでとをらざらんとしあんして、ゑびらよりかな神頭をぬき出し、はなあぶらひいて、「さらば一矢つかまつり候はん。うけて御らん候へ」といふまゝに、しばらくよろひの高ひぼをはづして、十三ぞくみつぶせさきよりもなをひきしほりて、手ごたへたかくはたとゐる。おもふやつぼをたがへず、八鬼がこしのつがひにくつまきせめてぐさとゐこうだりければ、きう所をゐられてたまり（十七ウ）もあへず、西まくらにたをるれば、そばにありし火鬼そのまゝ八鬼がしがいをのりこへ、「大岩どのゝゆんぜい口ほどになし。それがし心見ん」とすゝむ所を、二の矢つがひて切てはなつ。二言ともいはず同じまくらにたをれかさなりて死にけり。後陣の大将平等王大にいかりをなし、みかたの勢にむかつて、「いくさに立ッは敵を打て我が生るか高名なり。敵のまとになるがよいか、ちかごろふとゞき千万。今より大将の下知をうけていくさすべし」と制せらる。

第三　しゆら落足の組合

しばらく有てよせ手の陣より、そのたけ八尺ばかりにみへし悪鬼、むみやうけんごのよろひをき、五尺ばかりの釼を引さげ、大勢の中をおしわけかきわけすゝみ出、追手の木戸口につゝ立て（十八オ）高らかによばゝりける。「我はこれとうくわつぢごくの奉行雲来空といふ鬼なり。かたじけなくも大王よりちよくをうけて此たび打手の勢にくはゝり、さきほどよりこれにひかへ、あはれよき相手もがな、一度に五人も七人もうけ取てめいどのいとまとらせんと、手ぐすみしてためらひ居るといへ共、いかなれば城中の罪人どもかけあひのしやうぶをばおそろしくおもふか、いまだ一人も木戸より外へ切て出るものもなく、遠がけに弓矢をもつてあいしらふこそひきやうにみゆれ。げにはしやばにてようちにおし入、ねをびれたるものに太刀風をあて、手がらそふに腕だてせしとはばつくんに事かはるべし」とやぐらをきつとふりさけ見て、鬼ひげをなであげ、あざわらひ立たりける。城の中より大（十八ウ）高新五郎此ことばを聞て、ぐわんらいこらへぬおのこなれば、たまりもあへず木戸をしひらき、かたかまの鑓よこたへすゝみ出、「事あたらしきしゆらのくわごんかな。五人三人の相手をのぞみたまはんより、物かずならず候へども、それがし一人がやりさきにまわつてけがなきやうにはたらきたまへ。いでさらばまゐりさう」といひもあへず、やりをひねつて友部造酒が極手を出し、驀地暗につきかゝれば、雲来空「えたりかしこし」と剱をもつてひらり〳〵とうけはづし、つけばとび、はらへばひらく飛鳥のかけり、手もとへ切こまんとするをちか付ケじと、上中下の三だんにうちおほひなぐりたて、いりみに成て手しげくつき出すやりのほさき、いなづまのひらめくごとくすきまもなくむなもとへつきかゝり、今はよくるにじゆつ（十九オ）をうしなひ、かなはじとおもひけるにや、雲来そのまゝ引かへしてにくるを、「のがさじ」とをつかけ、「くわうげんににぬおくびやうおに、きたなし、かへせ」とのゝしつて三町あまりをふてゆく。よせ手の方よりこれを見て、「雲来うたすな、つゞけやおにども」と平等王ざいを取てげぢし給へば、後陣のもうぜい一度にはら〳〵とよつて大高をまんなかにとりかこみ、すでにあやうく見へし所を、小野小右衛門・吉川沢之丞・間十五郎しゆんそくにむちをあげ、城中より一さんにのり出し、敵のむら雲立たる中へおめいてかけいり、あたるをさいはいにむかふおにのまつかうをのどまて打わり、あるひはよろひをかけてどう切にし、にぐるおにのたて角ひぢしり、ひざをなぎふせくびをうちおとす。孟賁がいきほひをもつて趙雲が（十九ウ）膽を張ふせひ、いなごのとぶよりもなをしげく、さしもよせ手大ぜいなりといへども、かれらにまくりたてられ、一かへしもかへさず三ッづ川をにしへ、修羅道をみなみにすてむち打て引ける間、あるひは三ッづ川のさかまく水におひひたされ、うたるゝもの其数そこばくなり。わづかに命ばかりをたすかるものも馬・ものゝぐをすてゝ赤はだかになり、われさきとにげまどふありさま、見ぐるしかりけるしだいなり。大高新五郎は、「あつたらてきをうちもらしたるのこりをゝさ。きやつが首をとらずんば一足も引かへさじ。いづくまでも」とつゞいてをつかけしを、小野・吉川もろともに、「あまり長をひはむやく。いくさは是にかぎるべからず」とせいしけれども、大高さらに耳にもきゝいれず、その間十四五丁逃る（二十ウ）をおふて、三ッづの川下、方便川といふ所にいたる。鬼どもはかねてなれたるあんないしやとて、河をやすく〳〵と打わたりておち行ける。新五郎も同じくつゞいてわたらんとて、とあるきしを見れば、何にさまよのつねならぬものゝぐとおぼへて、金小ざねの糸ひをどし、まだみの時とかゝやくばかりのよろひ一両おとしてあり。是くつきやうのえもの。おにのくびにはまさりならめ。せめてこれなりととり持て大岩へみやげにせんと、わたがみつかんて引たつる所へ、さいぜんうちもらしたる雲来河をなかばわたりかゝりしが、とつてかへし、なむさんぼう、これこそ御大将のものゝぐなり。されば先陣の大将宗帝王、今朝矢きずをかうふり給ひ、

（二十オ）

いだ(ママ)でなればよろひをぬぎ、近習の鬼にもたせをちられしが、さ(廿一オ)きほどきうにをつかけられ、にぐるじやまになればこそもちける鬼の此河原にすてをきつらん。まことに君をおもふも身をおもふとは此事ならめ。さりながらかのものゝぐあからさまに敵の手にわたし、よきぞあしきぞとひやうばんにあづかり給はゞ、十王たちのなをり、口おしき事なるべし。さればこそしやばには弓をながしてくま手を切したためしもあり。いで〱むかしいまとても、名はまつだいのもゝぐをたやすく人手にわたさじと、はしりかゝつて草ずり二けんたゝみかさねてむずとつかみ、「ゑいやつ」と前へひけば、新五郎はとられじとちからを出してうしろへひく。しゆらは歯をくひしばり、ひたいに冷汗をながし、こゝを大事とひくいきほひに胴のまんなかふつときれて、うんらいのつけ(廿一ウ)にころべば、大高もおぼへす二足三あしうしろへたじろく。まことにたがひのうでのつよさ、げんりやくのかげ清か、けんきうのあさいなかと、川をわたりし鬼どももむかふのきしになみゐて、「さても引たり〱。むかしは草ずり、今はよろひ引」と同音にどつとほむる。時に大高申やう、「此よろひ半分つゝもちたればとて何の用にもたゝず。いざ是からはごへんとそれがしがしやうぶにあり。今手にのこる半胴をそこもとへしんずるか、又お手まへのとらへたるすそかなものに角首そへて申うくるか、二つに一つは定のもの。運はたがひのうでさきにあるべし。其上さいぜんしかけしいくさものこりおゝし」といへば、しゆら打うなづき、「いかにものぞむ所ぞ」と少しのつたる釼を岩のかどにて(廿二オ)をし直し、一もんじに切てかゝる。新五郎鑓のゑくきみじかにとつてみだれ足をふみ、人まぜもせす相手向ふ。半時ばかり火をちらして切リ合ける。されども勝負みへざれば、たがひに打物をすてゝ引組、ゐいごゐ出してもみあふたり。両方のふみける力足に片岸くづれて、砂まじりの石河原を上になり下になりころびけるが、つゐにしゆら上になり、大高が頭をつかんでおしひしがんと引よする所を、新五くみしかれながらよろひ通しを抜て、雲来がふと腹より腰のつがひをかけ二刀させば、さゝれてひるむ所を「ゐいやつ」とはねかへし、おさへて首かき落し、鑓のほさきにつらぬき、長々とゆんでにかたげ、めてにはちぎりたるよろひを引さげ、「あつはれよきみやげなれ」とて、城中へかへり入リぬ。

三ノ終（廿二ウ）

寛活よろひ引　巻之四

地ごく太平記目録

第一　諌に順ふ大将の懸引
第二　地獄にも知人の注進
第三　籠城方便南風の石灰

むなしく打るゝ鬼の色
　赤金の帳面に
付てをかしき
　手負の数々（一オ）
親子あらそふ
　軍の勝利
泰山がくづれても
　うごかぬは武道
三つ引輪違の
　はたいろ
なびき立たる
　しゆらの逃ぶり（一ウ）

くわん活よろひ引四

第一　諫に順ふ大将のかけ引

すでによせてのせいのこりずくなにうちなされ、ことに先陣そうてい王はいまだ一軍をも出さずしていた手をゝひ、矢疵以ての外に苦痛し、九死一生のていにて竹輿にかきのせられ、六道の辻より業関の城さしてしづかにおち行給へば、ごぢんの大将平等王はさいぜんより手しげき一戦にまくり立られ、はう〱の仕合にて方便がはらまで引しりぞき、はいぐんのごくそつをあつめ、手をひ・死鬼をあらためられけるに、相ぐしたる筆鬼が申ス、「されば今までしやばより来るともがらを、善人なれば金札にしるし、悪人をは鉄札に付る事、いにしへの獄法なり。しかるにこの（二オ）たびうち死したるわれ〱が中間をば何札に付ヶ申べきや」と、大筆をさか手に取て子細らしくうかゞひければ、平等王横手を打て、「これはよいきのつけ所なり」としばらくしあんして申されけるやう、「そも〱鬼類三百六十品にして五色八色のしやべつありといへども、大かた赤きをもつて鬼の正色とす。そのうへきられて死し、あるひは手をおふたるものどもなれば、血にまぶれていよ〱あかく見ゆ。しかれば同類相もとめて赤金の帳にしるし給へ」とさしづあれば、筆鬼かしこまつて付るに、うたるゝもの二百三十一鬼、手をひは五百八十余鬼とぞ聞へける。其時平等王、鬼卒に向ての給ふは、「我等此たびゑらび出され、副しやうぐんのせんじをかうふり、せつかくむ(二ウ)かひし所に、いさゝか軍功とてもなく、敵をば一人も打とらずしてわづかの一戦にみかたそこばく損ぜし事、さりともむねん千万なり。此事大王きこしめしていひがひなくおぼしめさん。かつまたすご〳〵とたちかへりて諸王へおもてをむけんもはづかしゝ。すべからく残党をもよふし、今一度大岩が城をせめてぜひかなはぬせんにならは、打死すべし。生ては中々もどるまじ。さて敗軍の中に身命をかばひ、妻子をかへりみて落んとおもふともがらは心次第。もし又義をおもんし節をまもり、打死せんとこゝろざすものは、それがしにしたがひかばねを三ッづのみぎわにさらし、名を釼山にまつたふすべし」とまことにおもひ切て申されけるを、そばにしかうせし司録神しやくとりなをし、「仰もつともにぞんじ候へども、しりぞいて思慮をめぐらし候に、此度籠城の罪人は(三オ)ぜんだいみもんのがうてき。もちろん小勢なりとはいへど、ちぼうをたとへば渡部・保正・和田・楠、ぶゆうをひせば公時・季武・妻鹿・篠塚を一つに合せて其中をかねたるともがら、たゞ一人としておろかなるものなければ、諸王こぞつてせめ給ふともたやすく打取事はかたかるべし。されば御身今不幸にしてはいぐんし給ふ。しかれども勝負は兵家の常のならひなれば、百度たゝかふてもゝたびまけたればとて大将のはぢとする所にあらず。それ兵は凶器なり。戦は危事なり。三ッ軍の生死、国家の安危、こと〴〵く是にかゝれり。此ゆへに良将はまづ天の時をさつし地の理をうかゞひ、次に其時の運気をはかつて、しかうしてのちに軍を出す。あに一たんの血気にまかせ、恥をいとふてかろ〴〵しく打立給

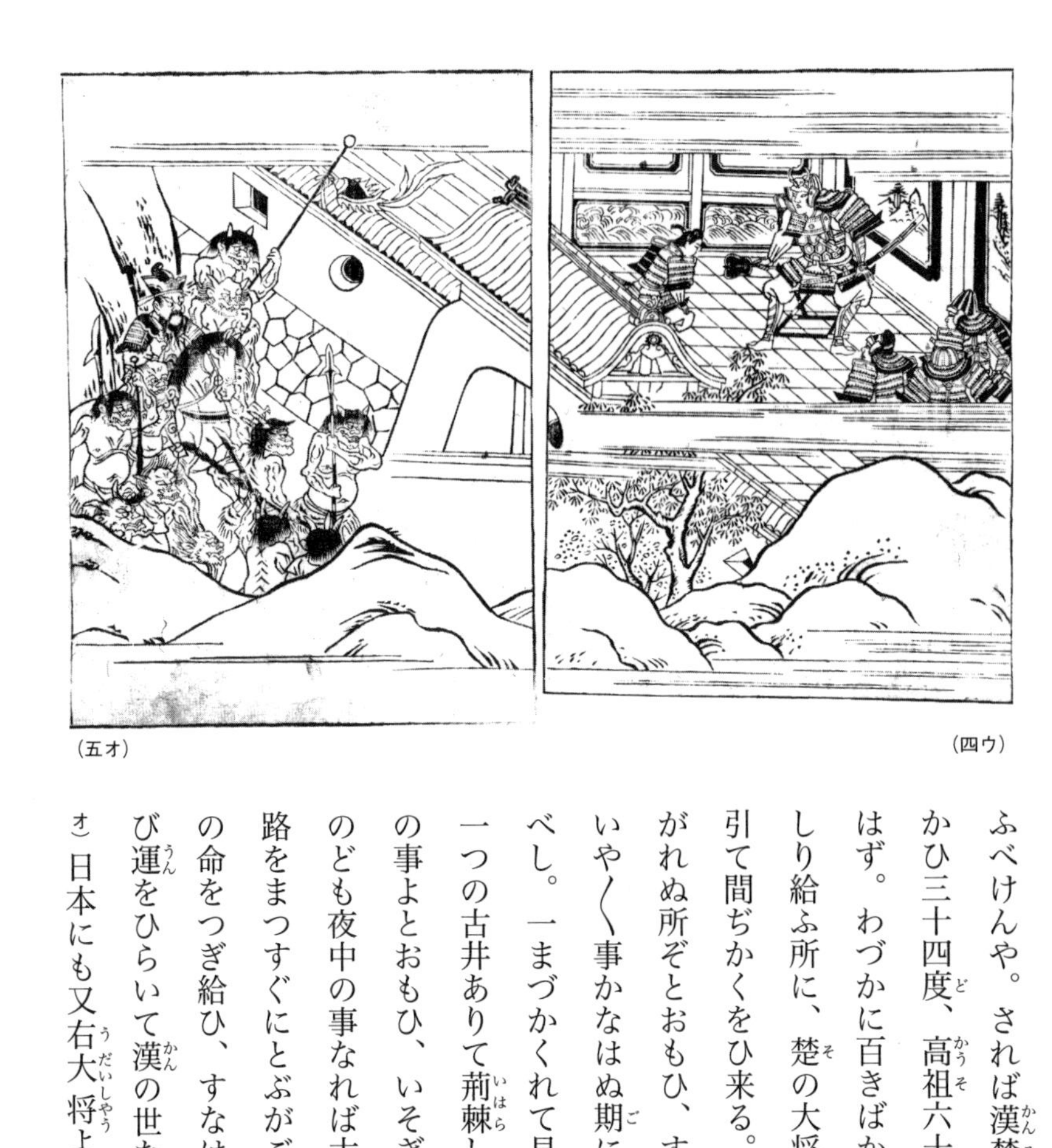
（四ウ）
（五オ）

ふべけんや。されば漢楚のとりあひ（三ウ）に彭城のたゝかひ三十四度、高祖六十万の勢をもつて一度も勝事あたはず。わづかに百きばかりに打なされ、馬をはやめてはしり給ふ所に、楚の大将雍歯・丁公一手になり、大勢を引て間ぢかくをひ来る。高祖事の急なるを見て、今はのがれぬ所ぞとおもひ、すでにじがいをせんとし給ひしが、いや〳〵事かなはぬ期にのぞんで死る事はいとやすかるべし。一まづかくれて見ばやとてかたはらを見給ふに、一つの古井ありて荊棘しげりあひければ、是くつきやうの事よとおもひ、いそぎとび入てかくれ給ふ。打手のものども夜中の事なれば古井ありとはおもひよらず。右の路をまつすぐにとぶがごとくかけとをりぬ。高祖は必死の命をつぎ給ひ、すなはち井の中よりおどり出、ふたゝび運をひらいて漢の世ながく四百年の後基をたもつ。（四オ）日本にも又右大将よりとも、ふし木のうつほにかくれてつゐに惣追補使とはなり給ふ。かゝるためしもありそ海の深入して、ふたゝびおくれをとり、千悔臍をかむといふともかへるべからず。とかく命をまつたふし、一まづ此陣を引しりぞひて、つね〴〵御中むつましければ五官王など〻相談なされ、逆徒ついとうのはかり事をめぐらされ、かさねて大軍を引てすみやかに本意を達し、今日のうらみをはらし給へ。ことさら両日の戦場をへてごくそつよはり馬つかれて、今は物の用に立がたし。此つかれよはりたる鬼馬をひきゐて仇をうたんとし給ふは、ひとへに匹夫の勇、これ将軍智のおよばざる所なり。さればいにしへのよく兵をもちゆるものは、短きを以て長きを打べからず、長きをもつてみじかきをうつといへり。今いきほひほこりたる罪人にむかひ敵する事、(五ウ)薪を負て火事場におもむくがごとし。将軍いかにせめ給ふとも、かの城おそらくはやぶりがたからん。ゆめ〳〵短兵を出す事あるべからず」と司録神がいさめによつて、平等王ようやくいかりをなだめ、打もらされたる鬼類を引率し、先達て初江王のおちつき給ひし無量城五官王の方へと引かへされしは、ほゐなかりける事共なり。

第二　地獄にも知人の注進

さるほどに大岩は両度のいくさに打勝て、勇名をめいどにふるひ、武威獄中をうごかして、さいのかはらのみどり子も啼をやめて其名をおそれ、無間釜中の罪人も焚舌をひるがへして其徳を称歎せずといふ事なし。

かゝる所へ已前初江王のたちへ手引して武ぐの才覚したる青粋鬼たづね来り、大岩にたいめんし、大いき（六オ）ついて申けるは、「先もつておの〳〵さま、だん〳〵御りうんのよし略鬼伝手にうけたまはり、外のやうにはぞんぜず。まことにさくらちる木の下につながれし事もひとへにたしやうの縁の綱、一じゆのかげとや申さん。かた〴〵の御事はわすれがたくこそ候へ。それにつきたゞ今まゐる事、別なる儀にあらず。此所へは鬼気とては不通に出入事もあるまじければ、様子はかつて御ぞんじないはづなり。よつて子細をつげしらせ申さんため、とる物もとり敢ずはせさんじ候。そも〳〵さいぜんのよせ手宗てい・平等、何の手もなくはいぼくせられしによつてゐんま大王もつての外げきりんまし〳〵、当城急にもみつぶせとて、昨日すでに泰山王・都市王、追て・からめての両大将をうけたまはり、五千余鬼をゐんぞつし、（六ウ）不日にこゝへよせらるべきと、其さたかくれあらざれども、もしは世上の浮説にもやあるらん、いづれにしてもおぼつかなし。とにかく虚実を見とゞけちうしん申べきとぞんじ、今朝まだしのゝめもあけはなれぬころほひ宿をまかり出、むりやう城にさんちやくして事のていをうかゞひみるに、あんのごとく五官王をはじめ、司録・倶生、其外みやうくわんあまたくるま座にゐながれ、軍議・ひやうでうとり〴〵なり。勝手には矢のねに毒をぬり、鉄棒のさびをおとし、おにどもめい〳〵角をといでようゐいたすてい、事急に相見へ候。御ゆだんあるべからず」とあはたゝしくうつたへける。ゆきへの助聞ていふやう、「ぢごくにもしる人とは今こそおもひしられたり。さもあれ、やさしくもつげしらせ給ふこゝろざし、ちかごろ過分〳〵。（七オ）それにつゐてさつするに、此たびのよせ手一方の大将泰山王は、十王の中にもすぐれて大勇にして、仁愛を下にほどこし、心ざし寛大にして損益利害にあきらかなれば、其長ずる所を取て其みじかき所を棄。大に付て小をかへりみず、ゆたかなるを於て急なるをもちゆるゆへ、諸卒たつとびおもんずれば、下しゆらのなびきしたがふ事、風にのべふす草のごとし。よつて何事をおこなひても其功下り坂に車をゝすがごとく、ばんのうへに玉をはしらしむるにゝたり。ことさら大切にのぞんで一てんの赤心うごかざる事、泰山のごとし。かるがゆへにたいさん王と名付るよし、内々其うわさきゝおよびはんべれば、此たひかれを敵にうけてたゝかひをけつし、長く此城をたもたん事いかゞあるべき。もちろん（七ウ）安危は天うんにまかせながら、ずいぶん方便をめぐらし頭をくだいて計らずんば、勝利を得がたし。いかにおの〳〵日ごろ胸中に秘したまふ所のけいりやくあらば、若しといふとも老者にはぢず存念を申給へ。善悪に付てゑんりよなくうけたまはらん。何がしに於て此度は手ごわき軍とぞんずる」よし申す。其時子息とのもの介、末座よりすゝみ出、父に向ていふやう、「古老のめん〳〵をさしをき、若輩として言を放つは、ちかごろそこつにおぼしめさるべけれど、所聞智者も千慮すれば一失あり、愚者も千慮すればかならず一得ありと。此ゆへに狂人の詞といへども聖人は是をえらぶ。それがし弱にして聞すくなく、智うすく才微なれば、もちゆるにたらざれども、ねがはくは愚意の肝膽をはき出さん。御（八オ）めんあれかた〴〵。是かやとうぼうさくのことばに、もちゆる時はとらとなり、もちひざる時はねずみとなるといへり。思ふに此獄中におゐて、手下につく悪鬼・修羅などこそかれらがいせひにしたがひ、馬鹿をも利口にとりなし、よはきをもつよきといはん」。時に間喜左衛門ちよつとさし出、「とのも殿お詞なかばにて候へども、たゞ今の御口上にすこし聞所あり。何と悪鬼・修羅は一物にて候や。但しかくべつなる物に候や」。とのもの介こたへて、「是はよい御ふ審かな。われら存生のむかし、善角寺の和尚にうけたまはりしは、悪鬼・しゆら同類にして大に異なり、たとへば龍と蛇のかはりあるごとし。両角有て髪のみじかきをあつきといひ、角無してかみの長きをしゆらといふ。又一角有て髪なきをらせつともこくそつとも申（八ウ）なり」といへば、喜左衛門手を拍て、「さても〳〵負ふた子にをふられて浅き瀬をわたるとはかやうの事をこそ申スらめ。まことに八歳の翁百さいのわらんべ、後生おそるべし」

（九オ）

とて、もとの座にしりぞく。とのもつゞゐて申やう、「十王のふるまひ・手なみのほども大かた合点つかまつりぬ。なにほど泰山王とて其名はたかくきこゆとも、しや乳臭の小児、いかでかわれ〳〵にたてづかん。譬ばいく万鬼よせ来るとも、かいごをかさねて大石になぐるごとくなるべし。よし〳〵今度打手の大将、韓信・張良が計策を得、周勃・樊噲がいきほひをしのぐといふとも、なんのおそれかあらん。はかるに泰山王は一人の勇夫、いづくんぞ大事をなすにたらんや。されば此一列四十七士、すでにしやばの讐をもつて今此界にくらぶれ（九ウ）ば、ちやうちんにつりがね。むかしは灯心をもつて鐘をつき、海底の針をひろひしおもひにさへ屈せず、たちまち念力大岩が難をくだく武勇のとく、ふたゝびしゆらにおちこちの、たつきもしらぬやみ地におもむき、肉身さりし白骨にも猶魂はあら金の、太刀もあり鑓もあり。まことにえがたき兵具をもとめてしれがたき方角をたづねて、又ぞや利を得しめいどの夜うち、此名城をせめとるといひ、あるひはきのふの猛勢を引うけ、よせ手はあふ〳〵うたるれども、みかたはたれも手さへおはず。たゞ一時にはいぼくさせ、武名を獄中にひるがへし候事、皆われ〳〵がほこさきのつよきゆへか。但し此界の奴原、人間の勢におとりしゆへか。いづれにもせよ、楽な相手。もはや一二度あらごなしをつかまつるうへは、いよ〳〵もつて（十ノ十五オ）心やすし。これほどの小事になんぞはいかんをなやまし、心神を労し給ふぞ。たゞ城をばわれ〳〵ごとき若者に命じて鬼賊を打タしめ、親仁たちはしばらく休息して唇歯をやすんじ、気㋖力をやしなひ給へ。されば諺にも申さずや、泰山がくづれかゝりてもびつくりともいたさぬこそものゝふの性根なるに、なんぞやまだ泰山も高山も見へ来らぬ先のきゝをぢ。たとへば茄子を踏で蛙とおもひ、白さぎのむれゐる林を見て源氏のはたをなびかす多勢かと肝をけすにひとしかるべき。兵書にも、外強敵をおそるゝものはかならずあやうしとこそ申て候へ。はかるに無智の鬼類、あたかも砧の上の肉ににたり。われたちまちにうちひしがん」と少はおやぢにあてこすり、ちかごろいひにくい所の一理くつ申せしよそほひ、まことにせんだんは（十ノ十五ウ）二葉よりかうばしく、五辛は苗より臭し。いやしくもとのもの介、弓矢の家にむまれしとて、若輩なれども魂魄をかろんじ、大敵をおそれざるいさぎよき心底。「さすがは獅子の子、あつはれけなげなり」と一座のともがらたましゐを動して感歎す。

第三　籠城の方便南風の石灰

大岩ゆきへの助もくねんと子息の諫舌を聞おはりてのち、から〳〵とうちわらひ、「五月にならぬ青梅の実かたまらぬ身をもつて、人なみの過言こそしやらくさけれ。それ戦々兢々として深き渕にのぞみ、薄氷をふむこゝろざしは、もとより武道に常のようじん。聖人も其見ざる所をいましめつゝしみ、きかざる所をおぢおそるとはの給へり。なんぢしやばにて夜うちの時、はうばいの（十六オ）余力にさしはさまれ、いさゝか敵に疵付たりしそのわづかなる功をたのんで、今なんぞみだりにみづから傲り、眼前古老の歴々をさしをき、無用の舌をうごかして狂言をはき出すこしやくさよ。もつとも一たん矢をはなち鑓を突て敵を破る事は、なんぢら力を出すとも、勝事を千里の外に決し、幽明不測の所にいたりては、いかな〳〵吸て見る事もなるまじ。なんぢきかずや、士たるものは其虚を見ては行、その実を見てはとゞまり、いきほひに乗じてかろ〴〵しく軍をいだす事なく、たつときをもつて人をいやしんずる事なく、ひとりはかつて衆にたがふ事なく、つよくしてよはきをかろしむる事なし。人と寒暑をともにし、甘苦を同じふす。又小敵をあなどらず、大敵（十六ウ）猶もつておそれ、心に片時もうれひをわすれず、よろしくつゝしみへりくだりて、こゝろざしをはげまし、たゝかひに望んではかならず勝べきとおもはず、まけぬやうにとようじんして、わが分をたもつべし。されば正成が申侍しは、軍に及腰といふ事あり。是侍の第一にきらふ事なり。たとへば長軛が当呑といへるに同じ。そのゆへは運にまかせて一度二度敵をやぶる事あれば、いつも此手で勝ぞとばかり心へ、つねに手前の負をわすれ、まだたゝかはぬさきから敵をとりひしがんと思ふは、下郎のたとへにいへる飴で餅、あまり甘過て喰違ひ有ルものなり。是ひとへに敵を直下におもひなすゆへ、かへつてみかたの利をうしなふ大なる疵なり。世話に跡見ず将棋と（十七オ）いふごとく、さきへ〳〵と心をはせて手前がるすになる事をしらず。なんぢが申せしたゞ今のことばゝ及越といふものにて、皆むだ言なり。ましていはんや其ほうがちゑかしこしといふ共、功をつまざれば泰山王にはしかず。又地の利をしる事は都市王には及ばず。すべからく軍法は進退法あり。存亡時有事をはかりしり、たゞ一日も権道なくんばあるべからず。われ曽てきけり、今敵に引請る所のあぼうらせつ・冥官・ごくそつら、きめうむりやうのものなれば、いかなる方便をめぐらし、何たるつうりきをもつてじんべんふしぎをいたすべきもしらず。なを人のちゑ・さいかくにもおよばぬ鬼のきどくは、人をせめころし、臼にてつき、箕にてひて、みぢんのごとく粉になるを（十七ウ）ふるひにかけ、そのゝちめしのとりゆにてこね、おときぼうこの形につくり、手の平にのせ、活々とよびいけてたちまちもとの五体となす。かゝる術をおもへば、中々舌のまかるゝ事どもなり。されば此一列、さいぜんの夜うち、きのふのよせ手、かれこれ両度利をえし事は時の運なれば、定規にはならず。是ひとへにあやまちの高名、犬の歯に蚤ぞかし。とかく物ごと一途にとりてはかならずしそんじあるならひなれば、何事もよく勘弁し給へ」とまだいはんとする事半ならぬ所に、早瀬藤太夫いさゝか用事有て六道札の辻まで立こへしが、あはたゝしく帰て大岩にむかひ、「たゞ今ちうどう山の峠より見おろし候へば、衆合縄手のたつみより、赤はた二ながれをし立、太鞁・かね・貝を（十八オ）ふきたて、よせてのしゆら二行にそなへ、雲霞のごとくおし来り候。早々みかたにも軍立しかるべし」といふ。ゆきへの助わらふて、「敵さはがしく太鞁・かねにてよせ来るとも、軍の備かつてしらず。先軍陣に貝を吹事、敵に向ふ時ははじめほそく、のちつよくふく。敵を追ふ時ははじめふとく、のちほどほそし。亦陣屋にては一の貝にてそなへをたて、二の貝にて行儀をさだむ。惣軍出る時は太鞁なり。又いくさに勝て時の備定るは、貝と太鞁を合す。惣じてかねは陣屋にてもちゆ。戦の場にてはもたず。されば甲陽の掟に、一番かねにて人馬の食、二番かねにて武具よろふ。三番かねにて陣中をふれまわる。さて又太鞁急ぎの時ははやく打ッ。敵きりくづす時のたいこは、大どん小〱と打ッ、（十八ウ）以上太鞁の

（十九オ）

打やう十一通りなり。さやうのわかちもなくてやかましきばかりは正真のしゆらたいこ、寂滅法界といふものなり。其上軍のそなへ、春は東、夏はみなみ、秋はにし、冬は北に取ものぞかし。此方角にそむく時は、何ほと大勢にて向ふとも、軍において勝利なし。うたがふらくはよせ手のともがら、先第一八陣の図をしらず。そも八陣の次第は、仲哀天皇の御宇に吉備大臣入唐して、我が朝に伝来し、神功皇后につたへ給ふ。すなはち此兵術をもつて三かんをせめ、大に利を得、其のち御子応神天皇にさづけ給ふ。天皇御母公より伝受して、御在位の間兵法をゐいりよにかけさせ給ひしが、崩御の時にのぞみ、此書末世に伝はらば、兵をこのむもの出来て乱のもといなるべしと、すなはち（十九ウ）灰となして玉体におさめ、朕死てのちかならず軍神とならんとちかひ給ふ。今の八幡大神宮是なり。何事も武家は八まんの御影を第一に信仰あるべし」と申てしづかにみかたの軍配をなす所へ、あいもすかさず大山王・都市王、五千よきをゐんぞつし、太鞁を打、鉦をたゝき、おふ手・からめ手もみあはせ、ときを上るそのこゑ、天地をひゞかして、いかなるしゆみの八まんゆじゆんもくづれ、けうくわんの大釜もわれぬべくぞきこへける。城にもまちもふけたる事なれば、ちつとも動ぜず。時に磯川十兵衛、あらひ皮のよろひに白ぼしのかぶとのおゝしめ、こがねづくりのたちの上へに三尺五寸ゝのくろぬりの太刀はきそへ、二十六さしたる山鳥の引尾のそや、森のごとくにときみだし、三人ばりのゆみにせきづるかけてくひ（二十オ）しめ、やぐらへひらりとかけ上り、よせ手のかたを見わたせば、両辺にたてつらねたる旗はあたかも雲のひらめくごとく、めうくわんは玉の冠をいたゞきて左につらなり、しゆらは甲をかゞやかし、よろひの袖をかさねて右にすゝむ。其ていおこかましくぞ見へし。城にも陣門をさつとおしひらき、左右に三つ引輪替のはたをたてつらね、まつさきに馬を出し、不瀬数右衛門・中村勘蔵・牧山伊平次・倉石伝三郎、右四人、おもひ〳〵のよろひをき、くつばみをそろへ、みなくれなゐに日を出したる扇子をあげてよせ手の方をまねきければ、死生しらずのごくそつども手に〴〵得物をひつさげ、われ打とらんとさきをあらそひ、一の木戸までおし来る時、かねてあいづの事なれば、（二十ウ）右の四人かなはぬていにもてなし、城中へ引て入る。しゆらどもきほひかゝつて、「さればこそ大勢におそれて引かへすは。いで〳〵此城日の中にせめおとさん」とて、先手のせい三百よき、同時に切岸の下屏際に付て、らんぐい・さかも木を引のけ、すでに屏を打破らんとする。折ふし一陣の南風さつとふき来り、砂をまくがごとくなれば、大岩、「これぞ天のあたへ。くつきやうの仕合」とよろこび、内々たくみをきし事なれば、城内にたくはへたる数石の石灰を出し、おの〳〵武具をすてゝもろはだぬき、大うちわをもつてあをぎたてしかば、たとへば高山の焼ぼこり近国へさんらんしてもうろうたるごとく、にはかに城辺霧たちのぼり、いまだ申の中刻にて日も山の端に赫奕たれども、はや黄昏となり、殊更（廿一オ）土風眼中に出入し、馬・ものゝぐの毛いろもわきかね、鬼どもあはてふためき、「こはそも何事ぞ。やれ入残胥・ごれいかう・間島はなきか」といふしほの、目をすり〳〵むらがつて、引かへさんとうろたへまわる所を見すまし、「時こそよけれ」と奥村定八・大岩清右衛門・武森貞七・とみ林助之進・間孫介、をの〳〵名馬にむちをあて一あをりあをつて、雲霞のごとくたなびいて引立たる大勢の中へ一さんにのり入、「たゞうちとれ」とゆふ霧の、春の山かげほのくらく、岩路露にうるほひてなめらかなる苔の上へにつきふせ切たをす。親鬼うたれ、子鬼きらるれども、落とゞまるものさらになし。かれらがきつさきにまわるもの、或はかぶとのはちをむないたまでわり付られ、又は大げさ・くるま切リ、(廿一ウ)西が(ママ)らひかし、北より南、くもで・かくなわ・十もんじ、くわくよく飛行のひじゆつをつくし、無二無三ンに切てまわれば、うたるゝしゆらおよそ百八十にあまり、手をひきずをかうふるやからはかずしらず。其外のごくそつきもをけし、一鬼も取ッてかへし敵にかけ合んとするものもなく、たゞ応々活々とのみわめきたて、あるひは五十鬼三十き、十鬼二十き蛛の子をちらすごとくむら〱にはしりめぐり、あの山かげ此ふもと、木の下草の中へにげ隠れんと、足を空にかけて行。元より血気のわか者奥村・武森両人、鬼の逃るが面白さに策に鐙を合せ、一鬼ものがさしと追て行を、大岩・富林頻に止め、「窮寇は追事なかれといへり。況日暮に赴て地の利便あらず。敵は兼而の案内者なれば、却而破をとらん事必せり」とむたいに制て城へ入ぬ。(廿二終オ)

くわん活鎧（くわつよろひ）びき　巻之五

地獄（ぢごく）太平記目録

第一　矢庭（やにわ）に倒（たをるゝ）悪鬼臨終（あつきのりんじう）
第二　ね耳（みゝ）に水鳥（みづとり）羽（は）音聞（をとのきゝ）逃（にげ）
第三　似鬼料理（にせおにりやう）敵（かたき）の目覚（めざまし）

さんをみだせる鬼（おに）の
　しがい
とり置（をき）ならぬ
　かぶとのまつかう（一オ）
和漢（かん）のためし
　引出てすつる
武道具（ぶだうぐ）の中に
　酒（さけ）有肴（さかな）もあり
兵糧（ひやうらう）につまらぬ
　兼（かね）てのかくご
つよきをたのむ
　ゆだん大敵（てき）（一ウ）

寛活よろひ引五

第一　矢庭にたをるゝ悪鬼の臨終

すでにその夜もあけぼのゝ春のなごりもけふのみと、たつことやすき花のかげ、木の下岩のはざまに打れし鬼のしがい、さんをみだせるごとし。されば軍さんじてのちまでも三づ河のながれ血に成て、もみぢのかげをゆく水の紅ふかきにことならず。さしもめいどに其名高く泰山王とよばれ、群を抜出て先陣をかふむり、大軍をそつしてはつかうせし所に、初度のかけあひ一たまりもなく、刃に血ぬらずして南風の石灰に吹立られ、かくごの外ごくそついたづらに犬死して、「日比口きゝし程にもなし」と諸王・冥官らのわらひ草になりし（二オ）を、たいさん王すこぶるむねんにおもひ、「あつはれ生涯のちじよく是にしかじ」と頭をたゝき歯をかんで、相したがふ鬼どもにむかひ、「なんちらよく〳〵思惟せよ。けりやうかたきに引請たればこそあれ、其根をおしてみれば元来皮肉ばなれのしたる罪人、たとへば深山のをくのやせ猿が居つくぼうたるあさましさより、はるかにおとれるかばねともと立合て、さすがごく中に角をみがく鬼原がひけをとるこそいひがいなけれ。いざ一もみせめ立て城中の運罪どもをかたはし屠りころし、已前のうらみをはらさん。相かまへてめん〳〵ずいぶん身命をかろんじ、くわいけいのはぢをすゝぐべし」とごくそつをいさめ、気をはげましたまへば、あまたの鬼ども口をそろへ、(二ウ)「君のちじよくはわれ〳〵がはぢ。なんのその此たびは、一足(そく)もひかず打死つかまつるべくとおもひさだめて候なり。御心やすかるべし」とめい〳〵身ごしらへしてせめちかづく。大岩方にも心得、さいぜんのごとく木戸をひらき、若手(わか)のともがら切て出、両陣(ぢん)たがひに入みだれ、軍(いくさ)は花をちらしける。たゝかひなかばの事なるに、そのたけ一丈(でう)あまりの悪鬼(あつき)、邪見(じやけん)おどしのよろひに降魔(がうま)作(づく)りの太刀をはき、るり色の両角天(かく)をさしはさみ、面色真黒(めんしよくまつくろ)に髪赤(かみあか)くちゞみあがり、いかさまぢごくのまれものよとおぼへ、九尺ばかりのかなざいぼうにすぢがねを入、所々†にいぼをうへさせ、ゐんきよくわどうの性(しやう)じややら、身より火ゑんをはなちて大勢(ぜい)の中をおしわけかきわ(三オ)け、たゞ一鬼(き)すゝみ出る。大岩とのもの介もとよりつよ弓の手たれなりしが、猶(なを)もつよくひかんためにきたるよろひをぬぎおいて、脇(わい)立(だて)ばかりに大童(わらは)となり、白木の弓のほこみじかには見へけれども、よのつねの弓にたてならべたりければ今二尺あまりほこ長にてそり高(だか)なるを、ゆら〳〵とをしはり、鶴(つる)のもと白にてはぎたる矢の十四束三ッぶせありけるを打チつがひ、しづかにねらひすまし、わするゝばかり引しをり、ひいふつと切てはなす。こゝろざす所の矢つぼを少しもたがへず、あつ鬼(き)がよろひのつるはしりよりあげまき付の板まで、うらおもて五重(いつゑ)かけてゐとをし、矢さき三寸ンばかりちしほにそみて出たりければ、さしもいさみほこつたる悪鬼(あつき)鉄(てつ)ぼうを打すて、(三ウ)「あつ」といふこゑばかりしていぬいにどうどたをれけり。誠(まこと)にとのもの介がゆんぜい父にまさり、百発(はつ)百中(ちう)(もゝたびはなつもゝたびあたる)の手きゝなりしかば、一の矢ゐそめてより二の矢(や)をはなつほどこそあれ、さし矢・と

（四ウ）

（五オ）

を矢・すぢかい矢に矢だねをしまずゐたりければ、かれが矢さきにまわる鬼こそふうんなれ。あるひはむないたをゐぬかれ、あるひはかぶとのまつかうよりみけんの脳をくだいてはちつけのいたをうらへとをされ、馬をゐさせ、たてをくだかれ、よせ手のしゆらたれおふとしもなけれど、たつあしもなくせめ口をひきしりぞく。しかれども大将たいさん王は、はじめより今日のいくさに勝利をゑずはかへらじといのちを的にかけて、おもひつめたることばをひるがへさじと、しつ（四オ）ほうしやうごんのかぶとにゑんどんしくわんのよろひをき、じやうぶつこくしつの太刀をはき、けさ大じやうのほろをかけ、だらにあしげの駒にしらあわかませ、なを木戸ちかくかけよする所を、潮又四郎六貫目のげんのうをとりのべ、泰山がかぶとのまつかうを、われよくたけよとうちければ、たいさんわう急に身をそばめてよけんとせしが、せなかをしたゝかにうたれて馬のうへにうつぶしにたをれたるを、ごくそつどもやかて引かへし、かけふさがつてふせぎたゝかひしかば、たいさん王ここうのなんをのがれ、やう〳〵に命をのべて本ぢんより三丁ほどへたゝりたる葬頭川の南をさして引しりぞく。しかる所に神尾与八、水練の上手ゆへしやうづ（五ウ）川にくゞり入て、よせ手のぢん中へしのび行、敵のようすをうかゞひかへり来て申やう、「こくそつうんかのごとしといへども、数ケ度の合戦に手ごりせしゆへ、大将をはじめ、すゝんでいくさせんといふ鬼もなく候」といふ。小野十左衛門が申は、「上下ともに過半みかたをおそるゝならば、此方より時の気にのりて一おどろかしおどろかさば、をくびやう神のついたるやさきなれば、いよ〳〵はいぼくいたすべし。それにつき此川辺のぬまに水鳥おほくをりて見へたり。此鳥をおいたて候はゞ、かならず羽音におどろき、てきぢんさわぎ申べし。其節われ〳〵図にのつてをしよせ、打取申さん事、心やすく候はん」といふ。

第二　ねみゝに水鳥羽音の聞逃（六オ）

早瀬藤太夫是を聞て、「いにしへ頼朝公平家ついたうの時、よせ手の大将は小松少将維盛、副将軍は薩摩守たゞのりなり。かづさのかみたゞきよ・斎藤べつたうさねもりを侍大しやうとして三万よき、するがの国ふじ川のにしのきしに下ちやくす。頼朝大軍をそつしてきせ川に出むかはる。かい・しなの両国の源氏ら北条時政にしたがつて二万よきにてをし来る。平家は敵大勢なりと聞おぢしてにげしたくするさいちう、富士沼の水鳥のさわぐ羽音におどろき、一戦にも及ばずをちゆきて都へかへりしためしあり。たゞしもろこしにもかゝる事ありや」ととふ。小野がいはく、「なるほどそうしたためしすくなからず。先をつ取て申さば、晋の玄帝の孫孝武帝の時、ふけん（六ウ）といへるゑびす百万ぎにてよせ来る時、しやげんと申臣下ありてはかり事を帷幄の中にめぐらし、勝事を千里の外に決せんと、陳平・子房が肺かんの間よりながれ出せるがごときものなりければ、わづか一万の勢をひきゐてゑびすにむかひ、いくさするたびごとにまくるといふ事なかりしかば、敵のゑびす大軍なりといへどもこれにをそれ、川をへたてゝぢんをとり、さうなう打て出るものもなきをりふし、夜中にはかに辻風ふきおこつて樹間の諸鳥を始、沼の水鳥一同にたちさはぎしかば、すはよ打の勢ぞと心へ、それにをどろきはいぼくせしとうけたまはる。今日の羽音も以てをなじかるべし」と申す。ゆきへの助いふやう、「さ（七オ）れば人ごとに本ン心ン動ずる時は無情の草木もばけ物と見へ、ねこまたのはなしを聞てかひける犬に気をとられし事もあれば、いざ一おどしをどろかして見られよ」とて、四十余人の中よりせいびやうのゐ手十八人すぐりたて、矢のねに鈴をゆひつけ一同にゐさせければ、諸鳥にはかにをそれたちぬ。あんのごとく羽音を聞て、「すは敵よ」といふ程こそあれ、鬼どもおどろきさわいで、あるひはつなげる馬に乗てあをれどもすゝまず、あるひははづせる弓に矢をはげてゐんとすれどもゐられず、てつぼう一本に弐三疋とり付、われよ人よと引あひける。其間に四十七人一手に成て、二つ引すわまのはた二ながれ川風に吹なび（七ウ）かせ、ときをつくつてぎよりんがゝりにかけ入、四方八面を切てまわれば、羽蟻の煙嵐に吹ちらさるゝごとくむら〳〵にちつて、河原を西へひきしりぞく。其道十三町が間、馬・ものゝぐを捨たる事、足のふみ所もなかりける。人々川をわたりて見れば、かしこゝにすてをきたりし道ぐの品々、

一鉄棒　十一本（内二本に切こみあり）　一半弓　三張（但し一張はつる切レてあり）

一釼　二ふり（内一ふりに血つき切こみ）　一腰巻　七牧（内三牧はとらの皮残四まいは犬のかわ）

一鑓　二筋（但し鹿の角のことくまたあり）　一とかり矢　十本（内二本にとうくわつちこくらんきと書付有）

一五升樽　三つ（しやうねつもろはく一はいつまりて有）　一大重箱　二組（内にぐれんの氷もちしやうづかのうばが餅有）

一大砂鉢　二つ（鬼みそ　血の池ふなのすしつるぎの山いも　蛇のかばやき）　其外　みなれぬさかないろ〳〵あり

さるほどにさしも名たかき泰山王、おもひの外にしそんじて、（八オ）初度のいくさに打まけしといへども、いまだ残りし獄そつ三千よき、しかれども大岩が武略あなどりにくしとや思ひけん、さへぎつて城をせめんといふものかつてなく、「しばらく陣々を取て役所をかまへ、手わけして合戦をいたせ」とて、せめ口をはるかに引しりぞき、両大将の下知を以てにはかに向ひ城をとり、やぐらをかき、さかも木を引て遠責にせんとしたくしけり。都市王の申さるゝは、「さいぜんより数度のかつせんにみかたのみおほくうたれ、敵

（九オ）

一人もうたざる事、あまりむねんのしだいなり。それにつきつく／＼ぐあんをめぐらすに、まづかれらはいづれも一騎当千のものどもなれば、中々力ぜめにしては落城すべしともおもはれず。聞なら（八ウ）く、むかしより和漢ともに兵糧にこまりてらくじやうせし事おほし。されば赤坂のらうじやうに、よせ手てだてをかへてせむれば城中たくみをかへてふせぎ、わづか五百にたらぬ人数にて二十万きのかまくらぜいをひきうけ、数日なやましたる楠なれども、たゞ食攻にすべしと議せられて、喰ねばひだるさのせんかたなく、さしもの正しげ、にせばら切てらくじやうせしためしもあり。今此事をおもへば、此たび大岩がともがらをも兵糧づめにしくはあらじ。しかれば一百三十六ぢごくへふれをなし、籠城のやつばらに米一合もうり申すものあらば、九族はいふにおよばず、むかふ三間となり七間、きつとくせ事（九ウ）たるべしと高札をたてしかるべし」と申さるれば、相したがふけんぞくども、「此義もつともしかるべき」とて、やがてをの／＼手わけをし、その日にごくちうの米問屋をはじめ臼米屋に至る迄残らす触流し、辻々に高札を立る。

きんせい

一むほん人大岩の者ども、たとひいかほどあたひを出し高直に買とらんといふとも、すべて穀物一粒にてもあきなひ申　輩これあるに於ては、本ゝ人は申におよばず、従類・けんそくにいたるまで厳科に所せらるべし。幷近隣五鬼組ともに急度曲事たるべき者也。（十ノ十五オ）

第三　にせ鬼の料理敵の目覚

大岩ゆきへの介、かの高札のようすをきくといへども、さらにおどろくけしきもなく、三原次左衛門をちかづけ、「飯米はいかほどあるべきぞ」とたづねければ、三原こたへて、「さん候、今十日ばかりの糧をたくわへたりとおぼゆ。さりながらよくあらためて見申さん」とそのまゝ台所にいたり、立帰て、「もはや米十一俵、もち米三石ばかり候」と申す。時に大岩、「そのもち米をにわかにむしてもちにつかせ、おの〱よりあひ、長五尺より六尺までの鬼のかたちにつくり、丹ろくしやう・紫土・黄土をもつてさいしき、馬の尾をぬいて髪にうゑ、きのふよせ手のすてをきたりしこし（十ノ十五ウ）まきをさせて、さてはかり事はかやう〱」と耳に口をよせて、横田勘介・武森貞七両人をよせ手の方へ使者につかはし、取次をもつて両大将へ申入けるは、「大岩ゆきへの介りよくわいながら申上るおもむきは、まことに此たび不慮の一戦にとりむすび候て、ごく中の万民をさわがせ申に付、十王たちの御はからひとして所々にたてをかれたる高札を拝見いたし、大岩ほとんどちからをおとし、千悔臍をかみまかりあり候。それにつきいづれも申合せ、弓弦をはづし甲をぬいでかうさん仕るかくごに相きはめ候間、ちかごろ御太儀ながら、御大将をはじめしかるべき衆中たゞ今せめ口まで御出候へ。ゆきへのすけ直に御目にかゝり、一とをり申上（十六オ）たき義御座候」と、さほうしんべうにゐまくのそとに太刀をぬぎをき、両手をついてゐんぎんに口上をのべければ、をの〳〵よろこび、泰山王・都市王をはじめくつきやうのごくそつ五十よき、とるものもとりあへず使者とうちつれ、やがて城にちかづきよる。かねてたくみし事なれば、大岩・吉川・小野・片山、その外のともがら追手の木戸より外に出て、敷皮になみゐたり。時にゆきへの介が申やう、「われ〳〵数度のかけあひに一度もふかくをとらず、ずいぶんけいりやくをつくし、勇力をもつて勝利を得るといへども、此度の高札にをゐてはほとんどたうはくいたし、手も足も出されぬやうにまかりなる。もはや手前に二三日已前より兵糧を（十六ウ）きらし、一列いづれもうへにおよぶていなり。しかしかやうには申ながら、われ〳〵籠城してをの〳〵を引うけ申かくごからは、第一口腹をやしなはずしては合戦ならず候。たとへうへ死いたすがかなしければとて、いやしくもはぢをしのび、一ひき二ひきとかぞへらるゝ畜同類の鬼たちへ手をさげてかうさんすべきやうもなし。かくあるべきとぞんせしゆへ、かねて我々ひやうらうのつきたる時は鬼を米の代りに食すべきと申合せて置たり。それ〳〵大高新五、さいぜんの鬼を料理していづれもにしんぜよ」といへば、新五其まゝ立て三げんばかりの大まな板をとりよせ、其上へつくりし鬼を二三疋のせて刀をほうてうとなし、先ッ鬼のかいなを打落し、其（十七オ）のち又足を切て大ざはちにうづ高くもり、四十余人の手前にかたはし引てまわれば、銘々引つかみ舌打してさもうまそうに食けるを見て、両大将をはじめ相したがふ鬼ども二目とも見ず身ぶるひして、きも・たましゐも身にそはず、「されば物のたとへにも、をそろしき事をば鬼神か人間にてはよもあらじとこそ申せ、さても〳〵世はさかさまにまかりなる。むかし酒天童子は人間を料理して喰たりと申す。鬼こそ人をくふはづなるに、人が鬼をくふとはみろくの出世にやなりけん。あらもつたいなし、あさましゝ。長ゐはおそれあり」とて、いとまごひなしに逃かへり、両大将青息をつき、「とにかく此ものどもがていたらく、我々が分別にをよびがたし。（十七ウ）此だんゑんまへくわしくうつたへ、大王のゐいりよにまかせ申さん」とごくそつを引ぐして早々陣をしりぞきけり。そも〳〵八大ぢごくに一々の別所十六づゝあり。是を合せて一百三十六ぢごくといへり。其中にきはめてせめのきびしきは、ぐれん・あび・けうくわんなり。およそぢごくのありさまは鉄城かたくとぢて熱鉄を地となせり。めう火烟々として四方にみちふさがる。されば罪人たま〳〵冷風をたのしめば火炎来リて骨をもやし、冷水をもとむれば鉄湯沸て身をなやまし、猛火まなこにみつるゆへ、なけどもさらになみだもをちず、鉄丸のんどに入ゆへにさけべども又こゑ出す。極熱・あびのかなしみ、けうくわん・ぐれんのくるしみは、言語をもつてのぶべきやう（十八オ）なし。さればゑんまのまします帝都は東西二百三十余里・南北百二十里、皇居は三里四方をかこみ、うしろは山、前は川、西の楼門よりひがしの杉なは手まで五十丁が間、十間の石を高さ二十丈につき上、きしのめぐりには百丈の堀をほり、万水をたゝへ、鉄重のやぐら四方にくろがねの門あり。あかゞねのはし虹のごとくかゝり、

（十九オ）

宮殿の数三十六、雑舎は其数をしらず。門々には牛頭・馬頭・あぼうらせつ、毒の矢をはげ、ほこをついて、非番・当ばんけんごなれば、たとへばしゆみの四天王いかなるまけいしゆら王がせめ来るとも、たやすくをつべきとはおもはれず。しかるに泰山・都市両王は、はう〳〵のていにてにげかへり、閻王の前に出て大岩方の強勇中々力にをよびがたきやうす一（十八ウ）々次第にうつたへ、「かれらすでにいきほひに乗じ、大王の皇居へせめ来らんと申す。御ゆだんあるべからず」といへば、ゑんま左り扇子をつかひながら、「さもあれ其罪人めら、初口に初江王の小城をせめおとしたる格をもつて朕が居城をやぶらんと有。まことに蟷螂がをの、大海を手でふせぐごとくなるべし」とひたすらけんごのようがいをたのみ、すこしもをどろきたまふけしきなし。たいさん王かさねてのたまふやう、「いまさらあらためて申上るもげきりんのほどいかゞなれど、心におもふ事いはねばはらふくるゝわざなるゆへ、ゐいりよをかへりみず再言におよび候。されば城のよきあしきはあながちけんごのようがいをいふにあらず。たとへばたいしやく天の喜（十九ウ）見城たりといふとも、こもる所の大将おろかに不徳ならば、せめをとされずといふ事なし。たゞ城のよきあしきは大将の徳によるとこそ申せ。そのゆへはむかし唐の三苗の城は洞庭の海を左りにし、ぼうれいの山を右とし、ようがいけんごの城なれども、其君ぶたうなれば夏の禹王のためにほろぼされ、又けつ王の城はかせいといふ大河をひだりにし、大山を右にかまへ、みなみにいけつと申す早川、北にようぢやうといふけんその山をかゝへしといへども、ゐんの湯王是をほろぼせり。又ゐんのちう王の居城はひだりに孟門といひてけだものもとをりがたき切所、右に大行とて鳥もかけりがたき山あり。南にはちひろの大河をかゝへ侍りしかども、し(二十オ)うの武王たゞ一戦にほろぼし給ふためしもあり。おそれながら君にもようがいのよきばかりをたのみおぼしめして、其徳をほどこし計略をめぐらし給はずは、大岩の者ども責入まじきものにてなし。とかく天下国家の治乱は、たゞひとへに君の徳による。思ふに、きやつ原に敵なりとて其まゝにさしをかれば、根を深ふし蔕を固ふして、後たやすく除き難からん。只々御要心然るべし」としきりにいさめ給へ共、大王しれ笑て近習の美鬼にしやくとらせ、酒宴をもよふし、ゆふ〳〵くわん〳〵としてまします。時に楽夜叉とて膝本さらずの出頭鬼罷出て申上るは、「抑大岩と申者は軍法・釼術におゐて、源九郎義経・楠をあさむく程のきりやうなれども、玉に疵と申ごとく好色第一の男にて、美女をみるとひとし(二十ウ)く、太刀もかたなもいらばこそ、たゞ一反になでぼうき。其子細は島原におゐて一文字やの生野、新町にて扇やの夕霧、しゆもく町には車屋のあうしう、其外傾国名代の女郎に心をかけぬはなかりし。こゝを以おもんばかるに、それがし一つのけいりやく有。彼がなじみの女郎に化て魂をうばひ、透を見合引さかんと存るはいかに。是刃に血ぬらずして仇(あた)をくたく方便(てだて)なるべし」と手にとるやうに申せば、大王悦喜(ゑつき)し給ひ、「誠(まこと)に一段の智略(ちりやく)。此事しゆびよくしをふせなば、汝(なんぢ)をしゆら道(だう)の奉行(ぶぎやう)になさん」とせんじあれば、楽夜叉(らくやしや)しすましたりとわがやにかへり、たちまち美女(びぢよ)の姿となり、無量無変(むりやうむへん)の諸品(しよしな)をつくり、しやれたもやうのつめ袖に、ひんとはねたる小づまより、ひむくのけ出しあやにくに、位(くらゐ)をとつてあゆみ行(ゆく)。（廿一終オ）

寛闊よろひ曳　巻之六

ぢごく太平記目録

第一　化が顕る鬼女の執心
第二　思懸ざる水火責口
第三　悉皆成仏も忠臣縁

さしも固き大岩も
色に
とろりと
一すいの太刀風（一オ）

蛇につなつけて
引がちなをとこ

嚢沙背水
古今の計略

炎魔大王非業の
手疵
をふてゆく面々に
地蔵のわび言（一ウ）

くわん活よろひ引六

第一　化があらはるゝ鬼女の執心

折からやよひすゑつかた、花ものいはぬ木陰をも、したふならひはつねならぬ世の転変を観じ、ゆきへの助たゞ一人書院の床柱にもたれ居たりけるが、此間の軍議に機根をついやし、心神くたびれければ、庭へおりてくれかゝる空のかすみがくれににほひくる花に心をうつし、ぼうぜんとしてながめ立たる所へ、すいがきの外面にいみじくらうたけたる女郎一人、物おもふていにてうちかたふきしけはひ、こぼれかゝりしびんのはづれより、さし櫛のほのかにほひやかなるかほばせは、露をふくめる梅の明ぼの、風にしたがへる柳（二オ）のゆふべのけしき、此世のものともおもはれず。ほれ〳〵と成てわがたましゐははや其袖の中にや入ぬらん。おりふしあたりにさし合もなければ、のどやかにちかつき寄てよく〳〵見るに、むかしちぎりし車屋おうしう、是はふしぎ。さりながらせけんににた物はおほし。とびに鷹、きじに山鳥、粟におみなへし、だい〳〵に九年母、かきのさねにあぶらむし、松だけに何やら、いやそつじにいふてはいかゞと、しらぬふりにもてなせば、「是申し、岩さん。それはあんまりだうよくじや。さきからことばもかけてくだんすかとおもへば、しやばで見た与次郎のやうなほんによそ〳〵しい。せめてわしか思ふ十分一もない水くさいおさんじや。かねてとやかふつくせし（二ウ）ことはほうぐにはなりやすまい。しなは一所とかはせしも皆いつはり。たとひ女とこそむまれたれ、心はなどか男におとらん。それにかうした事ぞと露ほどもしらせてはくだんせず、ちかごろむこいともつらいとも、それはその〳〵いふにいはれず。まづ聞んせ、うき身の心づくし、夜は心ならぬ客に身をまかせて揚屋の月に気をなやまし、たゞかなしみのなみだにしづみてはれぬおもひにあこがれ、同じ世にだに住ならば、千里の雲はへだつとも又見るよしもあるべきを、めいどいかなるさかひぞや、たよりの文とてもかよはず、黄泉いかなるたびなれば、それとばかりのいなせもなし。わづかにのこるものとては主をはなれしおもかげ。見るも中々かなしきは書すさみ（三オ）たる草の跡。かたみとなりしうらみのたね、あふてはらさんとおもひやすれど、もはやあの世で御げんもならず。ふつとおもひきらふとすれどもどうしたゐんのゐんぐわやら、わするゝひまもあら磯の、あわびの貝のかたをもひ、わかれのつらさにせかれつゝ、女にあひしかみそりにてつゐにむなしくなりまゐらせ、御あとしたひ来れども、しやばとめいどのをもはくちがひ、二度あふ事はかた糸の心ぼそきは女の身、五つのさはり三つのつみ、あるときは血の池にをしひたされ、ぐれんの氷にとぢられ、又は子をもたぬとがとて灯心にて竹の根をほれや〳〵とせめられ、ほるべきやうもなく泪に鬼さまたちが打なやまし、須臾のまもなきくるしみのあまりやりかたなきまゝ（三ウ）に、過にしひがんの中日よりゐんまさまへなげきをいひ、一夜ばかりの隙の事やう〳〵とらちあいて、あふはうどんげまれなることよひ、せつかくしのび来ましたわしをかわいゝとはおもはずして、そし

（四ウ）

（五オ）

らぬていにさんすは、もはや秋風立てぢごくにて知音をもとめ、乗かへられたる、はら立や」としがみついてなげく。大岩道理にせまり、「なるほどそこらのうらみは尤しごく。さりながらそれに付ては段々の様子あり。しやばにてのおもひたちは我一人ならず。四十余人のともがらをの〱指の血をしぼり、きしやうを灰となして五躰におさめ、女房・子にさへかくせしゆへ、そもじにも露しらせず。かうした底意をしりたまはねば、うらみ給ふはことはり。此わけはゆるりとはなすとう（四オ）らみのはるゝ事。まづはしやばいらいと申さうか、ひさしぶりの御げん。こよひの所はわれらが御馬きげんよふしてたもれ。こゝははしぢかなれば、奥へともない申さん。夜すがらこゝをかりのあげ屋、石の枕に草むしろ、ふたりかはさばにくからし」と手をとり内に入ル。てうしひそかに盃用意して、たがひに手じやくの水いらず、しつほとくむや竹の葉の、されば仏もいましめの道はさま〴〵おほけれど、ことに飲酒(をんじゆ)をやぶりなば、じやゐん・もうごももろともにみだれ心の花かづら、よしやおもへば是とても、前世のちぎりあさからぬふかきなさけの色見へて、此たのしみはごくらくにもたぐひあらしの山ざくら、くれなゐふかきかほばせの、月のさかつきさす袖や、手もとが見た（五ウ）いとつれもどす。おさへさわりの数(かず)つもり、大岩酒にゆきついて、おうしうがひざまくらにとろり〳〵とねふりし時、をりこそよけれとかの女、たちまちけしやうのすがたをあらはし、ゆきへの介がたぶさを取て引立んとせしいきほひに、大岩目をさまし、そばなるわきざしひんぬき切てかゝる角(つの)はかぼく、まなこは日月、其たけ一丈(でう)の悪鬼(あつき)、七尺(せき)の屛風(べうぶ)の上に猶あまりて、いかれるすがたすさまじく、みぢんになさんととんでかゝるを、大岩すこしもさはがず、なむ八まん大ぼさつと心中にねんじ、とびちがへ、むずとくみ、鬼神のたゞ中さしとをせば、かうべをつかんで上らんとするを切はらへば、つるきにをそれて鴨居(かもゐ)にとり付、破風(はふ)をけやぶりにげんとするを、引をろしさしとをし、つゐに首(くび)を打（六オ）おとす。太刀音(たちをと)を聞つけ、吉川・片(かた)山おひ〳〵かけ来り、此ていをみて肝(きも)をつぶし、「さりとはあやうき次第(しだい)。さりながら神明(しんめい)のかこ、一つは武運(ぶうん)のくちざる所。目出たし〳〵あつはれお手がら」とおの〳〵かんじ、すなはち鬼が首(くび)を長竿(ながさほ)にさしつらぬき、札(ふだ)をつけて翌朝(よくてう)らいでん野(の)に持出、さらしをきぬ。

第二　おもひかけ猿水火の責口

軍の勝負かならずしも勢の多少によらず。たゞ時のうんにより、又は将の計略による。はかり事をめぐらしては大敵をやぶり、命をかろんじて勝事をこゝろよくす。是ひとへに武の大功なりといへり。されば大岩ゆきへの助、一列の衆中に対していふやう、「此ほどのよせ手いきほひつよしといへども、皆々利（六ウ）なくして引しりぞく。しかれば後日に十王・くしやう神ら、いかほど大軍をそつしてむかふといふとも、かれらは疥癬の病にしてかろし。たゞ始終心ざす所はゐんま一人。是心腹の病なれば、あはれ事ゆへなくせめほろぼし、ぢごく大平におさめばやと日にいくたびか此事を思ふ。それに付ておの〳〵しかるべき思慮もありや」。吉川忠右衛門がいはく、「仰のごとくゐんまの居城かくべつのようがいにて、たやすくやぶりがたからん。しかりとはいへど、およそ城をせむるにはたゞ兵の力をもちひざるをうれへとす。もし命をだにをしまずは、たとひ鉄壁・石城たりとも、あにやぶらざらんや。今われ〳〵一命をすてゝ急にせめ上り、諸所のやぐらに火をかくるものならば、たちまち城をもみつぶ（七オ）さん事、たな心にあり」と申す。大岩聞て、「いや〳〵それはあらぎなるべし。つたへきくかの居城は泪川・しやくり川東西を引まわしたり。此二つの大河といふは、こともをろかやくれんぢごくのすへ、きはめてふかく、寒凍のごとく水つめたし。鬼女が塚仏の背といふ山のふもとにて両河一つに落合て、大海に流れ入よし聞及たり。さあらば櫓に火を懸る事はさてをき、大手の木戸近くせめよる事もなるべからず。貴殿の申さるゝごとく、二つ一つにして無理にかゝり、みかたを一人もそんじさせてはぢごくをやぶるかいなし。それがしぐあんをめぐらすに、か様〱の方便をもつて前後よりせめよらば、いかなる強城なりともやぶるにかたかるべきや。まづ南の方なみだ川のわたりへは吉川忠（七ウ）右を大将として、水になれたる人々二十三人むかひ給へ。城のうしろ鬼女が塚の北よりはそれがし大将と成て廿四人せめ入べし。さりながらこゝに一つの難儀あり。かの塚へゆきかゝる岩の間にそのたけ十丈ばかりの大蛇有て、路にわだかまりふして罪人をのまんとするよし、さいぜん青枠鬼が物がたりいたせり。われ〱がとをるならば、ひつでうれいのごとく出むかひ、路をふさがん。めい〱弓をたづさへ山の間に入て身をおほひ、矢じりに毒をぬりて一度にはなち、大蛇をふせぐべし。しからずんばかならずあやまちあらん」といへば、をの〱もつともと同ずる所に、大高新五郎すゝみ出て申やう、「その大蛇みちをふさげばとて、なんぞ多くの矢だねをついやすべきぞ。たとひさう（八オ）海の蛟龍なりとも、それがしに敵する事を得んや。あはれねがはくは、我一人さき立て此大蛇を切て捨ん。中ても蛇は虵の功をへたるもの。のろ〱地をはひまわるのみにして、立はたらく事はならじ。蛇よりもむつかしき鬼さへ物の数とせず」。大岩此詞を聞て、「もちろんお手前の勇力毒蛇をもしたがへ給ふべけれど、かゝる深山幽谷の地つねに往来まれなる所に行あひ、其はたらきおぼつかなし。ひらさら無用」とせいすれども、大高、「ぜひともそれがしにまかせ給へ。此方におぼへある」よし、しきりにのぞみけるゆへ、「しからば心ま

（九オ）

かせにいたされよ。さりながら湿地におもむいて毒気にあたらん事いかゞなり。酒をのんで行給へ」といひければ、新五郎よろこび天目をもつて（八ウ）冷酒を数盃かたふけ、やがてしやうぞくしたりけり。くさりの上にくろ皮のよろひをきて五枚かぶとのおゝしめ、大たてあげのすねあて・籠手・半頬・ひざよろひ、すきまなく引おゝひ、三尺五寸のひやうごぐさりの太刀をはき、鬼がすてたるてつぼうの長さ九尺ばかりにみへて所々にいぼ打たるを左りの手ににぎり、猪のめすかしたるまさかりの歯のわたり一尺ほど有けるを右の手にふりかたげ、すこしもためらふけしきなく、「われら在国のせつ、おさなきより、大なでつぶて岩などゝいへる悪所岩石になれて、鷹をつかひ狩をいたし、けだものゝとをりかねたるけんそをも平地のごとくぞんするゆへ、たとへ釼の山に鑓・なぎなたをうへそへても、難所なりとおもふ事露ばかりも（九ウ）候はし」とそゞろ哥うたふて深山にわけのぼりしありさまは、まけいしゆら王・やしや・らせつのいかれるすがたにことならず。そのあい四五町引さがり、大岩をはじめ二十二人、つれだちて跡よりすゝむ。すでに大高は道のほど十丁あまりも行過ぬらんとおもふ所に、岩の際より清水ながれて岸の下名月かゞやき、いなびかりひらめいてうそなまぐさき風鼻をつく。寒気はだへをおかす事、冬日のごとし。新五郎心にあやしみ、いまだ日もくれぬに月の出るはいかなる事ぞと、よく〳〵気をつけて見れば、月のごとくおもひしは大蛇のまなこなり。せなかにはうろこかさなりて苔むしたり。さればこそとおもひ、新五郎谷へさがり、大まさかりを打ふつておめいてかゝれば、大蛇は岩の（十ノ十五オ）下より二丈はかり頭をのべ、毒気をはく事霧のごとく、口をひらいてのまんとするを、大高ひらりととんでかたはらなる大石にのぼり、「ゑいやつ」ところゑをかけ、たゞ一打に大蛇の口をたてさまに切さきければ、山林竹木動揺し、地中をひゞかしてたをれ死す。澗水血をみなぎらす事をびたゝし。跡より二十三人のともがら追々に来り、是を見て、「あゝ切たり〳〵。さすがは名字ほど有て大かうのものかな」とほむる事しはしはやまず。をの〳〵立より扇子をあてゝ見れば、ふしだけ十丈一尺九寸五分の大蛇、岩をまとふて死だりけり。人々よろこび、是よりさきは道をさへぎるものあらねば心やすしと、切所をよぢのぼり、峰より見をろせば、炎王の皇居目の下に見へたり。やう（十ノ十五ウ）〳〵くずかづらにとりつき、岩の上をつたふて二の木戸口さかも木のへんにをり立たり。城中ひつそとしづまりてさのみようじんのていも見へず。なを又城のうしろはけんそのようがいをたのみて、そなへまもるごくそつも見へず。されば此山中には猿どもおほくむれゐて、人々を見てうろたへにげはしるを、とみはやし助之進・矢尾五兵衛・横田勘治・中村勘蔵、大岩がさしづをもつてかのさるを四五十ひきとらへ、かねてようゐしてもち来りしあさがらのたいまつに油をぬり、さるの背中にゆひつけ、火をさして城の中へおひ入ければ、さるどもおどろきさわぎ、あるひは宮殿のやねへにげのぼり、又は楼の軒へあがり、床をくゞりゑんの下へかけこみ、とひまわりはねをどる。（十六オ）それゆへこゝかしこに火付てもへあがるとひとしく、うしろの山より同音にときを作つて打入ほどこそあれ、此火の手をあいづに大手の方よりむかひし二十三人、かねてたくみし事なれば、袋に砂を入て泪川の水口をふせぎとめ、をりふしやよひのすへなれば、山々よりきへおちし雪水のみなぎる最中、わたりに舟とよろこび急に切てながし、又東南の川口に砂ぶくろをつんで其水をさへぎらば、水のいきほひ急にして城中へながれ入べし。いはんや切リ岸皆岩をもつてたゝみ上たれば、水のいきほひにつかれてたちまちにたをれやぶれん。しかる時は城中の勢みな魚腹の中へ入らんとたくみたりし大岩がちりやく、かの韓信が嚢砂の術にもをとらず。其うへ（十六ウ）早瀬藤太夫・潮又四郎・小野小右衛門・吉川沢之丞・間十五郎等をはじめ、くつきやうの若ものども、鋤・鍬・つるのはし・かなてこ・おうこなどもちよせて一方の山を切くづし、岩をおこし、古木をなげ入、河を山とせきとめければ、たちまち大水出て城中につき入ける。

第三　悉皆成仏も忠臣の縁

からめてよりは廿四人のともがら、こゝのやぐらに火をかけてはかしこに時をつくり、かしこに時をあげてはこゝの宮殿に火を懸、四角八方にはしりまわつてなげたい松雨のふるごとくなげをろしければ、あたかも十万の甲兵天より来れるがごとく城中に満々たるやうにきこへしかば、城の内には敵大勢せめ入たると心へ、「四十余人ばかりにてはなかりしぞ。定て此間より加勢の罪人出来るか、又は城中に（十七オ）かへり忠の鬼などあるらん。ゆだんするな」とよばゝる。をりふし西風はげしく吹、車輪のごとくなるほのをとんで、さんらんする火の子は吹降にまじる雪よりもしげくうづまき焼めぐれば、あるひは共鬼にふみたをされ、ほのを身をこがし、腰巻に火もゑつきけれども払もあへず、とてものがるまじと思ひてや、火炎にとび入、死るもあり、井溝に身をなげ失るもあり。時に牛頭・馬頭大音上、「きたなきしゆらのふるまひかな。生て名を流さんより死でほまれをのこせ。たゞ独り犬死して何の用にかたつ。一人なりとも敵と組で打死せよ。いつの世にをしむべき命ぞ」とて、むかふ敵にはしり懸り〳〵、大はだぬきに成てたゝかひける。射違ふる矢は夕立のきばを過る音よりもなをしげく、打あふ剱のつば音は空にこたふる山彦のなりやむひま（十七ウ）もなかりけり。さる程に宮殿・楼閣・櫓々にいたるまで、漸々にやけをち、すでに皇居へ火うつり、炎王を始近習の冥官ども、南の方へ向て逃出んとすれば、せきとめたる水こつぜんとして城中へつき入、湖水のやうにたゝへければ、籠城の鬼ども鳥ならねば空にもかけりがたく、魚にあらざれば波をもくゞりがたく、前後途をうしなひうろたへまわる。されども強勢の悪鬼らは水火を物の数ともせず、けふをさいごのしたくして、追手の惣門をひらき、つゝと出、得物〳〵を引さげてはせむかふ。武森貞七は本より大力・武勇のしたゝかものにて、二領重ねの大よろひに星甲を猪首にきなし、柑子栗毛の馬にのり、わたり六尺の玄能十

（十九オ）

貫目有けるをかる〴〵と打ふり、あたるをさいわいに打ふせなぎたをす。あほうらせつが弟にひだうしゅら、火炎もどきのよろひ（十八オ）をき、一足飛行の龍馬に乗、金剛作りの剱をまつかうにさしかざして、武森にはせかゝる。貞七是を見て横さまに打ひらけば、玄能の当りし所よりしゅら二つにちぎれて血けふりとゝもに落たりけり。次にくわんぎ夜叉と名乗て黒月毛の馬にのり、すき間なく懸寄、武森にくまんとする所を、貞七玄能取のべてついたりければ、馬は横にたをれて夜叉下にしかれたりしを、武森つゞけてつきけるに、よろひの胴とともに五体くだけて失にけり。降雲らせつ是を見て、「あらこと〴〵しや。さりながら、一鬼打よせ手合の勝負を思ふゆへに、みかた多く打るゝぞ。大勢一同に前後左右より取かゝれ」とて、鬼ども七八疋、降雲もろともに声を合せて同時に打かゝりしかば、武森例のげんのうふり上、向ふさまに降雲かまつ甲（十八ウ）を丁どうてば、鉾にて請流さんとしてかざしけるが、其ほこともにかうべは胴にゐ入て、馬より下に落たりけり。このいきほひにおそれてのこりの鬼どもはら〳〵と逃にける。こゝに無量夜叉とてゐん王の近習なりけるが、此ていをみて、「きたなきものどもがふるまひかな。いつまていきのびんとてにげはしる見ぐるしさよ。迚も死んず命、忠を存じ道を立るこそ本意なれ。いで〱今日の軍に私なき大功あらはし、みかたの恥をすゝがん」と貞七とよせ合せてしばし戦に勝負なし。武森は大力にて無量は手利なり。打開き切流し、右にかゝり左にめぐり、半時ばかりたゝかひしが、無量が劔つば本よりほつきと打をられしかば、くつばみをならべて雌雄をけつせんと貞七が草摺に取付、両馬か間にどうど落、しばしはくみ合（十九ウ）たりけれども、武森さすがに力まさりて無量をおさへ首をかく。牛頭夜叉は大手の前橋の詰にて貞七にわたりあふ。武森屹とみて、「是こそ音に聞へしぢごくの骨きり、牛頭・馬頭・あほうらせつといへる三鬼の中の随一、あつはれよき敵ぞ、いざくまん」とて、牛頭がよろひの袖に取付たり。夜叉かなはじと思ひて乗たる馬に一むちあてゝ広さ三丈ばかりの堀をとびこへ、につこと笑ふて立たりけり。鎧の袖はちぎれて武森が手に残り、牛頭は向ふにとびこへたり。貞七力及ばず城の東より橋を渡りて追かゝれば、牛頭がけんぞく十鬼ばかり其中をへだてゝふせぎけるが、つゐに残らず打ころさる。其ひまに牛頭は虎口の難をのがれて引しりぞく。武森は猶もためらふ色なく向ふを打なびけ、かゝるを追ちらし、午の時より申の下刻までたゝかひ（二十オ）くらせども志しはたはまず。かれ一人が手にかゝつて打れしごくそつかずをしらず。血は流て泪川も紅をみなぎらし、屍は重畳としてもうごの林に充満せり。さるほどに城中の烟四方にめぐり、宮殿の棟々一宇も残らずやけうせければ、今は大王もたつ足なく、めつほう山をさして極楽の方へ落給ふ所に、いづくともなく流れ矢とび来て弓手の肩にのぶかに立、いた手なれは目くらみ心消て馬より落給ひしを、跡より冥官追付、よろひの引合より鬼王丸を取出し御口へ入、甲の鉢にて川水をくみ、面にそゝぎたてまつれば、やう〳〵性根付給ふを、馬にいだきのせ西をさして落行給ひぬ。かゝる所に六道能化の教主地蔵菩薩、此大乱を聞し召、大にをどろき、とる物もとりあへず衣のすそをまぐり上、しや（二十ウ）くぢやう一本ふりかたげ、ゐんまの城のやけ跡へ来り、大岩をよび出しての給はく、「お手前たち一だん自業自得の道理に背、楞厳の威をふるつてごくそつらをなやますといふとも、かく皇居までせめ入、大王をいたましむる事、かた〴〵其いはれなし。かたじけなくも炎王仏ちよくをかうふり、此世界の主となり、政を正しく順道を守る。しやばより来る亡者の罪科を糺明するにいさゝかも邪なし。己が作るざいくわぞと思ひしらせん其為、仏のあたへ給ふ浄波梨の鏡に移し、業のはかりにかけ、身よりなせる所の罪の軽重よく〳〵しらしめ、善人は浄土に送り、悪人はぢごくにをとす。かゝれば大王の私一塵もなし。そも〳〵ぢごくの責ありと弁ながら、人ごとに罪を作る。今をの〳〵が強勢によつて此界（廿一オ）を破られ、二たびぢごくのかしやくたへなば、いよ〳〵もつて悪人多く、しやばにおゐて善をなすもの有べからず。然ればしやば・めいど二世の大乱といふものなり。それに付四十七人、すでに存命を果せし事は、ひとへに忠信のゆへならずや。さすれば此かいに来りても其志しは猶わすれ給はじ。但し生をかへたれば已前の忠義をば捨らるゝやいなや」とゐんぎんにとひ給へば、大岩、「さん候。何が扨我々、骨は舎利になるまでもあに忠義をわすれ申さんや」と答ふ。地蔵其時、「しからばこゝに娑婆十倍の忠義あり。お手前たちの主人ゝ塩谷判官いまだしゆら道にだざいして日夜くるしみをうく。今をの〲邪心をあらため、ぢごくはめつの誓願を止るにおゐては、其一礼に塩谷が苦患をたすけ、をの〲四十七人に（廿一ウ）合せて主人ともに四十八、すなはち是をみだの四十八願になぞらへ、安養ごくらくへおくり、物の見事に成仏させ、無悲のけらくを受しめん。さあらばをの〲はしやばとめいど二世の忠臣と成て、其名は不朽にとゞまるべし」。大岩を始皆々道理に伏し、「主君の成仏と有からは、ともかくも仰にもれ候まじ」とをの〲一同に歓喜して合掌する所へ、主人塩谷殿忽然として大光明を放出来り給へば、ふしぎや今まで猛火炎々たる城地たちまち七宝荘厳の台となり、沈檀名香のにほひ風に乗して四方に聞へ、五色の花翩々と吹をち、しちくの声しきりにして、中央にあみだ女来（ママ）、しうんに乗て立給ふ。しまわうごんのよそほひはみがき出せる金の山、あたりをはらつてみへにけり。日ざう（廿二オ）ぼさつの玉の笛、月蔵ぼさつのるりの琴、むろ実相とひゞき、薬上ぼさつのびわのねは真如平等のしらべ有リ。ふげんぼさつの大ひの曲、文珠ぼさつの利智の哥、心詞もおよばれず。只今西方浄土へ迎へとらるゝとをもへば、おの〲足下に蓮葉をふみ、上品上生の台に至り、成仏得脱の身となりしより、地獄もおのづから太平に治けるとぞ。

正徳三癸巳歳正月吉烏

跡より △武家道指南（ぶけみちしるべ）　出し申候（廿二ウ）

皇都　金屋平右衛門行板

庭訓染句車

附タリ迷則千人万人之膚悟則一身方寸の所
幷ニ酔則狂人虚人姿醒則一分思案の所

風流茶傾操的　全部五巻

一　諷生〳〵金さつしやう吹付る仕合福原の竈将軍
一　念刀(ママ)は岩をとをす墓守がふくつん
一　蒔た種は一度は生ル一粒万倍豊年の米俵
一　世界の金の道具おとし持て開た証文さばき
一　夜毎に替る木枕はねとりの笛出合頭の友太皷

右四五日中ニ本出シ申候

京寺町通松原上ル町中島又兵衛板（とひら）

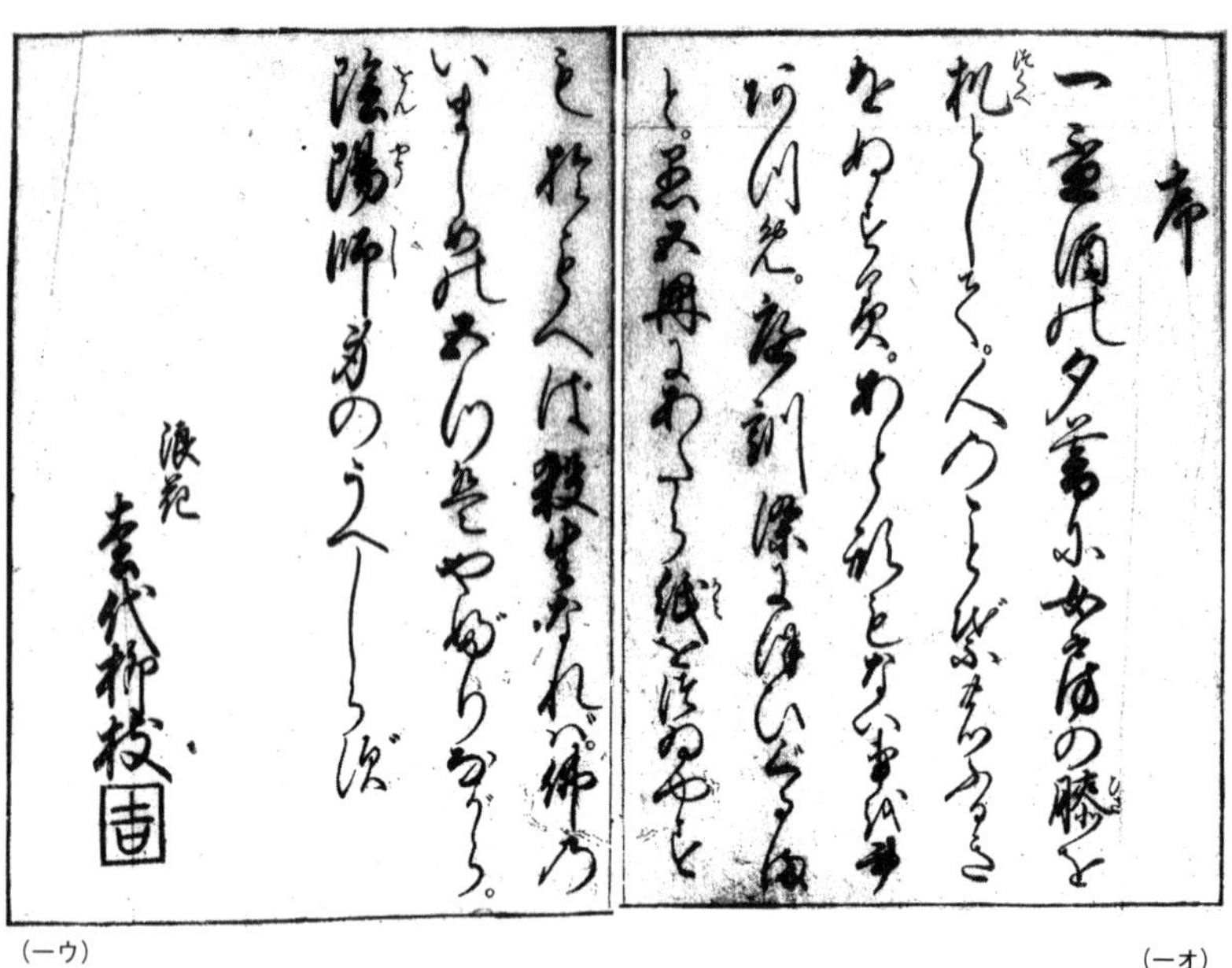

（一ウ）　（一オ）

序

一盃酒の夕暮に女房の膝(ひざ)を机(つくへ)として、人のことばのふるきをぬすみ、あと形もない事を書あつめ、庭訓染にほひぐるまと、愚五冊にあたら紙(かみ)をつゐやす（一オ）も、おもへば殺生なれば、仏のいましめの五つはやぶりながら、陰陽師(をんやうし)身のうへしらず。

浪花
松代柳枝 [吉]

（一ウ）

庭訓染匂車巻之一

目録

▲殺生戒は　若衆の元服

第一　傾城も春袋
　幷　鐘木町のなげぶし
　　　三絃より高き父親の恩
　付　八味の西王母が桃の実
　　　花の三月にちりかゝる命（二オ）

第二　念者の蓑笠
　付　人間わづか八十年
　　　餅くふこそおのこはよけれ
　幷　伊勢参のみやげも
　　　海苔の姿　仏の国からふられた親父

第三　若衆にならぬ笛
　付　恩見た恋とは哥の題にも
　　　なき身一つ鶉より先へ古巣
　幷　男色の鑑色と情を
　　　咲わけの菊太郎は町人の種（二ウ）

庭訓染巻之一

(一)傾城も春袋

和朝の不礼講は唐土にきこへ、異朝の慇懃講は和国にながれ、傾城の割ひざ、襟ふさくもきうくつなれど、是も女のほれらるゝしごとにて、乳よりうへのほくろまで島かくれ行人丸といふ居すがたは、いつしか色里のすたり道具の内に入て、三界に家なき女も男ののどの下にはいつて、やどさへかさぬ男やもめも女のふところの内に請人なしのかしやずまゐ、「余所の懐へ宿替る事はかたうならぬ」と家主殿の神かけて、はりのつよいもにくからぬ物ぞかし。近年女郎に内儀質といふ事（一オ）出来て、「色里はなれたる風義おかしからず」と悪口いふ人にはいはしておけ。初てあふ男にはせいもん日本国のうそをついてやくとやらもやすとやら、とかくもて来いといふしこなし。初段のいつわり五段のまこと、はや六七度もなじみをかさね、めつたに親里の事まではあかさねど、かはらぬ男の心ねをみて又日本国の神々かけて本のいとしいといふ事になり、それより宿の首尾をおもひ、身の養生をあんじ酒のいけん、折節は姿の伊達をしかり、しりもせぬ親御様へ孝行の事まで心を付れは、内義かたぎともおかた模様もそめぬべし。それのみならず、「物いはぬ女郎はちとたらぬ」といひ、「道中しとやかなは勿躰くさゐ」とそしり、「万事に気のつくよねはなめる」としかり、

「あいさつ(二ウ)のよいはいやしい」とけづり、「座をもつて客を嬉しがらするは畳ざはりがわるい」とそねみ、「客をおもふは下心がわるい」と、床の内の松風の音まで商売かしこいといひ立られ、とかくつとめする身ほどむつかしき物はなし。どうすればお気に入相のかねもかすかに、天然と三味線の音なき暮がたに、八文字ゆたかに一文字屋白藤が道中、爰一番の品物。「此女郎ならいつそ死にたい」、「しなずとひとつは買て見たい」とちよつとかしまの事ふれ、辻談義の葬や嫁入の戻りあし、あるひは分散のあつかひに行人、まよひ子尋るおやぢも立とまるほどの美形。三里あちの染衣に墨染ざくらかはゆらしくぬわせ、月夜も闇も黒い帯して、物ずきはどつこい京にもまけず、大坂の大臣、いなかの大臣、東鑑ニも(二オ)のつたるすいども、五里・三里・廿里まであなたの男は見ぬ恋にくれて爰にかよひ、六町一里と覚へるは此道の事ぞかし。堅いも道理、名からまづ石守金平といふ侍、顔に苦みの美男石、歌の文字には二つ三つうへをこへたる年なれど、母方に似て病身に医者も眉をたゝむほどになれは、奉公ざかり男ざかり、主人もおしまるゝ身を首尾よくおいとま申うけ、養生のため上方へのぼり、伏見の里花丸や久右衛門といふ旅籠屋に逗留して、ふりつゞきたる夜の雨に、辛崎へも程はなけれどそれより手の届くしもく町へも、いかな〱其身計か道中召つれし家来十一人の者どもへかたく申渡し、「主君のつとめをかき、病気本復のため国を出れば、色事まして悪所へなど心をうつしては主君への不届、親への不孝。(三ウ)随分そち達、道中少の間たがひに云合、みだりかましき事なきやうにかたく相守れ」と頭分の役人へ申付る。かしこまつて其由下々中間等へも申ふれ、「道

（二ウ）

（三オ）

大小もきとる

有がたふござります

おのれ此度はゆるす
いごをたしなめ

先お下ニござりませ

此さと一ばんの大夫様
ゑいや／＼

見事ではある

旦那どのは文書て
筆はかどへすてさしやる
硯は洗へとおつしやる
心得ぬ事じや

頼みます

かしこまりました

おのれいけておかふか

是ちくしやうしや
かんにんなされ

道りじや
きついかみやうじや

中泊々は申に及はず、あだにも色めく噂もなされな」と、その堅さ石金くろゝを宵からおとして、つき〴〵の迷惑なれど、主と病持にはかたれぬと、まだ春ながら旅はくれの淋しく、首筋の白いおじやれ〳〵を見ては罪をつくり、百でころりとねに来る比丘尼もあり、巾着といふかうがいわげもあり、念仏講と申無常な後家も有。弓手も馬手もしる谷越、大津絵に似た若衆もあれど、主人のいひつけおもく、たとへ一夜にりさんきうのたのしみをきはめても明日の打首にはかへらぬとたがひに心をしめて、かんにんの虹たつくれのふり（四オ）あがり、「明朝は此宿お立」と宵に膾の音羽やき、皿鉢出立のこしらへ。はや西岸寺のあけ六つか、供の用意のさはがしく、つき〴〵若党・中間乗物まはしの鉢巻も浅黄にしらむ木幡山の朝気色おもしろく、御意に入の花間冬八といふ若党、おめしなさるれど返事もせず、次の間はいふに及ばす、つぼの内、にはのまはり、むさき戸までをあけてみれど、すがたも見へず。「よもや他行はせまい。万一若気の出来てしゆもくへ銀たゝきに行たらば、南無あみた仏じや」と傍輩中のきのどくさ、二合半のひあせになるほど。尻もつかぬに落ついた顔もよいざめの鼻哥どころかい。悪所よりうかれ足、主人金平立腹のどうぼねへもどりかゝり、ほうばいのあいさつも侘言もかなはぬ首尾に成て、（四ウ）さつそく土壇もつかすほどの色めにみゆれど、冬八があやまり大方ならねば一言もなく、男の役なれば泣れもせず。「則座に此所で手打にするやつなれど、旅人のさはき、宿の難義を思ひ、堪忍のむねをおさめ、国本まで首をからだにあづける」と、こつ〳〵せきの出る程はらのたつもことはり。「当分の過怠に大小とりあげ、道中を物頭へあづけ、中間の下ばたらきをさせよ」と切て出したる一言、切らぬさきよりおそろしく、其席もしづまりかへる。汐時なれど舟も出されず。その中へ宿の久右衛門が世悴、名も菊太郎とて爰にはめづらしき育なる若衆、漸年も十三か、しとやかにおめずおくせず金平がそばへかしこまり、「御出船の折から申もきのどくながら、私親久右衛門長病の上（五オ）にて、則只今息引とり命もかぎりと見へ申候。そのおやの病人の耳に何かは存ぜす、御家来一人不忠の儀にて御入国の刻、御手討にあそばされん御一言承り、何とぞ御慈悲のうへその不届仁の命御たすけくだされかし。武家のおきては存ぜねども、愚盲の父が末期の願、臨終のみぎり人の命をもらひ、未来のみやげとせば、世々生々の功徳何か此上あらんと御主人様へ幾重にも御訴詔申くれよ。此ねがひ成就ならば、須弥はひきし滄海は浅し。是にまさる孝心有べからずと親の遺言。こいねがはくは何とぞ御聞届くだされかし」と顔には笑釈、目になみだはかゞみに落る水かねのごとし。金平始終を聞て、親久右衛門（五ウ）が所存の神妙さ、菊太郎が孝心のやさしさ・おもひやり、雪にしたかふ柳のごとくになりて、町人の末期ならば財宝に心残るか子の行末にまよふが道ならぬ道なれど、他人の愁をおもひ主従義絶の中に入る事、武士はづかしき心底をかんじ、家来の不忠をゆるし、久右衛門親子がねがひのごとくなれば、命は枯木の冬八もかへりばなさく菊太郎、又もや御意のかはらぬうちに親のまくらもとへはしり行、なげきの中のよろこび、しんでゆく身のわらひがほ、出ゆくそらのよろこびのいろ。慈悲は上よりくだり舟、家来の命は盲亀の浮木。温飩・そばきり、だんなんしゆ、なら茶や〳〵。（六オ）

㈡念者の蓑笠

楽天がいはく、「仏法の奥儀はいかに」。鳥巣禅師答ていはく、「諸悪莫作諸善奉行」。楽天いふ、「三歳の童も能しる所」。禅師答て、「八十の翁も行ひがたし」ときけば、はげあたまにあられの降やうな事に世話やくも大きなつゐへ。高が死しなに南無妙陀仏とたつた一口いふより外にいらぬ所作をしらぬ凡夫に「臨終の正念こそ人間の第一なれ」と、いま〳〵しゐ元日から元日までくろ大豆をかぞへ、朝暮その事をわすれず。かけ乞と喧嘩するちがい、せつきの事をわすれねば、しんだいの勝手にもなるに、たとへ臨終にまぬけ踊のやうな身ぶりして一家一門に笑はれ、つねに（六ウ）不足銭を知てはらふやうにおもはれ、先祖の名を出し、「今こそ小銭屋をしらるれ、三代さきは料理すつほんして売れた人じやげな」と同行にそしられるもたつた半時。三日のしあげに食くひに来る人は、死しなに虚空をつかんで恥さらした事をいひ出す人はひとりもなし。「とかく跡が大事でござる」と念比らしう若い後家に力をつけ、「けふの仏は奈良漬がすきであつたに、こちによい瓜がある。いるならば取におこさしやれ」と心を付て、男の生てゐる時きぬ張借りにやつても、「そちのはりものしやうとて、こちにはかふてをかぬ」とどうよくな返事。今のねんごろぶりは心根さもしけれど、杖の下からもま（七オ）わる隣どの、「廿四匁に壱貫の口、なんほぬきます」ととひにやり、弐匁づゝ五つを十露盤におゐてもらい、をのづから念比に成て手をしめられてもふりはなしもせず、まだ百ヶ日もたゝぬに九十九夜もかよはるゝ。一周忌の追善にとりまぜて隣の男の子を産んで、「なき人のわすれがたみ」と生牛の目はぬけど、仏に成てゐるものに子をかづけるもむごし。これをおもへば、「とかくしぬるほど損はなければ、後生もいらぬ事」とたはことにもいふは、わかいものゝ事也。身は恋づかのほとりに色もかもなき白木弥次兵衛とて、百姓も様付るほど所に久しう住なし、かりにも「おやぢ様、けふはよい雨がふりました」といへば、「せつしやか名は弥二兵衛と申。おやぢとは申さぬ」と異な(七ウ)かほつき。「そさまは牛を買やる銭にかしたればとて、だら〳〵引ずつて今までかへさぬは、四割の利をかくとおもふて捨てをくのか」と年代記迄引事にいふて腹立るも、七十二になるわかい人を親ぢ様といふたむくひなり。花丸屋久右衛門とは濃い一家なれど、十死一生の枕もとへも行ず、見舞に人もやらず。かりにも世のはかなき無常めいた事は性として嫌ひなれば、その身はさてをき、家来も同じ火を喰へば、使にもやらず。「兼好が詞を反古にして浮世を二十年も利で過て居ながら、ごまのごうな老人」と、鋤・鍬つかふ者さへ花のちるも茄子むしるも世の習ひと面白がるに、此おやぢの心を見てとつて、「御一家の事せめて手紙はつかはされ(八オ)ませ。内方の召つかひでさへなければ、病家へ参りても御身にあやかる事もなし。伏見まで駄賃とらずに花丸屋へ参りたがる者あり。片便宜になされ御手紙つかはされ」といへば、弥次兵衛尤とうけたる盃をかんなべに口三度打て、「心が付て忝し。皆の衆にそういふてもらふが目出度い」と、かゝぬ鰹節を肴にして酒ひとつもてなし、その間に付届の状さつとしたゝめ、「筆は門口へほかし、此硯も洗ふてしまへ」と、人の笑ふもかまはずしぬる事をいやがるも、木守に腐る柿なるべし。人の散る時をしるは花丸屋久右衛門五十八才の秋、仏国に至る心の取置、一子菊太郎を初め家内の歎き、「今三年ござれは本卦にかへり、それ（八ウ）より人間百歳を知るときくに、本意なき事」とくやむもことはり。久右衛門は十五年あとにこしらへ置し経帷子、戒名は四十二の厄年に黒谷様にて請、書置は不断前巾着にたゝみこめば、今臨終のみぎり、まよひの雲もなく、「思へは念仏講の同行十人の内、六人は先へ参られ、二代の講中に付合ふも年寄の本意にあらねど、仏のお迎が来ねは是非なし」と、一七日の斎非時の料理までいひ残す道人、またこのやうな老人も有ぞかし。折節弥次兵衛方より手紙持て来る艶男、菊太郎とこのとし月わけある中、男どしの色なれども親の手前をはゞかり、念者のかほも見せず、弥次兵衛方の使の者にさまをかへ、菊太郎と談合して、わが（九オ）為にも親ならぬ親なれば、よそながらいとま乞に久右衛門が枕もとにより涙をかくせば、きゆる灯はひかりを増し、明暮の空のごとく、久右衛門は彼つかひの者に、「一家ながら弥次どのは疎遠なり。外にしるべもなし。其方弥次殿の名代なれば一家も同前。我身まかりて後、菊太郎を兄弟ともおもひ、随分心を付て頼むぞ」と、日比我子に情の兄弟有と聞しが、身ぶりも歎きも菊太郎が挨拶も、しつてしらぬかほのいとま乞。おしい粋をしなす事なり。はやうき世の糸が切レれば、家内はこらへ袋もほころびて一時になき出し、さま〱ぐちをいふも此道計は野も山も夜に日につゐで下向すれど、死目にも粟田口の煮売屋庄介、代々の家（九ウ）の子、此度の命乞に大神宮へ参り、一日のちがひできのふ石部に逗留せし子細は、相宿の道者犬にかまれ、その畜生をたゝきころさんと、さま〴〵侘言してもこらへず。「参宮人ともしらずあだをするで犬なりと心をなだめ、しらぬ人に手を合せ犬の命乞するも旦那の御願のためとぞんし、石部の宿にて一時あまり隙とり、一足か二足のちがひで主人の死目にはづれし」と鳴ねもほそきしやうのふえ、おはらひぐし〳〵いふもことはり。時も日もかはらす臨終の砌、久右衛門は人の命をもらひ、家来は畜生の命をたすけ、主従和合の明徳天然理に通じ、久右衛門はよみがへれは、妻子の悦天を撥とし地を太鼓としてたゝくがごとく、おどりあがりはねあがり、しばし(十オ)は悦のなりもしづまらず。此事あたりほとりへ聞え、病家へ足ふみ込事さへきらいし白木弥二兵衛は、作病もつてのほかなれどよみがへりと聞てとるものも取あへず、「こりやあやからにやならぬ」と鳥羽〳〵しく車にひかれて爰に来り、久右衛門と祝義の盃してすぐに土器をふところへ入て、髪の毛三筋もらひ、守にかけ、又車に打乗てかたくなの門をや出ぬらん、かたくなの門。

(三) 若衆にならぬ笛

水にすむ虫、草に遊ぶ魚、花にやどる似虎、月に鳴鼬、雪にあれる犬、明がたの鞠、夜の桜、その時々の物好、何事も上代の風俗こそたゞならぬに、可惜月日を油くさきかう(十ウ)がい曲、尻たれ帯にほだされ、ふともゝからさきへ汗かくものを夏女房なんどゝ寵愛して、白粉おとせは近付もどす程顔の変るをしらず、口さきの紅粉にはかれ、夫婦の中の軽薄、つとめ者の偽り、若い後家は海賊なるべし。男色門の有がたきは虚もかざりもなく、いやなら否とひんと匕る。手をつめれば痛い〳〵といふは有やうな事、搡られておもしろい顔する女とは天地の違ひ。その機につれて若衆は面体も自然の器量備り、とりなり紗舞として姿は池の坊が絵手本にもうつさせ、詞すくなく品おほきは心の内にこめて、世間をもつはらに兄分を念ひ、かりにも念者の事をあしさまに訕る人には、「私が念比にいたす人の脇指が長（十一オ）うていやしければ、こなたの腰が重うござる」と利づめにして、「もう一言わきざしが長い共みじかいともいふてお見やれ」と色をかへ、何事によらず兄分の一ぶんをたて、命すてる程の事ありても念者へは深くつゝみ、まことの脈よりふかし。又女はそれとはちがひ、つれそふ男をそしられながら、「おまへなればこそさやうにおつしやつて下さんすれ」とたわけにしられながら礼いふて、戻り〳〵あたまからくすべ、足袋の紐をとき〳〵、「人の目に立ほど着物の裾を長うきやるはどうでがてんがゆかぬ。五年そへどおれに子のないが、けふといふ今よめた。何のゐんぐはにこなたのやうな人と縁があつた」と、日がくれると中なをる身をもつて無用の悪口。男を（十一ウ）しりにしくを若衆の目から見ては、女房にいひこめられてあれでも男かとおもふも理。「くもりかすみもなき男色のいきかた、元祖大師の人の命の恋にたえん事をかなしみ、此道ひろく弘め給ひぬも仏の慈悲」と、うそかしらねと若衆ずきの申ける。花丸屋菊太郎は今年十六の秋月も花もいかな〳〵。第一手跡は心に似て文はすがたをうつし、しらぬ顔のなさけは深し。芸能は爪をかくし、一かたならぬ粧ひ。銭ざしな

（十三オ）

鳥は古すにかへる
我もふるすニ帰る

まめでつとみや
さらは〳〵

と丶様の事たのみます

書おきでござります

なむ三ぼうあきれた事じや

はい〳〵

やむ所へはおしき少人、いかなる武家へも宮仕させたきと他人の目からもおもふ折ふし、過にし春、菊太郎方に旅宿せし石守金平方より菊太郎を武士奉公に指出すべきむね、母の方へ委細申通じければ、町人の種として武門に入（十二オ）事、世の聞へ家の面目、菊太郎も有がたく、早速吉日をゑらひしるべ〳〵へいとま乞、心しづかに出世の事なれど親子の水離れ、「舟がきらひなら駕籠のりもの」、「いや私は馬がすきでござります」とはらからのごとく、馬上しぜんと気高く、明けの日より舟のうへ五日六日路行は、鯛は爰も鯛といへど名のかはる魚があり。かいなを引た蛸もやさしく、古歌におほへし名所をたづね、小謳の手つゞみしづかに手いけの舟の忝さ。九日ぶりにお国に着て二三日の舟心をやすめ、そのゝちお目見へ目出度相済、金平も過つる事を語り、主従の盃おさまり、菊太郎を御坂藤九郎と名をあらため、大小もお国ごしらへ上下ためつけて、（十二ウ）折目高き行跡。柳が枝に桜さく此美形になづまぬ人はなけれど、衆道は御条目の第一なれば、主の金平さへ打つけにほれたとはおもてむきはならぬ笛の、根付を藤九郎にわざとふかせ、家来の跡をいたゞいて口そへらるゝも恋路なり。心は立てありく居ざりのごとく、物のあはれはこれよりぞ知て、武士の麸のやうになりて、今は大小もさすがおもきおもひとなり、恋するためによびくだせしと藤九郎が思はん手前もあれど、弓矢をかけて心の内もはづかしけれは、おもひ切はづの恋はきられぬはづにさきの世からの約束。藤九郎は鶉の餌にまはるをつけてまはし、だきつかぬさきから心はしめてゐれど、むかふしゝにやたけ心の引やわ（十三ウ）づらふ、此ごろはうたていほどお情のことば。お主といひお心ざしといひ、どうお返事申てよからふと若衆の身ながら父なし子を孕む気になつて、「恐ながらいやでござります」と申上れは、なをおもひふかくなり、われを恋して御やせの見ゆるも冥加なく、かたじけなくきのどくなれ。せめて一夜は打とけて御気に入事もしらぬ身でもなけれ共、元来此若衆同国に、命かけて、おなこの道ならはおさな馴染といふ、机はなれぬ先からいひかはせし兄ぶんあり。片時はなれぬ誓紙のあれど、此石守金平様は一とせおやの末期に御家来の命を申請、その悦ひの色に親久右衛門限りの病気平復して、神のめぐみか仏の利生か、（十四オ）いや金平様のお情の心の花、目出度春をかさね恙なき父親の顔見るも、此お方の厚恩よんどころなければ、一度みやづかへなりともして其御恩ほうぜんため、故郷の兄分へも少の内のいとまを乞、又もや起請に裏書を加へ、いよ〳〵かはらぬ心、年号月日、わすられぬ人サマまいる身は、おもはるゝもつらや。一旦恩を見たる人のお心をそむくも虫同前におもはれんもはづかしや。義をたてゝ心にしたがへは馴なじみし念者へたゝず。親の事をおもへは此身の悪名にかへる也。情らしい詞なりともいひかはし、一まづしうの心もやすめんとおもへど、恋する人は高し、念者の身は低し。いよ〳〵心根もさもしく、我のみにあらず末代までも（十四ウ）若衆みがく人のなをれ。なんの露よりかろき此身ひとつ捨れは浪風はたゝず、若衆はたてゝ忠義はかゝずと、ひそかに兄分の方へこま〴〵書置して、奥書に二親の事頼み奉る。主人に此わけしらせ、つらかりし恋路のいひわけ書残すもかへつて恩ある人の名の立事をおもひ、其身のなからん跡の納りをおもふも、年に合しては神妙也。心しづかに主人よりお預りの鶉籠、名もみやまといへる秘蔵の鳥をわざと籠をあけてあやまつたるていにてはなし、私役目の義を不調法いたし、鳥は古巣にかへれば、我も古巣に帰ると傍輩頭へ不届の書置。我悪名にかへて世の義理をおもふもせつなし。おしや十六を一生の花雪とうたがふ（十五オ）はだへに刀をがはとつきたて、めでへまはすといふ事を誰かをしへて、町人の種もうるはし死ばなの盛なる身をうしなひし。なまなか金平が恋せずは、此若衆もあへなき死はせまじき物を。思へは恋路の殺生戒、仏のいましめの内懐か。是をおもへは、世上によい器量の子どもをもちし人は、十一二よりわきふさぎ、十四の春の青二才となして、ひとへに接木の花むしるやうにするも、子をおもふおやのこゝろぞまことなる。

庭訓染巻一終（十五ウ）

幷ニ善男子は十二因縁のつきぬ果報大尽
世間十界図　全部五巻
付リ善女人は六趣四生をはなれぬ遊女奉公

附リ神の結ばぬ縁どを武者もぎどうに思ひ切菩提の髻
色図
一ッ心五開玉　全部三巻
幷ニ内証懺悔の袈裟御前 衣きぬ欲垢貞女の義利談義

幷ニ右のかたは当世女の手管迷ひ道品々有
色道旅功者　全部三巻
附リ左のかたは晒若衆の仕舞抜道さまゞ有

右之本共追付出し申候御求御覧可被下候

享保元年丙申菊月吉日

寺町通松原上ル町
中島又兵衛板
（裏表紙見返）

庭訓染匂車巻之二

目録

▲偸盗戒は　傾城のまぶぐるい

第一　面影の座敷牢
付　什物の千躰仏
　恵心のわるい一躰紛失
幷　悪性の孕句
　親は三界の首かせ（一〔二〕オ）

第二　空にしられぬ素足の雪
付　顔ばせは菩薩摩訶薩
　音楽は三下リの連弾
幷　おもひは富士太鞁
　うたせぬは義理

第三　尼寺の情は白浪
付　親の敵打ねどひゞく
　銚飯があてなし男
幷　御馳走の生肴
　魚木にのぼる盗人の果（一〔二〕ウ）

庭訓染巻之二

㈠面影の座鋪窂

物にたとへていはゞ、宗桂と双六打ては折節勝事有て慰にもなり、こちの身体で天職まで買てゐれは何あんずる事もなく楽みになる事、少のちがひて無用の大夫ぐるひと了簡づよき父親の目にあまるは能々の事。きのふの暮方によし原よりふせやといふかぶろの母木ゞつれて女郎屋来り、「御子息虎八様、私方御なじみの御客なれども、去比御戯とは申ながら、御きげんのあまり此かぶろをてうあいなされ、かくれんぼ、めんない千鳥あしにておひつけ、戸袋の隅にて（三オ）鬼とやら申者に御なり候て、つかまへ、はなすはなさぬとてふせやが顔に大きなる爪形入、早速外科に見せ申候へば、大きずゆへいたゐ〳〵と申、万一命のさはりともなり申べきかと奉公人の親どもつれだち推参仕、御とゞけ申候。我々共商売に大事の人の子を年切あづかりゐ申候へは、心中に指きり・髪切致候はゝ其身の損、おやかたかまひなく候へども、いまだ公界もいたさぬ内の大疵。それゆへお届申あげ、万一相果申さば、御不肖ながらお相手に取申すお断申ます」といふ。それ計かその跡へまた旦那寺より、「当寺の花も盛ゆへ、旦那おほき中にも一と存、御子息虎八殿中請候処に、御帰りの節当寺の什物千体仏の内一体袂へ入て御取な（三ウ）さるゝのよし、小僧共見付、小盗被成候はくせの慰とつねぐ〱承るゆへ、あとより使僧をもつて内証迄取かへしにつかはし申所に、若道にて小便たごへ御すてなされたやらしらぬと御ぞうり取の平次郎が申越候故、きのどくながら親仁様のお耳へ入申、仏の事一体ならず千体仏の事、御子息虎八殿御気にさはり申さぬやうに御せんさく可被下」と極楽寺よりの使僧。是があらふ事かくせ慰とはいひながら、小ぬすみ人の物をかくしめいわくさせ、おもしろがつて何に成事ぞ。せがれがくせの小ぬすみ事、先達て町内会所にもうはさあり。御宿老殿の今年で八年持る〻油扇を虎八がぬすみ、町代のたばこ入をかくし、やばんの頭巾（四オ）を取、髪結の半介が懐中せし浄瑠璃本をしてやり、是みな欲心はなけれど、人の尋るあはうらしい顔をみておもしろがり、笑ふ身のあほうは見えぬか。梅野谷龍竹がせがれ虎八共いはる〻やつが心底のさもしき慰、親の商売目いしやはきらいで、あてもない主を待て武士の奉公の望。兵法とやらいふ芸をならひに五三年もかよひ、「ちとおやのまへで其芸を見よ」といへは、「相手が入ます」と、此年よりにむなづくしをとらして二三間取てなげ、「なんと兵法はおもしろい物か」など、おやをしなぬばかりの目にあはす子が此ひろい江戸にあらふか。けいせいぐるひはする、小盗は上手なり、親はとつてなげをる。行末の思はる〻はおんあいなり。あまねく目の療治（五ウ）して家蔵まで立たれども、我子の宵から内にねる目の療治はならず。手代どもへ右のわけ申きかせ、五色のうせ物の行方をたづね、何れもへわたさねば一分がた〻ぬ。つゐでなから金五両三歩紙入に入置し紛失。是も虎八めがしわざとおもへど、あつ火は子にはらひ、「家内にぬす人有もしれず、此金の僉儀第一也。きつ

（四ウ）

（五オ）

おたづねのもの皆々出ました

あいた〳〵

おたづねのありかおつしやれ

お断申ました

これは〳〵

まづつれ帰ります

此身はしやれたかこいに
はいつているとは大夫はしるまい

しうのかたき
のがさぬぞ

なるほどかくまいました
御きづかいなされますな

そちをのがさぬ
ひくな〳〵

大夫様御かくまいくだされませ

たゆふ様らうぜきものでござるぞ

と吟味せよ」といひ付らるゝも主、科人も主。座敷牢へ肴はいれねど、はんれいともおもふ手代中うたがはるゝも身の晴と虎八にうきめを見せて、「ぬすみ物の有かをおつしやれねはおためにならぬ」といへど、虎八は鼻哥・なげぶしなど諷ひ、吉原の名山といふ大夫が事をわすれず、「夢になりとも此身はしやれたかこひにはいつてゐるとはしる（六オ）まい。太皷の八左衛門は畳の表がへしたか」と、とつてもつかぬ事をいふて、「誰ぞつめたい水ひとつくれ」といへば、手代ども聞て、「其おすきの水しんぜますな」と龍竹様のかたいいひ付。すきの水がのみたくばぬすみ物を白状なされ。おつしやれねは水はくらはしませぬ」と、水のまさぬせめにしてもおちず。おそばさらずの平次郎、うせ物のありかをさがし出し、「もつてまいつた旦那のおかねはしれねど、他門のうせ物、先千体仏は肴棚の鰹箱より出し、お宿老様の油扇はおく様のさびしきねやにあり。夜番の頭巾は紙くず籠にあり。髪ゆいの上るり本、さいふのたばこ入は我宿に有ともしらず、町代もとくらし。此二色は若旦那への無実」。早速五つ（六ウ）色の行方しれ、虎八に申分はなけれ共、金子の行方第一なりと又々うきめを見せれど、「かねの事は猶しらぬ」と水のませぬせめでもいかず。「今から吉原がよひのあげせん、旦那にかくし払申事はならぬ」と天秤ぜめにすれば、虎八は二言もなく、「此銀の行衛は、はづかしなから出入の管都が妹おめくといふ女に親龍竹殿が老の慰、たはふれの余りにかづけ物かもしれねども、身共迄管都が内証いふて、妹が来月は産月なれど親仁さまの何とも付届なく、産代も給はらぬゆへ、御出入の家なれど御うらみ申に妹をつれまいつたと座頭があつゆのなみだ。此わけ手代どもへいふのも親仁のはぢ。そこで紙入の五両三歩を物して管都に渡し、重て申分ない一札（七オ）を取し」と皆々へ見せれは、一座はおどろき段々聞てから、「露ほども科なきお主をきうめいさせ、詞をさげ慮外をいたし、この罪やすからず」と、手もち無沙汰にしりごみして、「けがらはしき座敷窂いそゐてたゝめ」といへは、年かさなる手代、「まづその窂は其むきで指置べし。品によつて親旦那を入ておかふもしれぬ」とあれは、「こりや尤」と一度に口をそろへける。

㊁空にしられぬすあしの雪

「ひらに平野のねりくやう拝みにまいらしやれ」と、むりにさそふ水一盃のんで行も待兼、せはしきつれは飛脚程足が達者なれど、すゝむる功徳、友に辻駕籠にのり、「作兵衛殿、此方を跡からみれば、あまり後生に願ひ入てか後光がさします」と（七ウ）いへは、「そのはづてござる。けふはかみゆひませなんだ。いつも私の後光は銀杏にゆひます」と口はへらねど腹はさびしく成て、かごかきに誂らるゝあすもしらぬちりのうき世、ほこりのたつ十五文盛など喰んと昆布汁を赤飯のつゐてある杓子で盛、一はいが七文。「神代から煮売やの幕はなぜだんだら筋の島じや。是にもいはれがあるかしらぬが、こちとを又かごかきがしまじやといふはおもたいとのから詞。うけ身をして乗てやるが後生参りじや」。昼食しまふて又かごにかたかへる息杖をする時、こしのすはりをほめ、「辻かごにはおしゐ棒組じや」とついしやういへは、「おまへ方のやうに御気の付旦那衆はない」と十文のましの事をいひかけられて、「十文や廿文は仏参りじやもの、やりませいでは」（八オ）と、心の内は二文よりおほくやらぬ気なれど、はやうかいてもらはふために駕籠舁をそだつれば、「お心のよい旦那に魚心あればかご心あり」と、松の一色のねりものかくやうにとつまさきであるけば、一町に一時かゝり、「是ではねり供養の間にあわぬ」と約束のたて場より五町こちらでおりて、ましの事はさて置、八十でかつたかごに銭五十をばら〳〵かごの中につゐてかごかきの数あらためる内に、人切てにげるやうニかげもかたちも見せず。それより仏の庭になれは、「此世ではたとへかごかきにそんかけますとも、さきの世は小判のやうないろのほとけさまになされくだされ」と、ふところよりぜゝ貝の珠数を出しておがんでいれど、まだ廿五のぼさつは楽屋入も（八ウ）せねば、はじまる内にしろ〳〵あたりをありき、仏の楽屋のこもあけてみれば、「まだ普賢の庄作、虚空蔵の孫兵衛が見へぬ」と、廿三人はこしらへがすんで仏の面くはへて小便する片手に、池のかへるの足にさはるもじやまになるをふみ殺して、つねは仏性な者なれど此役をするだけなり。庄屋殿は上下で仏より先に花ふらす役義。「本のねりくやうで朝四つ時より暮まで夏の日に霍乱して、もどり〳〵医者にかゝつた事かい。来年から釈迦がさそひにおじやつてもおがみにゆかぬ」と友だちにかたれば、「それは作兵衛にとがはない。おがみに行その方がたわけもの。今の浮世にねりくやうの仏のありくのといふ事があらふか。いき如来の道中といふは（九オ）今大坂て茨木やの巻絹、島原の半大夫、吉原の大夫名山といふて雨が下に三つの尻でこねてから、仏になりたくは此三人の道中ねり供養を拝め」といへば、「さいはゐ商に江戸へくだる。平野へ行た口なをしに見てかふ」とかたぬいでめしくて居るかゝはぎく(ママ)共思はず。「うか〳〵迪庵どのゝ薬のんでゐよふより、江戸へあきなひに行て名山どのゝ尻見てござれ」と、るすの内に密夫する心から男にりんきもせず。はなし飼に空とぶやうに七日めにお江戸につゐて、商物そこ〳〵に吉原へ一番がけに、どれが名山が尻じややらしられず。しらぬ人に「女郎衆のねりくやうはまだか」と尋れは、「道中の事なら夕食過にさつと雨がふるか水打てから」といへは、師(ママ)人の水といふは此事ならんと(九ウ)まつくれに、名山が道中、古今にまれもの。恋も情も義利もいきも借銭もあり原氏とおもふ恋男は梅の谷虎八、今日もかはらぬ御げん。いつも初てあふ心のやうに身じまひいそぎ、あげや入の道にて、人切てまだ一時とはならぬ血刀をさげて田舎女のおめずおくせず名山が道中のさきをふさぎ、「私はるか遠国もの、聊の事有て此地に参、けふのくれかた御当地の人とも見へ、さしていやしき者にもあらぬ老人われにつれ立、道すがらいろがましき事申かけ、年にはぢいてぬし有身とことはり申ても聞わけもなく、懐へ手を入、酒にゑひたるとも見へねはなをつらにくし。男は八十里あなたにあれど、はだに九寸五分ありと抜(十オ)打にいたし、とゞめはさゝねど一念よも命はあるまじ。此事国本の夫へ申つかはし申迄、此身のかくれ家、出家さふらひとは申せども、御当地不案内なれは存ぜず。出合がしらのやうなれども、国本にてもつとめするけいせいどのは女ながらたのもしき物と承るからは、此わけ聞とゞけ二三日御かくまひくだされ」と正直なる田舎女に頼みかけられ、そこらをひかぬで名山なり、かの女房の段々聞とゞけ、守刀もおさめた挨拶。「少もきづかひなされな。女は身こそかはれ互ぞや。扨々あつたら人をけいせいにせいで残多い」と、はや追手の用心にやりてのそばへかこへば、女は渡りにふねがあいさつ。「てがらなお人じや」とほむれは、「さいぜんの男に切かけ（十ウ）た時は余畳台でごさつた」といへば、「それや何の事でござる」。「とつと田舎ではよい気味な事を余畳台と申」といふ。此女がいひ出して諸国色里に、何事によらずよい気味な事を余畳台と申なり。おやかたの手前は大夫があねと申、心しづかにかくまひ、有夕ぐれに虎八が方より平次郎ひそかに名山にあひ、「親旦那龍竹様は何者共しらず女に打れおはてなされ、旦那のおなげき何とぞかたき打べきねがひ。近日御出国なれは何事も御縁次第。只今までのお情は夢とおほしめせ」と平次郎もしほらしく涙。名山始終を聞て、南無三宝、きのふかくまひし女は、いひかはしたるおとこの親のかたき疑ひなし。此女を平次郎にわたすが女の道か。（十一オ）親御様とちがひ主は侍心、けいせいが方人しては一分も立ぬかなれば、女をわたされもせず。二つにはけいせいは頼もしきものと性根を見とゞけ頼れし一分も立ず。虎八さまはつとめの内の男なれば、身の徳にかへて一旦頼れし女を打したと田舎三界まて聞へ、此身ひとつ計か此道のつとめする女の末代までの恥つら。かれをおもひ是を案じ、田舎女に国所・夫の名までかゝせとつて、そのゝち女を贈りとゞけ、彼女の夫を虎八さまに打すれば御一分も立つと、「おへんじは涙計」といふて平次郎をかへし、五三日して其身はしらぬやぼ助の方へ身請して、敵の名所書し一通を虎八方へ外の手より渡しけれは、虎八がよろこび。情の書付を懐（十一ウ）中して、最早墎に名山も身請して居ざれば、心にかゝる事もなく門出のいさみ。思へは此年月かはしたる名山が外の男に身をまかしたる心根、神妙ともはつめいとも、こんな女が世界に又もあらふか。

㊂尼寺の情はしら浪

此所へ浮世の塵芥捨べからずと藪垣計は男むすひの尼寺、女ながらも禅録に眼をさらし、終に悟道の眉をひらき、姿は濃墨に染たれど心は浅黄の木綿布子に、肌がわるうならうが品がくづれうがなんの木のはし様まいる、岩のはなより、といふ身にまつ人はなし。待るゝは仏さまより外なく、幡・天蓋は風にもつれて帯したやうになれど又風（十二オ）にほどかれて、人もひとりうまれた身なれば、ひとりねの枕に恨もなし。二人前の弁当ときく名もうるさし。是も寺へあがり物なれば、ひとつはちすの池の端、むさ〱はへし草もぬかず、なるれは若い目にも眼鏡のあひかた、かなのノの字だらけの眉をはやし、男とも見へ女なりけるかたちを捨て、鼠のかよふ穴までをふさぎ、「男といふ字は扨置、女護の島へ瓢箪は流て行事もあらふに、松茸売の声さへ聞ぬ。人倫はなれて、若い尼の居所にはすつて付たよい景な所じや」と、酒のんでよいおとこの顔を見て、花見てあそぶ世の中の人、一日とは爰にゐられぬその不自由な所に、廿五を頭として廿あまりのすうはりとした尼、むつちりとふとり（十二ウ）肉もあり、十八計のふり袖顔もあり、廿二三と見へし出尻もあり。お師匠様のおかほにこまかな物の出来たはあせぼか。廿五の春でお気ののぼりか。足さする尼もことし十七夜。やつとからげて小便する人もなく、いづれおしからぬすがたはなし。是も因果のうちか。それより梅の谷虎八は親の敵の事露わすれず、名山が情の書付をもつて敵の国へはる〳〵こしてきけば、親を討し女は病死して、つれあいは世をあぢきなくおもひ出家したとや。夢になれねざめにもわすれぬおやの敵の、我よりさきに世をはやくなり、反り打にあひしよりは心残りと、足摺しても今はかへらず。男の目から露なみだ、古郷へ帰る道も心のとはゝ何とこたへん。今は世を（十三オ）わたるちからもなく、しるべの方へ立よる品にもあらねば、死れぬ命つなぎ、いにしへは慰くせの小盗、今は大ぬす人の突出し、まだ犬おぢる内が花なり。月の入る比を待てしよぼ〳〵雨のふるを悦び、盗人の手ならひいろはもあげぬさきから、屋後切とは大やうなる御家流。顔に墨ぬる事はまだおぼへず、ぬす人のかるたむすびもおかしく、隣もなくむかひ屋敷もない所を撰によつて彼尼寺へしかけ、葷酒山門に入をゆるさず、盗人計は法度ともなし。我科は屁負比丘尼、あまどものねすがた白きをみれば夜の更る事をあんじ、衣桁に懸しもめん衣も鼠棚をさがし、命は食にあり、好色は腹のふくれたうへにあり。醤油からきひたし物、（十三ウ）髪の毛ある座禅大豆にかゝる所を、尼は目さまし、ぬす人とはしりながら、さすが長袖のさはぐけしきもなければ、虎八は見付られて脚布でしばらるゝか、棒ぶせにあふはきはまつた事、一度はかゝるうきめ見る身なれば、なげく事なしと心の内に御名をとなへ、我と覚悟の手をうしろにまはしける。おもひがけなく虎八が手を取て上座へ直し、「尼になるはゐんぐはから、ぬすみするは貧から。人をたすくるは仏法の表なれば、まして裏よりはいつた

（十四オ）

おめしよふまいつてくだされ
跡にて尋る事がある

つきとめたり

これは心もとない
御ゆるされませ
かさねてから参りますまい

なむくはんぜをん

人に望の物をつかはすべし。さして金銀はなし。あらば何かおしからん。そのかはりにこよひは爰にあかし、世の中の男のいたづら悪所ばなし、そなたの身のうへの懺悔も（十四ウ）して、こちとらをいさめられよ」と十七年ぶりで男の肌、「あぶらあげとはちがふてつかへのさがる薬じや」と、しな〴〵ともたれかゝれば、師は針のごとし、弟子は糸のごとくなれば、お師匠さまのお手本、かくす咄も我一とため〳〵の浮世物語。

しらけた空におどろきて、犬もあるけは坊主あたまにけもない顔で寺を出、その夜も明の日、虎八つく〴〵初て盗に入しその時、しなすがいな目にあはゞ一度の懲に商売を替事も有べきに、かいひやくの夜よりおもひもよらぬ馳走にあふて、芸は身をたすけると横に織たる鋸島、形も形も夜の人、岩はしのちぎりも、後はたえ〴〵のわたりものになるともしらぬあさましさよ。高きにつかさあり、賤きに（十五オ）頭あり。はや此道の仲間入して打ずの鉦八と異名まで付、下から二三番ぎりに、沖津白浪大将を夜嵐の長平、いびきの灘八、静か弥蔵、小戻りの久太郎、石割の団六、少将の四郎七、内またの弥源次、口笛の伝八、峠の又兵衛、新部子の庄七、以上十二人、古手買より外に鳥もかよはぬ岩かど、洞十丈を切ぬき、石をたゝみ門戸として、美食に長し酒におぼれ、放埒をたのしみとして本手いらずにかねもふけ。いつが盆とも正月ともしらずはからずくらす事の面白さと、その身になつてはおもふもことはり。しかるに虎八、過つる夜大名の駄荷を心がけて本陣の高塀こへ雨戸にかゝりしを、侍とも起あわせ、鑓ぶすまにかこまれしに、すはや（十五ウ）さいごとひとつにかたまり、「南無観世音菩薩、大悲のちかひくもらずは、只今の災難すみやかにすくはせ給へ。命たすかる物ならば、是よりすぐに出家し、西国三十三番をめぐり申べし」と、かなしさ身にもこたへけるにや、いづれももとどり切はらへは、荷物あづかりもおかしさをこらへ、「きやつら殺すも道中のさまたげ。沙汰なしにゆうめんせよ」とやりを引は、ぬす人ともよみがへりし心地して、「有がたし」とその座にて順礼哥、「ふだらくや岸うつ浪は三熊野の」とうたへは、さふらひかたはらいたくはおもへども、さあらぬ体にぬす人をちかくよびつけ、「鬼神に横道なし。心ざしをかんじ、それ〴〵酒くらはせ」といひつけ、ひろ縁にあがらせ、温飩・そばきり、（十六オ）大天目にて呑でまはす。鯛のはまやきをむしりてはさめば、伝八かぶりふつて、「勿躰ない久太郎。観音様へ命乞ほつしんする立願で髪まで切て間もないに、肴くはぬ」といへは、「尤じや。今くだされたそばの汁（しる）、しやうじんかしらぬ迄。南無三宝かつをがいつて。よいは一寸切らるゝも二寸きらるゝもおなじ事。そんならさかなもくふてのけふ」と鯛（たい）の骨（ほね）しのびがへしのやうにして、「かたじけなや、こんな御馳走（ちさう）しつたらば、弥蔵もなだ八も四郎七もつれて来ておもひでにあはせふもの」とわれをわすれてくちばしる所を、とつくりと同類（どうるい）の名ををのれと白状（はくじやう）させ、跡（あと）の宿（しゆく）で家来（けらい）のぬすまれしものまでせんぎし出し、ばら〳〵と立かゝり（十六オ）小手（こて）三寸にくゝりあげ、所の代官（だいくはん）へ引わたし、海道（かいどう）の見付に十二人はつけにかゝれとてこそ生れげ（ママ）め。あさましの心根（こゝろね）や。かくゆたかなる御代にすみて、身過（みすぎ）は八百八島の外、あみ引すなどり或は又壱文でやいとのはたかきにまはり、「はいふきへはまつた鳫首（がんくび）をあげませう」といふてありくものさへ身ひとつは過る世なれや、今なれや。

庭訓染巻之二終（十七オ）

庭訓染匂車巻之三

目録

▲邪婬戒(じやいんかい)は　地女房(ぢにようぼう)の恋絹(こひぎぬ)

第一　遊施伯陽(ゆうしはくやう)が楽(たのしみ)
付　春日野(かすがの)の若紫(わかむらさき)
　ゆかりの人の異見(いけん)
幷　鏡団扇(かゞみうちはあふぎ)の上に
　母親(はゝをや)の泪(なみだ)は露草(つゆくさ)の模様(もやう)（一二オ）

第二　筓曲(かうがいわげ)の茶人(ちやじん)
付　しりめづかひも塩瀬(しほぜ)がふくさ
　四畳半(よでうはん)に二条(にでう)の后(きさき)
幷　咽(のど)の下(した)にほくろ
　たつたひとつが雨(あめ)が下に弘(はびこ)る噂(うはさ)

第三　黒い頭巾(づきん)の山ひとつあなた
付　池(いけ)の端(はた)に美(うつく)しい雪踏(せつた)
　はきかへられた色(いろ)と情(なさけ)と
幷　生ばなのつばきより
　先(さき)におつる奥(おく)様の首犬(くびいぬ)もくはぬ（一二ウ）

庭訓染巻之三

㈠遊施伯陽が楽

夫婦中のよいを世帯薬といへど、その煎じ空に年子といふもの出来て、せはしき年浪の立かへる身にもあらぬ、はや頭に霜をふり、面体四つの表道具はむかしにかはらねど、桜色は早晩しか散はて、首筋は芥川になし、爪端もをのづから猿沢の辺り、手撥の町に団い扇を美しく仕立、冬も風売る商売して、絵空言の草花よりも夫婦の中こそはんじ物なれ。男はいはねど京の者と見えて色白に鼻筋おし通り、月代嫌ひのうす撫付、食くはぬ日（三オ）を面白がり、三笠山のあけぼの飛火野の夕げしき、水もらさぬ中のたのしみ、遊施伯陽が星になりし契よりも金柑ふたつの茶碗酒のむつまじさ。おもへば都にありし時、ふたりの中を親たちも悋気するほどに相姓よく、男土女水、相湯風呂の中ぞゆかしき。あふむがへしといふじやらくら、同じ模様の浴衣、やりちがへの紋付、蹴鞠のあそびもむらさきの脚布をめし、アリ〳〵の声やさしく、男は寝巻すがたも衣紋ながしに女房のまりを額付にいたゞくもおかし。両口の火燵をしつらひ、四つ袖の夜着に折ふしは顔みぬ夢をむすび、夫の棹に月見の舟、花見がへりは女房の肩に、かゝる浅猿しき身（三ウ）になるとはしらず、仲人を先として舅・姑にほめそやされ、「水精に瑾あり鏡にくもりあり。きつすいといふはこちの聟どの、筋目ようて男ぶりようて芸能は暗からず、余の花に戯れず、子種は多し。蓋身のあふた夫婦は家富栄るもと」ゝ人にもいはれた身なれども、余りよい中の垣根にいつ蕣が開くやら家業をわすれ、親に孝行うすく、よい事はふたつありたき物なれ。たとへ一生茨木屋が聟帳につかぬとて、金銀のたまる物でもなし。人は心の持やうぞかし。家業に油断なきを第一として、親に孝行を二として、その身の養生を三とし、金つかふてあそぶ事を六として、後生心を八とし世を渡らば、(四オ)蔵の中に鼾かゝぬ金もたまるべし。女は嫁入して廿九日目の心にて一代暮し、男は妻むかへて半年の中の質ならば、二人の中に花も実も有べし。銀漢といふ物さへあるに、夜も昼もだかれてねる夫婦の中に起請誓紙を取かはし、あはう烏の熊野の牛王を灰にして呑あひ、他人の口からは見ぐるしいとうたへば、「親の目からは笑止千万、身躰のくづをれにはかへられず」と一家寄合相談のうへにて、「夫婦ともに勘当して世のせはしきしほをふませなば、よい中もすこしうとくなるべし。そのときはよびかへさん」と内証うなづきあひ、表むきはどうよくに、「ひとりもひとりからの嫁子にはじめてもめん物の(五ウ)味をしらせ、商売しらずども出て行をれ」とつれなし有難し。蝸やへはいるさへ腰かゞめるをしらぬ身も、おくり人にそれ〳〵の挨拶。敷居を出ればはや世間の付合をしつて、是非なく仲人は路銀などひそかに渡し、「何時でも夫婦闘なされたといふ事が露ほどでも親御様のお耳へ入たらば、御帰参は今の事」と、めおとづれの勘当もあたらしい菅笠、しほ〳〵と立わかれ、それそのまだお手引あふてござる気からは心もとなし。花の縁と申す月はおぼろに闇ならぬ道も、昼の蛙にあらねど

（四ウ）

（五オ）

あゝまゝよいの
これがうき世じや

むかしの事をおもひ出します

こゝらかしらぬまで

いつわりはござりませぬ

心からとはいひながらふびんな事じや

いそげ〳〵

人が見るぞゑ

おまへはあやかり物じや
かげのほくろは女ほうをいとしがるけな

わけもない事おしやんす

さらはちやをたてませふか

わがすがたのはづかしく、珠屋琥珀が世悴佐五次女房おるり、今はひかりなき石かはらやの相店に（六オ）茂助と替名して、むかしの絵かき花むすびも今は銭にかゆる種となりて、そのころ奈良団扇に鈍なといふ形を仕出し、諸国に時花らし、茶人の台所にもつかひ捨られ、いつしか佐五次が親の許へもまはり、殊更母の手にふれられ、つく〳〵此うちわの絵をみれば、勘当せしたはいなしめが墨色。三年以前に隠居のおし入をゑがゝせしに、今はとぼしき粟にうづら、まざ〳〵おもへば此うちわと同筆。いつぞや育し乳母が、「佐五次さまは奈良とやらにその日ぐらしのいとなみをして、甘うそだてた若子なれど、世の辛いといふ事をしつて前のかたちは露ほどもなく、たつた三尺ある犢鼻褌かいて（六ウ）春日さまのかたへ足むけてねしやられど、ふたりの親御さまの事はおわすれもなく、いとしやおるりさま、玉のお手もあれはて麦でしたまゝをあがり、土用のうちに蚊帳さへつらず、正身の箕売笠でひるとやらで、破れたうちわもつて住吉おどりのやうにして御寝なるげな」といへども、ひとつあなのきつね、尾のみへるあいさつとかいやりしが、「かわいや、うたがひもなう世わたる事のせつないをしつてか、たつたふたりの命つなぎの商売。ふたゝび嫁子にあふこゝろの風もなつかし。おやじやもの、かはゆうなうてなんとしやう」と、なみだはうちわの竹もまだらになりにき。夫琥珀へもよしなに侘言をすれば、友白（七オ）髪の中にもさぐりあひたる了簡。「老ては子にしたがはねど、旦那寺をはじめお町衆のあつかひもだしがたし」と、人にぬすくつて我子の勘当ゆるすも、世間の親の慈悲ぞかし。一家のよろこび下々のにぎはひ、若旦那の御帰宅、嫁子さまのお乗物も青丹吉、けふ九重ににほひもふくむ追風の、むかひの小袖すそもようも所からなる若むらさき、かゞみ団扇やのうつりかはる世なれば、また此うへにめづらしきうはさも有べき物にや。

(二)笄曲の茶人

父親の日に精進するはおぼつかなくも呼子鳥、さる人のひそかに申されしは、「若をれは密夫の子では(七ウ)ないかと母に尋らるゝ道にもあらず。我ながらおもひ過しをしらるゝも、そのわけ聞てはことはり。鳩に三枝の礼有。鴉に反哺の孝あり。卑鴨は生れて水をおよぎ、蟹の子は爪白とて、石根の風の寒き夜は母の懐へ横に這て行、秋の虫の同じ音を鳴くも是皆親子のしるしならん。まして人間の種として親に似ぬ子は鬼綟子の肩衣かけて仏法に飛ありき、五十年過て跡の慰事を廿五にもならいで、こなたの親父さまは四十二の厄年に傾城の身請して、匕厄に冶郎に家買てやり、座頭を検校に昇し、大壺もちに紙花やらず、やりてが質の流るゝをせきとめるは、十徳着て(八オ)談義まいりよりも近道ならん。親は現世をおもひ、子は未来をねがひ、子は爪に火を灯す心なれど、親は闇の夜に長永かけぬ女をつれありくを面白がり、子は虱の皮を千枚にはげは、親は熊の毛の蒲団に昼ねして、子は食を菩薩といたゞけば、親は女郎を売女とけなし、同じ心の花もさきわけなれど、もとはひとつの種なるべし」。世の中のおやのこゝろもあまかはなる佐五次・おるりは、二年三月十八日ぶりで勘当をゆるされ、我宿も四五日ははづかしく、時ならぬまつり客のごとく井戸をのぞひて見たり、泉水の橋めづらしく、親父さまは前かたより普請ぎらひほどあつて、往古にか（八ウ）はらぬ家作り。台所の勝手世間ですたりもの〻高敷居も今にあり。大釜で食焼男は気ちがひかともおもはれ、をのづから心に拙きくせの付て、おるりはつまみなそろへし時のことの葉のこり、佐五次は銭で水買たときの事を雫もわすれず。これより家業もつはらにつとめ、金ほる事にはか〻らず、とかく人の心をほりてこそ金銀は出来るものと心得、ぎよりんくはくよくに十露盤を立て万物の売時・買時を心がけ、一わりの損に八割の利を得るもその身の才覚。惣嫁に出る身さへ師匠がいれど、銀ためるには師もなし弟子もなし。三年目にかせぎ出し、倍ましの身（九オ）体となり、四年めに父も母も世をめでたふさりて、仏も在がごとくます〳〵家さかへ、千貫目にはひゞれもなき玉屋と今の京に人しらぬ分限者とはなりぬ。親の琥珀が庵の芳野ともおもひし壺の内のなぐさみばたけ、その跡に囲しほらしく建て、今ぞ世間はなれて夫婦が一生のたのしみ。さして茶人といはれうともおもはねば、道具ぜんさくもなく、時代のめづらしいほどたれがくらふたあとじややらしれぬちやわんも薄情し。あたひ千金の茶入の袋も異国の人は夜着蒲団にするとおもへは、惣じて茶にたのしみといふは雪霜の夜に釜のたぎる音のみ外はあるまじ。（九ウ）そのほかの事は皆うき世のつくらひなれば、これ売人の心にひとしと我ま〻なる了簡つけて、同じこ〻ろの馬に相口、津軽石庵と申針立、女房おしめ、同じく浪人虫巣秋右衛門、女房おつゆ、めうと〳〵六人づめ、明くれ茶人のまねをして、けふも佐五次がかこひに入て、おるりが手まへもやさしう手もとに塩瀬がふくささばき、たぎる釜へも水さ〻

ぬ中のへいぐわいなる客ぶり。茶の跡がうき世ばなしに成て、人のお内儀さまへふと手がさはれば、ぬしある男のひざへもたれかかり、「とのたちはいらぬものじやに、腰のまはりが細うて長がすらりとして、女はゐんぐはな、やせたいと思ふ心から（十オ）にくゐほどこへて、しらぬお人にあへばはづかしい。まゝも大ぶんくうやうにおもはれて」と笑へば、石庵は秋右衛門が首筋を見て、「陰のほくろのあるおとこは、女房をかはゆがるげな。おつゆさまのお仕合。秋右は器量よし、わかうはあり、おまへのお入なされぬさきに傾城にあつちからのぼられ、おもしろい峠をこへた男。こちはせいさい気のかたわづらふよねのみやくみてやる外なし。古けれど叶ぬ身」とたはふれ、佐五次は石庵が大きな耳で果報のないはなしをさせける。おるりは外の男の味はすいやらあまいやら佐五次より外なき心に、よしなき女の茶道をすきて四畳半に六人づめ、秋右衛門が手に足（十ウ）もさはり、おるりが腰に手もさはるまい物か。茶なればこそ秋右衛門様の参た跡をいたゞゐてのめど人がなんともいはず、お内義さまのおしかりもうけぬと、おるりは異な心になり、秋右衛門が陰のほくろは女房かはゆがるといふに聞入、これよりさなきだにおもひ恋路と成て、ほくろひとつから六十六国へはびこるほどの大事になりぬ。惣じてまおとこのはじまりはいざなぎいさなみにもあらず。春は花見の相幕に名の木をくゆらせ、こちからも跡をつぎかけ、一目もしらぬ男に詞をかはし、女子らしい事のやうで心のそこゐはいたづらのもとなり、夏は川瀬に舟をうかめ男女のひとつに打まじり、太鼓・つゞみの拍子がよければ、何事が出来ふもしれず。秋は行水も（十一オ）せはしき裏借家、裸身でとなりのかゝさまに盥をかり、折ふしは背までながしあひ、こちの人よりはこなたはおもひの外すそがかれぬと無用のせんさく、あるひは念仏講の道くさ。冬は火のない火燵に用心〳〵。おるりがいたづら心の付しもその席のせばきゆへぞかし。ゆだん大敵のもとゐ、花に垣あり菓に案山子あり。花より菓より美しき女房持し人の、心は不断紘月夜釜ぬくやうな目にあひ給ふな。

㊂黒い頭巾の山ひとつあなた

拾貫目箱もおもきがうへのさよ衣、銀もつて来るつまむかへ舟、ながれの者のすがりを伽羅とおもひ女房にするも、はだか身にたすきかけて来る嗅もつも、皆それ〳〵の商（十一ウ）売の勝手づくをおもひ、臍の下の分別出して縁をむすぶ物なれば、恋は心の外といふはきはめて密夫の事なるべし。佐五次・おるりが中は天に比翼、地にあらば卵になつて吸るゝほどの中を、因果な男にたはふれ、我ながら女の道に有まじき事と気がついてからは、はやその罪のがれず。此身計ではなし、むかしも女三のみやといふいたづら者も有。二条の后といふくせものもあり。ましてもろこしにもないならひではなし。露草の下にきゆる命を木の空にくちはつる計、死のえんのがれず。のがれらるゝ悪縁におもひそむるこそ是非なし。おもへば秋右衛門どのとは前世の約束か、生れかはつて又の世に夫婦になる筈かと（十二ウ）心も空行ごとく、せめておもひのたけをたれか仲人して恋にはかしこきならひ、手飼の猫の首玉の内に文をくけこみ、猫も盛どきあれば木竹にもあら

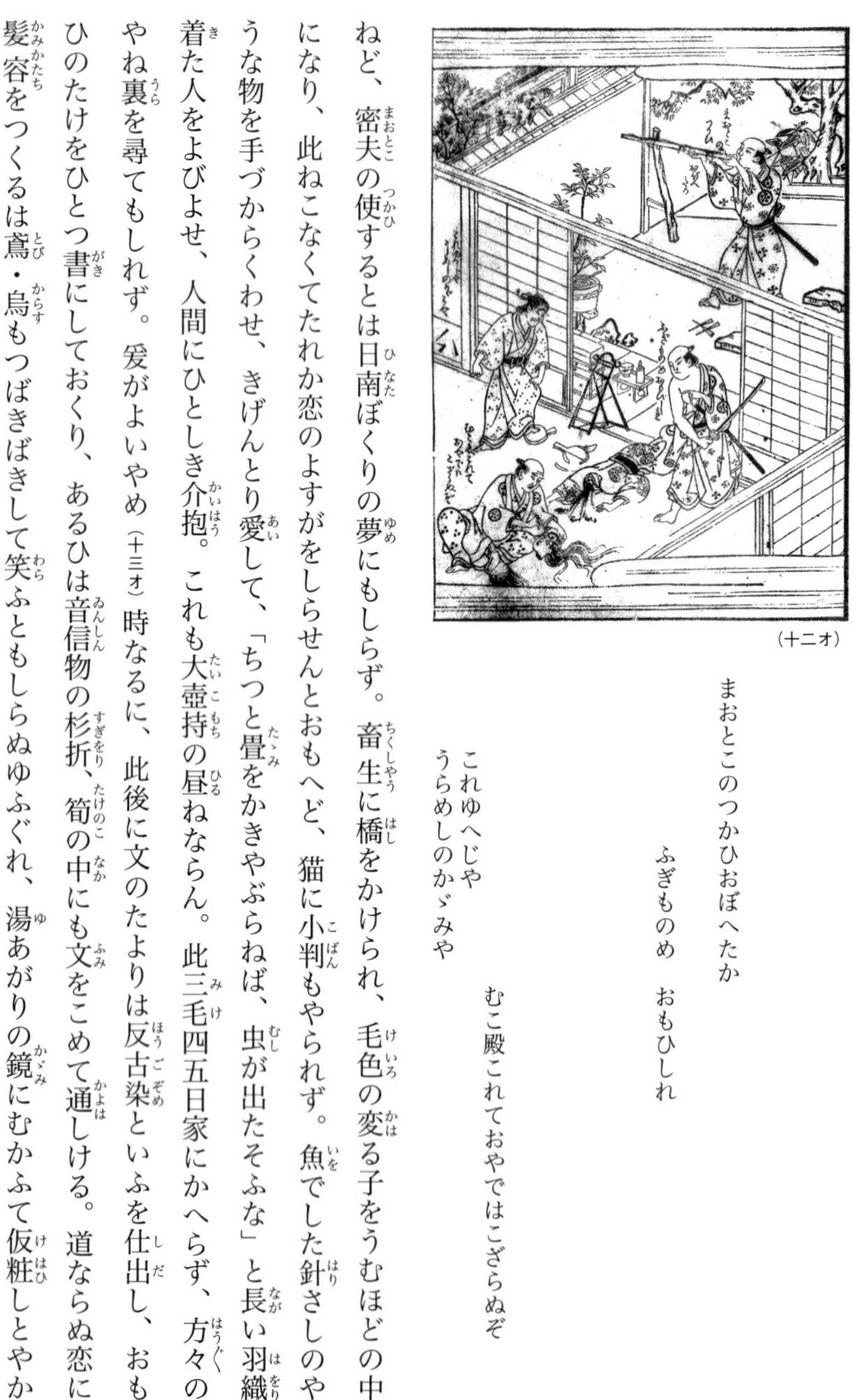

（十二オ）

まおとこのつかひおぼへたか

ふぎものめ　おもひしれ

むこ殿これておやではこざらぬぞ

これゆへじや
うらめしのかゞみや

ねど、密夫（まおとこ）の使（つかひ）するとは日南（ひなた）ぼくりの夢（ゆめ）にもしらず。畜生（ちくしやう）に橋（はし）をかけられ、毛色（けいろ）の変（かは）る子をうむほどの中になり、此ねこなくてたれか恋のよすがをしらせんとおもへど、猫に小判（こばん）もやられず。魚（いを）でした針（はり）さしのやうな物を手づからくわせ、きげんとり愛（あい）して、「ちつと畳（たゝみ）をかきやぶらねば、虫（むし）が出たそふな」と長（なが）い羽織（はをり）着（き）た人をよびよせ、人間にひとしき介抱（かいはう）。これも大壺持（たいこもち）の昼（ひる）ねならん。此三毛（みけ）四五日家にかへらず、方々（はう〴〵）のやね裏（うら）を尋てもしれず。爰がよいやめ（十三オ）時なるに、此後に文のたよりは反古染（ほうごぞめ）といふを仕出（しだ）し、おもひのたけをひとつ書（がき）にしておくり、あるひは音信物（ゐんしん）の杉折（すぎをり）、筍（たけのこ）の中（なか）にも文（ふみ）をこめて通（かよは）しける。道ならぬ恋に髪容（かみかたち）をつくるは鳶（とび）・烏（からす）もつばきばきして笑（わら）ふともしらぬゆふぐれ、湯（ゆ）あがりの鏡（かゞみ）にむかふて仮粧（けはひ）しとやかに、折節佐五次、おるりがうしろにすつくりと立て、「その鏡にをれが顔のうつるか」と尋ねければ、「鏡じやもの、おまへのお口もとの笑窪までうつる」とゑしやくすれば、「もし鼻毛は見えぬか。鏡の内にもそちが一生つれそふおとこ有。うしろにもありや。男ふたりの中にたつ女め。是を見よ」と、吹矢にしとめし猫をひざに置て、おなじ道筋ゆけど（十三ウ）心からとはいひながら、稚馴染は八年、廿一か二か姿もおしや、夢ともしら玉椿の落るにひとしく、おるりを打首にして心しづかに舅・姑をよびよせ、此由を申きけ、はづかしながら証拠など取出し、おとなしき挨拶してむすめのしがいを渡しければ、ふた親露ほども泪をこぼさず、玉くしげとりちらしたる中より紅粉ぢよくに筆を染、おるりが死首の額に犬といふ字をあり〳〵と書付、「此ものに親はごさらぬ」とおもひ切たる風情。武士にも心はまさるべきか。鏡の家に定紋もうるさく、たちどころにふみくだき、剃刀は母の懐へ入るも心根物あはれに、秋右衛門は悪名世上にうたはれ、所にもすまれず、十七里へだてておるりが最期のやうすあらまし聞とゞけ、おどろくべき（十四オ）道にもあらずと、女房おつゆが方へ面目なき一とをりをこま〴〵と書置したゝめ、一僕の弥蔵をそばちかくよびつけ、「をのれ十三にもなれば男のきれ。武士につかへる身ならば、今某が一言をよく聞届よ。町人・百姓はいふに及ばず、まして武士のたしなむべきひとつ、道ならぬれんぼにおかされ、大小はさしながらさふらひの正根はすたれり。そのつみかさなり主ある女はさきだち、我すでに天のせめまぬがれず。今月今日さいご所はかはれど、おなじ道におもむく所。われながら犬畜生にもおとるふるまひ、武士ならねば主ならず。と

〳〵打首にして即座につらの皮をはぎ、少成とも悪名をかくすべし」といへば、弥蔵は小耳に始終を聞届、主人の首打ッ（十四ウ）我つみよりおもき旦那の科。ぜひなく仰にしたがひ、泪片手に宿所に帰る。書置いまだとゞけぬ内に、女房おつゆ、秋右衛門が家出せし日を命日とおもひ、心の内に手向草、露ほどもおどろかず。弥蔵が咄し、夫のさいご、書置の水ぐきおもひやりてなをあはれふかし。夫のなきあとおとなしく一七日はいとなみ、おもへば柳もわれよりさきにちる池浪に身をしづめて、うきくさのはかなきおつゆとはなりにき。ひとりの女のいたづらからおほくの人をころし家をほろほし、その身は末代にうきなをながし、子孫をはぢしめ一家をうたはせ、位牌をけがし、ぬすみは貧から密夫は栄耀から。是をおもへばむすめの子を持し人は、母親のしつけがたこそ大事なれ。十一十二（十五オ）ではや机ばなれすれば、物書事より上の芸はなし。琴弾いでも春はくれ、伊勢物語よまいでも秋をしのぎ、とかく女の第一は万に発明過すして、舅・姑をうやまひ、つれそふ夫を奉るより外なく、此佐五次が女房も男の芸迄すぐれ、其物ずきのかこひを建し下に、家久しき神の洞ありともしらず、そのとがめおるりに付て、あづき飯よりうまき色にまよはせ、その身をはたし家をうしない、おもはぬ災難うけしと、はるか後におもひあたりぬ。

庭訓染巻之三終（十五ウ）

庭訓染匂車巻之四

目録

▲妄語戒は　売人の根なし草

第一　縮髪も出雲の大社

付　恩愛の雛鶴　千歳を祝ふ松葉や布袋屋

幷　お乳母女郎の鼈甲に　櫛の歯を挽ほどのいけん（一二オ）

第二　百ケ日の非時は眼毛

付　母親の骨おさめ　高野の道で高七高四九

幷　幽霊のゐんぶだごん　小人島の異見づくし

第三　方便の旧里帳

付　神通のまはし物は　女も角を折紙道具

幷　浮身は籠の鳥　どつこい飛せぬ羽がいじめ（一二ウ）

庭訓染巻之四

(一)縮髪も出雲の大社

亀は万年を限らず、鶴は千歳のうへを幾年いけるも白髪天窓の祖父・祖母、初孫を祝ひ目出たき春のみどり、五葉の松など書し日傘、成人の後何所へえんに付ふもしらぬ娘の色の黒いは田舎者と行すゑのはづかしく、後紐うない子の時より日の影をよけよと抱てゐる子にさしかざすためなるに、やしなひ君はみいらにならふとまゝよ、わが器量こそ大事なれと、なんぞをのれが顔に雨こそたまれ、日をよけるはにくけれど、大せつな(三オ)子が「乳母〱」とつけてまはすにほだされ、何事も見のがしにすればかつにのりて、近年お乳の人の身持、かりそめの宮まいりにも駕籠乗物に其身はゆう〱と打もたれ、石川五右衛門がかまいりのごとく子を尻に敷居を出るから、大ごしもと・小ごしもとに両脇をかこはせ、守り刀もたす十二三なるなでつけ、羽織着た手代に草履を直させ、親里の相借屋肴屋の長兵衛があふて、「お乳母様、神まいりでござりますか」といへど、さきの者の形の見ぐるしきにわざと挨拶もせず行過て、「かはいや今の肴売は気ちがひそふな」と、質請に頼んだ事今ははやわすれて、生れもつかぬおごりをかまへ、四季の仕きせも物好み、春(三ウ)はうぐひす茶に加賀の白裏、夏はみじか夜も明石ちゞみひとつではきかず、肌帷子に白ぬいのかくし紋、秋は千種色の袷、綿の代に二布ひとつ、冬は紙子染、大晦日に給銀の算用、壱年に銀拾枚、其外旦那さまより御合力、御一家の付届、おくさまのお袖の下とて、きはめの外金拾両もせぶり取て、朝夕食物に匕箸して、「お乳が出いでも大事なくは塩物菜におこなはしやれ」と、子のないものゝ目からは打首にもしたし。むかしは一年六十目の給銀、二季の仕着も布もめんをかぎり、乳母の紋付るも見ぐるしいといふを、子の祝義の為ならばと漸こちからあつかひで銭の丸ほどな立あふひを付させ、塵がみはありながら手ばな(四オ)かむ事を異見し、今の乳母に鼈甲の櫛のいけん、思へは天地のちがひなり。出雲の大社は十月は神のあつまり所、その外は一国の乳母の寄所、拝殿に赤子の声かしましけれど、あげ屋に客の鼾こらへるも氏子なればせふ事もなく、子に神子の鈴、神楽の太鼓までも日々の持あそひになりて、「せめて小便は玉垣をよけよ」と、白はりをせんだくする片手にも神は見通しなるに、われ〳〵が身のうへばなし、聞もおかしや。「お宿老さまの所のお乳母どの、こなたを奉公に出したおとこはおさななじみか」。「いやはづかしなから五人めで、しかも今度のは兵法つかひ、一眼さそくの目の色も藪の内流とて、竹の子の出るやうに(五ウ)大勢弟子もつゐたれど、あまりわしが賢女過て身体まで余所の後家にくはれ、よめり長持・つゞらまで家一流の棒にふつて、おきざりにして出ました」。「くすりくさいは長崎屋のおうば女郎、妻はづれからじんじやうな」。「それはその筈、わしがとゝさまはお公家方にみやづかへして月花もあだには見ず。それで腰をれといふ足のたゝぬ病をわづらひ、有馬へいてもなをらず、但馬の湯にこりもなく、銭いれながら多田の湯と龍神

（四ウ）

（五オ）

これしもうたやのおうばどの
さしましよふ

わたくしは男五人めでござります

あれみてはかんにんならぬ
骨ごめんなれ

こりやまて
はるぞ

てみせはならぬぞ

も感応なく、わしが給銀も湯の山の道づれ、ろくな事にはつかひませぬ」。「おやの事も夫の事もそしらぬ顔のしづかなは、しまふたやどのゝお乳母どの。いかうくびすじか白いが、今に男ぐるひか。乳があがれ（六オ）ば口があがるぞ」といけんすれは、「男はおとこなれど兄弟にいぢられ、兄よめのかほが見とむなさに欠おちしたれは、護摩の灰がかくまひて乳母奉公に出るやうにしてくれた」と其座の高わらひ。をのれ〳〵がうき身ばなしに、子がいつなくやらむつきがぬれるやらしらず。たまさかに乳まめをかむ子のあいらしきあたまをふたつ三つくらはし、是より驚風の虫となるぞかし。子をもちたる親は、乳母には念を入べき事なり。親三分に乳母七分にそだてあげられ、乳味を甘露とおぼへ、人になれは乳親の食事までをあらため、初物をいみ遠残をくはさず。まづ乳母が大酒すれば其子上戸になり、餅をくへば下戸になり、（六ウ）真桑瓜などすける乳母のそだてし子は後々野郎買になる。江口大根すけば女郎買になる。生ざかなくはすればその子磯ぜゝりする。たうがらしすけばやつこに成、きらずめしくはすればそだてし子かならずくびしめるとや。宝曳かるた一文勝負する乳母に五つ六つまでそたてられた子に、松はや五郎八とて、しかも手前よろしく親は金さへあれば、無芸でも貴人・高位の席にも三番とはさがらず、しのゝたうまくも気づまりてやまひのば（ママ）しとなれば、そのまゝにさしをき、哥はおやまもよむ物とおぼへ、茶のゆは公家の業と心得、鞠は病人のしごとゝおもひ、象戯は打ず碁は指ず、朝暮乳のみ（七オ）子の時よりそだてし乳母が教たる四十八枚、闇の夜に鳴ぬからすの声きけば黒いかるたの下を見ぬき、博奕より外に男らしい芸はないと一筋におもひこむこそうたてけれ。盧生は五十年のゆめの内におそはれる事もあれど、博奕打の夢はちりもはいもなく、おや代々のゆづりの家屋敷も一よさか二よさに打たてらるゝ源海灘、一度此海にしづみては二度うくことを得ず。異見にあふて止る時は俎のうへの蛸のごとく手と身とばかり、くやみても帰らず。悲しい時の神たゝき、かるた大明神といふは吉田の帳にも見えず。何事もしらぬが仏、よしない乳母が持あそびにさせし簺さきわろく、とかく人は氏（七ウ）よりそだち、乞食の庭から菊の大輪、三つ子の智恵百までのむしんは他人へもゆふぐれの雨、我門も編笠着て通る身とはなりにき。

㊁百ケ日の非時はまつげ

「仏は食しゐる事がすきでござりました。何事もうき世はゆめ」と麦飯もつて、「おきらひは存ぜねども、まづ上から手本なされて下され」と置頭巾で給仕すれど、本宿老といひ、殊に老人の心一はいの御馳走、「追善のためにいづれもまた四五はいづゝも此うへにまいつてつかはされ」と、上は青漆の五器の内もはげるほど火花をちらしてくふたりける。後段の餅も背へまはる程取込、かたいき（八オ）に成て惣立。母親の百ケ日の斎非時も過て世悴五郎八を仏前へよびよせ、親五郎右衛門泣がほに成て、「そちが身持のあしさ、ほでてんがうかはく事、おんな心に苦に持、つかへとやらさしあひとやらといふかたまりが出て来て、それを病のもとゝして世を我よりはやく去、今其方が根性を入かへ、煎大豆に花と同行衆にもほめらるゝやうに心もすがたも直つたれど、半年おそい。せめてばゝが末期に、のらめがこんじやうもなをつて、銭かねは大切なものじやといふ事をしつたと、たとへ耳はとをくと書て成とも見せたらば、ねがおのれがこゝろをわづらへば、此高いにんじんよりもまはりがはやからふ。おとなしうなつたといふ（八ウ）てやるあの世への飛脚はなし。何事もあとへん」と、なみだは九十九日跡へもどしぬ。町代・夜番へもわすれずとつゝみ菓子の落鴈、御所柿もさかりの月、都の秋をかけ、母親の骨納め、高野山へのこゝろざししゆせうにこそ。親五郎右衛門・女房おさいへもいとま乞して、「道中上下の路銀五十両ではあまるほどあれば、始末はじめにずいぶんかんりやくせよ。慈悲・善根は母かため、後生の事ならば銀は捨よ」とはら薬一包、年越の大豆十粒ばかり、親の手からめうがない。女房おさいはねまきのえりに守などをぬい込、「ずいぶん風ひかぬやうにして、一日もはやく戻つて無事な顔を見せてくださるが何よりのみやげ。初て（九オ）のひとり旅、道中怪我のないやうに、さきから馬が来るならば馬子の方へにげさしやれ。舟の渡し場せんどうは口がましい。喧嘩する人ではなけれども、所がかはれば人の気も替り、敷居を出れば殿達はいくたりとやらかたきが有げな。もし虫にさはる事があつて腹のたつときは、五作が事をおもひ出し、数奇の酒をあたらぬほどのんでわすれさつしやれ」と、旅わきざしの長き夜もいとま乞やら異見やら、月の七日はよけて心も今は桶なもの。打あけるほど秋の雨、日和次第に立つ空の、しらぬ旅路の紅葉ふむ、妻乞鹿のつのもうし。ばくちの簺になると思へは身の毛もぞつと初あらし、木ずゑにいが栗枝をふさぎ、（九ウ）秋なすむしる五十ばかりの姥に、「爰はしゆくはづれなれど足もいため、殊更日もくれがたにおよべは、世は情、一よさ泊りたきねがひ」。「旅籠のやすき事ながら、ひとり旅はならぬ」と木ではなこくる返事。「風呂敷の内に母の骨のあれば、二人も同前」と、口がしこきはわるいものに付合し徳ぞかし。「余儀なう牛部屋になり共ねさしやれ」と座敷へ通さぬもことはり。天戸にあられの音か、菊月なかばよもや夜半過、蜆の汁は吸ふまいし、がらり〳〵といふ音のいぶかしく、そつとのぞひて見れば、「今夜は卑四九じつはい打て乞食に成た」と、因果の車座にひとりもしつたる博奕打はなし。たからの（十オ）山に入ながら、手を空しうはかへられまい。今宵ばかりは骨じや人もゆるし給はれと天の罰親の罰、あたると云がおもしろいとむかしに帰る燃杭に、柴部屋よりとんで出、路銀の包見せかけて、初心な顔で入こめば、ばくち打どもはよい鳥がかゝつたと又もむ簺も梅の花、酢いも甘ゐも五郎八にとりあげられて、夜明の鳥の鳴事たら〳〵。壱歩小判合て小百両もかち時あげ、はゝも成仏黄金の肌にしつかと付て、是にあぢへて二三日作病気とて逗留し、ある夜の夢か現かまざ〳〵と枕もとの骨桶ひらけ、其尺三寸五分計の母の幽霊れい〳〵とあらはれ、やいとのふたほどの角帽子あて、脇の下（十ウ）の毛のごとき黒髪おつさばき、黒もじの杖にすがりてむぎわら笛の音取につれ、さもよは〳〵と枕もと二三歩づゝあるき、一寸ばかりの袖を顔にあて、雫ほどな泪にくれて、さもちいさきゐけんを小あはれに、「夫父の恩は壱文の塔より高し。母の恩はゐくぼにたまる水より深し。その二親の命をそむき、臍の垢よりきたなき根性。又もや悪道に入事、耳かきに一はいも知恵はもたぬか。ばくちのかねはほたるの火のごとく、あるにかひなき徳を悦事、蚤・虱にはおとりし。此母を榧仏にもなさば、その根性を入かへよ」と蟹の穴より天の罰のおそろしく、「身に灯心付ておもはぬ災難も有べし。かならず此事をわするゝ事なかれ。(十一オ)ゐけんは雛の舟にも雨戸の尻の車にもつまれねど、しゆらのかぶり太鼓のせはしく、もはや帰る」と畳の縁の闇路ゆく、印籠のもやうの烏もなき汗手拭の、あけぼのにつれてすがたは失にけり。

(三) 方便の旧里帳

傾城買の身におもしろい月あり。男伊達に意気知と云花あり。食ひ到にたのしみの夢あり。女房去に竈将軍といふ名あり。男を置去にしてくる女に見切がよいと挨拶あり。兎角縄にもかゝらぬは博奕打の身のうへ。人には大の字に点打たやうにおもはれ、先祖より筋目よき家を町所の付合を嫌はれ、一家にうとまれ、他人の評判にのり、(十一ウ)かりのうき世に人の懐にすむごとく、宵の錦、夜明の紙子、灯心一筋で十三棚は見ゆれど、我身は闇と黒い着物もかるたの手目のためなり。とかく兵糧に尽てはせんなく、「をの〳〵今五十両づゝも才覚せよ。手を揃て坂落しにおしよせ、一軍して勝利をえん」。「御諚尤」といさみすゝんで、すりきつたる身の金銀の拵所、是より初てかたりをいひ、赤いうそをつきならひ、そろ〳〵懐へはなし鑿は入れど、はなれぬは盗人形気。一度はさかへ一度は衰ふる世のならひといふは、まことある故人の詞。なんぞ博奕打の事にはあらず。夜が夜じややら昼がひるじややら、行水せねばくれをしらす、手水つかは（十二オ）ねばあけをしらず。どこもかもろくに生れしかたはなる子のむかしは、松葉や五郎八とて人のしるほどのしんしやう、耳にかへても此道をやむ事なく、おやの口から「於山など買て遊びをれ」と竪横にいけんすれど、聞入ねば是非なく旧里切て、家屋敷も世間も老なみの袴・肩衣、水もとはすめどさかさまにながるゝ水帳も切かへ、町内の侘言も十三度におよび、「打捨てわかいものゝ見せしめにせよ」とゆびさゝれ、亘物を見るやうにおもはるゝ人に科なく、これ皆そのみの心からなり。五障三じうの内に夫にしたがふは女の第一。五郎八が女房の心根、神を祈り仏を歎き、煙草入に残る小銭をうらみ、代々の浄土なれど十ヲづゝ（十二ウ）十日があいた法華経を唱へ、夫の悪変じてまことある心にもなし給はぬか。此願成就ならば、五重の塔を建、仏前へちかき橋をかけ、永代の常灯明四つ、寺中のやね替、石垣を請あひ、いかに仏はさいそくなければとて、取あつめて三百目にたらぬ身体、女心にしどのないも男のかはゆいゆへから。世間に手掛足かけ、あるひは後家をおとしてやつかいかける人に修羅もやす女房もあれば、しやくし定木なれどしのび〳〵にゐけんをしたらば根がかたい人じやもの、ひよつと心の直る事もあらふと、男にほれてゐる女房の七つになる子はあり、腹にも三月になるものあり。肩を裾へむすんで握り飯食てくらす（十三ウ）日はあれど、男にはいまに足の付た膳を居、「猫にくはせます」と家主どので貰ふて来たごまめに大根などあしらひ、船場に花柚はそひ物なれど、「近所の青物やにきれました。かんにんしてけふはまいれ」と夫婦の中にも世帯をつゝみ、よい女房の貧乏するもさびしきくれの正月、世間は門松ふときがうへにも身体相応の注連飾、九間四方引まはす。「大きな家持た人じや」と隣の宝をかぞへ、我宿は五作に破魔弓ひとつ、ぶり〳〵持すれば、心は春も花もむかしにかはる、鳥追・大黒舞に顔見しられてゐるもつらし。花の咲ころまでは身体の散る事を案じ、女房の前にかしこまるおとこは、貧乏じみたる折ふし、（十四オ）三升樽ひとつ、たばね熨斗一把、秤壱挺中をたづね、「松葉や五郎八殿子息五作殿へ氏神の一の富があがつた」と持参する人をいはひ、夫婦のよろこび七畳敷を鳴わたり、あたり隣へふれあるき、「さあ〳〵うれしや、今年から身体を持直し、大晦日も内にねるやうにならふ五作が仕合、腹な子は福子じや」と生れぬさきのむつきさだめ。神棚へ火をあげてその夜ひそかに五郎八は女房にちか付、「氏神の一の富にあたれば、それより心の思ひば

（十三オ）

やくはらひニ其わきさし川へながしや

これ一のとみが参りました

かしこまりました

是はめでたい

やくそくのわきざしはおそいの

ありがたい事の

か行、ます〳〵仕合して富貴になるは、いくたりか見およびあらそはれぬ事。しるし満れば欠るの道理。富にあたりし人の大せつなる物をやくか流すか厄はらひせねば、却（十四ウ）て神の祟あり。そなたも友におしいとおもふ物、五作がためにすてられよ」ときいてからは、「何が扨、今のしんだいに宝とてもなし。此信国の脇指、五作が成人の後こしらへとらせんとおもひしたしなみの一腰、折紙も金三枚、日外夫婦いさかひして是計博奕には打こまさぬといふ程大事にかけた物なれど、今のはなしを聞て何かおしかるべし。少でもかねになれば心の中はおしく、幸今夜は闇なれば、中の町の橋から五作が手にもたせ、西の海へぼつたりとすてませふ」とおやこ三人つれだち、かのはしよりさも嬉しげに、「鬼はそとへ福は内へ」と捨て帰る。五郎八は小戻りして、「よんべの壱貫五百目の借り銀、そのわきざしやれば（十五オ）すむ」といへば、おつる所を橋の下の勝負師ども契約の道具を請取、「折かみぬらすな」と、女房ひとりの気をぬすむ計には大ぎやうなる道具だて。富のおちたもまはし物、三升樽は盗の品玉、たばねのしは五郎八が命の進上物。此事世上に聞へ、博奕仲間はとらはれ、御慈悲の籠の内より鳥もちを付てさいてくれば、どこへ飛行つばさもなく空いろの網にかゝり、五郎八が女房のかなしさ。「こらへてやつてくださんせ」といふても帰らぬ宿は封付て、指さす事も手つけぶた、士・農・工・商・出家・神職迄もたしなむべきは此道にぞ有ける。

庭訓染巻四終（十五ウ）

庭訓染句車巻之五

目録

▲飲酒戒(をんじゆかい)は　侍(さふらい)の花紅葉(はなもみぢ)

第一　錆月毛(さびつきげ)も馬場養育(ばばそだち)

付　風鈴(ふれう)の短冊(たんざく)犹(ちん)が首玉(くびたま)

紅(くれない)の血汐流(ちしほながれ)矢(や)に中(あたつ)た

幷　侍(さふらい)は後紐(うしろひも)から武芸(ぶげい)の稽古(けいこ)

可愛(かあいらし)いは主従(しゆ〴〵)五才五才(いつゝ〳〵)の泪(なみだ)（一二オ）

第二　六十一の賀(が)おれ

付　五升樽(だる)の底(そこ)に物有云(ものあるいひ)ぶん

切目(きりめ)にしほのしゆんだ二汁(しる)

幷　忠孝云上(ちうかういひあが)つて下(くだ)らぬ侍(さふらい)

大小は取(とつ)て置(をき)の分別(ふんべつ)

第三　猩々(しやう〴〵)も泉(いづみ)の壺袖(つぼそで)

付　針(はり)さしもふくれづらの腰本(こしもと)

僕(やつこ)の中(なか)に聖人(せいじん)の夢内(ゆめない)

幷　下戸(げこ)と上戸の相生(あいをい)の

松風颯々(さつ〳〵)のこゑ（一二ウ）

庭訓染巻之五

(一)鋳月毛も馬場養育

琴に聖賢の調子あり。詩に花実の美味あり。酒に千歳の歓楽も、きはまつては哀傷多し。人間それともしらぬ日のつくし方一国の城主につかへ、幾春夏か涼床右衛門とて、しかも御普代家、持て生れた位牌知行、てりふれなしに四百石。さきへ三人徒若党をふらせ、馬は好める鋳月毛。磨出し蒔絵金貝の、天晴作の鞍鐙、洗轡の白磨したるに白泡はませ、ちやん〳〵と横須賀やうの鑓じるし、光りわたれる朝日影は東大手(三オ)にかゝやき、千本立の杉の馬場さき、大下馬より歩立して、鉄門・塀重門・かぶき門に至れば、番衆の足軽蒔砂に鼻をうづめて礼義する。ひとへにまはり灯籠のごとくなり。殊更子宝とて惣領新太郎十歳、弟新六まだ今年五才ながらもはつめいすぐれ、若殿さまと同年にて、御わるさ友達として腹の中から出頭するこそたのもしけれ。兄新太郎はおとなしく屋敷に残り木馬のけいこ、沢野一角御指南して、まだはへもせぬおひげのちりを取て、「中々馬上の御勿体、おこしのすはり、親御様もはだし馬、御知行取にそなはつての御器量。それ〳〵又御弓もて来い」と夕陰涼しき庭のおも、(三ウ)おとなはづかしくとりさばきに舌を巻わら、植こみに直せば、腰もと・中居・お物師までおく様へ申あげ、「若旦那の御けいこに、夏木の御弓、染羽の矢をいたひけなお手しておしほらしゐ。他人の目にも花やるに、よう御らうじずにござります事じや。ちよつとお出あそばせ」としきりにすゝめられて、我家の内ながら武士の行義のかたい事、お石・お岩に書院さきをかこはせ、屏風の陰に俤を男の留主に見せじとは、色も地紅粉の上代やう、扇ながしのすそもやう。我子は那須の与市共心の内に御自慢と側から見れば新太郎、弓矢打つがひきり〳〵とはなせば、もとより幼稚の手まへゆへ、目あては（四オ）それてかたわきにあそびゐし狆が首玉射通され、のりかへれば、みな〳〵おどろき、おくは人めもはゞからず庭へかけおり、かの狆がちしほに染たるを抱かゝへ、「もはや息もたへたか不便や。新六がつね〴〵秘蔵して、かりにも側をはなさずかはいがりし畜生なれど、犬は仁義をそなへたる物にて、主人を能覚てうやまふなれば、人間にも同じ。たつた今まで尾をふり頬をなで、玄関に人音がすれば新六が帰つたかとつる〳〵とはしり行、それにもあらねば世にもほいない顔をしてをのれが食物にもつかず、たゞ新六を待かねしも、けふの今をのれが命のおはる事をしつて物がいはせたか」と尾をなで毛をさすり、人のわか（五ウ）れのごとくなげかるゝも、なじみは畜生もおなじ事、女心にはやさし。

床右衛門は城よりさがり、奥は何とも泣たる顔をかくし玄関へむかひに出、「けふはなぜおそうござりました。おひとりの御かへり、新六はいつものごとく若殿様にとめられて宿直かないたすものであらふ。坊がきげんは能ござりましたか」と、たゝむはかまのまちかねるもことはり。床右衛門烟艸のけふりなど飯櫃に吹、ゆう〳〵と灰吹をたゝき女房を近付、「今更改りたるやうなれど、御家中に果報ものは某。世忰二人、惣

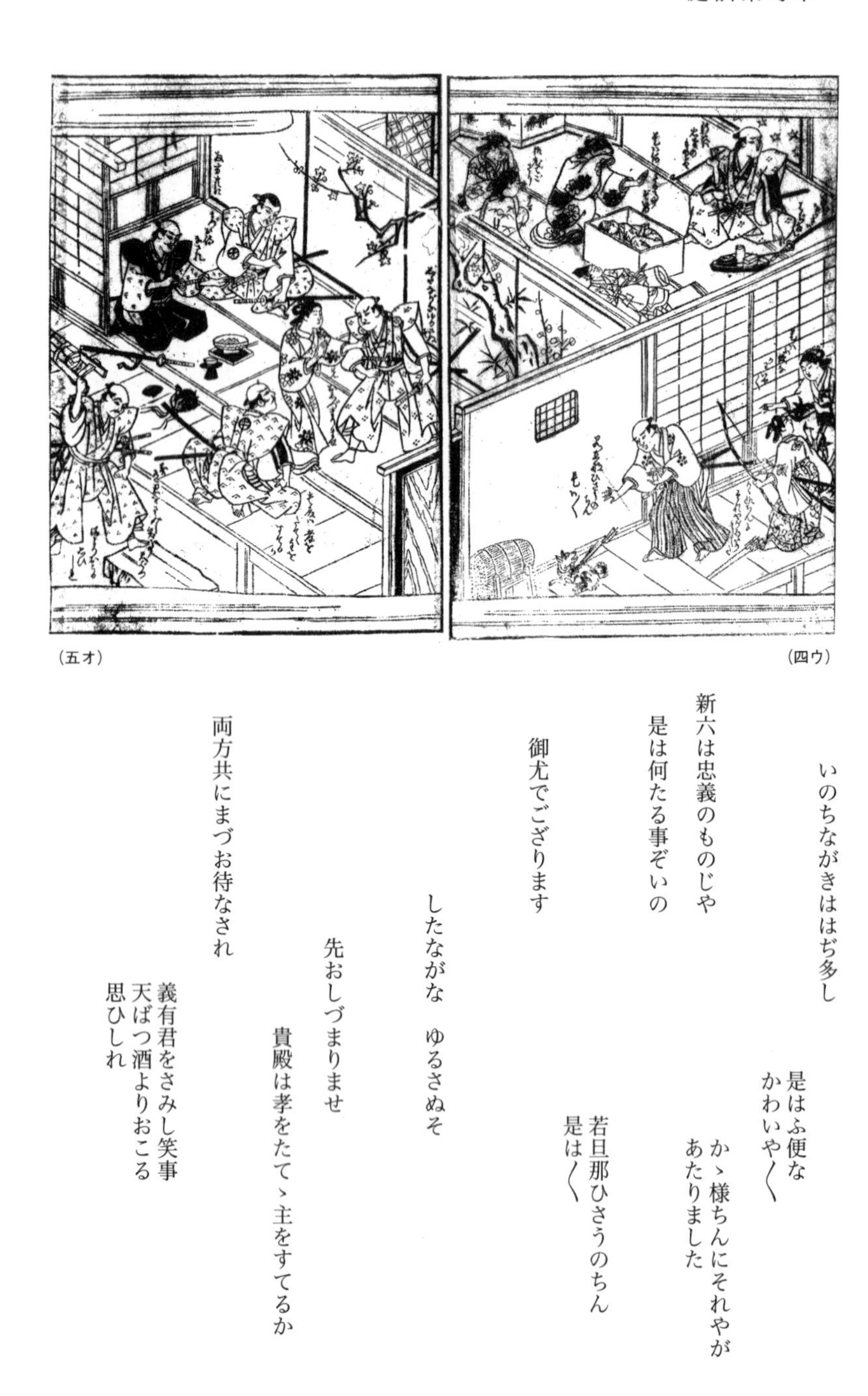

（五オ）　（四ウ）

いのちながきははぢ多し

是はふ便な
かわいや〳〵

新六は忠義のものじや

是は何たる事ぞいの

か〻様ちんにそれやが
あたりました

若旦那ひさうのちん
是は〳〵

御尤でござります

したながな　ゆるさぬそ

先おしづまりませ

貴殿は孝をたて〻主をすてるか

両方共にまづお待なされ

義有君をさみし笑事
天ばつ酒よりおこる
思ひしれ

領新太郎はきりやう・こつがらよく、他門よりも養子に望るゝ程発明。弟新六は御前よし。御奉公よく相つとめ、身共が名跡新六なら（六オ）ではと兄をさし置傍輩衆の陰事。親の身にして町人ならば抱かゝへありくべし。我子ながらも新六は忠義の者」とほめらるゝ。女房も同じいろ、「たとへ新六が釈迦・文珠の化身でも、たつた五つのわるさ盛、忠やら義やら浄るりの人形まはしのお友達。十五の春に成たらば、侍のまねして御奉公の道もおほへませう」と、ふたりの中の細工をば自画自讃なるおやごゝろ。四尺四方の人形箱、「こりや若との様から新六に御拝領の傀儡の坊か」と尋るを、新太郎人形ときくよりふたをあけ、金平・朝比奈・山猫まで出し、京ざいくのしほらしく、まだその下に大人形、酒呑童子であらふかととりあげみれば、弟新六（六ウ）ちみどろになり、矢疵をおひ、むなしきからだ、こはいかに。母はおどろき泣うにも涙さへ出すあきれはて、天にもつかず地に付ず、ゆめかうつゝか物いはぬ我子のそばにつつくりと、とはうにくれてゐたりける。床右衛門は少もしほれず、「侍の子のけなげさは、わかとの小弓の御稽古に、それ矢に当ておもはず殿の手にかゝる。おやの身よりもおいとしや、わかとの様の新六が手を持て、御かほをわれとふたつ三つ、おれをたゝいて堪忍せよと小弓を折て捨給ふ。それさふらひの家に生れ、人もおしまぬ長生して老ぼれ、病気にのぞみ大せつなる御知行を化にいたゞき、せんなき事。せがれまさかの最期まで、御側につかへ御用（七オ）に立、あつはれ子ながらあやかりもの。そなたや身どもがなみだ海ほどながすより、わかとの一滴の御涙、世におもくも有がたし。かまへてくやむ事なかれ」と目のはた赤き行灯の影に面をそむくなり。女房は新六がなきからを上座へ直し、守刀を枕もとに直、来る年のはかま着の用意せし松川の紋付し上下そなへ、忠孝第一の者なれば、弟ながら兄をうやまふごとく新太郎も一礼し、母は新六が髪なで付、扇ひらいてあふぎ立、いますがごとく、心には千本鑓につかるゝくるしみも今のむねにはよもまさじ。つぎ〳〵・はした・お物師・中居、なき新六がからだより生てある母のすがたを見るもかなし。「弓矢(七ウ)とる家に生れ病でしぬるは名も出ず、町人・百性に事かはらず。釼にはてるは義に叶ふ」とうれしげなる母のふるまひも、夫の心をやぶらぬ貞節。ちくしやうものゝしゝたるだにも、身にそへひざにだきかゝへたる歎きなれば、ましてやはしをれかゞみのおもひ子のしにすがた、かなしかるまじきかなくまい物か。心にこゝろをあきらめさせ、思ひ切たる武士の女房。おやこは一世のゐん、此まね計はしやかもなるまじ。

㊁六十一の賀おれ

よい物着ず銀つかはず、宵から内にねるは廿四孝にもない孝行。七の図・脇じやうもん・へそがらみまで、親にあついめさすは不孝のやうなれども、死一ばいからぬ気が見へて、正(八オ)直のかうべをつかんで頭痛をさげ、けんべきとるは足のうらまでひねらせ、十五文であんまとりといふものがあれど、子の手のそろばんにあれたが背へさはれば少々の疝気もなをると親におもはるゝは、人間の第一ながら、武士は忠をさきとして孝の道はおもてへ出さず、たゞ明くれ主君につかへるのみ二念なく、私宅にかへりし時、「おやぢさま揉茎はまいるな」といへば、それで万すむ事ぞかし。涼床右衛門が朋友に糺森平とて、ことし六十一の本卦にかへれば、木馬にのりしむかしをおもひ出て、賀の祝ひとして惣領嘉内、付合中を振舞ける。友達八九人打つれ祝義の挨拶。夕飯・酒事おはり、打くつろぎ、世間（八ウ）ばなし。中にも年かさ石川流左衛門、一調子高いは日よみの酉のまはつた舌つき、「惣じて武士は忠孝の二字にとゞまるといへども、主君への忠こそ第一なれ。親への孝は内証にて二段の事」と当前の理をいへば、一座に物かたき岩瀬伝吉、無用の所へりきみをいれて居相腰に成て、「流左衛門殿申さるゝ所一々その意を得たといひたけれど、下拙はゐとく仕らぬ。主人に忠義はさふらひのつね。くだ物みせの草双紙にまでなんぼうか書てあれば、子どもまでしる所。いかに武道の本心じやとて、孝の心をうとくせば、中々道に叶ぬ道理。忠といふも孝よりおこれり。君たりとも臣として孝なきものゝ忠勤は満足にはおもはれまい」と（九オ）しかつべらしう身ぶりする。流左衛門の弟浪之助、兄にひけをつけじと、「伝吉殿、舌ながい。すはや軍にのぞんておやと主人とあやうきに、貴殿は孝をたてゝ主をすてるか。拙者は忠をたてゝ主君をたすくる気ざし」とかたはだ脱でぎしみあふ。座中は興をさましける。亭主嘉内が女房打かけぬいで中に入、「夫婦の中のいさかひ、よい中の垣やぶりやらぞんしませねど、慮外ながらはなのさき知恵で申ませふ。さふらひの付合いふに及ばず、殿達はことばおほきはいさかひのたね、いひ出してはひかれますまい。いはぬにしくはござんせぬ。わしが去年有馬へいきましたとき、宿のていしゆ義大夫ぶしの上るりをかたりけるに、家ぬしは（九ウ）又文弥ぶし、いづれをいづれ下手なりしが、もの〻ふならねど弓も引かた、文弥がよい義大夫がよいとひよつといひつのり、たがひにいこんになりしが、家主のけんにてとかくかしやをあけよといふに、はりあひなれば此男、屋ちんさへはらへばひろい有馬で、やねももらぬ、はしらもくさらぬ、しほから声の文弥ぶしもきかぬ家がなんぼもあるにと、隣あたりにごみのたつもかまはずはね打た〻き、たつ鳥跡をにごして行けるに、しにせし宿屋も所かはり不勝手に、いけぬ上るりにしやうばいのからくりちがい、しんだいはねぶとにかうやく付るやうにひし〱とつぶれる。意趣は家主めと、やみ打にしてその身もはてぬ。町人さへいひあがつてはしまひ（十オ）のつかぬに、武士はなを大小さしながらつぶりもはられず。死の出来るは舌三寸のあやつりでござんす」とゐしやくにあまる挨拶で笑に成て仕舞ける。「忠孝の事をいひあがるも、お気に入の涼床右衛門さま〱をそしらふがためじや。世忰新六けがに死で忠義の者と御加増あればとて、お請申はひつけう町人・百姓のねだりものも同前。武士の子たるもの、矢さきをしらずうか〱ありくは是第一のたはけもの。それをそれとて御褒美なさる〻大殿も殿なり。口ひろうはいはれぬが、両方ともにおもながな、鼻毛貫がかしたい」とわがふりしらぬ人のふり。誰とても御前のよきはそねまる〻ならひ也。嘉内がおや森平は武士の立聞は（十ウ）せねど、われをわすれて高声なる悪口。人とおもふてまねいたる客人なれは、ぜひなくわざとそしらぬ顔して、勝手よりのみこかしたる五升樽、手づからさげて客人の障子ひとへこなたに樽をむかふへ置、しやにかまへて、「やいをのれ、樽にはか〻みといふてあれば、是神のすがた・たましいなきとはいはれず。ものいはねど口あり手あり、人間にかはらずして、大罪人。をのれゆへに世界の人たかきもいやしきも正気をうしなひ、礼をやぶり、忠ある臣をそしり、義有君をさみしわらふ事、天罰酒よりおこる事也。をのれがすがたを見るもけがらはし」と敷居にあてゝ打わるおとにおどろきて、あてことゝはおもひながら、人をそしつたるは必定（十一オ）利の前なれば、一言も戻す盃ひらい手もなく、その座の無首尾。嘉内に挨拶そこ〳〵に鼠の塩引ごとくお内義へ一礼、「親仁さまは升かけまではたしかな御寿命」とつゐしやう・けいはくいひてかへるは、口からのみたる酒もさめて、かたなを取ちがへさすもあり。扇はまゝよと惣立に、たばこぼんをけちらかし、行あたりたる菓子盆に松風計や残るらん。

㊂ 猩々も泉の壺袖

物好の吸物ふたつ、ながれゆく水ぞうすいもいらぬ座敷のもや〳〵。上をまなぶ供部屋も人事いひて訕るたねもない〳〵中間、天目酒に樽の口つまらぬ身のうへ語りあひ、（十一ウ）「角介、そちは大ぜい傍輩があつて旦那の草履つまむより外にしごとはあるまい。おれらはたつたひとり奉公人。夫婦の主人につかはれ、きいてくれ、朝は六つから水をくみて奥から口まではきさうぢ。猫のひたいほどなせんざいの蜘蛛の巣をとり、一荷で五六十にうるやうな植木、針ほどな枝がそこねても手打にせふなどゝ勿躰ない手水鉢をかへ、たばこ盆のさうぢ。いもがしらのやうな子を若旦那とあをぎさまして、赤がしらにむしのわかぬやうに雷丸の油付て結ふてもいはいでものつゐしやう。食たきの気にいるもぬす人のひるねするまもなく、賃捻のもとゆひ壱筋に奉公大事と（十二オ）つとめ、城のおくりむかひ壱寸もひまなきつとめ。弐合半にぬかみそ汁をいたゞき、おやまのきしやうほど神々†をいひたておがみ、何ひとつ菜といふてはなく、鰯の頭もしんかうから、いつ立身とも見えぬ」奉公を忝ながら、馬は馬づれ供の中間、しるもしらぬも四方八方咄。角介はおとなしく、「武士の家に生れては義を金石よりもおもくし、命をひきからよりもかろくすとは、知行とりの事。うらゝがつとめは飯をかまずにのみても旦那の供にはづれず、五寒の冬にはざうりを内懐にあたゝめ、三伏の夏は水壺のもとにひやし、主人を心よからしめんこそ奉公第一」といへば、今一人は、「そんなら身どもも（十二ウ）あたゝめん」とたばこ入の中からもぐさ取出し、草履のうらへてつかりとやいとすへて、「いづれも岩介が知恵を見や。人腹よければ馬はらしらぬと、家来はねぶたいもひだるいもしらいでうかり〳〵と長あそび、はやういぬるやうに、又奉公も大事に、一色でふた役をする才覚」といへば、「いや〳〵身どもはもどると米ふまねばならぬ。やつはりあほう口たゝいて成ともあそぶがよい」といふもあれば、又かたつらから、「なんぼ奉公ようしたとて、目のあかぬ親かた、切米の外にびたひらなかましてはくれず。気にいらいでも出かはりまてつとめたらば、給銀は刀売して成ともとらねばおかず。あそこ出ると尻くらひ観音、仏の箔こそげるやうなせちべんな（十三オ）親かた。先ほどきけばいひ事があつたそふな。あはれその事つのつてこねてしまふたら、中途に隙くれてかりこした給銀が徳になる」と十人が十五色の心、さま〴〵あだ口つく事、是もおなじひよみの酉とかや。「短兵衛さま・定九郎さま・間七さま・出来右衛門様、其外お立」とよび立れば、「ない〳〵」と一やうに黒衣出立のやつこ共、干鰯にあざる烏のごとくつくばふ所に、「間七様の御家来が見へぬ」といへば、出来右衛門の中間夢内とて五十計のつりひんやつこ、「此お屋敷に我々まで御馳走の上大分御酒をくだされまし、いやしい私ら風情ながら、じきあひさつ、たべゑひたるうへに、ねぢあひゐずまふの枕引のと、わんぼのかたさきほころびました。女中（十三ウ）方へ針のむしんを申せば、心きいたる女房衆がぬふてくれうと供部屋へ参られましたを、一人のやつこめ此女中にいろ〳〵不作法仕たを、人前はゞからぬ慮外ものと、くらひどれどしけんくはになりましたが、間七様の御家来は六尺ゆたかの大やつこ、不断何をたへますやらからだにも似ず、短兵衛様のお供小男の、しかもかますのやうなにねぢすへられ、むね打ひとつにせつじ致、いきのたへたるを、武士はたがひと、やつこ共たしなみのたうがらしをきつけに用ひ、やう〳〵心つきましてごさります。おつつけ是へ参ります」といたはつてかいほうも、ゑふたどしのまことに青柿がじゆくしくさう、舌もつれて何いふやらわけもなし。間七は短兵衛が家来に、「くらゐつけぬものをくらふて慮外するのみか、身が家来になぜ（十四ウ）むね打くれた」ときめつければ、短兵衛日比事がな笛とあなどる心から、人を三文共思はず、「腰ぬけな下人をつかふも主人がおくびやうから」といへば、間七、「今は堪忍所へゆかぬ」と反をうてば、皆生酔の二番ばへ、「爰て喧咜は大勢の中、とりさへ手があればひけうにみゆる。帰るさにいひ合せ、相手むかひがよからふ」といへば、「しからば貴殿は喧

（十四オ）

むこのかたきのがさぬ

きつと申付たぞ

おのれいけておこうか

かしこまりました

咤の行司か」。「なんじや行司とはすいさんな」といふより亭主嘉内は、「拙者をあなどつて身がやしきで事やかましういはるゝか。弓矢八幡わかいものとはいはさぬ」ときつさうちがへば、中にも少本性たがはぬ定九郎、左右方引わけつれて立かへり、行道筋にぶつ〳〵とたがひに詞からかひ、一人がぬけはたまられず、「身がためにあひむこじや。見てはゐられぬ」と（十五オ）ぬき打にいとこをきらせて、「かんにんならぬ」とこちらにぬけばあちらかぬき、「主人をきらせおめ〳〵とかへられず」と、やつこまじくら日もくれかたに、村雨さつとふり来るに、切通しの並木の松陰めさすもしらずくらがり坂、地獄谷の岩かどまで、おぼつまくつつ切たゝかへば、二十余人が一人も無疵はなく、いきたへしは十三人。翌日決断所の御せんぎ究り、嘉内は当分ゑんりよ、喧嘩相手は両成敗、中間どもは打首と、一国のうはさとなるも是皆酒のとが成べし。惣じて酒は善悪のちまたにたてるやつこにて、人間本心を乱し、仁・義・礼・智をうしなひ、主君に不忠し親に不孝し、朋友にあだをなし、身命をはたする事、身にふれる刃におなじ。去によつて世尊も五戒の内に飲（十五ウ）酒戒すぐれていましめたまふなれど、此心をかんがへ、程をはからひたのしまば、又人のうつ気をさんじ飢をたすけ、たちかへる年のはじめ又は五節句、身をいはふことぶき、神まつり・祝義・ゑんぐみ・中直り、万物がための契約、ことさら百薬の長なりと医道にも見へたり。名酒と称し菊をむしり、よはひをたもち、桑を入て中風を治し、橙を入て疝気をおさめ、生姜を入て風をはらひ、たまごを入て精気をまし、鼈をいれてねあせをさり、たうがらしを入てつかへをおさへ、牛膝を入てゝなし子をおろすも、これみなさけのとくぞかし。民はさかづき君はいづみ、つきせぬ御代の時津風、松も柳も梅もさくらも。

享保元年九月吉日

京寺町松原上ル町
中島又兵衛板

（十六オ）

謡曲百万車

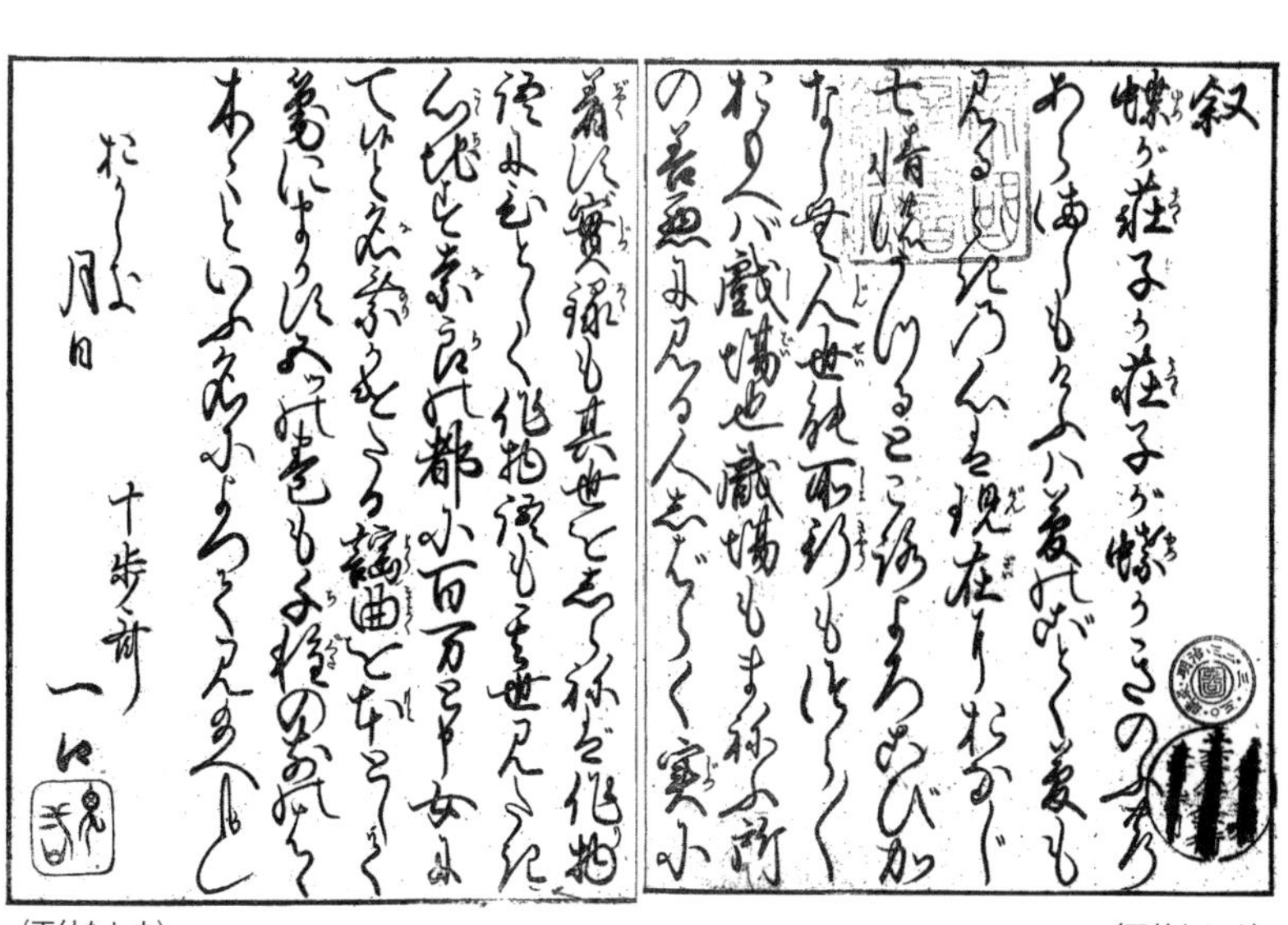

（丁付なしウ）　（丁付なしオ）

叙

蝶(ゆめ)が荘子(うつゝ)か、荘子(うつゝ)が蝶(ゆめ)か。きのふのあらましも、けふは夢のごとく、夢も、見るときの心は現在(げんざい)におなじ。七情のうつるところ、よろこび、かなしむ人世(じんせい)の所行(しよきやう)もつらくおもへば戯場(しばい)也。戯場も、まねふ所の善悪に、見る人、しばらく実(じつ)に（丁付なしオ）着(ぢやく)す。実録(じつろく)も其世をしらねば作ﾘ物語にひとしく、作物語も其世見たき心地(こゝち)す。奈良(なら)の都に百万と中女にて候、と、名乗(なのり)かけたる謡曲(ようきよく)を本(もと)として筆にまかす五ッの巻も、千種(ちくさ)の前の、はゝ木々といふ名によつて見給へ。かしく。

おかしき　十歩斎

月日　一口 印（鬼弌口）（丁付なしウ）

謡曲百万車　一之巻

目録

第一　竹馬にいざや乗かゝつた両士の争

百万御前は男まさりしばらく

しばらくのかけ声に乗物の

戸をあけてかたる娘の縁組（二オ）

第二　みだれ心の恋種は桜之丞

花による初瀬詣祈るしるしに

見初た殿御より行衛しれぬ

大さはぎは姫の身のうへ

第三　莚ぎれ菅ごもの猿沢の出合

武士が乞食こじきが武士とは

忠と欲とのうらおもて面桶の

酒盛さいたおさへて問似者の様子（二ウ）

第一　竹馬にいさや乗かゝつた両士の争

詩曰　摽者梅其実七、とは、年たけたる娘の嫁を待侘てつくれりとかや。まことに人の親のこゝろは闇にあらねども、娘おもひのあまり、むこゑらびがすぎ、なるはいやなり、思ふはならず、深閨にやしなひ過して、たはれ男のためにさそはれ欠落心中、はてはうき名をちまたにうらる。さらねはかならす気うつ労咳の病をまふけて土の下の嫁入、世中に珍らしからぬことぞかし。こゝに奈良の都春日の社務、野守主水ときこえしは、富貴世にこえ、其覚え他にことなりけるが、三とせいぜん、無常のかぜ（三オ）にさそはれたまひ、女子千くさの前といふは前腹のひとりむすめ。むこ君には都安部民部殿の二男桜之丞入給ひて、家相続有べし、と、かねての定めながら、身もち放埒にて当時父民部とのゝとがめをうけて日かげの身。ひたすら「縁切くれよ」との事なれども、「一ッたん定まつたる縁。外の殿御に添ふ気はない」と、千種の前のみさほゆへ、一家中ももてあぐみ、「其内には桜之丞殿の御心もおさまるべし。をりをもつて此方よりあいさつあるべし」と、先其儘にさし置キぬ。されば諸事執権大谷将監取行ひしが、「七十にあまり、老衰相勤かたき」とのねがひにて、諸を一子弾正にゆづり、手向山の麓に隠居しける。譜代の執権といひ、早中年にすぎ（三ウ）たれば、同じく父の役をついで弾正万をはからひしが、そのいきほひ父に増りて一ッ家中おそれしたがひぬ。然れども当時の主君といふは、後室百万御前。女ながらも家風にまかせて烏帽子ひたゝれを着し式日の社参。まだ三十そこら、艶色類ひなきうへ、女にはあるまじき発明。千種の前とはなさぬ中ながらむつま敷、もとは軽き人ながら皆其賢に伏しける。いつものごとく早天より社参、巳刻のさがり、さる沢の池の辺を通られけるに、「そりやけんくはよ」と、ざはめく体。乗物立させ、ひかへて様子をうかゞはれけるが、さすがの百万御前、「暫く〳〵」と声かけて、人を以ての口上。「さいぜんより見かけ候に、やうすはしらず、御両士の争ひ、真剣（四オ）にもおよぶべきさま。何事にもあれ、其しきうけ給りたし。此所はみつからが支配所なれは、其儘にはさし置がたし」とあれば、両士威儀をたゞし、「なる程御尤の御尋、拙者共は三輪の社務大杉造酒之進、布留の社務桜井求馬家来。我々両人つねに朋友のところ、今日、野守の家の御息女千くさの前様を銘々の主人内室に申請度段、使者に参る道、此所にて出会、語り合せば同し事に同じ使。さすればすこしにても早く参りしかたへ縁辺のさだまるべき理り。いづれがおくれても主人の前、立がたく、朋友ながら私ならぬ主人の使。武士と武士との意気地。先をあらそひて、かくのしぎ。左様仰らるゝ御乗ものゝ内は百万御（四ウ）前様にさむらふや。いづれへ御息女を下さるへきや、御返答承度」と、ことばをそろへて申せば、みづから乗物の戸を開き、ちかくまねきて、「なる程おの〳〵尤のあらそひながら、千種の前事は聞しめしも及ばれん。夫主水のひとり娘にて男子なければ都安部の家より、あとめの人をもらひ、婚姻をとりむすぶべきやくそく。様子ありて暫く延引におよべども、外へとては遣す子にあらす。しよせん双方共に参らせねば、あらそひも有まじ。此旨、銘々の御主人へ申給へ」と、うちあかしての返答。両士も

（六オ）　（五ウ）

いて見せふ〳〵。

なんの、ゆかすにをかふ。

双方まづしばらく〳〵。

さあ、ならばさきへ、いておみやれ。

よふやらふそ。なア。

「申旨なし。この趣主人ともへ申聞せ候へば、我々も相立候。はや御いとま」と、礼義すめば、乗物を急がして館へ帰られぬ。（五オ）

第二　みたれこゝろの恋種は桜之丞

安阿弥の作仏は貧を守り給ひ、恵心僧都の作ヶ仏は富貴を守り給ふとや。仏工の心々†にして、人まづしければ世をいとひ浄土をねがふのこゝろ深かりぬべく、人富貴なれば世わたるにくるしみなくて仏道執行のたよりありぬべくとなん。まことや仏に恋を祈ることは此泊瀬の観世音計。是も煩悩即菩提に返るの御はからひか、しらず。さりとは粋な御誓ひ。遠ひ極楽世界の七宝荘厳より、近ひとなりの娘とならば、「むぐらの宿にねもしなん」と、ねがふ人こそ多かりぬべき。さればにや、常さへあるを、春を真中、（六ウ）花の只中、高き賤き、おもひ〳〵の風流出たち。花が花見るこゝの賑ひ。都恥かしきほとなりける。野守の家の息女千種の前は、いひ名付の殿御、桜之丞、日かげの身となり給へば、明ヶ暮くよ〳〵とおもひのやみにまよひ給ふを、わづらひでも出よふか、と百万御前の案じ給ふもことはりと、こしもと共とり〴〵に引キ立て、「其やうにぐど〳〵思しめしたとて桜之丞さまの御為にはなりませぬ。どふぞはやふ御勘当もゆりて、御入あそはすやうに、御祈りかた〳〵初瀬の花見に御出あそはせ」と、すゝむれば、其花の名の桜といふがなつかしさ計に、こゝろはうかねと、誘はれて、いて給ひぬ。本堂にぬかつき給ひて後、花のもとに（七オ）幕打たせ、ごぜ・舞子が琴三味線にての酒事、ほか珍らしひこしもとはした、物見からのぞひて、まいり下向の人の評判。「むかふへゆくかつきは、はでな出立。帯は有栖川そふな」。「いやそれより、あの髪切。引ッかへしの黒小袖、悪性らしひふう。引ッそふてゆく手代めいたおとこ。さりとはこゝろにくいしやないかいの」と、とり〳〵いひたつるうち、「あれ〳〵御堂のぶたいに、くまがへ笠で見颪していさんす殿ぶり。金鍔の大小、つかみざし。ほつそりすうはり粋なとりなり。かはゆらしい」と、初野が指ざせば、みどりもわかなも、「ほんにあのやうな殿御もあれはあるもの。御姫様。それ〳〵そこへ来てじや。ちよつとごらうじませ」といはれて、さしの（七ウ）ぞき、ふしぎそふに、「皆。あれみや。金糸の縫紋、丸に寿の字じやぞや。あれは安倍の家のもん所。なりふりといひ、もしや桜之丞様ではあるまいか」とのたまふ内、此幕のもとの花をふりあをのひで見て居らるゝ笠のうち、まがきが見いれてびつくりし、「わたしはかねて申上た通り、前かど安倍の御家におりまして、よふぞんじております。なる程ちかひもない桜様」といふに、うれしく飛たつこゝろ。みな〳〵も藪入の道で、かねひろふたやうにうきたち、「是も偏に観音様の御引合せ。どうぞお逢あそばすやうにはなるまひか」と、さはめく〳〵を、まがきか引ッとつてひとりがてん。つつとそばへよつて、「もし御久しうござります。御見忘れ遊したか、しらねど、わたしは（八オ）御家につとめまして小蝶と申たもの」といふに、「ほんに久しひ。珍らしひ所て対面。今は故あつて日かげの身。けふは心願あつて遥々の所、忍びて此観音へ参詣。そちは此まくのうちか」と、とはれて、「仰の通、此まくの内におりますが、わたしが今の御主人さまはおまへさまの御言名付の野守の家の御姫さま。どうそ、ちよと御あひあそばして下されませ。日ごろおまへを恋こかれ給ひて、たとへどのやうな事があつても外の殿御にそふ気はない、と、それは〱きつい御心の立テやう」と段々のものがたりに、「ついに逢も見もせず、親々のいひ名付計の某に、夫程までの心入は、うれしけれとも、今の此身の埋木、花さく事もはかりかたし。今あふてはいよ〱（八ウ）もつて義理もかくれば、其身のさはり。かならず某が事は思ひきつて、外に縁辺あるやうつたへてくれ。人目もあればさらば〱」と、引とむる袖をふりきつて足はやにゆかるれば、まがきもせんかたなく、姫はさいぜんより幕の内からさしのぞきて顔をまもりつめながら、さすがにはづかしさ。人立の中といひ、かる〱しくも立出がたく、心をもんで居給ふに、つれなく行過、群集にまぎれ給へば、はつとばかり気を取のぼし、「是ほとにおもふて居るものを、さきにから、だん〱つれなひ、うらめしひお言葉。外の殿御にそへ、とは、あんまりな御心。今迄さへあるに、お顔を見て、なをいやましの恋草。わしや、生て物おもふより、いつそ死（九オ）たひ。あのやうなつれなひお詞も、嶋原とやらの、けいせいに、お心を引れ給ふゆへか。もと日かげの身におなりなされたも其傾城ゆへ。おもふてみる程、わしやにくひ。かなしひ。ヱ、とのやうにすれば殿御にあれほと迄おもはるゝ事ぞ」と、なきもだへて正体なき有さま。みな〱も、ともなみだ。「御道理」と、いふより外の事なく、「どふも、しばいてするやうに、わたしらが取まひて無理にとめますやうな事もならず」と、やぶたゝいてへび。きのとくの山々、はやくれかゝり、参詣もちり〲になれば、宿坊の金光坊御むかひにまいり、「こよひは愚院にて御一宿。明日御かへり然るべく」と、あいさつをしほに、いろ〳〵と、いさめすかして乗物にめさし置キ、院主の案内に、べんとう、もうせん、は(九ウ)さみ箱、手々にもちはこびぬ。いかにしてかはしのびけん、むかふに、しける森のかけより、かぶと頭巾に顔をつゝみ、みな一やうの黒装束にて二十人計。人すくなゝる隙を見込て、あらはれ出、乗物をおつとりまき、「まつかせ」と、かきあぐれば、「コハ狼藉者。やらぬは」と、若党、中間、ざうり取。おの〳〵ぬきみのほさきをそろへ、こゝをせんとふせげとも、多勢にぶせい、叶はねば、「命が大事」と、にぐるやら、坊へしらせにはしるうち、姫の乗物は行衛しれずなりぬ。

第三　莚ぎれ菅ごもの猿沢の出合

猿沢の池のほとりは乞食の参会所。都四条河原の如く、(十オ)殊更この頃は春のゆきゝのにぎはしければ、よりあつまつて、「お長者さま。おとうしなはれて下さりませ」。「ハイ御慈悲でござります。一ッ銭や二銭。何ンのかのとおつしやりますやうな御仁体じやござりませぬ」と、つきありけば、もらひも多く、花見もどりのあまりざかな、重箱にたまつたにごり酒、銘々めんつにあまつて、「八ヨ。もひとつ、のめ」「おさへたは」と、ほろよひきげんの中間はなし。「金ヨ。わりや、此ころヱイ仕事したげなが、まだはらはぬかい」。「イヤまたもつてゐる。これみてくれ」。「ほんになんじやこりや皮の巾着。いんろうのまき絵はふじの山じや。

（十ウ）

（十一ノ二十オ）

まづかへる。さらば〳〵。

ちよと、おあひあそばして下さりませ。

どうぞお出なされればよいが。

いそいて、くめん、いたしませふ。

ゆだんなふたのんたぞ。

御ほうびはうけあう。きうニ〳〵。

なんでも目出たいものじや。わりや、まんが、なをらうわひ。新まいよ。是みよ」。「何ンじや。ハア、見事。まき絵はしほみ。此皮はむす（十一ノ二十ウ）こべや。玉はさんごじゆ。きずもないは」。「ヨ扨もわりや物しりじやな。物になりそふなものかい」。「物になるだんじやない。一かどのものじや」。「したり。まづ割前かたしけない。礼いふてをくぞよ。さておれも此ころ念がけてゐるものがあるてや。毎日こゝを通る十八九ナ娘。聞きや何やらねがひがあつて帯解へ日参するのじやげなが、帯解へまいりや、てつきり色じやあろが、さいてをるくし、かうがい、大分見事にみへるが、どふぞ暮レ方もとり、おりやさは〱にちよいとかけるふんへつ。其時にやまた一かとの下配せうぞよ。したが、おれが、かふ念がけてをいたものを、もしもわいらがいたしや、きつともつてまいるそよ」といふに、六ガ高わらひ。「何ぬかすぞい。そりやきのふの（二十一オ）暮レかた、おれがいたしておいた。是レみよ」と、さし出せは、八ハむくりをにやし、「此中にはぬす人くさいものはないとおもや、おれにもことはりなしに大それた事しおる。かんにんならぬ」と、つかみかゝれは、新まいの権がおしとめ、「こりや、まて。そりや、われがこゝろでおもふてゐたばかりで、とんとしれぬ事。六カわれよりさきへ、ねんかけていたものじやあろふぞい。マアそふおもふて同士打すな。そのかはりには、六ヨ。こりや、きつと下配せい」。「こりや新まいが、あじやりおつた」。「そふじや〱。わいらもたしなめ。新まいがいふとをりじや。此けんくは、おれにくれ。おやじぶんの、がさみの吉がもらふた。扨つゐでに、わいらにいふてをく事がある。そのやうな幻妻をはぐまでは大事ないが、必（二十一ウ）かんじんのことせなよ。

去年(きよねん)も京の河原で、うつくしいげんさいを、よつてかゝつて、せしめおつたら、くたばつて、其かはり、大ぜいひどひめにのつたげな。命がものだね。あぶないげいをせなよ」といふに、新まいの権が小声(ごゑ)になつて、「むすめのつゐでに、なんと此ころ、大さうどうときいた。野守の家のお姫さま、初瀬まいりに、何者やら、うはふてゐたげなが、それについて、せんど三輪の神主(かんぬし)殿と布(ふ)留の神主殿の所から其御姫さまをもらひに使(し)者(しゃ)がきて、こちへもらふの、イヤあちへもらふの、と、其使者同士(どし)此池のまへで大げんくは。所へ後室(こうしつ)さまが来(き)かゝらしやつて、『しばらく〳〵』と万菊場(ば)で、『どちらへもやられぬ娘』といふて、わけてやらせられた、とやら。是はみな人のきいてゐる（二十二オ）こと。そこで今度(こんど)の御姫さまの行衛のしれぬを、『たしかに三輪のかたか、布留のかたか、両家の内のしわざであらふ』と、もつはらいひふらすが、いかさま、まつこと、其お姫さまがほしくば、さふせまいものでもなけれど、とふやら、じきに、しりのわれさふな事じやな。まことにさふであろか」といへば、同じく新まいの三ガ、「ほんに、もし、又さうでもない時には、名をたてられた両家のきつひめいわくではある」とのはなしを吉が引ッとつて、「わいらはまだ其わけ知(しら)ぬか。彼せんど、此池のまへでけんくはした使者といふはナ、いつも東大寺うらにおる、とんぼの弁とめつたの源じやてに、あいつらが仕事には、こちらもおよぶものじやないが、たれにたのまれおつたか、けつかうなきるもの上下(かみしも)で（二十二ウ）使者のげいい。扨ももつともらしうやりおつた。此度おひめさまのみへぬのを『布留か、三輪か、両方のうちのわざ』と、まぎらにいはさふがための、かねての仕ぐみであらうが、あいつらは、さぞ、ゐらう、はたらきちん、せしめたであらふ、とおもふによつて『わりまへくせ』といふて、もし『いや』とぬかせば、『彼布留や三わの神主殿の所へいて、此通りをうつたへる』と、おもさま、ぐずらふと、けさも今朝で東大寺うらへいてみたれども、はや、ふけつて、あそこにはおらぬが、あまり遠のしはせまひ」と、しこりかゝつて、いひちらすを、とつくりときゝすまし、最ぜん、はなしかけたる権と三、にわかに、ことばをあらため、「我々事は、まことは、三輪の社務家来浦戸権十郎、布（二十三オ）留の家来三上藤蔵といふ者なるが、此度、当所、野守の家の千くさのまへ、御ン行衛しれさる義、もつはら両家の内の仕業との風説、銘々主人かつて覚えなき事。是はさためてかの使者の事よりはしめ、何者そ両家の内へぬりつけんの工みにての事ならん。どふも其儘にさし置ては相すみがたく、当時家のきず。『此あかりのたつやう、其似せ使者見知つたる者をかたらひ、詮義せよ』と仰を受、さしあたつて此すじをしるべき汝等が中間へ入て、かくの仕あはせ。右両人の似せ使者詮義し出しなは、一かとのほうびをくれん」といへば、がさみの吉、びつくりしなから、「なるほど。いさゐこゝろへましてこさります。きうに中間手わけをして、くめんをもつてつりよせ、（二十三ウ）近日御両家へ一人づゝつれて参らん。其時御ほうびかならず」と、手ににぎつたやうにうけあへば、両士はよろこび、こも包みより大小、小袖、とり出し、すがたをあらため、「一刻もはやく此趣、ちうしん」と、いそぎぬ。（二十四オ）

謡曲百万車　二之巻

目録

第一　あらわるの念頃な全義の手掛
二人の使者が引ィて来る二人の
縄つきとくにとかれぬ工の
厚氷咎人ンを預る心の底（初オ）

第二　とにもかくにも佞人の大谷弾正
身の悪をぬりつける白状の
指南褒美は鋭き刃の光り
あかりの立ぬは百万御前の無実

第三　雲晴てから西へ行船待の逗留
嫁入の娘子とはのみこみ
にくひと云まはす講尺師が
一ッの計略代金は四十両（初ウ）

第一　あらわるの念頃な全義の手掛

おなじ火も、昼、神棚にかゝげたるはにぎ〳〵しう、よる、仏前にともしたるは物あはれなり。同し伽羅も、葬礼の焼香にすると、衣裳にとめたるは、いま〳〵敷と花々しきと、むかふこゝろのうら表。野守の家の庭の風情、さくらは雪とちり敷キ、垣の山吹、池の藤浪、さかりあらそふ折からなれど、千種の前の御行衛しれざるにつきて、やかたの内、しみかへり、百万御前をはじめ、一ッ家中、毎日の相談、諸方へ人をつかはし、色々とせんぎあれど、どふといふ手がゝりなければ、しれんやうなく、みな〳〵魂をうばゝれたるやうにて、夜があけるやら、日がくれるやら、春の行（二オ）衛も、花の姿も、たれ、気のつくものなく、まゆをしはめて日数をへにける。けふも早朝より寄合評定たゞ中、玄関に「たのみませふ」の使者両人。取次罷出、「どなたより」とのたづねに、「拙者共事は大杉造酒之進・桜井求馬家来、浦戸権十郎、三上藤蔵と申者。両人伺公いたす事、余の義にあらす。此頃御当家千種の前さま御行衛しれすなり給ふよし。それにつき、世間にてもつはら手前ども両家の内の仕業との取リさた。其おこりは先達而主人共より縁辺の義、使者をもつて申いれたるとの噂。是以かつて此方に覚なき事に候得ば、此あかりをたて申さずしては家の名おれ。よし御当家にて其御うたがひなひにしてから、かりにも其風説其まゝにはさし置がたく、此間中、手をまはし、ひそか（二ウ）に全義（詮議）いたし候所、則、両家の名をかたりし似せ者相しれ候ゆへ、めしとり、『何者にたのまれ候や』と、さま〴〵吟味をとげ候へ共、何ぶん白状いたさず。とかくは当御家へ引連候上ニ而申べき、との事。それゆへ、只今めしつれ、御わたし申す間、急度御全義有べし。先ッ是にて手前どもの御うたがひは、はれ申ス」と、詞をあきらかにして申いるれば、「さあ御姫さまの御行衛しれる手がゝりが出来た」と、ざゞめきて、「それ、お多葉粉盆」。お茶、御菓子、酒よ、膳部よ、と、さま〴〵の馳走。奥家老佐藤右近、あいさつにたち出、「かつてもつて此方に御うたがひ申たではなく、御両家におゐて手前姫をうばはせられるやうな事、有べき事と存せず。もつとも手前跡目男子なく、千種の前にて相続の義、(三オ)御聞及ひもあるべき事。先達ての御使者からがもとより似せものならんとは存じて居ながら、何をせうこにせんぎいたさんやうもなく、勿論御両家へ実否を御尋申さるゝ品でもなし。手をつかねて罷有ル所、さて〳〵いかひ御苦労にあづかりまして忝し。慮外ながら此おもむき宜敷御申上下さるべし。なを追而此方より使者をもつて御礼申さるゝで御座らふ。咎人はたしかにうけ取ました。御両家の名をかたつた子細、其たのみ手、きつと拷問仕ませふ。是を手がゝりに、程なく姫の行衛もしれませふあいだ、御心やすくおぼしめし下されよ」と、残る所なきあいしらひ。両士はいとま申て立かへれば、咎人を広庭へ引出し、女ながら時の主人、正面に百万御前。家(三ウ)老大谷弾正、奥家老佐藤右近、宮嶋舎人其外家来中、左右に列を立て居ながれ、したには若党中間、じつてい、取縄、かなぼうなんど、手々にひかへ、「何者にたのまれしぞ。有様、御前にて申上よ」と、ひしめけど、しろりとしたるかほ付キにて物をもいはねば、舎人声をかけ、「それ一トとをりや、

（四ウ）

（五オ）

とくと御ぎんみあられませふ。

はれやれ、大それたやつだな。

御両使共のいかひ御くろうぞんじます。

はて。しぶとひやつじやな。

これにてありていに申し上よ。

こいつにはいはせやうがござる。

二タとをりでぬかすべきつらたましひにあらず。水ぜめの具をもて」と下知するを弾正おしとめ、「いや〳〵彼等がふてき。中々水火のせめにて落ぬべきやうすでなし。かれらには、いはせやうあるべし。拙者預り帰り、とくと工夫をめぐらして、いはせてみるべし。其上にて、ぬかさずば、其時こそ、せめころすまでもきびしく拷問然るべし。何ぶん拙者にまかされよ」といへば、時の執権、たれ（四オ）あつて、いなといふものなく、百万御前はじめ、「よきにはからはれよ」との仰せ。即時に咎人の縄ひかせて私宅へさがりぬ。どうやら一物ある、むねのうち、と見えけるも、後にぞおもひしられたる。

第二　とにもかくにも佞人の大谷弾正

小盗は市にきられ、大盗はかさねぶとんに高いびきする、とは、宜なるかな。大谷弾正は、かの咎人ふたりをいひくろめて、我家にいざなひ、ひそかにいふやう、「先達て汝等にたのみし似せ使者の狂言よりして此度姫をうばはせし事、もつはら桜井布留両家の仕業と世間の風説、首尾仕おふせし、と、よろこぶ折から、思ひよらず（五ウ）両家のはかりことにて、汝等がとらへられし事、さて〳〵仰天したる仕あはせ。もしや、あの方にてつよく拷問にあひ、白状して、尻がわれたか、と、くはしく、やうす、きゝすますまでは、たいていのこゝろづかひでは、なかりしが、そちたちが心底、おどろきいつて、たのもしく〳〵。某、もと、姫を追うしなひ、百万を手にいれて家をおさめんとおもひしかど、しよせん百万は心にしたがふべきやうすにあらず。此上はうか〳〵してすごさば、姫が行衛もしれ、願望もむなしくなりぬべし。おもへば継母をさいわひに、此咎を百万にぬすりつけ、彼ともにかたづけん。其しゆだんはかふ〳〵」と、いさひ、ふきこみ、「いよ〳〵われら本望を達しなば、一かどの侍にとりたて得さすべし」と、ずいぶん、むまふかたらひ。さらぬふり（六オ）にて両人をひかせ、決断所へ出ける。有しごとくの列座。弾正、百万にむかひ、「かれら両人、いろ〳〵手をかへ全義いたし候処、『たやすからぬ頼み手なれば、いつまでも申さじとはおもへども、今我身にはかへがたければ、なる程、御前ゝにおゐてあきらかに白状仕らん間、命をおたすけ下さるゝやうに』との事。それゆへ、たゞ今ひかせ候」と申せは、奥家老舎人引ッとつて、「たとひどなたであらふが、どいつであらふが、そこに遠慮はない。はやく、其たのみて、白状いたせよ。罪をなだめ、猶又ほうびをくれん」といひつゝ、列座の貌をにらみまはせば、両人、詞をそろへ、「此上はつゝむにつゝまれず。頼み手と申すは、則、あれなる百万御前さま。『両家のしわざ』といひふらせ、継子のお姫さまを追うしなひ、（六ウ）其上におぼしめしのある事」と、みなまでいはせず、弾正とびをり、刀ぬくよりはやく二人が首、水もたまらず打おとせば、舎人おどろき、「姫のお行衛をたつぬる手かゝりといひ、百万御前の御身の上につけても全義のこつた咎人。とくと子細を聞定めもなされず麁忽なるなされかた、残念千万」とこぶしをにぎれど、当時執権の弾正がはからひなれは、せんかたなく、一家中もあきれ果て、大息をつぐはかりなり。弾正はせゝらわらひ、「彼等をいけ置て、せんぎしつめば、いかやうな事いひ出さんもしれず。事あらはになつては、かへつて御家のおためにならず。何事も某、あしくは、はからはじ」と、おさめた貌にそらうそぶひて居れば、百万御前はある（七オ）にもあられず、「なんのいんぐはに此やうなむしつ、身に取ッて露ほども覚はなけれど、其いひわけに姫のゆくゑのせんぎをとぐべきあの二人のものもうたれたれば、今は我身のあかりたつべきすぢなし。もはや人に面はあはされず。さらば」といひて懐剣、さか手に、すでにかふよと見えけるを、右近舎人左右より取ﾘつき、おしとめ、「お覚のない事なれば、天知ﾙ地知ﾙ。御こゝろのくもりさへなくば、つゐに、はれいで、なんといたさん、今御命をすてられたとて、おひめさまの御行衛しれるではなし。是には御思案のありさふな事」といふこと葉にたすけられて、なきしみづきながら、しばし、しあんにさしうつむき、しほ〳〵として、おくへ入ﾘ給ふ。やゝあつて、こしもと共追々（七ウ）はしり出、「御前さま。さきにお庭へお下ﾘ遊はせしが、今見ますれば、裏門の戸があいてござります。どちへお出なされしや。お姫さまと同しやうに、行衛なふならせられたかと存します」と、なきよばゝれど、右の咎人どもが白状の様子にて、おどろき、うとんでゐる折からなれは、誰あつてとりあへるものなく、たゞお家のおさまり、いかゞ、と、黙然と手をくみたる計なれは、弾正は下ﾀ心にほゝゑみて、「あまりきづかひせられな。万事は某がむねにあり。まづ今日はみな〳〵ひかれよ」と、さし図をしほに、こそ〳〵と退出しける。舎人とうこんは、目を見あはせ、ものをもいはず、おなじくくびをかたむけて、座をたちぬ。（八オ）

（九オ）　（八ウ）

よし〱

お大こくにやるのじやな。

とをい所がこつちののぞみじや。できた〱。

四十両わたしますぞ。

第三　雲晴てから西へ行船待の逗留

清少納言が枕草紙にはあらねど、定めなきもの、飛鳥川の淵瀬はさらなり、夕立の雲、時雨る空、なを夫よりも人の身のうへなめり。人のこゝろだまを袖のうちに飛込せし小町も、はては、やぶれみのはぎをかくすにたらず、鉢ばゞの中間にだにきたなまれし、と聞クに、小半酒のつがひあるきせし小娘が、若殿さまの母御さまとあふがるゝ事、まことに「明日の事をいへば鬼がわらふ」とはことはりぞかし。千種のまへは、おもひもふけず初瀬まふでよりかどはされて、いづくへゆくともしらず。かなしさ。口おしさ。さるぐつわはめられて、乗物のうちになきしづみ給ふを（九ウ）二十余人のもの共、取かこみ、六尺、若党、近習なんど、色々に姿をかへ、重き諸士の体にして、難波へ出テ、中間どし、とり〴〵の相談。「しよせん隙のあいた此姫。先達て弾正さまも『そちたちにくれる。どふなりともかつてしだいにせよ』との仰。新町あたりへうつて仕廻たけれど、それでは、しれやすふて、ひよつと事がばれゝば、大キな事。西国へつれてゆかば、よい金になりさふな物」と、川口にかりざしきして、出舟の日よりを見合す内、酒とばくちに日をおくれば、はや台所に当座買の通ひおほくなり、かはごかたげて「銭の御用は」と毎日両替やが来る。薬やの売子が来ては、「水のかはりめ御用心の散薬。御たいくつには万金丹。ふつか酔には蘇（十ノ十五オ）香円。何なりともこさります」と、題目ほどすゝめる。油やかのぞけば、酢やが音なふ。いづれ、すぎはひは、草の種、といふたとへ。其種なしに口一ツをあてにして天満神明（てんましんめい）の辺にて軍書の講釈師、今岡新蔵といふ男。此むかひうらに住けるが、「たのみませふ」と案内乞（あんないこふ）てきたり、「拙者儀は軍書の講談仕るもの」と、皆まできかずに、「是々、無益（むやく）な長口上のべられな。講尺望みにござらぬ」と、つこどなる挨拶。「イヤ講尺うりには参らず。近頃麁忽（そこつ）な申分ンでござるが、『同道めされた女中は御主人で、南都から西国へ御縁組あつてお下りなさるゝ』とやら、ちよときゝましたが、先、見うけました所、こしもと女のつき〲一人もなく、あら男の貴様方ばかり大ぜい、ともめされ、りよ（十ノ十五ウ）外ながら牛頭馬頭（づめづ）の顔付。拙者は此手の事、ずんとのみ込切て居るもの。こりや、きはめてよい鳥かゝつたお仕合せもの、と、すいりやういたした。ハテかふにらんだからは、つゝまるゝに及はず。それにつゐて御相談申度ィと存るは、此ころ紀州のさる寺方から『年の頃十六七な、うつくしひ娘を肝煎（きもいつ）てくれい』とたのんでまいつて、方々聞つくらふてゐるさいわひな折から、貴さま方も西国までゆかずに済ムぬれ手で粟（あは）、又拙者とても相応な世話料もかゝる事、たかひのあきなひ。鰐（わに）が見いれたおもふて、のみこんでもらひたし」と、ずつかりとしたいひぶん。中間口利（くちきゝ）の合点（かつてん）の弥介うなづひて、「なるほど。さふいははんすりや、四も五もいふことはない。すいりやうの通り、しよせん、はらひ（十六オ）ものにするむすめ。したが、こゝらには、をきとむないが、紀州といはんすりや、遠ひ所がこつちの望み。もし身がはりの入用でもあれば、猶重畳（ちやう〲）。とかく金（かね）次第でゐす。ずんどかねにするつもりでみな歯をくひしばつて指（ゆび）もさゝぬ無疵（むきづ）もの。先何ほどの心当でごんす」ととふに、「されば大かたのつもり、年なしのつとめにやつても百といふ金はとれにくひもの。まして西国あたりの相場はずんと安いげなぞへ。所に大ぜい西国まで下らんす舟ちん、雑用、酒代、太義料まで引てみて、すふ〳〵三十がものなれど、四十だす気。いぢむぢいはずと、さつはりと手をうつてもらひたい」。「どは、いひやうがおもしろひ。つとめのかはりに坊さまのふたまた大根きこしめせ。吹わげの大黒さま、(十六ウ)仕合な女」と、どつとわらふて、実はどふやらにらまれてから底きみわるさ。子細なくわたしてやれは、懐中より金とり出し、あらためて、四十両。たがひに一札、「如レ件」とさらり済し、姫をともなひて我家にかへりぬ。(十七オ)

謡曲百万車　三之巻

目録

第一　僅(わづか)に住(すめ)る世帯(せたい)に首かせの姫御前(ごぜ)
かしづく夫婦が心遣ィは昔の
御恩(おん)を報謝反(ほうしやがへし)深き思の
深編笠(ふかあみがさ)は是も忠義の一重切(ひとへぎり)（初オ）

第二　物見なり〳〵車より百万の姿
三国に渡りし釈迦堂(しやかどう)で
三国志の講尺うつし心か
村烏(からす)むら〳〵と散(ちつ)た聴衆(ちやうじゆ)

第三　奈良(ら)の都を立出(たちいで)てからの物語
出合者(であいもの)とは出茶(でちや)やの悪(わる)ずい
目に立(たつ)男は悪者(わるもの)作り是は
月日も切ﾘ過た借金の催促(さいそく)（初ウ）

第一　わづかに住る世帯に首かせの姫御前

絶代有二佳人一。幽居在二空谷一。自云良家子。零落依二艸木一と、杜子美が作れるぞ、哀なる。千種のまへは、からふして新蔵にたすけられ、彼茅屋に入リ給へば、女房はいそ〳〵として出むかひ、夫婦納戸にいざなひ申シ、手をつかへ、涙をながして、「年月へたる事なれば、さだめて御おぼへもあるまじ。わたくし義はお家に御近習をつとめ罷有て、花山四郎三郎と申せしもの。是なる女房は、前の御前則御実母さまに童の時よりつかへ申シ、御恩をうけて、音羽と申せしもの。たがひに若気のしのび合イ、事あらはれ切腹にも及ぶべき所、御慈悲にて御いとま（二オ）下され、此地に立のき、わびしいくらし。何とぞ折をもつて、帰参仕度キこゝろなれど、何を功に申シたてもなければ、いたづらに日をおくる内、おく御家老の舎人殿、以前のよしみをわすれず、内分にて書状の通達。あはれみをかふむるに、此間急用とての飛脚。何事ならん、と、とる手も遅しと披見せし書簡の趣は、此度御家の騒動。御前の御行衛なふならせられたる事。『御継母百万御前さまの仕わざといひなされ、其あかり、たつべき証拠なければ、とて、百万さまにも御出奔。是、全く弾正が巧より出たる事ならんとおもへども、当時のいきほひ、一家中、心をかたむけゐる弾正なれば、何とせんかたなし。さしあたつて、御姫さまの御ゆくゑさへ（二ウ）しれたらば、其うへにては、しあんもあらん。先、御ゆくゑ、全義の筋は、京都か、其地。その地の義は、そちにまかす間、ずいぶんせん義せよ』

と、くはしく申まいりしは、わたくしが身の面目。辻講尺仕るをさいわひ、人立チおほき所にて、いろ〱と事をうかがふ折から、むかふのかしざしきに、かふ〱したる客ありと近ン所のうはさ取々、心をつけて、やうすをみすまし、やう〱と四十両の金さいかく。何とぞ手もなく迎へませんがため、あられもない偽事を申て参しが、其時はさぞ御ン心をくるしめ給はん。先日よりの御苦労、御いたはしさ、申上るに詞なし。しかし、かやうに、すみやかにめぐりあひ奉り、御つゝがなき体を拝し申すも、ひとへに春日明神の御加（三オ）護。此上は南都へ御供申、御家のおさまるやうに仕べし。まづ此やうす、早速申遣しなば、舎人、右近など、さぞよろこびなるべし。さて是を一ツの功とおぼしめし、わたくし夫婦が御勘気をも御免下され、もとのごとく召つかはれ下さるべし。ひとへにねがひ奉る」と、何もかも取リあつめて申すに、姫もうれしさ、夜の明ケたる心地。「今までは、生キて物おもふより、いつそ、なき身とならんもの、と、懐剣に手をかけしは幾度ぞや。それでも、兎角心のひかるゝは、はづかしながら、いひ名付ケの殿御、桜之丞さまの事。同じ世にさへあるならば、どふなりともして御目にかゝる時節もあらん、と、つらさ、かなしさ、たえしのびしかいあつて、おもはずも、そもし夫婦の（三ウ）衆にめぐりあふ事。うれしさ、こと葉につくされず。さりながら、かなしひは、今の母さま、百万さま。みづからゆへに、御ゆくゑ、なふならせられたるとや。あまりといへば、冥加ない。此身のほどがおそろしい。そなた衆の勘当は、何がさて、とゝさまになりかはつて、みづからがゆるしますほどに、此上のたのみといふは、母さまの御身のうへ、どふぞ急に御ありかをたづね、おそばに居て、宮づかへ申やうにして下され」と、なげきもよろこびもとりまぜたるたゞ中、おもてに聞ゆる尺八の音。「御無用」と、いはふより「どれ一トつまみ進ぜふ」と、女房がたつて行を「イヤそれへまいつて」と、天蓋とつて、ずつとはいる虚無僧。新蔵は貌みて、ひつくり。「ヒヤア舎人殿。あぢな姿で(四オ)こりや、なんとしてお出」。「イヤ貴殿のびつくりより、拙者がおどろき。御姫さま、先は御機嫌よろしく渡らせたまふ事、大慶此上なし。新蔵殿、いかゞして御ゆくゑ、さつそくに相しれたるぞ」と、たづぬるに、ひめはうれしさ。「おもひよらず、いかひ心づかひになりし。よふ礼いふて下され」と、有しやうす、物がたりのうへ、「サテそもしには、とふして爰へは見えしぞ」と、の給ふ。返答も無念の顔色。「御ふしんは御尤。先達て新蔵殿まで申こす通り、百万御前さまにも無実の御難義。御まへをたづねに出給ひて、御ゆくゑしれず。あとは弾正が心のまゝ。いひかひなき家中の者ども、みな弾正が下知にしたがへば、『当時御跡目なく、御家断絶に及ぶ事、なげかはしき間、しばらくあづかり申(五ウ)さん』と、いひわたしのうへ、なをも家中の心服をさぐらんとてや、一ッ時夜、のこらずまねきあつめ、『当社春日明神のつかはしめなれば、神馬も同前、向後当所におゐては鹿をさして馬といはしめんはいかゞ』と、あまりといへは、子ともたらすやうなるたはこと。みな一チ同に『是は御もつとも』と頭をふつて追従たら〴〵。拙者と右近とが、はしめより呑こまぬ顔色を見て、其席にて『両人には格別のあしらひ。なをもつて、以来は万事遠慮なく相談にあづからん、かために』と、てうし、盃、自身もち出、弾正にへつらふ不破官右衛門が酌。何とも心得ぬ

（五オ）　（四ウ）

おゆくゑもつゐしれませふ。

まあ、うれしや〳〵。

御無用〳〵。

きちがいよ。ほつかいよ。

ひけや〳〵。此くるま。ゑいさら〳〵さ。

狂人さはげば不狂人もさはぐじやな。

めつらしいきちがひじやの。

事、と、おもふうち、印籠につけたるさんご珠、おのれとくだけとんだるは、さてこそ毒酒のしるし、と、右近にめくばせし、そしらぬ体（六オ）にて座をたち、うらの塀をこし、しのび出しが、跡より同しくのがれくる右近。引キつゞひて、やらじと追くる大勢。両人火花をちらしてたゝかひしが、口おしや多勢にとりまかれ、つゐに右近はあへなき最期。拙者はやう〳〵切ぬけて、ゆふべは上ミの太子の辺。しるべの寺に一ッ宿ク。けふ、このすがたにて此所へきたるも、新蔵殿と心を合せ、いか様にもして百万御前さまと君の御ゆくゑ、全義しいださんため」と、きけばきくほど強悪不敵の弾正が仕業。「さて〳〵いとおしきは右近殿。嘸無念にありつらん。其しぎなれば、もはや御ひめさまをこゝにをきますこと、心もとなし。当地には弾正がかたらひの者ども、あまた徘徊すれば、ひそかに都へお供せん。此上は安部の家を（六ウ）うしろだてとし、折をもつて六原殿へうつたへ、うらみをはらさでをくべきか」と、なげきの中カに末のたのみをとりまぜて、ひめをいさめ、はや乗船の用意し、「舎人殿にも一ッ所に」と、いざなへば、「いや〳〵拙者は此地にしばし逗留いたし、百万さまの御ゆくゑ、心あたりのかた〴〵をたづね、其上、罷のぼるべし。おひめさまの御身のうへは、とかく御夫婦たのみいる」と、あとはたがひに「御無事」のあいさつ。ゑがほつくれど、目にもるゝ無念のなみだ、竹の音にまぎらはしつゝ出て行。

第二　物見なり〳〵車より百万の姿

誰かはたのまさる。たれかたのまさるべき。忝くも此（七オ）御ほとけと申すは毘首羯磨とかや、赤栴檀をもつて作り奉りし尊容にして、天竺震旦わが朝三国にわたり、有がたくも今この嵯峨のせいりう寺に現じ給へり。此頃は例年ンの大念仏。信心はなきを、「南無釈迦牟尼仏なむあみだぶ」と、遊山がてらの逆縁ながら、さいせんのはづれぬ参詣おほければ、見せ物のこやがけ、地をあらそひ、「きれいなさいく。銭はもどり」とわめくやら、「かんばんにいつわりなし。丹波で取ましたうはばみ。よう〳〵よりて見給へ」とよびかける。「かやうに恥をさらしますも前世の宿業をほろぼしますため」と、なかして銭とるかたは物。わらはして編笠まはす品玉とり。はなし物まねののぼり、目にちらつけば、かるわざ、きりんのちやるめら、耳（七ウ）にかしましく、人よせくらべの中ニ経堂のかたはらに床机四五きやくならべて見台にかゝり、三国志の講尺する男、「大坂にゐた今岡じや」と、名題をきひて、かれよりもこれよりも群集し、人の山をそ、なしける。「たゞ今よみます下が蜀の劉玄徳、諸葛亮孔明が草庵へたづねてまいられます処。孔明が出ましてからは三国かなへのごとく並びたちまして、或は勇にやぶれ、或ははかりことに勝チ、たがひにいきほひをあらそひます。是からだん〳〵花やかになつてまいります。エヘン〳〵」と、扇をしやにかまへれば、聴衆はほうづゐつき、首をかたむけ、実がのつてくる最中、にわかに門前よりさはぎたちて子供の声々。「気ちかひよ。ほつかいよ」とはやしてくるに、うつりやすき（八オ）人ごゝろ。此ひやうしにのつてちり〳〵になれば、跡にはつつくり講師ひとり。「ェ、狂人さわげば不狂人もさはぐじや。銭になる所をきちがひのおかげでしまふた」とつぶやきながら、「どんなものぞ」と、のびあがつて見やるに、まだとしのころ三十ばかりの女。もとより長き黒かみをうつくしうときながし、ふりたるゑぼしをかづき、紋紗に秋の野ぬふたる水干の肩をぬいで、すそにさげ、又竹田のまへ狂言にだしそふな花車。きゝやうかるかやおみなべし、おぎ萩きくにわれもかう、すゝきよ何よ、と、秋の千ぐさのつくり花を籠にいれて、するゑ白くれなゐの絹縄つけて、つきありく子供にひかせ、みづから音頭をとり、「ひけや〳〵この車。ゑいさら〳〵さらにしら（八ウ）れぬ我子のゆくゑ。しる人あらばおしへてたべ。是ほどおほき人の中に、などや我子のなきやらん。もしも我子があるならば、此花車は、なぞ車。心でとふを、心で聞ィて、それとこたへよ。ゑいさらさ」とうたふてはなき、ないては舞。まづは神武以来きかぬ図な物ぐるひ。「むかし〳〵儀のせんじの、しづか御前の、といふ白拍子のまひすがた。さだめてあのやうなものであらん」と、ひとりごといふ内、すこしくるひつかれてや、経堂のかげへきたり、やすんでゐる体。見ればみるほど、つまはづれの上らうしさ。なみ〳〵の女ではあるまい、と、おもふにつけて、さいぜんよりのおんどのしやうがも、どふやら耳にとまり、こゝろがゝりなれば、ちかふよりて、「申ｼ女中。見うけますれば、何ゆへか、おこゝろ（九オ）がみだれたそふで、あじなすがた。さきにから、うたはつしやるをうけ給はれば、人をたづねさつしやるやうなしやうが。どふしたわけでござるぞ。くるしうなくば、おきかしなされ。ちと、こちにも心あたりがあつて、おたづね申せば、おちからになるすぢがあるまひものでもなひ」と、たのもしひ口ぶり。「どなたかは存じませぬが、うれしい御たづね。ひつつまんで申せば、夫トは四とせ以前すぎ行カれ、只ひとりのわすれがたみ、みづからとは、なさぬ中の娘。去(さり)し年のこの頃、何ものにか、かどはされしを、みつからがわざといひなされ、かなしひとも、つらひとも、あるにもあられず、しのび出テ、方々をさまよひあるき、いろ〳〵とこゝろをつくしてたづねますれども、今にゆくゑ（九ウ）しれず。あまりの事に、此ほどは、おもひよりし此すがた。このすいかんのもやう。あの花ぐるまも、尋ぬる子の名のよそへもの。人の目にたつやうにして、群集(くんしゆ)にかほをさらすならば、もしや其子がわれこそと名のつて出(で)るか、さなくとも、此ごろ、かふした狂女があると、世間ンのうはさにあふならば、それがすなはち、ゆくゑのしれる手がゝりにもならふかと、あてなひたのみに、恥(はづ)かしひ百(もゝ)や万(よろづ)の舞の袖。みつからが身のふるまひ、是ほどまでにこゝろをくだくむねのうちをすいりやうして、ゆくゑのしれるすじあらば、おしへてたべ」と、かきくどき、なげかるゝを聞キすまして、なみだをうかべ、「さてはうたがふ所もなくナならの御(お)方て御座(ござ)らふ（十オ）が、奈良のお方ならば、御安堵(あんど)遊ばせ。こゝは人目もあれば、むかふのかけ茶やへ御ン出あるべし。あれにて御安堵のすじ、くはしく申シ上ん」と、いざなひぬ。

第三　奈良の都を立出てからの物語

三星や、鎰屋、ふく七、いづみやなど、どの法会にもはづれぬかけ茶や、のうれんをつらね、よしずのあたらしきも春めき、出女のまへだれも夕陽に映じてはなやか也。されば、かへらん事をわするゝの客、そこもかしこも一ばいづゝ、はやり哥の手ひやうし。「ロマ。チエイ。すむゆ」の、上でうしにさはがしければ、名題の通らぬずいぶんさびしひ茶やをゐつて、おくぶか（十ウ）なるすだれのうちにいざなひ、ほんのあいさつまでに盃とりよせ、とをり過たかんも、なまやけなでんがくも、こごといはずに、「こちからよぶまでは、くるに及ばぬ」と、物はこぶ女をとをざければ、出会者と、はやがてんに、笑をふくんで、うなづひてゆくもおかしかりき。人目なければ、新蔵は座をさがつて手をつかへ、「うたがひもない百万御前さまにてましますな。はじめよりそれとはすいりやういたせしかども、御面を存せねば、とくと御身の上をうけ給はりし上、と、よそながら御尋申上んがため、無礼のあしらひ。御免下さるべし。わたくし義は野守の御家に御近習をつとめ罷在て、花山四郎三郎と申せしもの。先御台さま御死去のはる、（十一ノ十五オ）蜜通のあやまちによつて、御暇下され、其のち、大坂へ罷越、二君につかへじと御らんの通リ辻講尺を世わたり。浪々の住居。しかるに去年、はからずも御姫さまの御なんぎをすくひ申、夫レより今日まで御かくまひ申、わびしひ目はさせますれども、御きげんよく入らせらるゝ間、先以御安気下さるべし。扨、御姫さまにも御前の御家出をきこしめし、明暮レ御ン身のうへをあんじなげき給ひ、『何とぞして御ゆくゑをせんぎせよよ（ママ）』との仰。御顔を存ぜぬながら、いろ〱と心をつくしましたかいあつて、今日たゞ今御目にかゝる事。おふたりの御真実の相通じたと申すもの。是よりすぐに私宅へ御ン入遊ばし、御不自由ながらも御一ッ所（十一ノ十五ウ）にましまし、御運のひらかるゝを御まち遊ばすやう、しかるべし」と、志のまこと、面にあらはれ、はじめよりの事ども、くはしく物かたるに、百万御前は天の岩戸のひらけし心地。「とにかく礼はことばにつくされず」と、うれし涙にくれ給ふぞ、ことはりなる。爰に一トきは人にこと成ル形風俗は、誰もしつた伏見海道の大坂飛脚、いけだの大八といふおとこ。あつびんの大たぶさ。わげの長き事、凡一尺計。一わのもとひをまきたて、郡内おりのよぎ嶋に、もみのうら、つけたる小そで。紙子仕立の袖なし羽をり。どうがねの入ッた大だらぼつこみ、五かいかさねの皮草履。大またにあゆんで、そこら見まはし、此すだれ引あげ、「ハア、こゝにしつほりたのしんでゐらるゝ。（十六オ）イヤこれ。今岡。イヤ新蔵殿め。あきれるはいく〱。うつくしひかゝを所持して、まだたらひで、つり物か。其体なら、預りものじやとやらの、内にをくふりそ、あれも大かた、わけのあるものであろ。ほんにわりや、あんまり色事にかゝつてゐて、いかふ物わすれするそふな。マァけふは幾日じやとおもふてゐる。金のきりは、あとの月の晦日。今あらためていふではないが、そも〱といふはおとゝしの冬。大坂に逗留してゐるうち、そちのとなりへどう取リにゆき、ふと見そめたそちのかゝ衆。をりを見てもらひかけふとおもひ、近カ付になつて、きうにねんごろ時に、去年ン三月。何やらにわかに入用。

（十六ウ）

（十七オ）

おひめさまも御きげんよふ入らせられます。

うれしや〳〵。礼はことばにもつくされぬ。

ハア、しつほりとたのしんでゐらるゝ。

わりや、わたされぬ女房、なぜ書いれた。

今といふては出来ませぬ。

どふぞ、あすまでに、きつと、わけ、たてませふ。

『私一人おたすけとおぼしめし、金子四十両、おかしなされて（十七ウ）下されよ。さいはひな所へお下り。おまへを男と見てたのみました。一生此御恩はわすれますまい』と、あられほどな涙をなかしてのたのみ。はてさて、わるびれもせぬ男の、よく〳〵の事でかなあらふ。せうしな事、とおもふから、呑こんで山吹いろの大切なかね四十両。ア、忝くも、かしたぞや。所で、かゝして置ィた此証文。『もし此金子相滞候はゞ、女房を相わたし可レ申。仍如レ件』。もつてゐるぞよ〳〵。此間中、ゐても〳〵留守。切リからてうど半月。けふ出くはしたが百年目。今わたせ。サア金がなくば女房。女房がいやなら金。モ、、、一寸も、まつ事、罷ならぬ。ハテおれが無得心な者ならば、われが留守にゐて、一も二もない、女房ひきずつてかへるはひ。けれどもそこ（十八オ）が男をたてるおれだけ。さふむりな事しては、顔が立ぬ。じやによつて、われにあふて、あいたいしよ、とおもふて、かゝ衆がちよべこべのことはり、三百礼、三千合点して、まつてゐたが、仏のかほも三度。なんぼけつこうな、きれいなおれでも、さふは、のれぬてや。利足ともにてうど五十両。みゝそろへて今わたすか、どふじや。二ッに一ッのわけたてにや、いにやせぬ」と、片あしあげて、こし打チかけ、大仏張の看板にかけそふなきせる、しやにかまへ、のつひきさせぬ言葉の手づめ。声の高さ計も、茶やの手まへ、きへたきこゝちなりける。新蔵は気をしづめ、手をさげて、「だん〳〵みな御尤。此方に、つゆほども、じよさいはなけれども、ちつと、くめんのちがふ（十八ウ）た事がござつて、今といふては一金も御返済申す事が出来ませぬ。其かはり、女房をお渡し申さふ、と申たいが、これもちつと義理のある中ヵで、わたくしがこゝろのまゝにもなりにくひわけ」といふにこらへず大八はとびかゝつて、新蔵がたぶさをつかみ、ねぢすへ、「そりやなにいふ。イヤ何ぬかす。われや、わたされぬ女房をなぜ書キ入レた。おれをかたつたのか、こな大ずりめ。しよせんこゝでどのやうにいふてもあかぬ事じや。コイ。代官所でらちせふ。サアうせい」と、床机より引ずりおろす手に取つゐて百万御前。「さきにから、だん〳〵のやうす、うけ給はりしが、なるほど申さふやうもない。みな御道理。さりながら、今といふて金があるほどなら、こなた（十九オ）さまに、このやうにせられてはいられますまい。そのこゝろをすいりやうして、ふびんとおぼし、どふぞあすのくれまて、まつて給はれ。あすの暮かたまでには、みつからが、金とゝのへて、きつと、わけたてませふ」と、なだめらるゝを新蔵ひつとつて、「当座のがれに麁忽な事仰られな。わたくしが身は、くるしふござらぬ。たとへ、どのやうになつても跡の事はナおまへと御一ッ所にござれば、かのおかたに気づかひなし。女房どもが賃しごとですごさせますするほどの事はどふなりとも出来ます」と、そこ〳〵に心をめぐらし、「モかふなるからは絶代絶命」と、身がまへするをおしとめ、「まつたく当座のがれにいふではなし。なんであらふと、みづからがこゝろに出来るあ（十九ウ）てがあればこそ、あるといへ。明日くれまでのうちには其金とゝのへ、そもじにわたすべし。大八殿とやらも、何とそ、こゝを了簡して、まつて給はれ。はて、その上、もし相違いたさば、どふなりとも心まかせ。けふの所はきゝわけて」と、こと葉をつくしてなげかるゝ。いつはりなきやうすと、うつくしさにうかれて、「ヱヽハ明日迄の事じや。理をまげて、まつてやらふ。新蔵きつと明日うけ取にゆくぞよ。もし又これがちがふたら」と、半分は目にいはせて、たちかへる。新蔵とかくにこゝろすまず。「たとへどのやうに仰られても、五十両といふ金の出所（でどころ）はござらぬはづ」と、ふしんすれとも、「なんであらふが明日暮までに、その金わたせばすむ事。（二十オ）そもじ住家（すみか）はいづく」と、たづねらるゝに、「所は大仏よしの町。おもてに『南都西大寺豊心丹あり』とのかんばんを知へに御出下さるべし」と、その日はわかれてかへりぬ。（二十ウ）

謡曲百万車　四之巻

目録

第一　児手柏(このてがしは)の二面(ふたおもて)見替(かへ)られぬ金(かね)と妻(つま)
手詰(づめ)に沈(しづ)む河竹のうき節(ふし)を
切(きり)かへたつゝもたせの五十両
まいらせ候の一通(いつつう)はャアやはり身の代(しろ)（初オ）

第二　思ひ重(かさ)なる年月を操返(くりかへ)（ママ）す姫(ひめ)の歎(なげき)
かけてくるしき武蔵鐙(むさしあぶみ)　轡(くつわ)やと
借金乞(しやくきんこひ)わけもなひと自害(じがい)を
とめたは出世(しゆつせ)を導(みちびく)　忠臣(ちうしん)の侍(さむらい)

第三　都(みやこ)の西(にし)で聞えたる思(おも)はくの太夫(たゆう)さま
尋(たづね)てこゝに祇園(きおん)町の扇(あふぎ)や
あふぎ立(たつ)る饗(もてなし)は内証(ないせう)の寒(さむ)い大臣(だいじん)
さし込(こみ)の女中は里馴(さとなれ)ぬ本(ほん)の白人(はくじん)（初ウ）

第一　児手柏の二面見替られぬ金と妻

たのしみは夕顔だなの下すゞみ男は鶉衣女は二布してと万葉集に侍り。まことや、「おもふ男と一代そはゞ、水もくみませよ、手鍋もさげませよ」と、うたふたるは、ことはり。屋根のもる長やのうちに借銭乞のせはしきを堪ても、浅からず思ひかはして、世を経んは、うらやましからずや。されば新蔵夫婦は難波を立のき、大仏よし野町にわびしきくらし。夫は辻講尺の名題通りて、つねに祇園の社内へ出、絵馬堂の下に座をしめ、其外、月々のさだまりたる宮寺の縁日、或は開帳・万日の場をかゝさず。又は町ぶるまひ、参会の（二オ）山行、日待月まち庚申まちなどにまねかれては、銀弐両金百疋、座に応じてよきまふけもあり、つまは仕たて物の賃しごとにせいを出し、外から見ては、ゆるりとした内証であらふ、と、おもひの外に千種の前をかくまひ申せば、不自由なめを見せじと気をはりて、去年より此かた、四季おり〳〵の召物もあたらしき絹布をつゞけ、あかづかぬさきに取かへ、朝夕の御膳も魚肉をすゝめ、さま〴〵に心遣ひして、かしづけは、かせくにもおひつくひんぼう神のまもりめにこまりける。殊さら、ふしみ街道の大八に五十両の借金。だん〳〵さいそくの上、きのふ、さがにての手づめ。けふにかぎる五十両なれば女房に（二ウ）むかひ、涙をながし、「ゆふべ、はなす通りのわけなれば、けふのくれかぎり、大八がくるは必定。もつとも百万御前の『その金とゝのへてわたさん』と仰られしかども、もはや今日も七つにちかき日あし。今迄、さたのなきは、できぬにしれた事。すりや大八にそなたをわたさねばならず。といふて、今さら大八にわたしては、一ぶんたゝず。その上『たとへどのやうな辛苦をするともはなれまい』といひかはしたふたりが中。いかに、かねゆへなればとて、人の妻にしてどう見てゐられふぞ。もはや此上の了簡といふは、かねぐ〳〵いやるとをり、つとめにいてたもるより外なし」と、なくもなかれず、奥の聞えをはゞかり、小声にかたれば、女（三オ）房は新蔵がひざにとりつき、「おろかな事をいはしやんす。さしむかひにくらして居るなら、五十両といふ金、かりもせまひし。よし又ふたりが身のなんぎばかりなら、もろともに死出の旅路へゆくまでの事なれど、どふもならぬ手づめといふは、大切な御姫さまをはぐゝみ、御代に出さねばならぬじやござんせぬか。わしや忠義じやとおもへば、つとめ奉公はさてをき、大八が所へでもゆく気でござんす。こゝろよはひ事いふて下さんすな。つとめの年の三年や五年たつは夢じやもの」と、ゐがほつくれば新蔵は目をしばたゝき、「御姫さまさへ御代に出したら、五十両や百両は風前のちり。早速うけださいでおこふか。（三ウ）それを力にしてかならずくよ〳〵物あんじして煩らはぬやうにしてたも」と、いろ〳〵の事をとりまぜて云かはし、「もつともきのふから百万さまの金のぐめん、合点ゆかず。どふでかふせずばなるまい、と思ひ、ぎおんの松やであらましはなしては置たが、いよ〳〵かねもつてむかひにくるやう一トばしりいてこふ」と、出行。あとはなみだにくれ、かゞみとり出し、髪なをす、梅花のあぶら、色も香もふかひいもせの二世三世、かたきあぶらのかねことも、水あぶらか、と、かなしさの人目つゝらふおしろいや。「ほんにおもへばあすよりは、たがため、そめん、べに鉄漿(かね)のつやいふこともどふやら」と、ひとりごといふうしろのかた、障子(しやうじ)おしあけ（四オ）のぞきゐ給ふ千くさのまへ。かゝみにうつるかげにびつくり。「お姫さま、これは」と、おとろく貌うちながめ、なみだをながし、「先(さき)からのやうす、残らずきゝしか、みづからゆへに、そなた衆の身のなんぎ。そもしにつとめさして、どふまあ、わしが見てゐられふぞ。さいわい桜之丞さまにはけいせいがお好(すき)。わしや契情(けいせい)になつて、どふぞ桜之丞さまにおめにかゝりたい。そなたのかはりにやつてたも」と、おもひもよらぬ言葉に、いはんかたなく、もてあぐみし折から、「たのみませふ」の案内(あない)の声(こゑ)。「まづおくへ」と、ひめをおしやり、戸口に出れば、「西大寺(さいだいじ)豊心丹(ほうしんたん)の看板(かんばん)をしるべにまいりましたが、講尺をなさるゝ今岡どのはこなたでこざるか」とのたづねに、「なる（五ウ）ほど是でござりますが、どちからのお出。たゞ今は新蔵も出られましたが、くるしふない御用なら、明日(めうにち)おいで」。「イヤ貴さまがお内義なら申シ置てすむ事」と、いひさま、つく〲貌うちながめ、「さても見事。先五六十から百両までは年ゝ次第。むまひさかり」と、だきつくを「是めつそうな」と、つきやるひやうし。首にかけたる嶋の財布(さいふ)、ふらりと出(で)たるに目をつけて、にわかゐしやく。「どなたかしらぬが、夫(おつと)の留守をねんがけてきたやうなじやら〱。何ンの事じやそいな。マアおたばこ」と、吸(すい)つけきせる。「おまへもさだめてうち方にお内義さまが待てゞあらふが、いなんすがおそり、此やうにしられさんすであらふぞへ」と、太股(ふともゝ)ひつちりつめられて、「あい（六オ）たゝ」と貌をしかめ、「イヤモ嚊(かゝ)いやでごんす。ことさら我等(われら)がかゝ衆、ことの外りんきぶかふて、御すいもしのごとく、つ

（四ウ）　（五オ）

やれ〳〵こわい事。

あいた〳〵た。

きのふのへんほう、うけとれ。

さアこしらへをはやふ〳〵。

いや〳〵しなねばならぬ。

まづおまちなされませ。

ねぐ〳〵いぢられて、ほつとこまるでゐす。それもそもしのやうにうつくしいなら、たとへ此身は灰(はい)になつてもかまはねど、鬼瓦(おにがはら)のくだけたやうな御面像(ごめんぞう)。あし手は熊のごとくにて、その声犬に似たりける。じやによつてのりかへたいたゞ中」といふにつけこみ、「そのやうにいはんすは男のくせ。こちの人もかげではおまへのやうにいはれるでござんせふ。ことに此ごろはきつい秋風。又しても出てゆけ〳〵と、ちよとした事でもかど〳〵しふ、ねめまはしてのふきげん。それに、もとは、どれあひめうと。さふいはれましても、いに所はなし。わたしもほつとあきまい(六ウ)らせて、さそふ水あらば、どこへなりともゆく気じや」と、目もとに色をふくんでよりそへば、かの男は余念なく、「こなさん。わしが所へでも、来てくだんす気なら、ハテかゝめは、くめんして、追出すわいの」と、つゝといふ。図(づ)にのりのきたさい中、もどりかゝる新蔵。しばし、おもてに、やうすをうかゞひ、つか〳〵と内へ入リ、「こりや女房共。どこのわろじや。見しらぬわろが、男の留守に女房をとらへて、じやら〳〵と、あぢなかほつき。そちや大それた事する女じや。どふした事で引こんだ。いつから此やうなま男してゐる。ありやうにいへ。ぬかせ」と、むつかしい貌でねめつくれば、女房はそしらぬ貌で、「何いはしやんすやら。わしがそんな事してよいものか。あの人はどこの人かしらぬが、お(七オ)まへの留主をしつてきたが、さきにから、わしをとらへて、じやら〳〵といはれます。よい所へもどつて下さんした。此わけ聞ィて下さんせ」と、たゝみたゝいて、存もよらぬやうすに、「是、御内義。こなた、さきにからいふたのは、そふではないぞや」。といふても、証拠(せうこ)のない事。新蔵はかつにのつて、「女共がいひわけもくらい〱。ふたり共にかさね切にするより外なし」と、すでに脇指(わきざし)に手をかくれば、「ア、是々。めつそふな事せまい。当世は、まおとこ三百目、といふて、らちあけますが、こゝに持合した金五十両。銀に直(なを)して三貫目。十倍(ばい)ましじや。是でこらえて下され」と、財布(さいふ)ながらさし置キ、尻(しり)をかすみとにげかへる。跡見おくつて夫婦は貌を見合せ、「そなたは大かた、今の金、見付ケて、あゝ（七ウ）する工面(くめん)であらふがの。よい折リから、さいわい、てうど五十両。此かねがあれば、つとめにいきやるに及ばず」といふに、ひめもたち出、よろこびあふて、「先ッ金あらためん」と財布(さいふ)あくれば、金に添(そふ)たる一通。「新蔵殿。百万」と、うはがきみるよりびつくりし、封(ふう)じめとひて、「何々、『きのふ、やくそくいたせし五十両、もたせ、しんじ候。御うけ取まいらせ候』。ヤアそんなら今の男は此かねもつてきたつかひか。エ、何ンの事じややら、いらぬ事にほね折ッて、やつはりこちへくる金じやものを」といひつゝ、ふみをよみかへせば、「みづからまいり候て、千くさのまへにも見参(けんざん)にいりまいらせ度さむらへども、まかせぬ身と成まいらせ候へば、めぐりあふべき月日をのみまちねんじ候。此（八オ）上ながら夫婦の衆。よく〱御いたはりたのみ入まいらせ候」といふ文体(ぶんてい)。「まかせぬ身とは合点(がてん)ゆかず」と、こゝろをつけて見れば、「祇園町桑名(くはな)や」と、ぬひつけたる財布(さいふ)のしるし。「さてはうたがひもなき御身の代(しろ)か」。はつと当惑(たうわく)。三人はあきれはてたるばかりなり。

第二　思ひ重なる年月を操(ママ)返す姫の歎

魯褒神銭論曰、危　可レ使レ安、死可レ使レ活、貴而可レ使レ賤、生可レ使レ殺、といへる。むかしも金銀のためにつかはれて、許多の人が、おもはぬうきしづみするならひ、かなしむべし、いたむべし。百万御前も時代につれて、わづか五十両のために身を河竹のながれにしづめ給ふこと、勿体なや。みづからゆへ、と、(八ウ)千くさの前のかなしみ。心もそゞろなるばかり。「さきからもいふ通り、みづからをつとめ奉公にやつて、母さまをむかへましてたも。わしや、はやふつとめにゆきたい。つとめにさへ出たら、桜さまにお目にかゝる事もあらふ、とおもへば、けつく、うれしい」と、せりたち給ふを、夫婦とり〴〵にいさめすかし、「それではかへつて御前さまのお志を無に遊ばすと申すものにて、大キな御不孝。申あはしたとをり、わたしさへつとめにまいれば、御前さまは其まゝむかへますれば、おこゝろをもまれずと、わたしらしだいにあそばせ」と、なくさめなだむる折から、暮をかぎりのけいやくを、ちつともたがへず、いけだの大八。門口より大声あげ、「サアやくそくの五十両(九オ)今わたせ」と、つかみかゝるやうにわめけば、新蔵こらへず、「あり合五十両、あらためてうけとれ」と、貌を目あてになげつけ、「きのふ、人中でよふも打擲したナア。利足そゑて五十両今わたせば、そちにいひぶんはない筈。こちにはきのふの打擲の返報いまうけとれ」と、たぶさをつかんでねぢすへ、目はなもわかず打すへ、ふんだりけたり、ほう〳〵のめにあひ、起あがりて、へらず口。「金かしたあけくに、こないにしられるは、つねに芝居であるかたじや。かねて合点できたはいなァ」と、あしばやにこそかへりける。すれちがふて、おもてから、「こゝじや〳〵」と入くるは、ぎおん町のくつわ松や才兵へ。「やくそくの通り、かごもたせてむかひに来(九ウ)ました。則、金五十両わたしますほどに、『奉公人手形の事』と、ざら〳〵と書ィてもらいましよ」といふに、「なるほど、心得ました。先、お茶一つ、たはこぼん」。「いやモ何もかまふてくださんな。サヽこしらへが出来たら、はやふつれて、いにたい。モゥ今夜も五つ前。今が客の出さかるさい中。はやふ、いんで、目をつけていねば、女郎共が、おくりむかひのすき間をねらふてチョンの間まはしの男めが、のらかはく。こゝに居ても気が気しやこざらぬ」と、せりたつれば、「いかにも、是は御もつとも。それ、はやふ小袖きかへて、いたがよい」と名残を口にはいひやらぬ、たがひのむねのくるしさを、みな我からとおもひやり、あるにもあられず千くさのまへ、懐(十オ)剣逆手に「南無阿弥」と、すでにかふよと見えけるを、いつの間にかは忍ひけん、侍両人、左右より、「是は」と、とりつき、とゞむるかげ、障子の火かげにうつろへば、「コハ何事」と、新蔵かけより、障子さつとひきあくれば、おもひもよらぬ宮じま舎人。同じさまなる侍一人。千くさのまへの懐剣もぎとり、「新蔵殿。だん〳〵の御心づかひ、申さふやうもござらぬ。我々事は最前是へまいり、おもてよりうかゞひし所、何やら心得ぬ内のやうす。いかさまにも子細あらんと存ぜしゆへ、うらのやぶよりしのび入、始終残らずうけ給りしが、かくまで御しんていをうたがひしも、御姫さまを大切に存するからなれば、ひとへに御免ッをかふむるべし。

さて、われ〳〵（十ウ）まいりしは、よの義にあらず。此たびお家騒動（さうどう）、弾正が悪事のおもむき、桜之丞さまの御父民部（みんぶ）様へなげき申せし所、『先、取あへず御姫さまをむかへましてくるやうに』と、仰をうけ、則、御迎ひに参上いたせし也。是なるは安倍家（あべけ）の御家来宍戸（しゝど）宇太夫殿」と、引合せ、「もはや御内室の身の上も、とかふに及はず、百万さまの御事も民部様へ申上、よろしきやうに取はからはん」と、なげきのあまつた其あとは、よろこびがあつまり、麻疹（はしか）わつらふたあとで、ひきづり菊石（みつちや）のうつくしふうまつたこゝちにぞありける。才兵へは月夜に桶（おけ）のそこぬけた貌つき。「せつかくかゝへた奉公人を、へんがへするといふやうなあんばい。そちの勝手（かつ）はよささふなが、（十一ノ十五オ）こちのかつ手はきつふわるひ。マア此しりはどふしてくだんす」と、いがみかゝると見て、有リ合金子壱両なげ出し、「是はそちたちが、こゝまでの太義賃（たいぎちん）。酒でものめ。さ、それともに、かれこれいへば、むつかしいが」と、舎人にきめられて、「なんのいな。わしも大かた此やうな、らちの付さふなもの、と、いふてみたのでごんす。どなたも是に御ゆるりとござりませ。駕籠（かご）の者。奉公人のかはりにおれをのせていね」と、みな引つれてかへれは、「新蔵殿はあとよりお出。音羽との。御姫さまのおともしてサアござれ」と、やしきへこそはいそきける。

第三　都の西で聞えたるおもはくの太夫さま（十一ノ十五ウ）

契情（けいせい）に誠（まこと）なしとは世の人のわけしらず、なさけしらずの言葉ぞや。まことがあればこそ、嶋原の名取リ一もんじやの太夫花町は、安倍桜之丞と浅からぬ中。一日あはねば百日に苅た萱もほろぶといふだんになつて、桜之丞も勘気をうけらるゝほどなれば、外のつとめ、身にそまず。親かたの異見、あげやのいさめ、たび〳〵に及べど、久かたの空ふく風、けふりくらべの浅間山と小指そらしてふくきせる。いかな〳〵うけつけるけしきならねば、「ふるめかしひ小刀針食とめも代物に疵つけて、やくにたゝぬ事」と、親かたの発明。のこる年を祇園町へうりかへける。桜之丞は、此やうす、ふみのしらせにおどろき、何よりのこまりは、ぎおん町ぶあんないなれ（十六オ）ば、嶋原にて格子さきの御げん、柴部やのあふせのかくとちがひ、あひみんよるべしられず、とかくおもひわづらはれけるが、勘当のゝち、かくれがの近所に祇園町へ出入小間物やあるを、さいはいの案内者にたのみ、大臣小袖長羽をり、心をつくして身のまはり、立派に出たち、いま日の出の繁昌扇やといふ茶やへなりこまれける。内証はしらず、見た所の風体につくならひ。花車も亭主も飛上り、「それ、お盆」「お吸物」何よかよと硯ふたもざしき一はいならべたて、「おさきやおしゆん。きておあいしや。おまさ。大坂の七九さまにならやつたはやりうた引ィて聞ヵしましや」も、ちそふぶりとぞ見えにける。中居がさしでゝ、「もし、どなたぞ、おなじみの女中さまが（十七ウ）ござりませふ。おつしやつて、おつかはしあそばせ」をしほに、「されば、此ごろ嶋原からきた花町」と、みなきかずに、「それはすなはち、こよひ、手前へいなかのお客ではじめて御出なされてゞござりますが、其お客はあじなお物ずきて嶋原下の女中さまがたをのこらず御よびなされ、香会を遊したが、しかも其花町さまがお目に入ッて、おとめなされ、

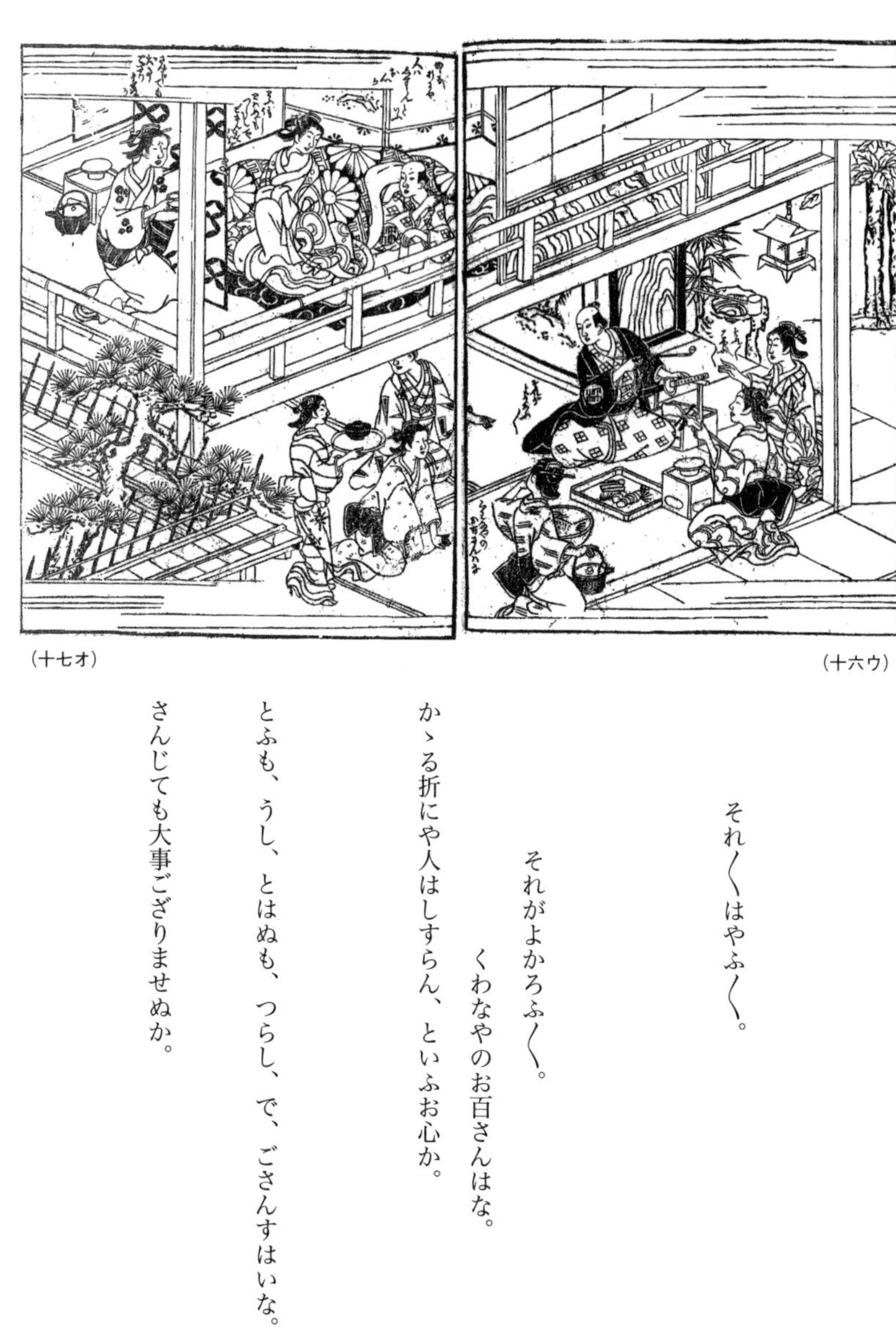

（十七オ）　（十六ウ）

それ〱はやふ〱。

それがよかろふ〱。

くわなやのお百さんはな。

かゝる折にや人はしすらん、といふお心か。

とふも、うし、とはぬも、つらし、で、ごさんすはいな。

さんじても大事ござりませぬか。

久しい事揚(あげ)づめのおやくそくじやげにござりますさかひ、どふももらひます事もなりませぬ。せつかくお出あそばしたに、間ちがひまして、きのどく。其おかはり、くるしふなくば、どなたなりとも、外の女中さまを」といはれて、いやともいはれぬしぎ。「然らばそなた衆、さしづを」との仰に、「たれさんがよからふ」と中（十八オ）居むすめがとり〲の了簡(りやうけん)。「あなたのお気に入リそふなは、多賀(たが)やのきいさんか、松やのかなめさん」。「なんのいな。しまばら風が御すきなら、本づめさんの中にのつしりとしたがあらふ」。「そんなら升やのいとさんか。川一のよし野さんは、こよひ、いづゝのやく束なり。つぎさんか音さん、ここらをきゝにやらんせ」といふてやつても、ならぬ返事。「それよ。一ッ向(かう)きのふ目見えに見えたつきだしのやしき風(ふう)。桑名やのお百さん。よほどふけてあれど、うつくしうて位(い)があつて、せりふのありそふな」と、いふてやると、早速(さつそく)の御出。盃もとり〲よきほどにめぐれば、「ちとおやすみあそばせ」と、寐道具(ねだうぐ)はこび、屏風(べうぶ)引まはし、たばこ盆(ぼん)に切炭(すみ)のいけてある火入ととりかへゆくなど、（十八ウ）きはまつた格(かく)な事も嶋原の風(ふう)とちがひ、手ばしかき事とおもはれぬ。お百は、ねまききかへて立出、まづまくらもとで一トけふり。つぎは吸(すい)つけて出す手じなゝど、ところ風(ふう)にはしてみても、おもはゆげに、はすわならぬやうす、かへつておくゆかしく、おもしろみのある事、と、桜之丞はきせるをゆびさきでまはしながら、「うけ給はれば、まだきのふやけふのおつとめとやら。さだめてかうなり給ふも、いはくのある事であらん。どのやうなおもしろひ色事をなされたゆへぞ。はしめてのごげん、どふやらなめた事なれど、ことにようてお世話もふしてしんぜまいものでもなし。ちとはなしておきかしなさ（十九オ）れよ」と、あぢな所からつけ入ッてみれば、「ほんにこよひお目にかゝるも宿世（しゆくせ）からのごゑんがあればこそ。去リながら、わたしか身の上。『とふもうし、とはぬもつらし』でござんすわいなァ」と、はや、なみだぐめば、桜之丞もぬからぬ人。「『かゝる折にや人はしすらん』といふおこゝろか。さればこそ、われらが目利（めきゝ）にちがはず。なみや大（たい）ていの事ではあるまい。かならすたのしみが過れば、かなしみがくる、じや」と、わが心にも花町との中のまゝならぬをおもひ返し、「今夜の客のあちはひ、どふしたものぞ。同じうちに居ながら、あはれぬしんきさ。おれがこゝへきてゐることもしらぬであらふが、どこらのざしきに居る事ぞ」と、おもひ内にあれば色外に（十九ウ）あらはるゝならひ。お百も見てとり、「おまへさまにもさだめてふかひおなしみがあつて、こよひは、とふぞおさはりでならぬと申すやうな事でござりませふ。おこゝろのもめたやうなおかほ。きのどくに存ます」と、たがひのむねのうちあけてはいはぬ物おもひくらべの床のうち、中々に下紐（したひも）のうちとけるけしきとは見えざりき。中居があしをとして、「もし。さんじましても大事ござりませぬか」と、屏風（べうぶ）の外からたづねてきたり、「おまへさま方は、なんじややら、かたくろしい会所めいたといはふか、自身番（じしんばん）にお出たやうな御やうす。さて、お客さまへおねがひ。ちかごろ申上かねましたれど、お百さまをちよとおかし遊して下さりませ。女中（二十オ）さまのお客が、『あなたにお逢（あひ）なされておつしやる事がある。ぜひしばし御断申てかりましてこい』と、さきにから、たび〱のおふせゆへ、おうかゞひ申ます。くるしうなくば、やりまして」と、きのどくな貌で申せは、「なんの。あるならひの事。ゐんりよに及ばず、お出あれ」と、大やうな詞におち付、「誰なるらん」と、ふしぎながらもお百は中居とともなひてゆきぬ。あとは、しろりと桜之丞。ひとりさびしさ、しんきさ。そこにありあふ三味せんとつて、「いつそあはずば、かふした事も、ほんにあるまい。よしなや、つらや」と、引ィても、うたふても、心すまず。「花町がやうす、いかゞ」と、ゐんづたひに一間〳〵、たちぎゝしてゆかるゝに、むかふのはなれざしきに二あがり（二十ウ）の音色。きみが声にて、もん句は、かみすき。「いとし男のためにとて、おもはぬ人にせいもんの、ばちもあたらばさみせんの」と、ひく手によだれやながすらん。「かふなるからは、きづかひしやんな。どふなりとも、そなたのこゝろまかせにしてやる」と、客の声は老人ときこゆるに、まづはおちつき、「あのとしよりに、こちから色はよもやないはづ。したが、あのことばは、きうにうけだしたか。がてんのゆかぬ。又今のうたふた唱哥。おれが事を思ふて、こゝへきてゐる事をしつて、きけがしの心か。たゞし、よい身になる慾に目がつひて、あのおやぢめにうけ出されてゆく気か。やうすあらん」と、耳をそばだて、なを〳〵たち聞せられける。（二十一オ）

謡曲百万車　五之巻

目録

第一　父にあふたは優曇花の花町
血筋を顕す名香の薫留ても
とまらぬ即時の生害は義理と
愛とをさばき髪の老人（初オ）

第二　かざしぞ多き花衣 石橋の所作競
獅子よりこはひ忿怒の面色盗人
たけ〳〵しひ盗人の吟味捕て
聞ば妹は貞心身は天の網

第三　西の大寺の柳陰名を残す尼公
水祝はふはとした不破がたくみ
石礫を打おさまつた野守の家
桜之丞と千種の前は幾春秋の栄（初ウ）

第一　父にあふたはうどん花のはな町

ならびの一間〳〵、ともしび、障子をこがすばかり。こと更二階ざしきの大さはぎ、かしましければ、駒下駄の音をひそめて庭におり、利休垣のかげにかくれて立チ聞せらるゝうち、建仁寺のかねの声、おもての拍子木と共にひゞきて、午を告れは、いづくも同ししづまり時。中居よぶ手の音、吸がらたゝく灰吹の音ばかり。しん〳〵とぞなりたる。はなしの声も聞えねば、心ならずももとの縁づたひにあゆみかへるうしろの障子さつとひらき、「桜之丞さま。是へ」といふ声。びつくりしてふりかへれば、こよひよびたるつき出しのお百。姿をあらため上座に直り、次は（二オ）十七八と見えて美形のむすめ。はるか下つて三十余の女、侍二人、同じく座をしめ、何ともがてんのゆかぬやうす。いひ出んやうなく、あきれておはする手をとつて、上座に請じ、両人の侍ことばをそろへ、「あれなるは野守の後室百万御前様。つぎは御いひ名付の千種の姫さま。我々は舎人新蔵と申シ、則御家来のもの共。是なる女ナは、新蔵が女房。おそれながら御見知リ下さるべし。さて、此度野守の家の騒動。かねてお聞及遊ばす通リの事。夫レと申スも君の御入遊はす事延引に及ひ、御家老弾正、万事を取おこなひ、人皆弾正が権に服せしゆへ也。しかるに此度領地の百姓、逆政にくるしみ、なげきのあまり一起して、六原殿へ嗷訴いたさんと企るとの風聞。『この折をさいわひに（二ウ）われ〳〵共よりも是までの積悪を言上申シお家のおさまるやうにいたすべし』と、すなはち御父民部様へ此おもむきなげき申せし所、早速六原殿へ被二仰上一下され、近日奈良へ御上使たち、何か御吟味あるべきとの御事。又それニ付きみの御勘気の事をも御ねがひ申せしに、御許容にて明日御かくれ家へ御むかひにまいる筈也。まづは今夜、はからずも御目にかゝり申せし事、祇園の神の御引合せ」と、よろこぶ事かぎりなし。百万御前は宵の対面、今さらにはづかしく、だん〳〵のやうすかたり給ひ、「こよひみな〳〵まいられたるは民部さまの御内意にて、『是より直にお屋しきへ参れ』との事。野守の家を引おこし給はらんと何か（三オ）の御こゝろづかひ、かたじけなしとも詞につくされす。是なるは千種のまへ。おまへの事ばかり申シてなきこがれ、あけ暮のものおもひ。こゝろのほどをあはれとおぼして、わけて比翼連理の御ちぎりを」と、盆も正月も一度につもる物がたり、はてしなくさゞめく折から、むかふのはなれざしきさはがしく、「是は」といふも涙声。「はて、さはがしい」と、しづめる声。障子さつとおしひらけば、七十余リと見えて斬髪の老人。紋紗の居士衣を押くつろげ、刀のつかに花町が手をもちそへ、わが腹へつつこみ、朱にそみたる有リ様。人々見るより「弾正の親父将監殿ならずや。是はいかに」と、おどろけり。老人くるしき息をつぎ、「さいぜんよりの御物がたり、つぶさにこれ（三ウ）にて承りたり。是までだん〳〵弾正が積悪、たび〳〵異見をくはへし処、もちひぬのみならず、拙者とてもおしこめ同然にいたせしが、是と申スも、やうすあること。実弾正は拙者が兄の子。弾正三才の時、兄むなしく罷成、かれ幼少なればとて拙者後見がてらにいゐ相続。あとの役義をつとめしが、年月たてば世うつり人かはり、此わけ、たれもしるものなければ、道しらぬ者、子の愛に目がくれて、とも〳〵に悪事をたくんだかと、百万さまをはじめ、みな〳〵のおぼしめしもかなしく、すぎ行給ふ親殿の草ばのかげにてもさぞ御無念におぼしめさんと、つねに血のなみだを流せしなり。又是なる花町ははづかしながら、拙者がむす（四オ）め。おもひいだすも二十年来。ふと手廻りのこしもとに手をかけしに程なく懐妊。月のかさなるにしたがひ、内の手まへもきのどく、それとはなしに親もとへかへし置、うみおとしたうへて、ひそかにとりよせ、見た所がうつくしひ女子。わが手で養育いたす事叶はねは、『此子をつれていづかたへも嫁せよ』と金子をそへ、又、『後のかたみに』と、家に伝へし蘭奢待のきれ、守リ袋にいれてくれしが、『かれが母の嫁したるは当地六条珠数やの何某』と、ほのかに聞ィたばかりにて、たよりすべき事にあらねば、年月を過せしに、年よるにしたがひ、むかしこひしく、肉身わけた親ひとり子ひとり。顔見る事社ならね、せめてゆくゑをきかん、（四ウ）とおもひ、六条からくる商人に、よそながらたづねしに、『母は、ほどなくむなしくなり、子は、ことゆへなく成人せしが、まづしき中に、なさぬ中の子なればにや、禿だちから嶋原へ、つとめ奉公にやつた』と、きくといなや、かあひさ不便さ。うけいだしていかなる方へも縁つきさせてくれんものを、と、病気養生といつはり、此地へのぼり、年に似合ぬ嶋原かよひ。あれよこれよとたづねても、しれぬこそ、だうり。『此里へうりかへられた』と、名がしれたので、やうすもしれ、こよひ此家へ来り、嶋原をりの女郎をあつめ、もし名のちがひもあらふか、と、めい〳〵に香をたかせ、蘭奢待をもちたるか、わが子の証拠、とおもふにちがはず、これなる花町、（五オ）一炷の香に血

（五ウ）　（六オ）

せうげんがむかひとも

百万御前おとろき給ふ。

とのさまおひめさま、他人の女の身の上、くれ〳〵たのみ上ます。

だん〳〵のことはり、しごくいたす。

筋あらはれ、めぐりあふうれしさ。きうにうけ出し、おもふ人にそはせてやらふとたづねた所が『桜之丞さまとふかひ中』との物がたり。きくとひとしく、ハッーとむね。此度の騒動もおして見れば、花町が張本人。花町ゆへに、桜之丞さま御勘当うけ給ひ、おひめさまとの御祝言延引。其虚にのつて弾正が悪事もおこる。すりや、いけておかれぬ大咎人。とはいふものゝ、あれ程に、おもひつめておるふびんさ。どふぞこゝろのまゝにしてやりたい、と、とつおいつの思案のうへ、とても相果る覚悟の愚老が腹へ、かれが手で、つき通させし、此かたな。これと申スも第一に、おねがひ申スは弾正が事。もつとも御家をみだせし大罪人。誅にあまりはなけれども、まつ（六ウ）たく、そだてをあしくせし拙者があやまり、と、過ゆきしかれが親のおもはん手まへも面目なく、義理をぞんじて此生害。何とぞ愚老を身がはりとおぼしめし、死罪一等を御免ンあるやう、六原殿へも御申シとり下さるべし。すりやその身がはりの愚老をかくのごとくいたせしは、弾正を打ッたも同然。天晴な花町が手がら。此手がらの御褒美に、前のつみを御免あつて、おひめさまの御そば近く召つかはれ、殿様にはなれませぬやう、舎人殿よろしくはからひたのみ入ル。この女はもとは六条じゆずやのむすめ。よしそれはともあれ、今はけいせい。契情にすぢの吟味はいらぬ筈。ハテ愚老が子じや、とおぼしめさねば、かたきのゆかり、けしほどもかゝらず。ゆかりなければこそ（七オ）此かたきの老人をうちました。こゝを、とつくと、きゝわけ給ひ、殿様。おひめさま。他人の女の身の上を、くれ〴〵たのみ上ます」と、むせかへりたる涙とちしほ。龍田の川のもみぢばに、しぐれふりそふごとく也。義理恩愛のふじ浅間、せつなる老のむねのうち、あはれと人々おもひやる、なみだの中に舎人は声かけ、「だん〱ことはり至極いたす。仰の通、相はからはん。安心成仏なされよ」といふに、手負はうれしさに、身のくるしさもおぼえぬばかり。刀ひきぬき、のり、おしのごひ、「ナニ舎人との。こゝで命終いたすならば、のちのせんぎもむつかしからん。此まゝ旅宿へまいらん間、のつてまいりし乗物を、慮外ながら御とりよせ給はれよ」といふに、「いかさまもつとも」と、六尺どもに、(七ウ)おかへり、と、しらせにともすてうちんの、らうそくの火のきゆる間も、またぬいのちのはかなさより、はかなき物は花町が、「あふもわかれも一時に、おや子のゑんのうすひのは、いかなる因果」と、とり付て、なげくをとむるもまたなみだ。つきせぬなごりを乗ものに法の門出や、この世の別れ。さらぬふりにて出てゆく。中居がをくつて、「おちかひ内にへ」。

第二　かざしぞ多き花衣石橋の所作競

古人いへる事あり。「周公伊尹の名をかりて斉六卿田常が乱をなす」と。まことや詞を諫言に似て主君をないがしろにし、容を忠臣にまねて国家をうばひしもの、和漢あげてかぞふべからず。しかもそのともから、いづれ(八オ)か権威を後世につたへ、富貴を子孫にのこしたるや。是みな天人のにくみをうけて、ほろぶべきのことはり、あやまたず。豈恐れざるべけんや。こゝに大谷弾正は、はじめ家老の職をもつて、威をふるひ、謀計をめぐらして、千種のまへ百万御前を追うしなひ、つゐに野守の家をうばひ、領地の町人百姓をせめて年貢をまし、用金をとりあげ、或は神木をきつてうりはらひ、神宝を散じ、など、極悪無慙のふるまひ、人みなつまはぢきし、まゆをひそめける。されども上六原殿の執事へまいなひをいれて、とりつくろひ、首尾よければ、大舟にのつたこゝろもちにて、おごりをほしひまゝにし、たのしみをきはめ、此ほどはみやこより色よき舞子、あまた、まねきあつめ、昼夜の乱(八ウ)酒。気にいりのさむらい共、茶道も座頭も入みだれ、御ひげのちりをとり〱に、「のめやうたへや、一寸さきはやみの夜」とぞ、さはぎける。けふのしゆかうは舞子どもをそろへに出たゝせ、おの〱かしらに扇をかざり、手に獅子がしらをもち、石橋の所作くらへ。頃しも庭の牡丹のさかり。花壇をすくに舞台にしつらひ、しゝ虎てんのぶがくのみ。きんとうたふつひきつ舞かなで、「獅子の座にこそ、なをりけれ」と、舞おさめて、「よいや〱」のかけ声と共にみな〱がくやへゆく、ところを弾正かけより、中にひとり、勢の高き舞子をゑり首つかんで引すゆれば、おの〱おどろき、「是はどふした事ぞ。もし舞がお気にいらぬゆへか。何ぞ外にわるひ事でもござりましたか。わたしらも(九オ)とも〱におわび申ますほどに、御かんにん遊して下さりませ」と、わびるをもきゝいれず、「こな大ずりめ。大それたぬすみひろぐ。こりや、おのれか心から出たことではあるまい。何者ぞにたのまれて、した事であらふ。有やうにぬかせ。ぬかさねは、せめにせめをかさね、ほねをひしいでも、いはさにやおかぬ」と、膝にひつしきてねめつくれば、「コハおもひよらぬ仰。わたくしにかぎつて、さやうなさもしひ事いたしたおぼへはござりませぬ」といへば、「盗人たけ〱しいとまだあらがふか。是を見よ」

と、ひぢりめんのふくさにつゝみたる物をとりいだし、「さいぜんまふておる時、おのれが袖からおちた此つゝみ物。何ならん、と、あけてみれば、うたがひもなき、家に伝(九ウ)はる蘭奢待の名香。是わが家と東大寺より外にあらふ筈のなきもの。いつの間にぬすみおつた。有やうに白状せよ」と、刀をさやながら背に押あて、ひしぎつくれば、「マァ待て下さんせ。なるほどこれにつゐてだん〳〵いはねばならぬわけがござんす。マァ〳〵こゝゆるめて下さんせ」と、おきなをつて、なみだをながし、「ほんにおまへは天命しらぬ大悪人じや。のふ、何をかくさふぞ。わたしはおまへのためには妹ぶん。将監さまの実の子。わらの上からはゝ様と共にとゝ様にわかれたゆへ、おまへといふ兄さまのあるといふことも、やう〳〵せんど爺さまにめぐりあふたうへで、きゝました。すなはち其証拠といふは、此名香。わたしがうまれた時、とゝさまのつけて下さん(十オ)した、と、きひて、肌身もはなさず、もつてゐまする。また、わたしが舞子になつて入リこんだといふは、おまへの身の一チ大事。当所の百姓一起して、これまでのわるひ仕置のだん〳〵を六原殿へ訟、また安部のお家よりも御ねがひゆへ、かた〴〵もつて近日御せんぎの御上使がたつとの事。とゝさまはおいとしや、それをおきゝなされて、そのまゝ御せつふくなされ、則、桜之丞さまや舎人殿へ、おまへのいのちごひをなされしゆへ、はやふ此わけをおしらせ申シ、どふぞ、おこゝろをあらためられ、同じくならお上ミから、せんぎのなひさき、御わび申して、お家のおさまるやうにして、おまへの命もたすかるやうにして下さんすやうに、とおもひ、わしや、とゝさまのおこゝろ根がかなしひさか(十ウ)ひ、仮にも兄弟といふよしみをおもひ、あるにもあられず、此やうに身をやつして来ました」と、始終のやうすをはなして、なげきける。弾正はさいぜんより物をもいはず、手をくみていたりしが、何おもひけん、かしこに有あふつゞみのしらべひきほどき、花町が手をくゝりあげ、「ャイ舞子共。こちからよぶまては、くることはなひほとに、此女をつれて部やへゆけ。わいらにきつとあづけたぞ。みなの者共も休足せい」といひすて、おくへ入相時、おもてのかたに「御上使」とよばゝる声と諸ともに京詰の諸士本間伊賀守、乗物を門にとゞめ、しづ〳〵と入来れば、時の家老不破官右衛門出むかひ、「遠路の所御苦労千万」と、すぐに書院へ案内して、上座にすゝめ、「弾正義、折あしく病気にて（十ノ十五オ）引籠罷あれば恐ながら御上意之趣、わたくしへおふせ聞られ下されなば、有がたく存じ奉るべし」と、平伏して相のぶれば、伊賀守、色を正し、「ナニ弾正には所労とな。たとへ所労にもあれ、大切な御上意。御不審之趣数ヶ条、じきに申きけねば罷ならぬ事。威義をとゝのへらるゝに及ばず、病体ながら対面いたさん」と、うけつけねば、官右衛門むつとして、「何ほど大切な御上使とござればとて、病気と申すにはいたし方なし。お目にかゝらるゝほどなれば、かやうには申上ず。此ごろは昼夜も弁ませぬほどの義」と、とかふいひまはせど、中々聞いれず。「しからば病体を見届申したうへの事」と、ずつとたちて、おくのふすま、おし明れども、あかぬはふしぎ。（十六ウ）「コハ事こそ」と、かねての手筈。相図の呼子の笛をふけば、門にひかへしくみ子ども、ばら〳〵とよりあつまり、手々にふすまをこぢはなし、見れば、にわかのまふけのかまへ。竹をたはめて、しりざしたり。さしも血気の組子共も、「おく

（十ノ十五ウ）　（十六オ）

いつの間にぬすみおつた。はく状せよ。

まあ待て下さんせ。

ごかんにん遊はして下さりませ。

そりやにけ〳〵。

どつこいやらぬぞ。

不破官右衛門しばらるゝ。

よいきみ〳〵。

にはいかなる用意やある」と、物おそろしくすゝみかね、猶予に及ぶを、伊賀守ちつとも動ぜず、「ヤア〳〵者ども。かくのことく取かこみし此屋かた。たとへいかなる奇計をなすとも、そも何事のあるべきや。籠中の鳥をとるより、やすし。われにつゞけ」と、大音あげ、先キにたつて下知するにぞ、おの〳〵是にちからを得、同しかまへの四間五間、無二無三にをし明〳〵、だん〳〵おくへかけ入リみれば、さすが強気の弾正がありさま。人手にはぢをさらさじとや思ひけん。己が（十七オ）居間の中央に座をくみ、腹十文字にかきゝつて、其まゝうち伏、死たりければ、伊賀守は安堵の思ひ。首打をとして立出るこゝろ。まことに弾正にしたがふものなければにや、ひとりもはむかふ者はなく、みなちり〳〵ににげうせたり。官右衛門もいづくへやら、ゆくゑしれねば、「さがすに及ばず。首実検に備へ申シ、此趣言上せん」と、上使は京へぞいそがれける。

第三　西の大寺の柳陰名を残す尼公

既に弾正自滅して、ほろびしかば、桜之丞入家ありて、千くさの前と婚姻首尾よくとゝのひ、一ッ家中ざゝめき渡り、「あひに相生の松こそ、めでたかりけれ」と、祝納めぬ。其夜、門前さはがしく、立波染のゆかた一チやうにして、三十人ばかり、（十七ウ）手々に手桶をたづさへ、「女房よんだら川へほつこめチ、ンチチンチン〳〵川へぼつこめ」とはやしたてゝ、どや〳〵とよせかけ、玄関へむけて水を投かけ、「こよひの御祝儀いはひます」と、よばゝれは、又あとより一むれ入きたりて、おの〳〵大きなる石ごろたをいだき、用捨なく打かくれば、「そりや狼藉」と、下部とも、高てうちんともし立、じつてい、早縄、つく棒、さすまた、おつとりもつて、ふせがんとすれど、うち物よりは石つぶてのすさまじきにこまり、みな〳〵あとすざりして、あきれたる折から、ふしぎや、はげしき風ふきおこり、砂石をまくつて吹たつれば、よせたる者ども、度をうしなひ、はじめにも似ず、はいもふするに、「そりや爰こそ」と、新蔵がいらつて家来を下知すれば、一度にどつとかけよつて、何の（十八オ）苦もなくしばりあげ、顔見せの座付キ見るごとく、つらりと白砂に引すへたり。新蔵其まゝかけよつて、ひとり〳〵貌みてまはり、中に一人引出し、「おのれは不破官右衛門じやな。数年来お家の禄をくらひながら、忠義をわすれて弾正にしたがふのみならず、又かゝるさはぎをたくみ、重々の大悪人。なぶりごろしにもするやつなれども、かゝるめでたき折ふしなれば、即座の御祝義頂戴せよ」と、刀引キぬき、首打おとせば、のこる者ども、声をそろへ、「私ともは、あのわろのたのみで、『お家へ、きうにあばれこんで、ずいぶんとさはがし、其隙を見て宝蔵へしのびこんで、金銀や道具をうばへ。首尾よふしおふせたら、わけ口をくれふ』との事ゆへ、当座の欲に目がくれて、きてみた（十八ウ）のでござります。外にわるぎはござりませぬ。おゆるしなされて下さりませ」と、なきわぶれば、新蔵はうちわらひ、「土人形ならべたやうなおのれらに目はつけぬ。其かわり、以来をたしなみおらふぞ」と、縄ときほどき、たゝきばなしにすれば、「ありがたふござります」と、いのちから〴〵にげうせたり。かゝるところへ宮じま舎人、弾正が首たづさへ、京都よりかへり、「此首、六原殿の御さたにて、梟首(けうしゆ)にもなるべき所、やう〳〵に申、おろしてかへりし」といふに、花町たち出て、「悪人ながらも、かりの兄さま。あさましひ死がほ」と、なげくもことはりにぞ有ける。かくて野守の家おさまりければ、百万御前は髪(かみ)おろし、身を墨染(すみぞめ)にさまをかへ、（十九オ）西大寺に入ッておこなひすまし、百万柳の一本にみさほの名をぞ残されける。よく〳〵物を案(あん)ずるに、なをきはさかへ、曲(まが)れるは、つゐにほろぶることはりの、みちあきらけき春日山、みかさのもりのかげふるき、神のめぐみをあふぐ也〳〵。

江戸大伝馬三町目
鱗形屋孫兵衛
京寺町通三条上ル町
芳野屋八郎兵衛板

宝暦七年
丁丑正月吉辰

加古川本艸綱目

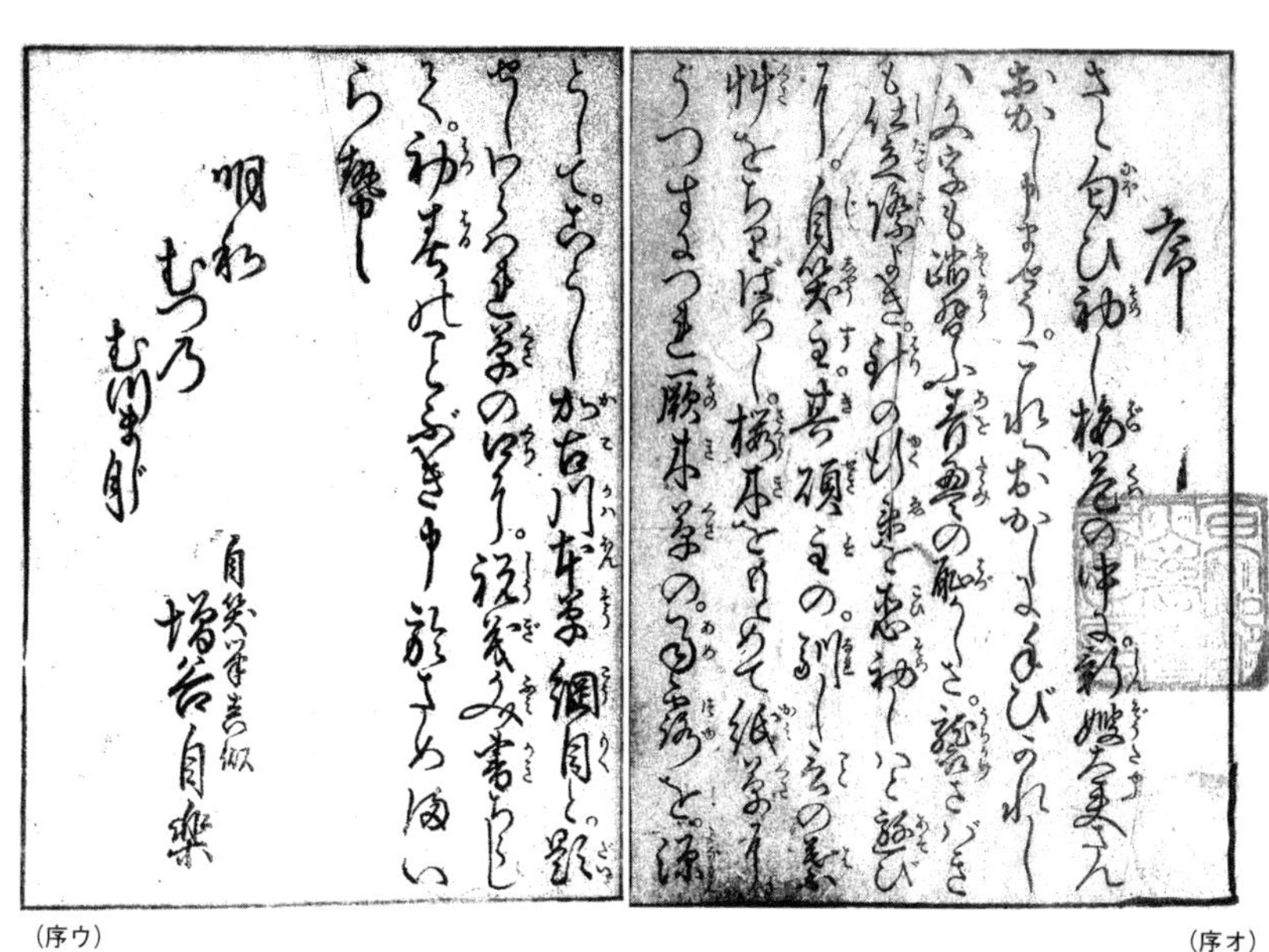

（序ウ）　（序オ）

序

さと匂(にほ)ひ初(そめ)し梅花(ばいくは)の中に、新嫂太夫(しんぞうたゆふ)さんおかし申ませう、これへおかしに手びかれし八文字も踏習(ふみなら)ふ青畳(あをたゝみ)の恥(はづ)かしさ。襲(うちかけ)さばきも仕立際(したてぎは)よき、針(はり)の行衛(ゆくゑ)を恋初(こひそめ)しはと遊(あそ)びに、自笑(じしやう)主、其碩(きせき)主の、馴(なれ)し言(こと)の葉艸(はくさ)をちりばめし、桜木(さくらき)をもとめて紙草(かみくさ)に、うつすにつれ厥木草(そのきくさ)の、雨露(あめつゆ)を源(みなもと)（序オ）として、ことし加古川本草綱目(かこかはほんそうこうもく)と題(だい)せしわらはれ草(くさ)の口(くち)に、祝義文書(しうぎふみかき)ちらして、初春(はつはる)のことぶき申おさめまいらせ候。

明和
むつの
むつまじ月（序ウ）

自笑筆真似
増谷自楽

加古川本艸綱目

目録

我侭育後編
教訓能楽質　壱の巻

第一　数寄を持寄にして世の取沙汰を白眼潮
藁葺の蔵入は天地に有とあらゆる物
溜てもたまらぬ網の目に風聞
乗地て様子告しらしたる石に人面瘡（二オ）
第二　後から前へまはり能高歩金の仕掛親父
異見と薬の間を行海の通ひ路
鍥　思案に又はづれた鄙の道行
三宝蔵の足代に積上た飯代算用
第三　主と病ひにかちん染の頭巾の手柄
良薬をのんでゆらるゝ由良介の隠家
古傍輩の深切は干珠満珠の玉鉾
闇の夜に引立られし俄の宗匠（二ウ）

(一)数寄を持寄にして世の取沙汰を白眼潮

神農氏本経をひらきて後、梁の陶弘景増益して名医別録を作り、其世又遙にへだゝりて明の李時珍本艸綱目となす。凡草木禽獣虫魚金玉土石の類此部に洩たるはあらじとて、造化のからくり程面白き細工はよもあらぬとは、朝寐好にて蕣の咲は見ねども真昼に眼覚して時計艸のひらくを見付、又少し早き起品には合歓木が亭主の朝寐をしりてつれ立事を見出してより始て物産を好 初し異人、所は播州曽根と豆崎の間に孤窓をしつらひ、たくはへはしらねども物好奇麗に住なして好に持寄好むに集め、園圃をひらきて草木に昼夜をわかたず星より星迄鋤鍬を放さず、金玉土石は小間物荷のごとく世利重箱にして数を限らず、虫魚の類は乾物として其形を崩さず、禽獣は羽毛によせて障脳銀杏にて虫をふせぎ、それらが為の藁(三オ)葺の小蔵もくるりの棚に三井をあざむく風情有て、聞付て伝手を求め見に来ルに随て終には慢ずる心も出来たる歟。自綱目軒と号、入口の扉の上に黄檗僧の手跡の板額。近在の人むつかしとや思ひて寄付ねども、又好の人も出来たりて只頭字計をよびて綱殿〳〵とぞ呼来れり。此人の昔を尋れば、加古の教心といへる念仏者の末にして、此加古川出生の人なれども後士官の身となり久しく他国に住しかども、其勤は一子に譲りて、古郷近き此里に少しの田地を求めて隠居住居。神国に生れて先祖の念仏者を嘲けるにもあらねど、又好ミもやらず儒者の教ゑもことむつかしく、神道も片意地に和訓にいひ曲る事より後には是も好まずして、此三道をどぢぐじやにして、只無の見とやらん程の面白さもあらじと悟にもあらね共、其造化の細工に他念なく余所見せずして其末に暮すといへども、父母とてはなく元より主人に放れてより其後の勤には曽根の天満宮に朝夕詣で宮仕するごとくしての信心。我家の神棚にも仏壇にも此社の外はしらず。曽(三ウ)根の松への問音信は生る人にいふごとくの挨拶。所の人々是をいぶかしがれども、是よりして正直なる心をしつてあれやこれやと入来る。其中にも其近辺に向ひ畑の源八とて、是も其宮の信心連。いつ近付になるともなけれど、曽根の境内からの顔近付もいつとなく心易くして、互にとはぬ日迚もなく、此源八元は百姓ながら海川近く住故歟、似合はぬ漁を好みて慰みより出たる漁なれば、漁船に沖遠く出るにもあらねども、加古川市川辺は勿論、海辺の磯網を打事を得て素人にはおそらくあらじとぞ自思ひ、冥加の為と思ふ心にや曽根の宮へ勤は忘れず、百姓はいつかは止て殺生ゆへに能楽の名を得たる男一疋ふかし鬢。けふは得もの有たるや、にこ〳〵笑にて「綱殿内にゐやしやる歟」とつゝと這入。独住の綱目軒、揚リ口に匍匐ながら「渚景上りの春日和、なんぞ見付た歟。機嫌よさそふなの」と余寒をふせぐ埋火突出せば、源八も吸付〳〵「さればいの今朝の潮さきの其むまさ。跡さきなしに打こんだ岡打コレから(四オ)さきの鯖二本取リ、二網めにちぬ鯛七枚。それから段々打下たがどふした事やら其後とんとよらぬが、此加古川の水の海へ出口にかはつた事か有。それを見付たゆへ是でどふでもよらぬのと得心して今戻つたが、余リ不思議な事。貴様は物知り。アヽした事もある事歟、問ふて見ようと思ふて来た。先その川下の汐境へ打込んだ網の下、真黒な濁来て清だる汐に

(四ウ)

(五オ)

はやびきやくいそぐ
ゑい〳〵さつ〳〵さ

何をはなし
せらるゝやら

其本にも
見へませぬか

かこ川の川口にて
源八ふしぎなるいしを打上(うちあぐ)る

綱目軒(こうもくけん)見てよろこぶ

これは何(なに)といふじややら
此書物にも見へませぬ
名が聞(きゝ)たい

加古川の
水口にて
つり上け
し美物

表(おもて)へ見へたは
和(わ)十郎とのそふな

道しはしんどかろ
もはや夜(よ)もあける
あのむらはなんといふ
所じやとふてひとやすみいたそふ

わかつて交らうとすれ共交らさぬ形に見えて、其汐のあたる石何ともしれぬ音がする。たとへていはゞ木食の叩て歩行様な物の音。石にあのやうな物音終に聞かず。あの汐の争ふやうな事終に見ぬゆへ、どふやらそこ気味悪く、網上て戻りました」と語りければ、綱目軒臂枕を放して起上り、「いかさまそれは奇妙な事。石に音するは四浜石などの類歟。花弦磬四浜石といひて、今南都に什宝となるも皆唐土より来りしもの。日本にて音の出る事未(ママ)たしらず。鏡石或は人肌石などとて、物の容を写し、又いつでも同じ位のあたゝかみ有石(五ウ)なとは我も持てはゐれども、音の出るは未所持せねは、往て其汐の様子なと見てこん」とて、彼源八に連立て其所を案内さするに、源八か噺に違はす、清濁の汐の戦ふごとく、其中に見ゆる石に磬の音聞こゆ。「是はふしき」と手を打て、片隅の石に腰かけ、源八と倶に摺六打取出して詠やる中、其汐次第〳〵に争ひ募りて見える折ふし、空薄曇と成来て加古川の川上より水少し増来る。弥強く其汐のいどみ合ふ音に、いつかは磬の音も失たり。濁りし汐其高のぼる事二丈計。清たる汐もそれにつゞかんとするを、濁りにおさへられたると見えしか、頓て下より澄し汐の勢ひにて上へ重なりし濁りを割て出る歟と思へは、加古川の水出かゝり、其水さきにして其清し汐を取かこみて働かさぬ姿。その間に濁りし塩はいづくへ引しか忽見えすして、清塩と川水の境に別れて見へる計、物音もなかりければ、見詰し二人溜息次で何と号る言葉もなく「奇妙〳〵」と計いふうちにも、源八は向ふ見ず「此跡へ投釣にて颪て見ま(六オ)せう」と跡さきなく岩端より釣縄下れは、いつにかはつて其浅さ。大きなる石ありと覚て少し下りたる計にて、行当て何かとれるとも思はれず。早釣縄をたぐりて上んとすれは、まんざら素縄とも思はれず、程なく上たる針のかぎにかゝりしを見れは凡西瓜程の大きさなる物にて、膚は先石なれとも甚軽くして何共しれず、綱目軒も手に取て見れども何とも号る事も成難く、打返し〳〵見れば蓋と覚しきものあり。是を取て見るに、中も外にかはらすしてめくりに眼鼻と覚しき物一所見ゆる。「扨々けふは奇体なる事を重ね〳〵見る事かな。先々是を持帰りて今日の始終の様子得と考へ見るへし」とて源八もとも〳〵に彼異物を釣縄にて引くゝりて坊主持にせんも人もなく、鷺持の約束にて帰る道すから、綱目軒か思ふやうには、潮の争ふは例の有無は聞ねども、慥に異変なるべき歟。いふかしなからも斯る異物を取持たるは我常々あるとあらぬ物集る事世に知れ（六ウ）り。今物産の冥利に叶ひし所なる歟。などゝ心に嬉しくも思ひて我家に帰へり、先何かさし置て彼物を前に置て源八諸共手を組でぞ思案とり〳〵なる所へ、是も畑隣の主和十郎とて、静にくらす百姓ながら生れ付て芝居好と世に流行事の聞出し好にて、わけて芝居事ての物知りにて宮島に竹田地とて退てあることも三木の源次郎には三番叟の片足の株に成て有る事も覚ゐて、五段続の一番も素人書に書ても見る男。門口も入やいらず、思案の体も彼異物も余所ならば眼にたつべきが、来る度々奇妙なる物計見る内なれば眼にも付ず「扨中世話の新物になる趣向を豆崎の問屋で聞て来た。その噂とり〴〵の中にも、追々の早打、伯耆の国の塩谷判官此比鎌倉の御勅使もふけの御馳走役に出て殿中にて高師直と喧嘩しられたけな。師直は切られたといふが、今聞ば又ちつと計の疵じやげな」といへば、源八か「それはエライ早風じや。そして塩谷といふわろは網が上ッた歟」「サァ其塩谷が切うとしたを（七オ）桃井播磨殿の家老とやらに加古川なんとやらいふわろが抱留たといふかマァ何じやしらぬが塩谷は切腹しられたともいふ。この噺なんでも面白い趣向じや。西宮といひ合して筋を一番立て見よ」といふに、いよ〱眉に皺、正しく今日の濁汐高の師直我威をふるふ躰たらく。澄たる汐こそ塩谷判官 賄なんどにての意趣をふくみて師直が非道をにくみ、腹にすへかねて忍傷に及しならんが、加古川の水折節増来て是をさゝへし有様といひ、此争ひを眼前に見たるは加古川の川口我に是を告しらすは其噺の割符を合する風情。ハテ扨是非に及ばぬ事と、独黙する綱目軒。二人はつく〲打詠て「とふやら身にかゝつたるやうなる顔色。風がかはつたしけ日和」と源八がいへば、和十郎も倶に「狂言の山が聞たい」と口癖に問詰られて、「何をか包まん我曾祖祖父は此加古川に生れし加古の教心といへる大の念仏者にて、弟に世を譲て仏につかへし人也。其弟といふこそ我先祖にて代々其名字（七ウ）を次といへども、世につれて一端暴破して倍身と成て、桃井家に仕へし事我迄二代。我も又世をへちて故郷をしたひ、此所にて斯る業ながら跡は世悴に譲て土地遙にへだゝりし故音信も溢々なるが、今其噺されし桃井の家老加古川こそ本蔵とて我世悴也。察るに塩谷殿忍傷に及ばれし比、其席に世悴も居合して抱留たる故、相手はかすり疵そこらにて逃延しならんか。塩谷殿の働、殿中にての事なれば、切腹極めて実説ならん。判官の無念思ひやるにつけて敵を討留ざるは世悴が業との恨こそあるらめ。又一ッには世悴本蔵が娘、我為には孫小波とて一人あり。彼塩谷殿の家老大星由良介が子力弥との云号せしと聞。彼是以て斯る身の上ながらも又心がゝりは回輪のなす所。斯る凶事我にしらす加古川の川水、此所に此印見するも釈門にいふ所の因縁也。世倅方よりも定而書状を以しらするでもあらんが、心がゝりは孫聟が家の行末。伯州の城は早渡せし歟。家中は（八オ）いかゞ成しやらん。猶此上様子聞たや」とへちてくらせど、流石は恩愛。二人も聞て察しやり「ハテ扨思ひよらぬ貴様の身の上噺。今の咄が身の上の事てあつたよの。和十は是から又海道筋へ出て縄を張て最一網入て其末を聞出しておじや」といへば、「源八貴様も所をかへて大久保歟長池あたりで今の切か付た歟聞出しておしやや」と綱目軒が心を思ひやり、友達同士の深切に、二人は別れ出たる跡、已前の異物が又気がゝり。独思案の置所。塩谷の無念はさこそあらんと思ひ合する異物の眼鼻。どふやら底気味わるく成リ、「塩はもと軽きものにて上に浮、水は重くして沈むものと本艸にも見えたれば、塩のかたまりにもあらず。塩谷の無念の凝たる所にとゞまりしを底に大石有て是を受保しに違ひなき此異物」と思案のつくほどぞつとして、物産冥利に叶ひし始の悦びもどこへやら行て、きせるの先にて縁より突落し、後に聞けば二人にもかくしてそつと川へ流されたるとの噂。（八ウ）

㈡後から前へまはりよき高歩金の仕掛親父

毛氈の朱は眼にたゝず、縮緬の単羽織の黒きは行違ひに大方が振返るも世のならはし也。兎角不易といふ程の世の宝はあるまじ。伯州塩谷判官鎌倉にての騒動、所をへだてゝ又聞の噂とり〴〵。あそこでは「嘘也」といひ、爰にては「左程にもなき事」ともいひ、又或人の仰山計なけれ共、此比は其噂にていづくの店も軒も噺は是にてふさぎしが、早一ト月二タ月暮して実なる事も聞へて、世の取沙汰も違はず、師直は疵養生を加へらるゝのみにて、塩谷は殿中を憚らぬ仕方なりとて切腹をして果ぬるとや。もとより家は没収せられて、終に城も渡し、家中は無念さをこらへちり〴〵ばら〴〵に立退しとて、又其口惜しさを察せぬ人もなかりけり。されども家老大星由良之介といへる人、器量勝れたるとは世に聞へて、卒に見た事もなき人（九オ）ながら世は正直にて哀み深く、「此人はいかゞなりしぞ」とて何やかや跡さきを思ひやりて哀まぬものとてはなく、此大星こそいづくへ引て暮すぞとて、構はぬ事に聞出したがるも義経びいきの類なる歟。実能楽と生れたる一徳には、其哀もしらず我遊びにいそがしく暮す男、此辺では名も高砂の町相生の松の隣に住て、鍥屋喜左衛門とて薬種屋あり。一子喜蔵とて稚よりあまやかして育有人柄十四の年からの遊び初にて室の津で暫しの楽（ママ）も早う智恵が増して、一夜で行かれる大坂とてあたまから道頓堀と出かけ、三増倍の酒呑にて酔ふたる時に寐て見て気のしまりよきものとて野郎好に成り、生れ付て往き過たるが一芸にて、白きを弁たるこゝろか変名を廃鶩〴〵とぞ呼れ来たりしが、此島計を面白きとも思はず、どこに遊びても同じおもしろがりやうは鄙びたる故歟、但しは真の能楽成歟、とて片隅でいひ〴〵も牽頭持計にもてなされて又しての居続。そ（九ウ）ろ〴〵異見に実が入て、手代が来て四ッ半兵衛流にして連て去でもたつた一夜に又翌の夜は抜て出て海上を通ひ路にしての出しほ、浪の淡路の島の内隠れ。其後は親仁が直にわせても手に合はず、是非のふ逗留をしての相談と成て、一家が寄てのやつさもさ。流石は大坂は大坂だけ。さる医者が来て是を聞キ「それは高が野郎買じやによつて遊びに尻が上ります。女郎好にならしやつたら又其様にもこさるまい。急に皆止させましては、中々呑込がわるかろ」といへば、「そこもござれども夫が自由に成りませう歟。なる事ならば御思案なされて下され」との言葉に「其息子殿を女好に致す事、御得心ならば妙薬を教えませう。鴛鴦の思ひ羽一枚ニ覆盆子一両を細末して、女夫池の水を汲まして素湯に泌して是を二度に用ひれは、忽女コ好にならしやる事受合ます」といふに、一家打寄て「是は千万忝い御差図。早速其御薬を調はせませう」とて早鳥夜町へ走らす（十ノ廿オ）に、さりとては思ひ羽計は売兼たれども、迚もなら生てゐる羽がよからんと漸と高う出して買て来て彼覆盆子と合はしての散薬。下男は水担捕荷ふて天満へ走りしが、「扨夫といふたら呑もすまい。どふぞ呑しやうの工夫は」と又手代との相談に「なんでも今夜酒をすゝめて呑します様に茶やへ往て頼ましよ。其上で明朝二日酔の薬じやといふて上ましたら」といふに皆がうなづいて「是はよい智恵。早往て其通りを相談」もそれに埒明て島の内へ走ての頼みに「朝の趣向も首尾能う薬もまいつたり」と泊リがけに往て来た手代が注進に其薬の利目を待ゐる有様、今を限りの病人に独参湯を呑した心で待てゐれは、扨薬も利ばきく物、珍らしう旅宿への朝戻りに不機嫌な顔もせず一家も親仁も出て、二日酔の取抜は彼薬の印を見る計。とろ〳〵眼の息子をまだあまやかして昼寐の床を取てもうつら〳〵とした一寐入に、夢見たかしておそはれ声。驚て起したれ（十ノ廿ウ）ば、身内は一絞りて「二度野郎の顔は見ませぬ」との口走りに寄こぞつて様子を問へは、「思へば思ふ程あほらしき我等が遊び。十四五も年の違ふ親父を今迄買て居たは何事ぞ。ふつといやと存たら其親父の顔の気味のわるさに思はずおそはれしも、さりとは面目なし。ふつつりと野郎買は止にして国へ帰て、折ふしの鬱散も昔へ戻ッて室限りの遊びに致しませう程に、今迄の所は皆々御ゆるされませい」と始ての詫口上。親達はいふに及はず一家衆手代の悦び限りなく、彼妙薬教へた医者殿にも厚く礼をして其夜に古郷へ帰りしが、先当分は出もやらねども、兎角色事よりは遊びが癖と成て漸〳〵五七日此世の風にあてられし計、其間に耳へ入た世の取沙汰。「されば哀なるは其家中」といふた計でうはの空。又再発した面白病ながらいふた言葉が反古にもならず、虫やしないの室の津通ひ。又三日五日たちし内、道芝といふ太夫に馴染て大坂風の粋を遣ふての傾城買。元来真か（廿一オ）ら能楽にして、爰ても又住めば都の面白さに、今度は母御がかはつて異見も灘あたりを吹て通て寄付ず。手代も愛相尽して投やり三ぼう侭の皮と思ふ折節、大坂の一家から二才上りの手代に添状付て下ッて来る。合点が行ぬと主従打寄其状を開て見れば、「先達而妙薬を御子息へ進られ候て早速其煩ひは御平癒大慶に思召候半。去リながら其節試として此方の此太兵衛と申者に密に呑せ御覧候由、其妙薬の相伴故歟、此方妻が手廻りの妼との不義。其上向ひのしもたやの乳母とも念懇致候事。此節露顕いたし候て家内の乱れなげかはしく存候へども、此方一家中より其薬を用られての斯のしだら故、呵候義も成がたく暇も遣はされず甚迷惑致候ニ付、拠なく其元へ差下シ候」と恨交りの送り状。下地の息子の色事仕にもてあましてゐる折から、又重而手代の色事仕をかゝへるも何共難儀なるものと思へども、其時は跡さき見ぬ親仁の麁相なれば是非なく、弥取り〆（廿一ウ）ねばならぬとて、息子の留守の間に棚颪やら勘定やらして、銀とてはとんと手放さぬやうなれば、息子廃鵞も手づまりに成程色事が染て来て真と真などにて太夫も是迄覚ぬ程室津での色客、親方はまだせく事も欝々しき中に、肥前の大村の船掛りの間の客とて「去年は珍敷鯨が数本とれた」とて、急度した逗留中の奢（ママ）にて彼道芝が眼に付て、かしかりの不自由から又揚詰と出かけたれは、この珍らしい奢に親方も眼かくれて流て去る金銀とて鯨から出た油を急度遣はすつもりに道芝に吹込ば、是非なく夫につとめかけて朝夕廃鵞とは忍び合ひ。是を聞出して彼大村の客もせきか来て、急に受出スなどゝ古い歌舞伎狂言の仕様なからも勤の身の悲しさ。まかせぬなどゝはもつと前の事。斯なつてからは跡さきなしに涙交リに廃鵞も今は親父が侭にせねは当惑だらけにて、急に仕様もなくとやかくと二階の端での思案も三人ならねば文殊菩薩も智恵を始末して借給はねは詮方なく、つまる所は心中欠落の二ッに落て、どふやらかうやら抜出で「こんな（廿二オ）形とも五里十里」の文句を力にして、凡それ程は逃課せたと思ふ迄はなりふりに気も付ず、木陰に暫し休らひぬる所で互に衣紋つくろふてやつたりして見たれば、始てひたるうなつて扨一寸も動かれそうにはなくして、腹と夜はしら〴〵とぞ明わたり、見渡せば藪垣に用心きびしく内は普請最中の家。しかも建かけし蔵に足代なども見えたり。なんでも此家が此辺でいつち富貴に見ゆれば、爰を頼んで飢を凌がんとてばつとしたせんさくには、「頼みませう」乞ふてあたまから有様にいふてのたのみこと。昔は二合半も取たと思はるゝ剃り下奴がうさんらしく思ひながらも取次て、其通りをいひ入る。主とおぼしき人の余程の年格好と見えて、咳払しちらして立出で「扨々若い人のよく〳〵の事にて左様に一飯を乞はるゝ事、きのどくながら一人てもある事歟女中連。何ンでも様子の有そふな事。此辛い世界に無縁にちつと気の強い出様ながら、無下に申も又心なきに似たり。先々此方へ這入られよ」とて、どこやら念比らしういふてのあしらい。這入て見ればまだ建て間(廿二ウ)もない家に鑓長刀もなげしに掛たり。気味わるそふに腰打かけて追従ゆふすべもしらず、おづ〳〵として二人が茶漬をふるまはるゝ形ㇼかつこう。主はつれ〳〵ながめて「終にあはね共初から有様にいはるゝ故にきのとくに存て茶漬の一つも進上いたすか、最前から見請申所、御気にはかけられな。欠落と見えます。殊に女中の風俗といひ、実はお傾城などゝ申様な事ならん。先いづくの人ぞ。名所を有様に此上申さるゝにおゐては、倶々御世話申て見まい物にもあらす」と雲に汁気だくつく胸をしづめて「成程御推量の通りに違ひませぬ。私は高砂の町鍥屋の喜蔵と申ものにて、則喜左衛門と申者の世倅。室の津にて風与此女郎と申かはしましたれ共、外の客が急に受出すと申ますゆへ受出されては互に生ていぬ心。私迚も親共へ段々の不行跡重りましたれば、銀とては自由にさしませす。迚も死るならば一所に死るを責てもの楽とケ様に抜て出ましたれども、一日でも生延らるゝたけはと存飢を凌(廿三オ)かねて、終におめにもかゝらねとも恥を捨て只今の次第」との噺に、「さこそ〳〵併命にかへる宝はないと申せば、其元の親達じやとて死る程の事見捨も置れまい。此上は名所も聞ますれば、此方にかくまひ高砂へ

は此方より申遣しませう。又お傾城殿も其元の手より受出ス銀迚も世話に身共が才覚して進上いたそうほと
に心安う思ふて高砂より便リあるまで此方に逗留しられよ」とて、いと念比が段々重り廃鵞も身に余りての
悦び。「扨々御深切忝さいつか忘れませう。そふじて此所は何と申所ぞ」と問へば、「橋崎と申所。爰は端近
先一ト間へ」とに「是は殊ニ御普請半と見えまする。御取込の中の御世話なんど御礼申様も」などゝ自然の
追従も行届ての逗留。二人は顔を見合して悦び限リなく、心の内に思ふには此前大坂生玉の見通しに見て貰
ふた時、「其元の前生は昔此上塩町の野でありし時分、坊主が梵妻連て八巾をのぼしに出て思はず野井戸に
二人連にてはまりしを見付て早速助てやつた人の生れ変りし人と見えますれば、其善根の印にて難儀なる時
には思（廿三ウ）はぬ助力の仕人が出まする。扨頼もしい人じや」と誉おつた。きつい見通し少しも違はぬ」
とて二人噺に、早千話交リの座敷住居。元より未普請は調はね共、浪人と思しくて弓具足櫃なども奥にちら
りと見ゆれば「そなたの追手が来おつても丈夫なぞ」と落付切ッてもてなされ親達よりの便を待ゐける。主
は高砂へ飛脚を仕立遣しぬるが、程なく高砂鎹屋と尋当て始よりの物語。「既に其夜に心中も仕てしまふ
心と見えまするを主人が計ひにて留置ましたれば、御子息の命は暫く預り置ました。尤是迄の様子定而不行
跡などゝ申事も可レ有レ御座ながら、命が有ての義でござれば御不興をなだめて其お傾城を受出して進られ
よ。御得心参りしならば嫁御の義、二人ともお迎ひ旁どれなりとも御手代衆にても同道して帰れと主人の云
付故参りました」との段々深切の口上に、二親ともに立出て涙を流して悦び、「全く世悴が命の親なれば、

仰に何を歟背ませうぞ。只今手代共を先々御礼やら迎ひやらに上まする間、御供に召連られて下さりませう。扨々御世話に(廿四オ)ござりませう。忝存まする」の三百もいひ尽してのあいしらいに、「いや〱此方も只今普請半にて何もお構ひは申さね共、主人は元伯州の侍なれば只今浪人致とてもケ様なる事見捨ませぬ人にて、少しきつしくな生れ付。先早速御得心有て使の私も悦び。早室の津の扇屋と申傾城屋へも人を遣しまするとて、私と一所に橋崎を立ました」との委き噺に、「重々の御厚情生々(ママ)世々どふも御礼の申やうもない程の義。何分宜様に仰上られ下されませ」とて手代を付て迎ひにやりける跡にても、悦びの余り一家は勿論近所の念比な人々へもふいてうしけるが、早近所でも其沙汰有て「伯州の浪人とあれば慥に彼大星由良之介とやらんなるべし。心労の中でのかゝる頼もしさ。去りながら家を建蔵を建などして普請最中との使の噺。身のたくはへはいぶかし」と思ふても見た人もあれども差当リし深切さにいよ〱大星びいき出来て、まだ其噂は止ざりけり。斯て其使に手代は付て橋崎ニ着て親方の礼の口上段々述て「御礼は跡より急度申上ん。先若旦那を供して(廿四ウ)帰らん」といへば「遠い所を名代とて大儀〱。申遣した趣、早速親達の御得心と聞て此方にも大慶致ス。去りながら是か御得心なふてなんと致申さんぞ。御子息の命にかゝはりし事と最早其段を先達而推量いたした故、此方より室の津の傾城屋を呼に遣して其受出し金三百両と申故其金子此方より取替て其段はさらりと打済ましてござる程に、そう心得さつしやれて右三百両に歩金百両ニ付て三十両つゝ。合て九十両此間より二人連の逗留中物入前後五日にて一人分一日に一両つゝにして十両。右を合て百両に元金三百両都合四百両今明日に御持参成され。何時にても二人をお渡し申そう。それも遅なはればそれに歩金と造用が増程に、随分早く持参なされ。夫迄先二人の命を此方の蔵へ入て質に取て置申と帰て親方にいはれよ」といふに、手代がびつくり明た口も得ふさがす。まだ一ふくの茶を呑さしたなりに物をも云はず逃て出て驚き虫が勢ひとなつて七八里の道も苦にならず、駈戻ッて右の様子を噺せば、両親一家も二度悔りながら「其様子ならば置たらば眠ふる間になんぼ程雑(廿五オ)用にかゝろもしれぬ」とて、悲しい金の耳を揃へて其夜息子と嫁の質受しにやり、其使の橋崎へ着たは日の暮過たれば「出しものは夜はならぬぞ帰る。翌迄待たれよ」とて供部屋に一夜さ泊た代が又一歩かゝつて漸早朝に若旦那と嫁御さまと二人を質受して貰て帰りしが、戻ッて其印形の篆字をよく考見れば斧九太夫にてありけるとぞ。「此様な道欲なやつ重てどふした事で又ねだろうもしれまい」と使の念に四百両の金の受取して貰

(三)主と病ひにかちん染の頭巾の手柄

扨も伯州塩谷の家老大星由良之介、国を退てよりは山城の国山科に閑居の身の上。一子力弥に妻のお石、召仕一人に飼馴た狆ともに只五人口の暮しにて相応のたくはへも有風情ながら、此所に住居する事人にしられてより後は普請好ミなどをして纔に銀を遣ふ事迄皆主人の敵を討べき謀言といはれて是を欝としく(廿五ウ)思ひ、其上へ多くの家中の事なればすゝめる人多くて、今にては始強欲にして御用金を配分して退きたく

思ひし人には却(ママ)て恨みなく思ふ程の事にて、纔に十人歟十五人の本意を知ッて其余の人の心をしらず、家老職の時こそ家中の邪正もわかれ、斯く皆ばら〳〵に成ッては中々人の心も見えがたく、又それを察し今の身の上を侮リして俄に忠義顔にて此家に近寄て力弥を口説て弟分にせんが為に入込ものなども有り。是らが為にあへかへされて、元より殿の御無念は欝憤に残リ奥方の歎きなどを察しは、一命を投出して師直を一太刀恨(ママ)たき初一念は城を明渡ス時より起りあれは、浮世に欲なく暮す心ゆへ只うつとりとして日を送る上、右のやからに酔はされて迷ふにもあらず常に健忘のごとくなる所、其虚に取付し歟いつの比より歟心重く、うつら〳〵と思ひ事とも眼にさへぎりて物事あふなく、真に労痎病とぞなりて只ぶら〳〵とぞ煩ひける。妻子の案しは一方ならず、あれよこれよと京都の医者変ても見れども皆「心虚也」とて此比は人参を加（廿六オ）て薬を用ひぬるか、其外の家中も或は剉たばこ売又は鋏小刀研などして世を忍ぶ種も草深き此辺より京地の間に住て、大星の病ひを深切に問ひ音信人々こそ同志の輩とは思はれぬるが、此病ひ重く成し由良之介をいたはりて「労痎に極まれども、初老過ては若き人よりは至ッて重く、未痎強からねども今見る所一ッとしてとらまへ所なければ、薬の利所甚以て覚束なし。去ながら此人の人相に心中に憤る所有て其怒る心計が踏留つて元気を失はさねば命には別条なくとぞ覚えぬるが、何にもせよ此五六ヶ月の間に甚心をもみ切しもの故かゝる病ひとなつたれば、随分慰めてその心労を少しにても忘れさせたらば薬の取付所か出来申さんほどに、随分引立て慰む様の養生第一こそ」とぞいひ置て帰られぬるが、「此人の見立甚以テ至極せり」

（廿六ウ）

橋崎村やしき

だんぐ〳〵と御せわのおれい申上ます

四百両のかねさへ済は二人衆は其元へかへします

たのみ上げます

ねい〳〵かしこまりました

（廿七オ）

郷右衛門噺をきゝおかしがる

由良の介山しなの隠れ家にて病気

堀部弥二兵へ能楽もこりかたまりて行とゞきしはなしする

諸士みな〳〵あつまりて病中のなぐさみにはなしする

とてこぞつて是を信功して打寄て日々相談しける也。矢間喜内老人ながら深切にて折節の見舞も杖にすがりてけふも又来りしが、道にて堀部弥二兵衛に出合て連立(廿七ウ)となく伴ひ入ッて養躰を問ふに「かはらぬ」とのみ。そこ〳〵に心を付て帰らんとする。力弥出て「御深切に御老人の毎度の御見廻、今日は心持もよく候故御目にかゝるべし」と襖を明れば「こなたへ」と案内するに二人とも打通り、「いかさま此間よりは大分御元気よく見えまする。兎角自分の心を持て御引立なされ。御医者衆の言葉いづれも皆労痎なるよしを申さるゝとの義、扨々埒もなき事。大星由良之介労痎にて死だといはれては、真に末代家の瑕瑾なる事、殿の御名までも汚るゝ程の義。励みを付て御養生なされかし。神宮皇后は女でさへ三韓を責勝利を得給ふ。是らは全く日本の正道より神々の尻押にてたゞ勝利を得給ふといへども、御自分様のは少し正道過ての此煩ひ故、女に劣し所も見える計の事なるぞや。なんぞ仇をむくはんと思ふ所に神々見棄(ママ)て給ふへき歟。神宮皇后こそ労痎も病給ふべきに、由良之介の労痎扨々武運にも尽給ひし程の事ならずや」と恥しめて堀部も倶にいさめけれ(廿八オ)は、由良之介にこ〳〵笑ひて「御老人の御異見千万忝し。忘れは置ず。主人とてはなし。病にはどふぞ勝て見たいと存ても扨勝ませぬ我ら。所持いたした病さへ得勝たぬ某、仇をむくう事思ひもよらず。頓死いや又病死いや若死なば腎虚内損扨は心中といふ哥は江戸の吉原の三浦屋の柏崎とやらいふ傾城がよみたると承はれば、まして由良之介労痎の恥なる事も合点なれど、此大敵をふせぐ事の工夫して見れば見る程猶報はれぬ。今おつしやれた神宮皇后の三韓責はなんでもない事と存ずる。なぜと仰られ、其皇后には帝三代つとめられたる武内の宿弥付添ゐらるゝ。しかも年三百余才にて女中預ても気遣げなし。侍にもせよ町人にもせよ、家の支配するものに年のしまつたものあれば、脇から見てもア、した者が家に有ルがアノ家の宝じやなどゝいひて其人のいふ事をよく守りて番頭或は親方などゝて其下知を受て勤めるにあらずや。まして三百余才まで天下の棟梁たる武内。此人の（廿八ウ）いふ事誰歟背くものあるべきや。大将の下知をよく守る軍　敗軍するといふ事は稀也。其上に海上　潮の満干を自由にする玉一二ッもつて神々が付添ひ給ふ軍、ひよつと負たれば皇后の恥よりは日本の神々の皆恥になる事なれば、神様達の精の出しやうも如在がないによつて、其軍などは女の身といひ殊に孕ながらあれ程の事をよう思ひ立れたと申か則　勝た所也。只今主人の敵也とて師直を恨みる時は、其姫宮の役も武内の役も神様達の役迄拙者一人して勤めねばならぬ事故、三韓よりは大敵と存ずれば、夫よりさきへ誠に病か勝ての事と思へば、一しほ敵がつようて覚束なく存する」との挨拶に、堀部弥二兵衛引取て「至極御尤の仰。其御心にて御元気の丈夫なる所を承はつて安心致た。取てもつかぬ噺ながら、拙者が借宅致居る近辺に大西屋座介とてれつきとした唐物屋の手代なるが、夏の神事の間　生得俄好にて、親方の勤の間々忍び出て遊所にての俄もふし〴〵が有迚其店々を仕て廻ッて、早々立帰リて何（廿九オ）くはぬ顔にて内に寐ぬるも始の内は主人の用の間も欠ざりしが、後にはつのりて矩を越えてや事を欠やうに成りしより、親方も彼是と小言を云、幾度歟詫言をして勤めるといへども、生れ付ての好より其時に成れば内に寐てゐられず、景色計見てなり共と寐る時分より抜出で、早速に帰ると思へども隙入事も多し。又遊所にてもいつも見る顔とて此座介が俄を待程にも成りしか、或年六月十八日の夜、又寐る時分より抜出て俄に余念なかりしや遅なりしとてとつく帰り番を頼み置し裏町の路次から忍び帰りていつものごとく我寐所に入らんとせしに、台所あたりにて「ぎやつ」と一言声を立て倒れ伏音。座介も肝を消して気を取失ふ程の事。其声に店の者共眼を覚し、有明行燈を提て出て其躰を見るに、盗人とも思はるゝ見ずしらぬ男気を取失ひ、傍に裸身に黒隠かぶつた男がつつぽりとつくばいゐる。側には勘定場より取出せし歟銀箱有り。「ヤア盗人」と言騒げば家内も残らず起出るに、黒隠を取て座介か「面目ないながら私（廿九ウ）でござります。又今晩どふも堪忍ならず抜て出まして、只今迄此形。是は遅なつたと存たから其姿の侭にて帰り、裏町の路次口に垣外番を付置てそこから明て這入ました所、何歟はしらず此次第」といふに、「そんなら盗人はこいつ一人。何所から這入たぞ」と吟味すれば、屋根の物干越て来たと見えて裏口にはしごを掛たり。「なんでも呼活て事なく去して仕廻を」といふても呼活様も「盗人ヤアイ〳〵」と呼立し顔に水打、延齢丹を呑ますやらして漸の人心地付て、渠もびつくりして早逃出を引捕ゆれば、「御ゆるされませ〳〵。私は隣町から屋根越に来かゝつて、爰らに大形銀の有りそふな家と瓦に踏ごたへかしたによつて、物干から忍び下りて漸と召合せを明て捜て見たれば、勘定場と見へて戸棚の前に帳簞笥。嬉しやと存てとふやらこうやら錠捻切て取出した銀箱持て出る所を、黒い奉公雛の様な物が出て来て道をふさぐ。こいつ合点行かぬとためらうても、あつちはこつちを盗人としつてもとんと恐れぬ様に見えてつか〳〵来る。

其丈夫（三十オ）さが剛うなつて南無三宝と思ふた後は何にも存ませぬ。銀はそつちへ戻しまする程にゆるして去して下され」と泣に、「憎いやつながら外に取れた物なくは去なしてやれ」と表を明て突出せは悦て逃帰る。其跡は打て変て親方の機嫌。「全く座助が能楽から此銀が戻りしぞ。けふこう外の事は格別、俄計はゆるすぞ」と主よりゆるされた俄師故、今は此方の近辺に宿持て俄先生とて春の末より大分弟子が付ます」と噺に大星頭を上げて「それらは怪我の高名とやらに似たれども、其座介とやらか一図にかたまつたより其手柄が出来たり。物の一図にかたまる迄が甚大病也。かたまりさへすれば快気致はしれた事。至極面白い事承はつて此間にない心よさ」とて由良之介殊外の機嫌の躰を見て二人も悦ひて、又明日御見廻申さんとて立帰る。されば二人は其心を察してより帰りに原郷右衛門の貸座敷へ寄て此由を噺、同輩の面々へ大星由良之介保養の為何なりとかはつた噺あらば随分持寄つて伽がてら咄さるべくとて触させけるとなり。是より我一と咄に集りけるとそ。

巻之壱終

加古川本艸綱目 目録

我侭育後編
教訓能楽質 二の巻

第一 身請の沙汰に踊忘れぬ百貫の雀流
噺の口をむしり肴で傍輩の深切は
恋にも直なる青竹で青銅のさし荷ひに
千代の松坂越損ふて二階からずんでんごろり（二オ）

第二 松の枝に異見して貫て白うなつた加賀笠
色直しの欠落に取かはした絵像
同気相もとめて引返した延齢丹
恩愛に泣明した舅と嫁の顔の紅葉

第三 陰陽師も身の上知た還俗の婚礼事
我身を唐本仕立にしたさんぐ〵の三衣から
筮と贅との間を往た伯父の力立
名代の尼御といひ合した髪の苗代時（二ウ）

㈠身請の沙汰に踊忘れぬ百貫の雀流

八雲立哥の三十一字も八算の三壱三十一の尽ぬためしと同し道なからも十露盤に引付て恋の歌も古哥を撰て新たに詠まぬ者が「此女こそたしかにさかしき」とて夫へは札の落安き世なるに、武士は武士だけ浪人して家老用人給人侍格の者迄其礼は乱さず、宵の夜の廻状に昔忘れず、千崎弥五郎・村橋伝治・遠松新六・竹森喜多八など同道して、大星を今日の見舞引立様に、思ふ病ひも心計の山科の住家。兼て原郷右衛門入来リてお石力弥とも〳〵いつはせずともとて早世帯馴てぬらくらと薯蒻豆腐で茶漬をと郷右衛門が昔遣ふた者の子なるとて丁稚奉公とも極めずに来て居る召仕が提ケて来た藁苞に心の付しは流石年倍だけ。若狭の小鯛、九ッ鯣が三枚、麩が七ッ、何にもいらぬ是で酒一ッとそれに相談極めて置て、出迎ひに殿原達も一ト通りのおれそれ事終て容躰を尋るにも家老職あしらい。昔は昔それでは却而病気の障り。サア〳〵お手を上ら（三オ）れいと由良之助寐ながらの挨拶に漸と打くつろく折節、又も入来る千崎弥五郎「扨此方共の近所には、流石花の都とて珍らしき事共多く、一ッは御咄申スも御保養にもならんやと打連立ての御見舞」と堅みは見えつかくれつしたる座並に「貴公様の御病気付、つら〳〵考へ見まするに、凡先家富にしては能楽ほどの身の保養はあるまじく、保養の調ふ程の世の宝も又あらじとぞ思はるゝ中に、銀を遣ふは能楽の字義にあたり、銀のなき者を野楽と書、今能楽に野楽を交えて粋つかひとそ唱え来る。夫茶屋遊び程面白きものはないと思ふは、我業を忘れす勤る事は勤め隙を考る能楽也。是等の心を思ふに、茶屋は底の面白さなるべし。常も三味線或は浄瑠璃太鼓笛、または剣術柔術など、透を見合して稽古するを上皮の能楽にして、諸勝負は能楽に似て欲あり。謡楽舞茶香俳諧或は楽器の稽古に至ル迄、其面々の楽は交れども、世の勤に交れは野楽芸に似た計などゝ思ふ迄の野楽なり。思ひ付ては皆実の野楽にも近く、そろ〳〵芝居に初日を欠さす端哥の摺物出し、売風呂のぬるいを覚え、鱣の和らかなるはどこ〳〵と知て、とふ〳〵役者附合する様に成て（三ウ）大概人に粋といはるれとも、やつはり茶屋かつまる所也。茶屋に遊びゐても又つまる所は色事也。女郎の極らぬ客はいつでも仕廻の付ぬものにて、なんほ飲潰れても去品は酔の醒たる心地にてぞ帰る。是らを考るに能楽といふは色事の事なれども、至ッて野楽と呼ふ時は茶屋も常にして内にゐるよりは増とぞ思ひ、ちんからりの肴でも野楽さへ集まれば夜の明る事を忘れ、居続するとてとふの斯のと趣向もなく、尻の下に飼ひものして山を見ても我内を忘るゝ事を悦び、朝寐は朝食の入らぬ助と思ひ、夜遊びは世界を長う暮すの徳などゝ考（ママ）を付人は、一徳一失とて徳有からは失は有り。うちとて徳よりさきへ失を仕て仕廻ふつもりにして、彼つまる所の色事もしやう事なしに、ないが粋に成て、茶屋でも一人寐の寐所の除てある程には野楽にても大躰ではなられぬものとぞ。我らが隣家に住亜野平弁といふ医者の物語に、「若是らの野楽にせんと育つるならば、小児の時せんぶりのかはりに徐長卿といふ薬、和名はフナワラといふ物有リ。是を飲すれば成長の後、必至極の野楽に成」との噺ゆへ、「それはどふした薬でござるそ」（四オ）と問ふて見たれは、

（四ウ）

（五ウ）

はてこれはきみやう
女郎を銭て受出すとは

ないつな事しや是程にけるをしても

女郎も銭て受出せはたんと
いるものしや北辺の衆に
見せたら悦ふてあろ

此なりてなんばよりは
おとりの師匠殿行たい

おもしろい事かな

たんな
一ッ上り
ました
あかりませ

のふ嫁じよ
まめていれは
よいか

きおんまち
大さわき

チリトン〳〵

とふそあいとふこさります

色を見せたる
みまのはな

小サい声にて「弁慶草の事」とぞ申されて笑ひしが、夫程の野楽にはならずとも養生に成程の能楽とは成て身をまつたうして面々望を叶へる程には成たくと存ずる。ケ様に申ス我らも各も皆田舎育なれば、迚も粋といはるゝ程には覚束なけれとも又交ッても見度ものと存、「先との位を粋とは申ス」と粋といふ人に問て見申たれば、「扇屋の夕旁といふ傾城に此方も尋てみましたが、粋は遊びに来ぬ人の事でござます。遊びに来る客はなんほう世がさかしう成てもやつはりだまされに来るのなればそれに粋はごさませぬと申た」と咄たか、是を聞ては又遊びに行粋には成にくいものと片寄て人の粋を遣ふを考見るに、皆推量の行届くが粋也とぞ聞ゆる也。此比大坂へ下リて逗留中に途中にて見れは茅藁にて奇麗なる銭かますに拵へ、凡銭十〆程つゝ両方に一荷にして紺のだいなしに青竹の棒にて荷ひし男二十人計も続り。是は合点の行かぬものと暫く跡より付てゐて見れはサッサ、南をさして行に、南の方から北の新地より送って往て戻りの明竹輿さし荷ひて行違ひさまに同し仲間の言葉つきに両方ながら息杖つゝぱつて「四郎兵へ歟久しいの。なんじや仰山な物でもふけるの」と問ひかくれば、「ヲ、まめに（五ウ）ごんす歟。見て下んせこんな事じや。難波新地の女郎を銭で受出とて斯ならんだ所百両の銭じやげな。なんとエラいもの歟。こちらが方はマァさつとしてもこんな事じや」との自慢口。「なんじや銭で受出の歟。コリヤ珍らしい往キものじや。客は何所じや。堂島歟」と問ふに「イヤ〱こちの方の淡太郎といふ客じや」「ハテナそんな趣向するは堂島じやあろと思ふたにの。なんと相棒堂島の客衆に見せたら悦はりやうにナア。静にいかんせ」と互にいふて行過し跡にゐて思ふに、銭にて女郎を受出スとはいかさま粋の仕そふな事。珍らしといひもせんが北の竹輿が堂島の人気を知ッたは是らが今いふ誠の粋にてあろうと始て存たテャ拙者もそろ〳〵稽古いたしておる」などゝ打笑ふに、遠松新六すゝみ出で、「其御咄にて存出した事がござります。私も先比大坂へ下りました時に、年の比二十七八三十にはまたならぬ男、二階から落たとて余程の怪我にて頭よりも少々血なども出ました。殊之外痛がつて身をちゞめ兼る姿にて、竹輿へは這入らぬと見え、戸板に乗せて舁て行うちも片息に成てゐる風情を、道にておろして何やらいひ合ふてゐるゆへ、大方難波の骨継（六オ）へ行のであろうがいたはしい事と思ひ立留ッて其舁者のいふ事を聞ば、「彼怪我人の望とて痛がつてゐて物をいふ事はならず。内を出品に何やら此侭にて仕形計してゐらるゝゆへ、筆をもたして紙突付たれば存もよらぬ事は、難波よりさきへマア此形リで阿波座の雀踊のお師匠の所へ行たいとの事。どふした事じやと押て問ふて又書して見れは、此落た形にならふといふても又となられぬ程に、此姿の崩れぬうちに踊のお師匠にとくと見せて置て、是に手を付て貰ふて今年の盆の雀踊に出たいとの望。大義ながら阿波座の方へ持て廻ッて下され」と付てゐるわろの頼事に「ヲ、扨合点しや」と声を揃へ舁上て行過しが、いかさま痛い中でも我楽を忘れぬ所、迚も能楽の字義に叶はゞ斯こそ有たきとも存て感心いたし帰りました」といひしをけふの噺の口明とそ。

㈡松の枝に異見して貰ふて白うなつた加賀笠

竹森喜多八すゝみ寄て、「世に心中とて男女約束をして来世で添ふ筈の、曠出立て一(六ウ)時に死る事を思ふに、色の為に命を軽うするは笑ふに似たれども、鶺鴒に教られてよりこのかた益〱恋の世に捨らぬは是らの事あるゆへならんと存る。なせといふに、忠孝に身を果すもの稀なれとも皆身の欲を知れり。佐藤次信判官殿にかはつて範経の矢さきにかゝつて死たれとも、急な場所ながらも死て後の名に欲あり。漢の紀信なども皆其類也。なんぞ此心中に欲はあらじ。死ての翌人立の中に捨られて草草紙につゞられ、芝居狂言に取組なとする。皆笑ひ草となる事は其身も能知て、只色の為に身を終るは恋の情。誠なす所せいさいの欲には銀に詰ッて死る心中と一ッに思はるゝ事を口惜がつて忍び出で、死様にも又銘〱の物好あり。去リながら人に定業とやらんあつて、一方に死る心なくても約束の追手の間違ひなどにて死るもあり。七度八度迄死る気に成て客を頼で連て出て囉ふた女郎、やつはり無事に戻つて勤てゐるもあり。それにくはしく咄を聞に、其誠を尽す事は其夜に限る故歟。其夜の東しらむ迄はいつくを閨とも定めざる睦言、春は朧月夜に油灰の遣ひ残りを枕とし、夏は夜をいが〱と打過て麦の穂を屏風となし、秋はすいきの涙にひたれて(七オ)押紅葉の紙をもみ、冬は時雨で我身を覆ひての兼言も悔言にかへて、帯は其侭かかへのむすぼれをほどくとや。不心中なる男の心も其誠に迷ふて暫しは実に死る気になるよりして跡の笑ひを忘るゝ。無欲の実此上はあるましとぞ思はるゝ。其中にもさま〴〵こそあると聞く。此比も押小路辺の大概に暮す人にて、加賀蓑屋の真七とて生れ付し美男。あるならひとて我に先惚始てよりの祇園町通ひ。利は利もの色盛リ。鬼も三五の十八算用壷被きし事もあれども又うまひ事も重りつ、しかけた女郎の小家這入の時は祇園から是をうらやみ、店さきの涼から河原へと中居引連て余所目にもさも銭の入ル遊び様と見へる時は横町の出合よりも又それをうらやまぬものなく、余の客の下仕事に左袖右袖の悋気争ひから定まる相方もなければ、後には箒とて憎み初しも妬の交り諷ふて漸と極まつた色事か鍵屋の水穂といふて見ぬさきから日本一とも思はるゝ女郎に馴染で仕たいと思ふ事仕尽して、互に絵像を取かはし、門徒宗のお真向さまほどな一軸を懐につゝぱりかへらしての毎日の出合に、されば極まつ(セウ)た親父のむしやくしやいひ出し初てより有格な一家から急に嫁入の相談も天狗風にとゝや煎米の吹散た歟とも思はず、通ひ〳〵するを育てた乳母が縁に付てゐるさきから夫を聞て、深切に悲しがつて祇園町の茶屋を尋ての頼事。涙がうそには出ぬものと情知りの見付自慢が漸綱に成て、日文計の約束で五三日も通ひ止ミ、其間に彼嫁入を取結んで荷の来る夜を跡へまはしての突付け。嫁御の駕の来る前よりふしやう〴〵に上下を着餝ッた聟の姿。出入の者から内の手代迄がおめでたいの三十四五もいふ迄は、婚礼の儀式も調ふて色直しに着物着かへる時分から「聟さまが見えぬ」とて隅から隅まで尋ても見えず、右往左往にする所へ、又乳母がかけ出て「マア〳〵わこのあろう事歟。あるまい事歟。どふもあの嫁と寐ては鍵屋とやらのおやまの手前へ立ぬとて上下ながらに抜て出て又祇園町へござるとあるを「そこはわしが和子の顔の立ッ様にしませう程に」といろ〳〵取すがつて留ても一ッたんはそちが顔も立テて暫くは内にもゐたれとも、水穂とやらが手前の義理はどふもかゝれすとて突倒してはだしでかけて出さしやるをとめた手にはやう〳〵是が残ッた計で、和子は（八オ）とり放してのけました」と泣々の悔言。親父はいふに及はす、一家から家内の端迄あきれ果て物いふ者もあらねども、嫁と舅 姑の手前のきのどくと、其乳母の手に残りしは何ぞと手に取て見れば、太鼓の撥とも思しきものを錦の袋に入てふくさに包し也。開きて見れば彼息子とおやまの絵像二幅分て置くも気がゝりとて、近比は一ッ袋に入て一日違ひに互に預る約束で、其夜は真七が手にありしを乳母が取すがりて留しなれども急には是を見ても合点行ず、ちらと聞て置た丁稚がさいまくりにそれとしれて、親父の分別者が此場を先しづめる心歟「悴は爰にゐる〳〵」とて恨も交て女郎の絵像は内蔵の口から投付る如くほうり込、息子の絵像を中の間の床にかけて舅 姑への打明咄に「きのどくにはこざれども、嫁の顔は斯もらふからは此親父が立ます」とて閨の盃の寐覚取出して改ての息子の絵像と嫁と盃。きのどくながらも親父の心遣(ママ)を思ひやつて其夜はそれでめでたがつて納まりしが、跡から跡迄の案じは止がたく、息子の真七は上下形で祇園町迄の欠落。早速「水穂に逢たい」とて壷入にかけ込、急度した礼服で始からの咄は恩にもきかせかけ、連立て出ていつもの茶屋で其形（八ウ）でゐて水穂との婚礼事も、閨に入て思ひ出したは彼取かはした絵像二ッともにとられしが、心がゝりながら口さきで祝ひ直して「おれが内にそなたと二人ゐる心」とそれにして其夜は明せど、親の手前舅の手前嫁の思はく旁 思ひ戻して内へは去れず、とや斯と思ふうち別家の手代の嗅か来て「親御さまも御不便には思しめせども、世間の手前があれば先御勘当との事」と是も恨やら異見やら交ぜこぜにしての使半分咄に、真七は「とふでそふした事もあろう」とのまけ惜口上ながら当惑の色目。亭主も花車もきのどくがれども詫言する心当もマアなければ、其日はそこにくらしても二日めが済ず。三日めにはいとじと蚯蚓との声計が耳に入て外の事は聞へがたく、又つまつた所はおやまの言葉に付ての心中。どふやら斯やら家内をくろめて水穂が手を引て闇をさぐつてあそこや爰での情に姿を乱し、「斯と聞たらばまんざら親父じやとて見殺しにもすまじ」とて少ししるべの尼の庵を頼て其夜をくらし、翌の日尋に来る歟と待どもゐ所がそこともしれぬ歟問にも来ず。又是非なくして其夜に忍び出、聖護院の森あたりで「今宵は必死ね死なん」とて又所々で（九オ）夜を更し、漸心ざす森へ行てこしかたを悔み、未来はほんの女夫などゝたのしみ心も今は誠の無常に引かされて、引しごきほどいて松に打かけて皆是親の罰じやなど。まだも互に顔を見ては死る心に迷ひも出来んくらゐのがまだ慈悲の残りし所とて松の枝へ二人かかけ上らんとせしが、何やら手にさはる物ありとてさぐつて見れば、是も心中歟早さきへ其松の枝から首くゝつてぶらさがりしに手あたりて、びつくりするやら落るやらにて死る事はさらりと忘れて物をもいはず手を引合て一さんに祇園町迄帰り、道の間は何も覚へず真に夢の中の夢中にて駈込し台所の驚声にこちらも驚いた歟落付た歟、這入やいなや二人一所に気を取失ふ。夕べから尋ねた事を家内も又忘れて何とも思はず只「薬よ水よ」。幸と客は医者中間の寄合にて座敷からかけ付て

「針よ気付」に如才なく、暫く有て漸〳〵気が付て戻りし事を思ひ出して、二人も家内も一度に惚り。又保養を忘れて夕へからの様子を責かけて問へば、奥の客衆に叱られるやら、「たはいながらも先々無事で二人なから戻らしやつてめでたい」と二人の病人を傍に置て奥も口も家内も客も一ッに成ての悦び酒に鍵屋の親方（九ウ）のはり込に、ぐはつとした悦び事に思はぬ医者達も振廻にあふて飲明されたりしが、其前の夜家出より押小路へ彼茶屋より二人連の忍び出としらせたりしに、親父も一家も嫁も手代も驚は一かたならず。慥にイむ所なくて心中ぞと手代も男も丁稚も手分ヶして尋てもしれず。又翌の夜も更て後、親の心の置所なく、子に迷ふての闇を行小挑灯出してともすを見て、嫁も涙交りに起出て「とゝさまそれを灯して何所へお出なされます」と問はれて親父も面目ないながら「勘当したはこなたの一家衆へ顔出しならぬからのしだら。たつた一人の息子心中しをつたらおれはマアどふしやうぞと内に寐てもゐられぬから、おれも倶々尋ニヨウと思ふて」といへば「わたしとても同じ事。どふぞとも〴〵尋たうござります。つれてゐて下さりませ」といふ嫁の顔つく〴〵詠て思はす声を上て泣出し、「何もいはぬ志が忝ない。悦びます〳〵。其様に思ふて下さるこなたを残しても置れまい」とてまかない婆呼て留守をとつくといひ付て忍び出しが、嫁のお北にとほ〳〵と手を引かれての親心。どふしやう歟斯聖護院の森へ行、「もしや首とも〆はしをらぬ歟」とあそ（十ノ廿オ）こや爰の松が枝に小挑灯ふり上て見るうちに彼余所の心中を見付て、嫁と舅が一時に声を上て倒れふし、「扨々はやまつた事してくれたナア。斯なる事としつたらどふなりともそちがいゝふ様にしてやろうもの」

など〻余所の心中ともしらず真ッ下に打ふし足ずりしての悔言を聞嫁も又とも〳〵に「お気に入らぬ私なら無理に添ふて下さんせとも申まい」など〻二人かけ合にぼやき〳〵て漸としらみし東からかあい〳〵の鴉に呵られてふりあふむいて見たれば、髪の結様なら形リかつこう我子には似も付かず。嫁も又婚礼の夜綿帽子の下からちよと見た計ながら「夫トと極めた顔じやもの見違てよいもの歟。中々と〻さま是はそうではござりませぬ」といへば、親父も「どふやらおれも息子めとは違ふた様に思ふゆへ詠めてゐる」といふうちに、しら〳〵明た所が違ひもちがふて女は五六軒もわきに殺されての心中。いづくの誰歟しらねども、此親御達も丁度此様に歎（ママ）給ふと思ひやつて見るは見たが、しれもせぬ死骸の下で泣明した舅は嫁の手前互にあほらしう成て来て、ウンともスンともいはず引（十ノ廿ウ）返して来た道をかへり、我家の門の戸ほと〳〵叩ケば内から彼賄婆が夜を寐ずに明に出て内へ入ルやいらず「ゆふべおまへ様方の出なさつた跡、祇園町から二人ながら戻らしやつたとのしらせ。大方あのあたりで其噂聞て引返して戻らしやますであらうと思ふたに、今迄二人何所に何してござりました」とどこやらに恨ミも交ッたいひやうは、親父が淋しきの侭ねふつたから出た言葉は当分主のない嫁への当言共。聞ゆればいよ〳〵のあほらしさながら言訳の為に始からの物語に、只舅と嫁が悔し事を思ひまはして恥かしがつて息子の戻ッたしらせの悦ひも又忘れ果しが、漸店明比過て、互に心付し歟祇園町へも世話に成し礼使。引続て跡から又別家の内義が内証使にて「最早御勘当もゆりて水穂さまとやらも受出して上まする」と是にこりぬものはない程な親父の心いき。「尤心中に出て騒したれども、間もない勘当もゆるして呼戻し、受出して迄下さるは合点行かぬ」とて息子もさるもの先忝とて早速に戻ッて根を押て問ふて見れば、彼次第聞てあきれ果たれども聞かぬ顔にて事済し、先（廿一オ）水穂を受出してもらひ、嫁といふてもらひし嫁あれば内へは入られず、別に妾宅をとて彼別家から諸事世話をしてさらりと済たり。扨々かわつた事で丸う成レばなるもの。兎角時節が来ねば出来ぬもの歟、本妻も妾も余所の心中が媒してのめでたさ。万端埒は明たれども彼心中のとりざた、草双紙など売につけて誰いふともなく彼親父の噂日にまし夜にまし面目なさが増て来て、息子も今は聞かぬ顔もならず、「親の子を思ふて下さる忝けなさは言葉には尽されませねとも、是はあんまり思ひ過してさりとは顔出しのならぬ。わたくしが親の顔を世間から笑はしてマア大事あるまい歟」「ソリヤ可愛ひのじやない憎いのじや」とてくりかへし〳〵」

㊂陰陽師も身の上知た還俗の婚礼事

「拙者もちと申て見よう歟」とて片山源太にぢり出て「是は万治年中の事と聞伝へしか、元は大坂にての書林南蛮屋利三郎とて稚きより素読手跡に心をこらし、少し相応の（廿一ウ）上を行たる身上も生れ付ての能楽にて商売に精を出さぬにてもあらねども、もとより其心なれば気を高く持過して、少し自分に読るが害と成て唐本など尋ねに来る人は心よく饗応、字引早引節用集なんど問ふ人の顔は見やりてもふあいしらひに、いつとなく店の淋しさつもり雪に月に花に身を遊ぶ事を専らとして、それに実が入ルて己と世を観じたる商人。一日の謀は鶏明に有りとの言葉を守りて眼は明ども、寐ながら思案仕かへて起る事正昼にして朝飯入らず。「是費をいとふにあらず吝きにあらず。天地造化の間雨露の労をつみて地より上る所の財穀一度にてもすくなふ喰ふ事則天地の恩を思ふの一ッ也」などゝ是らに似たる理屈をつみかさねて自我業に逆らひ、いふ迄もなく親類手代の異見も山颪の風かあらぬ歟吹散るやうに身代も仕廻ふて仕様事もなき憂ふしに、諷ひつれてごつそり坊さんに成り、それを口合ふて兀山と自号けて沙門にあらねば修行もならず、風雅も有やなしやにて行脚とも思ひ立ず、「爰ばつかりに日は照るまい」とて古郷丹波に行て親類の方にかゝりて日を過るうちも、一ッの業には其比大に行はれし（廿二オ）易学の達人藁井宅間の弟子と成てあて物を考へ覚へ十に八ッは是を違へず。今夫を思ひ出して方田舎の眼を驚かし、肝を挫て或は失物の方角をさし、縁辺病人などの吉凶其外夢判し勝負事角力の賭物の考へ迄も目さきの事に気転を利して占なふに、そこらはやる物でなければ所はいふに及ばす近在近郷隣国迄も伝手を求て頼によれば相応の口すぎは仕て通る掛リ人ながら、元来浪花にては遊びにて身を凝らし斯成りし兀山。それをいさみにも思はず一ト先ッ関東の方へ行かんとの思ひ立も全く能楽修行のため。彼笠竹を業にして旅立所の人々名残を惜みてそれ〳〵の餞別。それをたよりに別れを惜みおしまれ頭陀袋首にかけての道行。暫しのうちも易学を業とすれば朝夕神仏は思ひも出さず、五聖人を拝して五十三次所送りに見通し殿と云立られて蜘介の勝負の銭迄も取入て、夫を道路の力にして漸〳〵江戸にたどり寄、少しのしるべに寄ッて当分は世話にもなれども遊んで計もゐられず。又取出した筮竹もからりといひ人もなきは又繁花だけ。其繁花を便りにして目黒の不動の門内にて小き尻敷蓙一ッ持て出（廿二ウ）ての考え事も、へんどなれば人の出る日と出ぬ日あり。そこを仕似せすはとて掛ッて居る追従に精の出し自慢。打曇りし日は人すくなく折ふしの退屈も近所の酒屋で一杯引かけて行、迚も道具なければ跡も構はず身軽に駈込身軽の八文引返して元の場へ直ッて居ても淋しさの眠たさに「是も身軽の忝けなさ」と本堂の下へ這入てぐつたり一寐入の昼の寐覚に何やらぼや〳〵とした物音。寐ながら耳をすましてよく聞けば、本堂の内と思しく不動尊の寄願歟、女声の口の中にての祈り言そしりはしり耳に入た所が、近比後家に成て後過行かれし人の伯父御が家を望まるゝとの事。男の子壱人ござれは何卒あの子へ家を継せたき願ひを引つまんで聞取、椽の下を脇から抜出で戻る道を考ての占ひ店。時ならぬ露を張て後家の迷ひ事の心あてへ戻り来る姿を見るに、よきくらしなる人と見えて婢さへも大小二人、若党らしき者一人付たは侍とも見へ、門前に竹輿を待したる風情に常より声高に「占ひ考へ物」などやりかけたが、はたして図へあたつた歟、近寄りちよつつくばひて「わたしが運を考て下されい」と（廿三オ）の一言に、下地が大概なる易者の上、彼聞取ッたが加味して厘だめ秤でかけたるごときの身の上のさしやう。彼後家御も傍にゐる婢も余り合過た占ひにぞつとする計の顔を見て取て、「其邪魔をする人を退ける仕様も有ながら、外々の卜者と違ひ手の筋を切て取のィャ何の神を信心なされといふ易者でない。卦を以て変じさする伝もござる。併是らの望はケ様の辻かい元トでいたす事にあらず」と少し勿躰かけてやり付た所が夫なりに門前へ出た。「南無三宝是は十二銅も払（ママ）わぬそふな」と思ふ所へ已前の若党立戻リて「後室様の仰らるゝ、唯今は御大義でござつた。礼物とし是を進ぜる様との仰」とて金子百疋涕紙にひん結び、外にちよつとした書付は所書。「何とぞ其変卦の事を頼たき間、日暮て後此上の御太義ながら此所書の所迄来て下さるゝやうに頼む」との事。爰でこそと押柄らしく受取て「頼とあれば心得ました」との挨拶計にて別れぬるが、其所書を見るに駒込の借座敷にて荏津氏と尋ぬべきよし。㊍の印有とこま〴〵と書付たり。なんでも始に荒肝は取て置たればやり付てくれん（廿三ウ）物と戴た角前髪が此坊主の運始。彼一歩たけの借り衣装にて日暮から尋行し借し座敷「爰ぞ」と這入て案内乞ふに、内にもそれと出迎ひ「御苦労千万」と伴ひ入て早後家後も彼変卦の頼み事。兀山も是迄は椽の下で聞た事に油をのせてやりかけた計。是からは誠の易学とてつゝしんて取ての考へに「慥に其別れさつしやれたお連合に弟御歟妹御歟ござる筈じや」と問へは、「なる程妹御はござれども今尼御の身の上にて吹屋町辺の賑はしき中に性青さまとて庵住居。其伯父御と申は真坂要金さまと申ス御医者ながら業に似合ぬ力自慢にて大酒呑の我侭事。其聞事の悲しさ」と涙ぐむを引とつて「御気遣なされな。禍は皆退けてこなたのお子へ家をつがせまするやうに愚僧がいたす」とて何歟はチンコの呪ひをして其夜は帰りしが、つく〴〵思ふに其伯父の医者に取入て其工み事をのけると成リとも又倶に進むると成リとも仕様ありそふな物と思ひめぐらし工夫たら〴〵。又の夜行て御見舞と案内乞ふに、幸かな其夜彼伯父の真坂要金来ッて酒の最

（廿四ウ）　（廿五オ）

心中に出たもの
を此やうに目出たふ
夫婦になるとは
うれしい

とふやらはづかしい
ものてこさんす

君は
千代ませ
千代ませ

さてもかてんの
ゆかんことじや

せふせい尼こつさん坊と
ふうふになり合薬店を
あらたにいたす

なむふとうさま

目黒の不動尊

兀山坊此所ニて
卜者となり
不動堂の縁下ニて
昼寐の夢さめ
始終のやうす
をきゝいる

中と聞き「上方より参りゐる卜者」と引合されての酒交（廿四オ）はり。真坂氏も余ッ程遣ひ捨た粋にて人柄もよき医者ながら力自慢も道理こそ、大の男にてさも力有そふなる風情に兀山も粋を少し出しかけ打混しての酒盛りになり、打解出した四方山咄しからとふ〳〵遊所へ落て来てもふはとは乗らず「上方にもせよ関東にもせよ傾城姑人ともに嘘を忘れねは遊びにあらず。脛水にて塗ておこした起請でも守袋へ入て首にかける程になければ面白からず。粋に成ッて嘘と知ッて嘘を楽むでなければ銀遣ひにあらず。所詮富貴になければ遊所の沙汰は無益の事」とはね付られて「こいつ大躰では行かず」と思案仕変て其言葉に乗て見せて粋こかしに我身の上をさらりと打明て、からくりかへて力自慢から思ひ付た角力咄。そろ〳〵のせられていつとなき茶碗酒にぐいとくだけた伯父の行義。「サアしてやつた」と見馴た四十八手の外を功者で誉かけ、肥満の腕を叩ての関取あしらいにモヲ其夜から真坂も兀山も粋と見て田もやろ畦もやろに察する所、此家を望むは此人の知恵であるまいとて荒こなして別て後（廿五ウ）は、彼後室の兀山を用る事はなをざりならぬに、兀山も又欲に奢付て亭主の妹尼を尋て、幸ィの坊主同士あはよくば口説て見る心。吹屋町の芝居の初日に鶉桟敷でちよつと見かけたが慥此尼ぞとおしかけて、彼荏津氏を名乗かけての桟敷見舞に「外ならぬ」とて又酒でのあしらい。前後見た所清僧とも見へず。猶も心を付て別れしが、聞合して見れば名の高い性青尼。始は三衣をかけてさも殊勝げなりしか、是もまたいつとなく解初た雪の肌。誰の渠のと噂計でみんな嘘。よく聞は昔髪の有時分いもりの黒焼ふりかけられて互に深ふ成た恋中の男、さりがたき事に遠国へ引わかれしとて、其時に名残を惜みて「又逢ふ事は稀なり。めぐり逢たらば其時こそ堕落すべし。夫迄は堅固にて先一生尼の心持」にて涙ながらに別れしが、其いもりの黒焼も髪にふりかけた歟、梳ても〳〵少しづゝ残る間の親みならん。「とんと剃てから此男の事は忘れても今更いひがゝりの比丘尼姿」と誰となくいふ沙汰を聞出して、兀山舌なめずりしてとふ〳〵取入、黒焼の咄（廿六オ）もいひがゝりの片意地も推量してこつちの身の上にして咄かけたに、のせものせたりのられたりして互に坊主のむつまじさに、天窓に飽が来て延しかけた髪より神も結びにくき縁定め。伯父の真坂是を聞ども始に力伊達誉そやされて逢ふ度の関取あしらいの嬉しさに憎もやらず、工みかけた事も打忘れてすゝめ人があつても元が正直ものにて空吹風と寄付ずして「荏津氏の小児も未幼少なれば、渠が為には現在伯母の性青尼。それと夫婦と成兀山幸の後見也。十五才になるまで思ひあふた渠ら夫婦にしてあづけん」の言葉を聞て後室の悦ひ大方ならねば、いよ〳〵兀山性青と婚礼をなさする筈に極まりて其仕こしらへ最中とや。元此荏津の家は武家にあらず町家でなし。一子相伝の名方有て此ために諸大名方より代々御扶持来り、夫を系図となす家也。兀山仮りの卜者と成て坎艮震巽利根の卦にてかゝる家に身を治る。能楽斯のごとくなるはすくなし。「さるにても女夫一所に思ひあふたる髪（廿六ウ）の延加減元服とかうがい髷も近日なれば名も兀山性青にてはどふも済まぬ。我関東へ来てから初めての色事なれは鎌倉屋五郎八とでも付う歟」といへは、女も「尼落の物好者あの遠く見ゆる富士を島台にして結んだ縁。其むかしも忘れぬやうに近江を口合にして逢見屋がよかろう」といへは兀山うなづいて「元剃髪した時の名も口合て付し兀山。今還俗せし名も口合にて付て今日より逢見屋五郎八。又そなたの名も元二人共に丸き頭より契りしゐにしなれば、白玉歟何そと人の問し時お露」とこたへてきへなまし、思ふ互のかために物好あふたる二人の名、吹屋町の庵住居を引かてらの嫁入荷迄行も来るも名高き尼御とかへた名は呼ばずして、「性青さんの嫁入じや」とてもてはやしめでたがりし賑はしさとの昔咄の又聞きながらも」とは。

巻の二終（廿七オ）

加古川本艸綱目

我侭育後編
教訓能楽質　三の巻

目録

第一　天上天下唯我独損をせぬ尼の幻
風雅でもなくしやれた在所の拳会から
しやう事もなき仏の怪我にて尼御の生霊
祈禱の狂哥も破れたる黒木売が噺し（二オ）

第二　煤掃の箒目も流れ兼る器物の質
足軽の忠節は無用の用の早追ひに
追抜れし弟子達の寒き年忘れにて
住家もさつぱり洗ふみたらし団粉の売喰

第三　黒い言葉を被て出たは鰒の精にて候也
井戸変の水も式日ならぬ砂糖の甘み
魚毒の蝶も遊びし南無極楽世界
神国へ立戻つたる闇りの年礼（二ウ）

（一）天上天下唯我独損をせぬ尼のまぼろし

「夫に付て此比拙者承はりました。京都中立売辺に住居する人の由、江戸大坂にも出店を持し甚富貴に暮す男、唐崎屋の松太郎とて長崎商ひを広くして手代等も多く、一年中下に下して其身は只年中の諸勘定を聞計、何不足なき身の上。しかも美男と人にいはれし男つき。恋にまで富で神お祈る事もしらず、今其家の主と呼るれども年はまだ廿の上は三つ歟四つ。いつか仏の有難き事も覚えず、学問は小児の時より素読だに面白がつて身をこらし、此比は貧乏学者を呼集めて左国史漢の会読に夜を更す計。色事は世の除物なれば是らに身を打は天罰を蒙る道理也と成次第にしても相応の事はいつでも出来る物。遊びは身の保養なれば暮し兼ぬ身ならば一月に四五度ぐらいの楽を第一とするとて此年から楽を極めて人にも相手にならず、時花る事も其時に応して取まはし、或は唐絵或は俳諧の発（三オ）句など季候を欠たる事もなく能書にまかして書ちらしうらやまれ来る人柄なりしが、いざけふこそ遊ばんと思ひし時は川東を驚かす計の事仕出スが癖にて、祇園町の娘も中居も牽頭持も皆一様の着る物を着せて兎角他所行好。かりそめにも雨が降ると端の寮、日和がよくば蓮阿弥と近比霊山と出かけて、夫も一花桜に幕打野風呂の湯気の立ふるまい。嵯峨の蕨取から大堰川の鮎汲に漸〳〵暮兼る春も打過て、「是からが又初袷づれと山端の新麦迄は待たれぬ。花摘比の叡山は女がつれられぬしんどうもあれば、叡山参りを連にして雲母道を一条寺村辺り歩行て御影山から松ヶ崎の方を扨て見やう歟。是も一興」と例の弁当仕出しに料理鍋から火吹竹の中へ差身包丁と俎箸を仕込だを又一荷添ふて相もかはらぬ末社の中へ、此比長崎から来た牽頭の銭七、拳の強いをいひ立に出てゐるをけふは珍しう速て来てと十間口計はつゞく程のさしおろしの菅笠連。山端の麦食屋で待合して爰で少しは底も入かけ芸子の顔も赤山と方違ひの祟りもなう面白う成出し、歩行〳〵の拳酒が始て「彼銭七には及ば(三ウ)ぬ〳〵。此様にあるき〳〵ては負る筈。急度拳会などゝいふやうな時はなんぼ銭七でもやり付て見せうテヤ。さすものじやこさりませぬ」と訛りちらして聞へぬを笑ふた山もしたゝりかけて、岨伝ひに鷹野あたり迄来て見て「是はあんまり登り過た。いつそ北岩倉へ往て見よう歟」「それもよかろ」とそゝり立て何といふ村やらしらすわつぱ〳〵いふ計。女子連は足に豆。「是は道理幸ィ爰に庵寺。マァ爰で一ト休ミいたしませう。ちと御免なりませ少しの間此椽をお貸被成ませ」といふても誰も答るものもなし。「こりやどふじや」と二声三こゑ大キな声に付つ添えつしてやつて見ても人きれがない。「ァ、侭よ一ふくせう。ちよつと爰らて此馬ひしやくで一口吸かけたら又足も軽焼煎米。其ふくれた顔なをさせ申スが女返答はナ、、なんとじやと岩倉近く来たと思ふて鳴神の身ぶり。其海老蔵の物真似で一拳いたそ」ロマもサンナもやつはり銭七に勝れて「無念也」と見廻した眼の行所は釈迦如来の御誕生。甘茶の産湯に飾り立し花の屋根。「なんとァノ花棠はよい拳士俵。幸　此寺に人も(四オ)なし。此侭是を土俵にして立ながら拳会」「是は一興我か行司」と番頭顔の牽頭の忠吉。野風呂に添へて来た団シャにかまへて乗りかゝつてやり付た一拳が漸〳〵唐崎屋大尽の勝。「なんと見た歟。

（五オ）　（四ウ）

卯月八日釈迦誕生の花堂を
けん会の土俵とはよいしゆこうしや。
ロマ
チヱイ
よいすんほうな土俵しや
たいこ持銭七けんにまける
太鼓打万蔵の
弟子衆打より
すゝはきの遊ひ　サンナコウ
ヲ、さむい事しや
是からまくにかせんを出します
此たゝみひいたりや休みいたそふ
あゝつめたい
しまいました

北山辺の庵室へしはし休に
いりてけん会をはしめて
釈迦如来の像
をこかし鼻をかく
是は〳〵御庵主様
のおかへりし
大事おさりませぬ。
もそつこゆるりとなされませ
こきとう被成下されよと
たんなの頼みてこざる
お札をお寐間のてんせうへ
おはりなされたら
ついこほんぶくなさる

なんぼ銭七ても金粒七でも斯四本柱と極まればめつたに負る事ではない」といへは、「是はさかづきが相応しや」と弁当から取出して甘茶すくふて息次て「サア勝負」とせきかけしを、「めつそうな罰かあたるぞゑ」と女声の耳へも這入らず結んだ拳は釈迦の天窓の上。渦のまく様に又二拳迄折詰られ、銭七がせき切て突出した手に障ッた歟、ころりと転給ふ唯我独尊天上てんごうのかはで打給ひし歟、御鼻ひつしやりしやげ給ふ。南無三宝と引起して元の様に直すは直せしが、拳もそれ切銭七が負仕廻ひ。どふやらあんまり気味もようなくなつてばつた〳〵弁当取片付青銅百文紙にひん捻て「お庭をあらしました」と本尊の方へ投込で、「殊に御茶から御鼻迄」と誰やら付ての声の人しれず出かけて来る門口で亭坊ともおほしくしかも美しき（五ウ）尼也。べつたりと出合ふて「是は〳〵あなたが御住持様歟。私共此辺野がけの道あんまりしんどうさに最前から縁をかりましてござります」といへば、尼もなりふり附々を見やり、「是は〳〵ちよつとそこ迄買物にさんじました。跡の間庵におりまするならばお茶なりとわかして上ましやうもの。まそつと御ゆるりとなされませいで」「ヤモせんど休ましてこざります」と女連の挨拶も尼と見かけた故「仏さまがおやかましうござりませう」と末社共わる口交り。御鼻の事は鼻挟んでざつさ〳〵と立出れば、藁葺の門をはなれるや放れずに「アレハ何であろぞ。梵妻ならばあやかりもの。結構なものをこんな在所に尼にして置事」といへば「イヤ〳〵あれはやつぱり尼寺じや。台所に苧桶が有た」と見出し自慢。有往左往に北岩倉は往て見た計てやつと面白もないさはぎもならぬ所。「大方迎ひ竹輿が松ヶ崎に」と引返して妙法山の下行水を伝ひて爰に来て見れば、はたして待退屈した駕の者に「大義〱。さらば労れを御ぱらし(六オ)候へ」とて、手の付ぬ三升樽一ッわたして爰が今日の飲収めに一踊も題目踊の口から出次第。千代の松坂ならぬ松ヶ崎から「マア足弱方乗り給へ」と乗やいなや一もくさん。祇園町迄は一ト立場戻ると其侭草臥が出た歟酔が出た歟、前後覚えぬ者計。大尽例の間に入て枕をならべし一ト休に「慥におそはれなさる声」とて起番の中居が来て起す。女郎も倶に眼をさましてどふかこうかといたはれば、松太郎眼をひらいてとんと済ぬ顔付。「様子はどふじやェ(ママ)」と責かけて問ふて見れば「けふの尼が枕元へ彼鼻のしやげた釈迦を抱て来て物をもいはずさめ〲と泣くにぞつとして来たと思ふたがおそはれし物ならん」といふても起番は様子はしらず。女郎はどふやら剛げが来て、それから寐もやらずむしやらくしやらで夜を明し、又翌日の夜も同じ夢続しが病ひの根にて松太郎夫から気重く打臥、幻に其尼の顔が見えるとて日を追て病重りけれ共、それとて明さねば家内もしらず。隠居の心遣ひ一トかたならず。医療には(六ウ)如才もなけれどもはか〲しからず。山伏に見て曜ふたれば「是は生霊の所意也」といふ。それから諸方へ祈禱を頼み、賄が変ッて七日の精進も終れともさのみ印もなければ、なんぞ其覚もある事歟、祇園町での気に入の牽頭持忠吉を呼寄せて「尋てたもれ。此方共から尋ては遠慮も有り。旁なれば宜うたのむ」と一家から念比に頼まれ、「畏まりました。私が思召もござる事歟、御尋申ませう」とて寐所へゐて「御見舞の印に」と道喜粽を差出して邌物の相談噺やら何やら四方山序に「此御病気はさりとはおまへ様に似合ませぬ病ひ」といさめかけて尋て見たれば、「そちこそよう知ッてゐる事。此病ひの根といふは真ッ斯〳〵した訳にて、兎角眼さきに其尼が放れず」との物語り。「其御噺は旦那の口から承はるは今が始でござりますれども、其翌日女中様の御噺で承りました故、合点の行かぬ事とは存ながら其通りの釈迦如来を新しう拵て其寺を覚てゐますれば持て参れば済事と、此間早其誕生仏を見覚の寸尺に(七オ)あつらへ置ましたれば明日は出来まするにより御気遣ひなされまするな。私持参仕りまして住持へも詑言して帰り御本腹させます」といふに、松太郎も早顔色もよくなつて起上り、「さりとは夫は過分千万。世に罰といふ事は争はれぬ物と思ひあたつた。兎角そち此事宜してくれよ」と嬉しげに頼まるれば、「明晩参りて其御左右申上ます程に御気をしつかりと持てござらしやりませ」といさめ置て、勝手へ出始終を一家家内へも噺してくれ〴〵頼まれてぞ帰リしか、祇園新地の薬湯の涌上ル時分の朝風呂から直に誂え置た仏師の所へ往てせがみ立、仕立て磨きも昼迄に出来立てそれを持て跡さき見ず「慥爰ら」と尋ねあたれば、主の尼も幸宿にと見えて物音のするに「頼ミませう」乞ふて差覗ケは、小僧尼と見えしもの一人。住持と見ゆる彼尼は病気取まはして寐てゐる俤ながら「どちからこざんした。こちへ這入らしやませ」の声に内に入ていひにくそふに云出して始からの様子打明て「ほんの是は若気の遊びからの麁相故どふ(七ウ)もそれなりに置ましてもきのどく心掛リと、此方にて此間仏師へあつらへまし誕生仏只今持参仕リましてござります。是にとふぞ御性根を御入なされまして、来年から御まつり下されませうなれば千万忝う存ます。旦那も是を苦に病まれまして、此程はぶら〴〵煩ふて計いられますより旦那にかはり私が参りましての御詫。御聞届下さります様に一しほ願上まする」との口上を寐てゐる尼へも聞えがしに少し声を上ていひければ、彼尼寐ながら「此庵に養子は入ませぬ」といふに合点の行かぬ事をいはるゝと思へとも、「イヤ此誕生仏を寄附いたしたう存ます」とやって見たれは「寄附と有ならば成程御きどくな事受ませうが」といひく〳〵少し起上りて「すべて尼寺と申ものは皆阿弥陀如来を夫と思ふて暮さねばつとまりにくいものでござります故、釈迦如来の御誕生の日は誠に産子を儲けた心でつとめまするに、其日に限ッて見ますれば怪我なされましてきつう悲う気にかゝつて計ござりました故、其節から此方も此病にとり付まし（八オ）て今にしか〳〵ござりませぬが、とてもなら此方の和子の怪我を直して上まして下さりましたら悦も多からんに、養子いたしますは気のどくなものながら寄附とござれは其侭受置ませう。とてもなら寄附の添状でも付まする様に親御さま達の御戒名でも其御方の直筆に書て納めなされますやうになされませ。其上は御病気の祈禱もいたしませう。此方にもかはりの和子が出来たればそれを楽しみに本腹するであろうと悦びまする」と聞て忠吉安堵した心地にて「左やうならば旦那に添状書せまして納めませう程に、本腹いたされますやうに御祈禱被成て下されませ。いかさまあなたさまのおつしやる所が有様でござります。左様に思召さずば御つとめなされにくうござりませう。あなたのやうにおつしやるのでけつく御殊勝に存まして感涙を流しましてござります」と追従交リに帰て直に唐崎屋へ往てまつ斯々と物語れば、「扨々大義。しからば此上の大義ながら明日ても又其添状を持て往てたもれ。併親達の戒名でもしるして添状を自筆に書ておこせとある。

又は（八ウ）其後病気祈禱をするなどゝの言葉といひ、仏を養子あしらいせしはあつちにまさしく了簡有ての事とあれば、少々寄進に銀を添へよなどゝいふ事にてはあるまじきや」と番頭の心付。「いかさまそふ歟。又其相談に悲しぐ〳〵も金子千疋はやらすばなるまい歟。イヤ軽いと思ひ又ねだれば邪魔也。それで煩ひ止メば安いものじや程に金五両はやりもせい」などゝ松太郎か言葉に、余義なくそれにして添状認めて忠吉に渡せば、翌を待て又其庵に行右の金子を渡して「御苦労ながら猶御祈禱なされて下さりませいと申付られました」といふうち、彼一紙開見て「あちらへこちらへこなさんのいかい御苦労」と計いふて礼もいはず、硯引寄せて何やらさら〳〵と書て「是が御祈禱の札てござる程に、持て帰ッて病人の寐間の上に張ておかしやりませ」とてさし出スを、受取て「お忝うございます」と何歟はしらず戴て礼いひちらして帰り、唐崎屋へ這入や否や物もいはず挫積丸まるめる程飯粒取て来て「御病気御祈禱の御札でございます」とて天井裏へ足次して張ッたを見れば（九オ）

よしやよのいづくのきがね軽けれど思ひもよらぬ仏養なふ

とあり。折ふし来合せし無両といふ俳諧友達是を見て「貴公是をなんと御覧じた。全く貴公の美男よりおこつて釈迦の鼻のしやげしを苦に病み、「庵主が跡にて嘸恨ん」などゝ是も又尼ゆへの案しから出て迷ひし所。其像其庵主少幻に見えて彼尼の生霊などゝいはれ病ひと成し也。あの方に少しも其事思ひ出さずいたる折節、思ひよらず新しき誕生仏を持てゐて斯る様子を物語しゆへ、彼尼きはめて強欲にて爰を取えずばあるべからずと思ひ添状の祈禱のと此金五両を呼出せしならん。其証拠には軽けれどなど〻恩にきず、却て是が祈禱の札也とて貴公の迷ひを推量してあざけりし仕方共。憎き仕方也」といふに、松太郎むつくと起て「只今貴子の言葉に迷ひ晴たり。扨々無念なる事共哉」といふても仕やうもなし。豫譲に習ふて彼哥の書たを引むしつて小柄にてぐしや〱突く計。「外聞わるければ此事沙汰なし〱」と家内の者共へも口どめしてその日（九ウ）より本腹に元気を得て「先何よりは悦ひ此事」と快気振舞などして事過ぬ。三月キ計も後に其辺から出る黒木売に買合して、「茶でも呑しやれ」とて四方山噺の序、此女が噺に「世の仕合といふものは変た（ママ）物でござりますテヤこちの方に経行庵といふ尼寺の住持、年久しう湿を煩ふてゐられましたか、今年二三月比にはきつうわるかつて鼻が落そふにござりましたが、不思議な事は此四月の八日目に生れさつしやりました仏さまが其鼻の身変に立たしやりまして、それから其尼御の病もさらりと直り、そふして其尼御のさつしやる程の事がようて大分と庵へ金が這入たげで、まだ其上に此間は鼻の身変の釈迦とて伝手を求めて拝みに行衆が大体の事じやござりませぬニヤア」との咄。松太郎聞も無念さ口惜さ。「扨々迷ふたり〱。川中で尼を剥したとへはあれど内に寐て居て尼に剥れしは何事。尼思ひ出して又此比ちつと気色が勝れぬとの其近所の者の噂」と原郷右衛門が物語られける。

㈡煤掃の箒目を流れ兼る器物の質（十ノ廿オ）

一座もどつと笑ひし声に由良之介も心に叶ひし歟、思はず声を上て笑ひを聞と小庭さきの切戸がどつさり転たる音。「何事ぞ」と皆々驚き障子引明立出見れば「切戸と倶に打転しは寺岡平右衛門ならずや。何故かゝる姿ぞ」と問ふに、起上ッてかつつくばい「北国より帰つてより此かた、大星様の御病気隙ながら案し〳〵て毎日あなた様方で御容躰御尋申上ヶ候計。此御門を通らぬ日とてはなく、足軽の私風情御見知りも有まじければ御窺も申されず、只諸羽の明神様を祈まして御快気を願ひおりましてござりまするも又御門さき通りまして御様子を窺ましたれば、原郷右衛門様の所のアノ前髪殿に逢まして、今日各様此所へ御寄被成まして御保養の為御慰の御咄合と承り、皆様の御深切を考ましてどふぞお次からなりとも由良之介様のお顔を拝みましたく頼みましてそつとお庭さきへ入て貰ひまして、恐れながら最前より是にて立聞仕おりましたれば、只今由良之介様のお笑ひ声を聞嬉しさ。思はず打転まして驚かせました段御免下さりまし。私も是からどふぞなんぞ御咄も申たき。御聞も下されませうやうに各様御取なし下されませい」と涙ぐみての願ひに、十太郎立（十ノ廿ウ）出で大星に取つくろひ竹椽に上ッて「ソレとも〴〵御慰め申せ」との言葉有難く、にじり上りて両手を突、嬉し涙押拭〳〵して「私相応の咄ながら御聞下されませう。元は古我屋の弁蔵とてれつきとした問屋ながら、親達のあまやかしてからいつとなう「野楽〳〵」と人にいはれて野楽仲間では株にも成たほどの顔。金銀は石瓦のことく遣ひ棄て、思ひ付仕自慢で何も用はなけれども「大坂の日本橋から堺の北の口迄早打がして見たい」とて道頓堀で竹輿を雇ふて十二人舁新しいもめんにて頭を巻立、腹帯をしつかりとして息綱を上からく〻り下、それにすがりての慰の早追。眼ふる間に堺迄行事は往たがとんと此形では水茶屋にも寄付ず、引返して早打戻り道頓堀に白粥を煮して置て喰たといふ男。色事でもなくなんの役にも立ぬ銀に身代を費やして終には親にも見限られ、銀弐〆匁付ての追出され、一夜さは高津の瓦竈の中に瓦の形を枕にして寐て真黒に成て翌日一日歩行しとて瓦墨〱とぞ呼れしが、生れ付て太鼓打事は名人にて友達打寄て「皆弟子にマア成て」と小家を貸て太鼓（廿一オ）うち。暫しは弟子も繁昌して近所のよい衆も入来る様になると、折ふし新町や北や南通ひも「彼武蔵坊と出かけては面白からぬ」とて心のうちにむしやくしやと昔の栄曜を思ひくらし、其年の暮る前「なんぞ眼を驚かしてくれんず」と世事の暮しは一日づ〻のかけ流し。只野楽計を心がけ、どふして才覚して来たやら師走の銭壱〆計こしらへて来たか始の二〆匁の銀はどこへやら遣ひ果せしと察しやられぬる計の彼壱〆の銭を持て塩町をあるいてもめんの解分物二つ三つ調来て、扨或日いつものごとく皆打寄て太鼓の稽古過て「稽古も年内今日限り。是からさつはり煤掃もいたしたし。慰に煤払を弟子衆打寄てして貰ひたし」と申が稽古納め年忘れの趣向。鰒汁に煤が入てもかまはぬ我らなれば煤掃にも及ばねども、掃といふが祝ひ事にて皆上は着を脱下着の上へ此上はれにて二階から掃下して下されかし」と頼む。弟子といふは皆大概に暮す人々。「是は面白かろ」といふもあり、又「寒いのに是は迷惑なる趣向」といふもあり。後に弟子入した人々は師匠の仰は背かれまい（廿一ウ）とて早脱変て丹波与作が国を立退時のやうな形に成て寒いのに冷酒に元気をかつて「草箒よ藁箒よ」といへば皆其言葉に乗て解分やら浴衣やらの煤掃姿。「二階から先へ掃下せ。其間に下を片付る」「イヤ片付るのは亭主の役。よければよいとこちらからしらす」とて皆々なんにもない二階へ上ッてほたへ半分の煤掃。其間に瓦墨下を片付て隠れんぼする様にモフヨト声をかけて、何歟用ありそふに其身は出て行留守の間に扨掃やら畳を叩やらしてゐるうち、いつの間にやら戻つて裏口で居風呂をわかす。仕出し屋が来て料理こしらへ掃除事さらりと済だ所歟引落しの二汁五菜。急度した膳部。「是はけうとい此形て喰ふが一興」とて強もする喰ひもする中酒も三献めに平皿の身て順盃に受て廻す。それを助るの間するのとて大酒に成て漸夜の四過に膳がとれる。「是から風呂の段、是を後段にて煎茶を」と引て廻た面々盆で蒸菓子楊枝の下に質の札一枚つゝ敷たり。「是は何でヱス」と一時に取上て問ふて見たれば亭主出で「今日はお歴々の煤払御苦労。何がな御馳走仕たうてもいたしやうもなく、解分にかへし御上着の小袖共残らず質に置（廿二オ）ましての御馳走。居風呂へ御入なされました上にてお寒ござりますならば皆御面々に御受なされて御召なされ下さりませ。私に如才のない証拠には商売の太鼓は皆質に置ました。是は来春寄た祝義て受ますするつもり。各様のは今晩入ルによつて大方受戻しに来るであろうと申置ましたれば夜が更ましても蔵へ入させず置ました。若も明日からでも太鼓稽古なされうと仰らるれば、音はせずともこれで手前計を教まする」とて奉書の二枚つぎに大キな丸い物を書て飯粒たらけて畳にべつたり張て置くを、弟子衆一時に顔見合して俄に寒そふな顔付で生面白さにさらりと酔がさめ、言合して「最風呂へは入ますまい。若風呂へ入とも仕たら此上に下着が又覚束なし」とて其侭の形で迎ひの者に挑灯ともさせて咳払計して帰られしが、まだ見残しに羽織の有もありないもあり。急度した馳走にて腹へ這入たれば恨もならず「去で皆何と思ふて寐てゐるやら」と跡での大笑と仕出し屋の男に趣向自慢に夜を明せしが、「斯ゥ〳〵した訳であそ（廿二ウ）こで風引て戻つた」ともいわれず、誰が其後其事をいふものもなかりしが、仕出し屋の男があんまり奇妙がつて方々で年忘咄の次手には「此方には此間斯々した年忘を受取た」と受取自慢から広なつて親達が聞て合点せず。誰いふとなく初春から弟子もすくなくなつて春三月迄こたへたか又そこもさらりと上ヶ乱舞連中への掛人。是も二三ヶ月は気もはかずくらしたが、近比能も舞囃子もすくない歟いふても来ず。一ト月程はほつと退屈して近所の親父の涼でゐる床机の端の明て有をめあてに「きつう暑い事でござりますヲ爰はよい風がさんじます」と顔近付て腰をかくれば、彼親父深草団をばたつかし〳〵「念比そふに見りやこなさんも近比からあそこへ来てじやそふなか、一家衆カイ。あつたら骸を持て遊んでいよよりみたらしだんこても船着〳〵へ売に往しやりませ。一日に百やなんとツヰ儲けられますがの」といふた言葉が耳にとまつて「いかさまみたらし団子は手も足もなう丸うして串にさして醤油の付焼。是は我らが手でも出来る事」と俄に米の粉を（廿三オ）こしらへてつくねるやら焼やらしてこしらへて喰ふて見た所がとふもいへぬ「是を翌から風待てゐる船々へ売にゐてくり」と入物を工夫した所か麹蓋の上に櫃かけ簾を上下に置つもり。翌日いつよりはとく起てこしらへ立て出かけて見たか「なんといふて売た物であろう」とそこの主と談合すれば「ハテしれた事。みたらしたんごじやけれともちつとは口上もいひしやべりもせねは売がぬるかろ」といふ。「しやへる事ならこつちまかせ。出たらめにやつてこますが口上で売るにこんな形リでは似合はぬ。どふかこうか」と相談すれば、「赤紙と青紙と継交にしての彦三頭巾をマア着たがよかろ」「それがよかろ」に色紙買て来て早速頭巾は出来たり。引被て出ては見たれど又立戻ッて「尻をからけねははへ合ぬけれども褌がなうて尻がかけられぬ」といふ。「ハテ扨帷子着テゐて褌かゝぬとはよつぽとな事デモない」といへは「しようもなし是も又赤紙カイ」と又赤紙を買に往た。云もせなんだが六尺のつもり歟六枚買て戻ッたを「六枚はさりとは奢也。三枚つゝで越中褌にして二度のはれに立たがよい」との異見に「それもそう」(廿三ウ)と赤紙三枚の越中褌「さらりと身のまはりか揃ふた」とて先安治川の方さして出かけて往たか芦分橋わたつたらひだるいのがしんどうなつて「一ト休してくりよ」と浜の岸木に腰かけてゐて我かたげていた荷を見れは一しほ空腹さが増して先二串三串やつて見た「ャ是は売らねばならぬの喰ふて仕廻てはたまらぬ」とて打かたけて行かゝつて見れば跡から「ヲヽイ〳〵」と呼ふ。ふり返ッて見れは去年から此春迄置て来た質屋の手代。茶入の箱一ッ提て来た。「只今万蔵様迄おまへを尋に参りましたれば今の先斯々しだ形リでみたらし団子売に安治川の方へと聞た故追付て参りましたは、急におめにかゝらねばならぬ事は去年から下りの質物御取次の質札を証拠に皆わたしました。

おまへ様の分はまだ一ト色も片付ませねども、形の有物は流（ママ）れましてもそれなりなれともコレ此茶入の箱さる方より預り置た茶入。しかも伊勢春慶の出来のよいのにむかしかいきの袋て直打捨売にしても五枚計の物。とんと流す事はならぬほどに当分呑込で銭壱〆文貸てくれとおつしやれた故、私が呑込て封の侭十日限リの約束（ママ）で取かへしましたは去年師走（廿四オ）の事。それから明る年の夏に成ても取にお出はなされず、きのふあんまり不思議さに封を解て見ましたれば茶入ではなくて骨桶。是はなんでこさりますぞ。私を欺さつしやりますの歟」と腹立声て問ひかけられ「道理とも〳〵それは拙者か親父の骨。去年秋死なれたを五十日の内に母者が内証でひそかに逢たいとて別家の手代の所て母者との出合に母者がいふには「一人子ながらも爺御の勘当。根性の直ッたを見ねばゆるしはならぬ。親の死めにあはぬそなたなれば、せめて此御骨に暇乞してそなたの手から高野へ納てたも」とのいひ様。其時はどふやら悲しかつた故涙交りに受合て戻事は戻つてもチャンが一文ないをふつと思ひ付、儲ける種にする銭壱〆文にかへんとて茶入にこしらへた親父の骨。それからそれを受る様な銭廻りもなく心にかゝりなりに打過ました。親父の骨を質に置程の事。なんの如在があろうぞ。最少とまつて下され」といへは「茶入じやと思ふて預つた間こそ一ト月と二タ月延ても是非もなけれ、骨仏と知つては一日も待たれませぬ」と少し声高に成をおさへて段々の詫。翌のあさつてのといふた（廿四ウ）とて迚も出来ぬ一〆文百〆の形に編笠のかはり一〆のかたに紙でした頭巾と我喰残しのみたらしだんごが四十七本でのあつかひ。呑込てはなけれ共門中ての言ひ合、そろ〳〵人立が有ていふ程欺されたがあほらしうなる故歟、事なく親父を渡してやつたと此比承りました」と。

㊂黒い言葉を被て出たは鰒の精にて候也

遠松新六すゝみ寄て「此比新宮川町の塩風呂へ初て誘はれて入て見ましたか、中々湯気計にて入るゝ物ではござりませぬ故逃て帰りましたれば、誘ふた人がきのどくがつて好ながらも生入りにして戻りての物語、「山上参りの新客と売風呂の入習ひとは同じ心味にて、桶の中へ顔突込ての覗石に引息に熱い露を胎内くゝり吹るゝ時の手遣ひを平等石の行も済で馴々した板間が有難い結構」の声も嗄たる先達顔。なめ過た其次の行には「鰒好にならねば野楽には成がたし。是らを稽古の(廿五オ)第一」とすゝめかけられても「君子は危きに近付かす(ママ)」と中々乗らぬ拙者を其所へ引入んとて「鰒の功能薬も薬、第一の敦阜の症によく利、或はたむし次に宿酔など止事神の如し。此魚に毒有てあたるなどゝいふ人の出るは其人に罰があたらいで誰にかあたるべし。毎日墓々の野送り〳〵につもつて見る時は此魚をくはずして死る方が先多し。喰ふて死たるものは終に十年のうちに二人歟三人。尤其二三人の中へ入られては迷惑ながらも其時節が来たらば鯛にてもあてらるへきもの。是をくはすましとて孝行なの主の為に纔な魚の為に命を失ふは家をしらぬといふもの也。其毒の有といふは魚をくはずともなぜに結構な鯛をまいらぬぞなそと智恵がましくやりかけては孝行とあれば喰ひ止気に成ても鯛に毒のないはしれた事。孝行に鰒を喰ふなと計いべば(ママ)喰止れもすれど鯛をくへといわる〻故やまれぬ」など〻あぢな所へ意地を付ての鰒好。是ももとは売風呂の入リ習ひに同じけれど、剛々喰付た味がしみ付て「夏の間は鰒が安い。其安い鰒（廿五ウ）の間に蒲鉾の潰しに遣ふを鱧じや〱と思ふて其孝行知り顔でまいるもおかしい」など〻負惜のすべらかし言葉も片意地も行届かさねは百日法華もす〻められす。「大坂の河豚仲間三四人に限りしもの。多くてはいつでも行届かぬ」など〻の其質気を添て新いのを鳥羽走リて取次筈で京にも出来た鰒好連中。其中には八幡へ行方に住人歟、ほうぞうの口の薪屋の多兵衛とて変名はおだてられたかいひならはしにて粋席〱とや。身分相応のくらしにてしもたやの格子作り。少し身分よりは奢りがましき物好は、道具市で買て来た三匁五分づ〻の掛目の珊瑚珠も「中々腰提には古」とて長次郎にあつらへて海老蔓の間鍋の対の蓋のつまみに付て人にけなりがらす事好き。器量より呑過して常にしたひと思ふ事を仕て見る心。川風寒み鵆啼なるの哥を三十辺計吟じ返しても涼しさのもやうさぬ程の暑き夜に、其千鳥足で牽頭持四五人も連で戻ッて水より外に咽へ這入物はなしといへど、「鰒好には似合ぬ素水は毒じや砂糖水〱」など〻彼先達声も酒が嗄らさして高呼はり。主の心は家内が知ッてした〻か入た砂糖水も（廿六オ）「是は甘ない水くさい」が酔中の言ひが〻り。汲変ても〱気にはいらず、三杯目からは例の癇積が手伝ふての台所這入。身代のよい任せに蔵に有砂糖の櫃買物もいはずに牽頭引連「是を舁」とて手舁に持出し、どふする事と思ふたれは櫃口に井戸の中へどつさりの音も手放したせんさく。竿竹て井戸の中かき廻しての車台で汲上し砂糖水。付て来た牽頭共も荒肝を鳥屋又兵衛の家鴨もしらぬ水の味。「斯る時に飲すは」と呑程に〳〵涼しさは汗にもならす腹の中がとふ〳〵廾カッチリの狂言の逃足で「やるまいぞ」と聞えたも水の精。是に草臥て酔醒の一トねいりが覚た所て思ひ出しての面目なさ。それから其水て洗ふ程の物がしめりがとれいで、是非もなく砂糖水の井戸替に引たりヲットウも甘い祖母有と見えて、其年の冬十夜の晩にもわるあがきならで酔中のいひがゝりに阿弥陀如来との喧嘩した其尻が鰒よりはあたつた歟、身代のかたむく所歟、銚子のつまみの珊瑚珠が毒と成て家内にひゞきか入出して、家も道具も売払、仕付た商はなく廿石つゝの（廿六ウ）かけ合相庭にもやり〳〵しての裏住居。まだも能時分から独身が仕合と其年も越え（ママ）て、あくる年一年の辛抱もこたへ〳〵てつゞまる所の大三十日が越されぬとつゝ置つの思案も文珠でもゆかぬ獅子の吼づら。悟ッた所がわざはひも三年目の貧乏に八文徳利のなま酔の夢中に及ひごしな荘子が蝶になる所の夢が覚てから思案が極まり、鰒の蝶に中ッたら此苦はさらりと有まじなどゝの無分別。されども其からき世帯の中に時分の鰒の高直を一ッ有もの売ても買ふ気。どふで蝶の有鰒にあたれかし」と神仏を祈て肴屋〳〵を尋ね歩行き（ママ）漸干売の肴屋に大がいな鰒の幸と北の方に天窓の有たを見込に少々高くとも買ふて去気。漸直をした所が一杯が六匁八分で買ふて戻ッての随分と不調法に手料理。されども「一盃は呑ずは」と常の八文をけふこそ限りと奢ッた所が三八廿四文がのを自身徳利で買ふて来ての一人煮たり盛たり喰たり呑だり。されども蝶には見あたらぬ心がゝりに思ひ付て、三杯目から煤を少し調合して（廿七オ）やりかけて見たか其加減が利たやら、纔な酒にも舌がもつれて前後覚へず取ちらしたるなりにころり。扨翌日近所

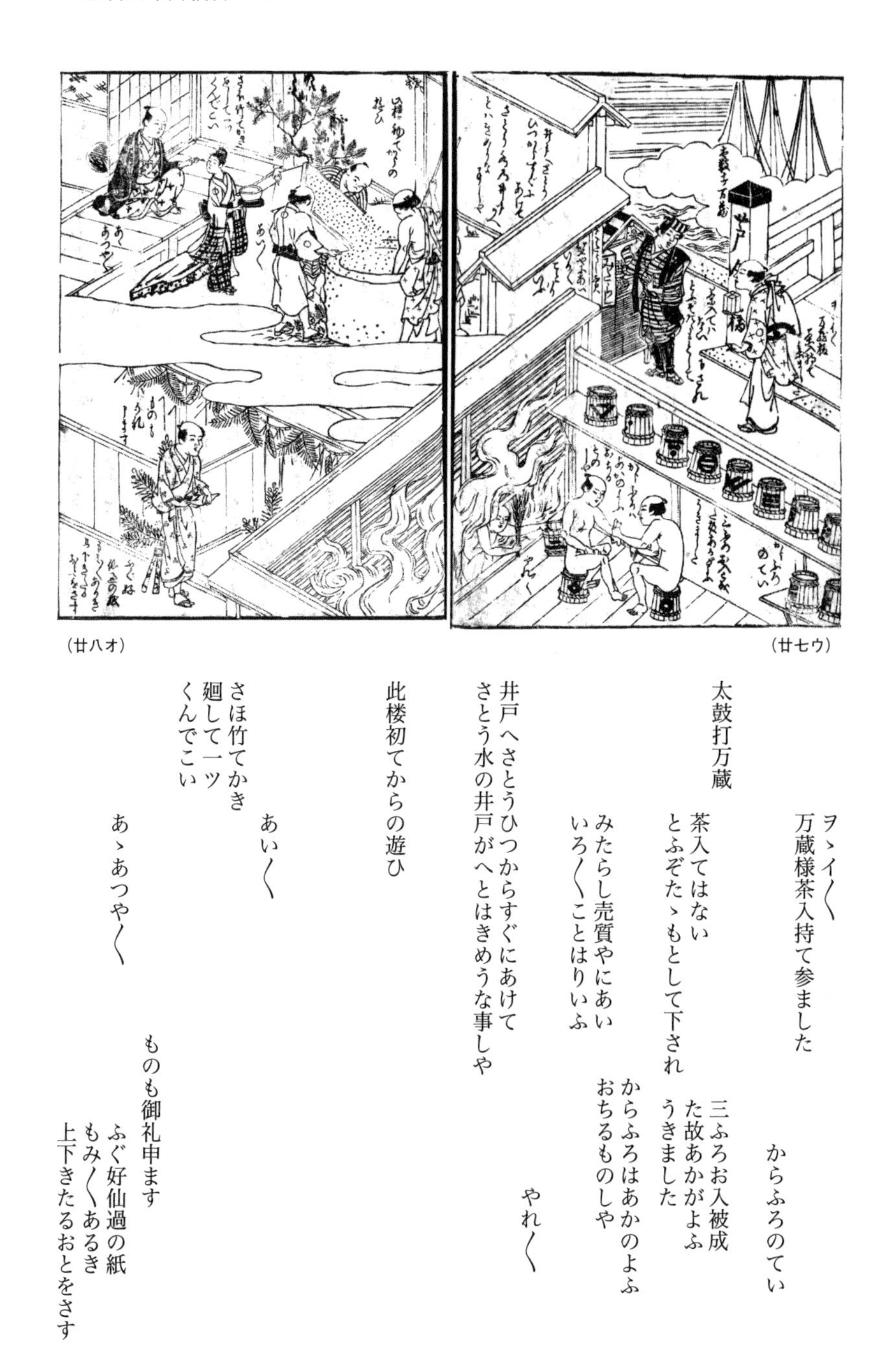

（廿八オ）　（廿七ウ）

ヲヽイ〳〵
万蔵様茶入持て参ました

からふろのてい

太鼓打万蔵

茶入てはない
とふぞたゝもとして下され

三ふろお入被成
た故あかがよふ
うきました

みたらし売質やにあい
いろ〳〵ことはりいふ

からふろはあかのよふ
おちるものしや

やれ〳〵

井戸へさとうひつからすぐにあけて
さとう水の井戸がへとはきめうな事しや

此楼初てからの遊ひ

さほ竹てかき
廻して一ツ
くんでこい

あい〳〵

あゝあつや〳〵

ものも御礼申ます

ふぐ好仙過の紙
もみ〳〵あるき
上下きたるおとをさす

から「どふじや多兵衛様の所の戸が明ぬ」とて無理やりにこぢ明て見れば着の侭に寐てゐらるゝ。「めつそうな」と呵りかけて出かゝつた鼾の音ゴウ〳〵業がまだ満ぬ歟中々死たけしきはなけれとも、目は覚たが自分は死だと思ひすまして近所の人を仏挨拶「コレハ〳〵嘉助菩薩歟いつの間に我らよりさきへござつたぞ。そして貴様の御内証は跡に歟。こちらの様なやもめとは違ふ。かならず子中なした中じやもの半座を分て待てやらしやれ。ャこれは七右衛門菩薩歟。扨々早い足六道の辻で迷ひもせず皆先へ来て居やつしやる。貴様達も物をしらぬとて能加減かよい。極楽へ来るならば白い帷子でも来るものじやに、それになんじや嘉助は小紋でも鼠色じやが七右衛門は其銀花色は何事ぞ。そふして娑婆は正月前で有たが極楽もやつはり門の蓮の葉でも立ます歟。さきへ来てゐさつしやるふしやうに近所で尋て見て下されい」との頼み事も宿変に餅配た事おもひ（廿八ウ）出しての尋ねに、近所の衆肝を潰して「コレ〳〵多兵衛様ソレハ何をいはしやりまず(ママ)ぞ。爰は極楽ではござりませぬ」といへば「南無三それなら地獄へ落た歟悲しや」と泣出を(ママ)「七右衛門様なんと是は気が違ふたのであろう歟。なんでも様子ありそふな事」と骸をさがして見ればいつの間に用意しられたやら肌には短かい白帷子着ての死用意。あたりを見れば夕べの侭の鰒汁の喰さかしに、さとい世の中とて「合点がいた〳〵。此節季につまつて死る覚悟で煤でも入レて鰒汁くふてぐつたりと一寐入やつた所が酔が醒て自分はやつはり死だ心で極楽へ往たと思ふてゐさつしやるに違ひはない。さりとはもつけな物。爰は娑婆でござりますワイノと云てから日比の片意地もの合点する共思はず、節季師走にこんな人にかゝつてもいられまい。マア捨て置て見ませう」といふを聞キ腹立顔に頭を上、「地獄にもせよ極楽にもせよ節季といふものはござらぬワイノ」とて又泣出スに「アレあの通リじや先々此侭棄て帰リませう」と去人に取付て出て去しともながるをふり切〳〵外へ出ざれば同し様に付て出て持越酒の醒口にふつと雪隠へ行たうなつて漸と地獄ても極楽（ママ）でもない事覚へて、夫からの近所の衆への面目なさに其後は戸を閉て外へ出ずし（廿九オ）てゐたりしに、昔の友達の駝眼といふ田舎の生れの堅医者殿深切に「いとしやどうしてゐらるゝやら」とて近所で問ふて漸尋当た此内閉つめた戸をゴト〳〵と音信るゝに、流石に敲人の有に内からだまつてもゐられず、昼中に誰じやともいわれもせず。明て見ての久しぶり面目なさといとしさとが互に涙交リて果しもなければ、駝眼いふやうは「兎角命が物だねでござる程にきな〳〵と思はしやりますな。したが見ますれば吸物椀や徳利酒喰あらした形リであるはやつぱり楽ましやりますと見えますの」といわれて俄に悲し成出した歟、わつと声を上ての男泣。「楽みと思ふて下さる面目なさ。有様はまつかう〳〵した事」と夕へからの咄に駝眼いよ〳〵きのどくさ増して「扨々それはいとしい事ながらも無分別の有条。もうコレあさつては元日。年がかはつたらそうした物でもござらぬ。あしたのくつたくならば少々はどふなりと成まする程に死る心は止さつしやりませ」とて念比にいふてかんせい縫の紙入から出して「少々の貢としてどふもならぬと申所でわるい顔しては今の世は行ませぬ程に、随分よい顔して元日も急度礼にも歩行て祝ひ直さつしやりませ。したひ（廿九ウ）鰒にあてられたには砂糖湯かよう利まするもの。こな様はもと砂糖水の呑置を大分して、其上に其砂糖水の湿りから出た此貧乏。たとへ煤を入ても何を入てもこな様に鰒があたる筈はない。それ計歟其上へ酒も酔程のんで寐入ては中々鰒の蝶も束むいて御礼申てゐまする筈。訳もない事。そんな事思はすと急度あさつてから祝ひ直さつしやりませ」とて念比に異見してそ帰られける。跡てつく〳〵思へは「駝眼のいはるゝ通り廿石すくうたら又そふしたものでもない。さりとは駝眼は深切な人じや」とて貰ふた小間銀戴て俄に其言葉に元気を付られて年の暮の営事。神棚も掃き下して住吉の浜て植さすやうに根松二本買ふて来て立ならべて借銭も断で大三十日は暮したが、され共元朝の礼は勤めいと駝眼の勧め。どふぞしてと不自由な中から思ひ付て仙花の紙一枚買て来て其夜の七ッ前と思ふ時分から着の侭でかの紙一枚をもみ〳〵上下の音さしての門々闇りの年礼「物申トヲレ当年の恵方から鰒の紙御礼申ます」とそ。

巻之三終（卅終オ）

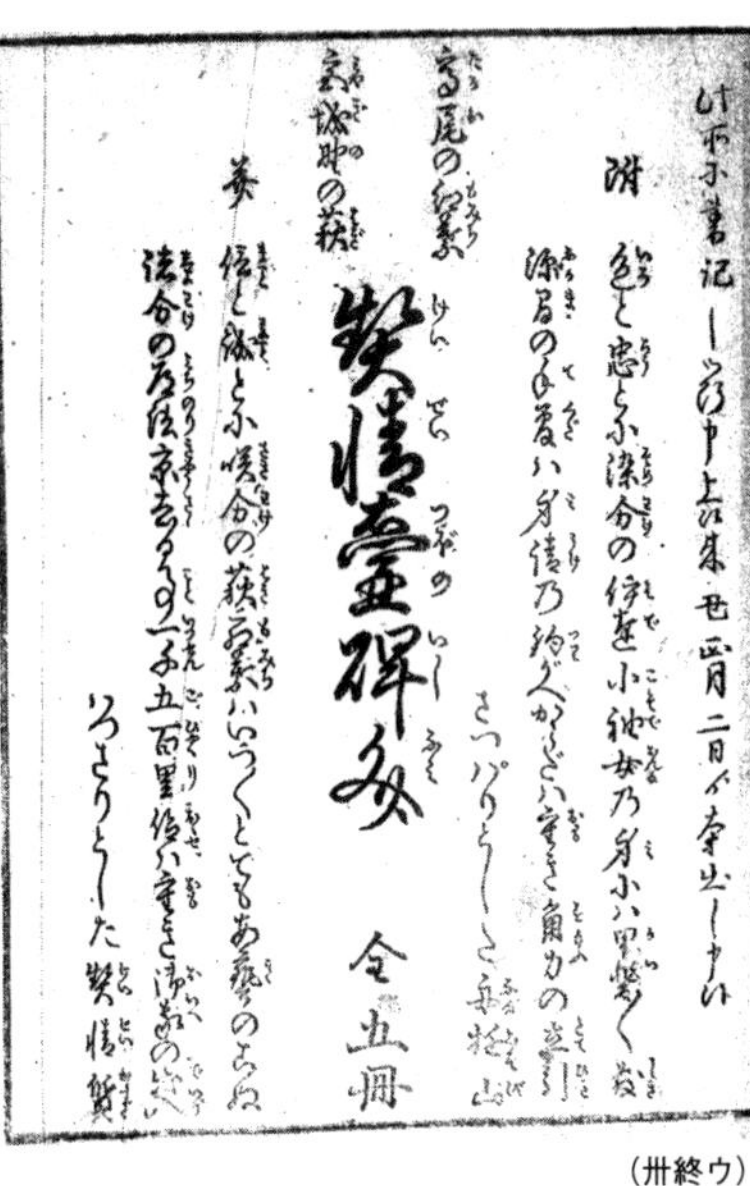

（卅終ウ）

此所に書記し御断申上候。来丑正月二日より本出し申候

附

色と忠とに染分の伊達小袖女の身には甲斐〳〵
敷深間の手管は身請の釣がへからだは重き角力
の立引さつぱりとした船遊山

高尾の紅葉
宮城野の萩　契情壷碑文　全五冊

并

信と誠とに咲分の萩紅葉はいつ〳〵とても安芸
のこぬ諸分の道法京去る事一千五百里仰は重
き御家の出入はつさりとした契情質（卅終ウ）

加古川本艸綱目 我侭育後編 教訓能楽質 四の巻

目録

第一　二に憎と思はせ給ふ大黒の虫出し雷
　あての槌の違ふた息子の吝惜
　神罰にほどけて遊び尽した禅僧
　還俗の心中に指切たが神霊の抜道（二オ）
第二　若衆も年寄とてつど〳〵に気を付たお勤
　那智黒の石も行過た和らぎ様
　居付ぬ手代に我と得心の新艘買
　色はかはらぬ野郎帽子へ薬礼の進物
第三　男に勝 女一疋獅子の座にこそ突詰た心
　浄瑠璃に添ふた縁もそれから出た別れ路
　三とせは爰に女の念力追かけし綺麗好
　蝶にあらぬ寵愛の余りは襲の精（二ウ）

㊀二に憎いと思はせ給ふ大黒の虫出し雷

由良之介すゝみ寄て「神儒仏の三教も己が業の外に好む時は野楽共いふべき歟」矢間十太郎引とつて「それは其者の業によるべきとや申さん。とても神道者の珠数ざんまい儒者の幣ふり立し勤もせまじ。是らももしある時は野楽にては有まじ。変也。外科などの神学をも好まば薬方に穢有て良剤に行届く事有まじ。夫を無理に好む道を押て勤る時は極めて野楽也。信心も程に寄て老若ともに野楽の部へ入べしとぞ思はれぬる。大坂上町辺に住米商人大松屋又左衛門とて宜敷暮す人なりしに、元生は河州石川郡の人にて折節は古郷へ行通ひ有しに、或時甲子の日大黒村にて大黒の形成し石を拾帰りてより我家の前栽に小社を建て日々是を尊敬有しに、此故にや其家富栄、なす事する事臍突てもよい序に一子をもふけて又市とぞ号け寵愛いふ計なし。告子にひとしく思ひて此子の身の上にては此尊像に窺ざる事もなくしてなす故歟、一ッとして利に当ら（三オ）ずといふ事なき故稚よりあまやかし育てゝ変名を付て理当〳〵と呼来れり。元より小児の時より変名で呼ほどの事なれば、親とは変て成人の後人付合させねばならぬなどゝて富貴に随ふて手跡素読はいふに及ばずまだ手も届かぬうちから茶の湯交り俳諧など教ゆれども好む所に去嫌有しや生れ付て吝く、すゝむる事皆不機嫌にて「こちの様な搗米屋がこんな事する物でない」とて舌もまはらぬうちからませた事いふて寄付ず。二親の案しは今からあれでは後々に憎まれるであろうと又大黒天をぞ祈けるに、三夜さめの妻の夢に「又市が愛敬は家の富貴に有れば必案る事なかれ」と見てより後其物語して親々の心は落着ても、家内のもの此子を憎まぬ者もなくして譏はしりを聞に付て心がゝり也にして早今年十七歳にぞ成たりぬ。親又左衛門或夜の暁に人の告るでもなく現に声有て「今日米の相場高直なるべし。三千俵を買べし〳〵」と三言聞と思へば夢覚たり。不思議に思ひ疑ふではなけれども今一応窺申さんとて神前に行て藁蘂をもつて鬮を取に（三ウ）又三度迄夢に寄る所極めて是尊像の御告也と悦ひ限りなく取ものも取あへず堂島に駈出して正米三千の買付。たばこ一ぷく呑む間も待たす理を得たる嬉しさの余りに思ふ様、かゝる奇特を覚えながらわづか三千はいかにしても正直過たり。一子又市此尊像の御守り有ものなれば渠が名前にして今三千俵買付んとて買ふ事は買ふたれども其侭（ママ）狂ひ有て中々此米に正利は得がたく思はれぬるあゆみなれば、眼先の早きは元より此商ひに馴たる故歟、俄に又是を払ふて漸下地の利を取得てぞ帰りぬるが、其後一ト月も過て不思議かな我庭に積たる俵より小キ虫涌き出て中々搗米に遣ひがたしとて震ひ〳〵て家内の飯米とぞなすに、奇妙なるは彼又市が食する所計へ此虫寄る。棄れとも〳〵失せず。寵愛の両親色々と是を制すれども其甲斐なければあぐみ果しに、又市いふやうは「なんぞ此虫米より生じたるならんや。さあれば虫とてもやはり米也。捨るは勿躰なし」とて少しもいとはず是を喰らふて過たりしが、廿日計も立し（四オ）後又市大に腹痛出し事頻なれば、家内驚て介抱入かはり〳〵医療尽せとも験なく痛止かたく凡三日痛通して其夜の子の時にあたつて忽忘れたるごとくに痛止ぬ。又左衛門夫婦いふに及ばす家内の悦ひ大かたならずあ

（四ウ）

（五オ）

大黒天夢につげ給ふ

此米はことの外よいそ

又左衛門勘定場にてねむる

おやちがねむつて居らるゝあいたに
ちよつと行て噺してまいろふ

ちゝちんとんしやん

八重桐さん一ツあかれ

栄衛門より芳沢へ送り物

りしが、又市快気の後はいかがして心入かはりし歟木綿ものを嫌ふて肌に付ず、已前にかはつて進めずして茶香に遊び、絵は入浦とやらの弟子に成て唐紙を多く費しかけ俳諧は蕉門ならではと片意地を立かけて「郡内島は光りが有て着られぬ。丹後島にして此着る物を取かへて」などゝいふ顔を親達つれ〳〵詠めて肝を潰せども、三日四日か間痛通しの病気あげく望に応し其分にして過すに夜につれ日につれ是に増長して生花にこり出し、此家は報恩講だにせいさい三十五文の上の花は買ざりしに、早咲しやの帰り咲じやのとて色々の珍花を求て花屋も通で取て節季合に生花代計が六貫七百三十弐文。親又左衛門いよ〳〵興をさまして俄の異見も馬の耳。風に任せて奢出し、此比は悲しや佐分利流の鎗見る様な笄が眼にちらつきかゝつての伯人通ひ。始から居続仕習ふて、又来る朝（五ウ）の竹輿も出戻り〳〵で日を暮し「利当さん〳〵」と呼ばるゝ〳〵嬉しさ積り〳〵てとう〳〵親父も勘当さた。さはいへ腹痛から魂の入かはつたにはなんぞ子細ぞ有らん。其比の神学者甘口久賀といふ人を頼て見て貰ひぬれは、「是は全く福の神の命に背たる神罰也とぞ覚ゆる。其覚へばし有や」と問はれて又左衛門肝を潰し「今社三悔仕ます。私は元河内の生れにて大黒天を祈まして相応に暮しますす様に成ましたが、去年秋の比御告を蒙りて米三千俵買ふべしとの義命に任して買付ましたが、気味よう儲ける心よさに悴又市が名前にて又三千俵買ましたれば、俄に相場がかはりし故売まして漸始めの利を取帰しました。三千俵に限りての霊夢に背ました故歟、其後搗米に買込置ました俵物に虫が付ましていか様にいたしましても退きませぬ故、是非なう内の飯米に遣ひましたが不思義と悴が椀中計へ其虫が入まして外の者の椀へは交りませぬ。かはつた事と存也に日を過ましたが、悴又市三日が間大に腹を痛めまして悩みまする事大方ならず。漸其苦痛を遁れまする と魂が入変て右之次第。中々手に（六オ）合ませぬ野楽遊び。全く私が欲心より大黒天の命に違ひました義、悴が罪ではござりませねば、私はいか様に成まするとも此御詫を申たうござりまするがいたし様もござらば教へさつしやれて下されい」と涙を盈し物語ての頼事に、甘口氏も笑止に思はれぬる歟、猶繰返して考へ見ていわるゝ様は、外の神の御罰と違ひ福の神の祟りは執心つよくして年数重ねゝば御免し有がたければ、暫隠居銀でも持て退き時を待るゝより外に仕様もなし」との挨拶にすべき様もなく我を悔てぞ退き、つく〴〵思ふに「我欲ゆへ悴がかゝる身持と知つて悴に罪なければ勘当すべき筈にもあらず」とて見合せば見合す程又市粋とやらを遣ひかけ一切遊び一通りならば費も多く有まじきに風雅を交せて物入は格別。所詮大坂におかねばよいとて一に田原村といふ在辺の寺に一家が有て無理やりに居続戻りの竹輿で直に追やりての逗留中、彼白蔵主ならぬ伯父坊のいさめ。是非なくしておやま事は思ひ留つても下地の風雅好の上此諫の禅に聞入ッて無義道に剃て仕廻ふて三衣はかけても呼れ来りし理当が本名と成ての悟りだて（六ウ）が早過て「いかなる歟是仏」と問へば「酒」とこたへて呑かける。伯父の和尚も始は呵ついさめつしても酒位はとゆるしてちらばふにつれて友達に面白みが付て伯父坊ぐるめに打て取て禅寺のざゞんざ。在所は眼せまい所とて村中がなんのかのといひ出して「一躰あの甥の坊がわせたからおこつて寺のしだら。此坊を追去さねば寺がもてぬ」とて又伯父坊を庄屋殿へ呼て三十棒のしつぺい返しに急に送る約束して帰り、又も此理当坊を無理やりに竹輿に乗て大坂へ帰らせ、それから親仁もしようもなく久賀殿の教へにまかせんとて隠居銀たくはへて仕似たる搗米屋は仕廻ふて退き、兎角息子には不自由をさすが身の冥がと心づいて北野辺の空庵かりて留主守やら目付やらに昔から馴染の婆を雇て付て置たが情なや此婆も野楽にて有し歟、十日計は頼まれし言葉を守たが其後は又御堂参りにかこつけて出て往ての夜泊り。跡の淋しさにいつの程か禅僧はさらりと忘れて時相応と曾根崎新ちからおやまを呼寄て又持病か刎返して呑明し馴染が重なって、還俗心かいがぐり天窓に縁はいなものあぢなものと積りつもつた互に因果咄が染(七オ)て打解た所が、此おやまも河内の大黒村の生れにて「親孝行の為の勤に売れた」と哀れ交りを「聞ば聞程退がれぬ」などゝ我身忘れていひかわしての起請の取やり。寐所で枕をあてにしてばつたり切た指が誠。其誠よりは彼理当坊の臓へ虫と成てわけ入た大黒天の神罰も彼大黒の娘が孝行に感心し、是を世話せんとて約束したる理当が指切た誠に彼指の切口より抜出給ひて「善哉又市坊、我命を背し其方が親への咎めも今汝が悦ばしき言葉にてさらりと晴て立去也。元の本心にて親孝行にし、其上女が孝行心に付添ひ渠が世話をいたすべし」とて幻に大黒天の尊像見へつかくれつしてぞ退き給へば、理当坊跡にうつかりとして「扨は親への咎め故我斯の身に成し歟」と初て我と我身の上を知ッて仇に世を過せし事を恨み歎き、「去にても彼女郎に約束せし事ぞ。思へば心には仇事ながら又是に背かば咎めもあらん歟」と是を恐れ此女を連て隠居へ行始よりの咄。親々も横手を打て彼女を立銀して終に嫁と極めて子中なして新たに町住居。「去りながら心は直なれ共米商内は凝りもする又性にあはず。何を歟せん」とて（七ウ）深く信（ママ）して又大黒天に是を窺ふに、又も夢中に顕はれ給ひて物もの給はずして彼打出の小槌をふり上給へば思ひもよらす脇差の小道具出たり。「是は慥に小道具屋こそ神の告。我性にも逢ひし」とて悦ひ、それより小道具店を出して暮すに猶も彼（ママ）の尊像夫婦を祈給ふにや、昔にかはらず年毎に富貴増てぞくらしけるが、始その小槌にて打出し給ふ時目貫片理当が片眼にあたりて損ぜしか、却て是にて愛を保ち目印と成て商ひ多くしけるとぞ。

按るに慎むべし〳〵。恐るべきものは仏神の罰也。既に米の虫と成て又市が五臓分入始末堅直の心を喰破り給ふは皆大黒天の神罰也。斯而已後米の中に生る虫をば黒臓と云ならはせて今も折々生るとぞ伝へ侍る。」

㈡若衆も年寄とてつど〳〵に気を付たお勤

「なんと立川甚兵衛殿にもおしだまつて計ござらずともなんぞ御聞キ置もあらは（八オ）ちと御噺なさらぬ歟」と問かくれば、甚兵衛にこ〳〵笑て「拙者も左は存すれども、よい年をして其様な事をと跡ての思召も恥しうて差扣へおりますが、いか様御免なされ」と安座していふ様「是は又伝手でない其人の気性拙者よく存居る事なるが、いか様治まりし世の印とて太刀は箱に弓は袋にと申ス靭辺に強富のくらし、外が浜屋栄左衛門とて干鰯を商ふ人、此男の産はもと熊野出なるよしにて此家へ養子成かもしらず。常に心は風雅にくらして物好を専らとするにも似合はず、又男一疋たのもしき所も深く尻の仕廻ひまてもすんと心の行届く生れ性なるが、古郷なれば那智山に親しみ多く若時より折節は爰にゐて五七日程つゝの逗留に習をよりは手馴し那智黒色白き前髪丁稚抔はいふまでもなし、元服したる男子にてもこれを見る度女よりは恋の情をふくみてあぢな気に成が此男の病ひ。高が衆道好とはいへど、衆道の中にも此人は格別物ごのみ。「女でさへ三十前後に味はひ深き物と皆いふでないか。男は物事に差別のよきもの。其年寄の情をしる度に（ハウ）我身に情深くなる。斯いふ我とても前後を察してゐれば皆人さもあるへし」といつの比より歟十五六の男子はもとより野郎を買ふとても若きものを嫌ひ出して、程知り顔にて初老に成ても女の情は中々好まざる男也。依て其生れ付の堅さいふ迄もなくして儒者からいやがつて付合はざる程の一癖。それも早よく人にしられて異名には古釜〳〵とぞ呼ばれ来れり。扨もこまりしは此家至極の富家にて商ひも手広くして諸浦々国々在々を相手にして入かはり立かはり旅人客是をあいしろう為に、家内も大勢暮しも大キくて浦山ざるものもなかりしか、彼一癖が初一念にて丁稚小者或は婒下女に至る迄も是らの長く勤める事は至極よけれど手代になると彼病ひに追立らるゝ歟、「兎角折角是迄勤めまして元服まで仕ましたれども親共跡目がない故何とぞ御暇もらひ帰れと申ス」又は「私が帰らねば伯父の家が潰れると申越ました」或は「一子出家すれは九族天と申とやらにて母がどふぞ出家になる様に申故、御名残惜うはござれども首尾よう御暇を下さらば有難う得度いたしたく存ずる」などゝ（九オ）いふて落付かぬ様子も、内証から段々手をまはして訳を聞はいづれも〳〵右のしだらからとて、有う事歟「先頓て番頭にもして下さると楽しんでゐる私を毎夜〳〵の口説事。畏まりましたといはれもせぬ事の有条故、拠なく願ひ事必人には此事咄しては下さるな」ゝどゝいふに先代に宿持た別家の手代も聞てはあきれ〳〵「始の程はあの様にいふは扨々御家は不届な人と思ふて台所へ這入ても顔付もわるかつたが、よう聞ば旦那殿の事聞て誰もいひさし聞さして此挨拶からの見限りにて行かぬ人も有程の事、栄左衛門も我と我得心しても思ひ付く時は誠に分別の外とやいわん。女房はほんの世帯〆りの役人とて是もあまり機嫌のよい方でもなけれども富貴にかくれて春秋をつもりしうちもどふぞ女に思ひ付るゝればたとへ年寄を好まれいでも治る事」とて一家も別家も寄合つけてすゝめもする異見もするして思ひ付有べき妾やら妼やら置ても家の治まりと聞て性得堅い所有る生れ付故、口では受ても心にはとかく是を好まるれは相変らずもや〳〵と過ぬるが、或時雨上りの淋しさに豆腐の肴で独楽の一盃が少し過てや例の病ひが出かゝつた。爰こそと一人治（九ウ）めて内にゐては又もどふした心も付事やらと我しらすして思ひ付、丁稚に八寸の箱提灯ともさせてとつぱかはと南頭にあゆませしも東寺にあらす道頓堀の例の宿坊。京七とやら富市とやら行ても〳〵大客。あまり騒がし過るとて何とやらいふ裏町の茶屋へ往たれば、是も同しく大客とは見ゆれども、よく覗て見れば皆役者の集銭出しの自前遊び。是は又珍しことで近付まかせに上ッての大酒。遙かしてからの行燈の陰からしやうことなしに這出て「是は近比面目ない」と出た顔をよく見ればやつはり我別家の手代の六兵衛といふ男。「此間迄旦那に異見して置て爰へ這入てはかゝる役者付合と思めそうが、さら〳〵左様てはなし。私は寺参りの戻りにちよつと是へ寄ました。皆太夫方の遊んでゐさつしやる故せばい内なれば同じ座敷の付合遊び。必親方御呵下さるな。其証拠には近比旦那へは申にくけれども新艘を呼まして二階に待せ置ました。必旦那も新艘でも買ふて御休なされませ」とあぢな言訳して床入する別家もあればある物。親方も元より粋で「マア〳〵一盃」とて強てもどこやらが主従のあしらい。脇から見ては憎うもない（十ノ廿オ）ものとて窮屈がるを見て取て抜さして後は寐た歟去た歟はしらず、残りし役者も夫相応の事にほつ〳〵と一丁減に残し、顔は外山かもん荻野八重桐など皆若女形の若き名は紫帽子に色上けしたる年ばい計。されども年相応芸相応の粋遊ひに栄左衛門もくつろいで猶も闌なる酒の上。流石は公界とて栄左が病ひも無理に包めども頬に顕はれしか、先きも老巧聞及びてはゐれともそれでとて終には見ずして爰ては粋だけあつちから楽かけて年寄を突付かけられて栄左も赤面、あぢなはつみで逃ても逃さず。それからは女形の情計狂言て持かけられて常の心はどこへやら。拍子にのつて病気平癒。されども酔紛に楽みかけた八重桐のわるじやれ一たんは灯を打消ての後は誰が見たものもなけれど「口を吸はした程の事は有たと思ふたが、はたして女形の入歯一枚は栄左が口に残りし也」と跡にては聞しが、中居も亭主も打笑ふ声の大きさに彼別家の手代殿も二階からそろ〳〵下りて出たが、どこやらにまだ気の毒さが残りて手代の手まへ思ふたやら新艘一人呼（十ノ廿ウ）にやつて傍に引付置てそれからの大酒。とふ〳〵夜明前とは思へど呑明すも古いとて其侭そこを寐所に屏風引廻して一寐入が眼覚して見たれば明の日の昼比歟、宵の人は一人もゐずして少しは迎ひ酒飲直して帰りしが、戻ってからつら〳〵夕部の事を思ふに「八重桐が狂言の上手さを覚えしはかわつた所で我に異見となく其場をつくろふて止さしたは全く彼が働き也」とて独打笑み恩にきての嬉しさに、此侭には棄置れず。「全く我病気後はしらず先平癒せしといふもの也。さあれば薬礼同前の事也」とて入歯の口を吸ふたる礼に伊丹酒の薦かぶり一駄に金子千疋添て、彼茶やの亭主をたのみて「どふも委しう我らが口からはいわれぬ礼ながら夫より後先我病ひは直りし也。然ル上は急度挨拶つとむべき義、近比左少ながらとよく〳〵伝へくれよ」との厚き一礼。亭主受取て其由をつたへぬれば、八重桐も肝を潰さぬ計ながら「礼のいひやうもなき此御礼」とて辞退して受ざるを、「そう有ては此方大に気の毒。不足に思召さばいたしやうもござらふ歟」などゝやつたり戻したりの人使に、亭主おか（廿一オ）しく彼役者に振舞はす合点にて強て受させて薬代の礼状取て送りぬるが、其外に鳥目三〆文後の使に添て越されたり。「是はいつかたへ遣はさるゝ鳥目でござりまする」と尋ぬれば、使の者「是は其晩旦那御呼なされた新艘へ御届なされ下されいと申されました」といふ。亭主とんと合点せず、女郎は其晩御買なされましたものなれば殊に初ての事也。新艘の事又鍼でも立て御もらひなされました歟」と笑ひ〳〵「もし外へではない歟と今一応御たづねなされて下さりませ」とて帰しぬるが、引返して古釜大尽より其銭に付て添状「近比面目無レ之候得共、荻野氏の其夜の働にて老男色堪能いたした。夫故其夜より女を若衆にいたし候義を覚へ申候。

是全く其女郎の恩にてあるべくと覚へ候上、常の勤めこそ親方の心任せ。是は又格別之儀、彼是存合不便に存候故、是又左少ながら鳥目三〆文を遣し候。宜申伝へて御届被下へし」と読終て「さりとは御丁寧なる御事」とてそれから其女郎を裏表がつかはるゝとて髭抜鏡と異名して時花りしと申た」（廿一ウ）

㈢男に勝女一疋獅子の座にこそ突詰た心

「是も奇妙なる病気ながら病ひにはさま〴〵有物にて、先年京都にて我らが存をる者に油商ひをいたして荏の油をおもにいたす問屋故荏屋〳〵と申来りて名は与之介とて、小男ながら美男にていまだ稚より元服をして誠に自然薯ともいひし好色人。生れ付て声がらよく、風与浄瑠璃を好みて夫で女に取入り〳〵するうちも野楽に実が入て終には仕似せたる問屋も片付て家も打払、小店を借て手馴ぬ小間物商ひも又女に縁の深きすきはひ。いよ〳〵浄瑠璃に精を入れ上るも上ッて誰が付るともなく転太夫とぞ呼れ来りてくらす中にも、祇園新地の女郎に身を打て折に幸と年の明キ比。女房に持うなりもたれる也にて近所の弘めもいつどなく相借屋の井戸端の咄も念比に問ふつとはれつ朝夕の煙は睦まじきを楽しむ計にて、さのみらくなるくらしとも思はれぬ程の事とて、友達のすゝめにて浄瑠璃を添売の小間物も在々田（廿二オ）舎にしゆくはなしとて初は二三里四五里か延ひ〳〵して四度め位から八十里余も出て若狭の方丹後路にて卅五日ぶりて帰りしなどゝて都の顔出しも疎々しく成レども、留主も女房のかいしよ有げなるにめでゝ友達からの世話計。夫も隙入は入る程相応に少しつゝは儲けても来る。少し小銀も出来てからの欲はつき安いものとて、京の小間物多く仕入て長崎あたり迄も浄瑠璃て押付る分別を、女房はもとより昔の一家も相応にすると聞ては近寄ッて「余り遠いへはいらぬもの」と留ては見れども、今では商売ずくの事心当さへあらばと又すゝめても半分言出した事は止めぬが気性で、とう〳〵仕入してもろふて今度は品によつたら半年の余りもかゝろもしれぬとて名残惜きもおしかくして商ひの事なれば、いさぎよう伏見から船に乗り大坂へ下り、二三日逗留して長崎下リの伝手を求めて乗船。四五十日も後に「無事に着た程に気遣ひするな」との書状が来た計。それからは絶て音信もなかりしが、半年くれ一年立ても沙汰もなし。留主中女房甲斐〴〵しさを誉もすれども女の事（廿二ウ）とくれかいくれして不自由な形リに二年も過たれど、夫との便りも海上の事なればどふ歟斯歟と又して案しる積取のほしてゆら〳〵櫂のまはらぬを見込に、器量はよしとて世話のして多くあれとも貞女を守もつて中々呑込す。可愛かりてと憎みてと持合ふた暮しも、とう〳〵三年近く成ても音もなければ、思ひ付た女の独リ旅の長崎行とて家も上て一家衆友達の衆へも暇乞。「それは無分別千万」ととめる人の言葉は耳にも入ず、「女の一念でこざれば尋出さいでは」と怒もふくみしを道理と察して餞別の金も少しづゝ寄て、今は其心を推量して大坂からの船の世話のして迄付て、三百里計の所逢て恨みかいひたいを力に諸神諸菩薩へ願ひをかけちらして逢ふ迄は潔斎にてと下りしが、一念にて長崎へ無事に着たは着たが漸しるべへ状付て貰ふたを便リ計。夫の事は尋てもしれず。「其様な事は大分ある」と計に取付しほもなくて其状付て貰

（廿三ウ）

（廿四オ）

長崎のいろ町
都太夫道中

いてきましよ

目てとういておいで

八すさんが見へる

京のお女郎けしからぬせんせいしや

しゝといへる病気にてさま〲なやむ

都太夫受出されし妾宅

ふたさきで打倒れてくとき泣。様子聞ヶは聞程所からもいぢらしがつて彼是と相談のしてくれても有。夫の行衛を尋てもくれ（廿三オ）るして漸聞出した所が、去年の秋の比其浄瑠璃語る小間物屋は角の筑後屋の金山といふ女郎と念比して子が出来て夫を連て此長崎を立て大坂の方へのほりしとの噂。聞は聞程悲しさ恨めしさ。鬼とも成心を寄てかゝつて道理こかしに押付て鎮め哀みまして世話のやきての大勢さ。其大勢の心遣ひを又も気兼に心が付て、「世話を頼みて女の遙々下りしにどふも帰るにも帰られず」とて了簡を付変て「丸山て傾城奉公なりともいたしませう。勤ました上少々路銀をたくはへました上にて古郷へ帰りませう」などゝの智恵も出れば出るものと則其哀れさのかゝり合とて角の筑後屋からも段々世話にて京の状付て下した人へも付届して二年切て我身を三十五両に売ての勤奉公。外の奉公人と違ふとて親方のいたはりも格別。京の女郎に長崎の衣装着せも着たり船から上た時の姿はとこへやら。こんな貞女が唐にもあろ歟と唐迄もひけらかした時花哥に名を都と呼ばれての全盛。一ト月も前から約束せねば手に入らぬなどゝもてはやされ心は反魂香の宮が思ひに同しけれど、それ思ふてゐる隙さへなくいつか通らぬきせるで南草も呑さず引はられる袖のふり合（廿四ウ）せに唐土屋銀五郎といふ客が付て、天窓から古う根引と出かけてのせんさく。銀五郎は名相応持たにまかせてまた其上に衣装のこしらへ好み〳〵のも様の襲「繍ては面白からす」とて所々へ釘隠しの様に金の目貫を縫付てあたやかしたせんさの、終のは間もなくとふ〳〵受出しての別業。もとより寵愛はいふに及ばずかけ盤で喰ふ朝夕も都の方は忘るゝ計なるみやこが身の上なれども、此唐土屋の銀五郎誰しらぬものもなき一癖有。病ひには大概かんべきの性なるとて奇麗好する者もあれど、中々言葉にはいひつくされぬ生れ性にて、先我富貴に任せて一夜着て寐たる夜着蒲団を二度とは用ひさせず。家内を我通る道筋には敷毛綿をしてゞならねば通らざるゆへ、やがて椽へ出んと思ふ時は鈴を鳴して是をしらせて妼　婢が敷に出る。是らの事はまだしも、喰物の取嗳ひさする人に手を洗はずば誰しも同し、足を洗はして其姿を見ぬうちは中々いろはせず。「雪隠の踏板は毎日替る也」とて裏には大仏の屋根も葺るゝ程に積重ね有り。茶屋に遊んでも其座敷を穢ながつて大方船に遊ぶ事と成り。此都を妾と極めても「渠は抱て寐るもの也」とて（廿五オ）我着る物に一ッ障らせず。着飾らせてむかふに置て見る計なれば身動きもろく〳〵にさせず。常に風呂を涌させ置て用事に立ても一度〳〵湯浴せねば傍へよせず。是に都もこまり果し上に其閨中に入姿白き綾緞子などにて取かへ〳〵小手脚当腹巻をさせ、顔にも覆面をかけさせて我顔に息のかゝる事を嫌ふて誠に禁裏様のこんくはいを見るごとくにして一ッ夜着に入て寐る事となん。近比是にも物好出来て白の毛びろうどにて是を拵へ着せるとやらんにて「唐獅子のごとく也」とて我も笑ひて倶にたはむれしが、始はそれなりにして睦まじかりつれども、後には寐覚〳〵に我寐たる姿を思ふて悲しく成り、今の栄花は思ひもやらず古郷恋しく雁の声を聞につけても文なりともとおもふは彼じやかたらの古言をおもひ出せしなんとぞ聞く人毎に不便にも思ひなせしが、いつの程より歟此思ひ終に病ひと成て始終に獅子の縁ははなれぬや、蒲団の上にて石　橋の稽古同前の騒ぎ。家内打寄獅子の養生さま〳〵に手をつくしぬる中にも、「十禅寺より妙薬也」とてもらひしを呑せぬればいか様暫くは静（廿五ウ）まりし様なれとも間もなく又も頭をふつてかけ廻る。又是を用ひ〳〵すれども後は利ず。「抑此薬は何にてござるぞ」と通詞にとへば「唐獅子の子を試る時渓へ落て再得上らぬ獅子の子の黒焼也」と聞て「獅子の病ひに獅子の子の黒焼はどうても余りよからぬもの」とて其後は用ひざりしが、其黒焼の精力にや暫く有てより駈めぐる計にもあらず、兎角旦那はいふに及ばず介抱人迄も鼻をねぶりつ噛つきて夜分はわつぱ〳〵と逃まはる。下地旦那の病ひにさへ常にこまり入上、お妾の獅子病ひ。一功家内のこまり大方ならずして有しが、又長崎とて唐近程有て奇妙なる療治にかゝつて漸しづまりしが、二三ヶ月も養生の上「又彼病ひの起らぬさきに大坂へ送るべし」と一家家内の相談極まりて、いまこそ此女の思ふ侭にして送られ帰りしとなん。其後とても此女夫の行衛を尋かねてや大坂の堀江とやら新町とやらにつとめゐるとも聞及ぶ。近比桐の谷権十郎彼辺にて鼻をかみし女郎有りしとのうはさ聞たり。「慥に其女其病ひ再発せしならん」とて剛かり〳〵噺せし人あり」と間垣久之進の咄し。

巻之四終（廿六終オ）

加古川本艸綱目　我侭育後編　教訓能楽質　五の巻

目録

第一　吝坊のかつら事　愁と悦びを積上し地白の山形
　権現の御利生で聞出した素人出
　あても違ふて違はぬ誠の岩田帯
　御経と千秋楽でかけ合ふた子のやり所（二オ）

第二　凝ては思案に当かはる瓜生野の油取
　長町裏で呼返しても聟にはあらぬ亡魂
　骸だを仮りの世自慢の仕歩行
　行届けばさつはりとした俗の十念

第三　病気も時も引立て和らぎ初るいろは大尽
　おめて鯛のみだれ喰に退たる死霊
　きのふにかわる顔色も初立の判官
　跡で逃さぬ約束も有る弁慶質（二ウ）

(一)吝坊のかづら事愁と悦びを積上し地白の山形

千崎弥五郎重ていふ様「段々噺もつゞきたれども、由良之介殿御退屈も見えず、改〆て猶又御咄申そふ歟。但御気も尽候はゝ又々相休ミ明日でもいたさんか」と問へは、由良之介甚快き躰にて「いやもずんと興ある事計承はつて、此四五ケ月このかた覚えぬ心持。殊更只今の大黒の罰利生など承り一しほ快く存ずる。何なりともかはりし事あらば続て承りたし。薬より何よりは養生此事と存ずる」と至極の機嫌にとりすがりて「其御快全は此方共何よりの悦。それに付て先年殿の御不興を受し早野勘平ともうす三左殿の子息、此度貴公様の御病気の由を聞て余所ながら是を案しゐる躰にて毎時御容躰を此方迄尋に参る。最前手前旅宿より又参り居るよし申越しましたか、案る所甚実情に見えて殊勝にも存ますれども、一ト度殿の御不興を蒙りしもの、御家老職の御目通りへはいかにしても恐れあり。次の間にて障子などへだてましたれ(三オ)ばくるしかるまじきや。御保養のため皆寄て御咄申間とも〳〵と御慰め申義もあらば勝手より御咄申せと申さば嘸悦申さん。其段此方共に免じて御許容なされ遣はさらば我々迄も悦ばしう存する」との取成に、大星にこ〳〵と笑て「今此身になつて改程にも及ばぬ事ながら、御前の御不興はもだしがたし。其段に如在もなく思召さば其元の御心次第。ともかくも」の言葉に付て申次ば、早御勝手迄参り居る由にて入来る早野勘平遥末座にうづくまりて一家中へ一チ礼述、弥五郎へも謝して後由良之介の病気を問ふに、弥五郎取敢て「今日は打寄ての御慰め。旁の咄合故格別の快よさとの義。其元も是へ寄て何ぞ噺もあらば打くつろいで御咄あれ」とに勘平のし出て「さしてかはりし事もございませねども、私の住で居りまする隣町に梶屋星二郎とて其前七夕の夜の露にて丸める丸子白山(欠字)権現の御夢相を受てから其薬売弘めて取付た身上にて、今は不自由にもくらさぬ身の上。其上小細工が利て紙細工或は石印なとも少づゝ彫覚、何によらず懐中して勝手になりそふな物を工夫してこしらへ(三ウ)それから取入て諸店々へ出入して上るりや物まねなどにて心安くなる人柄にて、いつとなく世を広うせし男。世を心安く暮すも全く白山権現のおかげとてそれを朝夕忘ぬ様とて家の印にも暖簾にも白の山形を付て世の人に見知られしが、此男齢まだ四十の上は五ッ歟六ッ、中々賢きといはれ来る中よりも好色には眼は見えず、身を打てこのめども生れ付て吝い男にて金銀とては手放さず。只地女をさがし歩(ママ)行く事を考へ、上るりや物まねもよく後に思ふて見れば、得意さきよりは先彼地女に取入為のはかり言なりといふ人もあるほどの才覚者。実色は分別の外も外過て狐鼠屋からは得意かられて忍び出があると相場しらす様な顔して栗色の半切紙に何やら書て店へ投込で去ると、早それと心得て商ひ顔で風呂敷肩にかけて出て行が、常にマア四足半行と野といふべき所の家へ跡さきに誰ぞ見るものはない歟と丁寧に見廻してツイと駈込、「今しらしてたもつた肉はどふじや。又掛鯛の五月の末つかたになつた様なではない歟」と問へは「けもない事〳〵。本肉〳〵。脇へは夜計行ますれども私方にはゆかりがあつて昼も見(四オ)えまする。実は元トを私がよふ存ておりまする人の女房でござります。少しの

（五オ）　（四ウ）

はんしやうな
こそやじや

よし〱
よしやあの娘

一寸と御出
はなしたい
事がある申申

さて〱にきやかく

これ〱

あれはたしかに
かじやじや

こゝは上塩町と申ます

重宝な物買ふた
うれしや

こゝは何といふ所しや

とふしや内にか

はい〱此たいは主人
義平御見舞の
御みやげてこさります

このちうはひさしぶり
しやまあおはいり
ゐいのかあるそへ

竹原画

私は義平が家来て
御座りますよろしく
御取次頼上ます

こゝろへました

間相対の離縁で出られまする。早速おまへさまへおしらせ申ました」と婆がいひそふな所をやつはり鵜も遣ひかねそむなひ顔な親父がのせかけると星二郎悦んで口合一つ二ついふ間に呼で来た顔を見るに、恥(ママ)しそふにうつむけども見た所が十人並位の前帯。もとより下戸にて酒は入らず。交ぜり豆の煎たのを有馬細工の籠菓子盆に入て突出して寐所をしてやるでもなく薄い蒲団の糊のこはいを壁に半分立かけて置て、鴨居の上の枕を二ッほうり込で置て挨拶もなく障子ぴつしやり。扨それからはしほ〳〵としてゐる風俗へ四方山噺から暑や寒やで取付て身の上を問掛なんだらよかつたに「アイわたしが嫁入して行た先は南辺の団屋。元は小借屋の少々有た家持。舅御の元気がつようてちつとしたる小山にかゝり、何やら立のたゝぬからそろ〳〵糸がほつれ出して親子御の中さへ破れ初、汗だらけの骸には風も行届かぬ身代に成て来てのうちわもめ。狂言の文句もちぎれ〳〵に成てから家内が判じ物の様に成り出し、中に出来た粉河(五ウ)もいらばこそ。夫婦中も渋々松坂より唐団誂らへに来たから思ひ付て鶏勝負にて奈良や深草で負て来てじやあつた程に、十日程の間に三十両から上の損にいつ売るとなう家にもはなれ、破れ傘にも変ぬ様に成てから蝿や蚊とも追払はれてばら〳〵のびろうからとふ〳〵忍びに出ますする様に成ましてござります」と涙ぐみし顔付に、ある格とは思へどもよい事聞く様にもなく、ともにしほれた顔付にて「扨はあふきの別れをなされたの」と口合かけて見たれは「悲しやその子骨に逢ひたうござります」とほん泣に泣出スを、たばこ吸付てやつて「其様にきな〳〵と思はずと末広う思ふて勤たがよこんす。ちよつと横にならんせ」と枕を出せば、半紙の二ッ切を引寄せて寐る歟と思へば「用事つとめてさんじませう」と又立て裏へ行「情なや是ては花数がつまろうか」と夫を案して計ゐたれば、手を洗ひ〳〵這入て来るを「こなさんの最前からの噺と裏へ往て隙入て下んすはなんの事はない。類焼にあふた普請中大工に釘拾ふてもらふ様なものじや」といへは、とふした事やらそれが耳に障つたか（六オ）「なんぼ私らかやうなものじやとてそんな事おつしやつて下さりまするは聞へませぬ」とぽいと立て出て去だに肝を潰したれど流石に追かけても出られず、亭主を呼でまつかう〳〵といへば、親父もきのどくそふに実あり様申た所が「あれはさるお寺方で四五ヶ寺の寄合妾でこさりますが、此比大工の穴寄とくさり合て見はなされせう事なしに此間から出られまする故、いさゐの訳をおまへが知てごさつての悪口と思ふての腹立ならん」といふに梶屋もげんなりとして「蛙は口からとしようもなし。こんな事ふつつりと思ひきり〳〵す」と舌鼓打ちらして帰る事は帰ッても何所ぞに済まぬ所が有た歟、又一軒の得意へ尋て「なんぞ肉は有まい歟」と問ふて見たれば慢がよければ幸な事もある物哉、我住家の近所に乳母奉公してゐた者にてさのみやつと醜もない女に出合て、始のむしやくしや腹を取戻し過た歟内へ戻ッて念仏計申せしが、はたして四五度も通ふた歟「どふやら身が重うなつた」とやら。南無三と重ふた計とり返しもならず、仕切て仕廻ふより女房にする方が安うつくと思ふた因縁（六ウ）を問ふに、是迄此男此斯にて内へ入ては子を産落しては死々してこんとが六人めにて内は子だらけにて母とてはなし。とふ〳〵才覚して六月歟七月袖でも隠されぬ比に内へ入たか、九月めに産落して是も変らず荒血産後郎と出かけて色事仕の女房にて世を去ぬ。葬礼さへ事馴て墓の借り物諸事万事手廻しはよけれども、いつでももてあますは乳呑子。又乳母を尋たり先は曜乳の相談。母親の野送りの営に在所の一家へも飛脚を立るやらして、諸方呼集めて多くの世悴の焼香の順も極まり、雇人の顔も揃ふて白いものに着変る時分に、町廻る髪結がしらせに来て、「御近所はいふに及ばず。御向ひのも両方の御隣皆いひ合被成ました歟野送りには出ぬとの沙汰」と聞テ星二郎「何にも意味合はあるまいとは思へども、此中で其吟味もなるまし。是非もなし」とそれなりにマア今日を済すつもりを大和の一家が聞て「其侭には置れまい。外聞旁先様子を尋て曜はつしやれといふ。又拠なく近くの同行頼であたり近所で問合しもらえば「三度め歟四度めのお内義入さつしやれた時、近所からつなぎの祝義を遣したれ（七オ）とも、其後幾度かわつても振舞の沙汰もなければ付合ぬつもりと皆も申す故、余り度々の事なれは此度はマア皆申合して送りますまい。重ねての時は又相談いたして送りませう」といふに返す詞もなくして、其段星二郎に語れば、星二郎あたまをかいて「さら〳〵そふいふ心ではなけれども、いつでも孕んでは七ヶ月歟八月めにせう事なうして内へ入レ〳〵して入レると二ッ月立歟たゝずに産落して死て仕廻ふ故、呼ぶ心は心ながら御招き申間がなさの御無沙汰」といふて此場で言訳しても合点せず。又大和の一家が外聞旁といふた言葉ももだしがたければ、其事のやつさもさとふやらこうやら町のたばねする人の了簡にて「葬礼は夜に入てもくるしからぬ事。其世話さつしやる同行衆の所でなりとも先今日婚礼振舞を仕廻て置てから野送りもしたがよい」との近所の言葉も聞て見れば「そふさつしやればこちらの顔も立といふもの」などゝの挨拶に、そふせねば済ぬ様に成ッた迚葬礼を延して婚礼振舞。「何はせすとも雑煮はせねばなるまい。鮑は忌むほどにさつはりと鯛の浜焼の取肴であしらいには（七ウ）油上と荒若布の焚たの。急な間に合う様に」とて丁稚が気転で買て来た漬数の子。星二郎大キに腹を立、「是程産では死〳〵する此中へまだ数の子は何事」とい□（欠損）る跡て生れたのがかす子鯛の吸物で小付食。其上が酒宴に成て呼ばれて来た客も客、「三国一じゃ此次も又聟に成すました」と相生の松風颯々の声は六尺の足音て「お寺がお参り被成ました」としらす千箱の玉を奉る様な顔して惣領の位牌持チリングハランの音を相図に振舞の千秋楽。送り人も皆其つもりにて御丁寧に上下の二役。流石は狂哥も少しなるほど有て神祇なしの釈教恋無常述懐はまた持つもりか星二郎は送らず。漸〳〵事は済たり。ぬからぬ男は灰寄に往て子供の葬礼の有た所を四所迄聞出して来て、仕上ケ仕廻ふや仕廻はすに其所へ尋て往て、子を貰てもらふ相談。死ナしやりました御子の変りにといふ淋しうも思ふ折節なれば、先も相談に乗て「マア三人は片付た」とて心嬉しかつた歟して、其夜の寐品に時とんぴようもなう兵物の交りを諷ふた」との物語りの。（八オ）

㈡こつては思案に当かはる瓜生野の油取

折節表に案内有トヲレと答へて小者出れば、堺天河屋義平家頼の者「親方こなたへ参りゐられまするや」と尋れば「イヤ義平殿は此方へは見えは致さぬ」と答に「ハレ合点の行かぬ。由良之介様御病気御見舞に参るとて堺を立ましたは五日も以前の義。随分宜き鯛の調次第此方様へ迄持参仕様に申付置て立ましたれともシケ日和続き漸今日御見舞。旁此一折持参仕ましてござりまする」と大キ成目荒の籠に生鯛一掛と見えて御洗米の如クに包し尾も花やかに差出せば、其旨委く取次ぬるか「義平どのよりの進物千万忝く存れども、此方へ見えると有て五日跡に堺出立とや。今に於て此方へ尋なきは何共其意を得ず」と折節集し旁以便義とり〳〵先其使に茶ても進むる折柄、又も表に息杖の音して舁入る竹輿の者さへ色里は一ト癖。跡に久三めいたる男の倶に紺の物着つれて「山科にござなさるゝ大星由良之介様は此お宅で(ハウ)ごさります歟。堺天河屋義平御見舞申上まするると御取次なされ下さりませ」との案内。已前の男も立出て「旦那只今御出なされました歟。何として隙入しぞ。私も漸只今参りし」といひつゝ駕へ立寄を、供の男へだてゝ「先暫らく待しやれ」とさしとむる間に、奥より「義平殿見へたと聞て安堵いたした。此方へ御通りなされませ」との取次に、彼草履取さし寄て「御案内は申上ましたれども義平儀駕にて熟睡。とんと性根が付ませぬ。乍憚御覧被下まして此由御上へ仰上られ、暫く此侭にて御椽先へなりとも御通し置下さります様に御願下されませ。此段私願上まする」と駕の垂上て見すれば、打もたれての高鼾。ゆすつてもどふしても眼覚さず。取次小者も肝を潰して又其通りをいふて入る前へ来た男、とんと呑込す「是は旦那はなんとなされたぞ。様子があらう。いやれ」といふ。「様子ないでもない。先こなた様へ参るといふて堺より御越の処、四五日かゝつて此躰故、右之通御願申シ上て何卒御通し申さしませて様子を申上ませう」といふうちに「いづれとも先々切戸から通しまさつしやれ」との声。「是は〱有難い」とかごのものに（九オ）舁入させて「太義〱」といひならべて皆々かへし、「近比御免下さりませ。義平が右之様子共乍憚御聞下されませ」とて竹輿の傍にひつそひうるみし眼を押拭ふて「乍憚私めは関介と申まして義平方には当年で丁度九年相勤、親方も目をかけてくれましての義。然ル処にいつぞや由良之介様伯州御退き遊ばされましてより其当座と申ものは親方義平儀とんと食物も通さず罷在候処、此山科にござなさるゝを承りての悦び。去ながら御一家中の義を案じ、彼是申ゐるうち又由良之介様御病気の様子を承り候時と申物は御心を察し申て御尤に思ひ申さるゝやら、涙を盈し或は笑ひして誠に狂人の様にござりましたか、少しは御快気と聞かれて又の悦び。御所を漸と聞付て五日跡に御見舞の出立。彼是心遣ひとも申付て出まするに付て、私も供仕罷越しまする道、鳶田今宮を過て後何とやら心淋しく、殊更右につき欝とりと存居る親方を「義平殿〱」と呼ものあり。親方は申に及ず私ともに驚ましてふり返りましたれども、いづくもしれませぬ故行過ましては又呼かけられ〱して、どこぞの程ては「義平殿からたがかりたい」と申ゆへ始の程は主従ともに恐れましたれ（九ウ）と、あの方よりも形なくしてひらたう申故一切剛げもなくて「何者にて何故に骸をかりたい」と申せば、「子細は借た後申さん。長うとも申スまし。二三日かり申程にそう心得さつしやれ」と申と早親方義は俄に元気強く成申され、其時の拙者めが悲しさやら恐ろしいやらさぎよいやらいろ〱に存て「先何者にて親方の御身をかりしぞ。品によりてゆるさぬ」と申て此脇指に反打て詰かけますれは、最早姿迄もかわつた親方が申スは「さのみ夫程剛がる事にもなく、そちが親方天河屋義平といふはよく物を呑込むと聞及ゆへ待受てかりし。我はもと遠里の小野の油売の末にて、後瓜生野に住で住吉屋三郎右衛門と申もの。生れ付て芝居好にて若い時より楽屋這入、変〳〵やら役者つき合、遠方より歩行を運びし名は申さいで所の名を呼「瓜生野〳〵」と申ならはせしが、好の道とて当春楽屋にて気を取失ひ終に其場で世を去し程の芝居数寄。誠に本望を達したると申は我身の上。裏やまぬ者もあるまじきと存るから、娑婆の能楽どもへひけらかしたく思ひ思ふて義平殿の大腹中を呑込で二三日かりましてござる程に、義平（十ノ廿オ）殿の魂は此瓜生野が預ります。義平殿の骸は御苦労ながらこなた付廻ッて気を付て下され」と申シ合点の行かぬ事と存ながらも今更仕様もなく親方のからだに付廻りまするに、先其日は芝居の楽屋〳〵を右之様子を申て自慢計申て歩行、行先に肝を潰さぬ者もなく、それからははやさま〳〵の所へまいる。先状景とやら申方を尋ねて参りしか、此わろ中風などの快気したるのか我内へ杖をついてよぼ〳〵と出て、「顔形は知ぬ人ながら声といひ物語は瓜生也」とて驚てもてなすに、先のいふ事は聞かず右の自慢計して、又平相とやら申楽焼屋へよつても右之通リの自慢。爰でもあつちのいふ事は聞かずして出て行しが、それより行しは甥の殿の衛士右衛門とやら申へ参ても又右之次第。併爰では「扇の会に珍らしいはないか」と尋ねた計。兎角我自慢計で慢勝に行過て槌屋の柄三郎とやらても右之次第。併又爰では「今の女房衆はとの様な人じや見たい」と申ては出る。其次に往たは何とやらいふ所、ヲ、それよ釜屋の象陽とやらいふて旅芝居の中茶屋の様な名を尋て彼（ママ）

の自慢を仕かけたれば、爰なるやつはそれを早（十ノ廿ウ）悟ッたやら天窓から大キに調子を上て哥を諷ふゆへ其自慢もこそ〳〵（ママ）に逃て出て行事は往たが、草臥が出たか何とやらいふ店をかつての転ひ寐。町中が寄ッて私へ様子を尋らるゝ故、有の侭に申せばきのどくがつて何と申人やら大キなる鈴を持ッて出て戴かせ、「是は是親鸞上人御所持在し人弁不思議有る鈴也。一度盗人の手へ入たれども其盗人動事ならすして是を置て仏へ詫言して帰りたる程の妙有霊宝也」とて親方の頭へ突付て「汝高慢の忘執、義平殿のからたをなやますは未練ならずや。退ヶよ瓜生〳〵」と額に押当れば眼を覚して吹出す。「未練とはどふした事ぞ。海内に野楽といへども生るゝより終る迄に其野楽の本意を達せしもの我也。我にあやからんとも思はずや。思ひを達する程の野楽修行して来るべし。我は此自慢の心大概行届さへすれは帰る」などいふとも爰にはゐずとて行過るを、調子とやらいふ人来合して「我大和流の浄瑠璃にて是を浮ません」とて語りかけても手に合ず。跡で聞ヶば其人は万年とやらいふ象牙細工師じやと承はる。是ら所は行し事数をしらず。或は何山とやらいふわろ（廿一オ）の天窓へ塗りし青苔をねぶり兀し、又は上下仕立やで有りしが名を聞ヶば其上下の中を略して付た名とてかもとやら異名をいふ人の素人哥舞妓好を乗せて進め行残所もなかりしか、夜船にのつて京の祇園町の扇九で遊びし所、思ひもよらず奥座敷に大坂の兎童といひし人とて是も昔は名たかき粋で有しが、近年不思議の霊夢を受て中山造酒といふ侍に成て俄に信心者と成り、円光大師巡りを世話して今も其札納め残りしに登りてきのふ迄に済しとて精進上ヶに爰で遊びゐて此由を得と聞、「それは不便なる事」とて私に其座敷へ連て参れとの義。私もはや昼夜ともなく右之方々へ付て廻りとう〳〵京都まで参りし事、誠に与勘平が保名殿に付歩行しにかわらずして草臥果て右の御言葉を聞嬉しさ。無理やりに親方をつれまして参りましたれば、ものを申さず彼兎童様とやら眼を閉て俗ながら十念を受さつしやれて下さりまするると、すつくと立上りて大声を上、「今こそ我自慢する所は行届しぞ。義平に骸かへすぞ」とてはつたり転れましてからはとんと夢中に寐て計ゐられ（廿一ウ）ます。ぞれ（ママ）より暫して本性に成ながら只うつら〳〵と居眠ゐられまするを、由良之介様へ参ると申が内を出まする時の志故、ねぶたがられまするを無理やりに駕にのせてつれ参りまして不失気千万なる義共御免下さりましやうぞ」と咄に、各手を打野楽の凝たる妄念を感じやりぬ。

㈢病気も時も引立て和らぎ初るいろは大尽

人々肝を消して物凄くも思ふ計なる中に、由良之介椽端迄あゆみ出て「関介とやらん扨々心遣ひなるべし。始終り具に聞く所さある事あるまじき事にもあらず。去ながら其兎童和尚とやらん未俗人とは聞ど念ずる所の功顕はれ瓜生野とやらん妄執を十念にて退しとの事、其上は義平の身の上に気遣ひなし。此熟睡は全く草臥なるべければ、此侭由良之介が預りて追付本心になすべし。此間よりの太義其方も嘸草臥ならんか。勝手へ行て休まるべしといふべきなれども、幸義平殿おもたせの生鯛此方の手筒料理も本（廿二オ）意なし。太義ながら浜焼にして呉らるべし。見らるゝ通り皆打寄ての噺半。幸の事一入たのむ」とて他の人を退て義平が寐たる姿をつら〳〵見てもとの座へ戻リて「我ら旁の慰め給はりし甲斐有て今日只今快癒仕る。扨々世上の咄言語を絶したる面白さ中様もなき。其中にも只今天河屋義平斯熟睡して駕に乗ながらかゝる座並をしらずゐるといふにて大に気力を引立たり。関介とやらんが物がたり此四五日が間妄執に悩まさるゝといへども、其瓜生とやらん始終を聞所人の骸を借てなやまさんの又は迷ひて斯あるのといふ事とは聞えず。粋の凝たる所今冥途黄泉の道に其身は有ても初一念の粋を立通して人にしられ、又芝居遊里に身を凝らし終に我望みし芝居の楽屋にて身を終りし風情、其志の届きし所を娑婆の其道を好む友達へ今一度ひけらかし度思ひ帰りしならん。其証拠には思ふ所へ行届きては念なくして魂魄立去し所真に仏なるべし。兎童とやらんの十念にて退たるでもあらねども、其十念の其所へ行合しは是又互に野楽の心の届し所なれば、何にても斯も気を凝らせば行届かざる（廿二ウ）事あらじ。又義平が今の熟睡前後を忘せし姿の余念なきを思ふに、此人常にたくましき生れ付中々人に骸をからるゝ事をしらざる人にはあらねども、殿様へ久しく御出入なしてよりかゝる御家の乱を聞、町人ながら無念に思ひて食物さへ通らざる程に思ひし上、我無念を察して思ふうち又我病気を聞て本意なく思ひ欝々として我を尋る旅立とや。心ろの空居へ彼粋の凝たる所の取入し也。斯有ても一身の凝る所は一ッ我今迄病気にて心の定かならぬも思ひは同し志を行届かすは我人同しけれども、斯も余念なき姿に人の思ふ程になる事に心付かず。我此姿になると聞は敵いか様に用害するとも気遣ひなし。全く此姿と成て来て我に教へる義平の志、誠に我心魂に届し也。今日より我本復の上此姿と成

（廿三ウ）

（廿四オ）

おゝあれはだれしや

うりうさんのやうな声しや

はてめんよふな

これは〳〵よふこそ
御たつね下されました

かはる事もないか

りきやつきんもちいづる

諸士みなより集り一味の鯛をくふ

画工竹原春朝斎
筆工玄泉

て各のすゝめに応して野楽と成べし。野楽咄に寄せて各の心をためし見るにぞつこん我を慰めて養生させんと有心を察してかゝる事も物語る也」と始て大望を思ひ立眼色一座の嬉しさ限りなく思ひ、俄に小声に成て一同に由良之介を拝する中にも、原郷右衛門千崎矢間など「其言葉（廿三オ）を承りし上は斯集りし者共此座を去ず一党に血判を致すべし」といふ。「いやく〳〵血判は後日に人中へ聞えても徒党なせしといわん。各二心なき証拠には今関介とやらんへ申付し大鯛の浜焼各盛分ずともめい〳〵箸を持て卓子喰にすへし」とていひし中へ早銚子取替て彼浜焼大鉢にて力弥もろとも手かきにして持出てのあふれ喰も、由良之介の言葉の軽くなす所を感しての無礼講。呑喰に訳なく打乱れて上戸はもとより下戸も大酔。腸をさがすを手柄とするも此時也とぞ。其中にも心付しは郷右衛門「義平が熟睡果しはなし。いかゞして本性となすべしや」といへば、由良之介力弥にいひ付ヶ、甲頭巾を取寄て寐入たる義平に着せ、駕の棒端もつて打転し「ソレ其忍ひ者打とれ」との大声。何所らへこたへし歟性根付て逃出スを猶も刀を提て追かけさせ、隅へ〴〵逃廻るにどつと又一声の大笑ひ。すつ込義平の手を取て引出して、各顔見合せば義平肝を潰して様子はしらねど憚りをかへり見て猶もひれふすを、真中へ取込めて始終りを口々の物語を、義平漸心落付きし躰に、十太郎摺り寄り「其元余念なき睡は由良（廿四ウ）之介さま御保養の第一と成て忽御快気。全く常々思召るゝ心の行届し也」とて一党の悦び。「おもたせの鯛をもつて卓子喰の連判かため、今少し頭を残したり。喰あらしたるども猶他念なき印、此箸を持て喰はるべし」と取添てすゝむる。義平聞程嬉しさ増し涙を盈して「有難し〳〵。何の意義をや申さん」とて其侭箸を取て喰さしの鯛をぞせゝる首筋元トにあたつて取出したる三道具。鎌鋤鍬をならへ置町人百姓業はかはれと心は同し武家の交り石亀もじだんだ。「かりにも一ッに申されぬ事なれ共、斯打明給はる上は何も申さぬ。是等の道具御入用もし御調有て眼立と思召さは何とそ私に仰付られませ。責ても是が町人の御恩報じ。妻子の命にかへても人に知さず買調て上ませうと申か今日此鯛の連判に加はりし印。何は兎もあれ由良之介様の御本復の嬉しさ。私共でさへケ様に悦ばしう存まする義、堀部様大鷲様どなたも〳〵嘸悦でござりませう」といふてはひれ伏し誠を顕はす嬉し泣に、人々も感心し皆一同に言葉を揃へ、「義平殿の悦び我々とても同し事。大星殿の全快の上は今日の咄につれ（廿五終オ）て御心を慰めしも一ッは貴公を野楽道へ引入て敵に心をゆるさゝん皆々の計略もわれたる者を合すがごとく、斯心の一同するは弥高の師直を」といひさして顔見合互に察して其後は何もいはず。「此場の噺しも切回向。檀木町が先手近く大尽姿で二三人かはり〳〵に遊びもせんや」といふうちより気転の大星早着替たる大尽姿。今朝の病気はとこへやらさらりと晴る気も晴る。義平殿の乗捨の竹輿に打乗る大判官。兼て案じたお石が悦び。「かならす申初立に酒過さす」と計にていたはる心。山々をいはぬ心を案しやりて皆預りて立ち出る。是ぞ本意のいろはなるむかし咄を新玉のとしのはじめの初よみ事にと書畢ぬ。

明和六丑年正月二日

巻之五終（廿五終ウ）

江戸小伝馬町三丁目
上総屋利兵衛

当世銀持気質

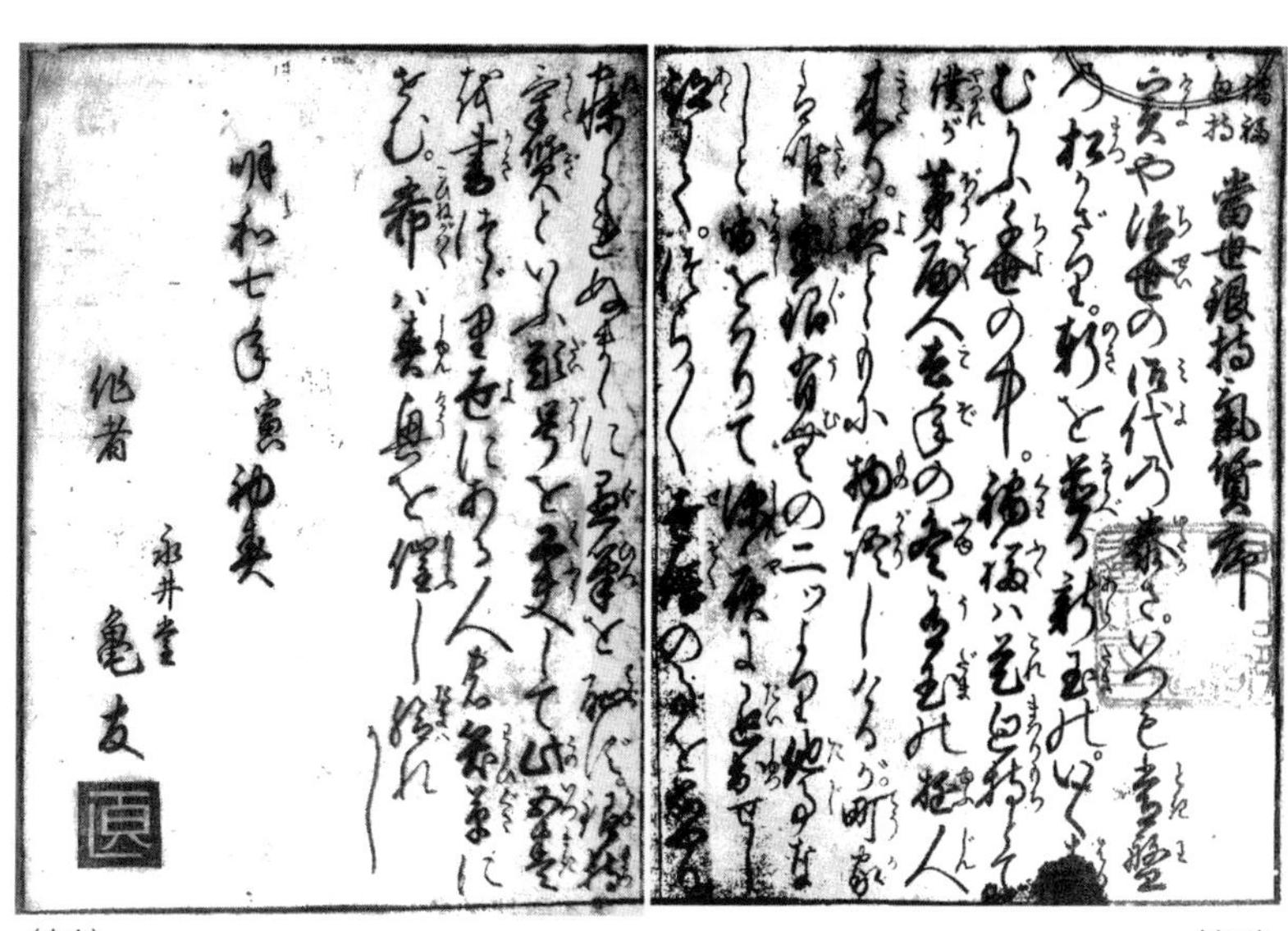

（序ウ）　（序オ）

禍福廻持 当世銀持気質序

実や治世の御代の泰さ。いつも常盤の松かざり。軒を並る新玉の、いく春むかふ千世の中。禍福は是廻持とて僕が茅屋へ去年の冬有玉の遊人来り、夜とゝもに物語しけるが、町家は唯金銀有無の二ッより他事なしと咄をはりて深夜に退出せし跡にて、つら〳〵世俗の事を思やり（序オ）寐られぬまゝに愚筆を恥ず、銀持気質といふ題号を工夫して此五巻を書つゞり世にある人の笑草にせむ。希は春興を催し給れかし

明和七年寅初春

作者　永井堂亀友印（序ウ）

当世銀持気質　一之巻

目録

第一　長者重代有と自たとへを別にこしらへる大銀持
附り　参会に行道から俄に気が付た息子の一理屈世上の為に尤な分別（目オ）

第二　夕部振れて戻た女郎の気質が猶奥床しい朝の物好色を上たる祇園町の遊
附り　百両包て花をやつた若気の思案能のみこんだ牽頭持の大盃へ盛りきたる小判のひかり

第三　江戸から持て登つた金作の脇差見事に手段を持込だ色里の曲もの
附り　金銀の力をもつて仕返しをした隣町の外聞根のつよい銀持の気を取入たあそびの上手（目ウ）

(一)長者重代有と自たとへを別にこしらへる大銀持の身上

三十以中の男子に遊里を進べからす。五十以上の男子に法を進べからずとはいづれも此事にのぞむ最中。所を猶も進れは事みち過て失有ゆへならん。爰に中京の通筋にて近年名高い大銀持福長屋徳介と言は生薬香具唐物ありの大商人。徳介両親は去年子息に代を渡し、其身は法躰して来春嫁を入るまでと本家の裏に当分の隠居をしつらひ、親父殿は有宝お袋は妙才と名を改め今年廿五の若代なれば毎日三度づゝ本家を見廻り、子息徳介へ月に六度づゝお定りのはなし。「今此やうに大まいの家屋敷を方々に買ならべおそらくは広い京の町で三番と下るまいと思ふ程の家蔵持た身代。是は誰がした。皆おれが若い時より色々と金まうけの工夫をこらし商筋で旅がよひなど様々のかんなんをして漸おれが廿五の年は金拾両の元手。一年〱倍ま（二オ）しにふやして今年六十一迄に此位の立身。そちはおれとちがふて廿五のことし此ふへた所をもらふ仕合。かならず我持てむまれた果報となど心へ一銭もそりやくにする事ならず。今此身上で見れはそちが月に百両つゝ金を遣ふても借屋賃計である位。商の利益と貸シ銀の利息へとは手のつかぬ身上。若い気では油断の出来そふなもの。そこをやはり始末せねばおれは金銀をあつめての役人、そちは散ての役となり世界の宝は廻り持と人の胸の補と成もの。かならず後々人の気補にならずこちの金銀はよそへも廻り持にならぬやうに心がけよ。此年になれどそちが常々見る通り今年までまだ一度も好な芝居を桟敷て見た事がない。是で万事を心へ」と手代でつちまでにも聞へるやうに云はれけるを。徳介も生得始末者のていねい人。親有宝老の詞を背かずずいぶん物事倹約にして暮されけるが、遊興事を（二ウ）自分とたしなみゐても諸方に家屋敷をあまた所持してゐる徳介故、けふは横町の参会あすは上ノ町の宿老振廻のといふて二三月比よりは毎日の東山行。徳介ふと思はるゝは「去年までは親父殿の諸方勤らるゝ折々名代に行し計リ。何の気も付なんだが、此春我等が代に成て一人して参会事を勤て見れば、いかさまたんとの借屋。大かた京の町にこちの家のない町は有まい位にせけんからは見へるで有ふ」と道々心にうかみしより、しわい気な徳介が胸のうち俄に大銀持の自慢気になり、「なんぼう親父殿が月に六さいの異見せられてもこちの身代が二千両や三千両つかふた位が年の廿年もつゞいたとて少しもいたみに成気遣ひなし。長者二代なしといふたとへあれど家賃計つかふて仕廻ふてからが残つた家屋敷を有銀で十代や二十代は暮される家督。長生してからが七十八十で遊所狂ひもならず。所詮百年もゐる物では有まいし今うか〳〵と始末するはほん（二オ）の持乞食といふもの。是からゆだんなふたのしみを心掛るが銀持て生れた此世のつとめ」と、かはつたはづみから大気になり、今日人より遅めに出かけた参会。一人こと思ふて道も近う覚へかい円山の端寮につき遅参のことはり云て座敷へ直りけるが、其日の参会は徳介隣町の出会。其町内でも若手の近年はんじやうな家の息子など徳介とは手習友だちの竹馬のなじみ。徳介が有徳なまゝに懇意に仕かけ茶の湯俳諧のやう成事に度々出合、親父に似てこぶい事を知りながらも折々色里などへ誘引しかけて見れば中々利口に断云てすりぬける故、近頃は此連中も腹をたて宝の持ぐさらかしと笑ひ、此心を以て宝腐先生と異名を付陰でさま〳〵悪言し、付合もそこ〳〵にして今では一向遊所咄などは此男が来ると止る様に成けるが、今日はいつになひ徳介がいさみ顔にて彼若手の酒盛の中へ出、「ちとお間」などゝにこやかにあいさつすれば、連中も少し（二ウ）不思議の躰。東屋の遊介といふ呉服屋の息子の耳のねきへ徳介が口をよせ、「けふは座敷を小早ふ立て帰りに何れへ成とも御同道申たし。御連中へも其通り云て下され」といへば、遊介が首のだるいほどうなづきしを、傍にゐる連中は「又徳介が例のすりぬける下ごしらへ。今では一向相手にもせんといふ事も知らず」と呟おの〳〵せゝら笑けるが、遊介にやうすを聞て何れもャアト声を上、「先一ッ打ておきや」しやん〳〵と思はず調子高に成ければ、町内でも老分が立出「お宿老の手前もあり。晩方には随分おさわぎなされじやが前酒から其声はあまり気疎ではござるまいか」とあれば、連中皆々首をすつこめ、扨てん膳の中飯過て思ひ〳〵に暫座敷を立出てみねの雲祇園林下川原辺を我物のやうな顔してそろり〳〵と見ありき、楊弓本弓米沢彦八が見世などへ大かたがおさまりしが。遊介は一人ぬけて祇園町の井筒屋が方へ行、「けふ晩方にいつもの連中に福長屋徳介を同道をして来る程に各別に（三オ）気をつけてくれ。若徳介がつゞいて来れば爰な為にも成客」といへば、亭主も花車もおどり上り「アノ福長屋の大銀持様が晩程是へお出。是は福徳様の三月今日ほんに井筒で遊介御ひいき。幸おもざしきうら茶室まで唯今そうじ仕リました。どのやうなお客があろとも明てお待申ます。それ中居ども遊介様へ先ッ御酒一つ」と立ば「いや〳〵まだよる所もあり。殊にけふは座敷をはやふ立つもりなれば今隙入ては後の邪魔」と座を立、今一軒の用をつとめ円山へ帰り、程なく夕飯もすみ日くれ過に膳もとれ、それより段々吸物など出し酒たけなはに及べきやうすなれど、東屋遊介連中は徳介ともに四人家代達に断云てもらふ筈にして座敷をぬけて立、銘々供の子もの召つれて飛が如く祇園町の井筒が方へ行けるが、亭主袴にて切戸口迄出迎ひ、直におも座敷へ伴ひ頭を畳にすり付ての馳走ぶり。花車が「お有がたい」の挨拶。はや中居が五六人盃止盃持出れば、銚子よふ段々出る（三ウ）井筒が娘分。眼前に生て物いふ花をかざる春の夜の一刻。あたい千金が所は是計でも有と心に思ふ徳介がきげん。四人の連中は早うき立て銘々のおてきを呼にやり、急に芸子を十人計ひつつかんでこいといふ舌も引ぬ内にざしきに色めく三味のねじめ。あたりへ聞る井筒の客来「福徳公のけふ初て御来臨」といさんで付入たいこ末社がそゝりかけ、一座は興に乗しけり。花車のおかるは遊介が傍へより、「福徳様のお女中はおなじみでもござりますか。お伺ひ下さりませ」と小声にとへば、「たれもまだなじみとてはないとの噂。目をきかして発明せよ」といへば、中居のくめが気を付て、「此頃の新艘に一文じ屋の香取さまといへばいか様あなた」とはや人ばしかくれば程なく入来る女郎の香取。美形の風俗ぼつとりと位有てしやんと町めきしは福徳公のおてきと見る人魂をとばしぬ。徳介も香取が容儀の美しきに心うばゝれし上、花麗のあそびはけふ初てゆへか如才はなけれ共少シ恥かしい気味にて、遊介と何やら（四オ）咄仕ながら顔をそむけて香取に盃をなげやりてさしけるが、盃うつむせに成て香取が傍へ行ければ、たいこ共が是を見て「旦那のお盃香取様を見てうつむくとは天地陰

（五オ）　（四ウ）

手代さんようする

さあ是からこちのものじや

有宝むすこ
徳介にしまつ
だい一に心がけよといふ

けふりくさい酒はのめぬ。
ゐづゝがもとにて一こんくまふ

ふく長や徳介
おやのはなしをきゝいる

一こんたべたら
下がはら辺
一けんいたそふ

徳介東や遊介れん中とつれ立
ぎおん町いづゝやへあそびにゆく

おともいたそふ

旦那どのが
きついきげんじや

もひとつ
せいしやん〳〵

おの〳〵かた
そのこへは
あまりでは
ござるまいか

これはちんせつ。うつておきやしやん〳〵

陽和合の道理。てんとたまらぬおのりの一曲。どなたも一つ打ませふ」と、さし出す手を香取が持しきせるの先にて押とめ、「たいこさん方何も手を打事はない。打てくだんすな。いかに公界する数ならぬ物じやとておつれと咄しながらわき見して盃をなげてさし、うつむけになるのも知らずにゐるとはあまりのしこなし。わたしや花車さんあんなお客につとめは得せまい程に、能いやうに言て下んせ」とずつかり打こみ其座を立ば、一座の者共興さめ顔。「客でもいはれそむなひ我まゝ。あんな女郎をなぜよんで来る」と遊介がりつふく。花車も中居も手に汗にぎり気をもみあせれば、亭主もかけ出「是は又めつらしいなんぎ。大事の福徳様へ此やうな不首尾とは何とした不仕合。せめて女郎にあやまらせて成とかへしたし」と香取に一トこと云出せど耳へ（五ウ）も入れず立帰れば、是にて座敷の興もさめ酒の酔までさめければ、何れに余ほど夜もふくる。「けふのは町の参会なれば内の首尾が肝心ぞ」とみな〳〵座を立帰りける井筒の内こそほゐなけれ。

㈡ 夕部振れて戻つた女郎の気質が猶奥ゆかしい朝の物ずき
色をあげたる祇園町のあそび

実若い時は二度なしと老さき思ふもことはり。夕部のあそびは朝のうわき。たがひに朋友寄合前夜の物がたり。内の首尾など尋合ふも又一興。福長屋徳介は昨日参会にゆく道より始末の心たてかはり急にたのしむ趣向にて、遊介の連中をたのみもどりがけの祇園町井筒が方の不ひやうし。香取といふ女郎のふるまひ悪い様にもあれど容儀の美形なるには七なんもこらへる気。「よふ取直せばはりのある面白い女郎。定て気立によい所の有ものならん。是て引もみじゆくな事。一向てきめにずつと入込ンで見たひ物」と、遊介が所へ行（六オ）息子の部屋にてひそかにあひ思ふやうすを語ければ、遊介も尤にきゝ「いか様あのやうな女郎にきつとまことの有物」とて、残り二人の連中同町にて飛立や喜三郎、若木屋常次郎二人を急に手紙で呼にやり、くだんの相談をすれば「是は一段の工夫」とて何れも親父の手前は「朋友中に俳諧の景物会をしらるゝゆへ余義なふ参る」と云て昼飯後より出かけ、やはり井筒屋へ往ければ亭主も花車も「きのふのねつを持て見へた」と心得気の毒そふな顔すれば、中々遊びに来たとの御機嫌。井戸のそこへ落せし物がひとりでに上つたやうな亭主の不思議。うれしいやらこわひやらと、はや鐘の段でお客の気を取り、「お盃よお銚子よ」と何かなしにそゝりかくれば、徳介殿は亭主も花車も近う寄せて、「此ほうは香取がきのふのふるまひをしやうびして参つたもの。定て昨日の客と言てはこぬ事も有ふ。工夫して手に入させよ。当座のはたらき代くれん」と二人が中へ金百両とらされければ、「是は旦那（六ウ）夢でばしござりませぬか。夢ならさめな」と押いたゞき、「先急に一文字屋へ行香州様の首尾してさんじませふ。くめ先ッ御酒一ツ上てたも」と彼方へ行、流石それやのこんたんまんまと首尾して立帰徳介殿に落つかせ。芸子たいこもきのふの顔引立さはぐ其中へ、程なく来りし女郎の香取。夕部にかはりしけふのゐしやく徳介殿の直にそばへより、何の子細もなふ盃いたゝき又福州へさし、遊介連中とも咄合とんと打とけし酒事。飛立屋喜三郎と若木屋常次郎が何思ひけん茶室(かこい)の間へより合、先常次郎が思ふ旨(むね)を云けるは「なんと喜三そなたはどふ思やる。最前(さいぜん)からやうすを見るに、此井筒屋の家中が、福州〳〵とぬかして只徳介ばかりを各別(かくべつ)にあしらひおる気味(きみ)。そこで芸子(げいこ)たいこめらまでも徳介が機嫌のみを取入やうに仕おるゆへ、座敷付がとんとこちとらは福徳が町たいこのやうに見へて大切(たいせつ)な金銀を遣ひながら死銀(しにがね)になる。貴様てもこちらでも居宅(いたく)の外に掛屋敷の二三ヶ所も持て互(たがひ)に親たちも（七オ）町で古うにきく家。福徳めは掛やしきの町のこちとらなれは、先此連中の二ばんめに付をるはづが、何やらおのれが大まい家屋敷持てゐる銀持じまんをきのふから別してつら付に見せおるやうでさりとは胸(むね)が悪ひ。夕部の女郎に打込れおつたも終(つゐ)に是まで遊んだ事のなひ祇園町でいけもせぬに頭高(づだか)いからおこつた事。それをはりが有ておもしろいなどゝぬかして又けふの出合。うか〳〵付合て来たをよふ思へばあほうらしひ。遊介はけつかうな者故何の気も付ぬそふなが、福徳めが大銀持じやとて銭三文無心は云まいし、遊所の払(はらひ)をしてはもらふまいし、あいつが万貫目の身代もこちとが百貫目の身代も場所(ばしよ)へ出て上下はなひ」と立腹(りつぷく)をいへば、喜三郎もおなじ心。「貴様のいやるが尤じや。おれもさきにから胸(むね)がわるふてこたへられぬ。去年の涼(すゞみ)時分から遊介に引付られて今に来(く)る此井筒。さのみ銀は遣はねど一節季(せつき)も払(はらい)方に小言(こゞと)云はぬこちとら。今日百両の花が大ィとて一ッでも（七ウ）年かさのこちらをさし置最前の吸(すい)物を福徳からさきへすへをつたがいまく〳〵しい。それを又貴様がたへ愛拶(あいさつ)なしに引よせおつた福徳め。屋ねからうせるが腹が立。遊介にもひそかに云て聞かせ、何ぞ福徳めに手をとらす手段(しゆだん)は」といへば、常次郎が小声(ごへ)に成「此相談に遊介を入れる事はよしにしや。きやつめは此井筒屋へ五六年も来る客なれどあそび銀の残るが三貫目有やうす。せたい請取までと証文にして有沙汰をさる者にちらと聞た。殊に今表付ははんじやうそふに見へれど、親父の内証は手ぐらまぐらの身代。福徳とは遊所へ付合事を親父が見てもかまはぬくらい。其わけは内証をよふ見せかけ商手広うするを云立にしても歩安で福徳が銀をかりこむ思案。何やかやで此茶屋へもとふからさそひたがつてゐたわけとくと聞て置た。かならず此うわさは無用。福徳には手をとらすによい工夫がある。今座敷へ五六人も来てゐるたいこ持の中に（八オ）今平と云もの、一昨年大坂の島の内で遊んだ時からのなじみ。去年京へ登りしが、今に目をかけてやる者。長々病気で引てゐたを貴様達にも引合さず、病中も内証の世話などしてとらせ、此頃本ぶくしてけふ彼計は拙者を目当に来て勤る程のやつ。生得律義な所の有もの。あれが箱入の芸に山崎与次兵への奴を浅尾為十郎が身ぶり物真似で夜道に女をころし金百両取、主人のためにする所へ非人共が取まきわけ口よこせと云時、百両の金をそこら中へまき是をひらはんとするをぬき打にせんとのひとり狂言。其趣向に入ニ付しんちうで小判の形をこしらへ常に懐中して客が所望といふと女形を山下金作であしらひ、島の財布に件の金を入れて非人と財布を引合ふひやうしにばら〳〵とこぼれる所五六人の役を一人してのはたらき。定てけふも其金を持てきつらん。此今平にとくとのみこませ、そのしんちう小判をかり上包仕直して拙者が手で百両の書（八ウ）付をし福徳が前で今平に酒のませ、肴に是を取らさば書付は拙者が手なり都合よし。そこで今持合てゐる正金壱歩で三十切計リ。是を外のたいこ持中居共へ花にとらす思ひ付。なんと是では福徳も手を取そふなもの。今平にははたらき代に正金五七両とらす相対にきはめるつもり」といへば喜三郎よこ手を打、「是は常州近年の上分別。あつはれのはかりこと。急に相談しや」と云所へ、中居のくめが「あなた方は何してゐなさる。福徳様も遊介様もまちかねてござる」といへば、「こゝに少し色事のせりふが出来た。追付そこへ行」と云うち、たいこの今平が「我等が大事の旦那常二郎様が見へぬ」と茶室まで尋に来しを、是幸と一間へ入、やうす残らず語りて彼百両の相談。今平始終をよくのみ込、「則今日も所持しております」と首にかけたる島の財布よりしんちう小判取出し常次郎に渡せば、手早に喜三郎が上包を仕直し、常次郎に書付させ紙入より印判取出し百両の（九オ）封印して真懐へ入、相対のはたらき代正金七両今平にとらせば、「これは旦那けつかうなお花有がたし」と押いたゞき、「サアお座敷へ早ふお越。件はこんでおります」と「常様喜三様のそれへお出」とそゝりかけ、酒宴に花を咲せけり。常次郎が徳介におさへられたる大盃「今平間せよ」といへば、「旦那おあいは仕ませふが此お盃は」「はてみなまで云な一ッのめ。肴をせん」と懐中より百両包取出し今平が手にぎらせ、「上包は拙者が封印なれど念のために封切て見よ」とあれば、「是は旦那御もつたひない。正金百両の手ざはりいたゞくうちに知れます」と云ば一座のたいこ中居「常様ならぬお花じや」と追従けいはく諸方から「常様お盃頂戴」と手をさし出せば、此度は壱歩づゝ盃の中へ入望ものにさしければ、喜三郎も懐中より歩判四五十切取出し、硯蓋にのせ「此さかなをそちから順に取て廻してくれ」と今平が前へ出さるれば、「喜三様是は珍肴を下されまする。有がたひお物好。又かくべつにのめます」と二人の（九ウ）客のそばはなれず「旦那〳〵」と座をもてば、福徳今は座にてらされ、花を打ふも此あとではひやうしわるく〳〵懐中より名香など品多取いだしおしげもなふ火入を香炉にしてくゆらし、芸子共にもほしがる名木をとらせ、花車をまねきて盃さし、「香取をけふから百日の揚づめにするほどに其通り一文じやへも云て遣はし置べし。揚代は明日の晩に持参せふ。そちたちもかはらず来よ」とたいこ共にもやくそくすれば、遊介も色を上け早盃も引しほのおねま〳〵と義太夫を、芸子が一ふしはねにして各〳〵一間へ入にけり。

㈢江戸から持て登つた金作りの脇指見事に手段を持込だ色里の曲者

誠に楽は未央ならんこそめでたかりき。富あればとて若い時になぐさみ事を取こすべからず。老ての興に始末をするは金銀のついへばかりにあらず。身を守る精を蔵に入をく後の楽なり。若木屋常次郎は飛立屋喜三郎と心を合せ遊所通ひに親達の首尾をそこなひ、ことに大銀持の徳介と（十オ）すこしのはり合より意趣をふくみ、去ル春から祇園町にて栄花を極め喜三郎が親父殿の丈夫に建置れた呉服屋の見世もぐはた付、五代しにせられた常次郎が両替と質見世も今は質物を置に行たい程に成、明暮一家中打寄ての相談。息子の放埒が世間へ聞へて銀の調達も出来ず。「是では行々極月には表へさかい戸を立ずば成まいか」と手代共迄が胸をいため十月のゑびす講も今年は内祝計にしてゐる所へ、三十あまりのはて作りな男が若木屋の見世

（十一オ）　　（十ウ）

はくじん
かとり

常次郎大こ持今平にしゆだんを
いゝふくめ金七両のはなをやる

徳介ていしゆに
金百両はなやる

遊介

だんな是は有がたい。
いさいこんでおります

大こども
大さはぎ

喜三郎常次郎とだんかうして徳介に
手をとらさんためしんちう
こばんにて百両包を
こしらへ酒のうへにて
今平に花をやる

たいこもち今平
つね次郎がたくへ
きたりかたりいゝかへる

これ常二郎殿の
ふういんに
さういはない

はゝおや聞いる
常二郎今平か
かたりことを
聞むねんがる

ばんとうやうすきく

へいかつげにはいり、「是の息子の常次郎殿にあいたい」との事。物ごし角有ゆへ番頭気を付「どふでろくな事では有まひ」と思ひ、「常次郎は只今宿にゐられませぬ。御用ならば云置れませ」といへば、「そんなら親達にあいませふ」とはや声高に云出す。是非なく親常介殿出あはれければ、彼男懐中より金百両包を取出し、「手前は川東にたいこ持を渡世してゐるもの。是の常次郎殿も折々祇園町で出合た事もござる（十一ウ）が、拙者むかしの朋友今江戸にゐますもの、七年ぶりで今年の春登り、金ごしらへの脇指を一腰持て来て、「そちがつね〴〵つとめるよい旦那衆へ売付てくれ。親重代なれど是を払ひて江戸へかへり、商売の元手にしたい」と云て頼。彼是見すれば「七八十両までは買人あれど百両より内ではなされぬ」と云ゆへ、よほどひま取り、江戸にも掛合置し事も有とて三月中比に其者は江戸へ帰り、腰の物は拙者に預置「金は十月までに手に入ればよい。どふぞ百両に売付てくれ」と云しが、則是の息子殿にも先達て見せ、又後月噂したれば「おれが百両に買てやらふ」とて脇指を持帰り、はや其晩に此町の喜三郎殿と同道して金百両包にして持てわせしを、「念のためひらいて見よ」と云たれば「両替屋する拙者、おれが手でおれが所の封印じや」と云はれたゆへ、「いか様是はおまへのお手判、取も直さず両替包ミすぐに此まゝ下シませふ」と云て、其日江戸飛脚に渡（十二オ）せし所、此月の十五日に江戸へ着しが又先キの者は発明。金百両の大サ殊に名所のある両替の包なれ共、どふやら目が軽う見へると云て掛て見たれば、「正金百両の掛目よりは大にかるい」とて封を切ては物が云はれぬが、どふで是は仕事で有ふと拙者をうたがひ、彼男直に七日切の道中で持て登た此百両づゝみ。息子の手跡(しゆせき)は見知りが有ふ。今目の前で封印切もし銅脈(どうみやく)なら正金百両此方へ持て来て江戸から登つてゐるものへことはりいゝ、手前の顔を立られよ。さもない時は是のむすこも、其夜同道しておじやつた喜三郎も引出してきつとせんさくでんどてする返事聞ふ」と畳(たゝみ)をたゝきまつかいさまにねちかへる胸(むね)の内こそふてきなり。常次郎親常介元来(じやうすけぐわんらい)気のよはひ生れ付。是を聞てわな〳〵ふるひ出し、一かう得物も云はず番頭(ばんとう)仁兵へが気を付、「其夜の同道喜三郎殿もかゝり合。此かたへも参られしか」といへば、彼もの「是より喜三郎かたへ参り届(とゞけ)云て（十二ウ）来るつもり」と、又百両つゝみ懐中して町内飛立屋へ行し間に息子常次郎を段々せんさくすれば、「脇指(わきざし)とゝのへしなどゝは一向ない事。あのものは今平という牽頭持(たいこもち)。過し三月の頃福長屋徳介と祇園町の井筒屋へ付合に行し時、福徳とのはり合により喜三郎と相談して「たいこ中居共へ大まいの花を打て福徳に手をとらさん」とて懐中に有壱部をやりし外に今平には百両包を取らす趣向をして相対(あいたい)は正金七両遣るはつにきはめ、様子有て今平めが常々所持してゐるしんちうで小判百両の形(なり)をこしらへた物を此方へかり、拙者が手で成ほど書付し、封印も私がのにちがひはござりませねど、律義(りちぎ)ものと思ふて頼んだ今平め。殊に是まで衣類(いるい)金銀の世話もしてこませしに、春の事を十月までに下たくみして横ねちにしをるがにくひ。親父様御免下されあいつを拙者が打はたす」と狂気(きやうき)のごとくになり、折節座敷に有合ふ脇指取てかけ出んとするを、常次郎母のおまき殿涙（十三オ）ながらに息子を引とめ、「どふなりと仕やうがあろ。其様な気に成て親父様やわしらが世間へ顔が出さりやうか。遊所ぐるひも若い時一トさかりは有はづ。今内の勝手が悪う成たはそなたのとが計でもない。時節の来たらんかた。世界は廻り持。是から心入かへてたまかにしやればもうこちらも此比のやうに異見は云はぬ」とさすがは親の子故のやみ。しかる事はさて置、たらすにほうどこまりけり。親父殿も内儀の愛拶をしほにして詞をやはらげ、「此跡はみなあいつがもの、皆に仕をるはかまはねど、末で不自由を仕おろかとそれがふびんさに此やうにせわやくの。おれもことし六十一はてやくはらひじやと思へばよい」とむね取直しゐる所へ、喜三郎の親喜兵へどの興さめ顔にて這入、今平かねだれ事しんちうの百両づゝみおどろき入たる相談。「悴めにやうすを聞ましたがねだれて来る口上にはさま〳〵こしらへ事あれ共、百両の封印書付何か是の常次郎殿御手跡に相違なし。然れは十分理非を分た（十三ウ）とてむかふのこしらへ口上をつぶさうとすれば寐てはく唾。やはり身にかゝる此方共の難儀。外聞といゝすまぬはせけん。とても金出してあつかふより外なし」とて件のねだれ者を若木屋へよび段々和談いふほど猶付上り、「金百両は脇指の代物。請取は知れた事。此にせ物でわざ〳〵江戸より登つて来る程の人まで出来るかたり事。此わひ金弐百両今渡さるなら了簡する。さもなくば町所へことわる計」といたくばはなせのよこしま非道。にくけれ共両家の親達は息子の恥と世間を思ひ二軒から金持より三百両にてあつかへば、ねだれ者のくせとして「金づくではすまぬ筋なれど常次郎もなじみゆへ是で了簡するは親達も大キな仕合。随分と異見して外てこんな仕事などしられぬやうに云付られよ」と島の財布へ三百両。おしこみよりもおそろしい眼付にて帰ける。飛立屋若木屋の身上下地息子の放埒にていたみ有上を補に頃日両家相組漸と(十四オ)借請し家質の金を三百両板こきにせられ、是非なく本家もはらはねばならぬわけ。一家中へ相談すれど「どろな息子を勘当もしられぬ親たち、物ずきでの不仕合」とかまひ人なく、とふ〴〵町中へ家うる相談。又西町の福長屋が買たがるを徳介へは売とむなけれ共外より直段のよいに我も外聞も無念もこらへ、かい相談きはめて霜月朔日に帳切、前かた井筒の座敷で手をとられし徳介が仕かへし、何をいふても矢種の丈夫な大てき。東屋の遊介は若いが扨もはつめいもの。最初徳介を井筒やへつれ行ク時、香取といふ女郎の宿へ行、徳介が気風のあんばいを女郎にのみこませ「何なり共其時の座敷の品に事よせ一たんは振てかへられよ。もしそれで仕当なは大な仕合」と、日頃のはり合気をのみこんでのはかりことを云ふくめ置、井筒の中居の思ひ付にて香取を呼すやうにこんたんを付、盃のせりふにてまんまと仕あて去ル春より徳介に取入、井筒や(十四ウ)よりは徳介が遊ひ銀の払高より一割のはねを月に三四百目程づゝ人知らず取、四朱位の利息で切月の長銀を心のまゝにかり入親父殿にも安心させ表へは見へねど内証の手ぐらまくらの世話をたすかり、ごふく商手ひろふして江戸にも小店を出すべき仕合。徳介殿も今は女郎の香取を請出し、遊介万引うけして妾宅をかまへさせ日々栄花のたのしみ。親有宝老の胸とはちがひ又々大気な大銀持。根のつよひにうこかぬ身上。是では長者重代有とてこの比にては祇園町をやめ遊介を同道して毎日島原への早駕。朱雀の野道を覚へられた此行末はなんとばし。後の君子に教訓をきかまほしけれ。

当世銀持気質一之巻終（十五オ）

当世銀持気質　二之巻

目録

第一　別して近年金銀を磨出の蒔絵の道具屋沢山に代物を仕入てゐる堅地の身代

附リ　大坂中にかくれのないけつかうな番頭のいつまでも親かたに徳兵衛といはれて居なりの奉公（目オ）

第二　都祇園の二軒茶屋すだれの内へ散てくる花は中居の夕ぐれなゐ

附リ　鉢に残つた豆腐のでんがくからたがひに気をさつし入隣ざしき

第三　人品のよい聟殿に親子合たり叶たる犬好

附リ　江戸なまりのちよんがれがねだれこんでちよぼくさといふ程おそろしい噂（目ウ）

㊀別して近年金銀を磨出しの蒔絵の道具屋沢山に代ロ物を仕入れてゐる堅地の身代

夫富貴なる家は何ほど倹約窃にても門より見へ、出入人まで笑顔のみすればおのづから家内召使の者まで泰な物ごし。何ゆへなれば是皆金銀の光り。たばこでさへ山ぶき色はこのもしく、ひつのそこでも丸い長い物はにくからぬ人心さま〳〵あり。爰に大坂東堀弐丁目筋にて近年指折の銀持涌屋の重右衛門といふ椀家具塗物道具一式を商ふ人有けるが、「諸方船付の大湊にもあのやうなこうとふな生付も有物か」と難波の町中評判するほどの丁寧者。物ごと内ばにして手代も世間にまれな生得始末者の物はいはずけつかう人と唐名まで付た徳兵へといふを頭にして跡は二才とでつち一人。ひとではすくなけれど先銀かして職方をかい付置、常々しろ物を沢山に仕入あるゆへ何ぞぶしたあたらし道具の珍敷物といふと同商売からせりにくるを間に（二オ）合せてやるかはり取たい程判を取て売る様にしにせた見せ。主人の気につれる内儀のおしま、とし十六に成娘おつやといふてきりやうすぐれていろ白に風俗よふぼつとりとした生れ付。是程の大銀持なれど下女とても上下兼勤る飯たき女一人。諸方に有掛屋敷借家賃計で百人も暮される身代なれど家内にて芝居咄は法度。野がけ遊山事は云に及ず、開帳参りも朝飯前に一人づゝ手がはりに参り、娘は親金右衛門が手を引てつれ行かるゝのみ。年中朝から晩まで始末な咄しと娘にこうとうなしわい聟を取たひ噂ばかり。世間の人の眼から見てはまことに銀の番にうまれて来た様なもの。何楽しみもなさそふに思へど其人の身では是が何よりのたのしみ。内蔵明て山吹色の花見。弁当入らずに居ながらの栄花。かほどの人にも好ける道は有もの。此金右衛門夫婦共にことの外なる犬好。第一用心の為にもよいと云立にして不断三疋といふ犬を飼置し上にも、若たくましいゐのころを辻小路にて（一ウ）見付れば所望してつれかへり、め犬のまよひゐるを見ればよびこんで食物をあたへ、只明暮ふびんがりて寵愛し、犬の五器をろ色にぬり、金いつかけをさせてゐくらもこしらへ、内儀が自身三度の食物を煮焼して家内は喰はず共折々は生肴を調て食悦させ、ぐわんぜのなひ幼子を育る様にして重宝せられけるが、一疋の黒犬はゐのころの時分より各別に人をおどし、朝々通る犬ひらいに一度大きにぶたれしより非人などを見るとおどした上で折々かみ付やうに成けれども、主人は猶々寵愛あつく、「うろんなものをおどしおそれ、さすが犬の職分。勤めかたに油断のないかゐ犬。用心の為よければ手前はもちろん町中の為にもなる」とます〳〵此黒犬は各別にいたはりしが、畜生でもあまやかせば付上り、段々大犬になればとんとのかみ犬に成り、今は烏乱な者計にあらず往来の人を追かけかみ付ければ、毎日町内のさはがしさいふ計なし。しかれども金右衛門方へ町中より誰有ていかにと云人なきは、此（二オ）町内他所より掛屋敷に持ゐる大長屋、多く町住人無人にて大かたが家代をつとめ居宅の家持は六七人ばかり。内二軒はお大名方御用達にて随分人まかせにして町義の事にさゝへこさへを云はぬ家風。一軒は十五六になる若代。のこり二軒は売用につき近年此涌屋より世話に成門町にて家も古く五十有余の年ばいの銀持成ばとんと此町本戸かぎりにては誰おし人のないお頭分。家守をはじめ店かりの者は猶更遠慮して不改、機嫌を取のみなれは陰でもや〳〵言ばかり。大坂ほどのげん気者も銘々しりの下の事を思ふてひつきやう聊の事といちはなかける人なし。番頭徳兵へがけつかうの唐名を言て近所からそしらるゝは銀持のつね。さんの入てなければ何の気も付ぬ金右衛門夫婦相談の上にて北わきより娘に聟を取つもりなるが、先養子分にして当前半年ばかりも見世のふうを見ならはせ其上にて祝言さす筈にきはめ、二月朔日に今年（二ウ）廿になるむすこをもらはれけるが、宵の程かい口利かうに云た仲人の噂とは大キに違ひ、かたいと云にも色々あり一かう石で手をつめたやうな二親のきうくつ。少し名染がかゝると内儀がとかくこせり出し、「あのわろはきらずの菜を喰はすと只膳中へこぼされる。あれでは長者には得成まひ」と云て朝夕三度の食事さへ心苦労にしたゝめる気がね。糠三合を思ひ出して昼夜に三石ほどもはかる胸のうち。昼夜のねごとに「せめて犬の四半分我らにも可愛がらるゝならば」と云たを親金右衛門が聞かれ、夜中に大げんくわが出来てしんぼうな息子もこらへ袋の緒を切て、明ると早々北わきの里へかへりまことの不縁に成けるが、又間もなふ世話人有て心斎橋筋の茶道具やより息子をもらひ、是も娘と祝言は先へのばして当分勝手を見ならわせけるが、一家中より内儀への教訓。「他人の男の子を養子すれば随分目長ふ見ねば相談の出来ぬもの。殊に母親の方から兎角ぶす〳〵がはじまる（三オ）もの。是を常々気を付られよ」と云聞かされしかげんゆへか、今度はよほどにつとりと行やうす。息子もたまかな発明もの。殊に娘の器量のよいのにこゝろたのしみ有ゆへ随分しんぼうして勤けるが、唯心がゝりは黒犬の人を噛のと赤犬の庭でさかるをまだら犬がかみ合ふとにほつとこまり、律義（りちぎ）な気から親父の留守の間に母親へいさめを言、「近所でもおまへがたの犬を重宝なされます事を笑（わら）ひます。三疋の犬を一疋にして黒のかみ犬は川口へ捨させてお仕廻なされませ。でつちら子共がかまれますのがいじらしうござります。かつうは非人（ひにん）共への慈悲（じひ）にも成ます。かみ犬にくはす物はあさましい乞食（こじき）にでもおやりなされませ」と家内の為思ふて云た異見（いけん）からさらり内儀の心がかはり、又息子をいじり出し「畜生（ちくしやう）でも生有もの。なじめばふびんといふ事をしらぬむどくしん。黒犬の人をかむはさきからすをかうによつての事。非人などやうろんなものを追かけるは犬の役。それを川口へ捨よとは其心では娘と婚礼させて（三ウ）も不便と云事は知りやるまい。してそなたは此ごろ茶湯を心がけやるげな。親父様やわしらはそんな事はきらひじや程にこちに居よと思やるなら茶湯事はやめにして下され。ばたつかいでも仕にせて有見世宿代計でも暮される身代。此跡をふまそふと思やるなら親に異見（いけん）がましひ事はをいてたも」とずつかりと打こんだもとても同しやうな銀持からは縁談のしてのないうち。皆家がらより近年不手廻しから来て見る息子。銭銀は廻り持。「こんな所に計てる日でもなし」と又是も不縁に成、仲人（なかうど）の所へ行て大きにねだれ、「へんくつな女房にはなげよまれて気まゝ云はす二親にしんぼうは出来ぬ」とて、其夜すぐにいとまとりいにがけの駄賃（だちん）とて黒犬をおもさまぶち、すへを恐れて帰けり。

㊁都祇園の二軒茶屋簾の内へ散てくる花は中居の夕くれなゐ

誠に苦がなくばあたへんと云は世俗のよいたとへ。此涌屋金右衛門も金銀は沢山何くらからぬ身の上ながら、我と我手に苦労をこしらへ世界に一人も気に（四オ）入たものはないやうにせまふ取、ぶら〱病気付しより命が物だねといつになひくわつとした心を持、慥な留主人を一家うちよりやとひ夫婦に娘と三人つれにて六条参りがてらの遊山。京へさして登り、商ひ筋のしるべに悦て馳走する所あれ共他人の造作に成はむかしから嫌とて三条の旅籠屋に宿をとり、娘ははじめての京参り、東山のほとりをつれ廻りけるが、こぶい金右衛門も不快養生かけてのうつさんにてかつゐに一度遊山事はさて置、豆腐茶屋へも腰かけぬ男が祇園の二軒茶屋へ親子三人つれにて這入り夕飯の時分よしとてしたゝめなどし、金右衛門は一かうの下戸なれど内儀も娘も酒は少しなる方ゆへけふは親父もゆるされて娘相手に二人がでんがく一しゆの酒事。比は三月中旬所々の花ざかりとて幾年もかはらぬ色くらべの二軒茶屋。金右衛門も興にしやうじけるが、若い時五六ばん稽古した田村の曲舞、「さぞな名にしおふ花の都の春のそら」などゝしはらかれた地声で（五ウ）うたひけるもめづらしかりぬ。二軒茶屋はそこゝのすだれの内明所もなく思ひ〱のたのしみ。花美をかざりし芸子の三味の音。中居が付る色里のはやり哥。たいこ持が役者の物まね。芝居の番付うりに来るやらさりとはいさぎよふ花やかな春の糸ゆふ。とんと世上は楽人計のやうに見へる爰のけしき。流石の金右衛門も産てから初ての二

（四ウ）

（五オ）

わくや金右衛門やうしむすこと
云ぶんし夜中にやうし
とふゑんになる

娘きのどくがる

女ほう犬てうあいの事よりやうし
といさかひいできふゑんになる

むすめおつや
よろこぶ

金へもん
けうにいる

定雲

やうしむすこふゑんに成
金右衛門がてうあいの
いぬをさんぐ〵に
ぶちすへかゑる

二けん茶やの女
とうふ持くる

善兵衛いぬにてんがく
くわしなぐさむ

ぎおん中むらやがゆか

軒茶屋。うたひやめてほとりのさわぎを聞てかんしんし、「いか様都程有て物ごとゆたかにしてにぎやかな中にも気の和らける所。娘に今度聟を取なら京からもらひ度もの」と内儀おしまどのとも咄のうち、隣の簾の内へ今来りし客、六十計な禅門と廿二三な人からのよひ息子二人つれにて床几に上り酒飯云付て二人しとやか成咄。若い息子がさはやかな声にて禅門にむかひ「貴公様は私親共の若い時より御朋友。中々一通りとちがひて各別のおなじみ。近年何れへ物参致ますとてもおつれ下され此やうなうれしひ事はござりませぬ。若いもの同士付合（六オ）ますれば金銀のそまつになるなん義ばかりかさま〴〵の悪性をすゝめますゆへ、かつうは我身を喰ふやうなもの。去年親共が死なれます時私が手を取て申されまするは「おれほど果報な者はない。兄久兵へは家長久を思ふて万事に始末をして親かう〳〵にする。そちは兄をうやまひ云ぶん一つせず此度の病気にもちう夜かんびやう大切にしてくれる。友達あそびのついへをきらふてどこへ行とても実心な正木屋定雲老と同道して外の人とは付合ず、今死でも何思ひのこす事はなひが弟のそちなれば定雲老とも相談して他家へ聟入をする様にせよ。それでは一家もひろふなり母や兄が為にも成。おれが死だら定雲老をてゝ親のやうに思ふていよ〳〵大切にせよ」と申されました事きつと胸におさめておりますニ付、若い者の御めんどうをかへりみず今御隠居のお身を幸、此やうに開帳参りでも何見物でも願てお供致ます。猶是（六ウ）からお頼申ます」と殊勝なる愛拶。禅門定雲老も「いやはや貴様のやうなたまかな人は又と一人有まい。親父殿がわしにもその通り云て悦でゐられた。まだお袋の腹の内にゐらるゝ時から名染の貴様。拙者が息子よりも大せつに思ふ」と互によそのさはぎとちがふて実々咄の酒事。「一つまいつたら是から高台寺のうば桜を見物に行ませふ」と深切な付合。一ト銚子の酒で二人がてうどよいかげん。一鉢のこつたでんがくを定雲老気を付「われらもすきじやが貴様も子共の時から犬が寵愛で有た。いや又貌付の無我なにくふなひ物。それそこへ来をつた黒犬に此でんがくを喰して見やしやれ。犬も所とて中ででんがくを取をるれんま。畜生でも身すぎは大せつなもの」と云はるれば、彼息子大きに悦び、「私はどふした物やら生得犬がすきでござりますゆへ、最前から喰はせたふ存ましたがおまへ様を遠慮しておりました。左様なら此鉢なをとらせませふ」と彼黒犬にあたへければ、尾をふり（七オ）立て一つもはずさずちうでとるでんがく。二人が興をもよふする躰。金右衛門夫婦見聞して気に入事計。ことにたまかな息子の咄所を聞てどふぞ大坂へでも来てくれふなら娘のむこに取たひ心。娘も又最前より見るほどいとしらしい男とすこし酒機嫌のほにあらはるゝ貌付。「かゝさんおもしろひ事ではござりませぬか。わたしや京のとのたちは大坂とちがふてたのもしう思はるゝ」と、どふやら気味合のある口上。内義おしまがとなりのすだれをそつと上、「ぶしつけながら其犬にまそつととうふをちうで取らさせてお見せ下さりませ。私共は大坂ものにてさやうなかつ手は存ませぬ。でんがくは是から申付ます」としきりに手をたゝき「ずいぶん持ておじや」とみそとくずとのでんがく鉢をすだれごしにさし出せば、彼二人も「是は一興、犬めも仕合」と互に寵愛の馬があひ牛のやうな黒犬のはらをふくらすたのしみ。金右衛門も好道のなぐさみに不快さらりと打わすれて、一かうにすだれをまき（七ウ）上ヶざしき一所にして又酒さかな取よせ打ちこんじての酒もり。金右衛門は下戸なれどいつになひうすい盃に一つうけ大坂の名ところ商売躰までかたり、「扨いづれも様は京都はどれにござります」といへば、彼禅門定雲がしとやかに「手前は上京出水通におりますが、世悴は江戸表に刀脇指小道具の小店を持、女房子共手代一人何か家内七八人くらし商をいたしおりまして年に一度づゝ京都へ仕入に上ります。拙者もじやくは江戸へ参るつもりなれど、先参り下向の出来るたけはと存むすこの方より何か不自由のなひやうにやしなひをよこしますゆへまづ京におります。夫婦に下女一人つかひ。とんと楽な身でござります。比つれの子息と申は則拙者西となり。親父は去年死なれて兄万屋久兵衛と申仁の代。此弟息子は善兵へと申ます。今ではおふくろに兄弟若いもの一人でつち一人に小めろをつかひ、少々づゝの呉服商をいたしてゐられますが、江戸の駿河町と申所にてゝ方の叔母きからこけこんだ（八オ）よほどな地やしきを持てゐられまして、江戸表の入用何か仕廻ふて月に三百目程づゝ手に入ます。則拙者が世悴も其地を分て借り、店をもつておりますが善兵へ親父とは朋友なり。今に一家同前に致ますが兄久兵へ殿もまそつと商を手広ふしたがられますれど、「拙者がひろげるはいつでも出来る事、先内ばにしてかけぞんの出来ぬやうにめされ」と申せばかうとうにしてゐられる実躰者。此善兵へは相応な事があらば他家相続につかはすつもり。又大坂にても宜き方がござらばお頼申ます」といへば、金右衛門夫婦「あの大坂へでもつかはされますか」との笑顔。定雲が「大坂へ参るなれば善兵へが身分よりはよろしい身上の所へつかはすつもり。又京都で相応な事がござりますれば身分相応の所へ遣はすつもり」と聞て夫婦いさみたち、「とかく善兵へどのにたのもしひお咄共をすだれごしに聞ましてのこんもう。はんくわの出合ながらも先ちよつとお咄申て見ませふ」と、それから我暮しかた（八ウ）何かの咄「どふぞ娘の聟にもらひたい」との願ひ。定雲もうかつに聞かねず何いふても「此辺にてはこまかに相談の出来ぬこと。一向拙者が宅へ成とも其元様のお宿へ成とも」「いか様是は御尤しからば先私が旅宿へお出下され」とて取りの盃今一こん。かい思はずも娘のおつや善兵へへさいたるは二軒茶屋こそ中むら屋、むかふは藤屋と取むすぶ神の御庭の妹背のはじめ、おの〳〵感神院にける。

㊂人品のよい聟殿に親子合たり叶たる犬ずき

それ世かいは広う見、胆を大きうして心を小さふ持とは古人のことば。人くらひ馬にも相口といふたとへあればめつたに打付た事も云はれぬもの。涌屋へ養子に行不縁でもどつた二人の衆は「おれらが得しんぼうせぬ程の所、おそらくひろひ大坂に金右衛門が聟になる者は有まい」と云れたれど、こんどのやうな相応な事とては又有まじ。犬かふ事の気質まで合たりかなふたりと（九オ）定雲といふ禅門の世話にて何か相談きはめ大坂へ帰りて一門中へも噂し、近日引取る心ごしらへ。今度は三度めなれば「又不縁に成では世間もあり。随分ぎんみに念を入られよ」と人の云事はほつこりと聞入れぬ金右衛門夫婦なれど、近い一門より捨教訓。しかし此度の相談は尤な筋とて内わから気を付て是までのやうに当分見習の何のと云はずに最初から聟にして娘とこん礼さすつもり。四月朔日を吉日とてたがひに約束して京出水茶や九兵へは弟善兵へをつれ刀屋の禅門定雲同道にて三月廿九日の夜船に大坂へ下り、旅宿を取支度して四月朔日の夜祝言無難に納りし。翌日より四五日一家こんゐの盃事済み、九兵へも定雲も京へ帰り、善兵へ万事に気を付手代徳兵へにも心を打明して商売躰の道も早ふ呑込実躰につとめ、とかく始末第一とて親父よりもこぶうかせぎければ、娘は云に及ばず二親の気に入かれこれいふ内かい半年余も立、娘もいよ〱（九ウ）懐胎に定り、九月中旬帯の祝義とてけんやくの内いはひ。娘の産れた時から頼にする婆々を聟善兵へとも近付にし、盃事などはじめけるが何やら町内事さはがしく涌屋の黒犬が物もらひのちよんがれ坊主をした〻かに噛だとの噂。犬といふとめをひからして大事に世話する善兵へ、とり上婆々との盃さしさいてかけ出んとすれば、母のおしまが「けふはかくべつ祝ふ婆々様との盃、黒めは其ま〻にして置しやれ。あいつがた〻かれたではなし。うろんなものをかんだのなればいつもの事。ねだれこんでからが銭二三百やればすむ。非人共はどふで針ほどな疵を棒ほどに云もの」と云るれば、善兵へも犬の事にはせいの出る寵愛者ゆへ「乞食のかまれたはかまひませぬが黒めがた〻かれはせまいかとそれが心懸りゆへ、いか様黒めに別条もなひさふにござります」と金右衛門とも噂して又盃を取むすひける。件の黒犬にかまれた非人は其町の下役の所へ行、「足のくびすをほつかりかまれて（十オ）一足も引かれず。犬のぬしへも是から云て下され。なんでもかけあるいてさへくへぬこちとら。疵のなをるまではやしなつてもらはねはならぬ」と江戸訛りのねだれ口上。善とも悪とも知れぬことばのは

（十一オ）　　（十ウ）

とりあげばゞ

こりやすつほんの善太
ばけのかはひつはいで
くれんうごくな

ちよんがれ坊
ねだりこむ

おや金へもん
きもつぶす

むすめおつやくわい
たい五ヶ月おひの
いわひばゞと盃する

やうしむこ善兵へ
返答もなくにげゆく

金へもんやうすをきゝ
あきれ、まづちよんがれが
いぬにかまれしわびに
米銭をつかはしかへす

娘おつや泥ぼうの
たねを身にやどしくやむ

ちよんがれ坊善太が
みのうへやうすを物かたりする

し。町内はやくひやう神で敵とる宿老の犬好。此事につのれがしと若い者共が腰をせば、下役人が気を付て「あゆまれずば這てなりと直に涌屋の門へ行、其疵を見せて云事をいへ。それもおれがいふたとはいふな」と表へつき出せば、血だらけに成た足を引すり涌屋の門口より大声上、かみ犬をかふて置て往来をなやますにはどなたからぞおゆるしでもあるのか。此いたみ疵今なをして下され」と、表の間へどふどへたかりにらみ廻せし大坊主。にが〱敷ぞ見へにけり。座敷に酒事してゐる聟の善兵へ何でも利口に取さばき小銭とらせて埒を明んと、見世へずつと出けるが彼非人の方より声をかけ「ヤアそちはすつぽんの善太ではないか。めづらしい対面。おのれがこんどの仕事（十一ウ）中間へも入る筈にはびき置た其意趣がへし不仕合で宿なしに成たつゐで、所はしらねど大坂といふ事を聞たゆへちよんがれぶしで門々を犬ずきさうな家を目当にかけ廻り、長町に宿取て毎日の米もらひ。こゝで思はず犬にかまれ幸の廻り合。さらば是から化のかわひつはいでこまさふ」と膝立直してのゝしれば、結構人の徳兵へがねだれものと心へせど口さして逃行ば、金右衛門夫婦はとんとがてん行ず、のれんの内より様子をうかゞひ入れは、むこの善兵へ一言の返答なく其座にゐるもゐられぬ首尾。表をさしてかけ出しけるが、「それのがすな」とちよんがれが追かけんとすれ共、まことにかまれた足のいたみ最前より猶うずきつよく一足も引れぬ内、はや行方知れず。家内無人成ば直に追かけ行ものは徳兵へでは埒明ず、二才調市は商用にて内にゐず。何やら様子知れねば此物もらひを置て金右衛門も出かけられず、親子三人とほうにくれ夢かと思ふぞことはりなり。（十二オ）暫有て金右衛門胸押なで丶彼物もらひに様子段々尋られけるが、「あのすつほんの善太といふやつは十三の時京の親に勘当請、廿の年まで江戸中をはいくわいしさま〳〵のかたり事。男ぶりの柔和なと人躰のよいとで諸方の人をすつほんぬきにする名人ゆへ、異名もすつほんの善太。年も三つ程若ふ見へる風俗。今年大かた廿六七此二三年は京の出水とやらにゐての仕事。五六年前まで大坂の高津新地に親子共物にかゝりをしてくらす山屋小兵へ、是も異名を山小〳〵と云たもの。其名を京で万屋久兵へと尤らしい名を付て兄分にし、元手入れてのもくろみ事を渡世にして暮す者共。定雲といふ禅門は京西山辺の坊主落。一度は江戸道中で雲介までに成たやつ。年ばいといゝ弁舌のよいに小学文も有者ニて彼らが東隣に家からせての同中間。近年此大坂にも又中間が二三人出来てたがひによい仕事は京からも当地からもしらせ合、相図の状通さんしよことばといふ（十二ウ）物でしたゝめた文言、勝手知らぬものはひらいて見てもとんとよめぬ訳。扨手前は元江戸産れ。七年跡に親の勘当うけ、るらうの内少々の銀持て善太が一度尾張でもくさん事をした時銀元までしましたれど、市事にかゝつて丸裸に成、善太めとも少々云分してそれから長崎へ行、こゝでもとかく手てんがうが止ず、初は金もつかまへたれど近年段々不仕合で長崎のはいくわいもならぬ不首尾。此春京へのぼりたれど路銭は壱文もないやうになり、かたけ喰ふ事もならず。ぜひなく天窓剃こぼち江戸で覚たちよんがれぶし京の町をしやべりありき、彼善太が同家してゐる万やが門へ立しか善太めが門口へ出るとたがひに顔見合、「むかし少々云いさかひはしたれど、銀打こんでそちがもくさんの組合にかゝつて大損をした事もあり。まへのことば論は身共があやまる。当前が此不仕合かくまふてくれ」と云たれ共、中々善太めが不得心《とくしん》。「今は人と相合ぐらし。それはどふものみ込れぬ。しかし前名（十三オ）染のよしみもあれば是をもつて外をたのめ」と金壱両くれしが、大キにまだふそくな仕切なれど迚むどくしんな善太め。又きれめ〳〵にゆすりに来るが上分別《ふんべつ》と先其日はかへり、あくる日から気をかへしはらく大坂へ下るつもり。壱歩五百で袷《あわせ》と帯を買、よい仕事も有ふかとぶら〳〵陸《りく》を下りしが、枚方《ひらかた》のはたごやて昼飯《ひるめし》を喰てゐたればおなじくむかふに弁当《べんとう》喰てゐるもの、見れば前かた江戸での泥友達《どろともだち》。「是はどふじやどふしてゐる」ととふたれば、去年親の勘当《かんだう》うけて段々におちふれ今は大坂の仕事しの所に口の上でつとめてゐる京のもくさん中間うちへよい仕事の知らせ状。急《きう》な事ニてわざ〳〵陸《りく》を持てのほる」といふゆへ、「京はどこらへ行」といふたれば、「上京の万やといふ所に同《どう》家《け》してゐるすつほんの善太が所へ行」といふ。それから我等《われら》ものりか来て金壱歩はり込で酒肴取よせ、彼《かの》やつを馳走して、「今は京の川東に宿持てゐるほとに大坂を仕くぢつたら何時でもこつちへこい。おれが（十三ウ）きつと世話やく」とあめねぶらし「なんと其状おれに見せぬか。上ふうじは仕直して其手にずいぶんちがはぬやうにおれが書付するまで」といへば、「いか様それならあけて見や。もし是で船したら急に貴様の所へゆくばかり。是非すへでは世話を頼」とくだんの状をつき出せしゆへ、ひらき見れば「去年より噂《うわさ》致置候犬ずき大銀持へ聟入のもくさんかねて心がけ、この比少々の道具を求る躰にて彼方へ参り様子かんがへ候所、亭主《ていしゅ》少しの不快《くわい》。気ばらしのため十六七の娘をつれ夫婦共三人きのふの夜船にて京へ登り候。則三条の宿屋に逗留いたしゐ候よし。手代の噂にて承候。油断なく心がけ、犬寵愛より取入、四月比までに善太を彼犬好の道具屋へ聟入させるもくろみ第一に御座候。拙者も明日は登り申候」との文言。追て書に宿屋の所各がたの年かつほく。此状を見しより上書拙者が手で認彼男にかへし、直に座を立て此大坂へ下り三四月より今（十四オ）日までやうすをうかゞひしが、聟入の日がら先の名所も知れず其間にまたあわせも壱歩もみなになる。やはり元のちよんがれで大坂中をかけ廻り、犬の好さうな道具やを尋めぐる其かい有て、けふこなたの黒犬にかまれねだれこんだつゐでに善太めにはあふたれど、取にがしたはすねのいたき無念にござる」とかたりければ、金右衛門夫婦娘もともにあきれはてしばしことばもなかりしが、其間に一家中打より先ちよんがれ坊主をいろ〳〵とたらし米五升と銭三〆とやりてやう〳〵とかへし、京の出水へ時切の飛脚を出し大坂のはし〴〵も追手をかけ、扨其かた手に商得意方へ人を廻し、帳面何かせんぎすれば、過し盆前の掛先を中取りしたが弐百両、あまり代ロ物の見へぬが三百両ばかり。諸買物の掛り口が百五十両〆金六百五十両の不足。翌日の朝京へ行し飛脚が戻ていふは出水にゐた万やといふも其隣の禅門も廿日跡に出奔して行方がしれぬとい（十四ウ）へば、とんといづれも月夜に釜ぬかれた金右衛門食事もせずに胸をいため、むねんの涙男泣。内儀も娘も立たり居たり。どろぼうの子だねまでのこせし事をかきくどき歯をかみしめて泣ければ、一門一家が口々に「とても云てかへらぬ事。元此やうに悪る者につけ込れたも犬好ゆへ。せんぎするほど恥の上ぬり。五百両や六百両とられたとて痛に成身代と云でもなし。所詮此事は思ひ直しとかく是から畜生を飼(かは)(ママ)はぬやうにめされよ」と異見(けん)すれば、金右衛門もよく〳〵にくふ思はれたか黒犬と赤犬のあたまを一つつゝたゝかれしはことはりとこそしられけり。

当世銀持気質二之巻終（十五オ）

当世銀持気質　三之巻

目録

第一　金銀を沢山に楽ミを仕尽た胸の広い江戸石町の家督譲渡した俄の発起

附リ　千両で身請した太夫の黒髪おしげもなふ剃立の頭の光りかゝやく尼のくわんらく（目オ）

第二　飯焼の下女が立身は根がかたちよふ産付た果報人に囲れて衣類の結構な中から目を出した娘御

附リ　能所へ這入た盗人の立身は尋当つた黒星の的の咄合ふたり〳〵お主の一人子古郷へ帰る錦の小袖（目ウ）

一　金銀を沢山に楽を仕尽した胸の広い江戸石町の家督ゆづり渡した俄の発起

夫うつり替る世の中の様々こそ物うき中にも楽あらん。駕籠かきの娘が鋲乗物にお召なされの供廻りをつれ、お乳母どのにいだかれたいとさまが後に味噌こし提るやうにまでなられしためしもあれば、いづれとも只定がたきは人の行末。よしあしのしれぬが花の都の東岡崎のほとりに楽寿庵とて風雅をこのみゐられし亭坊を何人ならんと尋しに、江戸石町通にて近年並なき大銀持永楽屋の定次郎殿といゝし有徳者成しが、吉原の高雄といふ太夫に魂をとばすべき程になれ馴染、広い江戸中に誰有てまねのならぬ寛活の遊ども手をつくせし上、全盛の高雄を金千両で身請して妾宅をかまへ置れける所に、定次郎殿内室は本町通にて大商人の娘なるが、夫のよし原通ひ高雄といふ太夫に深う（二オ）なじまるゝ事を明暮りん気嫉妬の心より精神恍惚として終に労疫の病となり行年廿三にて三つに成娘の子をかたみに残し惜いかな盛りの花をちらしぬ。定次郎殿も日々愁傷にたへず寐食もわするゝ程に思はれけれ共、内室の親里よりは「吉原がよひが過しゆへ女のせまき心から太夫の身請何かを聞、嫉妬の恨をかくせしより出し病根。何事も定次郎の身持あしきより一人の娘を若死させせし」と一家中へ行てのくやみ。世間にては大銀持をそねみがてらに「定次郎が女房をいぢり殺した」などゝ尾にひれつけてのとり沙汰。たれ云ともなふ定次郎殿の耳へ入しゆへ我とほつきして弟の定五郎殿今年廿五になられけるが、近々別家さするを止て本家諸共に身代のこらずゆずり渡し、三つにならるゝ娘の子を末にて代に立てもくれがしに頼み、すぎゆかれし内室の妹娘を又本町よりもらひ定五郎殿を永楽屋定次郎にして祝言させ（一ウ）其身は太夫の高雄と二人剃髪して江戸中の人口をはぢ上方へ登りて幸此楽寿庵をもとめ、見も八徳のうす衣にかるふ下女二人に子ものを召つかひ、江戸より諸事をまかなはせ何くらからぬ卅二の若隠居。早休と名を改め、高雄も今は妙間と改名し年も十九の美形の黒髪剃立たるつむりの光り闇夜にともし火も入らぬかと思ふ程なりき。日々のつとめといふて他事なく明暮いとまある遊人を尋もとめ。歌連哥茶湯香道などをたのしみ、或は野辺川辺をしやうよふして只今にかはらぬは酒事肉食妻帯の草庵なれば、近所をはゞからず毎日魚屋八百屋の出入。銀持の早休坊一人で岡崎村の賑はしさ。誠に門前に市をなしぬ。比は弥生三日下女はした迄の出かはり時、妙間のこしもとがてら上を勤るお磯といふは居なりに奉公するつもりなるが、下を勤るおりんといふは相応の縁付有て暇を囉ひ暮かたに宿へかへりがけに気てんきかせて口入の所へより、岡崎の庵へ下を（二オ）勤る奉公人を頼、けつかうな御主人ことに銀持の噂までして下奉公ながらもあまり見ぐるしからぬ人がらを約束して帰りけるゆへ、明る四日折ふし春雨しきりにふりける時廿計なる容儀すぐれて美形の女、こび茶の木綿袷に少し綿の出たどんすの古帯をし二条川原で下駄の緒を切らし、しるべの方にこれを預けて雪のやうな脛の白きを少しみゆる程にからげ、野辺の泥道を跣足にてあゆみ、彼岡崎の楽寿庵へ尋行、中庭にてからげおろしてしよていつくろひ「どなたぞちとお頼申ませふ」といへば、こしもと磯が立出様子を聞ば、「私は口入のしばやからおしへられてさんじましたが内方に女子衆がお入なされますとのお事。私をお遣ひ下されまするやうにお上へよろしうお取次をお頼申します」とことば付もやさしうゐしやくして云けるが、こしもといそ一日なりと早ふ置付たひ下女。はや妙間殿に其通いへば「先人がらを見よふ」とて妙間台所まで立出、「彼女是へ」とまねかれければ、「左様ならおゆ（二ウ）るし下さりませ」と内へはいり「すねがよごれてござります」とて上り口に腰をかけ手をつかへし其風俗、ぼつとりとして位高ひ産れ容儀に似合ぬ麁末な衣類。「あの女子によい衣装着せたらば」と妙間も不便の心かゝり、「成程縁もあらば此方につかはふが、年はいくつで名は何といふ」と尋らるれば、「ことし廿に成ます。名は雪と申ます」といへば、妙間が「どふも飯たき女を雪といふ娘のやうな名ではいなもの。気のどくながらこちでは下の衆はみなりんと付る。それはそふ心得ていや。じやが見ればつまはづれのじんじやうなそなた。下の奉公見ごとしやろかいの」といはるれば、「是は有がたい結構な御意。何ほど手いたひ事でも仕ますつもり。そのかはりにお願申て置ます事がござります。おはづかしい事ながら着がへと申てはたゞ今着ております袷より外に何もござりませぬ。夜の物までも内かたでおかし下さりますやうにお願ひ申上たふぞんじます。私は元京産てござりますがとふ二親にはなれ親類とてもたへ（三オ）ましてみなし子と成ましたもの。たゞ今の宿と申はすこしのしるべの人が親同前にいたしくれられますれど、是も其日を暮しかねますゆへ西陣の裏に職をしてゐられますが、もし請判でもお取遊ばすなら此人がしてくれられます」とあはれなる物がたりに涙もろひこしもと磯がはや袖をぬらせしもことはりなりぬ。楽寿庵早休は春雨のふりしきるに物さびしく、格子より野辺を見渡しゐられけるが、出かはり女子と見へてむかふの野より通道をしほ〳〵とやぶれ傘をさし、下駄も得はかずはだしにて来る其風俗、髪黒々として色白うつまはづれじんじやうに容顔のうつくしさ、十八九とも見へて惣躰に色ある取なり、麁末な衣装を着て物わびしき姿はまことにさかりの春の花にあらき風雨をあてるよそほひ。色情栄花の楽は様々仕尽せし此早休坊、彼下女のこんきうなる風俗にとんと心をよせられ、「いか様ふびんなる姿。定てよしある娘のおちふれならん。此辺で（三ウ）はいづれへ行ものやらん」と格子の内よりうかゞひゐられけるが、お主の庵室へはいりし幸、次の間より様子聞かれければ下女の奉公人今を引上て錦の小袖に包まはし手生の花とながめたき心なれど、尼妙間が手前を思ふてぜひなき胸をこがれ煩れしが、妙間は件の奉公人をいよ〳〵召抱るはづに相談きわめたれど、宿より取よせる着がへの荷物とてもなく夜の具さへもたぬものゆへ、旦那早休坊へ右のわけを云うかゞはれければ、主人常よりも機嫌よく「身共も最前より是で様子を聞て不便に思ふ。古着の一つもとらせてずいぶん目をかけてつかふてやりやれ」と結構な御意。お雪といふ名を直にりんとかへられてせど口にて足あらひ、こしもとの磯に万事尋合て是より下部をつとめ、はや三月も暮卯月上の八日に成しが、妙間はこしもとに子者を召つれしばらく主人にいとまもらひて誓願寺へ詣けるが、早休坊「けふぞよき首尾」とて下女のりんを座敷へ（四オ）招かれければ、りんははしりもと仕廻さしたすきはづして前だれ取主人の前へ出ければ、「くるしうなひ」とて近うめされ、「そちは下部の奉公するやう成ものとは見へぬ風躰。ことに跡月より様子を

（四ウ）

そうきう坊下女のめみへをのそき
見る

こしもといそおゆきかあわれ
なる物がたりにてなみだをながす

おゆき下女奉公の
めみへに来り、
身のうへの
あわれなる
物がたりする

めうかん下女が物がたりをきゝ
ふびんをかける

子ものにははく

（五オ）

そうきう坊めうかんが
るすに下女ゆきが
きりやうになづみ
てかけにせんといふ

おゆき身の上のこと
くわしくかたり
早休が心にしたがい
しあはせする

いそともする

めうかん卯月八日
せいぐはんじへ
まいる

旦那さまがさぞ
おさびしかろ

聞に手なども見事に書、針仕事も上を勤る磯より手きゝとの妙間が噂。其器量で又何としてそのやうにびろくしたぞ」と尋られければ「おはづかしながら御主人のお尋ね、何をかくしませふぞ私は関東にて余程の録を取ました牢人の娘。二十年以前親共やうす有て主人のおいとまをうけ、京の西陣にて手習読物の指南をしてゐられましたよし。私やう〳〵一つの年明る極月にてゝ親頓死をいたされ、夫より母のてしをにかゝり十五まで育られしが、一人の母るいちうとやら申て手足のかなはぬ病をうけ段々牢人のお葉打からせし跡、すこしの諸道具も売しろなして母の養生に入、今は何しろなす物とてもなく、やう〳〵私が糸くりの（五ウ）賃仕事で其日のけふりを立るや立ず、丸五年かいほうして私今年十九、此春母も死去致ます。血縁とてはござりませず何奉公致ませふも着類とては此着のまゝ。其近所の裏借屋に忠介と申もの夫婦に幼子共三人かゝへ糸くり仕事でくらしかねまする者なれど、此女房はむかし江戸にて私うまれました時の乳母でござりますゆへ、親共牢人致ます時一つに成私をいだいて共に京へのぼり、五つまで養育してくれまして其近所へかしづきましたが、十年も前までは相応に暮らしも出来ましたれど亭主ともに忠心者にて私が方の世話にかゝつて是もすこしの身上をしもちれ、今私をやしなふ力もなひとて明暮我が子共の事よりは私をいたはりくれますゆへ、どふぞ私が身を売て其銀で貧苦を助たいと度々頼で見ましても忠介中々合点致ませず、「お主の娘御につとめ奉公させてどふ生てゐらるゝもの。今お互におはをからしたとて又神仏のたすけもあらん。おじゆつ（六オ）なくとも当分は供はやしに出ず着類のいらぬ飯たき奉公でもして下され」と夫婦が泣て頼ますゆへ、是非なく此季から初て御奉公に出ました所、お目かけられて下さりますする有がたいお主様を取まして宿にも悦ております」といへば、早休坊いよ〳〵ふびんまさり「此やうなる女を引上るは江戸で先達し女房へも手向とならん。かれらか貧窮の中でも義を全ふする事を思へば、女房がりんきより病死をせし時太夫はいとまをやりいづれへ成ともかし付ケて仕廻ふべきはづ。尼に成を心底に思ひ是までもつれ来りしは身共がいたらぬしかた」と我と我心にはぢ、下女のりんがそばへよりて手を取、「けふよりはそちを身が妾にして宿の忠介とやらへも沢山に金銀をとらせ、身一代は云に及はす子共までも世話してとらすほどに身が心にしたがへ」と云はれければ、思ひがけなきおりんが仕合。たゞ有がたいと返答もはづかしげにぞ見へにけり。かくともしらず妙間は誓願寺（六ウ）の如来にむかひ「ア、たすけ給へかたしけなや」と懐中を見れば数珠をわすれ、供の子者に取にかへしけるが、やがてじゆず取来りて妙間にわたせば「旦那様はどふしてござつた。さだめておさびしそふに見へたであらふ」ととはるれば、供の子者は何の気も付かず「いへ〳〵おさびしそふには見へませぬ。おりんどのとお座敷で何やら御相談なされてゝござりましたが、おまへ様へおことづてがござりました。たま〳〵の卯月参けふはずいぶんゆるりとして子ども芝居でも見てお帰りなされませと御意が出ました」とうれしそふにいへば、妙間俄に気が付キ「江戸でおくさまにお見かへなされたわしが身の上、ゆだんしてとんと心が付なんだが下女なれ共りんが器量、中々是は長居はならん。誓願寺の御本尊へ未来を頼ふも此世が有故。磯供しや」と持たる数珠袂へ入てぞ帰ける。

㊁飯焼の下女が立身は根が容よふ生れ付た果報人にかこはれて
衣類のけつかうな中から目を出したむすめこ（七オ）

人の心と川の瀬のかはりやすきは世の中の常々。思ひわすれがたき下女のりんが容儀のかはゆさ。まんまと首尾して早休坊が云はれけるは「此やうすを妙間に見せてはたまるまじ。ちか〳〵の内そちに身共がひざうの茶碗にて酒の酔にことよせ台所まで出て水を一つ酌といふ事あらん。その時庭にて怪我の様に見せてわさと其茶碗を取落すべし。それを無礼の云立にして妙間より暇をやらす手段。扨此方へ出入の万に巧者なる者を内々にて頼置き、そちか宿の忠介へも内意をして京の町中に妾宅をこしらへさせ、心がゝりなふ楽をきはめん。その首尾の出来るまでは廿日計もかゝるべし。それまでは不自由に有ふ共やはり其木綿物にて下の奉公を致せよ。追付すきな模様の小袖の中よりかわゆひ目もとを見てとらせん」とよねんなきはなし半へ、早かへる尼の妙間。足音聞て主従がわかれてこそは出にけり。妙間もさすが太夫職のはて。道より心付、中々胸の思ひを色にも見せず早休坊に愛拶してとかく（七ウ）下女におちとをこしらへ、急にいとまを出すがよい工夫とこしもとの磯と心を合せ、けふは飯のふく時分に灰ふきをすてさせにやり、その間に磯が手ばやに生米を壱合ほど飯釜へ入れてかきまはせては飯にすをたゝせ、あすは又菜売を呼に出る間にひしやくに五はいほど水を入てむしやうに飯をやはらかにしたり、醤油の中へ酢を打こんで何やらいな匂ひを付たり、女の浅きちゐからさま〴〵と心をつくして飯時といふと小言をいゝ。する程の事にさんを入て旦那大事にことよせてむりの有たけ。いつも食事にはむつかしい早休坊がすの立た飯にとんとこゞとを云れず、わるくさひ醤油も美味さふに吸てゐらるれば、此手ではゆかずとて内証にて飯焼女子を聞立置、今のりんはとかくかいしよがなふて埒が明ぬわけを云、下女を仕かへ度旨をこわ〴〵旦那にうかゞへば、早休坊は茶碗一つたすかる上首尾。「幸身共も其心。とんとあいつは役に立ず。急に暇をやれ」と有ゆへ、（八オ）妙間是にてりんきのうたがひもはれしが、云がゝりといゝ用心のために其日りんはいとまを出し外の女子と入かへ、江戸で内室にも見かへられし事を又思ひ、「我身ならでは主人の気に入ものなし」とそろ〴〵きづいも云て見る高ぐゝりこそ笑止なり。早休坊はこの比毎日京の町へ遊参に出るとてりんが身のまはり何かを出入のごふく屋太兵へといふ者にあつらへ、妾宅を急にこしらへ度旨咄されければ、万事に巧者な太兵へ一々よくのみ込、「何事も拙者におまかせなさりませ。得と承ました。幸（ママ）此町内に妾宅に宜座敷が只今明てござります」とて早休坊をともなひ行て見せけるが、数寄屋までしつらひ有て早休坊ことの外気に入、太兵へ直に家主と相談して月六拾匁で座敷をかり、西陣の忠介とも相対してりんをもとのお雪に名を改て妾宅へうつらせ、下女二人年ばいな男一人つかはせて毎日のたのしみ。お雪は常絹物に物入リ（八ウ）かまはずのけわいけしやう。てりかゝやく鼈甲の櫛かうがい。岡崎へ目見へに来た時木綿袷にはだしでさへ色あるお雪。今又かふつくり上た所は一かう日本はおろか唐にも有まひ。もし楊貴妃のむまれがはりでも有らふかとうたがふ程の容義。

見る人魂をとばしぬ。早休坊は日々妾にふびんさまさりこの比にては岡崎にねる夜は月に二三度ならではなし。妙間も始は遊所の楽と心へしが、あまりの夜とまりゆへいつもの遊所へ磯をたづねにやりて見れば、「一向旦那様は百日計おこし遊されず。ちらりと承ますれば毎日御幸町四条辺のお妾宅へお出なされるとのお噂。咄のやうすが此おてかけ元は内かたにまゝたきをしてゐた女中。今は大きな仕合で旦那様のきつうお気に入たり。一向昼夜そばをはなれずにござるげなが、私共の為には御めいわくなおてかけ様が出来ました」と花車が咄聞より磯も赤面してたちかへり、妙間尼に此由をいへば、大かたならぬびつくり。色白な尼殿の顔から（九オ）剃立の天窓まで真赤にしてとんと火の玉見る様に成りてのはらだち。「おかへり迄待てはゐられぬ」とて、十六に成でつちと新参の下女と二人を留主に残し、磯をつれて彼妾宅の辺へ行、とふ〴〵尋あたりて遠慮なく台所へはいりければ、奥座敷には早休坊の笑声、法師の三味の音。お雪が「おあい致ませふ」の酒事。妙間も太夫のはてなればこゝをふんごんではとたしなんで見てもなさけなひは肝積といふ病がきかぬ気。酒宴半へずつと通り旦那にうらみの有たけを云、お雪が胸ぐら取て「おのれ一日でもおれがつかふた下女なれば此妙間は主じやぞよ。其主の又旦那をなぜ案内もせずねとりおつた。たとへ早休様がいかやうに仰られふ共おれが手前へ遠慮しをりそふなもの。それにマア此けつかうな小袖を着をつてつくり立た髪かたち。出かはり時分に岡崎へ古あわせに綿の出た帯して泥道をはだしで来たを覚てゐるか。一日つとめた二日めに小袖二つと（九ウ）櫛壱枚とらせた恩はわすれたか。今美しい此形りがにくひわいやい下女」

と、尼のかよはき腕なれどりん気嫉妬の根の力。お雪をとらへて引かづき書院の障子へ打付しは地蔵ぼさつが爰に来てあら事をし給ふごとくなり。早休坊は興をさまし「にくき妙間がふるまひ。我が思ふ所のたのしみかれらが怒におそれて何しに心おくれん」といよ〳〵妙間をお雪に見かへられ、「先あら立ては女のかんしやく又物にくるふても悪し」とてわざと言をやはらげ、一先岡崎へつれかへり、其上にていとまやるつもり。妾宅まかなひの下女にさゝやき云聞せ、「随分雪をいたはれ」と痛手の妾を次へ立せ、色々と妙間が気をなだめ、「早今宵も夜半前。先岡崎の庵へ戻りとくと様子を咄事あり」とことばに楽ミも有やうに見せ、妾宅の下男に供させ妙間磯召つれて楽寿庵へ帰られしが、ずつと這入中庭の松の木のもとあやしく挑灯の光にて見ればでつちの友蔵と新参（十オ）の飯たき女子とが松の木にしばり付られ口にねぢわらをこみ有ゆへ、早休坊大きにおどろかれ、磯がそのまゝ縄とく所へ盗賊一人衣類銀箱を引かゝへ出るを、下男の久介が見付、年ばへなれども気の丈夫なるものニて、とも脇指引ぬいて大声上てけんをとりければ、持出せし衣類何かを取るやとらずにおもてへさして逃行所を久介が引とらへければ、盗賊も身をのがれんとて久介と組合ふ中に妙間と顔見合「そちは娘のおさとでないか」といへば「アノおまへはわたしが父上伝次兵へ様。めつらしい御対面とはいふ物の此マア躰は何事ぞ。なさけなき御ふるまひわたしが顔までもふたゝぬ」となみだにしづめば盗賊もうちしほれて久介にことはりいゝ、妙間がそはへより目をしばたゝき、「やうすしらねば不思儀なはづ。一通り咄て聞さん。いづれもがたも聞てたべ」と早休坊の前へ手をつかへ、「元私は儀見伝次兵衛

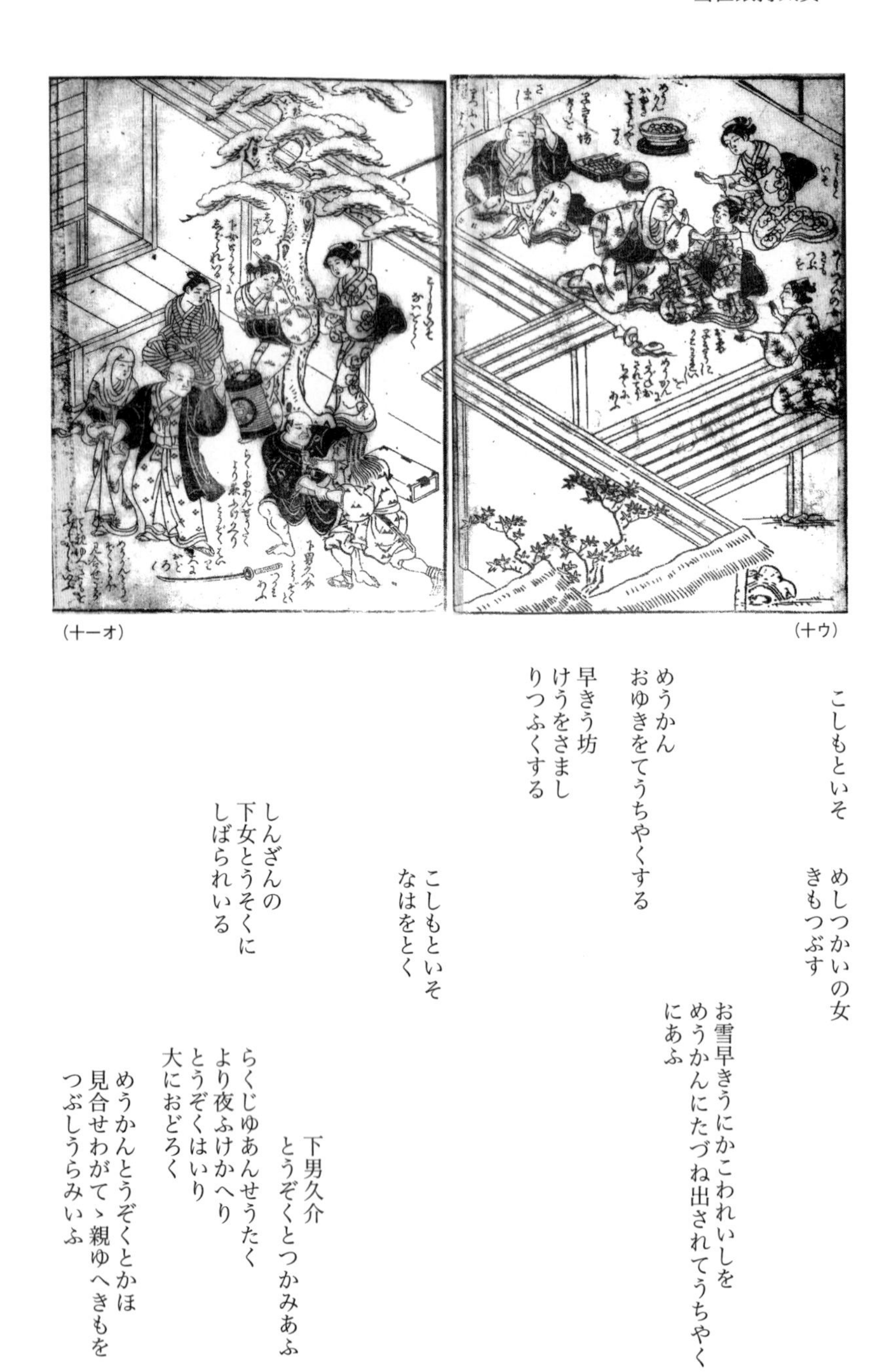

（十一オ）　（十ウ）

こしもといそ

めしつかいの女
きもつぶす

めうかん
おゆきをてうちやくする

早きう坊
けうをさまし
りつふくする

お雪早きうにかこわれいしを
めうかんにたづね出されてうちやく
にあふ

こしもといそ
なはをとく

しんざんの
下女とうぞくに
しばられいる

下男久介
とうぞくとつかみあふ

らくじゆあんせうたく
より夜ふけかへり
とうぞくはいり
大におどろく

めうかんとうぞくとかほ
見合せわがてゝ親ゆへきもを
つぶしうらみいふ

と申もの。拙者が主人と申は東国がた太守の御家来弓場源五（十一ウ）左衛門と申て三百五十石知行頂戴いたされしが弓の家。取分殿の御意に入、日々御前に召置れ、弓は名高き妙術にて空をとぶ大鳥は中に及ばず、小鳥までも中にて射おとしあづちにかゝりて八分の的矢。百度射て百度はづれず弓力は人々の目をおどろかすほどの人なりしが、大殿の御生得直なれども其比俄出頭の侍祓腰蔵と申佞人の讒言により御前の首尾あしくなりし上、ある時大殿酒興の上にて拙者が主人源五左衛門をめされ「其方弓の名人ゆへ是までさま〳〵曲射など見物せしが、今それかしが存付にて一ト矢所望したき事あり。あれなる松かげに六分の的を九曜の星にして糸にて中に釣、其星を上下左右或は真中某が所望する所を糸の切れぬ星の落ぬ様に一つ〳〵射ぬいて見せよ。則此比より身が手作り（ママ）にせし九曜の的是見よ」と出されしは、糸にてつなぎし六分の的。押いたゞいて御前に向ひ、「いと心安曲射の御所望。殊にめづらしきお物好。私よりも（十二オ）お願申上たき曲矢。有かたき御前の御意。追付御らんに入奉らん。しかし各別なるはれの的射。宿へ下りて手覚の矢九筋取そろへ、後刻出仕つかまつり御機嫌を窺たし。暫時のおいとま下さるへし」との願。御聞届有て早々やかたへ帰り主人の居間へ拙者を召され、「今御前にてまつ斯々の御意。よく〳〵考見るに全是は讒者の祓腰蔵めが身共を取て落す謀ならん。九曜の的を射は糸にてつらふが何にて釣ふがうごかぬやうに射ぬく事寐鳥を射より安けれ共、九ようは則殿の定紋。いかに御前の御意しやとて、御紋を我こぶしにて射ぬく事恐あり。且又跡にて御家老職へ聞へ身共が越度共せん腰蔵めが一つの工二つには云わけをして曲射の辞退せば六ヶ敷的。射かねての尻ごみと弓矢の家をさみせん企。所詮彼めにさゝへられ近き比より勤るかいなき御前の首尾。此侭にてはつゞまる所が腰蔵めと打はたす様に成は治定。犬侍を手にかけて身が命を捨るも刀のけがれ無念なれば、只今より此屋敷を立退何国へ成（十二ウ）とも身を隠す所存。知る通り身共が女房は跡目なくて親里たへ、今かへす所なき女。又今年産れし一人の娘は御家中肩野由左衛門が三男の子を囉ひ、末にて娘とめあはせ此弓場の家を立るつもり。近比より約測せしが由左衛門三男も未八才。是へとても此事は聞さぬつもり。勿論家内の者共へも用なき者にはふかく隠し、女ながらも忠義有ものゆへ娘を乳母にいだかせて妻諸共四人此場を立退、上方へ登ていづれへ成共落付、其時当地の宿坊妙覚院迄便すべし。其方とても様子しらぬ躰にて御前の曲矢の沙汰もせず跡にて驚工面にせよ。只今暇くれるゆへかたみに何ぞとらせたけれども、諸道具何かに手を付ては上への云わけくらし。金銀のたくはへはうすし」と主人さしがへ一腰下され、「今にも殿より召されぬうち」と奥方に用意させまし娘御をお乳にいだかせ裏門より出給ふをとめてもとまらぬ主人のかた気。是非なくお別申てお屋敷諸道具殿へ上り物に成て家来のこらずちり／＼に拙者も牢人となり、江戸の深川と申所にて（十三オ）たばこ切の賃仕事で渡世をせしうち、合店にゐるあんま取の後家を互にそうぞくとて女房に持、其二人が中に出生したる此おさと。彼が十三の年女房病きせしゆへ何かに付て思ひ出せしは御主人のお身のうへ。今に便のなき事をあんじ煩ふ所に、彼大殿より拙者を尋召出され御前にて仰渡さるには、「某が家来則なんぢが主の源五左衛門侍の道を立し故出奔を致せし事、此度祓腰蔵めが悪事顕れしより事わかり、佞人の腰蔵を出頭としてかれがすゝめし無躰の的を射よと愚成事共云付しは身があやまり。其方源五左衛門が有家を定て知りつらん。急尋出してつれ来れ。源五が娘も肩野由左衛門が三男の悴熊三郎と云号有よし。いまだ熊三郎も部屋住なれば彼を源五が聟にして先地をあたへ、二度弓場の家を立させん」との御意なれど、拙者も主人の行衛存ぜぬ旨申上しが「不忠の下郎」とて甚御前の御機嫌あしく御座を立て御入ありしは、誠に拙者が不念。主人落行れる時押て上方の落付所尋なんだる事をくやみ、何卒主人の有家を尋出さ（十三ウ）んとて深川へかへり十三に成時此娘を吉原へ売てやり、其金を路用にして江戸を立て上方へ登り京大坂を尋ぬれ共御牢人のお名所源五左衛門様では一かう知れず、いたづらに七年といふ年月を送りし内、去年の秋重き傷寒をやみ人参代何かにとんとおはうちからし、全快はしたれど牢人のかてつき、よしめぐり逢しとて主人も御牢人の身。聊にても金銀の貯なふては我かつめいも心元なしと思ふ俄の出来心。ふと此辺をさまよひしに有徳者らしき此家の門うかゞひ見れば無人のやうす。非道とは云ながら武士の果に有ならひ。主人に立身させし時は倍ましにて返弁せんと不便や女子とでつちを松にくゝり声立させぬ猿ぐつわ。手拭を口にねぢ込ミ衣類宝をばい取しに見咎られし其中に娘に逢ふとは何事ぞ」と始終をかたれば、早休坊も感し聞れて心付、「其娘の幼名は何と云し」と尋らるれば、「主人の娘十月五日寅の刻の誕生。其時初雪ふりし故、則ち産子をお雪どのと申せし」といへば、早休坊が妾のお雪に聞れし二親は病死の咄。お雪が乳母夫婦が貧敷中で忠儀をつくす物（十四オ）語り聞て悦ふ伝次兵へ。はや妾宅へ迎にやられ、忠介夫婦も呼よすれば、お雪が顔は見覚ねど慥なせうこは乳母が手形今に一腰残りたる親源五左衛門殿所持の刀。伝次兵へがかたみにもらひしと同作。「旦那の御死去は是非なけれどお雪様を江戸へ伴ひ熊三郎様を聟に取、二たび弓場の家さかへ主人の恥辱をすゝがん」と早休坊にお雪殿の暇をもらひいさみ立れば妙間が「わたしが為にもお主の娘御を飯たきにつかふのみか最前せうじへ打付し」をおそれ入て泣詫れば、お雪殿は伝次兵へが忠義をかんじ「投らりやふがふまりやふがしらぬ事が何の無礼に成もの」と互にいかりの角おれて、悦の目出た酒。銀持の早休坊がお雪に名残の厚き餞別。早旅立の用意して乗物までも取繕ひ、乳母が昔の屋敷風俗。とりなりりゝ敷供すれば、伝次兵へが気を付て忠介にも大小さゝせ、いざ御立といさみの門出。尼妙間が玄関で一さし舞たらつきせぬ宿。ひらく扇の末広がり。東へ帰ぞめでたけれ。

当世銀持気質三之巻終（十四ウ）

当世銀持気質　四之巻

目録

第一　正直な銀持を口利功に云曲し前かた若狭の時の噂

附リ　同生国から京へ登りむかしはづかしい今の菜売夫婦が秋の夜咄にしめつた霖雨（目オ）

第二　新米でも段々にふへる小判の耳そろへて借付るに下心の有借家の銀持

附リ　物がたひ後家殿へ色事はとんと持てゆかぬ世話人の上手是から年中仕送られた飯米が胸につかへた極月の帳切

第三　銀まうけが面白さに足もとの見へなんだ大晦日のやみの夜深更

附リ　歳暮の酒の勢　力づくにまけたは立身の最初古合羽のたばこ入でけつかうな元日（目ウ）

(一)正直な銀持を口利功に云曲し前方若狭の時の噂

夫一年の吉凶は元旦にあり。一月の吉凶は朔日にありと上雲上は申もおそれ、下万民に至まで年の始月の頭を寿 祝はざらん者とてはなし。殊に町人売家の格式といふは金銀の有無にて甲乙の身分。位は世俗にいふ一文字の世の中。銀さへ沢山なればあほうもかしこく見へ、へんくつ我まゝをいふて通るとも貧者は是非なくのいて通す浮世の渡り。鳥 獣は身に衣も入らす、すたれる物を食してもすめど人間は金銀の力を以て身に衣服を着、口に日用の食物を味はゝねば片時もゐられず。世界ひろふても是を思へば一銭も疎略にはならず。若い内に衣食住の三つを取こさぬやうにして銘々家職を大切につとめ、七月十四日と極月大三十日の夕飯をあじよふまいる様に心得たまふこそ世間銀持気質なりき。此中にも色々様々の俄分限者など有ものぞかし。爰に若州小浜の住人なるが、欲心よりして所の法度をそむき生国を（一オ）追払はれて夫婦京都へのぼり、少しのしるべを頼んで川西の裏店をかり。よみ書算用の出来ると銀をよふ見るとを云立にして中京まて歴々の御用達へ有付けるが、年頃も四十ばかりかつほくかうとうにて生得律義さふに見へ、始一年計は主人の気にも入しが、根が大欲人のむどくしん者ゆへ、かい主人のめかねにはづれ、長の暇もらふて又牢人の身と成ける。孔子のきらい給ふ巧言令色の者ゆへ内心はしらす面の柔和に世間の人がはまり、らう人の中なれば極月中帳合書出しの手つたひに雇はれ行し大宮通の米商人大黒屋 俵左衛門とて近年出来分限者の大きに気に入、若州では米と両替をせし事いろ〳〵口利功に云まげ、所を追払はれた事は云ずに慈悲心が過て人々にかゝり大まいのそんをした咥。八百貫目の身代をみなにせし咄でとんと俵左衛門に涙をこぼさせ、内義を始手代でつち下女迄の気に入けるが、俵左衛門は銀持の慈悲心持にて委細のわけを直にきゝ、「い（二ウ）としい事じや。それ程までに若狭で手ひらふしてゐたお人が今のていたらく。嘸むねんにござらふ。貴様の其如才のない気では定て人の世話事を銘々の事のやうに思ふてしられたで有ふ。米商ひの事は仕付てゐらるゝ貴様なれば、少々の世話は拙者がしてしんじよほどに、来春は早々小りかうな借屋をかりて搗米屋でもしられよ」とけつかうな願ふてもない首尾。有がたいにおの字まで付ておひげのちり取。たばこぼんのそうじも手つたふてはたらきければ、いよ〳〵主の気に入、千里一はねと明る寅の年の正月しめ明キ早々から借屋を見ありき、大宮辺は米屋も多し。ことに世話に成大黒屋の近所は遠慮して上京丸太町通に借屋をかり、鍵屋与九郎兵へと名を改め、夫婦宿這入して大黒屋より米の仕送りしてもらひ、女房にも米ふませて挊けるが、内心大欲人の我慢者ゆへ一年半ばかりに方々の能得意方人の出入先にても口べんかうにてせり落し、我得意にして米の外何にても諸商物の取次を（二オ）したり年中目から鼻へぬけめなふ立まわり商がさも段々にふへ、人の得取らぬ古がけも此男はどふしてやら掛損一銭もせぬ妙術を得て、二三年に大分の銀を延し、東町に十貫目の家屋敷をもとめ、是は借屋にしてをくが分廻りがよいとて西町に土蔵付の借屋を月五十目で借リかへ。其間に米屋に勝手のよい居宅見付次第に求るつもり。今は米ふみ男三人でつち飯たき女子まで召遣ふ様に成けるが、此近所に若州より仕もちれ夫婦づれにて京へ登り、昔にかはりてやう〳〵菜大根のになひ売。たれ家号をとふ人もなく、直に菜売の八兵衛で状使にもやとはれてゆく身分。裏店にて月四匁五分の家賃も出しかねて暮しけるが、此鍵屋与九郎兵へが若州にての訳を委細にしつてゐる者成は、夫婦の夜咄に「あの米屋めは何としてあのやうな銀持には成おつた。若狭で成ほど相応に米両替をしでをつたが、諸方へ高利の銀をかし貧乏な者をむがうして利足何かをきびしう取立（二ウ）さま〳〵のむごくしんな事をした上で所の御法度をそむき、半季のうへも入牢して身代のこらず上り物に成、夫婦ながら我が町内でたゝきばらひに成をつた時、あいつにうらみの有ものが「いか様神は正直な。何ほど銀持ても非道な銀儲すれば是非に仕廻はあのざま。是を思へば天道様はあきらかな事じや」といふてみな〳〵見物に行、其時おれも見にいたが、今では又若狭にゐをる時も同じやうな身上に成おつた。同じ事なら花の都に住をるだけなをあいつが仕合。さりとは神のばちもどこらが定りじややら。もふあいつのゐでは上るまひと思ふたが、それを思へばこちとらはかたのわるひものじや。在所で田地も相応に持、木綿商も手広ふして百年もつゞいた家が段々に零落したあげくに、たまかなむすこは死る。病気のない世倅はどろぼうで勘当するまでに身代をみなにする。一家とては従弟の末に成て手前が不勝手に成ほど他人よりも水くさふ成、此やうに夫婦京へ登つてけふ其日の煙を立かぬるは（三オ）さりとてはむごい不仕合ではある。すいぶんと神信心もしてわるい心も持んが」と、与九郎兵へが立身をふと思ひ出しての述懐。女房が涙こぼして「こな

（四オ）　（三ウ）

与九郎兵へ家主の後家を
だまして家を我物に
せんとはかる

町がりのかねを手前のぶ
やすなかねと御しかへなされ

後家のむすこ
与九郎兵へにそゝ
なはかされ主人の
かねを大分に
あけあづけらるゝ

ごけのむすめ
いとくる

後家わがむすこの
あくしやうぐるひ
にて主人のかねを
あけたるによりよび
付られむすこを
あづかりかへる

家主の後家
与九郎兵へがことば
まことゝおもひかねをかり
かへしよじをうちまかせてたのみ
五〆匁の家をとらるゝ

請人やうす
きゝいる

ばんとう後家の
むすこのふらちの
やうすいゝきかせ
うけ人にあづける

家主のむすこ与九郎兵へに
はからせしはいのかへりがけに
遊所へ行、それよりうちこみ
主人のかねを大ふんあげる

与九郎兵へ家主の
むすこをあくしやうものに
したてる

さんやなどはまそつとよさそふなもの。大分の慈悲もした人で有たが此やうにかたのわるひといふはどふした事。なんと神仏の恵の罰のといふ事もないものかいナア」と、女の愚痴な心から神仏を恨るやうな口上。八兵へが心付て「かならず天道をうらむる事なし。皆是前生のむくひ」と云聞せば、又夫婦が念仏気に成り秋の夜のさびしさに軒もる雨のうわをき。はや夜半の鐘に油のへるをおどろき、ともし火を吹消し身もうすふとん引かぶり暮の夢をむすびしはあはれ成ける。

(二)新米でも段々にふへる小判の耳揃へて貸付るに下心のある借屋の銀持

扨も世界は廻り持。昔よい身上な人も今はおとろへ、昔貧賤の人も今又さかへ楽しむは世の中の有さま。家売ふと云に買人のないためしもなし。いつも時節はかはらぬ御代。金銀は拍子さへよければわきもののやうに節季〳〵に銀のふへる（四ウ）鎰屋与九郎兵衛。次第に例の熊手性とむどくしんとの心さかんに成、若狭でおぼへたむまみをわすれず、又そろ〳〵高分の銀を取々へ貸付けるが、与九郎兵へ家主といふは四十ばかりの後家殿にて藤太郎といふ一人の息子を烏丸辺のごふく屋へ奉公に出し、今年十九に成を明暮引のばすやうに思ひ、過行れし夫のわすれがたみ七つに成妹娘を養育して本家は土蔵付にて月五拾匁で与九郎兵へに貸。其身は西隣の裏に月七匁五分の家賃出してひつそくし、七年跡に別れたつれ合の小借銭をお針仕事にて少々つゝなし。町義も自身つとめ。息子が宿這入を指折て待くらし「職人の弟子奉公とはちがふて三十五六から上にもならずば宿持にはなられまい」と来る人々の噂。今年十九なれば未十六七年先の事。長い物じやと思ふて見たり、又月日の立ははやい物とも思ひ直して見たり。色々心労してとかく本家を人手に渡さぬやう息子藤太郎が宿這入の時昔の通にのれんをかけさせ度願ひ。朝夕（五オ）神仏をいのり其時節に成りたらばどふしてこふしてと、針仕事も知る人を頼んで精を出し、身持も随分堅うまもつてけんやく第一にして暮されけるが、夫の病中に町中より借リ入し人参代何かの入用銀壱〆五百匁といふ家質あれ共持家五貫目余も直打あれば、どふぞして利足を滞なふはかり持おゝせ度願ゆへ、五十匁の借屋ちんの内にて月十五匁の利足と七匁五分の我か家賃とをのけ、残弐拾七匁五分と少しの針仕事代とで親子二人口と町儀の入用何か古借の内へも百と五十文づゝと渡して通られしが、此後家殿を与九郎兵へが胸中へ取込む思案。何でも此五貫匁余の家を我が手に入るつもり。去年拾貫目て東町に買た家は「米屋が町法度ゆへ、末で両替見世は出します事もござらふが、米屋見世は出しませず。借屋にして置ます」と請合を立て求し物。今借てゐる家にてながらく米屋をしたき心。かたひ後家なれば色事ではとんとゆかぬ事をたゞ深切に仕かけてたのもしう見せかけ、鬼の女房の（五ウ）鬼神もおもて付はぼさつのやうな顔付してお家主様と尊恭して息子の藪入にも大かた与九郎兵へが所の馳走芝居振廻て戻りは小宿の遊所などへ連行、ずいぶんおぼこに見へてすつぱな女郎を呼であてがひ、花車も胸の内にわる気のある欲心なつかみのよび屋へ誘引し、「結構な家蔵持て奉公してござるお人じや」とどこやらにはずみを持せ、お家主の息子立にして「かならず我等と同道といふ事お袋をはじめ外へも咄は御無用。しかし若い時は少々つかはねば役にたゝぬ。かならず深入はなされな」共いふたり、色々てうしにのせて是まで遊所のわけしらぬたまかな息子をどろの中へ足をつけさす工夫。後家殿はそれともしらず、与九郎兵へ夫婦を親のやうに思ひ力にして内外打明、「とかくおまへ様がたをお頼申」と息子の宿這入に此家でのれんかけさせたき咄。「其時はおまへ方は又是より大きな家をお求なさるは知れた事」と追従いふて深切を悦ければ、与九郎兵へが云けるは「なんとおまへの壱貫五百目の家質も町の世話に成てござれ（六オ）ば御子息の肩身もすぼり、おまへ様も女中の一ばい町で心づかひ。一かう私が銀をおかし申ませふ。おまへと御子息の印形で済事。そふして町の世話はぬけておしまひなされませ」といへば、後家殿も大きによろこび「それは忝ふ存ます。私も後家の身て此家に少々でも借リがござりますれば、町へ出ましてもどふやら肩身がすぼりますゆへ、是はどなたぞお頼申て内証借に仕たい物じやとかね〴〵存ております所。左様なされて下さりますれば町中へは一家中に近年銀のふり廻しのよほど能方が出来ましたゆへ私がお町でお世話に成ております。銀もおもどし申てしまへと云て則今朝銀持て来てくれましたと申て済しますれば、殊外町の手まへがよふござります。世悴とわたしと二人で済ます印形なら、証文はいかやう共よかろふやうにおまへでおしたゝめなされて下され。利足もよいほどお取なされて下さりませ」と与九郎兵へ夫婦に手をついて頼めば、「左様なら今ばんでも見へるやうに御子息の所へ人をおやりなされませ。今日中に銀渡しませふ」と有ゆへ（六ウ）後家との悦ひ、早々息子の方へ人をやりしが、暮まへに少しの間隙をもらふて来りしを右の様子咄聞せ、かい証文相済で銀壱貫五百目請取、町年寄へ持行ほめられて戻つた嬉しさに、其夜与九郎兵へ夫婦に酒を□（欠損）りあつう一礼云ければ、又与九郎兵へが慈悲深い顔して「是から米味噌薪小遣ひとんと何か一式を手前が仕送り、一年に只一度極月の算用にしてお宿代もさし引し、何もおまへの世話の入らぬやうにして進せませふ。あまりわくせきお針仕事もせすとちよこ〳〵寺参でもなされませ」といへば、ます〳〵後家殿は悦、仏頼んで地ごくとは知らず与九郎兵へを手を合ておがまれけるこそ笑止なりき。扨けふ二月朔日より此家主方諸入用万事与九郎兵へが仕送りにて後家殿も今は何の世話入らず世間の見まへよければ、おのずと気に油断も出来、お針仕事もおくれる様に心ゆるまり与九郎兵へ女房か観音めぐりじやのけふは花見のと折々は芝居などへも誘引せられ、つれ合におくれて七八年このかたなひのん気。いさきよふ（七オ）暮され、早其年も霜月下旬に成けるが、息子藤太郎が主人よりあわたゝしい使。「藤太郎義ニ付急なる用事請人忠兵へどの同道にて只今でさつしやれ」との口上。後家殿の胸に針仕事手から落してのびつくり。早請人忠兵へも後家どの方へよりて互の心遣ひ。同道して烏丸の呉服屋へ行けるが、番頭がにがり切た顔付にて二人へ云渡けるは、藤太郎義当夏より日々身もちあしき様子。此比にては夜どまりなと度々致かへるよし。一昨日二軒茶屋にてはでなあそびを隠居大谷参りのもどりに見付られ、「秋より藤太郎引受し商のかさの高も心得ぬ。吟味せよ」と申付られ、帳面何か吟味の上此節借座敷して婚礼用を調られる田舎の得意がた有よし。其方を始藤太郎引うけの得意方内々尋合せ帳面と引合せ見れは、大かたが偽事。

代物高掛先何かの銀の明キが都合八貫九百三拾匁。則引負ひの書付かくの通。今朝より藤太郎を詮義すればとんとつまらぬ口上。今年廿や廿一には大それた仕事。番(七ウ)頭勤る拙者も不吟味ゆへと主人の殊外立腹「外の手代の見せしめにもなれば急度わけを立させよ」との云付。引負のこらす請人親たちより相済さるればかくべつ。さもなくは此方に存よりもあり。急々有無を立られよ。先それまでは請人忠兵へ殿へ藤太郎を預る程に、此預り証文に印形めされ」ときびしう云渡ければ、聞二人は途方にくれ是非なく先藤太郎を預りかへり、与九郎兵へとも相談すれば「それは気のどく。何を云ても主人の事。表に成てはあたまくだし」と毎日後家殿方へより小首かたむけての相談。夜がふければそは切のけんどんな奴とうふの酒、「後家殿の身は番椒奴の齧しや」などゝ此なんぎな中でもとかく他人は喰寄。毎日人々を頼で親方へわひ事にやり、八貫九百匁余の銀を金五拾両でのあつかひに大かた了簡つき、又々九郎兵へに銀の無心いへば、何と思ひしやら「此かねはお町へ頼ましやれ」と少し不得心。先達て一家中に近年銀持が出来たと云て家質も戻せし事(八オ)有ゆへ町へも頼にくひ首尾合。いとしやごけどのうろ〳〵しらるゝを与九郎兵へが気の毒そふな貌付にて「少々高利なれども冬中先借て進ぜる所か有」といへば、「又来年はどふなり共ふりかへます。利足は高ふてもくるしうござりませぬ。ひとへにお世話」と与九郎兵へを頼めば、ふせう〳〵にのみ込其日の暮かた銀調達して後家殿も請人もまねき、「金五拾両此利足が壱両ニ付月壱匁五分つゝ。一ケ月に七拾五匁の利足。急に借出せし金ゆへ、金主が前月の利足取らねはならぬといへば、霜月なれど十月かりのつもり。極月迄三月での利足が弐百廿五匁。先是を借ておかれませ。春は早々歩安なに仕かへて進ぜませふ」と口りかうに云、証文済で金渡し、息子の難渋埒明かい暮極月廿五日成けるが、「さらば是から何かの算用を致そふ」とて後家殿を奥座敷へ招き、先此方より其元様へ進せる宿代二月より極月迄か銀五百匁。扨手まへへとります分二月から極月迄の米代か三百弐拾匁。木代炭代味噌塩油なにかの(八ウ)代が弐百六拾五匁。小づかひ何か万茎大根香の物代お医者の薬礼はりたてあんまの祝義共弐百三拾匁。花見芝居四度此入用が割合て六拾一匁。金五拾両の利足が七拾五匁。呉服屋の払が八拾匁。是程が〆て壱貫三拾壱匁。扨春壱貫五百匁の取かへ利足共に壱貫七百五拾匁。此度の五拾両の金か銀に直して三貫目。都合惣〆高五貫七百三拾壱匁の借。其元へ進ぜる宿代五百目を引ば五貫弐百目余の借。なんと是では此家の直打より余の借。是を此まゝ置ば又利足がかゝつて来年は倍に成事。拙者もそう〳〵はのみこまれませぬ。冬中に帳切してしまはしやりませ。春までをかれてはお為に成まい」と様々うたい証文見せのつひきならぬ手詰。是非なく極月廿六日帳切してとう〳〵与九郎兵へに家を取られ、息子は義絶して幼き娘をつれ下京へ宿がへしてほんのお針ばゝと成まで与九郎兵へに取られた家のおしい夢ばかり見てゐらるゝこそいとふしかりき。米屋与九郎兵へは高利をむさぼり家を買のみならず(九オ)後家の息子を悪性にした茶屋料理屋より我顔を出さずに一割づゝのはねを取、段々銀のふへるが面白さにます〳〵欲の工夫してじゆつながる身上の者を急に〆上ヶ小判見せて舌打し、爰までござつたらあま酒しんじよ〳〵とは面にくひ肩のよい僕。

㊂銀もうけがおもしろさに足元の見へなんだ大晦日のやみの夜深

貨悖て入者は亦悖て出すと聖人のをしへ給ふも此与九郎兵へには的中せぬと近所の直居道学老といふて儒医兼帯の本道科が匕取さしての工夫。若州よりをちぶれて来た菜うりの八兵へが此医者殿の所へ折々やとはれ来る度に、同国から出ても与九郎兵へが仕合と我が身の不仕合とを咄て述懐。医者色々にりかいをといて天命の沙汰を聞かせらるれば、やう〳〵に虫をおさめ相かはらず此暮も道学老方へやとはれ、廿八日に注連かざりして帰り大三十日の暮過、其日暮しはけふ一日の気さんじ。八兵へ歳暮の礼に道学老方へ行けるが、いつに（九ウ）なひ道学夫婦の顔付。何やら物あんじの躰を見るより八兵へも深切者ゆへともに心づかひ。様子をたづねければ、道学老が「しりやる通に夫婦かけむかひのくらし。家来もつかはず気さんじな拙者。いつの節季とても金銀収納の分を秤そへて盆にのせ、台所に出し置、掛取りにせられよと懸乞に来る人まかせにして置が、大かた相応にいつでも諸払ひして家内のたくはへはかまはず共人に損分かけず是迄暮せし所、此大卅日もいつもの程療治もあり是迄の通に銀と秤をつき出し置、寄る祝義の中も見ずさし出し置しが、段々取かへりし跡を見れば最早弐匁五六分の小玉一つに成。爰にきのどくは彼そなたのにくがる米屋与九郎兵へ。近所の事ゆへ三年前おれが宿這入の時ふと一度療治に頼まれ、それから「米をおもとめ下され」と頼しゆへ今年まで飯米をとゝのへ一度も断云た事なし。掛取にさせしが、最前より三度まで参りし所百匁の上も有米代。「まだ祝義が寄ませ（十オ）ぬとはふしぎ一かう夜に入ておそふ参」と云て彼気侭な顔付をふくらして先かへりしが、りやうぢも相応に致す別に諸払ひの多い事もなし。此やうにはない筈と思へば、妻が申は「此極月は世間の衆より収納物にとかく実入がうすいと存ます」といふゆへ、是は尤な事薬種の高直とふよりとて斯の仕合ならん。如在のなひ療治先の衆中が心労に思はるゝで有ふと思ふと、今にも米屋が来たらはいかゝしたものと此心遣ひ。是まで世間の義理は立たるかはり何一つたくはへのなひ身共。春にもならばいか様ともなれど、今夜の所では才覚もならず。こまり入たる物」と云れければ、八兵へ気のどくに思ひ「おまへ様が御如在はなけれどもお収納ふより人からよこさぬ物。なんといたしませふ。春まで延ておかれませ。是まで一度もお断仰られませぬお門。なんぼむどくしんなやつでもそれ程の事は聞おりませふ。私が是におりとも〱に断申ます。お心安う思召されませ」と力を付れば内室も少々心をやすめ、歳暮（十一ウ）の盃など取詰れける。彼鎰屋与九郎兵へは銭持つれて自身かけ取に廻り、少々でも断云所は何の用捨もなふ聞入ずして諸道具でも引上かへる気性。かけのいつもよふ取れる所は門口よりはだして這入るやうな取かたの目先上手にきかせ、下京辺て近年のみ込みし田舎商人宿に六百目程の米代。いつになひ払のおそいはくせものと思ひながら門口より例のついしやう云てはいりけるが、「田舎から登り銀延引ゆへ今夜まで待おりましたれど今に便りがござりません。金五両で跡は春までお待下され」と亭主が病気ゆへ内儀が断云は、与九郎兵へもし亭主が死ぬれば取れぬ懸。今夜残らず取が利功と心へ、それから大声上云はれぬねれけた口上。

（十一オ）

（十ウ）

直居道学薬代
ふよりにて米代
待くれよと断いへ
ども与九郎兵へとくしんせざる
ゆへきがへたんすをつかはす

大よくがまんの与九郎兵へ
米の代取に来り
道学者の断をきゝ
入れすたんすをわた
されよといふを出入の
八兵へきゝかねてつかみ
合八兵へをうち
たをしさん〳〵にふむ

道学
女ぼう
わびる

八兵へ
むねんがる

八兵へがつま
おもひもよらぬ
金をみてよろこぶ

なうり八兵へ元日のざうにいわひ
しなにふところに何やらん有を
取出しみれば金なるゆへ
ふしんながらもよろこぶ

与九郎兵へたんす持かへる
人をやといにかへるとて
ろじ口にわり置し
茶がまにけつまづき
こけさまにのどをやぶり
大病にとりつく

病人のさはりとて外へ義理ある銀を又三両取出し、都合八両渡せば与九郎兵へ金請取「此所にてよほど隙入、まだ是からわめかねは取れぬ所が四五軒も有に最早是は夜半過」とて大きに気をせき、腰の打がへとく間もいたふて八両の金を合羽のたばこ入へ打込、真懐へ入て其家を出、又一軒（十二オ）五十匁ほどの米代、親子五人口の職人かたへ行けるが、掛が不寄を云て銭壱貫出してのことはり。中々聞入ず又例の大こゑ。ていしゆも女房も正気もの故与九郎兵へが眼付におそれ野毛島の布子と女房がつむぎの帯をさし出ければ、是を引立て「さりとは心よふとれる」と掛取じまん気で夜もふけるゆへ件の布子と帯を持せて銭持を宿へ帰し、ねんごろなのみ酒屋で茶碗酒二つ引かけ又二三軒をわめき廻り、四軒目は裏店にゐる座頭のさみせん引。十三匁の米代「いつも断は申ませぬが此際は母の長々病気ゆへ殊外物が入ました。先銭三百進せます。残りは春御取なされて下さりませ」といへば、「あたまで米代を断云てすむ物か。是は銘々命をつなぐ物。春まではまてぬ」と互にことばろんしてのこり八百余りの所へ鍋一つ釜一つ引ぬき両手に引さげて、とんと座頭にあつゆものまさぬ仕方。もはや七つの銀のなる時分に医師道学老所へ行、「百匁余の米代どふなされます」と門口より声高にいへば、道学夫婦に八兵へ諸共のことはり。「春は早々しんぜませふ」と（十二ウ）いふても聞ぬむどくしん。「しからば此着物を先一つ」と内室が小袖をさし出されければ、「百匁の余もある所へ此古ひ着物一つで何のたる物」とねだれば、「おはづかしひが外に何もしんぜる物はござりませぬ。たんすの内とてもさのみ何もござりませず。旦那殿の少しの物は明日からも療治に出られねば成ませず」と段々事を分て断いへど少しも聞入ぬ与九郎兵へ。「何もなくば其たんすを渡されよ」といへば、道学老もむつとせしが又心を取直し、とかく借銀のすまぬがあやまり。君子はおのれをにくんで其人をつみせずと教の事を思ひ出し、少も腹立の躰なく、「それにてお心のすむ事なら二品ともお渡申しやれ」と内儀へ云付らるれば、そばにゐるなうりの八兵へが歳暮酒の酔もろとも大きに腹を立、「与九郎兵へそちもおれを見知つていよナア互に同国のもの若狭て追払はれた時のざま見てゐるぞよ。お二人がたんすを渡されても此八兵へが渡さずばどふする」と、きしよくして与九郎兵へがそばへよれば、「是はなんと仕をる。其日過のぼてふりのぶんさいで」と諸肌ぬいで八兵へ（十三オ）とくんずころんず大欲我まんの与九郎兵へ、八兵へを打こかしふみにかゝるところを道学夫婦が取さへ、「とかく二品を渡してたもれ」と八兵へをなだめ、いよ〳〵たんすも渡スはづに成けるが、与九郎兵へは宿へ荷持を呼に行とて先古小袖をひんだかへ気をせいてかけ出しけるが、道学老所の露次の入口に置し最前の座頭の所で引ぬき来りし茶釜にけつまづき、まうつむけにこけけるが三尺計向ふに有鍋のふちにて咽の下を大きに打やぶり、少し気も取失ひけるが、根が我まん者ゆへ直に気は付流れる血を茶釜へうけてやう〳〵宿へかへりしが、何が余寒のはげしき風を疵口より引込み破傷風といふ重き病と成、殊に結喉とて甚大事のほとり成痛所。中々医師誰有て預る人なし。元日の明方から上を下へとはいもう。下人共はかたほでわらひ「どふで神仏の罰のあたらぬといふ事はないはづ。主人ながらもよい気味じや」と此なんぎの中でも夜七つ時分からにへてある雑煮の餅を銘々もりぐいにすれど、与九郎兵へ女房は餅所でなし。（十三ウ）一つも得くはねば大病人でも我まんな気から糸のやうな声をして、「わしが名代にせめて餅一つ祝ふてたも」といへば、女房も気が付是非本腹させねばならぬと気をもみながら、恵方向て一つ喰た餅がとんと咽につまり、亭主より先へ白眼むき出して死けるはむざんなりき。与九郎兵へは是を見ていよ〳〵病気重り、正月二日の明方にいたい〳〵のくるひ死。五六年このかた儲し銀も家屋敷も、兄分に成てゐられしゆへ大かた大宮の大黒屋へふき付るは何が仕合に成ふも知れず。菜売の八兵へは大晦日の夜七つ半に宿へ帰、はや雑煮祝ひしなに何やら懐中がぐわさ〳〵するゆへ気を付見れば、合羽のたばこ入に金八両入て有。是はとふしぎよく〳〵思へば与九郎兵へと組合くみふせられし時与九郎兵へかたぬぎなれば手前の懐中へ落た物。是は拙者が福と九年ぶりで小判持た元日。女房にもよろこばせ、あくる春早々より菜大根売をやめ、しるべをたのんでむかし覚た島木綿の（十四オ）荷ひうり。八両の元手大切にして身を全ふ挊し故、五六年のうちに家持に成花の都の住人。かね〳〵笑止に思ひし与九郎兵へにたをされた後家の娘を養子嫁にもらひ、若狭の血縁よりたまかな息子を養ひて、後は京丸太町通で一二といふ木綿屋。直居道学といふお医者もお歴々方で手柄をして今は乗物のそこまで丈夫な身上。木綿屋八兵へとは一家同前のこん意。互に家の長久するは誠に三社の御神の御託宣とて正直をあはれみ給ふぞ有かたけれ。

当世銀持気質四之巻終（十四ウ）

当世銀持気質　五之巻

目録

第一　思ひ合た朋友と難波下リの遊興口合の上手に負ぬ気な銀持工夫の付た寺の門前に遊ふ童部
附リ　天王寺の浮瀬で見事に飲れし都の珍客より料理人の袂へ打てもらふた花ゐに調子よふ
持て出る間鍋はこんたんの酒盛（目オ）

第二　道頓堀の川作に花を染こむ若衆の小袖引よせた旦那の膝もと双ゐる牽頭中居も機嫌を取に
汗をかく河豚の吸もの
附リ　銀まうけが足もとへこけて来た中橋の按摩かい壱貫目のつかみ取何が仕合に成ふもしれぬ
世の中のまはり持（目ウ）

一 思ひ合た朋友と難波下りの遊興口合の上手にまけぬ気な銀持工夫の付た寺の門前に遊ぶ童部

嗚呼欲かな〳〵金銀の二色香にめでし春の花を見、萩のまがきのはなれ座敷に毛氈敷せてこしもと共に足さすらせ、寝なから秋の月をなかめ、冬の嵐の寒き夜明に鴨酒酌で雪を見るも何がさすといへば皆町家は彼二色のたからの威勢なりぬ。こゝに都上京一条通にかくれなき大銀持、玉屋の有右衛門殿と云は真綿一式の大商人。列して近年富貴付るはんじやう。江戸大坂までも出店して京の綿見世も番頭支配人に万事を任せ、主人は横町に居宅をかまへ十一に成男の子を頭にして六人の子持。内室はお富貴殿とて器量すぐれし利発仁。居宅は手代三人子者下男の外は女子共を沢山に召つかひ京江戸大坂かけて今八百人余のくらし。有右衛門殿近年卅五六成しか、生得物にまける事の嫌ひな仁にて家内末々の者まで此旦那の気質を能のみ（一オ）こみ、つね〳〵「御尤」「是はお手柄」のみを云大かたが左様場をつとめける。此は十月じぶん有徳の朋友五六人つれにて大坂へ遊参に下られしが、有右衛門殿は出店へ毎年一度づゝ下り、よほど逗留有ゆへ大坂の勝手しり朋友同道にて所々へ遊参しられし。今日は生玉より天王寺へ参詣ける道すがら、今橋辺を出ると四五人の衆が云付た口合。歩行うちに何にても目にかゝる物に事よせての趣向。宿へのみやげにせんとて紙入よりやたて取出し、たがひにまけずおとらぬ口合とんさく。彼まける事のきらひな銀持の有右衛門殿道ていろ〳〵

と工夫しられてもとんと能口合の趣向うかまず。つれの四人は段々よいのを云はるゝゆへ、殊外気をもまれし中にはや天王寺へも程ちかく成、下寺町へ取かゝる時一町計向に応蓮寺といふ寺あり。其門前にて九つ計を頭として男の子共が七八人よねんなふ遊ひゐるを、有右衛門殿見付られ五人のつれに云れけるは「御覧の通拙者この比下部のひへゆへかびろうながら甚小便が近し。最前より（二ウ）度々の小ようにまたせまし貴公方へも面目なし。此より小便の度毎に一町ばかりも先へはしり行、便をとゝのへるうちに御連中お出下さるゝ様にいたしたし」といゝ〳〵供の男も跡へ残して一町ばかり走り、応蓮寺の門前へ行小便しながら七八人の子共をよび「今むかうからくる五人づれこゝへ来ておれと物いふ時、そちたちは此寺の内にて銘々のあそびに事よせ七八人声を揃てたれじや〳〵といふてくれ。其ちんには是とらす」と金百疋づゝ八人の子共にやられければ、ぐわんぜなき子共も壱一歩づゝもらふてよろこび、そのまゝ寺の内へ這入所へ五人の連中も早来りしが、彼約束にちがはす子共のあそびの様子にて七八人が声を上、「たれじや〳〵」といふたれば、有右衛門殿が「応蓮寺じや」との口合。「さりとは御ぞうさな一句。気のせかれそふなこんたん。」朋友も興を催し天王寺へまいりそれよりうかむせの料理屋へ連中先打込、種々の物好して膳後の酒たけなわに成、所の名物とてうかむ瀬の盃（二オ）を亭主が馳走ぶりに持出ければ、見事に飲で記録にも付たけれど連中さほどまでもゆかぬ上戸。誰有て取上る人なかりしが、長鯨亭百川子と云俳諧の宗匠常々下戸の様に連中へ見せ置れいづれこゝそといふ出合にならは目に物見せんとかね〴〵心得ゐられしが、けふうかむせの一はねとて鮑の小盃より段々飲上、大の七合入になん〳〵とつがせ只一息にのみほしければ、連中横手を打てのびつくり。「是は宗匠お見事。常々下戸連中の貴公。一かう申やうもなき此座の一興。たれもまねのならぬお手元。殊に少しもおみだれなされぬお丈夫。あつはれのおたしなみ。有右衛門子もよい飲人なれど申さば御酒ずき。誠の上戸といふものは此連中にては百川子計」と一座のこらずほめければ、彼まけをしみの有右衛門殿がきかぬ気。一向およばずとのんで見る心なれど、迚是をのめば前後忘るゝは知れた事。取みだしては呑でも益なし百川子のやうに常躰こそ誠の上戸と胸を痛（二ウ）ゐられしが、所存有てや手水に立がてら勝手の次まで出、料理人をひそかにまねき内々に打明されしは、「百川子が今の酒事中々又と真似のしてなき一興。所を拙者見事に飲で見せ朋友達への手前を花やかに高名したし。そこで頼は一つの工夫。誠の酒をのんでは一向たまらず。大間鍋にせんじ茶をうすふして入、ぬるくさまして今急に用意せよ。あれへ参て拙者うかむ瀬の七合入を手に取何かいふてゐる内其方拙者への馳走ぶりに「お酌仕ませふ」といふて彼せんし茶の大間鍋を自身持出我等に酌してくれよ。扨銚子なをすとも茶と酒との間鍋取ちがへぬ様にして拙者が一場つとめたらば誠の酒に仕かへる其座の趣談を頼」とて、懐中より金拾両取出し料理人へとらされければ、「是は旦那けつかうなはたしき代。只今の御趣向とつくりと飲込ました。はゞかりながら旦那のお思召付よりはまだ私めが気を付て都合よろしう勤（三オ）ませふ。先お早うお座敷へ」と云は、有右衛門殿はよろこんで「ずいぶん物ごと手早にせよ」と云付、何そしらぬ顔で座敷へなをり「今の百川子のおてぎわあま

（三ウ）

つれのもの
五人あとより来る

門の内より
たれじや〳〵と
いふてたも

子ともよろこび
一ぶをもらい
あいけんのとおりいふ

玉や有右衛門しうくの
おもい付なくおうれんじの
門ぜんにこどものあそび
いるにいゝふくめ
一歩一つづゝやる

（四オ）

連中きもを
つぶしけうにいる

さても見事

はいかいの宗匠百川子
うかむせのあわび
七合入にて
いきなしにのむ

りやうり人
のみこむ

有右衛門百川子の
てがらむねんにおもひ
酒とらせて茶を間
なべに入持出くれよと
たのみ金十両のはなやる

りのお見事ゆへ何ぞめつらしきお肴を存付共是ぞといふ趣向出ず。一向妓印と存付道頓堀の川作か方へ手紙したゝめ遣せしゆへしばらく座を立し不礼」といゝ〳〵彼うかむせを手に取、「いか様是は見事なもの。百川子の高名なされたはお手柄」と云て名盃をひねくり廻しゐられれば、連中が口々に「先此中に誰有てまねの出来ぬ事。有右衛門子をはじめよし飲でからが跡が役にたゝぬ。取みだした事してはのまぬも同前」と云はるれば、有右衛門殿うかむ瀬を手に持てにた〳〵笑。「常は深う得たべぬ拙者なれど、百川子への返礼に一つたべて見ませふ」とあれば、五人の連中誠ならぬくらいに思ひ、「是は一興それお銚子改よ」といふと早料理人の喜介が聞付、「あまりお花やかなお酒もり一種（四ウ）のお肴さし上がてら此お酌は私めが仕ませふ」と壱升五合入の大間鍋をてうしよふ持出ければ、有右衛門殿こゝこそとて張肘にて鮑盃の小より段々のみ上とう〳〵大の七合入に丁ど請て何のくもなふ一息にほし、又件の大銚子直して喜介が持出れば直様つがせてつゞけのみに二つほしたる浮瀬を、「一先すゝいで来れ」とて喜介に渡せば請取て首尾よふゆきし茶盛の狐の尾を見せぬ内と手ばやに銚子うかむせを勝手へ持て立にけり。五人の連中も能機嫌ゆへ茶湯といふ気も付す有右衛門殿の躰を見て肝を潰し、「百川子より又各別のお手並」とうかむせの記録に玉や有右衛門と第一にしるしければ、亭主四郎兵へも座敷へ出、「近年稀なる珍客様。殊に行義な御酒少しも色に見へ給はぬ。はて適のお上戸」と、取々ほめる其中へ最前行し手紙の返事、直にたゞ今お目見へと、道頓堀の川作が花車や中居につれられて、花美をならぶる芸子の首数（五オ）百のあそび時うつる楽は実うらやましかりぬ。

㈡道頓堀の川作に花を染こむ若衆の小袖引よせた旦那の
膝もと並ゐる牽頭中居も機嫌を取に汗をかく鰒の吸もの

こゝぞ名高き道頓堀芸子たいこにうかされて、実や歌にも難波津にさくや此ごろ川作の花のお客は上方と家内がもてなす玉屋有右衛門。うかむせよりのもどりからけふで二日のゐつゞけ。五人のつれはことはり云てさきの夜は旅宿へ帰り、翌日の夕方より玉有丈を尋んと又川作方へ行れしが、彼連中の衆を見ると亭主其まゝ立出、興さめ顔にて「是は幸の所へお出下さりまして先私共も安心仕ます。外の義でもござりませぬが、玉有公様今日で二日是に御座遊されます所が一度もお小用にお出なされませぬゆへおうかゞひ申て見ましたれば、「此ごろまでことの外小用に行過しゆへ此筈の事。遠なりてよろこぶ」との御意ではござりますれど、（五ウ）中居共も申ますはいか様お小用所へ付ましていた事は昨日から覚ぬと申ますゆへ、気を付て見ますれば思ひなしか旦那のお顔も少しうだばれなされたやうに存られます。もし幾日も居つゞけに遊ばしいよ〳〵お小用も通じませぬ時は私共も不念に成ますれば、今晩は先お帰り遊され御養生でもなされませと申上たふ存ましてもふか〳〵申上られませぬは玉屋様の御丈夫な常のお気質。万一申上て御きげんでもそこなひませふかと是をあんじて得申上ませぬ。おまへ様方より仰上られ下さりますれば、私共も安心。此段宜お願申ます」といへば、尤なる亭主が念とて彼五人が大座敷へ通らるれば、玉有大尽寛潤の遊び。殊に野郎を愛する人にて此比ふと見そめられし花染松次郎といふ若衆が殊外の気に入、昨日より三十日のあけ詰にして芝居の役も我が見物に行日計勤さす約束。心斎橋の松やが店へ云付て急に花染が好の衣装をいくらともなふ仕立させ、花美を（六オ）かざりし松次郎が膝を枕にして小女郎共に腰もませ寐ながら中居に酒つがせて芸子牽頭の大よせ。人かな来よがしの所へ又五人の朋友是幸と起直り、悦んで挨拶しらるゝ玉有大尽の顔、中々亭主がいふよりは大きなる面部のうだばれ。五人の朋友がひそかに内談「もし病気重つてはこの方共を京大坂の有右衛門手代共までが恨まい物でなし。「是ほどにうきのある旦那をなぜ早ふもどさぬ」と是の亭主のぶねんのやうにいふも気のどく。片時も早う当地の店へ帰らるゝ様にいふべし」とて連中が言葉をそろへ、「玉有公貴様はどこもおわるふはないか。ぶしつけながらお顔にいかふ腫が見へる。尤頃日御酒がつゞく故とは云ながら是の御酒と違てうかむせての大酒。根がかくべつおつよい酒でないのに我のみをなされた物ゆへ酒毒の咎と見へます。素人の手前共さへ病気らしう存る御様躰。先今夜はおやどへお帰りなされ医者衆に見てもらふて急にお服薬でもなされ（六ウ）たればよろしかろう。ひらに此座をお立なされ。手前共も御供いたさふ。又近日お心よき時ゆるりと何れもあそびに参らふ」と朋友の信をいへは、何の気も付ぬ子共心若衆の松次郎か玉有大じんの帰られる事を気のどくに思ひ、「何の玉有様は腫てはござらぬ。やはり肥てこさるのでこさります。きのふこゝな朝風呂へあなたと二人一所に入ました時おなかをなでゝ見ましたが相撲取のやうに肥てござる大きなお腹。しかも銀張てござりました」と聞程いよ〳〵笑止かる五人の連中。「それは猶心もとなし。定て惣身へ腫か廻りし物ならん」とおどろかれるほど不機嫌な玉有大尽。かの例のまけおしみ一昨日うかむせで酒肉を過食せし上にて料理人と内談しめて酒のかはりに飲れしばん茶、凡弐升の上も腹中へ入しゆへ酒茶の反にて脾胃をやぶり水気とゞまりて浮腫の病となり、猶更かはいて飲食を好心さかんに成しとは知らず、「少も不快にない。拙者にいなお心遣ひ二日や三日の（七オ）ゐつゞけで誰が点の打人のない此有右衛門。殊に京でのあそびとちがふて申さば旅同前。当地の店の手代共へ遠慮してよければ拙者が能かげんにしめくゝりは仕る。小息子か何ぞに仰られそふな事、御朋友方のおことばとも覚ぬ不興」と酒興に見せかけての立腹。「こりやくだけおれ五人のお客め」とそゝりかゝりて盃取上壱つつがせて百川子にさし、「此肴では一向のめぬ。身共が好物鰒汁の吸物はなぜ出さぬ。なんぞ大魚の酢の物を持てこい」と腫気の病に毒そふな物好。産てから薬一腹ものまぬ自慢咄。連中に二三人手中薬をたへさぬ有徳人是を聞ていよ〳〵気のどくに思ひ、「鰒汁こそお止なされ。手前共は一かう是まで見た事もない」と云れければ、亭主作兵へが気てん五人の連中へ内意を言て、鯒を鰒もときに料理して出しければ、流石有徳者の玉有大尽誠の鰒汁と心へ元気よふ喰て少しも臆せぬ自慢気味。定て鰒といふたれば五人の連中は不断用心深い薬好ゆへ舌ふるわせて（七ウ）得喰まじ。そこをてまへがくふて見せんと思はれし胸ちがひ。彼養生にいとまなき二三人の衆までが誠は鯒の吸ものにてあたる心遣ひなく、殊に上手のりやうりたる加減常より精出してかへられし躰を見て、又持病のまけをしみ。諸肌脱で大胡座張肘しての早喰。息もつがず廿六はいくふて一やすみし。まだ二三ばいもかへられるやうす。朋友は勿論座敷にならぶ芸子たいこ中居までも気のどくそふな顔して酒の酌も内ばにすれば、「なぜ一つつがぬ」とのふきげん。「銀持のお客をいなしたがるとはめづらしい不工面」と笑ひ〳〵台所の庭で玉有殿の雪駄のうらに男共が灸すへてゐる所へ、若衆の松次郎がやうじに立てちらと見付、「台所で男衆がお客の雪駄のうらに笑ひ〳〵灸すへてゐらるゝ」とかい何気もなふ云たのが玉有殿の耳にたち、最前からどふやら中居共までがふけうな顔付。それは大かた手前の雪駄で有ふ。灸すへたかすへぬは雪駄見ればしれる事。さもなくば云わけのため其雪駄こ（八オ）れへ持てこい。いなしたがる所に長居する気はない。是からすぐにむかいがわの長佐か所へ座敷をかへる」とのつひきならぬ手詰の立腹。台所には是を聞、どふで見せずは聞かれまいとて彼灸すへた一足の雪駄うらへ土や泥をぬりて見ても艾の二十袋もすへた灸の跡中々つくろひ様なし。「此がま花緒の雪駄まだあたらしいよて幸よふ似よつたのを買て来てお目に懸ふ。間取て御不審のかゝる所はたいこ衆に一はたらき頼でしばらくどふなりと玉有様の御機嫌を取リさわぎに興を工夫してもらひたし」と中居か内意を云せ不機嫌な旦那をいろ〳〵となぐさめ三味線胡弓でさはぎたてげいこもたいこも汗かいてゐるうち、料理人か雪駄買に行工面なるが「もはや八つ時分。雪駄屋をたゝき起して調る内には暇取ばかりか不思議におもふて夜中には売まいもしれず。殊に此雪駄あたらしいといふてからが十町と十五町はめされし物なれは。とても此手ではゆくまい」と又家うち

（八ウ）

（九オ）

有へもん川作ざしきにて
いつゞけのあそび
わかみふしゆの
病ともしらずがぐひに
すい物廿六はいくふ

松二郎
きのどくがる

五人のつれ
まづりよ宿へ
かへられよと
すゝむる

たいことも
せうしがる

川作の下男
ちやうちんもつ

川作のりやうり人有へもんの
せつたとくあんのせつたと
よくにたるゆへかへて
くれられよとたのみにきたる

川作下人にちやうちんもたせ
とくあんかたのやうす
いかゝとあとよりいそぎ来る

ふるかはとくあん
川作使の口上を
きゝりつふく

中々さやうの事は
ぞんじもよらず
大銀持じやとて
高が町人

が首（九ウ）かたむけてゐしが、小めろのさんがいふは「けさみへた中橋のあんまさんがはいてゐての雪駄が蒲花緒でまだけさあたりおろしたなれ。とんと玉有様のお雪駄とおなし様なふう。わたしやけさ取ちがへて玉有様にめさせましたれば、あんまさんが「それは私が雪駄しや」といふてござつた。それと此灸すへたのとかへてもらふたらなんとあろ」といへば、「是はおさんが近年の上分別。片時も早ふ」とていしゆも花車も気をせけば、中橋さして料理人がかけ出し古革徳安といふ寡のあんま殿の所へ行、長屋住の露次をしきりにたゝけば、徳安はりやうじよびにきたりしと思ひ寒さもいとはず帯するやせずに立出戸を明られしが、川作の料理人気をせいて内へ這入彼雪駄にやいとすへて大銀持のお客をしくじりし咄。つまる所が客の雪駄とかへてほしい頼。庭にある徳安が雪駄とくらべて見ればとんとどちらやらしれぬくらい。ことの外気をせく躰を見てわざとおさめる徳安の一利屈（十オ）「手前貧しう暮すれど按摩鍼治の医行。大銀持じやとて高が町人。其者のすねにうけたくそ雪駄。拙者にかへてくれなどゝはぞんざい千万。此比そちが親方の門を笛吹て通りしを呼こまれ一両日は昼見廻て此中橋といふ所まで聞せしに、亭主一度も身が宅へこぬさきに下部を夜中にすいさんさせ、雪駄の相談候など礼義を知らぬふとゞき者」と大なる立腹。「身共も元は武士の牢人。此分では事済ず。明日は早々其方が町所へ相とゞけ急度不礼のわけを正し、目に物見する」と云所へ、川作下人に弓張挑灯ともさせて足をはかりにかけ来り、徳安が内へ入て料理人に首尾を聞ば存の外なる不首尾。利づめ聞ておどろく又此難儀。さすが遊所の物馴し川作。明日徳安にねちられても銀仕事。玉有大尽を取はづしてはもふかる銀を取にがすといふもの。こゝで五両や拾両の場をいとふでは有まひとむねを定て料理人とも内談しめ、川作が徳安に（十ウ）あひ段々の不礼の断云て何かなしに「あなたのお雪駄を私に戴して下さりませ。其お礼として金拾両さし上ませふ」といへば、さしものかたい徳安も金拾両にやはらく口。まそつとこわい足もとを見られてさつはり銀壱貫目に付ければ、按摩殿も機嫌なをされ手を打て雪駄を川作代物入用一筆書て料理人に雪駄持せて内へはしらせ、銀の来るまで徳安と咄して待、はや持来る壱貫目。請取按摩はつかみ取り、寐耳に銀とぞ聞へける。夫より川作宿へ帰り見ればたいこ共がはたらきでよほどの間を取、かの徳安が雪駄にてまんまと玉有殿の首尾をなをし、花車(くわしや)も中居も悦うち早三つ寺の七つの鐘(かね)。「しばらくはいづれもお休」と玉有殿より連中へ挨拶あるをしをにしてやう〳〵盃取れけるが、川作の家内(か)はけふの座敷(さしき)に草臥入、しばらくまどろむと思ひしが、奥(おく)座敷に人のうめく声(こゑ)、心ならず伺(うかゞ)ふうち、若衆の松次郎ふるひ〳〵立出、「玉有様が御気色(きしよく)がわるひ（十一オ）やらきつうじゆつながりなされる」と聞て亭主が心づかひ。其まゝかけ付見れば半死(はんし)半生のくるしみ。連中も起立て急(きう)に今橋の店へ人を走(はし)らせければ、番頭(ばんとう)も支配人(しはい)もはせ来り、先川作方にて医師(いし)をまねき見すれば、うたがひもなき脚気腫満(かつけしゆまん)。ことに脾胃(ひい)を甚傷し物とて中々療治(りやうぢ)心もとなき見立。明がたに少しのゆるみを見て出店(でみせ)の近所に座敷かりしての養生(やうじやう)。京の本家(ほんけ)より内室(ないしつ)始(はじめ)一家手代中もかはり〳〵に見舞(まい)、医療(いりやう)手をつくされ、京よりもこんゐの医師(いし)方下られて様々と薬方(はう)の治をほどこされけれ共、急難をのがれし計にてさらに全快(ぜんくわい)の程見へず。早三十日計立けるが彼中橋筋の裏借屋にゐられし古革徳安老は川作に売し雪駄の代銀壱貫目を力にして衣装をこしらへ、下男一人抱て七日跡より此玉屋有右衛門殿お養生の座敷近所へ宅替をしられけるが、今は辱引を止て鍼本道けんたいの療治。折節（十一ウ）家主の息子が腫病歴々の医師手をつくされしか少しも其しるしなく一かう捨ものにして有し時、徳安宿かへて行合せ、弁にまかせて付入りむりにすゝめて二三ぶくもられし薬で小用道を利し、日々水気大につうして七日目に腫気残らず引、げん気も落ずして全快に向ひけるゆへ其近所での評判いか様やぶにも功の者とて昔より云しにちがはぬ噂。玉屋の出店へきこへ、番頭支配人の耳へ入て有右衛門殿内室へ相談しけるが、「急に其お医者をお頼申たし。此度の事を見てはあながちに乗物が有がたい物でもない」とて、彼古革氏を呼に行けるが能時は行先の拍子よく、かい紫蘇子と半夏を大につかひ槟榔子湯だちの薬が二三服から的中して痰喘息急の悪事も止、二日目より小用心よく通じて日々順快。内室一家中は云に及ばず、京江戸大坂の手代共まで悦の本腹振舞。極月十三日に有右衛門殿は一家中朋友一所（十二オ）にして道頓堀川作での大振舞。古革徳安老を上座になをし、一門中打寄ての馳走。此度の大病にて有右衛門殿まけをしみの持病まで療、「徳安老へは何程礼いふても云尽されず」とて高麗橋辺にけつかうな家屋敷を買ての進上。金銀に手づかへさせぬ玉屋よりの仕送り。さりとは仕合は此お医者。壱貫目に雪駄売てから日々の立身。後は大坂中でならひてのない医者殿の大銀持。玉屋の一家中より幸年ごろな内室を向へ、間もなふ一子をもふけられてます〳〵子孫長久に栄々て家古革有徳安こそめでたけれ。

明和七年
寅正月吉日

当世銀持気質五之巻終（十二ウ）

書林板元
江戸日本橋通南三丁目
前川六左衛門
京都寺町三条上ル北角
菊屋安兵衛

世間姑気質

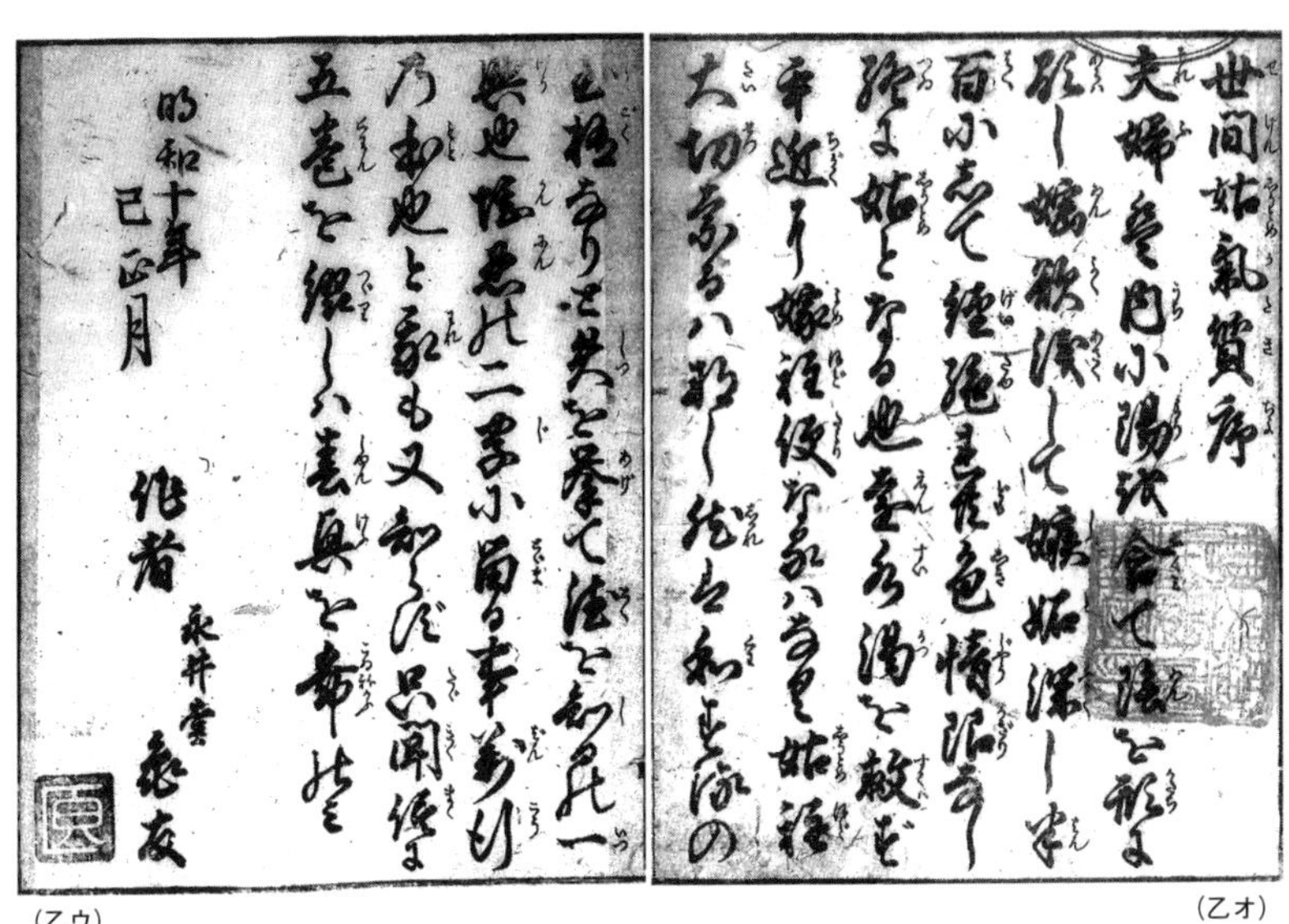

（乙ウ）　（乙オ）

世間姑気質序

夫婦は内に陽を含て陰を形に顕し、婬欲浅して嫉妬深し半百にして経絶れ共色情限なし。終に姑となる也。遠水渇を救ず手近に嫁程便なるはなく、姑程大切なるはなし。然は和するの（乙オ）至極なりと失を挙て徳を知るの一興也。堪忍の二字に留る事万行の本也と、我も又知らず只聞侭に五巻を綴しは春興を希のみ。

明和十年
巳正月
作者　永井堂　亀友　印　（乙ウ）

世間姑気質巻之一

目録

㈠　嫁を娶前方から能気立な樫屋の姑　世上にまれな一風を胸におさめた秋の夜咄
附リ　八月の彼岸に棚から落た牡丹餅の風味はよのつねならぬ暖な言葉の後先（乙オ）

㈡　発明な姑が智恵の有たけ引くゝつた熊の毛の敷革は古狸の化ぞこなひ
附リ　後月見た小坊主の化物しつかりと定りし今月の闇の夜の夜半過から気味の悪ひ噂（乙ウ）

世間姑気質巻之壱

㈠嫁を娶前方から能気立な樫屋の姑世上にまれな一風を胸におさめた秋の夜ばなし
附り八月の彼岸に棚から落た牡丹餅の風味はよのつねならぬ暖なことばの後先

世の中は白黒赤くうつり行鏡一つは元のみにしてとは誠に梅天禅師の道歌むべなるかな。息子年をへて親父となり嫁年を経て姑と成は世上ならはせ改いふも愚なれど、すみやかに家の舅姑となつて楽しきは子たるの礼、親たるの親み厚きよりなれば、家富さかへ（三オ）睦敷からん。爰に都中京に有徳なる材木屋ありけるが、代々続身上は樫屋栗右衛門とてしつかりとした暮し方。手代下人あまた召つかふて栗右衛門夫婦の中に栗蔵とて廿二になる一人息子寵愛浅からず、読物手跡諷舞茶の湯などの遊芸まで稽古させ、何れのはれな席へ出しても恥しからぬ器量人品すぐれて能息子。栗蔵母親お直といふは夫栗右衛門に五ッ下なれは今年四十六なりしが、利発にて生得物馴たる婦人故、常々手代下女などへの噂に「栗蔵が嫁をとるもよく〳〵此九月に極ればもふ三来月。これに付わしが一ッ心の立あるは、随分（三ウ）と嫁をいたわり一生の中樫屋の姑が嫁いじると出入の者迄にも云れぬ様にせんと思ふが第一の心願。世間の風義を見るに兎角嫁は悪ひ物そふなは、気立和らかなよふ合点した衆が嫁いれられた当分二月三月はかわゆがらるゝ様なれど、いつとのふ只嫁の云こと仕る程な事が気にいらず、夏季など朝起した二人の貌付暑気につかれし様子を見て息子は寝冷でもしわせぬか気色でも悪ふはないかと思ふてあんじ、嫁は何させてもかいしよがない。あれで世帯の為にはなるまいと一人ごと云て仏檀へ参られるなど高ふは云れぬこと。此町内にも（四オ）有げなが、是程よめぬことはない。かわゆひ息子がまたかわゆかる嫁なる故同様におもわれそふなものじやに、どこをきいても姑の気風はよふ似たものなれど、わしは其気風を出さぬ心願。ずいぶん〳〵嫁をいたわり世間の法式をかゝぬ様にしたいとおもふが身一生のたてじや」と手代下女に聞せての夜咄。召つかひの者共が感心して聞入り、「世間の姑達の心得の悪ひ気風までお聞及び被遊ての御心願。則そふ思召が根にお慈悲深ひお心故。おいで遊ばす御新造様こそ御果報。今夜はよいお夢を御覧じませふ。したが世間の嫁悪む姑がたがさぞよい（四ウ）からくさめをたんとしられませふ」とわらひになりて興を催しぞたのしかりける。扨程なく婚儀の時節到来して、九月中旬天社日をゑらひて祝言首尾能とゝのへ、一門一家の盃事納る手には寿福をいだき千秋楽にはお民といふ花嫁をなでさする姑の寵愛。則此嫁お民の親もとゝいふは、大坂長堀辺にて富貴なる材木屋。中京烏丸辺に有近き親類を京都の里にして此樫木屋への縁組。年は十七といふ花盛り。色白で器量能ものやわらかに愛のあるすらりとした容儀。誠に生質の美な娘ゆへ栗蔵も気に入ル。よいむこなれば嫁はもとよりの（五オ）こと。五日目の里がへりを烏丸の里へさせて二三日嫁の留守を百日百夜程に長ふ覚へて待かねる位。明暮目出度〳〵の数を重、月日も立行程夫婦の情厚くなり、嫁のお民は夫栗蔵の

（五ウ）

（六オ）

栗蔵
こん礼のざしき

よめ御民
祝言の盃する

しうとめおなを
よい花よめを
とりよろこびのてい

なぜにそなたは
そのやうに物ゆい
が下作な。大坂でも
よい衆はぬくいとはいはぬぞや

下女きのどくがる

よめおたみ
しうとめに
はじしめられ
なんぎのてい

情深きをわすれず朝暮舅姑の両上へ随分と気に入様につかへ、万に気をつけ勤ける故、姑お直は兼て心にたしなみ居る嫁いたわりの願なれば中のよい事は誠に水魚のごとく、折々は神詣寺参り、野がけ遊山、芝居などへもつれ行て欝散させ程なく半年余りも立ける。扨舅栗右衛門は元来気の結構成生得ゆへ、女房お直に家内かけ引させて物ごとにさゝへを（六ウ）いわず暮されける故、内儀の発明いよ〳〵顕れけり。聖人も曰、病はすこしくゆるやかにくわゝると古語にたがわぬ舅栗右衛門、近頃めきりと年の寄たる様子を見せしは身上に何案ずる事なき上に、器量のよい嫁はとる、息子の気には入ル、姑中は能万に不足のない悦にて結句五十二といふ年のきどくを初て覚、少し弱りが付て腰痛或脚痛の気味、姑お直は四十六なれど器量人に勝たる生得花美を好女ゆへ、まだ三十計と見ゆる風俗。心も共に若ひ気質なる故、つれそふ夫栗右衛門近頃急に年のよりし貌形、少し病身になられし事を本意なふ思ひ、猶々大切にして寝覚にも夫のよわられし事を案じ（七オ）只常々養生になるべき事をすゝめけるも理りなりぬ。扨息子栗蔵は血気盛の若ざかり。色つや艶しく気もまめなるに、よめお民が生得ての無病者。愛らしうさいじんにて終日終夜笑顔能、只いそ〳〵して夫婦中睦敷、さすがは若どうし仮令にも一所へよるとけら〳〵笑、なんの失なき嫁の性を見て姑お直不図心にうかみしは、いか様年はよるまいものじや。わしが此家へ嫁入して来たも十七の九月で有たが最早廿九年まへ。夫婦互に心は若ひ時に今も替らねど姿のかわりしはわしよりも旦那殿。嫁とると急に弱が来て俄にふへた鬢の白髪。一昨日向歯が壱枚ぬけたのでいよ〳〵ふけて見ゆれば、段々お腰もかゞみつらん。世間は五十二三で男盛な（七ウ）衆も有に、こちの旦那のやうに早ふ年のよるといふは替た事じやと嫁がいそ〳〵するを見てより思ふ心の述懐。此物案じといふこともしらす、嫁お民は栗蔵の祇園参りに少し悋気らしきことといふて見て笑ひ〳〵夫が羽織を出しに奥へはしり行時、居間の暖簾の内に立て居らるゝ姑お直にほふど行あたりしが、いつにない姑が大きな不きげん。夫からかい心がかわりて只嫁が悪ふなり、昨日まであいらしふ聞へた笑ごゑもけふは破竹ひきずる様に聞へ、せめて手頃な根鞭でもあらば嫁が面をひつしや〳〵はりいがめたい心。段々いふ程なこと仕る程なことがなめ過る様に思われて顔見るも小腹かたち、とんと極上々の嫁悪みといふ姑御になられけるは世上のならいと（八オ）もいはんか。その頃は八月上旬にて一家中より彼岸の心ざしとて重の内を到来せしが、豆の粉と小豆との牡丹餅なるゆへ姑お直の居間にて早速賞翫しけるが、嫁は姑の機嫌をとらんとて気をはたらかせし挨拶。「母様此頃はお気色でもあしいやらまゝもしか〳〵お上りなされず。おかげんの能此おはぎぬくひうちにまそつとお上り遊はせ」とゑしやくに会釈して云けるが、姑殊外ふきげんなる貌付して嫁を少しねめ付、「そなたもまあたしなみや。若い女子の口からぬくひといふ様な下作なことばが有物か。尤大坂衆は暖なといふ事をぬくひといふげなけれど、夫は京へ登りやつた当座一ト月と二月計はいやりそうな事。最早（八ウ）今年の八月で壱年計に成に無器用な物覚。夫と大坂でもよふ育た女中はぬくひなどゝはいはずやはり暖なといふてじや。証拠は此町の両替屋の嫁御。是も大坂平野町で大きな薬屋の娘御じやげなか登り立からぬくひといふ様な下卑た口上は一向いはず、京のことばに何もかはらぬしほらしいお人。そなたは親御がどふそたてられたやらぬくひといやる計かまだ外に気の毒な、物の味ないといふ事をもみないといやるし、銀をかけるはかりをれてんといやるし、まだ何やらヲ、それよ米がらとを下櫃じやの奉公人のしきせを麁物じやのやゝ産椅子を産台で候のといひ、結構にいはひでも済丁稚共を童衆といふ様なふつゝかなものいひ。見世の（九オ）衆や女子共が聞前も恥かしひ。わしが能事教ぬ様に思ふが面目ない。そしてマア栗蔵と一ト所へよつてけら〳〵と笑ことはよしにしてたも。あれは気の美敷柔和なものゆへそなたの行儀が悪いとかいそれにそむものじや。已後急度心得てたも。気に障ろか知らねど旦那殿が結構な故わしが何もかも云ねばならぬ。馴染が深ふ成たと思ふて訛事は止にしてくたされ」と下女共が聞そばもかまはず、ずつかりとうちこまれ返事も得せぬよめお民。泣もなかれずさしうつむき、かほを赤めし其躰は加減のよいぼた餅が棚から落てひつしやりとはぎの鼻をぞ痛ける。

（九ウ）

㈡発明な姑が智恵のありたけひつくゝつた熊の毛の敷革は古狸の化ぞこない
附り 後月見た小坊主の化物しつかりと定りし今月のやみの夜半過からきみのわるひ噂

昔から上戸の「最早酒飲まい。よし呑とても三盃といふ切を立る」といふたと姑が「嫁いじるまい」といはれし口先の誓言余り仕とげた例まれ。なる程樫屋お直も始はよい心得なりしが、かいふとしていつの間にやら世間通例の姑となられ明暮たゞ嫁が越度を見出して不縁にもしたき心根。嫁もさま〴〵心気をくだき、姑殿のきげんをとれ共中々嫁入して来た当座の(十ノ十八オ)様な首尾は片時とても出来ず、栗蔵が父親に似て気の結構なに虫をしなし、辛抱の有たけも今は一向根気尽て京の里分の方へ文長々認て度々かなしさつらさをいふてやりても「只先年中は辛抱せよ」との返事。せんかたなく一日暮しに思ふて居る中、夫栗蔵へ姑の気取六ヶ敷事云てみれば、根か結構人故「今しばらくのしんぼうせよ。もふ五六年もせば外へ隠居めさる」といふて母の失を取上ヶず。是も理り「貞女両夫にまみへす」と大坂の親達が常々いひ聞された事を思ひ出し、又廿日計しんぼうして心を定、いか程つらくとも今年中はしんぼうする覚悟をきわめわんぱくな疱瘡児の伽する気で勤る(十ノ十八ウ)ゆへ姑も何見とがめて不縁の種にしそうな手懸りなし。然るに九月下旬秋冷の頃、嫁お民少し腹痛の様子。さのみ打臥といふ程にはなけれ共夜分只便所へ通ひけるが、是も少し快。此四五日夜分も一二度かわやへ行し故、最早下女も起さず夫にもしらせす紙燭ともして足音せぬ様に行も姑に隠したき心遣イ。頃日の夜起を姑お直能勘がへし一つの工夫。にくさも悪し嫁をおびやかしてなりと腹ゐんと思ふ悪智恵。毛のはへた熊革の小蒲団をしゆろ箒のさきに巻附(ママ)て廊下づたひの厠なれは小庭へおりて勝手へ行、秋の夜深に忍び〳〵て便所の掃除口へ廻り、切戸をはつしかけて彼箒にくゝり付し熊の毛をかいこみ、今にも来て嫁が便所へ(十九オ)居しからば件の熊の毛にておゐどをしたゝかなでまわす積り。扨も女の大胆な夜半過に只一人息をつめて今や〳〵と待けるはきやうとかりけり。あんにたかはず廊下へそ

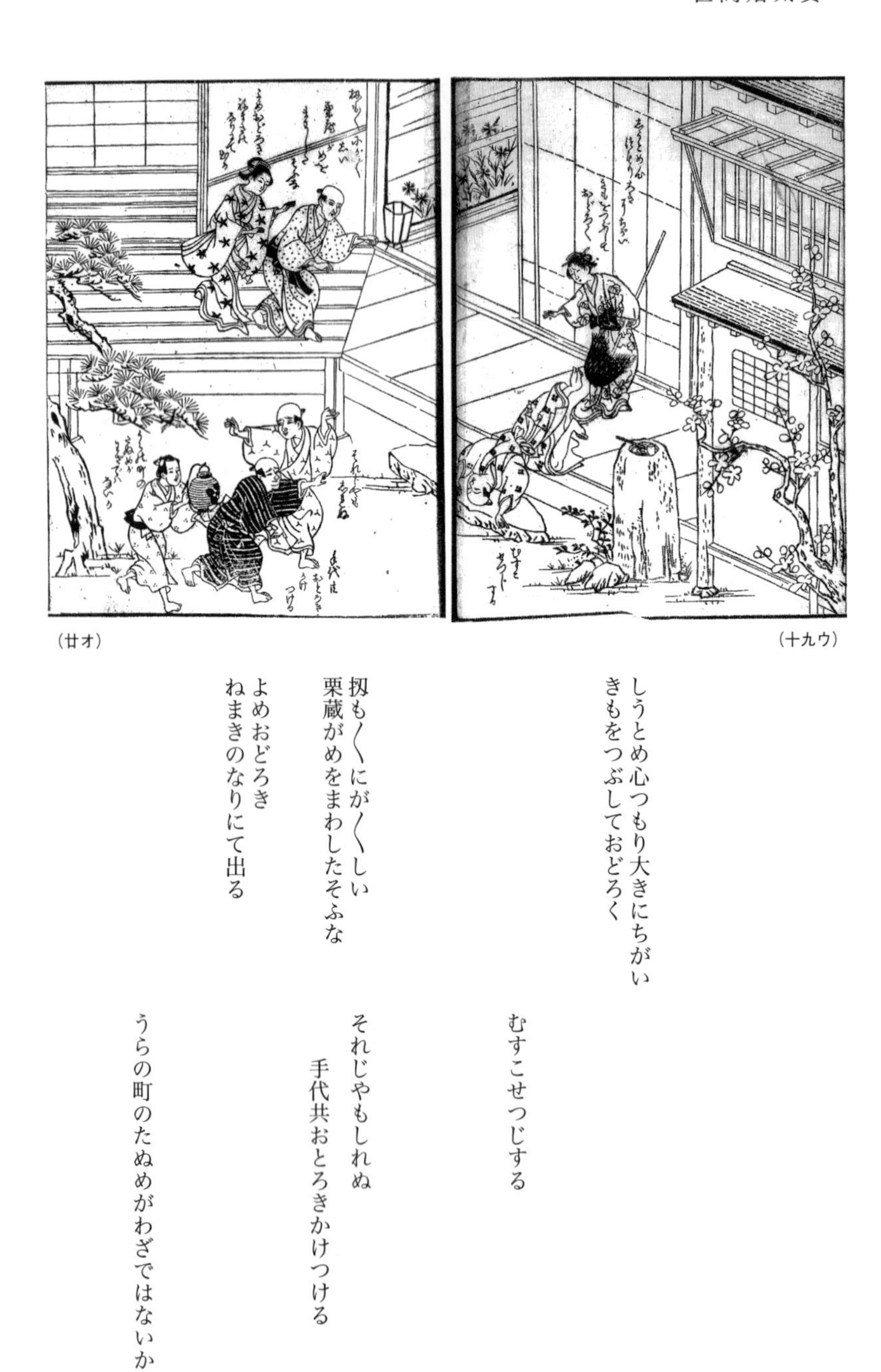

（十九ウ）　（廿オ）

しうとめ心つもり大きにちがい
きもをつぶしておどろく

むすこせつじする

扨も〳〵にが〳〵しい
栗蔵がめをまわしたそふな

よめおどろき
ねまきのなりにて出る

それじやもしれぬ

手代共おとろきかけつける

うらの町のたぬめがわざではないか

ろ〳〵嫁の足音紙燭ともしてかわやへ入、なんなく便所へ居しかる所を「えたりや今ぞ」と姑は掃除口の切戸をはづし、彼趣向せし熊の毛差入レ、嫁の尻をしたゝかに撫ければ「きやつ」といふて立上り、ばたりと板間へ倒れたる音は慥にせつ死の様子。手ばやに件の熊の革箒諸共あたりへ隠し、庭より座敷へ飛上り手燭ともして夫栗右衛門を始家内の召つかひを起、「嫁が便所で目をまわした」といふに驚きかけ出る栗右衛門諸共厠の戸を明見れば、嫁にはあらで息子の(廿ウ)栗蔵が歯をくひしばりのつけにそり正気付ねば嫁もかけ出気をもみしが、姑お直がうろたへて「なぜそなたは今夜便所へゆきやらなんだ」といへば、「私は初夜時分よりとんと腹のいたみもよふなりました。四つ時分より栗蔵様が少しおなかゞ痛と仰られましたが、わたしも起さず便所へお出。此急病は何事ぞ」と涙かたてに夫を抱き「栗蔵様いのふ」とよび生てもとんと正気つかず。「やれ気付よ水よお医者鍼」と手代下男がかけまはりよう〳〵明方に正気付し故様子を問へば「四つ時分より腹痛して八つ時分に便所へ行たれば、毛のはへた大き成平手にて居所をなでたのに驚き、きやつといふた迄はおぼへ(ママ)(廿一オ)て居るが其後は何も覚へぬ」といふので親父栗右衛門眉をひそめ、「去年求し裏の町の家、土蔵の角に古狸が居るといふ事をよう〳〵頃日聞しが、土蔵を此屋敷へ引し故此狸が恨みならん」といへは、食焼のよしが真顔で「先日のよるごもく場へ茶かす捨にさんじましたら赤子の鳴こゑがいたしました故吟味いたしましても何の形も見へませず、私の身内がぞつといたしました」と猫のさかるを聞違へての噂も古狸のしよいになれば、番頭の長兵衛が「跡月の晦日の夜手挑灯提て蔵の角々吟味に廻りましたれば、新建の蔵の後に小坊主が四五人立ておる様に存しましたが、今日迄わざと旦那へは申ませなんだ」と横町の（卅一ウ）裏になつて有まるめろの木が壁へうつりしをちやうちんの火かげで見付、こわい〳〵と思ふ故小坊主かと思ふたも狸の化たに定り、息子栗蔵の尻を狸のきん玉で撫まわしたなどゝそこゝと取ちがへた噂が近所遠方迄も聞へ、去所の奇妙法印に占かたを頼めばいよ〳〵古狸と少しは方だゝりのとがめと有故彼土蔵を元の所へ引戻して座敷も便所も残らず建直し、日々遠近の大社〳〵へ代参を立、所々へ祈禱をあつらへて何百両といふ金子の入め。姑お直も今は気の毒に思へど夫にも息子にも打明ていはれぬかいなでの趣向。普請何か弐年半もかゝる間は嫁もいじらず。ましくさしてくらすうちに、嫁お民（廿二オ）が懐胎。玉のやうな男の子を産しより姑は祖母様と又一段位上り、めつたに孫が可愛から嫁も今は不便に成、とふ〳〵元の能姑祖母になられしが、いかに身上が根づよいとて存もよらぬ物入。いよ〳〵家富で今は息子に代を渡し、近頃夫婦剃髪して法躰の身の楽隠居。行未来でも楽心から先の事をおそれ、旦那寺の和尚にかいなでの趣向で心遣ィした物語具に懺悔しられしは誠に以て誤を改るに憚は有間敷此実録。春の日間有人々の一興にもなれがしと永井堂がふつゝかに短き筆したもをかし。

世間姑気質壱之巻（廿二ウ）

世間姑気質巻之二
目録

㈠ 同し様な姑たちが手を引合て参下向はどうやら油の中へ水のまじつた一人の同行
附ﾘ 牛はうしづれよふ馬の合たはなしの中へ飛こんですくれた名馬ば（乙オ）

㈡ 姑が寺参りを待て居る嫁が楽は生薬の櫃の中召遣ひの丁稚まで舌打する二日目の能加減
附ﾘ 百両の有金が善道へ引入し黄金のひかり町中が寄合て横手を打た気味の能振廻（乙ウ）

世間姑気質巻之弐

○（ママ）同じ様な姑たちが手を引合ての参り下向は
どうやら油の中へ水のまじつた一人の同行
附り牛はうしづれよふ馬のあふたはなしの中へとびこんですぐれた名馬ば

浜の真砂はつきるとも代に言の葉のたねはつきせぬ治る御世。上を敬ふ下々†までも詩哥連俳に心をよするは誠に和国の風俗むべなるかな。昔の雲胡口にて「うらをいふなり〳〵」との前句付に、「死にたいといふて嫁子に拗強祖母」といふたは尤な心の付所。住所も都下京辺に（二オ）て木香屋桂四郎とて薬種商売をせし者、父は去年順に先だて六十一に成母親と去春向ひし女房と丁稚一人。家内わずか四人口の暮しなれど内証のふりまわし能、小家ながらも所持の家屋敷にて手をひろげずにかうとうなる能暮し。桂四郎母親も今は剃髪して名を妙参と改、過行かれし夫の為と我来世も極楽へ参り喰度物くふて暑からず寒からず、いつも三四月頃の心でくらし度ねがひを誓願寺の如来へ頼、毎日の日参なれは姑祖母達の友多出来、上の町の味曽屋の妙知、下の町の米屋の貞正、横町の古手屋の後家殿などか手習子共（二ウ）の様に毎日誘引廻りての寺々参り。道々の小咄に何を云るゝと思へは、あそこの談議こゝのお寺での説法の噂と銘々の嫁譏咄。古手屋の後家が「中妙参さまおまへの所の嫁御はいつでも人あしらいの能さいじんなお方じやが、さりとはこちの嫁は人あしらいに出来ふできがあるのでにが〳〵しひ者。我が機嫌のよい時は口をたゝきすぎる。ふきげんな時は一向につともいたしませぬ。今朝もけさとてあまりぶつてう顔する故、わたしも小腹は立ッ。おもさま嫁をしかり〳〵持仏堂へ御明し上ましたれば油つきをひくりかへしてのけて夫の位牌が（二オ）油びたしになりました故、仏檀より取出し紙でふいておりましたれば、傍へ嫁が来ていふマア悪さをおきゝなされ。「師走油は火にたゝるとつね〴〵仰せられますれどお仏檀の内でこぼれましたのなれば如来様がお守り遊しますればお気におかけ被成ますな。かいおつむりへ水一滴くかけて呪て置なされ」と此寒にわたしがつむりへ嫁が指さきで水一しづくかけおりました故、あまり出すぎた腹の立ことじやと存しまして無勿躰つれ合の位牌で嫁が頬べたを一寸叩ましたれば、それから貌をふくらかして「頭痛がする」とやらいふて師走せつはくに火燵へ（二ウ）ぐつすり。今内を出るまでほんにしゆら道。おまへがたとつれだちて参間がほんの極楽じや。南無阿弥陀仏〳〵」と咄の跡を念仏でおさへければ、薬屋の姑妙参が「いやはやもふどこも同しお事。わたしが所の嫁を才じんなといふてじやが、よその花はよふ見へるもの。中々見かけとはきつふ違ふた不出来な嫁。第一せんだく物がきらいで仕事が下手。嫁がぬうた物一ッもわたしか気に入らず。生得ての自惰楽者ゆへ夏帷子のしきのしなどは一向嫁にはさせられず。為になることいふてしかると腹をたてて妙参様の気取がしにくい故積が発たなどゝいふて（三オ）亭主につげをる故、息子までの気が悪うなり「母者人

（三ウ）

（四オ）

ぬす人ども木香屋の内を
うかゞい戸をこじあけて
しのびいる

物かずゆふな

ばゞめが
おきておるぞ

小ていなくらしでも
かねの有うちと見た

ねずみのあばれるの
かもしらん

こんな時はせきばらいを
したりはいふきを
たゝくものじや

もしもぬす人なら
ふとんかぶつてゐよぞ

またしてもそのやうに気をせか〳〵か〳〵（ママ）いわしやんな。こな様は寺参りばかりして世帯の事はこちらへふりむけておかしやれ。姑が嫁をこせ〳〵いふのは世間から見てもよふないものじや」などゝいふゆへ、猶嫁がなめ過る。息子迄が不孝に成と思へば、腹が立てはらが立てなりませぬ。長生すれば恥多しと昔からいふてある通りにちがいませぬ。何事もお念仏にまぎらして参るのがつみほろぼし。早ふお迎に預りたや」と百年も生てゐて世話のしたい心のうらをいふと、味噌屋の妙知といふ姑が（四ウ）「手前の嫁はしみたれで三人の子供によぢ〳〵〳〵〳〵わたしらが若い時は八人といふ子を育て商売の手伝、乳飲子を脊中に負て米踏だり味曽ついたりしたおかげで今此参下向。昔咄をして聞すと貌付が悪ふて持病の血のみち。赤貌してゐが〳〵するをちよこ〳〵見るにこまります。お三人ながら咄して見れば同し様な事。米屋の貞正様も似た事であらふ」と三人が声を揃へて尋ければ、「身びいきを申様ながらわたしが所の嫁は気はいのずんど美しい生付でしんせつな者。わたしへの孝行な事は本の娘でもあの様には有まいと存ます位。それでも息子が（五オ）歯に絹きせず「わしが少々気にいらいでも母にさへ孝行にすればよい。少しでも母を麁末にすること見るとかた時もこゝにはおかぬ。丸裸でたゝき出す」とそれはきびしう申ますを、腹立ると云事もせず只亭主をこわがりいたわりしてゐがほよふ立廻ります故、嫁が気の安ひ様にしてとらせたさに色々と年寄て工夫をいたしまして芝居などへも折々はつれて行ましたり、息子が留主には好物な肴でもとゝのへておまして、ゆるりと昼寝でもさせたり、内証で櫛の壱枚も買ふてとらせたりして臍くり銀も大方嫁がほしがる物に入レて仕廻まし（五ウ）たが、おしい共存ませぬ。老ては子にしたがへ世帯の事もかまはず家内まるふ気が合てお寺まいりいたしますは是が則仏のおかげ有難ひ事で御座ります。南無阿弥陀仏〳〵」とほんの誠の念仏で咄の跡をしつかりとおさへければ、聞三人の姑はどうやら咄の拍子がぬけ、わきへそれたる子共芝居の噂に四條道場を打過て誓願寺へ参り、お定りの真読念仏牛はうしつれ馬は馬づれとて参りがけの咄に、米屋の貞正が嫁いたわる口上が残り三人の姑は耳にさかふた様子。下向道は貞正一人油の中にまじつた水くさい年寄祖母たちのへんくつかた気は扨も色々々。（六オ）

㊁姑が寺参りを待て居る嫁が楽みは生薬りの櫃の中
召遣ひの丁稚まで舌うちする二日目のよい加減
附り百両の有金が善道へ引入レし黄金の光り町中が寄合て横手を打た気味のよい振舞

思ふこと一ッ叶へは又二ッ三ッ四ッ五ッ六ッかしの世や。やむことなき御歌にもかくつらねさせ給へば、ましていわんや下々において二ッよいことのないこそ世の中のつね。木香屋桂四郎が小躰成暮しなれど内福なうへ秋の半より世上のこらず時行風にてふり出し多くうれ、思ひもよらぬ金の百両計も卅日程が間にもふけ、あまつさへ桂四郎（六ウ）家内は是程はやる風を一人もうけす始終商の拍子能ゆきけれ共、一ッの不足は中のよい女房を母妙参が悪まるゝが一ッの不足。ァ、まゝよ二三年の中に子でも産だら孫の愛にて姑中もよふなることも有つらんと気を取さばくも石流は男のきさんじ。女房おきよは女のぐち只明暮姑の気取に心を苦しめ暮しけるが、秋の頃は人飲食進べき時成に嫁おきよは不食続しか、生得茄子が好物なるに取分て秋茄のよふ実入たるは耳にかへてもほしく、一夜か二夜につかりし香物にて茶漬でも喰ば食事も進つらんと思へども、意地の悪ひは姑妙参。好物としつて秋茄を嫁に喰せぬ夏よりの（七オ）趣向。「茄をくふと積にあたる」といふてとんときらいけるが、息子ふしんに思ひ「なぜ茄をまいらぬぞ。まへ方は好で有たが」といへは、「去年茄で食傷してよりこの方茄くふ事はさておき見るも又家内で煮焼するも胸が悪ふ成て積にあたる。取分て秋になると猶見るも虫にさわる。母孝行じやと思ふて秋茄は屋の内へ入レてたもんな」との頼み故、嫁は朝夕三度も給べたき秋茄好なれど一向にしやうくわんならず、近々親里へ成とも行てしやうくわんせんと思ふて楽居けるが、九月節句後より夫桂四郎大坂へ買物に下り五七日も留守になれば里へとても行れず。どふも才覚の出来（七ウ）ぬ茄なればいよ〱ほしうなり、十二になる丁稚を小たらしてひそかに茄四五十買にやり、「かならず姑御にかくしてくれよ」と銭二三十とらせて口をとめ、ぬか味噌を取わけて備前醤油の明樽へ件の茄を仕込、見世の生薬の明櫃へ入レて蓋をし、上に薬袋などいくらも置て姑に見付られぬ工夫をめぐらし、寺参りしられた留主事に彼生積（ママ）の香物で茶積（ママ）をくわん楽。上戸が早鮓つけて三四月時分に待て居る心地なるが、気の毒は茄つけてけふ二日になれど気分が悪いといふて寺参りをせず。扨もまゝならぬ浮世やと嫁もしんきを痛しが、其日の夕かたに明日は（八オ）誓願寺へ朝参りせんといふていつよりもきげんよろしき故、悦で明日の朝を待、夫の留主なれば常よりも見世戸立のしまりに念を入レ、四ッ時より家内夜ざとうふしけるか、八ッ時分に姑が耳に入りしは四五人かじや〳〵といふ人音。あやしう思ひて「たれじや何者じや」とこわ〴〵いふたれば、「今時分来る者何者であろ。盗人じや」とこたへしを見ればおそろしや黒装束に大小きめし大男が五人ながらぬきみひつさげ、丁稚は前後も知らず寝入り居る故嫁と姑をひきずり起し後手にひつくゝり胸元へぬきみをつき付、「小躰なれど金のありそふな内。有所をぬかせばよしさもなくば今二人共さし（八ウ）殺す」といやおゝならぬ命のつばぎわ「すこしゆるめて下されませ。有様に申ます」と姑が命のおしさに「銀は弐拾貫目計ものびて御座りますれど、みな慥な町貸に出して御座ります故、内にとては御座りませぬ。此秋のはやり風にふり出しをうりましてためた金が百両とだなの引出しに御座ります。鎰は私のこしにさげております。お慮外ながら此鎰で引出しを明てお取なされて下さりませ」といわひでもよい事までいふてねんごろにふるい〳〵おしへければ、嫁が「あまり是はどふよくな」といふ口を手拭にて縛り、姑にもねじわらかうて「有所ぬかせばそれでよい。ほうびに命は助てくれん」と（九オ）二人を柱にさるつなぎ。姑が腰なる鎰にて銀戸棚の引出しあけ、彼百両を安々とばい取てそれより箪笥のこらず引出して衣類の結構なぶんを葛籠につめて思ふまゝに荷からめし、五人の盗賊舌打して暫やすみ、あんどの火で多葉粉すい〳〵小声で相談「なんと近い頃にない能仕事。得てこんな内にはとつけもない所に銀がかくして有物。まそつとそこらを尋て見よ」といへば、同類の盗人共打うなづき「是はお頭よふ気が付た。去年極月に上京のはたらき、小判が百両米からとの中に入て有た事があれば、気のつかぬ所（九ウ）をさがして見よ」とて又五人が立上り、台所廻りより味曽桶までかきさがし、それから見世へかゝりてくすり箪笥の引出しより薬袋、生薬の櫃のふたをとれば中にぬかみそ桶あり。「サア是こそ銀にきわまつた」と手を入てかきまわせは、四人の賊共小判か銀かと尋しが、「いや〳〵銀けは一向ないが、色のよい茄の生づけが有」といへば頭の盗賊が「もふさがすな是切とみへる。なんと腹がゑろうすいたが幸其生づけで茶づけをくふて手ばやに荷物かついでいのふではないか。」「いか様是は尤じや」とゆうな盗人共俄に茶がまの下をもやし、茶が（十ノ廿オ）ぬるむとめしびつ引出し彼茄の生づけを掴出して五人にはたらぬ飯、一盃切にして茄を一人前に九ッづゝ丸でかぶり喰ひ、姑がたのしみにたくわへ有二升入の酒徳利まだ壱升余り有酒を五人の盗賊銘々茶碗にひきうけ何そよい肴はないかと肴とだなをさがしけるは、寝鳥をさす様な今夜のはたらきなる故心をゆるすもふてきなりき。誠に油断は大敵のもとい。此屋の主桂四郎まだ大坂に五日計も逗留するつもりなりしが、肉桂と麻黄との相場けいきよく、いかにも上りを受さうな気持胸にこたへし故、力一盃大坂にて買置して急に京へ登り（十ノ廿ウ）彼有金百両に外貸付のかねも髄成方を急に取戻し、三百両ばかり早々問屋へ下す積りなりしが、少し雨天なる様子ゆへ若船に乗る道にて懸りてはと昼八ッ過に空をながめあんじゐる折から幸の道づれ堂島で名高ィ剣術体術の師範喜当流左衛門といふ浪人、立身の筋にて急に京都へ登らるゝに夜をかけて陸を登られる筈。宿の亭主知る人ゆへ合たり叶ふた道連。桂四郎は此人をつえ柱と頼て大坂を昼の七ッに立、其夜の七ッ前に京へつきけるが、道々の約束が其夜は流左衞門も桂四郎方にて一宿の積り故、程なく桂四郎わが屋の門口戸をたゝかんとすれば（廿一オ）くゞりこじ離して明有をふしぎに思ひ、中戸迄入内をみれば母女房は柱に縛れ盗賊と見へて五人計が茶碗酒喰ひ居る故、驚あはてゝ流左衞門へ此様子をいへば、元よりぬからぬ流左衞門笑をふくみ「運のつきたる盗人ども。目に物みせん」とおもわずも熊坂の謡をうたひ、力介といふ供の僕を引連て台所へ上られければ、しすまして油断の盗賊共流左衞門の勇気におそれうろたへ廻るを一人〳〵ひつとらへて縛り上、押入の前に五人の賊をならべて姑嫁の縄をとき、桂四郎を呼入、扨両人に今夜の様子を尋られしが姑嫁二人共声をふるわせて始終のわけ咄すを聞て桂四郎流左衞門を（廿二ウ）三拝して悦、盗まれし金子も取かへしける時、流左衞門は盗賊共にむかひ「うぬら一人も生てかへす筈はなけれ共、身共此度は立身の筋にて急に京都へ登りたれは折を祝して命を助かへす。盗を相止よ」と云渡し力介に何やらさゝやき聞されしが、力介立て盗人を一人つゝ引ずりよせ「旦那のお慈悲を忘れおるな」と天窓をおもさまはりいがめ、縛りながら追出せしは扨も気味能次第也。姑妙参よめおきよ桂四郎が大坂戻り夜道迄の世話に成し事を聞、「彼是のお情」と礼拝しければ流左衞門最前より盗賊が酒食を喰ひ油断して隙をいれおりし所へ登り合てよろしき手つかい（廿三オ）の挨拶。糠味曽のこぼれ有を見付られしより見世の薬櫃までの僉議。茄子の香物の様子を問れし時、是非なく嫁は姑に隠して茄の生漬をたくわへ置し白状。夫桂四郎は是を聞て色をかへ、「なぜ不断母の嫌るゝ茄を家の内へ入るのみか隠して香物に迄

（廿二オ）　（廿一ウ）

今夜のはたらき
ね鳥をさすやうな物じや

とうぞく共
きるひをのこらす
うばいとる

かねの有所を
ぬかさぬと
どうばらをゑぐる

よめしばりつけられし上ものも
いわれず心をくるしめ身をもがく

かわつた所に
いろのよいなすびの
なすづけが有。
是で茶づけをくわぬか

あい〳〵申ます
内にかねは百両
ほか御ざりませぬ

とうぞくにきわまつた

きづかいめさるな

流左衛門さま
よろしうお頼申上ます

つける不孝もの」と女房をさん〴〵にしかりければ、直実なる流左衛門「いか様是は御亭主の御異見尤。姑のきらはるゝ物を隠て成と貯へ置は嫁たるの不義不孝。以後急度嗜まれよ」と偏ひなふ辱しめられけるが、此時姑妙参初て善心の実を発起して流左衛門前へ手をつかへ述けるは、「中々これは（廿三ウ）嫁が不孝では御座りませぬ。私これまで只嫁を悪みあの人の好きやる秋茄たとへの通り嫁に喰せとむなう存ます悪意地より、茄は家の内へ入ても呉な見るもきらひで虫に障と常々申付置ました故、私に隠して薬櫃の中へいれ置た生漬、今夜盗人めがそれを引出し茶漬くうて酒を飲、油断して隙入し所へあなたがお登り被成ましてのお情。金も取かへし着類もとられませなんだ上、縄目の苦みさるぐつわ迄の難をのがれましたも一ッは嫁が隠し置し茄の香物より初りし上首尾。是則息子や嫁の孝行のとゞきし所。私は又其嫁をたゞ是迄悪みましたを今夜の難（廿四オ）義で思ひ合悪き事はせまじき物。とんと是から心を改め嫁をいたわり善事を尽し誠のお念仏を申ませう。此事は此座切。他言なされて被下ますな」と流左衛門を手を合しておがみ拝むぞ道理なる。嫁も悦び限りなく「夫が夜道をおかげにて安く登りし其上に今夜のお慈悲。重々のお情は報し様なし。先せめては朝御膳の拵なりと」ゝ心を米粒により炊やともに更る夜もしら〴〵白む東雲に、菜はなけれど夫婦が心底神と敬ひ備へる御膳。流左衛門は立身の門出よしと打悦ひ、出世の相談上京のお歴々へと急きけり。

姑気質巻之弐終（廿四ウ）

世間姑気質巻之三

目録

㈠賢女の淳朴に家を修る結構なしうとめは人にすぐれてかしこの和名

附リ親子諸共正直に堪忍をしすました水にすむ魚のやうに楽で不足をいわぬ智恵順に行　幸（乙オ）

㈡たとへにもれた仲人の宵のほどからいつまでも世話をして心をつくす気は張物屋の神詣

附リ数万の人がいらたかの数珠おしもんで祈り出した一疋の虫を右の手に握てしつかりと心を極たは誠の女房（乙ウ）

世間姑気質巻之三

一 賢女の直に家を修る結構な姑は人にすぐれてかしこの和名
附り 親子諸共正直に堪忍をしすました水にすむ魚のやうに楽で
不足をいわぬ智恵順に行ふ幸

史記曰 家貧思良妻、国乱思良相。これ善を思ふことの遅き事をいふ。何ぞ最初に思ふてゐらまざる時は諺にいへる後悔さきにたゝず。故に良妻といふは其貌媚目好と醜とにはよらず其心賢にして婦人の道を能知り家事をよくいとなみ、費を省 奢ざるを本とし、身を修め（一オ）家を斉ん事を思ふ故に家内治り和し身分相応にとみ栄へて貧からず。是則 良妻の徳とあり。然は富盛貧乏は人の妻の賢不賢によると古人もおしへ給ふ。爰に都 油 小路といふ辺りに元吉屋前後良とて名にまで由緒有筋目能町人なりしが、昔は絹布 商を手広ふ売ひろげ所之お大名方までもお出入して手代丁稚多 抱、家内穏和なるくらしなりしが、近年不仕合故に逼塞同前の暮し。かけ屋敷までも売払ひよふ〳〵三軒口の家を居宅にして手代一人丁稚一人下女も小女（欠字）で上下けんたいする程成けんやく。前後良母親といふもまだ（一ウ）四十八歳なれど一昨年夫を六十余りにて先立後家となり、日々昔を思ひ出してもさのみ悔もなさず、女ながらもつれ合の教直なるを能聞とりし故にて天命の道理も少は得心して今の暮しにも不足をいわず後家の身もちをかたく守り暮しけるが、ある日息子に改いひけるは「前方商手広ふして大勢人をつかふたはそなたの十五六な時分まで。今年廿六なれは此逼塞暮も最早十年。慥な昔からの得意方へ少々づゝの絹布商と売り残た二ヶ所のかけ屋敷此宿代とで今此躰の暮し。奢りさへせねはほそ〲に暮される事はしれて有程に、必是はむかしに（二オ）かわつた口惜いなどゝは思やんな。高が町人の下々。万貫目持の商人でも年古ふよふ続て弐百年もせは衰ふに極た事。しかし今そなたが此逼塞同前の身でどこへ出やつても辱しからぬ事は毎度いふ事ながら、十年まへ身証をちゞめる時親父様の御工夫は今こちの身上金銀他借してます〱よい躰に見せかけ、茶湯聯誹の有徳なる友に付合よい顔で是をおし張はまだ廿五六年も此通りで行ことは見へて有てまだ今では銀の調達も心安ふ此うへに出来世間躰はよけれどそれではつゞまる所の廿五六年目若所詮これでは大借に成て続かれんと（二ウ）いふ時、いやともおほくの人々に損金をかけ、家屋敷売払てもたらぬ時は町所へも難儀をかけて息子一代京の町で天窓上らず。又今有物を売代なして無人に暮して身証をちゞめる時は借銀かたへ壱銭も損かけず。分散の挨拶のといふ世話を人にも頼まずに済故、家をせまふ暮して世間を広ふわたる道理なれば、心に能ふ合点して物の不自由になるをよしとせよ。先祖よりゆずり請し家屋敷売は不孝の罪おそろしけれど、身に置て悪性遣ひもせず家古ふつゞひたる時節到来の困窮。末を押計るがせめて先祖への云訳じやと此通りの逼塞被成たが、今思へば御尤なこと。其時おし（三オ）はりて、そなたが今の廿六で分散な

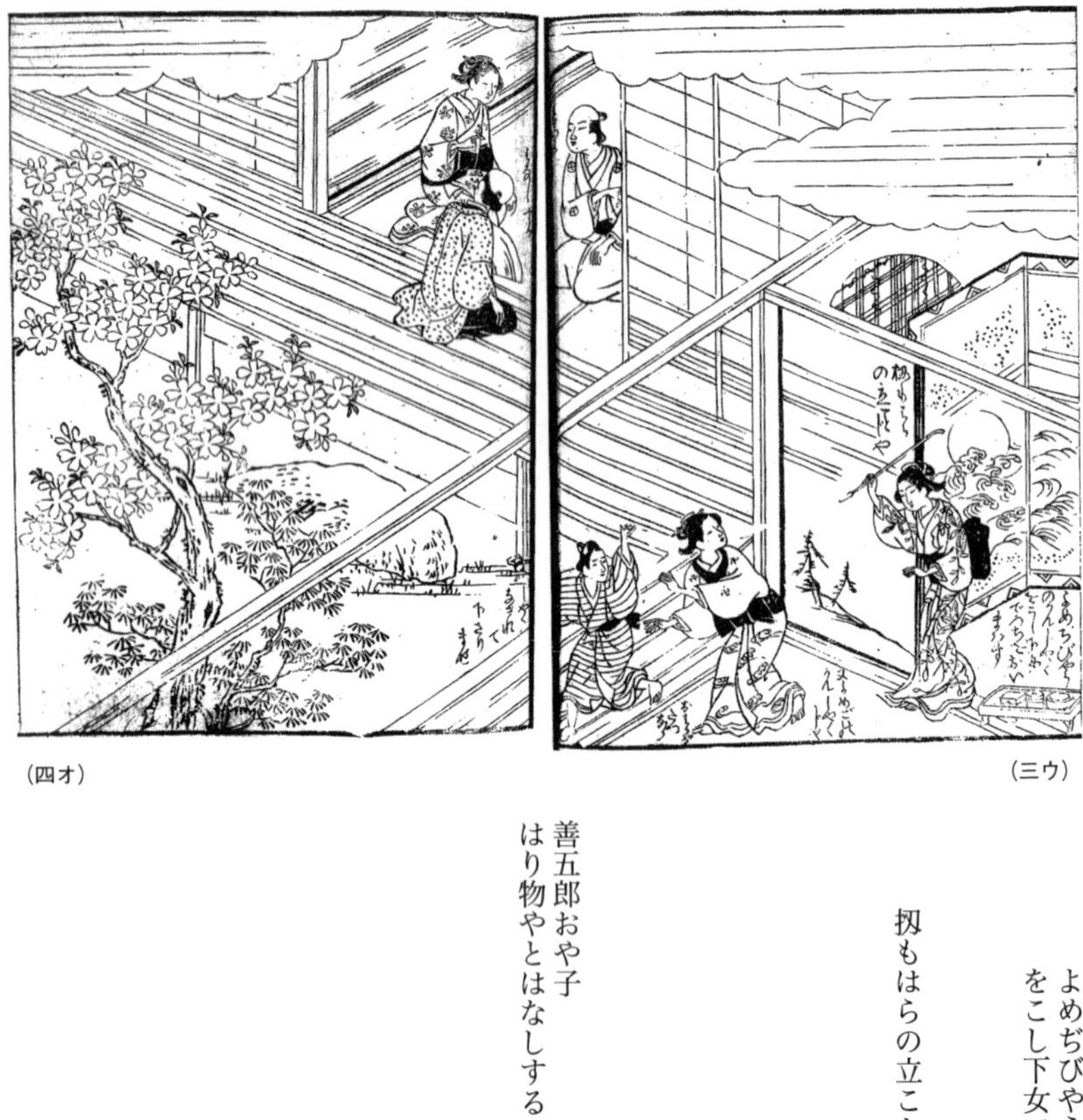

（三ウ）

（四オ）

よめぢびやうのかんしやく
をこし下女でつちをおいまはす

扨もはらの立ことじや

又よめごの
かんしやくじや

おはらがたつなら

善五郎おや子
はり物やとはなしする

御かんしやく
なされて下さりませ

としたら大きな恥。残念ながらも一昨年親父様も順におくり、今年三年の法事も相応にいとなむ。是則工夫のよい親父様のかけ引よりなれば、父御の事を朝夕わすれず、どこへ行きやろと出過ぬ様にはしやるがよいが、人に一銭損賦をかけぬ昔からの此家。必肩身をすぼめやんな。扨けふ改て云渡すはけんやく故に嫁よんでやるも遅うなりしが、最早そう〳〵延々にならざると思ふ内の幸は古ふ見へる出入の張物屋殿がそなたの嫁を世話やことのしんせつ。聞は下京で米屋の娘じやげなが物事軽う倹約な暮し方なれど内証の能身証。筋目といへば（四ウ）近江で名有百姓出。娘も十人なみの器量で年は廿一手も書物もよふ縫との事。三人目に一人の娘で今は兄息子の代なるが、二親ながら法躰して面屋の裏座敷に隠居し孫も二人有よし。第一耳よりな事は二親の衆、結構人の後生願ひ。お袋は貞正といふて世間にまれな嫁可愛がり。家内に二女夫揃て珍らしひ程中のよい内じやげな。仲人口で有まい。誠で有ふは去年噂の有た下辺の薬屋。盗人が這入て茄子を喰して手がらの有しより姑の悪ひ心がなをり嫁と中能なられた妙参とやらいふた尼殿とも寺参り友達で、元は此貞正殿が度々異見をしてぬしの内の中のよい事いふて聞された（五オ）うへに、盗人で不思議が有た故、急に心が改りしと張物屋の新四郎殿が委ひ咄。そなたさへ合点なら急に談合しめる心じやが、何をいふても見ぬ商はならず。明日でも行て見ておじやらんか」といわるれば、性得母の育能息子故に「母様のお気にさへ入らは私が見ますには及ませぬ。お前御苦労ながら御覧被成て急にお極被下ませ」とおとなしき返答。母親も悦で仲人の張物屋を頼、いひ出して二日めに談合極り三日目に結納を送り二月廿日過の婚礼首尾よふ納りて町内一家のひろめも済、息子に嫁を取までたばい置し後家の黒髪四十八で一筋も白髪のないをうるそふ思ふて其年（五ウ）の四月に剃髪して名を知順と改、明暮只嫁をいたわり万に気を付世話しられけるが、扨も世界はまゝならぬもの。此嫁おらんといふは生得と見へていぶりなる気遣者。嫁入して二月ばかりはさしたる失も見へざりしが、少しづゝでも馴染が重る程姑にあたり悪しく夫にも不礼多く、我気に入らぬと下女丁稚をしかりまわし、度々作病などおこし昼過迄も寝て姑をいじり、腹を立ると茶碗茶瓶などを打破程の肝積持。是程の悪ひ嫁なれど兎角姑か不便がり、「年が行て廿八九にもなり子供も大勢持は気もなをらん」とまだ末を楽み嫁を毎日たらしすかしてぐわんぜのない男の子を育る（六オ）様にしらるゝゆへ息子前後良も母の情をかんじむしづよふ半年余りもこらへて見たれど、近頃では一向一日もそばに置れぬ我侭気随。急に暇やり度よしを母親とさうだんすれば、「なる程それは尤なれどマア一二年堪忍して置てたも。今暇出しては嫁の悪ひと計に世間の人がいはず。姑が六ヶ敷故嫁もしんぼうしかねて出たなどゝいへばわしが恥。其わしがはじは少もかまわねど、親父様が人に壱銭損金かけすに能面で世間を勤られたに今わしに悪名が付と親父様の恥。前後良父親のおしへを残された故に尼に成た知順迄が慈悲なと身よくではないがいわれたい。又一ッのわしが考はこちの家は物事直に（六ウ）してそなたは孝行なるに、嫁が里の両親は念仏者の結構人。ことにお袋貞正は世間へ聞へた嫁いたわりのよい姑。其人の子にらんの様な不出来な娘を産で、親代々悪気なふ直に勤るこちの内へ其娘を娶といふはなんぞの因縁事。今あの嫁をさつてまたよい嫁をよんだらばかへつてなんぞ家の障出来やらもしれず。夫よりはどふぞして嫁が心のよふ成工夫をめくらし上人間にするが此うへもなき善事。長ふとはいふまい今二年、わしが頼じや暇やらずと置てたも」とどふやら様子有そふな利害の直な母のことば。息子は元来孝心者。「さやう思召さるゝならいか様共母任」と親のことばを背ぬ前後郎。わんばく太郎といふべき嫁につれそふ心ぞ笑止なり。（七オ）

㈡たとへにもれた仲人の宵の程からいつまでも世話をして心をつくす気は張物屋の神詣
附り　数万の人がいらたかの数珠おしもんで祈り出した一疋の虫を右の手に握てしつかりと心を極たは誠の女房

仲人は宵の程とて古ひたとへあれ共、夫とは引かへて珍らしひしんせつは張物屋の新四郎。前後良親子は嫁の悪ひ気性を仲人へもいまだ沙汰なけれど、手代下女などが度々新四郎方へ行ての噂。「世上にまれな姑御はこちの知順様。片時も置れぬ気随な嫁御を人に隠していたわり、結構な旦那もこらへ兼て暇やろふといはるゝを知順様が色々といふて一日延し。どふぞして（七ウ）気立のなをる様にしたいと息子殿へ手を合てのお頼みゆへ、お袋のことばを背が不孝じやといふて堪忍して居らるゝ旦那も又妙な生得。こちとらなら片時も得置まいに」と咄を聞て新四郎胸を痛るも理り。此娘一度中京辺へ嫁入せしが、世間にまれな厳敷姑故気随娘のことなれば廿日立や立ぬに姑と物いひして尺力でたゝき合、肝積おこして持て行し我針指をふみくだいて逃て戻たこともあれど、是をかくして元吉屋へ世話した訳は米屋の貞正殿が元吉屋の後家殿の賢女なることを聞伝へどふぞ其様なお人の手に置は人並の女子にもならんとの頼。此貞正殿も直な尼ゆへ両方思ふて（八オ）世話したれど、今では米屋の為にはよいが元吉屋のきつい難義。前後良殿から噂のないに此方から暇とるも反て不礼と明暮是を苦にして毎日諸神を祈、世話せし娘の心直になります様にと天満宮祇園清水などへ詣けるが、元吉屋へ昔より出入の大工が此よしを聞、張物屋へ来ていひけるは「御存の通り私は親代々出入ます元吉屋。今こそ小家なれ前々世盛りの時はたんとおかげをかうむりし門。十年以前逼塞の時でも買掛りまで壱文も断いはず人に壱匁損銀かけぬ仕かた。前の親旦那を始今の知順様に今の旦那イヤモフ広い京に三人と有まい慈悲情の深ひお衆。定て今度の嫁御も（八ウ）姑が悪さに出たと世間でもし噂あれば、先祖までの恥。二ッには悪嫁をどふぞ能人間にしてやりたいと思はれてのことならん。うけ給ればこなたからの仲人故気毒に思ふて嫁御がよふなられる様にと北野祇園清水迄日参のお願じやと承ましたか是は御尤な事。中々か様な事は神仏のお力でなふてはなりませぬ。一人よりは二人の願主。私も明日から七日が間御同道申て北野祇園へ参ませふ」といへば、張物屋新四郎大きに悦、ともに力をそへて神へ願をかけけるが、扨人は律義な所の有もの。元吉屋前後良方の逼塞の仕様がよかつた故に、昔より出入の染物屋が是を聞て北野へお千度廻りをして嫁の気立をなをる様にと祈れは（九オ）同ねりもの屋が祇園へお千度。段々聞伝へに成出入の魚や八百屋左官と屋根屋が一組に成て北野から祇園清水東寺四ヶ所への日参。日雇頭の六兵衛が安井の金毘羅へ跣足参り。みな元吉屋へ隠して張物屋を寄合場にして毎日のお千度お百度を幾組も方々へ出しけるが、とんと時の時花ものゝ様に拍子が付て昔より元吉屋へ商する者、或は諸職人迄隙手間かいて願参りする気に成て北野祇園に頂上では二三十組程のお千度参り。諸人の願力神仏も感応ましく〱けん、彼嫁おらん或日の暮過に裏口へ出けるが、天俄にかき曇し故仰向て空を見し時、其長壱丈計成赤鬼雲（九ウ）中より舞下りおらんか首筋ひつ掴で虚空へ引提行しが、「のふおそろしやかなしや」と泣さけへと其甲斐なく雲間を引提られて何処の程にてか大地へ打落されけるが、東西南北はかり難き程のひやうぐ〱と広き原へ落しが、いづくより来りけんや人数万人出来りておらんを取巻「其方生得悪心にして気随気侭をおこし慈悲深き姑に不孝をなし情有夫を麁末にせしゆへ、今此所で数万の者が祈り〱して責殺。是則己か罪己を責る天の御罰なるが、それ共本心に誠に尽し以後心を入かへて姑へ孝行をいたし夫を大切にして慈悲心を出すならは（十オ）此度は命を助て宿へかへしてくれん。一ッに二ッ（ママ）の返答せよ。たゞしは一向祈殺てしまをふか」と数万のひとかいらたかの数珠おしもんで責かけしが、おらんはいつそ気もきえぐ〱おそろしひやらこわいやら、身をふるわせてよう〱と顔をふり上泣ごゐにて「持病の肝積いひ立てゐぶり気随の我侭で姑御に不孝をせし故、此おそろしい天の御罰。命お助被下なは宿へかへりて是迄の不孝の有たけお侘申、姑御へ孝行尽し夫大事にいたしましやう。どふぞお慈悲に一まず宿へおかへしなされて被下」と涙ともに願ひければ、数万の人得心して「かならず其ことばを忘れな。（十ウ）命は一まづ助て得させん。今一ッの不思議を見せん」と数万の中より山伏姿の老翁一人すゝみ出、おらんを大地へ打たをし左の脇腹をあらけなく三ッ四ッ踏付られけるが、苦しさにぎやつといふて何やら吐出せしが、老翁これを取上ヶ、おらんをゆるめて「こりや女是を見よ。是はこれ汝が腹中に有し肝積の虫。尤積聚の病は積聚と文字に書て女の愚痴に物を思ふて腹中に積あつめたる塊なる事は医書にも見へて疑ひなけれど、其内に肝積には生得て悪敷むしあり。年を重る程段々ふとりて後あしき姑に成もの多くは此虫のさせるわざ。汝今（十一オ）此あく虫を取出しかへすからは、本心柔和になりつらん。持かへつて母にも見せよ」とて彼むしをおらんが右の手に握と思ひしが、東雲近き正夢にて惣身にしつぽり冷汗して目を明見れば、不思議なるかな右の手に彼虫を握り居る故、姑や夫を起し涙をながし感心して正夢の物語り。「此上心を改まして孝行をつくしますも中々ひと通りの事では是迄の罪かほろびませぬ。よも寝させず先お腰でもさすらせて被下ませ」と姑の袖にすがりつきなきさけびての侘事。夫を拝み母を拝して敬ふ有様。誠に肝積のむしなきゆへか眼元までにうわになりて（十二ウ）愛らしき能女房。今ぞ古人のおしへに叶ひし良妻とこそなりにけれ。姑知順の悦ひ限りなく、家内のいさみ前後良がうれしさにおらんが里へはしり行、今までいわねと是迄の悪事も咄、今度不思議の霊夢にて貞女になりし物語りをすれば、二親始おらんが兄長兵衛夫婦が前後良を手を合せて拝み、「わるひ噂も遠から聞て居ましたれど、其元より御沙汰のないを幸に存て心ばかり痛居しか、姑御の御情貴公の慈悲

（十一ウ）

（十二オ）

のふかなしや

よめおらんおにゝつかまれて行
おそろしいゆめを見る

是と申も神仏の
おめぐみてござります

おかげで娘一人ひらはれました。
是はちじゆん様へ
おめうがの御礼でござります

あまりうれしうてどふも
御袋様へ御礼の
申やうがござりませぬ

ゆへ娘一人ひろひました」と此親元も余り嬉しいやら今姑知順が有難いやらでヲヽ〳〵泣ての悦。両親が息子長兵衛と何やらさゝやき（十三オ）仏檀の下より年々にこつてりと延し置し金三百両取出して前後郎が傍へ居、「先達て娘を遣す時金百両土産に持せつかはそふと申たれば、しきがね持て来る女房はいやとの事故、其時は持せ遣はさず。此度のは敷金と申てはなし。只娘を人間にして被下れた御礼。どふぞ是で商の元手にもして下されば我々が悦ひ重々の願ひ」と理を分ての三百両。是非なく前後良も是を貰て宿へ帰り、母女房に此由をいひ、直に三百両ながら商売の元手にいれしが、内証の工面金入た程よふなりか女房は日々姑へ孝行つくし、世帯の事を大切にして費をはぶき奢を（十三ウ）せず、朝夕神仏を祈りてかせぎに油断なき故段々と身証仕上て二年立やたゝぬに千両計の金をのばし、家屋敷を買ひろげて大かた昔の元吉屋。三年目の春張物屋新四郎が咄で彼昔よりの出入方が神仏へ祈をなしてくれられた事を聞て正夢のふしぎを思ひ合て此連中を不残しやうだいして丸山で礼ふるまい。珍らしい肝積の虫の陰干を見物させて種々の馳走をつくし、夫より日々諸々神々へお千度のお礼参りを幾組も出して御恩をほうじけるは誠に有がたかりき。扨も姑知順の若きより賢女にて婦の道を勤ける故、（十四オ）諸神正直の首をてらし給ひ、世に又となき貞女なる嫁をもふけ一年〳〵家富栄てまんまと元の元吉屋。昔の商得意は残ず諸々武家方のお歴々へも出入、家蔵ならべし仕合は昔と今と跡先のよふそろうたる前後良。前後良とはたが付し名まで目出度物語り。

姑気質巻之三終（十四ウ）

世間姑気質巻之四

目録

㈠ 今を盛りの花香屋はうつくしひ気立な夫婦の中に一人の姑かい気のかわつた天王寺参り

附り 難波津に咲や兄花新町の住吉屋が門口で目を驚かす聟の大尽（乙オ）

㈡ 夫をかこふ女房の嘘は誠に深ひ貞女の性根弁舌にまかせて執繕ふ道徳の一人娘

附り 当世時行奥島の羽織を着せて揚屋へやりたかる姑の機嫌よい旦那に取入た晦日のなしはらひ（乙ウ）

世間姑気質巻之四

一　今を盛りの花香屋は美しい気立な夫婦の中に一人の姑。
かい気のかわつた天王寺参り
附り　難波津に咲や兄花新町の住吉屋が門口で目をおどろかす聟の大尽

詩経曰穀則異室死則同穴。これ夫婦別あるの義にてつねには同居せず。婦人の居間を室と云て衣類手道具にいたるまで一ッにまじへおかざることなるが、死すれは同穴に埋、夫死て婦後に嫁ざる法なるゆへ塚を一所に築并ものなり。況や夫婦災難にでも逢時は共に死する（ニオ）ことこそよけれ、難を見捨てさらず。是同穴の義にして俗に偕老同穴の契といへり。こゝに大坂難波橋の辺の町住人なりしが、田葉粉入袋物さげ物などのよき代物を商ふて古ふしにせたる見世先に隠れのない水引暖簾。花香屋の美助といふは元此家へ入聟。美助産付て人品の能美男なるに、女房にせし家の娘は大坂中で評判の有程の器量よし。廿計と見へて愛の深き事はいつも盛りの花の風俗姿かたちのしなやかさは春風に青柳のなびくがごとく、名はお糸といひしが、ほんの合たり叶たり夫婦中のむつまじく身上も（ニウ）勝手よふ暮しけるが、姑五十の上は一ッ二ッ有なしの年頃なれど只足の弱生得にて歩行を大義がり、外へと云ては一年の内に二三度ならでは出ず。内に計居て物せわしく万の事に差出、足こそ不自由なれ口も手も達者に兎角物事に疑のふかひ生得。血を分し徳故娘お糸はいたわり深かりしが、入聟の美助を只なんのかのと云て失を付、扨も気どりの六ケ敷事は主と病の上に、との字とめの字の付後家殿なりしが、流石は男の気さんじ大方日々商或は職方誂物などに出ける故さのみ是を苦にもせず、一ッ飲でうさをもはらし、かい二三年も馴染かさなりしが、(二オ)ちかいころよりしきりにむりを云出し少しにても酒きげんでうちへ帰るとさま〴〵のあてことをいひ、娘をおり〳〵呼付て「そなたの男をそしるではないが、まそつと結構すぎて気にはたらきのない聟殿。しかし顔が美しいゆへ得てあんなねそがおほごとを仕出し、外に女房子などをこしらへてをくもの。酒でものんで出た時やもどつたときはすいぶん気をつけや。気のよい人じやとばかりおもふておほきな壺をかぶりやんな」と口喚讒に嗾られても美助ならでほかに夫はもつまじとおもふおいとがとけし中ゆへ、母にいろ〳〵執(三ウ)成いふとふきげんな顔付になつて、積気をおこし腰がいたひのあしがだるひのといふて娘や下女かかいなのぬけるほど按摩をとらせ、さりとは一人の母親に家内四五人が毎日手に汗にぎりこぼしで「天窓の一ッもはりたい」と二才と丁稚が見世でつぶやく位なくねり後家。珍らしいことはある日昼飯すぐるとにはかにおもひ出し「天王寺まいりしてこう」といふてすこしべん当をこしらへ美助があきないにでゝ無人なるゆへ近所のお針ばゝをやとふて娘の番に付ケ、二才と丁稚にもきびしう留守をいひ付て下女(三オ)一人つれて出かけるが此姑しはしの中にいろ〳〵と気の替る性。道四五町行と天王寺をやめて堀江の阿弥陀池へ参る気

（三ウ）

（四オ）

今出花でございます

うすい茶は
おきらひじやぞや

けふは天気もよし
ひるから天王寺参りせう

あれはむこの美助めじや
是はまあなんとせうまで

びしうさん
おそかつたなあ

ぜんせいの大夫ほど有て見事じや

是は大夫待かねての
おでむかいかほふたりや〱

にかわり、順慶町を西へさいて新町の中を通りけるが、頃しも弥生なかはの春のそら。いと遊の錦を織大夫天職の影向は阿弥陀池よりもとふとく、里の風景をながめ行。向より人品すぐれたる美男黒羽二重の袷に黒どしの長羽織、はかたの帯に金作りの脇指、いそ〳〵として歩来る人を能々見れば聟の美助。姑見るよりきよつとして立とゞまりしか美助はなんの気も付ずあゆみ来る（四ウ）とはや住吉屋といふ揚屋の内より禿と中居かはしり出、「これは美州さまお約束よりおこしが遅きに大夫さまもお待かね」といふて美助をともなひ住吉か内へ入けるゆへ、姑いよ〳〵肝をひやし、揚屋の内をのぞけばまだはし近に居るかして「美しうさま〳〵」といふこゑを聞て、門に姑興さめ顔。腹立顔にて揚屋へはいり面恥かゝせんその顔色又取直し「いや〳〵〳〵先此ことを娘に早ふ知らせた上にて僉議せん」と阿弥陀かいけは余所にしてひつ帰したる新町橋やら腹立に踏ならしばた〳〵〳〵と我宿へ逸足出してそ帰りける。（五オ）

㊁夫をかこふ女房の偽は誠に深ひ貞女の性根
　弁舌にまかせて取つくろふ道徳の一人娘
附り当世時行る奥島の羽織を着せて揚屋へやりたがる姑の機嫌。
　能旦那に取入た晦日のなし払

分に過た色里の遊びは粋な親父の眼にも末おそろしかりしに、況や六ヶ敷姑。美助がけふの風躰を見てはおとろきさわがるゝもことはり。持病の足のいたみも忘れて飛がごとく我家へ帰り、矢庭に娘が胸くら取て畳をたゝき「聟めが事を常々気を付油断をせな。ねそが事仕だすものじやといへばなんのかのと男ひいきな執成を（五ウ）いふが、けふだいそれた事を見出して来た。天王寺へ参るを道から思ひ付て阿弥陀池へ参る積りに成て、新町の中を通りしが、美助めが結構な着物を着おつて脇指までさし、住吉やといふ揚屋へはいると中居禿が出迎美州さま大夫さまが待かねてじやといふての大尽あしらい。もふとふから遊にゆきてしつほりと銀も遣ふた様子。あれでは此月中に居宅も懸屋敷もみなにするは極た事。なんと是でもわしが手前へ執成のいひ様があるか。入聟に身代しまわれて先立しやつた親父様へいひわけの仕様が有か。どふしやく〱」と娘をとらへ泣つ怒つ立たり居たり、下女がさし出す茶碗を掴歯をむき（六オ）出してかみわりしはおそろしくも又笑止なり。さしもの気立の能娘も母がいわるを聞てびつくり。ともにうらみの瞋恚をもやし、「是程までに陰へなり日向へ成ても夫の事母へよしなに取つくろうて片時いとしさわすれぬ物を、きこえぬ仕方」と涙ぐみ、ないしやくりして居たりしが、又しつかりと思ひ直し「ホンニそふじや恨むまい。妾めかけをこしらへて外に有とて男のかうけ悋気をせぬが女子の勤。夫よりうすひ遊所の一花。また格別に物も入まい。是をいひ立不縁になれば入聟ゆへに娘があなどり潤熟せぬと世間でいはれば母様迄の気が見へて人のそしりになろう（六ウ）もしれず。誠に貞女の道を学んで夫の悪事を隠さん」と怒る気色の烈しき母が膝元へすりより、「様子御存じない故にびつくりなされてお腹の立は御尤と申そふかいひ様もないお道理千万。なんの美助殿が身銀を遣ふて新町通ひいたされませう。けふ住吉屋の大よせは私も聞ております。其訳と申ますは北の今橋辺に借座敷して後月より御座る西国の歴々、十日前に美助殿がつてをもとめて商に行かれましたが、初ての商に印籠巾着珊瑚珠の緒〆共に金三十五両が商。年中の御逗留なれどお金は毎月晦日払ひ。此節のお誂物の注文が（七オ）五十両計。今職方にこしらへております。此うへまだ何程御用が有ふもしれず。近年にまれな能お得意なれど、一ッの難義は其旦那の気に美助殿よふ取入られしゆへ毎日の新町通いに美助殿をつれて行たがられるよし。そこを色々ぬけて見ても此付合を断ゆふと出来る商も出来ず。身銀といふては壱匁もいらねど着物はさつはりとして行ねばならぬお供。所詮母様にいふては手張の遊かと疑れて反てお気をもませます不孝。金儲を見切て是切にして商を引と思へどみす〳〵こけあるく銀を取にがすが残多いと私へ相談しられましたゆへ、「なる程（七ウ）その母様へ聞されぬは御尤じやが孝行の根は商事を大事にして銀もふけるが基の礎（ママ）。其銀儲を取にがしては商売の冥加もおそろしひ。此月の晦日に八十両余の金を取揃へて母様に見せる迄は内を常の着物で商廻りの様にして出て、友達衆の着物を当分借て新町へお供し、夜のあまり更ぬ内に断云へるたけいふて戻る様にしてこゝの間をつとめ、扨晦日に銀請取て母様へ渡し、その上で様子をお咄申て内から着かへて新町へ行しやつたらさのみおしかりも有まい。其時はおり〳〵夜か更てもおかまいは有まいと申まして今日で五六度程（八オ）は私しが呑込でやりました新町遊び。わけてけふは其旦那が馴染の大夫請出される相談に付て旦那より先へ美助殿が行、何かの様子を聞れますはず。気を

（八ウ）

（九オ）

是はしまいじや
はゝじやがけふ見付たそふな

入むこにしんだい
つぶされてもすむかいやい

きついおはら立じや

まあこゝをゆるして下さりませ。
是には申わけがごさります

せいて出られましたが友達衆の所で着物を借たり何やかやでおまへの見付なされた時分にようく〳〵行れました物。其相談事が有故待かねて仲居や禿が迎に出て大夫様がまつてじやなどゝ申たもの。わけをおきゝなされぬ故お腹の立は御尤じやが、此ことはちつともお案じ被成ますな。私が申に違ない証拠は此晦日に入て来る小判八十五両といふ金子を見せてお疑を（九ウ）はらさせませう」と向ふ見ずに出るまゝ夫をかこふ当座のがれ。べんにまかせていひならべ、ぬつへりこつへりぬけしが欲といふ字に目のない姑。金の費と見付た事が反て金もふけに成筋をうまく〳〵喰てにつと笑ひ、「今月の晦日にはや八十五両といふ金子請取といやることなれば最早噂に違はあるまい。そふ委ふ様子を聞ばなる程尤な有そふなこと。ゑよふ物の此商なれば能旦那衆では太鼓も持たねばならぬこちの商売。聟もそれではぬるい共いはれず。明日からその様に友達衆の着類を借り着せずと去年してやりやつた奥島の（十オ）袷同島の袷羽織こんな時のはれに着せてやりや。新町は扨をき京の島原でもあの奥島ではねうちが見へる」と近年珍らしい上きげん。「新町から気をもんで走て戻たゆへ草臥てねむけが出た。気休に二階座敷でゆるりと休」と枕ひつさげだんばしご上る間をそしと娘のお糸、心世話しき母親をぬつへりだました咄の尻。しめくゝりの工夫に胸を痛居るとも露しらず木綿着物に風呂敷かたげ酔を見せじとたそかれ時性根はくるわに残れ共長ふ居られぬ内の首尾。窺ひ〳〵さし足して這入夫を見るより早く蔵の（十ウ）内へ供なひ行、住吉屋へ行ていを母が見付てかへられしこと、当座のがれにいひまげて姑をたました訳を具に語り、少しも立腹する様子を見せず物和らかに夫への諫。「六ケ敷母様故日々のあて事の何かに気をつかして新町でのうさはらし。無理とはさら〳〵思ひませねど、今しはらくしんぼうしてたま〳〵には遊ひにもいて気を煩らはぬ様にして下さんせ。しかし気の毒なはけふの不首尾。出るまゝに母のきげんは直したれとうそのしまりを誠にくゝるに八十五両といふ金見せねばならぬ此晦日。有金に手をかけては猶母の首尾わるし。（十一オ）わたしが呑込で居る程に見世の代物てやりくりの工面をして行晦日に母へ見せて下され」と残る所のない女房のしんじつ。嬉しいやらかはゆいやら一向美助は泣て物も得いわず。「そなたの様な貞女を女房にもちながら新町の大夫にのぼつた天の罰がおそろしい。そなたにどふも礼のゆいやうがない。かわりには是見てたも」と硯引よせさら〳〵と認て血判を居さし出せしをお糸とりあげ見れば、なん〳〵の誓紙。その元と二世かけてつれそふ内たとへ母様何程のむりむたいを仰付られ候とも一言口答をせず、大切につかへ申べく候。若御機嫌（十一ウ）をそむき候はゝ諸神諸仏の御罰をかうむりなどゝおそろしい誓言立。女房お糸はおしいたゞき〳〵てよろこびいさみ、扨八十五両の金子を其夜に才覚して万事を工面よふいひ合せ、程なく晦日になれば彼金子を母親に見せけるが、扨も大きな山吹色の能きげん。いな拍子から姑も今は心が和らかに成て聟もあまりそしらず美助が新町通ひは其時よりふつゝり止て夫婦弥中能暮し。家に福くり花香屋の美助が身こそ楽けれ。

姑気質巻之四終（十二オ）

世間姑気質巻之五

目録

㊀ 所に名高ィ手利のしうとめ貝裙のぬい様にこまり入たる嫁の手跡
附リ 二ッ覚た芸能は顔にも見せる高ィ鼻先に様子を聞て居る六ヶ敷兄姑 (乙オ)

㊁ 学文はなけれど朋友の信。所相応にむすび合す四人の夫婦中の能親子兄弟に仕上身上
附リ お辰狐のほう前へ早速建た赤ひ鳥居何くらからん銀持の息子が命を拾た悦びのお礼参り (乙ウ)

世間姑気質巻之五

（一）所に名高ィ手きゝの姑　貝裙のぬいやうにこまり入たる嫁の手跡
附り二ッ覚た芸能は顔にも見せる高ィ鼻先に様子を聞て居る六ヶ敷兄姑

婦有長舌惟厲階と古人もいましめ置れしは女の多言成は七去の内にて婦人の大ィなる疵ならん。口まめにして然も口卒なれば種々の障出来て殃の階となれは、たゞ女は詞すくなきこそ宜なれ。こゝに洛の東祇園新地の辺りに衣紋屋の着右衛門といふ者ありしが、万仕立物の職を（一オ）いとなみ家内ゆるりと暮しけるが、着右衛門も六十といふ年の加減にて仕立物の仕事も少し無達者に成けれど着作といふ息子が廿三四の仕事盛り故、去年女房を持せて着右衛門夫婦今は少し楽も出来しが、代々堅ィ法花宗にて兼々願の身延参りを此度思ひ立て題目講中云合同行七人つれにて九月節句立にして出行けるが、此舅が長の留守は扨も嫁お袖がきつう迷惑。姑おぬいが世間お定りのよめ諚にて明くれ気兼多く心遣ィしてくらす中に、格別の姑が無理を云るゝ時は舅が身兼て色々異見をしられける故、少しは是で虫なりとたんのうして一チ日暮と思ふてつとめ（一ウ）奉公同前の気に成て一年余りをへけるも、夫着作が物云ずなれど気の柔和な産にて色白ふちよつこりとしたひな男の愛の有者故、若ひ女子の好風俗。此情につながれて又有時は思ひ直し、夫ゆへつらひ苦界の勤奉公に身を売て男をはごくむ人さへ有れば何程姑がむり云れても意地の悪ひ坊主客のきげん取女郎の気に成て居ればよいかいと、流石色里に住程有て心を取さばいても見たりしが、差当る壱ッの難義筋目も賤しからず器量も十人なみよりはすぐれて能から着作が気に入しお袖なるが、親里が近年身上しもつれてこんきう成故、ぬい物手跡などがさつはりと出来ず。仕立物やの内なれば（二オ）段々手も上りつらんに姑が新地中で評判の手きゝにて口わんざんに利口ぶつてことば数の多事は町所で噂のある姑。只明暮嫁を謗る序の初りは「縫仕事が無器用な」と云出すが最初。「人の女房といわれては商売にせぬ所でも縫物が下手でどふ口が利れるもの。たとへ内で稽古せぬ程にといふて仕立物やの飯を三々九はいづゝ毎日こかして一年余りになる貝裙のぬいやうをまだろく〱に呑こまぬやうな不器用で辱敷もなしにけふの髪は筋が能ふ入たのいや根が心よふしまつたの此髪は何日持のもたんのといふ評議を隣の八百屋の内儀と今朝もけさとて咄ていやるがマアそなたは髪結て筋（二ウ）立ることはゆがもふと侭にしていろはのへの字をまちつとまんろくに書様にしや」などゝ兎角に口卒なものいひ。しんぼうな嫁もこらへかねて夫着作に此つらさをいへば「しよせん母者人のわんざんはどうも直し様がない。折々陰へ廻つてお袖を余り謗らしやんなといふと「能器量が何に成者じや。なぜ物もよふ書、仕事も上手な女房を持たぬ。そちがもの好で親父殿を頼んで持た女房なればわしが気に入ぬ」といひ出し、かりそめにもそなたの里が貧乏な事をいわれな」と涙くみて女房に咄せば聞女房もせんかたなく〱咄を止て其夜を明しけるが、翌日の八ッ時分より又嫁が一ッのこまり

（三ウ）

（四オ）

芝居の作者へそうたんと
思ひ付てくれる貴様も
くろいものじや

一かうこん夜
相談にゆくまいか

しうとめへしられぬ
やうにさへすれは
何申ぶんは御座りませぬ

とかくよろしう
お頼申ます

なんでもこれは
芝居の作者にちゑをかろ

作者
冬木酔介がうち
大かたくふうが付ました

いかいおせわになります

ふたりながら気を
せかんとしつほりと
国太郎や小川の吉
などの身てさんせ

おとらさんいてこふぞへ

が（三オ）出来しは夫着作が姉お高といふ者公界はせねど所柄とて十はかりの年より三味線を習ひける故、廿余りで指南もなる程器用に覚、縫物は家の職故母におとらぬ程の手利。此三味線とぬい物を云立にして近国の大銀持の郡士方へ三年切て廿四の年奉公に行しが、此九月に年季明て帰る筈故、十六日の夕方に宿へ戻りけるが、此度は縁有次第嫁付る母親が兼ての心。扨此お高といふ女生得悪高ィなめ者が大銀持の大手な事を見聞して帰りし故いよ〳〵権式高ふなりて少々の女子を見あなどり、我覚た芸能を鼻にかけて母親とよう似た気（四ウ）風。とりわけ馬が合ふて能事見て来た娘自慢。嫁お袖が為にはさりとはこまつた兄姑。一向お袖も今は身動もならぬ二人の山の神。夜の目も合ぬつらさに着作とひそかに相談。「姑御一人にさへよふ気に入ぬわたし。いまお高さまと二人の気取は迚つゞかぬわたしが命。どふぞ能思案はないことか」と是程なつらさにも着作と別れることはかなしく、夫が袂をかみしめてしのび泣に臥沈けるゆへ、着作も不便の涙にくれ女房が気を休んとて「とふぞ是は工夫か有ふ。其様に泣て気をのぼすな。懇意な友達の中でも取分てしんせつに男気な者は祇園（五オ）町の糸屋の息子と当町の油屋の九兵衛。二人ながら女房子持て居る落付た利口者。此二人に様子を咄してそなたを縁きらずに母者人がやかましう諍らぬ能姑になられる工夫の智恵を借て見よ。なんのかの云内に早日暮。先一走いてこふ」と彼油屋久兵衛方へ行て糸やの息子功介を招き、三人が六ヶ敷相談。母親の仕にくひと女房の不便なことを一から十まで咄、「つゞまる所が急に母者を能姑にする分別をしてたも」と頼みけるが、世帯持でもまだ年若な二人、首かたげて思案せしに「どふも此工夫は急に付ぬ」といひしが、糸屋の功助が「是は中々有べかゝりの思案工夫では出来ぬ狂言（五ウ）じや」といへば、久兵衛が「其狂言といやるので思ひ出した。是はなんと芝居の作者を頼んで能工夫を付てもろふでは有まいか」と云へば、二人が手を打て「是は尤な思ひ付じや。幸我等の懇意な作者がある。一走り行て頼んでこふ。着作もおじや」と糸屋の息子が気をせけば、久兵衛がおしとめ「今夜はもふ四ッ過。今から咄せば後過る。一向明日の朝にしや。三人なから連立てゆこふ。マア退屈にあろ。一盃飲や」と遊所の辺の一徳は早速作る鯔のぬた。かい埒の明取肴ざつにはあれど実是も朋友の信実から諂ひのない友達とふし。腹がへつたかそれそこへ「饂飩蕎麦きいりィ。」（六オ）

㊁学文はなけれど朋友の信。所相応に結合す四人の夫婦中の能親子兄弟に仕上身上
附りお辰狐の宝前へ早ふ建た赤ィ鳥居何くらからん銀持の息子が命をひろふた
悦のお礼参り

誠に膝共談合三人よれば文殊の知恵とはいふてあれども此分別は友達中の思慮に落ず。いよ〳〵芝居狂言の作者に相談をする積りにて糸屋の功介がねんごろにする四條北側芝居の作者冬木酔助方へ三人同道して行、彼一件を委敷半紙を綴て初終り迄書附に認、「扨口上でも演舌して能御工夫を被成て下されませ。（六ウ）少々物の入ます事も苦敷御座りませぬ」とゐんぎんに頼みけるが、又流石は作者の分別。始終を得と呑込で

暫手を組工夫を付けるは、「其お咄の姑御、なんぼふ厳敷女儀でも着作殿の実母なれは子に甘と厳との違計にて恩愛の情にかわることはなし。そこを見こんで一ッの工夫は着作殿の命ずくに成ならんの場へ事を落し、母を大きに驚かして気をやわらげ、嫁をふつつりいじられぬ様に趣向するが上思案。其狂言の仕様は心中の真似をするがよし。是も中々ざつと狂言しては末とげず。「母様のお気に入ぬ女房（七オ）なれば暇出し候が孝行の道にて御座候へ共、夫婦中むつましゐ女房にて互の情厚く、悪縁契り深く相なり得離別も仕らず一人の女房不便と存ます未練なる心ゆへ、母へ不孝のつみおそろしく所詮此世ではそいとげられぬ二人が中故不孝に不孝を重申候得共、心中に罷出女房お袖も得心の上ゆへ若き身を刃の下の露霜ときえうせ申候。親父様身延参りの御下向被成候はゝ幾重にも此不孝お詫被下母様姉さま諸共一へんのお題目を朝夕頼上候書残し申候。最期の一通涙にくれ〲かくのごとくに御ざ候。母様姉様へ着作」といふ（七ウ）文言の書置を懐中して相応な心中めいた衣装を拵て野辺の心中くさい所へ行、夜中過か八ッ時分と刻限を定内は夫婦朝飯過より出て居て友達衆の所より夜深に道行めさるがよし。そふすれば着作夫婦が見へぬといふてお袋も姉貴もさわがるゝは究た事。其さわきの中へ夕方を勘へ功介殿も久兵衛殿も見舞に行キ、様子を聞て驚く貌を随分と見せ、「夫に付て思ひ当るいやなことがある。夕へこちへ日暮に一寸来てくつたくらしい貌して云れた着作の口上。とんとよめなんだは「こちの内もきつうもめる（八オ）母と姉貴が二人して妻をいじらるゝので、お袖が苦しがるを見る不便さ。もふ所詮面白ふないこちのうち。一向女房をつれて出、丸太町の東の野中へ行て心中でもせうかと思ふ。お袖はとふから死たがつて居る」といわれし故「何てんごういやる昔から口へ出して死たいといふた者の死んだ例はない」といふて別ましたが、なんと又それがじよふで死にゝ出たのでは有まいか」といわれましたらお袋始おどろかるゝはしれた事。其時貴公二人は友達のよしみ。心中くさい所を尋て参りたし。しかしお袋の一家衆一人同道して参らねば（八ウ）若ものことが有時の難義。又無事でつれかへるといふても三人も人がなければ夜更てから気味が悪ひと云て縁者を一人つれて出て隙をいれ、夜八ッ時分に彼野辺の畠中へ行、其時分より前に着作殿夫婦は心中衣装附（ママ）ケて畠中に待て居られよ。扨四五間手前より久兵衛殿功介殿が咳払ひしらるゝを相図にして脇指引抜お内儀の胸元へつきあてらるゝ所を功助殿うしろへ廻りて着作殿が持たるぬき身を引取、久兵衛は着作夫婦を両手に抱へて「死して是がどふ成物」といふ程着作は「見遁して殺して下され」といふせりふ。「死る訳は何故じや定て書置が（九オ）有ふ」と九兵衛殿は着作が懐中へ手を入、彼書置を引出して挑灯の火かげでざつと読、お袋の一家に是を見せて其夜は九兵衛殿宿へ着作夫婦をつれかへり、扨仕立物やの一門一家をよせて姑殿に異見をして見やしやりませ。二度嫁をいじらぬか、母親と姉貴とが別に外へ借宅して出らるゝか執法がどふぞ付ませふ」と作者酔介弁に任せて云聞せば、三人横手を打て悦び、始終の狂言組をよく呑込「扨も〳〵作者なさるゝお人の御工夫は美ひ物じや」とほめそやして座を立帰り、又久兵衛かたにて相談しめて心中の衣装何かを二人の友達が才覚（九ウ）してくれる筈に究、着作宿へかへりて女房そでに此趣向を咄せば是も悦んで狂言の次第を呑込、九月廿九日の夜にさだめて、脇指は着作か所持を前日に出し置て朝飯後より夫婦我家を着のまゝにてぬけ出久兵衛が所に忍居て内の様子を聞ば、仕立物屋の内は昼前よりさわぎ出し着作が母親の弟初一家一門打よりての相談。方々へ人を尋に廻し、祇園へお百度狛の足くゝるやら八卦を見るか色々母親気をもむ中へ、暮方に久兵衛功介が見舞。彼酔助にならひし通りを咄せばまんまと趣向の積りにゆき母親の弟六右衛門といふを同道にて尋に行三人が拵。(十オ)此間に九兵衛一寸内へ戻て二人の者に云聞せ、「こちとら三人は今から出る。そなた衆二人は夜中半にこゝを出て八ッの頭に丸太町の東、川原よりまだ二町も東の畠中に所を定て待て居や。八ッ少し過に行程にかならず咳払ひの相図をわすれぬ様にしや。お袖殿もぬかるまい」とねんころに云合て又仕立物屋へ行、扨功介にも「工面よし」と私語云て彼一家の六右衛門をつれ方々と出かけるは、二人の友達もしんせつな世話の扨もぞうさな趣向なりけり。早其夜も夜半過に成ければ時刻よしとて着作夫婦が衣裳のこしらへ。久兵衛女房おとらといふは元当辺で(十ウ)鳴た芸子。殊に舞の上手故心中出立の衣装付を塩梅よふ着せてやり、下に白小袖上は当世茶縮緬にぬい紋を付たそろへの出立。おとらが気を付て「こんな事は気が厚ふなければうつらぬ。お袖さんは国太郎か雛介の身でさんせ。着作さんは小川吉太郎位かよかろ」と笑ひ〳〵門の戸そつと明て出しけるが、着作お袖は手を引合小挑灯提てはや所をはなれ、檀王の前を打過て川端を北へわたり、堤づたひに丸太町筋の川をはなれ野道へさして行けるが、小挑灯はあれ共前後も見へぬ廿九日のしんのやみ。秋の夜の空物すごく跡先に人の往来も絶たる夜半過の(十一オ)事なればどふやら小気味わるく、お袖がそろ〲震ひ出して「狐が化しはせまいか狸はゐまいか」といふて細溝へ飛込蛙にさへびつくりするゆへ着作も同きみわるく女房の手を引ながらわな〲ふるひけるは笑止ならん。昔より心中に出し者まゝあれど死するに究たる一途ゆへ何程気のよはひ女子でも野道山道のこわいといふ事なく、こりにこつたる死出の道ゆへ狐狸も得化さぬゆへ終しか心中に出たものを狐がつまんだ例を聞す。誠の心中が化されて夜明までもまい〲せば一寸延れば尋のびるで命捨ずと済事も有つらんと去老人のいわれたも理り。然るに此着作夫（十一ウ）婦は誠に死ぬる気のない心中のまねゆへ、こわひ〲と思ふよわみを此辺に年をへし野狐が見付、これぞ能化し物と思ふて彼二人が先に立たり跡へ成たりしてたんぼの中やあぜ道をつまみてつれ廻り、八ッ時分は獅子が谷辺から黒谷真如堂あたりの野中をくる〲廻り居るともしらず、云合た時刻なれば友達の久兵衛功介彼六右衛門といふ着作が叔父をつれて丸太町川より二町東の畠中へ行、相図のせきばらひすれば「南無三宝見付られた」といふ男のこゑ。いひ合の通腰の物を引たくらんと挑灯かざして傍へよれば着作ではなく外の者二人にて誠の心中。一向（十二オ）つもりが違ふて不思議に思へど、今既に死なんとする所故人の命二人助くる人間の生は善の場。功介が脇差引取て彼二人が死をとゞめければ、久兵衛は女をだき留顔を見れば祇園町辺に名高ィ女郎。六右衛門は何も知らず「着作夫婦が命に別条ないための祈禱にもなればとふぞ二人の衆が死をとゞめて被下」とあせるも理り。訳を尋とへば男は廿計にて中京辺で歴々の息子。此女郎とは深ィ馴染なるが、外より急に身請せうといふ客有ゆへ彼男外へ

（十三オ）　（十二ウ）

かくごはようござんす
はようころして下さんせ
みらいでそふを
たのしみます

とうぞ見のがして
ころして下さりませ

まあわきざしを
よこさしやれ。
見付たからは
とめねはならん

サア見付たぞ〱
まあふたりの貌を見やいの

おぢ六左衛門
きもをつぶす

二人の者きつねに
つまゝれ黒谷しゝが谷の
ほとりをうろたへまはる

おれもいかふ
きみがわるひ
ものすごふて
こわいことじや

花洛画工　守岡光信筆

身請させじとあせれ共、近年遊所遣ィに金銀多ついやして両親のきげんあしき故、銀の沢山に有内なれと（十三ウ）一向此事は母親までも願われぬ不首尾。自分に百五十両といふ金は急に調わず。女郎も此男捨て外へ身請しらるゝかなしさに二人が得心で今宵思ひ立し心中との物語。久兵衛はや呑込で「女郎の親方も知る人なれば見遁しにならず。先何かなしに今夜はこちの内へつれ行二人ながら死なずと済やう親達も得心めさるやうにして進じやう。しかしこちらにも尋ぬる二人是はマアどふした者じや」と功助と顔見合、扨此心中場は又のあやまちない様にと六右衛門を番に付、久兵衛功介二人つれで着作夫婦がありかを尋廻りけるが、大方夜明前に黒谷門前で行逢、見れば（十四オ）着作も女房も裾から下へは泥だらけ。欝陶とした二人が顔を見てとる久兵衛。「是は狐につまゝれたもの」とて二人が脊中をたゝきければ、是で着作夫婦気が付しが早東もしらむ時分。狐につまゝれし故たんぼの中を歩行足本の泥だらけになつて居るを幸に功介が思ひ付しは獅子が谷の野中に有大きな溜池へ身をなげんとする所へ行合せ、無事でつれかへつたといふ工夫。久兵衛悦「是一段」とて彼死をとゞめた心中人の番をして待て居る六右衛門が傍へ着作夫婦をつれ行「しか〳〵の事」といひ聞せば六右衛門大きに悦ひ扨それより心中出立の男女四人を引（十四ウ）つれて帰り久兵衛が内へ取込、先着作夫婦を宿へ帰し彼酔介が作の書置を姑に見せて一門一家打より異見しけるが、厳敷姑も息子着作が命拾た悦。此後又心中に出てはといふ所へ気が付誓言立して「是から嫁を随分いたわります」との詫事。姉のお高も「これにこりぬものは御座りませぬ」といふて心を改し故、事丸ふ修、久兵衛功介悦で扨今一口の心中の埒(らち)に懸(かゝ)り、中京辺で歴(れき)々の親元へ行て無事(ぶし)でつれかへりし由をいふと、二親(ふたおや)踊(おどり)上りて悦、直(すぐ)に彼女郎を百五十両て請出して息子が嫁になをし、久兵衛功介を命の親にして銀五拾枚に樽(たる)肴添(そへ)ての（十五オ）挨拶(あいさつ)。着作が女房お袖が里(さと)の困窮(こんきう)成を聞てこれへも金拾両に黒(くろ)米拾俵(へう)を送(をく)り、余所(よそ)の心中を狐どのが化(ばか)されたゆへこちの息子の命ひろふ所へ気を付、「これは大方聖護院(しやうごゐん)のお辰(たつ)狐様であろふ」とて早速鳥居(とりゐ)を建(たて)て御膳(ぜん)をあけ月々お礼参りをしらるゝ故、彼息子もたまかになり、今にかわらぬ久兵衛功介の懇意(こんゐ)。結初(むすひそめ)たは着作夫婦。互(たかい)に中よふ睦敷(むつましう)親子兄弟朋友の信(しん)を尽して幾(いく)春も年始祝(いは)ふぞ目出たけり

姑気質巻之五終（十五ウ）

明和十年巳正月吉日

京都書林　御幸町通御池下　菱屋孫兵衛

二条通東洞院東へ入　本屋伊兵衛（丁付なしオ）

解題

子孫大黒柱　版本　大本　六巻六冊（京大潁原文庫蔵）

○表紙　縹色無地原表紙。二五・三×一七・二糎。
○本文　四周単辺。一九・八×一五・二糎。半丁十一行毎行二十字前後（序は半丁六行毎行十四字前後）。
○構成　巻一、十六丁（序一丁「一」、目録一丁「二」、本文十四丁「三～九、十廿～廿六終」）。
巻二、十八丁（目録一丁「一」、本文十七丁「二～九、十廿～廿八終」）。

巻三、十五丁（目録一丁「一」、本文十四丁「二～九、十廿～廿六終」）。

巻四、十八丁（目録一丁「一」、本文十七丁「二～九、十廿～廿八終」）。

巻五、十七丁（目録一丁「一」、本文十六丁「二～九、十廿～廿七終」）。

巻六、十六丁（目録一丁「一」、本文十五丁「二～九、十廿～（廿五欠）廿七終」）。なお、「諸本」（後項）によれば、欠丁「廿五」、本文十六丁、全十七丁となる。
○挿絵　巻一見開二面（四ウ五オ）、半丁二面（九ウ、廿五オ）。ただし、「四ウ」「五オ」は各半丁の図。
巻二見開二面（三ウ四オ、廿一ウ廿二オ）。ただし、「三ウ」「四オ」「廿一ウ」「廿二オ」は各半丁の図。

巻三半丁三面（四オ、九オ、廿三オ）。

巻四見開一面（三ウ四オ）、半丁二面（十廿オ、廿六オ）。ただし、「三ウ」「四オ」は各半丁の図。

巻五見開二面（三ウ四オ、廿一ウ廿二オ）。ただし「廿一ウ」「廿二オ」は各半丁の図。

巻六見開二面（三ウ四オ、廿四ウ〔廿五オ〕）。ただし「三ウ」「四オ」「廿四ウ」「〔廿五オ〕」は各半丁の図。

○題簽　原題簽双辺左肩「（破損）子孫大黒柱　二」「（破損）しそん大こくばしら　四」「（破損）しそん大黒はしら五」。巻一・三・六は題簽なし（剥落跡も確認できず、後表紙の可能性がある）。原題簽はいずれも破損が大きいが、上部に打ち出の小槌の図の断片が僅かに残存する。早印本と推測される西尾市岩瀬文庫蔵本（茶色無地原表紙、六巻六冊、原題簽巻三欠）、天理大学附属天理図書館蔵本（巻三、茶色無地原表紙）の原題簽には外題の上部に角書に代えて打ち出の小槌の図が印刷されている。それらにより外題を記すと以下の通り。「子孫大黒柱一（～三）」「しそん大こくば（破損、四）」「しそん大黒ばしら　五」「子孫大こくばしら　六」。なお、求板本の東京大学総合図書館霞亭文庫本（縹色無地原表紙、六巻六冊）にも同板の刷題簽が用いられている（巻四のみを記す。「しそん大こくばしら　四」）。

○目録題　「子孫大黒柱（しそんだいこくばしら）巻之一（四～六）」「子孫大黒柱（しそんたいこくばしら）巻之二」「子孫大黒柱（しそんだいこくはしら）巻之三」。

○尾題　「子孫大黒柱巻之一（三・五・六）終」「子孫大黒柱巻之二」。巻四はなし（「巻之四終」）。

○板心　巻一

（序）「　二大黒柱巻之一　　○（丁数）」。

（目録）「　二大黒柱巻之一　　○（丁数）」。

（本文）「　一大黒柱巻一　　（丁数）」。（「三・六～八・廿三」）。

「　二大黒柱巻一　　○（丁数）」。（右以外）。

巻二

（目録）「　一大黒柱巻之二　　○（丁数）」。

（本文）「　＝大黒柱巻二　　○（丁数）」。

巻三（四）

（目録・本文）「　＝大黒柱巻三（四）　○（丁数）」。

巻五

（目録）「　＝大黒柱巻五　　○（丁数）」。

（本文）「　＝大黒柱巻五　　○（丁数）」。（「二～廿二、廿五～廿七終」）。

「　　大黒柱巻五　　○（丁数）」。（「廿三」）。

「　―大黒柱巻五　　○（丁数）」。（「廿四」）。

巻六

（目録）「　　大黒柱巻六　　○（丁数）」。

（本文）「　　大黒柱巻六　　○（丁数）」。（「二・廿三・廿六」）。

「　＝大黒柱巻六　　○（丁数）」。（右以外〔「廿五」は岩瀬文庫本による〕）。

○句読　「。」。

○作者　月尋堂。

○序者　看花斉／北京散人月尋堂。

○画者　未詳。

○刊記　「巳宝永六年／丑林鐘吉日／書林／江戸日本橋南一町目／須原屋茂兵衛／大坂平野町／象牙屋三郎兵衛／京三

条大和大路／橘屋次兵衛」。

○広告　巻六裏表紙の見返しに「当流全世界男幷東土産　全部五冊」「白闇色ぢやうちん付り男女百草染　全部六冊」の近刊予告と「鎌倉比事　全部六冊」「太平色番匠　全部五冊」の既刊広告を載せる。

○蔵書印　「朝／上清水／倉」（菱形・墨印）、「(万)／播州／若一丸／高砂」「(万)／□（見カ）萬□（昌カ）」（方形・墨印）。

○備考　近刊予告に掲載される「当流全世界男幷東土産」の刊否は未詳。翻刻に際しては、潁原文庫本を底本としたが、巻六の落丁「廿五」一丁は挿絵も含め霞亭文庫本（A00：霞亭：236）を使用した。また『徳川文藝類聚　第二』（国書刊行会、大正三年）に翻刻が備わるが、ルビは省略され、挿絵も巻二「四オ」、巻五「三ウ」各半丁の図が掲載されるのみである。

○諸本　（イ）宝永六年六月須原屋茂兵衛・象牙屋三郎兵衛・橘屋次兵衛相合板

○京都大学大学院文学研究科図書館潁原文庫蔵本（国文学／潁原文庫／Pe／10、底本）。

その他、仙台市博物館（六巻六冊）・慶応義塾図書館（同）・東洋文庫（同）・東京都立中央図書館（同）・たばこと塩の博物館（同）・西尾市岩瀬文庫（同、巻六裏見返し広告貼付あり）・初瀬川文庫（巻三・六、二冊）・大阪府立大学椿亭文庫（巻六、一冊）蔵本。

（ロ）刊年未詳菊屋長兵衛板

刊記「京寺町通四条下ル町／菊屋長兵衛板」。東大霞亭文庫蔵本。

その他、大阪府立中之島図書館（六巻六冊）・天理図書館（三巻三冊、巻三と巻四・六の取り合わせ本。巻三については既述したが、巻四・六は縹色無地原表紙で菊屋求板本）各蔵本の巻六刊記の後に菊屋長兵衛の蔵板目録一丁が付される。以下に記す。

目録

一休諸国物語　全部五冊 ひらかなゑ入
　一休和尚御一生の間理くつ当話問答
続御伽ばなし　全部五冊 ひらかなゑ入
　古今因果むくいばなし
子孫大こく柱　全部六冊 ひらかなゑ入
　世間始末勘弁うとく人ヲ記
諸国武道容気　全部五冊 ひらかなゑ入
　諸国かたきうちを記
今源氏うつほ舟　全部五冊 ひらかなゑ入　（オモテ・上段）

国性爺御前軍談　全部五冊 ひらかなゑ入
野傾旅つゞら　全部五冊 作者其磧
丹波大郎（ママ）物語　全部三冊 作者其磧
熊坂今物語　全部五冊 ひらかなゑ入
鎌倉物かたり　全部五冊 ひらかなゑ入
新実語教　全部一冊 ひらかな付
　しつけがたの文章
松月抄　全部二冊 絵入
　琴の組注入　（オモテ・下段）

色道胸三要　全部五冊　ひらかな絵入
乱脛三本鑓　全部六冊　ひらかなゑ入　諸国女かたきを記ス
化生物かたり　全部五冊　ひらかな絵入　ばけ物ばなし
大ぬさ文車　全部五冊　ひらかなゑ入　恋の三世相又はふみづくし
傾白ぬり団　全部三冊　作者其磧　遊女内証のひみつ
軽口わらいかほ　全部五冊　ひらかなゑ入　（ウラ・上段）

四書　全部五冊　ひらかな付
酒宴小謠　全部壱冊　ひらかな絵入　懐中本弐百番
百人一首　全部一冊　絵入　懐中本
今川得抄　全部一冊　ひらかな付　注入
誹諧打出追（ママ）　全部一冊　笠付前句付
京寺町四条下ル丁
菊屋長兵衛板　（ウラ・下段）

右と同一の蔵板目録が『熊坂今物語』（「享保十四年今月吉日／京寺町通四条下ル町／菊屋長兵衛板」）に掲載されることから、菊屋板の刊行は享保十四年頃と推測される（長谷川強氏『浮世草子考証年表』青裳堂、昭和五十九年）。なお、『新撰書籍目録』（享保十四年十二月刊）には「五　子孫大黒柱」として収録されるが、板元名は記されず、五巻本の刊否も未詳。

菊屋板に覆刻や改竄の形跡は確認できないが、板木の損傷による本文の不鮮明やルビの欠落が散見する（巻三「十廿オ」・2行「身過（みすぎ）の為（ため）なれば」は本文が一部欠けて不鮮明であり、さらに以下に挙げる箇所はすべてルビが欠落している。巻三「十廿オ」・4行「宝寺（ほうじ）」、5行「元手（もとで）」、9行「西国（さいこく）」、10行「納銀（おさめぎん）」「包（つゝん）」、同「十廿ウ」・4行

「牧質」「川崎」、5行「当月」「〆北」、6行「国」、9行「人参」、10行「土用」、11行「付」、巻六「七オ」・1行「折」。巻三「十廿」が特に夥しい）。

（八）刊年未詳河内屋茂兵衛板

「文化九壬申歳改正　板木総目録株帳」（奥書「自文化九壬申年改正／文化十五戊寅正月出来／書林仲間」『大坂本屋仲間記録　第十三巻』清文堂、昭和六十二年）には「子孫大黒柱　河茂」と出るが、「寛政二戌年改正　板木総目録株帳」（奥書「寛政二庚戌年／九月／書林仲間」『同　第十二巻』同、同）には記載されていない。寛政二年以降文化九年までに本書の板株が大坂の河内屋へ譲渡され、文化十五年の時点においても保持されていたことが窺えるが、河内屋板の刊否は未詳。

（二）刊記未詳

国会図書館（五巻五冊、巻六欠。各巻の目録を巻一の巻頭に集め、総目録風に仕立てる）・大村市立史料館（巻三・四、二冊）・藤原英城（巻一・三・四、三冊）蔵本。

○余説

巻末広告に載る三作品（刊否未詳の「当流全世界男」を除く）の内、『太平色番匠』（宝永六年前半刊か）『白闇色ぢやうちん』（宝永七年前後刊か）はいずれも本書と同じ三店の相合板であるが、『鎌倉比事』は京・橘屋次兵衛の単独板であることから、本書ならびに広告に出る諸作品の主板元が橘屋であったことが予想され、橘屋との関係性が強い月尋堂がそれらの作者としても推測される。

寛闊鎧引　版本　大本　六巻六冊（京大文学研究科蔵）〔参考〕（京大潁原文庫蔵本）

○表紙　縹色無地原表紙。二五・二×一七・九糎。
○本文　四周単辺。二〇・九×一五・八糎。半丁十一行毎行二十六字前後。
○構成　巻一、十七丁（目録一丁「一」、本文十六丁「二〜十ノ十五、十六〜廿二終」）。ただし、「廿二終」は巻二の巻頭に錯簡されている。
巻二、十六丁（目録一丁「一」、本文十五丁「二〜十ノ十五、十六〜廿一終」）。

巻三、十七丁（目録一丁「一」、本文十六丁「二〜十ノ十五、十六〜廿二」）。

巻四、十六丁半（目録一丁「一」、本文十五丁半「二〜十ノ十五、十六〜廿二終〈表〉」）。

巻五、十五丁半（目録一丁「一」、本文十四丁半「二〜十ノ十五、十六〜廿一終〈表〉」）。

巻六、十七丁（目録一丁「一」、本文十六丁「二〜十ノ十五、十六〜廿二」）。
○挿絵　巻一見開一面（四ウ五オ）、半丁二面（九オ、十九オ）。
巻二見開一面（四ウ五オ）、半丁二面（九オ、十九オ）。

巻三見開一面（四ウ五オ）、半丁二面（十六オ、二十オ）。

巻四見開一面（四ウ五オ）、半丁二面（九オ、十九オ）。

巻五見開一面（四ウ五オ）、半丁二面（九オ、十九オ）。

巻六見開一面（四ウ五オ）、半丁二面（九オ、十九オ）。

○題簽　原題簽双辺左肩「地獄太平記寛闊鎧引　一」「ぢごく太平記寛活鎧ひき　二」「地ごく太平記くわん活鎧引　三」「ぢごく太平記寛闊よろひ曳　四」「地獄太平記寛くわつ鎧引　五」「地ごく太へい記寛闊冑ひき　六」。

○目録題　「寛闊(くわんくわつ)よろひ引　巻之一」「くわんくわつ鎧(よろひ)引　巻之二」「寛活(くわんくわつ)よろひ曳(びき)　巻之三」「寛活(くわんくわつ)よろひ引　巻之四」「くわん活鎧(くわつよろひ)びき　巻之五」「寛闊(くわんくわつ)よろひ曳(びき)　巻之六」。

○板心　（目録）「よろひ引　一▼巻一（～六）目録　一（丁数）」。
（本文）「よろひ引　一▼巻一（～六）　一（丁数）」。

○句読　「○」。

○作者　未詳。

○画者　未詳。

○刊記　「正徳三癸巳歳正月吉烏／皇都　金屋平右衛門板行」。

○備考　奥付の近刊広告に載る『武家道指南』の刊否は未詳。翻刻に際しては穎原文庫本と校合した。また『徳川文藝類聚　第三』（国書刊行会、大正四年）に翻刻が備わるが、改題本『新小夜嵐』を底本として欠丁があり、またルビや挿絵はすべて省略されている。

○諸本　（イ）正徳三年正月金屋平右衛門板
○京都大学大学院文学研究科図書館蔵本（国文学／Pd／5、底本）。
その他、東北大学附属図書館狩野文庫蔵本。
（ロ）正徳三年五月金屋平右衛門板

刊記「正徳三癸巳歳五月吉烏／皇都　金屋平右衛門板行」。京都大学大学院文学研究科図書館潁原文庫蔵本（国文学／潁原文庫／Pe／40）。書題簽「寛闊よろひ引」。巻一・二、四〜六の改装五巻合二冊（巻三欠）。巻一「三ウ」、巻四「五・十九・二十・廿二終」欠、落書き・破損多し。本文の異同は確認できない。

（八）刊記未詳

弘前市立弘前図書館蔵本（巻四・五、二冊）。

改題本『新小夜嵐』

（二）正徳五年五月板元未詳板

刊記「正徳五乙未歳五月吉烏／新刊」（板元名削除）。東洋文庫（六巻六冊）蔵本。原題簽「地獄太平記新小夜嵐」（角書表記は各巻底本と同じ。また外題表記は巻四〔「新佐与嵐」〕を除き、以下の目録題と一致）、目録題「新小夜嵐　巻之一（三・五）」「新さよあらし　巻之二」「新佐世嵐　巻之四」「新さよ嵐　巻之六」、内題「新小夜嵐一（〜六）」。巻六「九オ」の挿絵を巻五「九オ」の挿絵に流用する（巻六「九オ」の挿絵はそのまま）。板心や本文（巻末広告も含む）に異同は確認できない。

その他、国会図書館（六巻六冊）・立教大学図書館（同）・筑波大学附属図書館（同）蔵本。

○余説

『新撰書籍目録』（享保十四年十二月刊）には「六　寛闊鎧引」として収録されるが、作者名は記されない。

本書は『太平記』に世界を借り、赤穂事件の後日譚としての義士の地獄巡りを趣向とする。『椀久二世の物語』（元禄四年刊か）『西鶴冥途物語』（同十年刊）『小夜嵐』（同十一年刊）と続く冥途物語と月尋堂作と推定される『忠義武道播磨石』（宝永八年刊）に始まる実録風義士物浮世草子の流行に乗じた作品である。なお、正徳五年

（正月）刊（正本屋伝左衛門刊とされるが未詳）の『新小夜嵐』は『椀久二世の物語』の改題本であり、本書の改題本とは別本であるが、同名の本書改題本は先行する『新小夜嵐』に便乗した刊行であった可能性が窺えよう。

庭訓染匂車　版本　大本　五巻五冊（京大潁原文庫蔵）

○表紙　縹色無地原表紙。二四・七×一七・五糎。
○本文　四周単辺。一九・四×一四・二糎。半丁十一行毎行二十六字前後（序は半丁六行十二字前後）。
○構成　巻一、十八丁（見返し〔広告〕半丁「とひら」、序一丁「一」、目録一丁「二」、本文十五丁「一〜十五」、裏表紙見返し〔広告〕半丁「（なし）」）。
巻二、十五丁半（目録一丁「一（二）」、本文十四丁半「三〜十七〈表〉」）。
巻三、十四丁（目録一丁「一二」、本文十三丁「三〜十五」）。
巻四、十四丁（目録一丁「一二」、本文十三丁「三〜十五」）。
巻五、十四丁半（目録一丁「一二」、本文十三丁半「三〜十五、（十六）〈表〉」）。
○挿絵　巻一見開一面（二ウ三オ）、半丁一面（十三オ）。
巻二見開一面（四ウ五オ）、半丁一面（十四オ）。
巻三見開一面（四ウ五オ）、半丁一面（十二オ）。
巻四見開一面（四ウ五オ）、半丁一面（十三オ）。

巻五見開一面（四ウ五オ）、半丁一面（十四オ）。

○題簽　原題簽双辺左肩「新版絵入庭訓染匂車　二／付リあくしやうの孕句おやはさんがいのくびかせ」「新版絵入庭訓染匂車　三／付リかすが野のわか紫ゆかりの人の異見」。巻一・四・五は原題簽剥落、書外題「庭訓染匂車　一（四・五）」。なお、巻四の原題簽は「新版絵入庭訓染匂車　四／付リ此巻ニこびと島のいけんづくしをしるす」（香川大神原文庫蔵本、「諸本」参照）。

○目録題　「庭訓染匂車巻之一」「庭訓染匂車巻之二（〜五）」。

○内題　「庭訓染巻之一（〜五）」。

○尾題　「庭訓染巻一（四）終」「庭訓染巻之二（三）終」。巻五、なし。

○板心　（序）「〈庭訓染巻一序　○（丁数）一」。（目録・本文）「〈庭訓染巻一（〜五）　○（丁数）一」。巻毎に高さをかえて太い横線。

○句読　「○」。

○作者　松代柳枝。

○序者　浪花／松代柳枝（印「吉」）。

○画者　西川祐信風。

○刊記　「享保元年九月吉日／京寺町松原上ル町／中島又兵衛板」。

○広告　巻一の見返しに「風流茶傾操的　全部五巻」、同巻裏表紙の見返しに「世間十界図　全部五巻」「図色一心五開玉全部三巻」「色道旅巧者　全部三巻」の近刊予告がなされる。裏表紙見返しの広告は『曽我鎌倉飛脚』の奥付半丁（刊記「正徳六年／丙申季夏望日／寺町通松原上ル町／中島又兵衛板」）を再利用する（傍線部をそれぞれ「享保元」「菊月吉」と入木。広告・口上は異同なし）。

○備考　翻刻に際しては、国会図書館蔵本を参照した。また『徳川文藝類聚　第二』（国書刊行会、大正三年）に翻刻が備わるが、ルビは省略され、挿絵も巻四「十三オ」半丁の図が掲載されるのみである。

○諸本　（イ）享保元年九月中島又兵衛板

○京都大学大学院文学研究科図書館潁原文庫蔵本（国文学／潁原文庫／Pe／3、底本）。

国会図書館蔵本（刊記「享保元年九月吉日／京寺町松原上ル町／中島又兵衛板」、五巻合一冊、大惣本）は各巻の目録を巻一の巻頭に集め、総目録風に仕立てる。底本では巻一の裏表紙見返しにあった半丁広告が奥付の後の裏表紙見返しに貼付されており、改装・合冊に際して巻一裏表紙を使用した可能性もあろう。その他、底本と本文等の異同は確認できない。

（ロ）刊記未詳

香川大学図書館神原文庫蔵本（巻四、一冊）。当該書には巻四の原題簽が貼付されている。

○余説　本作の作者「浪花／松代柳枝（印「吉」）」と『好色入子枕』（正徳元年九月序・刊）の作者「浪花鼠鬚士／柳枝（印「吉」）」は、「柳枝」や印記の一致などから同一人物と推測される。『新撰書籍目録』（享保十四年十二月刊）には「五　庭訓染匂車　見蓮」「五　鎌倉飛脚　同」と連続して記載されるが、『曽我鎌倉飛脚』（「広告」参照）の序には「風瓢子自序」と署名される。このことから見蓮＝柳枝＝風瓢子とし、それを正徳三年秋頃に八文字屋が月尋堂に代わる新代作者として確保した油小路五条下ル住の未練に擬する説がある（「自笑其磧確執時代」

『中村幸彦著述集　第五巻』中央公論社、昭和五十七年）。ただし、「鼠鬚士／柳枝」との同一人物に関する言及・考察がなく、中島と八文字屋との関係性も含めて検討すべき課題となろう。

［藤原英城］

謡曲百万車

○底本　謡曲百万車　国文学／潁原文庫／Pe／46
○刊本　半紙本　原5冊を合綴1冊。
○表紙　藍色無地。二四・五×一七・四糎。
○題簽　双辺左肩。子持枠。「新板絵入謡曲百万車　巻五続」（全体に摩滅甚しく、刷と墨書部分の判別は困難である。）
○丁数　七十一丁。
○内題　「謡曲百万車（ようきょくひゃくまんぐるま）」（目録題）（巻三～五にはふりがななし）。
○柱刻　巻一…「■《謡曲巻之一　一二（～十、十一ノ二十、二十一～二十四）」
巻二…「■《百万巻之二　一初（二～九、十ノ十五、十六、十七）」
巻三…「■《百万巻之三　一初（二～十、十一ノ十五、十六～二十）」
巻四…「■《百万巻之四　一初（二～十、十一ノ十五、十六～二十一）」
巻五…「■《百万巻之五　一初（二～十、十ノ十五、十六～十九）」

○匡郭　単郭　一九・四×一五・二糎。
○刊記　宝暦七年丁丑正月吉辰
　　　江戸大伝馬三町目
　　　　鱗形屋孫兵衛
　　　京寺町通三条上ル町
　　　　芳野屋八郎兵衛板

○その他
（一）底本は、同じ刊記をもつ国立国会図書館所蔵版本・東北大学附属図書館狩野文庫所蔵版本・野上記念法政大学能楽研究所鴻山文庫所蔵版本と比較すると、巻一の最初の一丁（「叙」）が欠落した本である。本選集ではこれを国立国会図書館所蔵版本を底本として、補って翻刻した。
（二）底本の一部の挿絵（以下の通り）には、人物のセリフめいた落書きがされている。
　巻二　四丁裏・五丁表（五丁表側）　同巻　八丁裏・九丁表（八丁表側）
　巻四　四丁裏・五丁表（両面）　同巻　十六丁裏・十七丁表（両面）
また、巻五十ノ十五丁裏・十六丁表（十ノ十五丁裏欄上）には、（賛のつもりであろう、）七言二句が書き付けられている。
また、巻二四丁裏・五丁表（五丁表側）には二ヶ所焦げ目の付いた小さな穴（10㎜と6㎜）が開いている。
本選集では巻二・巻四の挿絵については国立国会図書館本のものを使用し、巻五の挿絵については底本にある落書きを消去してある。

（三）底本は、捺されている旧蔵印も6種（最初の丁の表に4種、各巻巻頭の章題に2種）、墨書も「釜太本」（表見返し）「うす（表見返しの表記だと「臼」）家連中」「杉田氏印（「綿甚」）／天保三／辰ノ四月」（裏見返し）と幾人の所蔵主を経たものか判別できない。蔵書印の形式から見て、その中には貸本屋もふくまれるであろう。

少なくとも最初の丁の蔵書印4種と墨書3種が、底本が合綴されてからのものであることは、巻頭巻末に同じ印、同じ墨書を見ないことから明らかである。

底本の各巻巻頭（各冊目次二丁の後、章題が一行分あってその次行から章の本文が始まる丁）に章題に重なるように捺されているのは「永田文庫」と「秋田文庫」の二印であるが、これが底本の原態五分冊時に捺されたものであるかどうかもはっきりしない。

というのは、二印のうち「永田文庫」印は、日本書誌学大系103『増訂新編蔵書印譜』に載る永田有翠（慶応3～大正10年）のもの（とされるもの）のようにも見えるからで（ただし、底本の印影不鮮明につき断言できないが）、もしそうだとして、この「永田文庫」の使用主情報がまちがいないものであるとすれば、近代には、各巻本文の抜き取りを用心して合綴本でも各巻巻頭に蔵書印を捺すことがあったということである。

なお、「永田文庫」「秋田文庫」の二者のうち、「永田文庫」印の位置は一定であり、「秋田文庫」印の位置はその上に捺されたり、その左に捺されたりと、位置が異なる。したがって、二者の所蔵の先後は「永田文庫」が先であり、「秋田文庫」の方が後である。

底本と同じ宝暦七年正月江戸鱗形屋孫兵衛・京芳野屋八郎兵衛板が国立国会図書館・東北大学附属図書館狩野文庫・

法政大学鴻山文庫に蔵されている。また、京都府立京都学・歴彩館（旧京都府立総合資料館）所蔵の版本の刊記は、書肆名を削ったもので、後刷りである。以上、今日、伝存が知られる本書の諸本は、二種類の刊記からなる。

改題をせずに、もう一度出すというのは、内容に魅力を感じてのことなのであろうが、書肆名を削っただけで、自分の名を顕さないというのは一体どういうことなのか、どういう理由が考えられるのか、考えるすべがない。書肆名を顕さない状態で版本が出せるというのは、通常の事態とは思われない。京都では天明八年（一七八八）の大火以降、寛政十二年（一八〇〇）までの十二年間、経済復興策として商売が自由化されているから（拙著『江戸時代三都出版法大概』岡山大学文学部研究叢書29、平成二十二年、282ページ参照）、その時期のことか、あるいは、出版物にチェックをかける本屋仲間が存在しなかった、天保十三年（一八四二）から（同右250ページ参照）嘉永四年（一八五一）の本屋仲間解散期の印刷発行ということであろうか。

内容的には、古典（この場合謡曲）から採られた登場人物と趣向、悪家老のお家のっとりの陰謀策略、着せられた汚名と零落とそこからの名誉と地位の回復、意外な人物の実は親子関係——大きく言って、八文字屋もの浮世草子伝来の紙上歌舞伎と称してよいであろう本作に対して、その亜流を責めることはいとも簡単であろうが、それでも妙に時代小説的にこなれた筆致を見せる箇所があって、われわれはジャンルが持つ方法の熟成という問題をも考えなければいけないであろう。

また、奈良猿沢の池前の乞食の記述（巻一の三）や、軍書の講釈師今岡新蔵に身をやつした花山四郎三郎が『三国志』講釈をする京都嵯峨清涼寺境内の描写（巻三の二）にも、風俗を活写しようとする、（歌舞伎もまたまさしくそうした新風俗の挿入方法を持つが、ここはもの尽くし的文章であるから）ストーリーにうもれさせて浮世草子が隠し伝えた、西鶴以来のジャンル本来の文体性質を感じさせる。しかも、この場合、講釈の対象が日本の軍書ではなく中国の『三国志』というのも眼を引くであろう。ここでわざわざ『三国志』を対象とする軍学講釈を虚構する趣向面白みを想定しがたいので、江戸時代中期ともなれば、このようなことが実際に行われていた書証のひとつとして数え得るものと思われる。

ただ、大筋として消閑以上の効用をこの手の文学が持ち得たとは感得しがたく、今日と同様、消費のための文学ではあろう。ただし、その判断を前提にするなら、ある意味、隠すように行っている風俗描写こそが、この作品の価値であり、注視すべき点である、と言えよう。

また、今日、文学の価値を言うのでなく、心性史的考察の材料として考えることが当然あってよいはずで、どう考えても、勘当零落の安倍桜之丞が復権の結果最終的に許嫁の千種の前と結婚することが、あるべき結末とされ、彼が夢中の恋仲であった遊女花町が、その後も千種の前に召し使われることによって、桜之丞の側を離れない状態とされるだけで、満足の団円とさせられねばならぬ、作中の女性の意識といい、それでよしとする作者の意識、それで満足させられねばならなかった当時の読者の意識、を考える材料とされるべきである。

また、作品本体の意義ではないが、『荘子』を使って演劇と人生の等価値を述べる「叙」の思想は、他にも確認することができ（たとえば上田秋成『胆大小心録』や劇書の類ほか）、むしろかなり一般的に流布した思想と言えるものではないかとも思われるが、何より浮世草子の序文にそれが見えるという、そのジャンルが持つ想定読者の一般性から期待される、認識伝搬の広がりが興味深い事例と言えるものと思われる。

［山本秀樹］

加古川本艸綱目　版本　大本　五巻五冊（京大穎原文庫蔵）

○表紙　濃紺色無地原表紙。二四・八×一七・四糎。

○本文　四周単辺。一九・三×一四・一糎。序、半丁八行毎行十七字前後。本文、半丁十二行毎行三十字前後。

○構成　一之巻、二十丁（序一丁「壱」、目録一丁「二」、本文十八丁「三―九、十ノ廿、廿一―廿九、卅終」）。
二之巻、十五丁半（目録一丁「二」、本文十四丁半「二―九、十ノ廿、廿一―廿六、廿七終」）。

三之巻、十九丁（目録一丁「二」、本文十七丁半「二―九、十ノ廿、廿一―廿九、卅終」、近刊予告半丁）。

四之巻、十四丁半（目録一丁「二」、本文十三丁半「二―九、十ノ廿、廿一―廿五、廿六終」）。

五之巻、十四丁（目録一丁「二」、本文十三丁「二―九、十ノ廿、廿一―廿四、廿五終」）。

○挿絵　一之巻見開二面（四ウ五オ、廿六ウ廿七オ）。
二之巻見開二面（四ウ五オ、廿四ウ廿五オ）。

三之巻見開二面（四ウ五オ、廿七ウ廿八オ）。

四之巻見開二面（四ウ五オ、廿三ウ廿四オ）。

五之巻見開二面（四ウ五オ、廿三ウ廿四オ）。

○題簽　双辺左肩。「〔新板／絵入〕加古川本艸綱目　一（〜五）之巻」外枠うちのり一六・四×三・四糎。巻之二・三は摩滅が激しく、原題簽の上に墨で外題を記す。

○目録題　「加古川本艸綱目（かこかはほんそうこうもく）〔我侭育（わかまゝそだち）後編（かうへん）／教訓能楽質（きやうくんのらかたき）〕壱（〜五）の巻」※〔　〕内は割書（三之巻のみ「巻」に

○板心　「くはん」と振り仮名あり）。
○作者　「壱（〜五）之巻　能楽」（巻を追うごとに「能楽」の位置を下げる）。
○序者　増谷自楽。
○序末　増谷自楽。
○序末　「明和／むつの／むつまじ月　自笑筆真似／増谷自楽」。
○画者　竹原春朝斎。
○筆工　玄泉。
○刊記　「明和六丑年正月二日／江戸小伝馬町三丁目／上総屋利兵衛」。
○蔵書印　「河孫」（各巻巻頭）「鍵安」（各巻末尾）。
○備考　底本はおおむね刷りも鮮明で利用に事欠かないものの、全体的にしみ汚れが目立つほか、巻之四・二十五丁ウラに墨汚れにより判読しづらい箇所がある。また、一部挿絵（巻之二、三［廿七ウ廿八オ］、五［廿三ウ廿四オ］）に刷り消しや落書、ヤブレがあるため、右の箇所については国立国会図書館蔵本（後述）を利用した。また、本文中、ヤブレや刷りの関係で判読の難しい箇所についても同様に国会本により補った。
○諸本　現存する本の刊記には明和五年、明和六年の二種がある。

I、初印本（国立国会図書館蔵本※巻一欠）

刊記に「明和五年三月三日／江戸小伝馬町三丁目／上総屋利兵衛」とあり、五之巻裏表紙裏に「当世契情形気　全五冊」(1)を「来丑正月廿日より本出し申候御求御覧可被下候」旨の近刊予告がある。「来丑」は国会本刊行の翌明和六年のことと考えられ、もともと国会本に付されていたものと見てよい。

Ⅱ、後印本（京都大学大惣本、早稲田大学図書館蔵本、岩瀬文庫蔵本、底本）

序末に「明和むつのむつまじ月」、刊記に「明和六丑年正月二日／江戸小伝馬町／上総屋利兵衛」とあるもの。刊記、序末ともに入木による修訂がなされる他は初印本と同版である。（国会本は巻一を欠くため、初印本の序末は確認できない。）ただし、底本と異なる媚茶色表紙を備えるもの（京大大惣本、早大本）があり、そのうち京大大惣本は寸法も底本より一回り小さい（二三・二×一六・六糎）ことから、明和六年の刊記を持つものの中でも、異なるタイミングで刊行された本があることが推測される。

作者・増舎自楽は、書肆升屋彦太郎、および同時代に半井金陵と組んで複数の浮世草子を世に出した増舎大梁と同一人物であることが宮尾與男氏によって指摘されている。[2] 氏によれば、『当世契情形気』の近刊予告で作者「増舎自楽」とあるのに対し、『江戸本屋出版記録』上巻所載の割印帳[3]では

同卯正月　契情質気　墨付七十一丁　増舎大梁作　全五冊　版元大坂　升屋彦太郎　売出し　前川六左衛門

と、増舎大梁の作とされる。

一方、『大坂本屋仲間記録』第十七巻所載「開板御願書控[4]」では

一　当世契情気質　全部五冊

作者 木挽町北ノ町 升や彦太郎

と作者を「升や彦太郎」と記し、開板人も作者と同じ「升や彦太郎」である。したがって増舎自楽と増舎大梁、および書肆・升屋彦太郎は同一人物ということになる。

版元である大坂の書肆・升屋彦太郎は、明和四年に京の八文字屋から浮世草子の板木を買い取り、大々的に売り出した升屋大蔵に同じ。その動向については中村幸彦、浅野三平、山本卓各氏に論考があるので[5]、委しくはそちらを参照されたい。

諸本すべて刊記に書肆「上総屋利兵衛」の名が載る。しかし、明和四年に升屋から出た八文字屋刊の浮世草子に本書の近刊予告が載ることから、本書も升屋の版と見られている[6]。『大内裏大友真鳥』所載の近刊予告の内容は次の通り。

此所に書記し御断申上候

我侭育後編（わがまゝそだちのこうへん）
教訓能楽質（けうくんのらかたぎ）　加古川本艸綱目（かこがわほんそうこうもく）　全五冊

附り
京の女郎に長崎衣装着せてのつしり熨斗も御所の一流呑てゆらるゝ由良殿の判官
不忠から出た義臣でなければ出世はならぬト者の拍子慥に罰を当たる真黒な大黒天の襲姿

并ニ
江戸の張をもたせて大坂の揚屋で遊びたらぬは女房に仕込む浮れ女風考（カン）を付たる勘平が弁慶

仏性から出た短気でなければ菩にはならぬ砂糖水の井戸変に逃廻る瞽女の色は結ぶの神のむすぼれ姿[7]

中村幸彦氏[8]も『けいせい竈照君』（初版は享保三年刊）後印本の一巻の表紙裏に付された同一の近刊予告を根拠に、本書の版元を升屋彦太郎と推定し、「発売所のみをしるして、本の版元を記さない事はままある事である」と説明している。なお、『大坂本屋仲間記録』「出勤帳」「開板御願書控」および『享保以後江戸出版書目』に、本書の開板にかかわる資料は見出せない。

本書の別題として目録および近刊予告に『教訓能楽気質』とあり、明和四年より後の書肆・升屋彦太郎の板行目録にも同じ題が載る（明和九年刊『桜御殿邯鄲枕』後印本の板行目録[9]には『加古川本艸綱目』と重複して掲載）。一話ごとに多様な「のら」の有り方を描く内容からも、江島其磧の『世間子息気質』（正徳五年刊）に連なり、特定の立場や職業に属する者の様々な有様を描く「気質物」浮世草子の一として書かれたことは疑いない。

加えて、目録・近刊予告に「我侭育後編」とあり、先行作『教訓私侭育』（寛延三年刊）の続編であることを示す。『私侭育』もまた「諸芸袖日記後篇」、すなわち寛保三年刊の『鎌倉諸芸袖日記』の続編を標榜する作品である（『袖日記』『私侭育』ともに作者・多田南嶺、版元・八文字屋八左衛門）。本書の、気鬱の大星由良之介のために浪士らが当代の「のら」の話を語り聞かせるという方法はむしろ『袖日記』に近く[10]、『袖日記』では源頼朝が家臣を召し、諸芸の妙手の話を語らせる。

版元・升屋は八文字屋本の版木を入手した後、それを用いて旧作を再刊するのみならず、改竄し別題で刊行するなど、最大限に活用した。本書のように続編を標榜する新版を刊行するのも、升屋の八文字屋本への傾倒を示す好例であろう。

『桜御殿邯鄲枕』後印本には「新板／よみ本」として『大系図後日噺』（未刊か）の近刊予告が載り、これも南嶺作『大系図蝦夷噺』（寛保四年刊）の続編を目指したと思しい。

多田南嶺の作品は実在の人物を登場人物のモデルとすることで知られる。それにならったこの『加古川本艸綱目』にも同時代の実在人物が登場する。詳細な検討は別稿にゆずるが[11]、中でも巻五の二に「瓜生野」という人物が描かれることは注目される。「瓜生野」は本文中で「生れ付て芝居好にて若い時より楽屋這入…好の道とて当春楽屋にて気を取失ひ終に其場で世を去し程の芝居数寄」と身の上を語る。この人物のモデルは、明和三年に刊行された上田秋成の『諸道聴耳世間狙』に、同じく芝居好きとして描かれる「瓜生」こと「住吉屋太郎右衛門」である。彼が楽屋で気を失ったとの記述は、『つれづれ飛日記』[12]の「其後明和四年亥年、中の芝居のがくやよりふるひ付」、その病がもとで没したという記述に対応する。「うりう」が没した「当春」を『本艸綱目』が出た明和五年の春のことと見れば、『本艸綱目』は生前から『列仙伝』[13]や『世間狙』に取り上げられた有名人「うりう」を、没後間もなく登場させた作ということになる。なお、同様に故人となった「うりう」を登場させる作品に『雅仏小夜嵐』[14]がある。

同時代においては、秋成の『諸道聴耳世間狙』が実在の人物をモデルとすることが注目されている[15]。この『加古川本艸綱目』では、「正慶尼」「上田近江」（巻二の三）、「江崎茂左衛門」（巻三の二）、先に述べた「瓜生」（巻五の二）など、『世間狙』にも描かれる人物がモデルとして登場しており、宝暦・明和の大坂粋人の様相を反映する資料として注目すべきものの一つと考えられる。

なお、画工・竹原春朝斎は『都名所図会』（安永九年刊）の絵を描いた人物である。

（1）『当世傾城質気』は『好色万金丹』（夜食時分・元禄七年刊）の改竄本『傾城太々神楽』（宝永二年刊）をさらに再改竄したもので、明和八年の刊行である。委しくは山本卓氏「浮世草子末期における書肆升屋の動向（一）―改竄本『当世傾城質気』について―」（『千里山文学論集』二十九号、昭和五十八年十二月）を参照。

（2）宮尾與男氏「上方咄の会と増舎大梁」（『語文』一一〇号、日本大学国文学会編、平成十三年六月、第五章）、山本卓氏「浮世草子末期における書誌升屋の動向（二）―書誌升屋伝攷併びにその作者の問題―」（『国文学』六十一号、関西大学国文学会編、昭和五十九年十一月）

（3）『江戸本屋出版記録』上巻（ゆまに書房、昭和五十五年四月、書誌書目シリーズ10、五六〇頁）

（4）『大坂本屋仲間記録』第十七巻「開板御願書控」（清文堂出版、平成四年三月、一七〇頁上）

（5）前掲注1、2（山本論文）、および中村幸彦氏「八文字屋本版木行方」（『中村幸彦著述集』第五巻、昭和五十七年八月）、浅野三平氏「大梁と金陵」（『女子大国文』四十二号、京都女子大学国文学会編、昭和四十一年八月）、山本卓氏「升屋の蔵版目録と出版―浮世草子末期における書肆升屋の動向（三）」（『国文学』六十二号、関西大学国文学会編、昭和六十一年二月）

（6）中村幸彦氏前掲論文（注5）

（7）国文学研究資料館、日本古典籍総合目録データベース（http://base1.nijl.ac.jp/~tkoten/）所掲の画像資料を参照。

（8）前掲注5

（9）国立国会図書館デジタルコレクション（http://dl.ndl.go.jp/）所掲本を参照。

（10）長谷川強氏『浮世草子の研究』（桜楓社、昭和四十四年三月、第四章）は「浮世草子衰滅期」の作品として本書を取り上げ、『袖日記』の影響を指摘する。

（11）拙稿「『加古川本草綱目』と『諸道聴耳世間狙』―モデル小説の方法」（『国語国文』「大谷雅夫教授退職記念特輯号」平成二十

九年五月刊行予定）、「『加古川本艸綱目』のモデルに関する覚書―附・「のら」について」（『京都大学國文學論叢』第三十七号、平成二十九年三月刊行予定）

(12)上方芸文叢刊八『上方巷談集』（八木書店他、昭和五十七年）所収。

(13)『洒落本大成』第三巻（中央公論社、昭和五十四年）所収。

(14)上方芸文叢刊十『浪華粋人伝』（八木書店他、昭和五十八年一月）所収。

(15)中村幸彦氏「秋成に描かれた人々」（『中村幸彦著述集』第六巻、昭和五十八年九月）

当世銀持気質　版本　半紙本　五巻五冊（京大潁原文庫蔵）

○表紙　濃紺色無地原表紙。二三・六×一七・四糎。右肩に貼紙「五冊百卅八番」。

○本文　四周単辺。二〇・三×一五・四糎。序、半丁九行毎行十五字前後。本文、半丁十二行毎行三十字前後。

○構成　一之巻十六丁半（序一丁「序」、目録一丁「一ノ目」、本文十四丁半「一ノ一―一ノ十五」※最終丁は裏表紙裏に貼付）。

二之巻十五丁半（目録一丁「二ノ目」、本文十四丁半「二ノ一―二ノ十五」※最終丁は裏表紙裏に貼付）。

三之巻十五丁（目録一丁「三ノ目」、本文十四丁「三ノ一―三ノ十四」）。

四之巻十五丁（目録一丁「四ノ目」、本文十四丁「四ノ一―四ノ十四」）。

五之巻十四丁（目録一丁「五ノ目」、本文十三丁「五ノ一―五ノ十三」、板行目録一丁「板行目録」）。

○挿絵　一之巻見開二面（四ウ五オ、十ウ十一オ）。

二之巻見開二面（四ウ五オ、十ウ十一オ）。
三之巻見開二面（四ウ五オ、十ウ十一オ）。
四之巻見開二面（三ウ四オ、十ウ十一オ）。
五之巻見開二面（三ウ四オ、八ウ九オ）。

○題簽　双辺左肩。「新板絵入当世銀持気質　一（～五）之巻」外枠うちのり一六・四×三・四糎。全冊原題簽を備えるが、いずれも摩滅が激しく判読が難しい。

○目録題　「当世銀持気質（とうせいかねもちかたぎ）　一（～五）之巻」。

○板心　「（巻数）ノ（丁数）」※柱題なし。

○句読　「○」。

○作者　永井堂亀友。

○序者　永井堂亀友。

○序末　「明和七年寅初春／作者　永井堂亀友（印）」。

○画者　不明。

○刊記　「明和七年／寅正月吉日／書林板元／江戸日本橋通南三丁目／前川六左衛門／京都寺町三条上ル北角／菊屋安兵衛」。

○蔵書印　「伊豫源」（各巻表紙裏・裏表紙裏）。

○備考　末尾に菊屋安兵衛の板行目録を付す。掲載書目は以下の通り。「孝経／十四経指南／切要方義／真宗仏身義／

伝教大師伝記／空一算学書／和哥連誹とはし草／文通書用字便蔵／当流手本揃／芸苑録／十四経謡／般若心経決談抄／真宗験記心信銘／三国事跡温故要略／俳諧乙御前／都名物浮絵／四民往来／女用文章伝受巻／傾城盛衰記／禍福廻持当世銀持気質／神道三種太祓受三説／一角仙人四季桜／讃州金毘羅霊験記」。

○諸本　板行目録の有無と、板行目録の書目数とにより、少なくとも三種類のタイミングで刊行されたと推測される。

Ⅰ、初印（三康図書館蔵本）

末尾に板行目録の無いもの。所見の三康図書館蔵本は原表紙・原題簽を備えるため、板行目録のみを取り除いたとは考えにくく、もとより板行目録を持たなかった可能性が高い。底本の板行目録中、漢詩文集『芸苑録』は『銀持気質』刊行より後の明和八年刊とされるので、板行目録のない本が早いと考えられる。

Ⅱ、早印（韓国中央図書館蔵本）

「備考」の項記載の板行目録のうち、最終行の『讃州金毘羅霊験記』、『神道三種太祓受三説』を欠くもの。

Ⅲ、後印（底本、天理図書館蔵小田果園旧蔵本）

板行目録ウラ『讃州金毘羅霊験記』、『神道三種太祓受三説』を入木により追加するもの。底本末尾の板行目録を韓国中央図書館本と比較すると、『当世銀持気質』の項もわずかに修訂されている。

（韓国中央図書館蔵本）		（底本）
禍福廻持当世銀持気質　ゑ入読本五冊　新刻珍人気立	→	禍福廻持当世銀持気質　ゑ入読本五冊　新刻諸人心車

Ⅰ〜Ⅲの他に、巻二（一冊）、巻四・五（合一冊）の取り合わせからなる藤原英城氏架蔵本がある。そのうち巻

二・巻五はⅠ〜Ⅲと同じ半紙本で、巻四のみ一回り大きく、（二五・〇×一七・三）寸法が異なる。所見の完本は底本と同じ半紙本がほとんどであるが、いずれかのタイミングで大本でも刊行されたことが推測される。なお、藤原氏架蔵本の巻五に付される板行目録はⅡに同じ。

作者、永井堂亀友については西島孜哉氏に論考[1]がある。氏に拠れば、亀友は本姓八田氏。大坂町奉行東組与力として天満の与力町に住んだ人物で、元文末年に生まれ、早くとも文政七年、八十代前半まで生きた。大坂の狂歌師・俳諧師の一寿亭亀友と同一人物で、安永年間を中心に多くの狂歌集、俳書に入集する。

亀友の作品としては、宝暦十一年から安永六年までの間に刊行された十四の浮世草子が知られる。はじめ『風流虫合戦』（宝暦十一年刊）と『風俗誹人気質』（宝暦十二年刊）を「兵作堂亀友」の名で出し、七年を隔てて刊行された本作『当世銀持気質』より「永井堂」の号を用いた。十四作品中九作品に「気質」題が付されることから、中村幸彦氏[2]は亀友を「この期を代表する気質物の作者」とし、当時江戸を中心に行われていた談義本の影響下にありながらも、江島其磧以来の気質物の形式を守り続けたことに、その特異性を見出した。

『江戸本屋出版記録』上巻収録[3]の「割印帳」明和六年十一月八日条に、本書の名が出ている。

明和七正月
當世金持片気　墨付七十六丁　作者亀友　全五冊　版元　菊屋安兵衛　売出し　前川六左衞門

右によれば主版元は京都の書肆・菊屋安兵衛（以下「菊安」）である。ただし、京都での出版記録は見出せない。

菊安は亀友や読本作者・伊丹椿園など、この時期を代表する作者の作品を相次いで刊行した書肆で、亀友の作品では本作『当世銀持気質』が菊安から出た最初のものである。その後亀友は『孝行娘袖日記』（明和七年九月）、『赤烏帽子都気質』（同九年正月）、『世間旦那気質』（安永二年正月）、『世間仲人気質』（同五年正月）、『立身銀野蔓』（同六年正月）の計六作品を菊安から出しており、中村幸彦氏はこのことから亀友を菊安の「一種、専属雇用制の作者」と推定した。[4]なお、菊安については山本卓氏に論考[5]がある。

本作は一・二之巻に各三話、三之巻に二話、四之巻に三話、五之巻に二話の全十三話を収め、巻ごとに一続きの話で、全体として五つの物語が展開される。本書収録の亀友作品の特色は『世間姑気質』の解題にてまとめて述べたい。

帝国文庫第三十編『気質全集』（博文館、明治二十八年）に本作の翻刻が備わる。

（1）西島孜哉氏「永井堂亀友――新しい伝記を中心に――」（大阪市立大学『文学史研究』十六号、昭和五十年十月）「狂歌師八田亀友の文事―付亀友年譜」（『武庫川女子大学紀要（文学部編）』三十二号、昭和六十年二月）。亀友とその作品については、浅野三平氏「永井堂亀友――末期浮世草子の一考察――」（京都女子大学『女子大国文』二十号、昭和三十六年二月）、篠原進氏「ちやつちやむちやくの人――永井堂亀友の浮世草子」（『西鶴と浮世草子研究』vol. 3 別冊附録（笠間書院、平成十八年六月）所収）にも言及される。

（2）中村幸彦氏『中村幸彦著述集』第四巻・第五章「文運東漸」二「浮世草子の末期」（中央公論社、昭和六十二年）

（3）書誌書目シリーズ十『江戸本屋出版記録』上巻（ゆまに書房、昭和五十五年）

（4）前掲注2第五章、五「三都小説出版書肆の動向」

（5）山本卓氏「菊屋安兵衛の出版動向」（『近世文芸』七十一号、平成十二年一月）

世間姑気質　版本　半紙本　五巻合一冊（京大潁原文庫蔵本）

○表紙　黄唐茶色無地原表紙。二三・三×一七・一糎。合綴される五冊すべてが原表紙・原題簽を備える。

○本文　四周単辺。一九・八×一五・五糎。序、半丁七行毎行十三字程度。本文、半丁十行毎行二十三字程度。

○構成　巻之一、十四丁（序一丁「乙」、目録一丁「乙」、本文十二丁「三―十ノ十八―廿二」）。
巻之二、十五丁（目録一丁「乙」、本文十四丁「一―十ノ廿―廿四」）。

巻之三、十五丁（目録一丁「乙」、本文十四丁「一―十四」）。

巻之四、十二丁半（目録一丁「乙」、本文十一丁半「一―十二」※最終丁は裏表紙裏に貼付）。

巻之五、十六丁半（目録一丁「乙」、本文十五丁「一―十五」奥付半丁（丁付欠）※最終丁は裏表紙裏に貼付）。

○挿絵　巻之一見開二面（五ウ六オ、十九ウ廿オ）。
巻之二見開二面（三ウ四オ、廿一ウ廿二オ）。

巻之三見開二面（三ウ四オ、十一ウ十二オ）。

巻之四見開二面（三ウ四オ、八ウ九オ）。

巻之五見開二面（三ウ四オ、十二ウ十三オ）。

○題簽　単辺左肩。「新板絵入世間姑気質　巻之壱（～五）」。枠うちのり一八・三×三・五糎。

○目録題　「世間（せけん）姑（しうとめ）気質（かたぎ）巻之一（～五）」。

○板心　「姑形気　巻之一（〜五）（丁付）」。
○句読　すべて「○」。
○作者　永井堂亀友。
○序者　永井堂亀友。
○序末　「明和十年巳正月／作者／永井堂／亀友」。
○画者　守岡光信。
○刊記　「明和十年巳正月吉日／京都書林／御幸町通御池下／菱屋孫兵衛／二条通東洞院東へ入／本屋伊兵衛」。
○蔵書印　各巻表紙裏に貸本屋印あり（不鮮明）。
○備考　全冊表紙裏に「五冊内／此本何かたへ参候共早々御かやし／本主大小」（巻之二は「布袋町大小」）、裏表紙裏に「布袋町／大木屋小右衛門」と墨書。
巻之五最終丁に貼紙あり。「明和九年（安永元）は十一月十六日に改元なりたれば本書は明和九年十月頃に明年の新板として発售する積りで明和十年巳としておきて其の後改元なりしにも拘らずその儘公にせしものか」。
○諸本　明和九年の刊記を持つ初印本と、刊記を入木修訂した後印本とが現存し、後者は少なくとも二つの別の時期に刊行されている。
Ⅰ、初印（東洋文庫蔵岩崎文庫本、岩瀬文庫本、東京国立博物館本、早稲田大学蔵本）
序末に「明和九年壬辰正月」、刊記に「明和九年辰正月吉日」とあるもの。
Ⅱ、後印イ（東京都立中央図書館蔵特別買上文庫本、東洋文庫蔵岩崎文庫本）

序末は「明和九年壬辰正月」のままで、刊記を「明和十年巳正月吉日」と改めるもの。明確にこれに属するのは東京都立中央図書館蔵特別買上文庫本のみ。東洋文庫蔵岩崎文庫本は、序末の年記を「明和十年巳正月吉日」と印刷した貼紙により改める。元の年記があったと思われる箇所は取り除かれており、そこには「明和九年」の年記があったであろうから、印刷、売り出しのタイミングとしては都立中央図書館蔵本に近いものと考えられる。刊記を「明和十年」とするものの中ではこちらが早印であろう。

所見の二点はいずれも原表紙を備える。特別買上文庫本は二四・〇×一七・四糎、海松茶色刷毛目表紙。岩崎文庫本は二四・五×一七・六糎、表紙色は特別買上文庫本に同じ。ただし、前者の刷毛目模様がタテに入っているのに対し岩崎文庫本の刷毛目はヨコである。なお、大阪府立中之島図書館蔵本も序末に「明和九年」とあるが、刊記を欠くためⅠ、Ⅱのいずれに属すかは不明である。

Ⅲ、後印ロ（東京都立中央図書館加賀文庫蔵本、国立国会図書館蔵本、底本）

序末を「明和十年巳正月」と改めるもの。いずれも寸法はⅠ、Ⅱより一回り小さく、このうち原表紙と刊記とを備えるのは底本のみ。加賀文庫本、国会図書館本は替表紙が付されており、原表紙を替えた際に刊記が取り除かれた可能性がある。底本では序末「明和十年」の「和」の偏の下半分が消えているが、加賀文庫本の序末も同じ位置がかすれている。刷りのタイミングが近いことを示すものか。

Ⅰ・Ⅱの刊記では書肆・菱屋孫兵衛の所在地に「御幸町通御池下ル」とあるが、底本では末尾の「ル」を欠く。

京都の書肆・菱屋孫兵衛と本屋伊兵衛の相板。『当世銀持気質』と同様に京都での出版記録は残っておらず、『江戸本屋出版記録』[1]上巻収録の「割印帳」、初印より遅れて「安永元年辰十二月十三日」条に記載がある。

安永二年巳正月　世間姑形気　墨付七十二丁　亀友作　全五冊　版元京　ひし屋孫兵衛　売出し　前川六左衞門

これによれば主版元は菱屋孫兵衛であり、刊記には載らないが江戸の書肆・前川六左衞門により売り出されている。

本作は各巻二話ずつ、計十話を収める。『銀持気質』同様各巻ごとに一続きの話で、計五つの物語を展開する。

本書所収の亀友作品『当世銀持気質』『世間姑気質』を概観すると、『銀持気質』五之巻に、天王寺の「浮瀬」や道頓堀の「川作」こと河内屋作兵衛など、実在の茶屋が登場するほか、同じく五之巻に登場人物が「口合」を競う場面があり、口合指南書がさかんに刊行された同時代の様相を反映する。『姑気質』巻之五では狂言の心中を仕組んだ男女が狐に化かされる。これは『談笈抜萃』[2]に「当春（明和四年）以来、所々にて相対死の心中有し事はおびたゞしき事にして、あげてかぞへがたし」と記される心中の流行に関係すると思われる。また、狐が関わる心中については、『談笈抜萃』の同じ条に心中した男女の死体が狐に魅入られて踊り出した話が載る。

堀川北の堀どめのはたけの中にて心中ありしを、浜の墓にてさらされ、例の通りに番して居たりけるに、二日目の夜八ッ時分に弐人の番の者うつら〳〵とねぶり居たるに、何やらん物音しけるゆへ、眼をひらきて見れば、かのさらされて居たる心中の二人、はだかにて立あがりて、大声あげておどれり。…かの辺は狐のおふく居る所なれば、かれらが所為成べしとなり。さりながら、心中が立ておどるいひとはおかしからんと、専らのさたにて有し。

『姑気質』刊行と五年程度の隔たりがあるため確定はできないが、これに類した何らかの巷説を利用する可能性は認めてよいであろう。同じ『姑気質』巻一の三の末尾に「…此実録。春の日間有人々の一興にもなれがしと永井堂がふつゝかに短き筆したもをかし」とあるように、所々に実在の事件を盛り込むことを意図した作と思われる。

『銀持気質』『姑気質』とも江島其磧の『世間子息気質』『世間娘容気』に始まる気質物浮世草子の流れを汲む作品である。しかしその内容は先行作品の模倣に止まらず、当代の町人の生活や複雑な人間関係を細かに描き出しているといってよい。『姑気質』巻一の一に、姑の嫁いびりの内容として京詞と大坂詞との違いを指摘する場面など、風俗資料として興味深い記述も多い。

なお、『世間姑気質』も『銀持気質』同様、帝国文庫第三十編『気質全集』（前掲）に翻刻されている。

（1）書誌書目シリーズ十『江戸本屋出版記録』上巻（ゆまに書房、昭和五十五年）

（2）『随筆百花苑』第十一巻（中央公論社、昭和五十八年）所収。

［野澤真樹］

京都大学蔵 潁原文庫選集 第二巻 （全十巻）

平成二十九年三月三十日 初版発行

編者 京都大学文学部 国語学国文学研究室

発行者 片岡 敦

印刷製本 創栄図書印刷株式会社

発行所 606-8204 京都市左京区田中下柳町八番地
株式会社 臨川書店
電話 (〇七五) 七二一―七一一一
郵便振替 〇一〇七〇―二―八〇〇番

落丁本・乱丁本はお取替えいたします
定価はカバーに表示してあります

ISBN978-4-653-04322-5 C3391
〔ISBN978-4-653-04320-1 C3391 セット〕